Von Robert Ludlum sind
als Heyne-Taschenbücher erschienen:

Die Matlock-Affäre · Band 01/5723
Das Osterman-Wochenende · Band 01/5803
Das Kastler-Manuskript · Band 01/5898
Der Rheinmann-Tausch · Band 01/5948
Das Jesus-Papier · Band 01/6044
Das Scarlatti-Erbe · Band 01/6136
Der Gandolfo-Anschlag · Band 01/6180
Der Matarese-Bund · Band 01/6265
Der Borowski-Betrug · Band 01/6417
Das Parsifal-Mosaik · Band 01/6577
Der Holcroft-Vertrag · Band 01/6744
Die Aquitaine-Verschwörung · Band 01/6941
Die Borowski-Herrschaft · Band 01/7705
Das Genesse-Komplott · Band 01/7876

und unter dem Pseudonym
Jonathan Ryder

Die Halidon-Verfolgung · Band 01/6481

ROBERT LUDLUM

DIE AQUITAINE-VERSCHWÖRUNG

Roman

WILHELM HEYNE VERLAG
MÜNCHEN

HEYNE ALLGEMEINE REIHE
Nr. 01/6941

Titel der amerikanischen Originalausgabe
THE AQUITAINE PROGRESSION
Deutsche Übersetzung von Heinz Nagel

Dank auch an Michael R. Ludlum
für die Genehmigung zum Abdruck des Liedes
I NEED YOU DARLING
Musik und Text von Michael R. Ludlum
© 1983 by Michael R. Ludlum

9. Auflage

Genehmigte, ungekürzte Taschenbuchausgabe
Copyright © 1984 by Robert Ludlum
Copyright © der deutschsprachigen Ausgabe
1985 by Hestia Verlag GmbH, Bayreuth
Printed in Germany 1992
Umschlagfoto: Photodesign Mall, Stuttgart
Umschlaggestaltung: Atelier Ingrid Schütz, München
Satz: Compusatz, München
Druck und Bindung: Ebner Ulm

ISBN 3-453-00689-5

Für Jeffrey Michael Ludlum.
Willkommen, Freund.
Viel Spaß im Leben.

1. BUCH

1

Genf. Stadt der Sonne und der strahlenden Bilder. Der geblähten weißen Segel auf dem See – und darüber die massiven, unregelmäßigen Bauten, deren Spiegelungen auf dem Wasser im Wellenschlag erzittern. Stadt der Myriaden von Blumen um die blaugrünen Teiche und die Springbrunnen – Duette explodierender Farben. Stadt der kleinen, altmodischen Brücken, die sich über die gläsernen Flächen der von Menschenhand angelegten Seen zu künstlichen Inseln spannen, kleine Zufluchtsorte für Liebende und Freunde und verschwiegene Geschäftspartner. Bilder.

Genf, das alte und das neue. Stadt der hohen mittelalterlichen Mauern, des gleißenden bunten Glases, der heiligen Kathedralen und der weniger heiligen Institutionen. Stadt der Straßencafés und der Konzerte am See, der winzigen Piers und der fröhlich-bunt gestrichenen Boote, die an den endlosen Ufern entlangtuckern, während die Fremdenführer die Vorzüge – und den geschätzten Wert – der Seeuferanwesen herausstreichen, die ohne Zweifel in eine andere Zeit gehören.

Genf. Stadt der Zweckmäßigkeit, hingegeben an die Notwendigkeit der Hingabe, eine Stadt, in der Frivolität nur dann geduldet wird, wenn sie sich in die Tagesordnung oder zum Geschäft fügt. Das Lachen gemessen, kontrolliert – Blicke, die Billigung andeuten oder stumm Übertreibung mahnen. Der Kanton am See kennt seine Seele. Seine Schönheit lebt in Eintracht mit der Industrie, und dieses Gleichgewicht wird nicht nur geduldet, sondern eifersüchtig behütet.

Genf. Stadt auch des Unerwarteten; wo Selbstgewißheit auf einmal in Widerspruch gerät zu einer unerwünschten Enthüllung und eine Vertraulichkeit plötzlich grell sichtbar wie ein Blitz in den ungestümen Geist der Stadt schlägt.

Dann folgt der Donner, der Himmel verdunkelt sich, und Regen fällt. Ein Wolkenbruch peitscht die wütenden, überraschten Wellen, verzerrt das Bild, schmettert auf die riesige Fontäne herunter, Genfs Wahrzeichen am See, der *Jet d'Eau*, jener Geysir, der von Menschen geschaffen wurde, um andere Menschen zu verblüffen. Wenn plötzliche Enthüllungen kommen, erstirbt die gigantische Fontäne. Alle Springbrunnen sterben, und die Blumen verkümmern ohne Sonne. Die strahlenden Bilder schwinden, und der Geist erstarrt.

Genf. Stadt der Unbeständigkeit.

Joel Converse, er war Rechtsanwalt, trat aus dem Hotel Richemond hinaus in das grelle Morgenlicht des Jardin Brunswick. Geblendet kniff er die Augen zusammen und bog nach links, wobei er den Aktenkoffer von der linken in die rechte Hand wechselte, wohl wissend, wie wertvoll sein Inhalt war. Doch in erster Linie waren seine Gedanken bei dem Mann, den er im Le Chat Botté, einem Straßencafé am Seeufer, zu Kaffee und Croissants treffen sollte. »Wiedertreffen sollte« war richtiger, dachte Converse, falls der Mann ihn nicht mit jemand anderem verwechselt hatte.

A. Preston Halliday war Joels amerikanischer Gegenspieler in den gegenwärtigen Verhandlungen, bei denen es um die letzten Details eines schweizerisch-amerikanischen Firmenzusammenschlusses ging, der beide Männer nach Genf geführt hatte. Aber gerade weil nicht mehr viel zu klären blieb – eigentlich nur noch Formalitäten, nachdem bereits feststand, daß die Verträge in Einklang mit den Gesetzen beider Länder standen und auch annehmbar waren für den Internationalen Gerichtshof in Den Haag –, war Halliday eine seltsame Wahl. Er hatte nicht zu dem amerikanischen Juristenteam gehört, das die Schweizer berufen hatten, um Joels Firma zu durchleuchten. Zwar hätte das allein ihn nicht unbedingt von den Verhandlungen ausschließen müssen – ein neuer Blickwinkel war nicht selten sogar sehr erwünscht –, aber daß man ihm die Spitzenposition übertragen hatte, die des Chefsprechers, das war, gelinde gesagt, unorthodox. Und beunruhigend.

Halliday ging der Ruf voraus – das wenige, was Converse

darüber wußte –, jede verfahrene Situation binnen kurzem lösen zu können; er kam aus San Francisco und betrieb die Juristerei wie ein genialer Mechaniker, der einen locker gewordenen Draht entdecken, herausreißen und einen Motor kurzschließen konnte. Verhandlungen, die sich über Monate erstreckt und Hunderttausende gekostet hatten, waren durch seine Anwesenheit zu einem plötzlichen Ende gekommen, soviel fiel Converse zu A. Preston Halliday ein. Aber das war alles, was ihm einfiel. Und doch hatte Halliday behauptet, sie würden einander kennen.

»Hier spricht Press Halliday«, hatte die Stimme am Hoteltelefon verkündet. »Ich habe anstelle von Rosen die Verhandlungsleitung bei der Comm Tech-Bern-Fusion übernommen.«

»Was ist denn passiert?« hatte Joel gefragt, den ausgeschalteten Elektrorasierer noch in der linken Hand, während er gleichzeitig versuchte, den Namen in seinem Gedächtnis unterzubringen. Als Halliday dann antwortete, war es ihm wieder eingefallen.

»Der arme Teufel hatte einen Herzinfarkt. Was auch der Grund dafür ist, daß seine Partner mich berufen haben.« Der Anwalt hatte eine Pause gemacht. »Sie müssen ziemlich ruppig zu ihm gewesen sein.«

»Wirklich gestritten haben wir nur selten. Herrgott, tut mir das leid. Ich mag Aaron. Wie geht es ihm denn?«

»Er wird schon durchkommen. Die Ärzte haben ihn ins Bett gesteckt und ihm eine Diät aus einem Dutzend verschiedenen Hühnersuppen verpaßt. Ich soll Ihnen ausrichten, daß er Ihre Abschlußpapiere auf unsichtbare Tinte untersuchen wird.«

»Was natürlich bedeutet, daß *Sie* das tun werden, weil ich keine benutzt habe und Aaron auch nicht. Bei diesem Zusammenschluß geht es um nichts als Geld, und wenn Sie die Unterlagen studiert haben, dann wissen Sie das genausogut wie ich.«

»Um Investitionsabschreibungen«, pflichtete Halliday bei, »an denen ein großer Anteil an einem technologischen Markt hängt. Keine unsichtbare Tinte und heimliche Interessen.

Aber da ich hier der Neue bin, hätte ich doch ein paar Fragen. Können wir miteinander frühstücken?«

»Ich wollte mir meines gerade aufs Zimmer kommen lassen.«

»Es ist ein hübscher Morgen, warum schnappen Sie nicht ein wenig frische Luft? Ich wohne im President, also teilen wir uns den Weg? Kennen Sie das Chat Botté?«

»Amerikanischer Kaffee und Croissants. Quai du Mont Blanc.«

»Sie kennen es also. Schaffen Sie es in zwanzig Minuten?«

»Sagen wir in einer halben Stunde, okay?«

»Sicher.« Und dann hatte Halliday wieder eine Pause gemacht. »Wird nett sein, dich wiederzusehen, Joel.«

»Oh? Wieder?«

»Du erinnerst dich vielleicht nicht. Seit damals ist eine Menge passiert. Dir mehr als mir, fürchte ich.«

»Tut mir leid, ich kann Ihnen da nicht ganz folgen.«

»Nun, da war Vietnam, und du warst ziemlich lange in Gefangenschaft.«

»Das habe ich nicht gemeint, und das liegt auch schon Jahre zurück. Aber wo sollten wir uns kennengelernt haben? Bei welchem Fall?«

»Kein Fall, nicht geschäftlich. Wir waren in derselben Klasse.«

»An der Duke? Die Rechtsfakultät dort ist ziemlich groß.«

»Nein, weiter zurück. Vielleicht erinnerst du dich, wenn wir uns sehen. Wenn nicht, werde ich deinem Gedächtnis nachhelfen.«

»Anscheinend spielen Sie gerne... Also in einer halben Stunde. Im Chat Botté.«

Während Converse sich dem Quai du Mont Blanc näherte, jenem lebenerfüllten Boulevard unmittelbar am Seeufer, versuchte er Hallidays Namen in Zusammenhang mit einer bestimmten Zeit zu bringen. Die Jahre an einer Schule, ein vergessenes Gesicht, das einem Klassenkameraden gehören konnte, an den er sich nicht erinnerte. Aber nichts kam ihm. Dabei war *Halliday* kein häufiger Name, und die Kurzform *Press* noch viel weniger... Wahrscheinlich sogar einmalig.

Converse konnte sich nicht vorstellen, daß es ihm je entfallen wäre, wenn er jemand mit dem Namen »Press Halliday« gekannt hätte. Und doch hatte der Ton Vertrautheit angedeutet, Nähe sogar.

Wird nett sein, dich wiederzusehen, Joel. Halliday hatte das mit warmer Stimme gesagt, wie auch die recht überflüssige Bemerkung zu Joels Zeit in Gefangenschaft. Aber solche Dinge wurden immer mit weicher Stimme gesagt, um Sympathie zumindest anzudeuten, wenn sie schon nicht offen ausgedrückt wurde. Natürlich verstand Converse auch, warum Halliday gemeint hatte, das Thema Vietnam, wenn auch nur beiläufig, erwähnen zu müssen. Jeder, dem die Erfahrung fehlte, nahm an, daß alle, die längere Zeit in einem nordvietnamesischen Lager verbracht hatten, unausweichlich geistigen Schaden davongetragen haben mußten, daß ihr Bewußtsein durch das Erlebnis teilweise verändert worden war und ihre Erinnerungen verwirrt. In gewisser Hinsicht war das auch nicht zu leugnen, aber im Hinblick auf das Erinnerungsvermögen stimmte es ganz sicher nicht. Die Erinnerungen waren eher geschärft, weil man sie wieder und wieder suchte, oft geradezu gnadenlos.

Die Summe der Jahre, die einzelnen Schichten der Erfahrung... Gesichter, zu denen Augen und Stimmen gehörten, Körper unterschiedlichster Größe und Gestalt; Szenen, die über eine innere Leinwand huschten, Bilder, Geräusche, Gerüche – man wurde angerührt und spürte den Wunsch zu berühren... nichts, was in der Vergangenheit lag, war zu belanglos, als daß man es nicht wegschälen und erforschen wollte. Häufig war das alles, was man hatte, besonders nachts – *immer* nachts, wenn die kalte, durchdringende Feuchtigkeit den Körper steif werden ließ und eine noch unendlich kältere Furcht jeden Gedanken lähmte –, dann waren die Erinnerungen alles. Sie halfen, die fernen Schreie aus der Finsternis zu verdrängen, das Peitschen der Schüsse zu dämpfen, die ihnen jeden Morgen mit unvermeidlichen Exekutionen erklärt wurden. Exekutionen derjenigen, die nicht reumütig und zur Zusammenarbeit bereit gewesen waren. Oder es waren Hinrichtungen noch unglücklicherer

Gefangener, die man zuvor gezwungen hatte, Spiele zu spielen, die zu obszön waren, als daß man sie hätte beschreiben können, einzig dazu gedacht, die Peiniger zu amüsieren.

Wie die meisten Männer, die den größten Teil ihrer Gefangenschaft in Einzelhaft gehalten worden waren, hatte Converse jede einzelne Phase seines Lebens wieder und wieder untersucht und dann versucht, alles sinnvoll aneinanderzufügen, um schließlich das zusammenhängende Ganze zu verstehen... es zu *mögen*. Da blieb vieles, das er nicht verstand – oder mochte –, aber immerhin konnte er mit dem Ergebnis jener beharrlichen Nachforschungen leben. Auch damit sterben, wenn er das mußte; diesen inneren Frieden mußte er für sich selbst finden. Ohne ihn war die Furcht unerträglich.

Und weil diese Selbstbefragung Nacht für Nacht stattfand und ein strenges Maß an Sorgfalt und Genauigkeit verlangte, fiel es Converse leichter als den meisten anderen Menschen, sich ganze Abschnitte seines Lebens ins Gedächtnis zurückzurufen. Wie die sich blitzschnell drehende Diskette in einem Computerlaufwerk plötzlich anhält, so konnte er einen Ort, eine Person oder einen Namen aus seinem Gedächtnis abrufen, selbst wenn ihm nur äußerst spärliche Hinweise zur Verfügung standen. Die häufige Anwendung dieser Fähigkeit hatte sie nur noch geschärft, und das war es, was ihn jetzt verwirrte. Es gab in seiner Vergangenheit niemanden mit dem Namen Press Halliday, oder der Anrufer mußte schon auf eine so ferne Zeit angespielt haben, daß sie sich vielleicht als Kinder einmal begegnet waren.

Wird nett sein, dich wiederzusehen, Joel. Waren diese Worte eine Finte, der Trick eines Anwalts?

Converse bog um die Ecke, und mit jedem weiteren Schritt warf ihm das Messinggeländer des Chat Botté winzige Explosionen grellen Sonnenlichts entgegen. Auf dem Boulevard drängten sich glänzend polierte Personenwagen und makellos saubere Omnibusse; der Bürgersteig war sauber gewaschen, und wenn die Passanten auch alle irgendwie in Eile zu sein schienen, so lag über allem doch eine gewisse Ordnung. Der Morgen war in Genf eine Zeit gesitteter Rührigkeit.

Selbst die Zeitungen auf den Tischen der Straßencafés waren sorgfältig gefaltet.

Als Joel durch die offene Messingpforte des Chat Botté trat, wurde unmittelbar zu seiner Linken eine Zeitung übergeschlagen und dann gesenkt. Das Gesicht, das jetzt zu sehen war, kannte Converse. Es war ein gesammeltes Gesicht, seinem eigenen nicht unähnlich. Das Haar des anderen war glatt und dunkel, gerade gescheitelt und gebürstet, die Nase scharf über klar geschnittenen Lippen. Das Gesicht gehörte zu seiner Vergangenheit, überlegte Joel, aber der Name, an den er sich erinnerte, gehörte nicht zu diesem Gesicht.

Der vertraut aussehende Mann hob den Kopf; ihre Augen begegneten sich, und A. Preston Halliday erhob sich. Seine Erscheinung ließ ahnen, daß der untersetzte Körper in dem teuren Anzug muskulös war.

»Joel, wie geht es dir?« sagte eine vertraute Stimme, und eine Hand streckte sich Converse über den Tisch entgegen.

»Hallo... Avery«, antwortete Joel Converse. Er starrte den anderen überrascht an und ging etwas verlegen auf ihn zu. Dabei wechselte er den Aktenkoffer von der einen in die andere Hand, um nach der ausgestreckten Hand greifen zu können. »Avery stimmt doch, oder? Avery Fowler. Taft, Anfang der sechziger Jahre. Du bist eines Tages nicht mehr zum Semesteranfang erschienen, und keiner wußte warum. Alle haben darüber geredet. Du warst Ringer.«

»Ja, ich hatte zweimal die New-England-Meisterschaft gewonnen«, sagte der Anwalt lachend und wies auf den gegenüberliegenden Platz am Tisch. »Setz dich, dann können wir einiges auffrischen. Ich nehme an, für dich kommt das alles ein wenig plötzlich. Deshalb wollte ich, daß wir uns schon vor der Konferenz heute morgen einmal sehen. Ich meine, es wäre doch verdammt unangenehm für dich gewesen, wenn du bei meinem Eintreten hättest aufspringen und ›Schwindler‹ rufen müssen. Oder nicht?«

»Ich bin immer noch nicht sicher, ob ich das nicht sagen werde, aber herausschreien werde ich es nicht.« Converse setzte sich, stellte den Aktenkoffer neben seinem Stuhl ab und studierte sein Gegenüber. »Was soll diese Halliday-Geschichte? Warum hast du am Telefon nichts gesagt?«

»Ach, komm schon, was hätte ich denn sagen sollen? Vielleicht: Übrigens, Kumpel, du hast mich damals als Tinkerbell Jones gekannt. Dann wärst du doch niemals gekommen.«

»Ist Fowler irgendwo im Gefängnis?«

»Das wäre er, wenn er sich nicht eine Kugel durch den Kopf gejagt hätte«, antwortete Halliday mit ernster Miene.

»Du steckst voll Überraschungen. Bist du ein geklonter Ableger?«

»Nein, der Sohn.«

Converse schwieg einen Moment. »Vielleicht sollte ich mich entschuldigen.«

»Nicht nötig, du konntest es ja nicht wissen. Das war der Grund, weshalb ich am Semesteranfang nicht mehr auftauchte... und, verdammt noch mal, ich war wirklich scharf auf die Trophäe. Wäre das erstemal gewesen, daß ein Ringer sie dreimal hintereinander gewonnen hätte.«

»Das tut mir leid. Was ist denn passiert... Oder ist das vertraulich, Herr Anwalt? Das würde ich akzeptieren.«

»Nicht für Sie, Herr Kollege. Kannst du dich noch erinnern, wie wir beide nach New Haven gezogen sind und uns an der Busstation diese starken Weiber aufgegabelt haben?«

»Wir haben gesagt, daß wir aus Yale wären...«

»Mitgenommen haben die uns, aber nicht mit ins Bett.«

»Und wie haben wir sie angiert.«

»Teenager«, sagte Halliday. »Die haben ein Buch über uns geschrieben. Sind wir inzwischen wirklich so verweichlicht?«

»Nun, ein wenig geschwächt wohl, aber wir kommen wieder. Wir sind die letzte Minderheit, also wird man uns am Ende auch Sympathie entgegenbringen... Aber was war denn nun damals passiert, Avery?«

Ein Kellner trat an ihren Tisch, und die beiden Männer bestellten Kaffee und Croissants und fügten sich damit in die Norm. Der Kellner faltete zwei rote Servietten zu geradlinigen Kegeln und stellte sie vor die beiden Männer.

»Was passiert war?« wiederholte Halliday leise, nachdem der Kellner gegangen war. »Dieser Schweinehund von einem Vater hat vierhunderttausend von der Chase Manhattan veruntreut, während er dort in der Vermögensverwaltung tätig war. Und als man ihn dann schnappte, hat er Schluß gemacht. Wer hätte auch gedacht, daß sich dieser respektable Vorortszugbenutzer aus Greenwich, Connecticut, zwei Frauen in der Stadt hielt, eine an der oberen East Side und die andere in der Wall Street. Er war schon eine Type.«

»Da hatte er ja alle Hände voll zu tun. Aber das mit dem Halliday verstehe ich immer noch nicht.«

»Nachdem es passiert war – und man den Selbstmord vertuscht hatte –, hetzte meine Mutter wütend zurück nach San Francisco. Wir stammten aus Kalifornien, das weißt du doch... oder? Und dort heiratete sie, noch wütender, meinen Stiefvater John Halliday und mühte sich während der folgenden Monate, alle Spuren von Fowler in unserem Leben zu tilgen.«

»Selbst deinen Vornamen?«

»Nein, in San Francisco war ich immer ›Press‹. Wir Kalifornier hatten schon immer etwas für prägnante Namen übrig. Tab, Troy, Crotch... das war in den fünfziger Jahren in Beverly Hills so Mode... Auf meinem Studentenausweis stand Avery Preston Fowler, also habt ihr euch alle einfach angewöhnt, mich Avery oder, was ich immer grauenvoll fand, ›Ave‹ zu nennen. Da ich neu bei euch war, habe ich mich gehütet, mich dagegen zu wehren.«

»Ist ja alles schön und gut«, sagte Converse, »aber was machst du, wenn du einen wie mich triffst? Das muß doch einfach passieren.«

»Du würdest staunen, wie selten. Schließlich liegt die ganze Sache weit zurück, und die Leute, mit denen ich in Kalifornien aufgewachsen bin, haben das alles immer verstanden. Die jungen Leute dort lassen ihren Namen einfach ändern, wenn er ihnen nicht gefällt, und ich war schließlich nur ein paar Jahre im Osten, es reichte gerade für die vierte und fünfte Schulklasse. Praktisch habe ich ja in Greenwich niemanden gekannt, und den inneren Kreisen vom Taft habe ich ohnehin nicht angehört.«

»Du hattest Freunde dort. Zum Beispiel mich.«

»Aber nicht viele. Machen wir uns doch nichts vor. Ich war ein Außenseiter, und du warst nicht besonders wählerisch. Ich hab' mich immer ziemlich zurückgehalten.«

»Aber im Ring nicht, ganz bestimmt nicht.«

Halliday lachte. »Es gibt nicht viele Ringer, die Rechtsanwälte werden. Böse Zungen behaupten, der Verstand leide unter dem Sport... Aber um deine Frage zu beantworten, in den letzten Jahren hat vielleicht fünf- oder sechsmal jemand zu mir gesagt, ›Hey, sind Sie nicht in Wirklichkeit Soundso und nicht der, der Sie zu sein behaupten?‹ Ich habe dann immer die Wahrheit gesagt: Meine Mutter hat wieder geheiratet, als ich sechzehn war. Und dann ist mit den Fragen immer gleich Schluß gewesen.«

Der Kaffee und die Croissants kamen. Joel brach sein Gebäck auseinander. »Und du hast gedacht, ich würde die Frage zum falschen Zeitpunkt stellen, genauer gesagt, zu Beginn der Konferenz. War es so?«

»Berufsehre. Ich wollte nicht, daß du dir über die Sache Gedanken machst – oder über mich –, wenn du deinen Kopf für deinen Klienten freihaben mußt. Schließlich haben wir in jener Nacht in New Haven gemeinsam versucht, unsere Jungfernschaft zu verlieren.«

»Du sprichst von dir«, sagte Joel lächelnd.

Halliday grinste. »Wir waren beide ganz schön voll, erinnerst du dich? Übrigens, wir haben uns ewiges Stillschweigen geschworen, als wir gemeinsam in die Mülltonne kotzten.«

»Ich wollte Sie bloß auf die Probe stellen, Herr Anwalt, ich erinnere mich sehr wohl. Du hast also den grauen Flanellanzug gegen orangefarbene Hemden und goldene Halskettchen vertauscht?«

»Das kann man sagen. Berkley und dann Stanford.«

»Gute Schule... Und wie bist du auf das internationale Feld gekommen?«

»Ich bin immer schon gerne gereist und hab' mir gedacht,

auf diese Weise könnte ich es mir am besten leisten. So hat es eigentlich auch angefangen... Und du? Ich kann mir vorstellen, daß du das Reisen inzwischen satt hast.«

»Ich hatte Träume vom diplomatischen Dienst... damit hat es angefangen...«

»Nach all deinen Reisen?«

Converse sah Halliday aus blaßblauen Augen an und war sich sehr wohl bewußt, wie kalt sein Blick wirkte. Das war jetzt, wenn vielleicht auch nicht angebracht, nicht zu vermeiden. »Ja, nach all den Reisen. Da gab es zu viele Lügen, keiner hat es uns gesagt, bis es zu spät war. Man hat uns hereingelegt, und das hätte nicht sein dürfen.«

Halliday beugte sich vor, die Ellbogen auf den Tisch gestützt, die Hände ineinander verschränkt, und erwiderte Joels Blick. »Ich konnte mir das einfach nicht zusammenreimen«, begann er leise. »Als ich deinen Namen in den Zeitungen las und dich dann auf sämtlichen Fernsehkanälen sah, hatte ich ein scheußliches Gefühl. Besonders gut habe ich dich ja eigentlich nicht gekannt, aber ich konnte dich gut leiden.«

»Deine Reaktion war ganz natürlich. Mir wäre es genauso ergangen, wenn du an meiner Stelle wärst.«

»Da bin ich nicht so sicher. Weißt du, ich war nämlich einer der Führer der Protestbewegung.«

»Du hast deinen Einberufungsbefehl verbrannt und den Hippie gespielt«, sagte Converse sanft, und das Eis in seinem Blick schien zu schmelzen. »So mutig war ich nicht.«

»Ich auch nicht. Was ich verbrannt habe, war bloß eine Bibliothekskarte.«

»Jetzt bin ich enttäuscht.«

»Das war ich auch... tief in mir drinnen. Aber ich stand in der Öffentlichkeit.« Halliday lehnte sich in seinem Stuhl zurück und griff nach seiner Tasse. »Wie bist *du* denn so ins Rampenlicht geraten, Joel? Ich hatte nicht gedacht, daß du der Typ dafür sein könntest.«

»War ich auch nicht. Man hat mich dazu gedrängt.«

»Reingelegt, hast du doch gesagt.«

»Das kam später.« Converse hob die Tasse und trank einen

Schluck Kaffee. Das Gespräch hatte eine Wendung genommen, die ihm nicht gefiel. Er sprach nicht gern über jene Jahre und fühlte sich doch allzu häufig eben dazu aufgefordert. Man hatte ihn zu etwas gemacht, was er eigentlich nicht war.

»Als Student in Amherst war mit mir nicht viel los... Zum Teufel, ich stand immer auf der Kippe und konnte von Glück reden, wenn ich meine Prüfungen bestand. Aber dafür war ich seit meinem vierzehnten Lebensjahr begeisterter Flieger.«

»Das habe ich nicht gewußt«, unterbrach Halliday ihn.

»Mein Vater war zwar nicht schön und hatte deshalb auch nicht den Vorzug, sich Konkubinen leisten zu können, aber dafür war er Pilot einer Fluggesellschaft und später leitender Angestellter bei PanAm. In unserer Familie gehörte es sich einfach, daß man ein Flugzeug steuern konnte, noch bevor man seinen Führerschein machte.«

»Brüder und Schwestern?«

»Eine jüngere Schwester. Sie machte ihren ersten Alleinflug vor mir und hat mich das nie vergessen lassen.«

»Ich kann mich erinnern. Man hat sie im Fernsehen interviewt.«

»Nur zweimal«, unterbrach ihn Joel lächelnd. »Sie gehörte auch zur Protestbewegung, und hat das auch jeden wissen lassen. Aus dem Weißen Haus war deshalb zu hören, daß jeder, der Interesse an seiner Karriere hätte, besser die Finger von ihr lassen sollte.«

»Deshalb erinnere ich mich an sie«, sagte Halliday. »Und dann ist also ein lausiger Student vom College abgegangen, und die Navy hat einen Spitzenpiloten gewonnen.«

»Keinen Spitzenpiloten, das war keiner von uns.«

»Trotzdem müßt ihr Leute, die wie ich sicher in den Staaten lebten, gehaßt haben. Mal abgesehen von deiner Schwester.«

»Sie auch«, korrigierte ihn Converse. »Gehaßt, verabscheut, verachtet... wütend waren wir. Aber nur, wenn jemand getötet wurde, oder in den Lagern verrückt wurde. Nicht wegen dem, was ihr gesagt habt – wir wußten auch, was in Saigon los war –, aber weil ihr es ohne echte Furcht sagen konntet. Ihr wart in Sicherheit, und wir hatten dabei das Gefühl, wir seien die Arschlöcher. Dumme, verängstigte Arschlöcher.«

»Das kann ich verstehen.«

»Wie nett von dir.«

»Tut mir leid, ich habe das nicht so gemeint, wie es vielleicht klang.«

»Wie klang es denn, Herr Anwalt?«

»Herablassend, schätze ich.«

»Kann man wohl sagen«, sagte Joel. »Stimmt.«

»Du bist immer noch wütend.«

»Nicht deinetwegen, nur weil ich das Thema hasse und es immer wieder aufgewühlt wird.«

»Dafür mußt du die Schuld bei der Propagandaabteilung des Pentagon suchen. Eine Zeitlang warst du in den Abendnachrichten ein richtiger Held. Wie war das, dreimal aus der Gefangenschaft geflohen? Bei den beiden ersten Malen hat man dich erwischt und dich dafür büßen lassen, aber beim letztenmal hast du es ganz alleine geschafft, oder? Du hast dich ein paar hundert Meilen durch feindlichen Dschungel gekämpft, bis du unsere Linien erreicht hast.«

»Es waren nicht einmal hundert, und ich hatte verdammtes Glück. Bei den ersten zwei Versuchen sind meinetwegen acht Menschen ums Leben gekommen. Darauf bin ich nicht besonders stolz. Aber können wir jetzt zu unserem Geschäft kommen?«

»Gib mir noch ein paar Minuten«, sagte Halliday und schob die Croissants weg. »Bitte. Ich versuche nicht, in deiner Vergangenheit herumzuwühlen. Ich wollte dir ein paar Fragen stellen, für die ich einen bestimmten Grund habe. Siehst du, ich höre allgemein, daß du einer der besten Leute auf der internationalen Szene bist, aber die Leute, mit denen ich gesprochen habe, können einfach nicht begreifen, weshalb Joel Converse bei einer relativ kleinen, wenn auch erfolgreichen Firma bleibt, wo er doch gut genug ist, um sich etwas viel Besseres herauszusuchen oder sich auf eigene Füße zu stellen. Warum bist du dort, wo du bist?«

»Ich werde gut bezahlt und habe praktisch freie Hand.

Niemand sitzt mir im Nacken. Außerdem gehe ich nicht gerne Risiken ein. Es gibt da gewisse Unterhaltszahlungen, die ich zu leisten habe. Alles freundschaftlich geregelt, aber immerhin teuer.«

»Sorgerecht auch?«

»Nein, Gott sei Dank.«

»Was war denn, als du aus der Navy entlassen wurdest? Wie war dir zumute?« Halliday beugte sich wieder vor und stützte die Ellbogen auf den Tisch und das Kinn auf die gefalteten Hände – wie ein wißbegieriger Schüler. Oder etwas ganz anderes.

»Was sind denn das für Leute, mit denen du gesprochen hast?« fragte Converse.

»Das würde ich für den Augenblick als vertrauliche Information bezeichnen, Herr Anwalt. Kannst du das akzeptieren?«

Joel lächelte. »Du bist wirklich ein Tiger... Okay, ich will es dir sagen. Ich kam zurück, nachdem man mein Leben völlig in Unordnung gebracht hatte. Ich war wütend und wollte alles haben. Aus dem schlechten Studenten wurde eine Art Wissenssüchtiger, und ich würde lügen, wenn ich nicht zugeben würde, daß man mir einige Privilegien eingeräumt hat. Ich ging nach Amherst zurück und brachte in drei Semestern ein Zweieinhalbjahrespensum hinter mich. Dann bot man mir in Duke einen Schnellkurs an, und ich ging hin, spezialisierte mich anschließend in Georgetown, während ich meine Referendarzeit ableistete.«

»Du warst Referendar in Washington?«

Converse nickte. »Ja.«

»Wo?«

»Bei Clifford.«

Halliday pfiff leise durch die Zähne und lehnte sich wieder zurück. »Das ist natürlich ein goldener Boden, der sichere Weg in den Juristenhimmel und zu den Multis.«

»Ich sagte ja, man hat mir einige Privilegien eingeräumt.«

»Hast du damals angefangen, dir über den diplomatischen Dienst Gedanken zu machen? Als du in Georgetown warst? In Washington?«

Wieder nickte Joel und kniff die Augen zusammen, als sich die Sonne irgendwo auf dem Boulevard in einem Kühlergrill spiegelte. »Ja.«

»Den hättest du doch haben können«, sagte Halliday.

»Die wollten mich aus den falschen Gründen, allen nur erdenklichen falschen Gründen. Als denen klar wurde, daß ich andere Vorstellungen hatte, war ich im State Department nicht mehr willkommen.«

»Und wie war es mit Clifford? Du hast denen doch eine Menge Image eingebracht.« Der Kalifornier hob abwehrend die Hände. »Ich weiß, ich weiß. Die falschen Gründe.«

»Die falschen Zahlen«, widersprach Converse. »Die hatten über vierzig Rechtsanwälte auf ihrem Briefbogen stehen und weitere zweihundert auf der Gehaltsliste. Ich hätte zehn Jahre gebraucht, um den Weg zur Herrentoilette zu finden, und weitere zehn, bis man mir den Schlüssel dafür gegeben hätte. Also, das war es nicht, was ich wollte.«

»Was hast du denn gewollt?«

»Ziemlich genau das, was ich bekommen habe. Ich hab' dir ja gesagt, das Gehalt stimmt, und ich habe freie Hand bei meiner Arbeit. Letzteres ist für mich genauso wichtig.«

»Das konntest du aber nicht wissen, als du dort eingetreten bist«, wandte Halliday ein.

»Doch. Zumindest gab es Hinweise darauf. Als Talbot, Brooks and Simon an mich herantrat, haben wir eine Übereinkunft getroffen. Wenn ich mich im Laufe von vier, fünf Jahren bewähren konnte, sollte ich der Nachfolger von Brooks werden. Er war damals für die Überseegeschäfte zuständig und fing an, den Spaß an dem vielen Reisen zu verlieren.« Wieder machte Converse eine Pause. »Allem Anschein nach habe ich mich bewährt.«

»Und allem Anschein nach hast du während dieser Zeit irgendwann einmal geheiratet.«

Joel lehnte sich in seinem Stuhl zurück. »Ist das notwendig?«

»Es ist nicht einmal wichtig, aber es interessiert mich ungemein.«

»Warum?«

»Das ist eine ganz natürliche Reaktion«, erklärte Halliday und blickte amüsiert. »Wahrscheinlich würde es dir genauso gehen, wenn du an meiner Stelle wärst und ich alles das durchgemacht hätte, was du durchgemacht hast.«

»Achtung, Hai voraus«, murmelte Converse.

»Sie brauchen natürlich nicht zu antworten, Herr Anwalt.«

»Ich weiß, aber seltsamerweise macht es mir nichts aus. Sie hat auch eine Menge ertragen müssen wegen dieses ›Was-du-alles-durchgemacht-hast‹-Unsinns.« Joel brach ein Croissant auseinander, machte aber keine Anstalten, es vom Teller zu nehmen. »Bequemlichkeit und ein vages Image der Stabilität.«

»Wie bitte?«

»Das waren ihre Worte«, fuhr Joel fort. »Sie hat gesagt, ich hätte geheiratet, um ein Zuhause zu haben und jemanden, der mir die Mahlzeiten zubereitet und sich um meine Wäsche kümmert, und um mir die lästigen, zeitraubenden Albernheiten sparen zu können, derer es bedarf, um jemanden zu finden, mit dem man schlafen kann. Und außerdem bin ich mit der Heirat auch den allgemeinen Erwartungen an mich gefolgt... ›und ich habe, weiß Gott, auch meine Rolle spielen müssen‹ ... ebenfalls ihre Worte.«

»Und stimmen sie?«

»Ich sagte dir doch, als ich zurückkam, wollte ich alles haben, und sie gehörte auch dazu. Ja, sie stimmten. Köchin, Zimmermädchen, Wäscherin, Bettgefährtin und akzeptables, attraktives Anhängsel. Sie hat einmal gesagt, sie wäre sich nie darüber klargeworden, welche Reihenfolge die richtige sei.«

»Scheint ja ein interessantes Mädchen gewesen zu sein.«

»Das war sie. Das ist sie.«

»Entdecke ich da etwas, was auf eine mögliche Aussöhnung deuten könnte?«

»Niemals.« Converse schüttelte den Kopf, ein leichtes Lächeln um die Lippen, aber nur eine Andeutung von Humor in den Augen. »Sie ist ebenfalls hereingelegt worden, und auch das hätte nicht passieren dürfen. Außerdem gefällt mir mein augenblickliches Leben, so wie es ist, wirklich. Es gibt Menschen, die einfach nicht für den häuslichen Herd und gelegentlichen Truthahnbraten geschaffen sind, selbst wenn man sich das vielleicht manchmal wünscht.«

»Das ist aber nicht das schlechteste Leben.«

»Lebst du es denn?« fragte Joel schnell, um damit von sich abzulenken.

»Allerdings, inklusive Zahnarztrechnungen und Elternausschüssen. Fünf Kinder und eine Frau. Ich würde es nicht anders haben wollen.«

»Aber du reist doch viel, nicht wahr?«

»Das gibt immer ein schönes Wiedersehen.« Wieder beugte Halliday sich vor, als müßte er einen Zeugen fixieren. »Du hast also im Moment keine festen Bindungen, niemanden, zu dem es dich unwiderstehlich hinzieht.«

»Talbot, Brooks and Simon könnten das als Beleidigung empfinden. Ebenso mein Vater. Seit meine Mutter gestorben ist, essen wir einmal die Woche miteinander zu Abend, wenn er nicht irgendwo in der Weltgeschichte herumgondelt, was bei seinen vielen Freiflügen meistens der Fall ist.«

»Er kommt also noch ziemlich viel rum?«

»Nun, eine Woche ist er in Kopenhagen, die nächste in Hongkong. Es macht ihm einen Riesenspaß.«

»Ich glaube, ich könnte ihn mögen.«

Converse zuckte die Schultern und lächelte wieder. »Vielleicht auch nicht. Er hält alle Anwälte für Stinker, mich eingeschlossen. Er ist der letzte Vertreter einer aussterbenden Gattung – die Flieger mit den weißen Halstüchern.«

»Ganz sicher würde ich ihn mögen... Aber abgesehen von deinen Brötchengebern und deinem Vater gibt es keine – wir wollen sagen – Bindungen besonderer Art in deinem Leben.«

»Wenn du damit Frauen meinst, davon gibt es ein paar, und wir sind gute Freunde. Und jetzt ist dieses Gespräch, glaube ich, weit genug gegangen.«

»Ich sagte dir doch, daß ich einen bestimmten Grund habe«, sagte Halliday.

»Warum nennen Sie ihn denn nicht, Herr Anwalt? Mit dem Verhör ist jetzt Schluß.«

Der Kalifornier nickte. »Also gut. Die Leute, mit denen ich gesprochen habe, wollten wissen, ob du frei wärst, um zu reisen.«

»Die Antwort darauf ist nein. Ich habe einen Beruf und eine Verantwortung gegenüber der Firma, für die ich tätig bin. Heute ist Mittwoch, wir werden die Fusion bis Freitag unter Dach und Fach haben. Dann nehme ich mir das Wochenende frei und bin am Montag wieder im Büro... und dann erwartet man mich auch.«

»Und wenn man zu einem Arrangement käme, mit dem Talbot, Brooks and Simon einverstanden wären?«

»Das ist anmaßend.«

»Ein Angebot, dessen Ablehnung dir sehr schwerfallen würde.«

»Das ist lächerlich.«

»Versuchen wir's doch mal«, sagte Halliday. »Fünfhunderttausend Dollar für deine Zusage und deinen Einsatz, eine Million, wenn du es schaffst.«

»Jetzt bist du verrückt.« Wieder wurde Converse geblendet, diesmal fiel das grelle Licht länger auf sein Gesicht als beim erstenmal. Er hob die linke Hand, um seine Augen zu schützen, und starrte den Mann an, den er einmal als Avery Fowler gekannt hatte. »Außerdem, mal ganz abgesehen von ethischen Erwägungen, denn du hast heute morgen keine Chance bei mir, ist mir der Zeitpunkt verdächtig. Ich mag keine Angebote – selbst verrückte nicht – von Anwälten, mit denen ich mich in Kürze auseinanderzusetzen habe.«

»Das sind zwei vollkommen unterschiedliche Angelegenheiten. Und du hast recht, ich habe wirklich weder etwas zu gewinnen noch zu verlieren. Du hast das mit Aaron ja praktisch schon fertig gemacht. Und ich bin auch schrecklich ethisch, ich stelle den Schweizern nur meine Zeit in Rechnung – Mindestsatz –, weil meine Erfahrung gar nicht gefragt ist. Meine Empfehlung heute morgen wird sein, den Vertragsentwurf so zu akzeptieren, wie er steht, ohne auch nur ein Komma daran zu ändern. Wo liegt da also der Konflikt?«

»Wo liegt die Vernunft?« fragte Joel. »Ganz zu schweigen von den Arrangements, die Talbot, Brooks and Simon akzeptabel zu finden hätten. Du sprichst da von etwa zweieinhalb Jahresgehältern *plus* Prämie als Gegenleistung dafür, daß ich mit dem Kopf nicke.«

»Dann tu's doch«, sagte Halliday. »Wir brauchen dich.«

»*Wir*? Das ist eine ganz neue Wendung, nicht wahr? Ich dachte, es ginge um *sie*. Wobei *sie* die Leute sind, mit denen du gesprochen hast. Raus mit der Sprache, *Press*.«

A. Preston Halliday blickte Joel fest in die Augen. »Ich gehöre zu ihnen, und im Augenblick geschieht etwas, das nicht geschehen sollte. Wir möchten, daß du ein Unternehmen aus dem Geschäft kippst. Einen unangenehmen Verein, der noch dazu gefährlich ist. Wir würden dir alles dazu Nötige an die Hand geben.«

»Welches Unternehmen?«

»Der Name würde dir nichts bedeuten, er ist nicht registriert. Laß es uns eine Art Exilregierung nennen.«

»Eine *was*?«

»Eine Gruppe gleichgesinnter Männer, die dabei sind, sich Mittel zu verschaffen, die ihnen mehr Einfluß geben würden, als gut für sie ist... und eine Autorität, die sie nicht haben sollten.«

»Und wo geschieht das?«

»An Orten, die sich diese arme, ungeschickte Welt nicht leisten kann. Und diese Männer sind dazu imstande, weil niemand es von ihnen erwartet.«

»Das klingt ja ziemlich geheimnisvoll.«

»Ich habe Angst. Ich kenne sie.«

»Aber ihr verfügt über die Mittel, um sie daran zu hindern«, sagte Converse. »Ich nehme an, das soll heißen, daß sie verletzbar sind.«

Halliday nickte. »Ja, das glauben wir. Wir haben einige Hinweise, aber man wird nachbohren müssen, ein paar Kombinationen anstellen. Alles spricht dafür, daß sie Gesetze gebrochen und sich auf Unternehmungen und Transaktionen eingelassen haben, die die jeweiligen Regierungen unter Verbot gestellt haben.«

Joel blieb einen Augenblick lang still und musterte den Kalifornier. »Regierungen?« fragte er dann. »Plural?«

»Ja.« Hallidays Stimme wurde leiser. »Sie gehören verschiedenen Nationen an.«

»Aber ein Unternehmen?« sagte Converse. »Eine Gesellschaft?«

»So könnte man es ausdrücken, ja.«

»Wie wäre es mit einem einfachen Ja?«

»So einfach ist es eben nicht.«

»Ich will dir sagen, was ist«, unterbrach Joel. »Ihr habt Verdachtsmomente, also kümmert euch auch selbst darum, den großen, bösen Wolf zur Strecke zu bringen. Ich bin im Augenblick ausreichend beschäftigt.«

Halliday machte eine Pause, ehe er weitersprach. »Nein, das bist du nicht«, sagte er leise.

Wieder herrschte Schweigen, und jeder musterte den anderen. »Was hast du gesagt?« fragte Converse, und seine Augen waren jetzt wie blaues Eis.

»Deine Partner haben verstanden. Du kannst unbezahlten Urlaub nehmen.«

»Du anmaßender Hurensohn! Wer hat dir das Recht gegeben, sie auch nur...«.

»General George Marcus Delavane«, unterbrach Halliday ihn. Er sprach den Namen mit monotoner Stimme.

Es war, als wäre aus dem strahlend blauen Himmel plötzlich ein Blitz heruntergefahren und hätte sich in Joels Augen gebrannt und das Eis in Feuer verwandelt. Dann folgten Donnerschläge, die in seinem Bewußtsein explodierten.

Die Piloten saßen um den langen, rechteckigen Tisch in der Offiziersmesse, tranken ihren Kaffee und starrten entweder in die braune Brühe oder gegen die grauen Wände. Keiner von ihnen verspürte Lust, das Schweigen zu brechen. Vor einer Stunde waren sie auf Pak Song heruntergestoßen, hatten alles in Brand geschossen und damit den Vorstoß der nordvietnamesischen Bataillone aufgehalten und den sich neu formierenden südvietnamesischen und amerikanischen Truppen, die bald unter brutaler Belagerung stehen würden, eine Atempause verschafft. Schließlich hatten sie ihren Einsatz beendet und waren zu ihren Flugzeugträgern zurückgekehrt – alle mit Ausnahme eines einzigen. Sie hatten ihren kommandierenden Offi-

zier verloren. Lieutenant Senior Grade Gordon Ramsey war von einer Boden-Luft-Rakete getroffen worden, die von einer Küstenbatterie aus gestartet und in Ramseys Leitwerktanks eingeschlagen war; die Maschine explodierte in einem riesigen Feuerball, der Tod kam bei einer Fluggeschwindigkeit von sechshundert Meilen in der Stunde, ein Leben so schnell ausgelöscht wie ein Augenzwinkern. Hinter dem Geschwader war eine Tiefdruckzone heraufgezogen; es würde ein paar Tage keine Einsätze geben. Damit hatten sie Zeit zum Nachdenken, und das war kein angenehmer Gedanke.

»Lieutenant Converse«, sagte ein Matrose an der offenen Tür der Offiziersmesse.

»Ja?«

»Der Captain läßt Sie zu sich bitten, Sir.«

Eine sehr wohlformulierte Einladung, überlegte Joel, während er aufstand und den ernsten Blicken der anderen begegnete, die am Tisch sitzen blieben. Er hatte mit der Aufforderung gerechnet, aber sie war ihm unangenehm. Diese Beförderung war eine Ehre, auf die er gern verzichtet hätte. Nicht, daß er älter oder dienstälter als die anderen Piloten gewesen wäre; er hatte einfach mehr Flugstunden hinter sich als alle anderen und damit auch mehr Erfahrung. Erfahrung, die man als Geschwaderführer brauchte.

Als er die schmale Treppe zur Brücke hinaufging, sah er am Himmel die Silhouette eines riesigen Cobra-Helikopters der Army, der sich dem Flugzeugträger näherte; jemand stattete der Navy einen Besuch ab.

»Ein schrecklicher Verlust, Converse«, sagte der Captain, der an seinem Kartentisch stand, und schüttelte traurig den Kopf. »Und der Brief, den ich schreiben muß, wird mir wirklich schwerfallen. Diese Briefe sind, weiß Gott, nie einfach, aber der hier bereitet mir noch mehr Schmerz.«

»Wir empfinden alle das gleiche, Sir.«

»Das kann ich mir vorstellen.« Der Captain nickte. »Und ich kann mir auch vorstellen, daß Sie wissen, weshalb ich Sie zu mir gebeten habe.«

»Nicht genau, Sir.«

»Ramsey hat immer gesagt, Sie seien der Beste, und das bedeutet, daß Sie jetzt eines der besten Geschwader im Südchinesischen Meer übernehmen werden.« Das Telefon klingelte und unterbrach

den Kommandanten des Flugzeugträgers. Er nahm den Hörer ab.
»Ja?«

Mit dem, was folgte, hatte Joel nicht gerechnet. Der Captain runzelte zuerst die Stirn, dann spannten sich seine Gesichtsmuskeln, und seine Augen wirkten erschreckt und zornig zugleich. »Was?« rief er, und seine Stimme wurde lauter. »Und das ohne Vorankündigung – gab es keine Nachricht an die Funkzentrale?« Eine kurze Pause, dann knallte der Captain den Hörer auf die Gabel und schrie: »Himmel Herrgott!« Er blickte zu Converse. »Es scheint, daß uns die zweifelhafte Ehre einer unangekündigten Heimsuchung durch das Kommando Saigon zuteil wird. Und ich meine Heimsuchung!«

»Ich gehe wieder hinunter, Sir«, sagte Joel und setzte zu einer Ehrenbezeigung an.

»Nein, noch nicht, Lieutenant«, erwiderte der Captain leise, aber bestimmt. »Sie erhalten jetzt Ihre Befehle, und da sie die Luftoperationen dieses Schiffes betreffen, werden Sie sich diese Befehle bis zu Ende anhören. Zumindest soll Mad Marcus wissen, daß er die Navy in ihren Geschäften stört.«

Die nächsten dreißig Sekunden dienten dem Ritual der Kommandoübertragung. Plötzlich klopfte es zweimal kurz hintereinander an der Türe, dann wurde sie geöffnet, und die hochgewachsene, breitschultrige Gestalt von George Marcus Delavane schob sich herein und füllte den Raum mit der schieren Kraft ihrer Präsenz.

»Captain?« sagte Delavane, grüßte trotz des niedrigeren Ranges des anderen als erster. Seine etwas schrille Stimme war höflich, nicht aber seine Augen. Die waren durchdringend und feindselig.

»General«, konterte der Captain und erwiderte die Ehrenbezeigung gleichzeitig mit Converse. »Ist das eine unangekündigte Inspektion vom Kommando Saigon?«

»Nein, es handelt sich um eine dringend erforderliche Besprechung zwischen Ihnen und mir – zwischen Kommando Saigon und einer ihr untergeordneten Außenstelle.«

»Ich verstehe«, sagte der Captain, der Mühe hatte, seinen Zorn zurückzuhalten. »Im Augenblick bin ich dabei, diesem Mann dringende Befehle zu erteilen.«

»Sie haben es für richtig gehalten, die meinen zu widerrufen!« unterbrach ihn Delavane heftig.

»*General, wir haben einen schweren, traurigen Tag hinter uns*«, antwortete der Captain. »*Wir haben vor nicht einmal einer Stunde einen unserer besten Piloten verloren...*«

»*Als er dabei war abzuhauen?*« Wieder unterbrach Delavane, und die Geschmacklosigkeit seiner Bemerkung wurde durch den schrillen, nasalen Klang seiner Stimme noch unterstrichen. »*Haben die ihm den verdammten Hintern abgeschossen?*«

»*Das ist empörend!*« sagte Converse, der sich nicht mehr beherrschen konnte, in heftigem Ton. »*Ich bin der Nachfolger dieses Mannes und empfinde das, was Sie gerade gesagt haben, als empörend – General!*«

»*Sie? Wer, zum Teufel, sind Sie?*«

»*Beruhigen Sie sich, Lieutenant. Sie können wegtreten.*«

»*Ich bitte mit allem Respekt darum, dem General antworten zu dürfen!*« schrie Joel und weigerte sich, den Raum zu verlassen.

»*Was, Sie aufgeblasener Scheißer?*«

»*Mein Name ist...*«

»*Vergessen Sie es, es interessiert mich nicht!*« Delavanes Kopf fuhr wieder zu dem Captain herum. »*Was ich wissen möchte, ist, wie Sie auf die Idee kommen, meine Anweisungen zu mißachten – die Anweisungen vom Kommando Saigon! Ich habe einen Einsatz befohlen! Und Sie haben ›mit allem Respekt abgelehnt‹, diesen Befehl auszuführen!*«

»*Sie sollten genausogut wie ich wissen, daß eine Tiefdruckzone aufgezogen ist.*«

»*Meine Meteorologen sagen, daß trotzdem geflogen werden kann!*«

»*Ich kann mir vorstellen, daß Sie diese Aussage sogar dann bekommen würden, wenn Sie sie während eines Burma-Monsuns verlangen würden.*«

»*Das ist eine schwere Insubordination!*«

»*Das hier ist mein Schiff, und die militärischen Vorschriften lassen keinen Zweifel daran, wer hier das Kommando führt.*«

»*Wollen Sie mich mit Ihrem Funkraum verbinden? Ich lasse mir das Oval Office geben, und dann werden wir ja sehen, wie lange Sie dieses Schiff noch führen!*«

»*Sie wollen sicher privat sprechen – vermutlich über einen Zerhacker. Ich lasse Sie hinbringen.*«

»Verdammt noch mal, ich habe viertausend Mann – davon vielleicht zwanzig Prozent mit Kampferfahrung –, die in Sektor fünf einziehen! Wir brauchen einen kombinierten Tieffliegerangriff vom Land und vom Meer aus. Und den werden wir auch bekommen, selbst wenn ich dafür sorgen muß, daß man Ihren Arsch hier binnen einer Stunde wegschafft! Und das schaffe ich, Captain... Wir sind hier, um zu gewinnen, zu gewinnen, habe ich gesagt, und zwar alles! Wir können hier keine Zuckerpüppchen brauchen, die sich vor jedem Risiko drücken! Vielleicht haben Sie das bisher noch nicht gehört, aber der Krieg ist eine riskante Angelegenheit! Wenn Sie nichts riskieren, können Sie auch nichts gewinnen, Captain!«

»Das brauchen Sie mir nicht zu sagen, General. Der gesunde Menschenverstand verlangt, daß man seine Verluste gering hält, und wenn man das genügend oft tut, dann gewinnt man die nächste Schlacht.«

»Ich werde diese hier gewinnen, mit Ihnen oder ohne Sie, Blue Boy!«

»Ich rate Ihnen mit allem Respekt, Ihre Sprache zu mäßigen, General.«

»Was?!« Delavanes Gesicht war wutverzerrt, und seine Augen die eines wilden Tieres. »Sie geben mir einen Rat? Sie erdreisten sich, Kommando Saigon einen Rat zu geben? Nun, Sie können tun, was Sie mögen – Blue Boy, in Ihren hübschen Seidenhosen –, aber der Vormarsch ins Tho-Tal läuft.«

»Das Tho«, unterbrach Converse. »Das ist die erste Etappe der Route Pak Song. Wir haben dort viermal angegriffen. Ich kenne das Terrain.«

»Sie kennen es?« brüllte Delavane.

»Ja, aber ich bekomme meine Anweisungen vom Kommandanten dieses Schiffes – General.«

»Sie aufgeblasener Scheißer, Sie nehmen Ihre Befehle vom Präsidenten der Vereinigten Staaten entgegen! Er ist Ihr oberster Befehlshaber! Und ich werde mir diese Befehle besorgen!«

Delavanes Gesicht war nur wenige Zentimeter von Joels entfernt, und sein irrer Ausdruck war wie eine Herausforderung an jedes Nervenende in Joels Körper; Haß und Abscheu mischten sich. Converse hörte selbst kaum die Worte, die er sprach: »Ich würde dem General ebenfalls den Rat geben, seine Sprache zu mäßigen.«

»Warum denn, Sie Scheißer? Hat der Blue Boy etwa Wanzen in diesem Raum?«

»Ruhig Blut, Lieutenant! Ich habe gesagt, Sie sollen wegtreten!«

»Sie wollen, daß ich meine Sprache mäßige, Sie mit Ihrer kleinen goldenen Litze? Nein, Sonny Boy, passen Sie lieber auf, was Sie sagen! – Wenn Ihre Staffel nicht um fünfzehn Uhr in der Luft ist, dann sorge ich dafür, daß ganz Südostasien erfährt, wie feige dieser Flugzeugträger und seine Besatzung ist! Haben Sie das mitgekriegt, Blue Boy, mit Ihren Seidenhosen?«

Wieder antwortete Joel und wunderte sich, während er sprach, woher er den Mut dazu nahm. »Ich weiß nicht, woher Sie kommen, aber ich hoffe inständig, daß wir uns einmal unter anderen Gegebenheiten wiederbegegnen. Ich finde, Sie sind ein Schwein.«

»Insubordination! Und außerdem würde ich Ihnen den Arsch aufreißen!«

»Wegtreten, Lieutenant!«

»Nein, Captain!« schrie der General. »Vielleicht ist er doch der Mann, um diesen Einsatz zu führen. Also, was soll es sein, Blue Boy? Sie haben die Wahl – Sie fliegen, oder Sie bekommen Ihre Anweisung vom Präsidenten – oder Ihren Abschied?«

Um 15.20 Uhr startete Converse mit seinem Geschwader vom Flugdeck des Trägers. Um 15.38 Uhr drangen sie in niedriger Höhe in die Wetterfront ein und erlitten die zwei ersten Ausfälle, als sie über der Küste Feuer erhielten; die beiden Maschinen an den Flügeln wurden abgeschossen – Feuertod bei sechshundert Meilen die Stunde. Um 15.46 Uhr explodierte Joels rechter Antrieb; bei der geringen Höhe, in der sie flogen, war ein direkter Treffer kein Problem. Um 15.46.30 Uhr stieg Converse mit dem Schleudersitz aus, sein Fallschirm wurde sofort in die schweren Schauer der Regenwolken hineingerissen. Während er heftig hin und her geschüttelt der Erde entgegenfiel und die Schirmgurte ihm schmerzhaft ins Fleisch schnitten, sah er jedesmal, wenn eine Bö ihn traf, in der Finsternis vor sich ein Bild. Das wutverzerrte Gesicht von General George Marcus Delavane. Einem Wahnsinnigen hatte er es zu verdanken, daß er jetzt eine unbestimmte Zeit in der Hölle verbringen würde. Die Verluste der Bodentruppen waren, wie er später erfuhr, noch unendlich viel größer.

Delavane! Der Schlächter von Da Nang und Pleiku. Ein Mann, der sinnlos Tausende geopfert hatte, der ein Bataillon nach dem anderen in den Dschungel und die Berge getrieben hatte, ohne daß sie dafür ausgebildet waren oder über ausreichend Feuerkraft verfügten.

Wieder ein gleißender Blitz vom Boulevard, ein blendender Reflex der Sonne vom Quai du Mont Blanc. Er war in Genf, nicht in einem nordvietnamesischen Lager, wo er Kinder in amerikanischer Uniform im Arm hielt, die sich übergaben, während sie ihre Geschichte erzählten, oder in San Diego, wo er die United States Navy verließ. Er war in Genf... und der Mann, der ihm am Tisch gegenübersaß, wußte alles, was er dachte und empfand.

»Warum *ich*?« fragte Joel

»Weil man dich, wie man mir sagte, motivieren könnte«, sagte Halliday. »Das ist die schlichte Antwort. Man hat mir eine Geschichte erzählt. Der Captain eines Flugzeugträgers weigerte sich, einen Befehl Delavanes auszuführen und seine Flugzeuge starten zu lassen. Ein Unwetter war aufgekommen; er nannte den Befehl selbstmörderisch. Aber Delavane zwang ihn, drohte damit, das Weiße Haus anzurufen und den Captain seines Kommandos entheben zu lassen. Du hast jenen Einsatz geführt. Damals hat es dich erwischt.«

»Ich lebe noch«, sagte Converse ausdruckslos. »Zwölfhundert andere haben den nächsten Tag nicht mehr erlebt, und wahrscheinlich tausend weitere wünschten sich, sie hätten sterben dürfen.«

»Und du warst in der Kabine des Captains, als Mad Marcus Delavane seine Drohungen ausstieß.«

»Das war ich«, sagte Converse tonlos. Dann schüttelte er verwirrt den Kopf. »Alles, was ich dir erzählt habe – über mich –, das hast du alles schon einmal gehört.«

»Es gelesen«, korrigierte ihn der Anwalt aus Kalifornien. »Wie du – und ich glaube, wir sind die Besten in diesem Geschäft unter Fünfzig –, halte ich nicht soviel von dem geschriebenen Wort. Ich muß eine Stimme hören, ein Gesicht sehen.«

»Ich habe dir nicht geantwortet.«
»Das brauchtest du auch nicht.«
»Aber *du* mußt *mir* antworten. *Jetzt*... Du bist doch für Com Tech-Bern hier, oder?«
»Ja, das stimmt schon«, sagte Halliday. »Nur daß die Schweizer nicht zu mir gekommen sind, sondern ich zu ihnen. Ich habe dich beobachtet, auf den richtigen Augenblick gewartet. Es mußte der richtige Augenblick sein, es mußte natürlich aussehen und geografisch logisch.«
»Warum? Was meinst du damit?«
»Weil man mich beobachtet... Rosen hatte einen Herzinfarkt. Ich habe davon gehört, Bern kontaktiert und einen plausiblen Fall für mich daraus gemacht.«
»Dein Ruf hat genügt.«
»Der half, aber ich brauchte mehr. Ich sagte, wir würden uns kennen, seit langer Zeit – was ja, weiß Gott, stimmt –, und dann deutete ich an, daß ich größten Respekt vor dir hätte und wüßte, daß du in Abschlußverhandlungen äußerst geschickt seist... und daß ich deine Methoden genau kennen würde. Und dann habe ich einen genügend hohen Preis verlangt.«
»Eine unwiderstehliche Kombination für die Schweizer«, sagte Converse.
»Deine Billigung freut mich.«
»Aber nein«, widersprach Joel. »Ich billige das überhaupt nicht. Zuallerletzt *deine* Methoden. Du hast mir überhaupt nichts gesagt, nur geheimnisvolle Andeutungen über eine unbekannte Gruppe von Leuten gemacht, von der du sagst, daß sie gefährlich sei. Und dann den Namen eines Mannes ins Spiel gebracht, von dem du wußtest, daß er bei mir eine Reaktion provozieren würde. Vielleicht bist du doch ein Freak und im Herzen immer noch ein Hippie.«
»Jemanden einen ›Freak‹ zu nennen, ist äußerst präjudizierend, Herr Anwalt, und würde mit Sicherheit aus dem Protokoll gestrichen werden.«
»Trotzdem sage ich es, Herr Kollege«, erwiderte Converse in stummem Zorn. »Und zwar hier und jetzt.«
»Du solltest den Sicherheitsaspekt nicht unterschätzen«,

fuhr Halliday ruhig und eindringlich fort. »Ich bin in Gefahr, und abgesehen von einer gewissen Neigung zur Feigheit, derer ich mich schuldig bekennen muß, gibt es da in San Francisco eine Frau und fünf Kinder, die mir sehr wichtig sind.«

»Also bist du zu mir gekommen, weil ich so etwas nicht habe?«

»Ich bin zu dir gekommen, weil dich niemand kennt, weil du noch nicht in die Sache verwickelt bist und weil du der Beste bist, den es gibt, und ich es nicht tun kann! Mir sind gesetzlich die Hände gebunden, und es muß legal geschehen.«

»Warum sagst du nicht, was du meinst?« wollte Converse wissen. »Wenn du das nämlich jetzt nicht tust, stehe ich auf, und dann sehen wir uns nachher am Konferenztisch.«

»Ich habe Delavane vertreten«, erwiderte Halliday hastig. »So wahr mir Gott helfe, ich wußte nicht, was ich tat, und nur sehr wenige Leute haben das gebilligt, aber ich hatte eine Antwort darauf, die zu allen Zeiten gültig war. Auch unpopuläre Sachen und Leute verdienen es, daß man sie vertritt.«

»Dagegen kann ich wenig vorbringen.«

»Du kennst die Sache nicht. Ich schon. Ich habe es herausgefunden.«

»In welcher Sache?«

Halliday lehnte sich vor. »Die Generale«, sagte er mit kaum hörbarer Stimme. »Sie kommen zurück.«

Joel sah den Kalifornier scharf an. »Woher? Ich wußte nicht, daß sie je verschwunden waren.«

»Aus der Vergangenheit«, sagte Halliday.

Converse lehnte sich in seinem Stuhl zurück, seine Augen blickten jetzt amüsiert. »Du lieber Gott, ich dachte, du und deinesgleichen, ihr wäret ausgestorben. Sprichst du von der Gefahr aus dem Pentagon, *Press*... ›Press‹ stimmt doch, oder? Die Kurzform aus San Francisco oder Haight Ashbury, oder war es Beverly Hills? Du bist etwas hinter deiner Zeit zurück; ihr habt die Rekrutierungsbüros längst gestürmt.«

»Bitte, mach keine Witze. Mir ist das bitterernst.«

»Natürlich. *Sieben Tage im Mai* hieß der Film, glaube ich.

Oder *Fünf Tage im August*? Jetzt ist August, also wollen wir das Szenario doch *Die alten Kanonen des August* nennen. Klingt gut, finde ich.«

»Hör auf!« flüsterte Halliday. »Daran ist überhaupt nichts Komisches, und wenn, dann wüßte ich das vor dir.«

»Das soll eine Erklärung sein, nehme ich an«, sagte Joel.

»Da hast du verdammt recht, weil *ich nicht* das durchgemacht habe, was du durchgemacht hast. Ich habe mich rausgehalten, mich hat man nicht hereingelegt. Das bedeutet, daß ich über die Fanatiker lachen kann, weil sie mir nie weh getan haben. Und ich glaube immer noch, daß Lachen die beste Waffe ist, die es gibt. Aber nicht jetzt. Jetzt gibt es nichts zu lachen!«

»Erlaub mir ein leises Schmunzeln«, sagte Converse, ohne zu lächeln. »Ich habe selbst in meinen paranoidesten Augenblicken nie an die Verschwörungstheorie geglaubt, wonach das Militär die wahre Macht in Washington sei. Dazu könnte es niemals kommen.«

»Vielleicht weniger augenfällig als in anderen Ländern, aber mehr kann ich dir wirklich nicht zugestehen.«

»Was soll das heißen?«

»In Israel wäre es zweifellos offensichtlicher, ganz bestimmt in Johannesburg, möglicherweise auch in Frankreich und Bonn, und selbst in England – dort hat man sich nie groß bemüht, die Öffentlichkeit zu täuschen. Aber wahrscheinlich hat das, was du sagst, doch etwas für sich. Washington wird sich so lange in den Mantel seiner Verfassung hüllen, bis er fadenscheinig geworden ist und herunterfällt. Und dann kommt darunter wie zufällig eine Uniform zum Vorschein.«

Joel starrte in das Gesicht auf der anderen Seite des Tisches und hörte auf die Stimme, die leise und eindringlich an sein Ohr drang. »Du machst hoffentlich keine Witze, oder? Und du bist klug genug, mir nichts vorzumachen.«

»Oder dich hereinzulegen«, fügte Halliday hinzu. »Nein, nicht nach alldem, was ich mir sagen lassen mußte, während dich das Fernsehen auf der anderen Seite der Welt in deinem Sträflingspyjama zeigte. Das könnte ich nicht.«

»Ich denke, ich glaube dir... Du hast einige Länder erwähnt, ganz spezielle Länder. Einige sagen mir nichts, andere kaum etwas; ein paar wecken Erinnerungen an Blut und schlimmere Dinge. Absichtlich?«

»Ja«, nickte der Kalifornier. »Es macht sowieso keinen Unterschied, denn die Gruppe, von der ich spreche, ist der Ansicht, eine Idee zu besitzen, die am Ende alle diese Länder vereinen wird. Und sie alle führen wird... auf ihre Art.«

»Die der Generale?«

»Und Admirale und Brigadiers und Feldmarschälle... alte Soldaten, die ihre Zelte im richtigen Lager aufgeschlagen haben. So weit rechts, daß es seit dem Reichstag nur eine Bezeichnung für sie gibt.«

»Jetzt hör aber auf, Avery!« Converse schüttelte konsterniert den Kopf. »Ein paar müde, alte Kriegsrösser...«

»Die junge, harte, fähige neue Kommandeure rekrutieren und indoktrinieren«, unterbrach Halliday ihn.

»... die sich ihren letzten Huster abquälen...« Joel hielt inne. »Hast du dafür Beweise?« fragte er und betonte jedes einzelne Wort.

»Nicht genug... aber wenn man ein wenig nachbohrt... dann reicht es vielleicht.«

»Verdammt, hör auf, um den Brei herumzureden.«

»Unter den möglichen Rekruten sind vielleicht zwanzig Namen aus dem State Department und dem Pentagon«, sagte Halliday. »Männer, die Exportlizenzen erteilen und Millionen und Abermillionen ausgeben, weil sie die Befugnis dazu haben, was natürlich automatisch jeden Freundeskreis vergrößern hilft.«

»Und den Einfluß«, erklärte Converse. »Was ist mit London, Paris und Bonn, Johannesburg und Tel Aviv?«

»Wiederum Namen.«

»Wodurch gesichert?«

»Es gibt sie, ich habe sie selbst gesehen. Es war ein Zufall. Wie viele einen Eid abgelegt haben, weiß ich nicht, aber es gibt sie, und ihre Rangabzeichen paßten zu ihrer Philosophie.«

»Der Reichstag?«

»Alles, was sie brauchen, ist ein Hitler.«

»Und wo kommt Delavane ins Spiel?«
»Der könnte einen salben. Er könnte den Führer bestimmen.«
»Das ist doch lächerlich. Wer würde ihn schon ernst nehmen?«
»Man hat ihn schon einmal ernst genommen. Die Folgen hast du selbst erlebt.«
»Das war damals, nicht heute. Du antwortest nicht auf meine Frage.«
»Mach dir doch nichts vor, dort draußen gibt es Tausende von Männern, die noch heute denken, daß Delavane damals im Recht war. Aber was einem den Schlaf rauben kann, ist, daß es ein paar Dutzend Leute gibt, die genügend Geld haben, um seinen und ihren Wahnsinn auch zu finanzieren – etwas, was sie natürlich nicht als Wahnsinn und Verblendung ansehen, sondern als einzig sinnvolle Entwicklung der Geschichte, nachdem ja alle anderen Ideologien schmählich gescheitert sind.«

Joel setzte zum Sprechen an, hielt inne, als ihm ein neuer Gedanke kam. »Warum bist du nicht zu jemandem gegangen, der sie aufhalten kann? Der *ihn* aufhalten kann?«
»Zu wem denn?«
»Das solltest du mich nicht fragen müssen. Es gibt eine ganze Anzahl solcher Leute in der Regierung – ob sie nun gewählt oder eingesetzt sind – und den Ministerien. Da wäre zunächst einmal das Justizministerium.«
»Die würden mich zum Gespött von ganz Washington machen«, erwiderte Halliday. »Aber abgesehen von der Tatsache, daß wir keine Beweise haben – ich sagte ja, nur Namen und Vermutungen –, solltest du nicht vergessen, daß ich einmal als Hippie abgestempelt war. Das Etikett würde man mir wieder umhängen und mir empfehlen, doch gefälligst zu verschwinden.«
»Aber du hast Delavane *vertreten*.«
»Was ja die juristische Seite nur noch komplizierter macht, das sollte ich dir nicht sagen müssen.«
»Die Anwalt-Mandanten-Beziehung«, führte Converse den Satz zu Ende. »Du stehst im Morast, ehe du überhaupt

eine Anklage vorbringen kannst. Sofern du keine harten und wirklich zwingenden Beweise gegen deinen Mandanten hast, Beweise, daß er weitere Verbrechen begehen will und daß du diese Verbrechen durch weiteres Stillschweigen unterstützen würdest.«

»Und solche Beweise besitze ich nicht«, unterbrach der Kalifornier.

»Dann wird niemand auf dich hören«, fügte Joel hinzu. »Ganz besonders nicht die ehrgeizigen Anwälte im Justizministerium; die wollen sich für ihre Zeit nach dem Regierungsdienst nichts verbauen. Wie du ganz richtig sagst, die Delavanes dieser Welt haben ihre Anhänger.«

»Richtig«, pflichtete Halliday bei. »Und als ich anfing, Fragen zu stellen, und versuchte, Delavane zu erreichen, war er nicht bereit, mich zu empfangen oder auch nur mit mir zu sprechen. Statt dessen bekam ich einen Brief, in dem stand, daß ich entlassen sei ... daß er mich nie unter Vertrag genommen hätte, wenn er gewußt hätte, was ich einmal war. ›Ein Mensch, der Hasch geraucht und demonstriert hat, während tapfere junge Männer dem Ruf des Vaterlandes folgten.‹«

Converse pfiff leise durch die Zähne. »Und du behauptest, daß man dich hereingelegt hätte? Du lieferst ihm juristische Unterstützung, eine Struktur, die er ganz legal nutzen kann, und wenn dann etwas zu stinken anfängt, bist du der Letzte, der auf ihn zeigen kann. Er hüllt sich in die Flagge des alten Soldaten und nennt dich einen rachsüchtigen Freak.«

Halliday nickte. »In dem Brief stand noch viel mehr – nichts, das mich verletzen konnte – nur in *seinen* Augen –, aber es war brutal.«

»Da bin ich sicher.« Converse holte ein Päckchen Zigaretten heraus, hielt es seinem Gegenüber hin, aber Halliday schüttelte den Kopf. »Was hast du denn für ihn getan?« fragte Joel.

»Ich habe eine Firma gegründet, ein kleines Beratungsunternehmen in Palo Alto, das sich auf Import und Export spezialisierte. Was zulässig ist; es geht um Einfuhrquoten und wie man auf legalem Weg an Leute in Washington herankommt, die einem zuhören. Im Grunde handelte es sich um eine Art Lobby, den Versuch, aus einem Namen Kapital zu schlagen, falls sich jemand an ihn erinnern sollte. Damals kam mir das alles ziemlich rührend vor.«

»Ich dachte, du hättest gesagt, die Firma sei nicht registriert«, bemerkte Converse.

»Das ist auch nicht die, hinter der wir her sind. Sich darum zu kümmern, wäre Zeitvergeudung.«

»Aber dort hast du doch deine ersten Informationen bekommen, nicht wahr? Deine Hinweise?«

»Das war ein reiner Zufall, so etwas wird nicht wieder geschehen. Das ganze Unternehmen ist rechtlich so makellos wie das reinste Weiß, das es je gab.«

»Trotzdem ist es nur eine Fassade«, beharrte Joel. »Das muß es sein, wenn alles oder auch nur ein Teil von dem, was du gesagt hast, wahr ist.«

»Das ist es, und du hast ja auch recht. Doch es gibt nichts Schriftliches. Das Unternehmen bietet aber einen guten Vorwand zum Reisen, ein Vorwand für Delavane und seine Umgebung, von einem Platz zum anderen zu kommen, indem sie sich legitimen Geschäften widmen. Aber wenn sie dann an einem bestimmten Ort sind, tun sie dort das, was sie wirklich interessiert.«

»Das Rekrutieren der Generale und Feldmarschälle?« sagte Converse.

»Wir meinen, daß es sich um eine Art Missionstätigkeit handelt. Sehr leise und sehr intensiv.«

»Wie nennt sich Delavanes Firma denn?«

»Palo Alto International. Bist du interessiert?«

»Nicht daran, für jemanden zu arbeiten, den ich nicht kenne. Nein, ich bin nicht interessiert.«

»Siehst du wenigstens die Gefahr in dem, was ich dir dargestellt habe?«

»Wenn das stimmt, was du mir gesagt hast, und ich kann mir nicht vorstellen, weshalb du lügen solltest. Das hast du doch gewußt.«

»Angenommen«, fuhr Halliday schnell fort, »ich würde dir einen Brief geben, in dem steht, daß dir ein Betrag von fünfhunderttausend Dollar zur Verfügung gestellt wird über ein Konto auf der Insel Mykonos, das von einem Mandanten von mir eingerichtet worden ist, dessen Charakter und Ruf von höchstem Rang sind. Daß seine...«

»Augenblick, *Press*«, unterbrach Converse ihn hart.

»Bitte unterbrich mich nicht. *Bitte*!« Hallidays Augen hefteten sich fest an Joel, sein Blick war starr und von verzehrender Intensität. »Es gibt keine andere Möglichkeit, nicht *jetzt*. Ich bin bereit, meinen Namen – meine Berufsehre – aufs Spiel zu setzen. Ein Mann, den ich als einen hervorragenden Bürger kenne, der auf Anonymität besteht, will dich damit beauftragen, vertrauliche Arbeit auf deinem Spezialgebiet für ihn zu erledigen. Ich verbürge mich sowohl für den Mann als auch für die Arbeit, die er von dir haben möchte, und leiste einen Eid nicht nur auf die Legalität seiner Ziele, sondern auch auf den außergewöhnlichen Nutzen, der aus jedem noch so kleinen Erfolg von dir erwachsen könnte. Du bist gedeckt, du hast fünfhunderttausend Dollar, und du hast – ich nehme an, das ist dir ebenso wichtig, vielleicht noch mehr – die Chance, einen Wahnsinnigen, *Wahnsinnige* daran zu hindern, einen unvorstellbaren Plan zu verwirklichen. Ansonsten werden sie zumindest Unruhe erzeugen, wo sie können, überall politische Krisen anzetteln und ungeheures Leid über die Menschen bringen. Und schlimmstenfalls könnten sie den Lauf der Geschichte in einem solchen Maße ändern, daß es danach keine Geschichte mehr geben wird.«

Converse saß starr in seinem Stuhl, ohne den Blick von seinem Gegenüber zu wenden. »Das war eine beachtliche Rede. Hast du lange gebraucht, sie einzuüben?«

»Nein, du Hurensohn! Es war nicht nötig, sie einzuüben. Ebensowenig wie du deine kleine Explosion vor dem Offiziersausschuß vor zwölf Jahren in San Diego nicht einüben mußtest. ›Man darf solchen Männern heute keinen Platz mehr lassen, verstehen Sie denn nicht? Er war der Feind, *unser* Feind!‹ ...Das waren doch deine Worte, oder?«

»Sie haben sich gut vorbereitet, Herr Anwalt«, sagte Joel, der seinen Zorn gut unter Kontrolle hielt. »Warum besteht dein Mandant denn darauf, anonym zu bleiben? Warum nimmt er denn nicht sein Geld, macht eine politische Spende und spricht mit dem Direktor der CIA oder dem Nationalen Sicherheitsrat oder dem Weißen Haus? Das müßte ihm doch ziemlich leichtfallen. Eine halbe Million Dollar ist ja auch heutzutage kein Pappenstiel.«

»Weil er in keiner Weise offiziell in Erscheinung treten darf.« Halliday runzelte die Stirn, als er das sagte. »Ich *weiß*, das klingt verrückt, aber es ist so. Er *ist* ein hervorragender Mann, und ich bin zu ihm gegangen, weil ich nicht mehr weiter wußte. Offen gestanden hatte auch ich damit gerechnet, daß er den Telefonhörer abnehmen und genau das tun würde, was du gerade gesagt hast. Das Weiße Haus anrufen, wenn es sein müßte. Aber er wollte diesen Weg gehen.«

»Mit dir?«

»Tut mir leid, dich kannte er nicht. Er hat etwas sehr Seltsames zu mir gesagt. Er hat mir gesagt, ich solle jemanden finden, der diese Dreckskerle abschießt, ohne ihnen die Ehre zuteil werden zu lassen, daß die Regierung sich ihrer annimmt, ja, sie auch nur zur Kenntnis nimmt. Zuerst konnte ich das nicht verstehen, später schon. Es paßte zu meiner Theorie, daß man die Delavanes dieser Welt viel gründlicher ihrer Macht beraubt, wenn man sie auslacht, als wenn man irgendwelche andere Mittel gegen sie einsetzt.«

»Es nimmt ihnen auch den letzten Hauch von Märtyrertum«, fügte Converse hinzu. »Aber warum tut dieser... hervorragende Bürger... das, was er tut? Warum ist es ihm so viel Geld wert?«

»Wenn ich dir das sagte, würde ich die Vertraulichkeit brechen, die wir vereinbart haben.«

»Ich habe dich nicht nach seinem Namen gefragt. Ich möchte nur seine Gründe wissen.«

»Wenn ich dir die sage«, antwortete der Kalifornier, »würdest du wissen, wer er ist. Das kann ich nicht. Aber glaube mir, du würdest ihn verstehen.«

»Nächste Frage«, sagte Joel, dessen Stimme jetzt schärfer klang. »Was, *zum Teufel*, hast du zu Talbot und Brooks gesagt, daß sie so leicht zugestimmt haben?«

»Was sie schließlich dazu brachte *nachzugeben*, kann ich dir sagen«, erklärte Halliday. »Ich hatte Unterstützung. Kennst du Richter Lucas Anstett?«

»Zweites Appellationsgericht«, sagte Converse und nickte. »Er hätte es schon seit Jahren verdient, an den Obersten Gerichtshof berufen zu werden.«

»Darüber scheint allenthalben Einigkeit zu herrschen. Er ist ebenfalls ein Freund meines Klienten, und so wie ich das verstehe, hat er sich mit John Talbot und Nathan Simon getroffen – Brooks war verreist –, und ihnen, ohne den Namen meines Klienten preiszugeben, gesagt, daß es da ein Problem gibt, das sich leicht zu einer nationalen Krise entwickeln könnte, wenn man nicht sofort handelt. Er hat ihnen erklärt, daß einige amerikanische Firmen in die Sache verwickelt seien, ihre Wurzeln aber hauptsächlich in Europa lägen und den Einsatz eines erfahrenen internationalen Anwalts erforderten. Falls ihr Juniorpartner Joel Converse ausgewählt würde und der den Auftrag akzeptierte – würden sie dann in eine Beurlaubung einwilligen, um ihm die Möglichkeit zu geben, die Angelegenheit vertraulich zu verfolgen? Natürlich unterstützte der Richter das Projekt in vollem Umfang.«

»Und natürlich haben Talbot und Simon zugestimmt«, sagte Joel. »Man lehnt nicht etwas ab, das Anstett von einem fordert. Er ist viel zu überzeugend, ganz zu schweigen von der Macht, die seine Position ihm verleiht.«

»Ich glaube nicht, daß er diesen Hebel ansetzen würde.«
»Aber er könnte.«

Halliday griff in die Jackettasche und holte einen langen weißen Umschlag heraus. »Hier ist der Brief. Er enthält alles, was ich gesagt habe. Auf einem gesonderten Blatt steht, wie die Sache in Mykonos zu regeln ist. Sobald du der Bank die entsprechenden Anweisungen gibst – wie du das Geld haben möchtest, wohin es überwiesen werden soll –, wird man dir den Namen eines Mannes nennen, der auf der Insel wohnt; er lebt im Ruhestand. Ruf ihn an, er wird dir sagen, wo und wie du dich mit ihm treffen kannst. Er kennt alles, was wir dir zur Unterstützung geben können. Die Namen, die Verbindungen, so wie wir sie sehen, und die Aktivitäten, mit denen sie sehr wahrscheinlich befaßt sind und die die Gesetze ihrer jeweiligen Regierungen verletzen –, indem sie Waffen, Material und technologische Informationen in Weltgegenden bringen, in die man sie besser nicht schicken sollte. Du brauchst nur zwei oder drei Fälle aufzubauen, die mit Delavane in Verbindung stehen – wenn auch nur indirekt –, das wird genügen. Wir ziehen dann alles ins Lächerliche. Das *wird* genügen.«

»Woher, zum *Teufel*, nimmst du diese Frechheit?« sagte Converse zornig. »Ich habe mich mit gar nichts einverstanden erklärt! Du hast für mich keine Entscheidungen zu treffen, und Talbot und Simon auch nicht. Und ebenso nicht der heilige Richter Anstett *oder* dein verdammter Klient! Was bildest du dir eigentlich ein? Du hast mich abgeschätzt wie ein altes Rennpferd und hinter meinem Rücken Verabredungen für mich getroffen. Wofür haltet ihr euch eigentlich?«

»Für besorgte Leute, die glauben, zur richtigen Zeit den richtigen Mann für die richtige Aufgabe gefunden zu haben«, erwiderte Halliday und ließ den Umschlag vor Joel auf den Tisch fallen. »Nur, daß uns nicht mehr viel Zeit bleibt. Du hast das selbst einmal miterlebt, was die für uns vorhaben, und du weißt, wie es ist.« Plötzlich stand der Kalifornier auf. »Denk darüber nach. Wir reden später weiter. Übrigens, die Schweizer wissen, daß wir uns heute morgen getroffen haben. Wenn dich jemand fragt, worüber wir gesprochen haben, dann sage ihnen, daß ich mich mit der Verteilung der Vorzugsaktien einverstanden erklärt habe. Das ist für meine Auftraggeber von Vorteil, selbst wenn du anderer Meinung sein solltest. Vielen Dank für den Kaffee. Wir sehen uns in einer Stunde am Konferenztisch... Nett, dich wiedergesehen zu haben, Joel.«

Der Kalifornier eilte zwischen den Tischen davon und trat durch das Messingtor des Chat Botté in das helle Sonnenlicht auf den Quai du Mont Blanc hinaus.

Die Konsole für die Telefonanlage war in die Schmalseite des langen, dunklen Konferenztisches eingelassen. Das leise Summen entsprach der würdigen Umgebung. Der juristische Vertreter des Kantons Genf, der als neutraler Verhandlungsleiter fungierte, nahm den Hörer ab und sprach mit leiser Stimme, nickte zweimal und legte dann den Hörer wieder auf. Er sah sich am Tisch um; sieben der acht Anwälte befanden sich an ihren Plätzen und redeten leise miteinander. Der achte, Joel Converse, stand vor einem mächtigen, von Gardinen eingefaßten Fenster mit dem Blick auf den Quai Gustave Ador. Der riesige *Jet d'Eau* stach in den Himmel, die pulsierende Gischt erfüllte die Luft und wurde von dem anstürmenden Nordwind in Kaskaden nach links gedrückt. Der Himmel begann sich zu verdunkeln. Ein Sommergewitter zog von den Alpen heran.

»Messieurs«, sagte der Verhandlungsleiter. Die Gespräche verstummten und die Gesichter wandten sich dem Schweizer zu. »Das war Mr. Halliday. Er ist aufgehalten worden, bittet Sie aber fortzufahren. Sein Kollege, Monsieur Rogeteau, kennt seine Empfehlungen, und außerdem sagte er, daß er sich bereits heute morgen mit Monsieur Converse getroffen habe, um eine der letzten Einzelheiten zu klären. Stimmt das, Monsieur Converse?«

Wieder drehten sich die Köpfe, jetzt zu der Gestalt, die am Fenster stand. Keine Antwort. Converse starrte weiter auf den See hinaus.

»Monsieur *Converse*?«

»Wie bitte?« Joel drehte sich herum, seine gerunzelte Stirn ließ erkennen, daß seine Gedanken irgendwo in weiter Ferne waren, weitab von Genf.

»Stimmt das, Monsieur?«

»Wie war Ihre Frage, bitte?«

»Sie haben sich heute morgen mit Monsieur Halliday getroffen?«

Converse machte eine Pause. »Das stimmt«, antwortete er.

»*Und*?«

»Und... er hat sich mit der Aufteilung der Vorzugsaktien einverstanden erklärt.«

Ein Murmeln der Erleichterung ging durch die Reihen der Amerikaner, während die Gruppe aus Bern stumm akzeptierte. Die Reaktionen blieben Joel nicht verborgen, und er hätte diesem Thema unter anderen Umständen zusätzliche Überlegung gewidmet. Obwohl Halliday der Ansicht gewesen war, daß diese Lösung einen Vorteil für Bern bedeutete, war alles zu leicht gegangen; Joel hätte das jedenfalls aufgeschoben und zumindest noch eine Stunde lang analysiert. Aber irgendwie war es ohne Belang. *Verdammt sollte er sein!* dachte Converse.

»Dann wollen wir doch so fortfahren, wie Monsieur Halliday vorgeschlagen hat«, sagte der Verhandlungsleiter und sah auf die Uhr.

Aus einer Stunde wurden zwei und schließlich drei, die Stimmen erhoben sich immer wieder, während Blätter hin und her gereicht, Punkte geklärt, einzelne Abschnitte abgezeichnet wurden. Halliday war immer noch nicht erschienen. Lampen wurden eingeschaltet, als sich der Mittagshimmel draußen verdunkelte; man sprach von einem aufziehenden Sturm.

Dann waren hinter der dicken Eichentür des Konferenzsaales plötzlich Schreie zu hören. Sie schwollen an, wurden lauter, bis jeder, der sie hörte, von Schreckensbildern gepeinigt dasaß. Einige der Verhandlungsteilnehmer brachten sich unter dem Tisch in Sicherheit, andere sprangen von ihren Stühlen auf und blieben dort starr vor Schreck stehen, ein paar rannten zur Türe, unter ihnen Converse. Der Verhandlungsleiter drückte die Klinke nieder und riß die Tür mit solcher Gewalt auf, daß sie gegen die Wand schlug. Den Anblick, der sich ihnen bot, würde keiner von ihnen je wieder vergessen. Joel warf sich gegen das Knäuel von Menschenleibern, stieß sie zur Seite und bahnte sich einen Weg in den Vorraum.

Er sah Avery Fowler, das weiße Hemd blutdurchtränkt, die Brust übersät mit winzigen blutenden Einschußlöchern. Als der Schwerverletzte zu Boden stürzte, öffnete sich der Hemdkragen und ließ noch mehr Blut an Fowlers Hals erkennen. Joel wußte nur zu gut, was der keuchende Atem zu bedeuten hatte. Oft hatte er in den Lagern die Köpfe von

Kindern gehalten, wenn sie in Zorn und letzter Todesangst weinten. Jetzt hielt er Avery Fowlers Kopf und senkte ihn langsam zu Boden.

»Mein Gott, was ist *passiert*?« schrie Converse, den Sterbenden in seinen Armen.

»Sie sind... wieder da«, keuchte der Schulkamerad von einst. »Der Lift. Sie haben mich im Lift erwischt! ...Sie sagten, das sei für Aquitania, das war der Name, den sie gebraucht haben... Aquitania. O Gott! Meg... die *Kinder*...!« Avery Fowlers Kopf wurde von einem Krampf auf die rechte Schulter geschleudert, dann stieß seine blutige Kehle den letzten Atem aus.

A. Preston Halliday war tot.

Converse stand im Regen, die Kleider durchnäßt, und starrte auf die unsichtbare Stelle im Wasser, wo noch vor einer Stunde die Fontäne in den Himmel geschossen war und verkündet hatte, daß *dies* Genf war. Der See war zornig, an die Stelle der eleganten weißen Segel war eine Unzahl weißer Schaumkronen getreten. Nirgends waren mehr Spiegelungen zu sehen. Aber von Norden her hallte ferner Donner. Aus den Alpen.

Und Joels Verstand war wie erstarrt.

2

Er ging an der langen, mit Marmor bedeckten Empfangstheke des Hotels Richemond vorbei, auf die Wendeltreppe zur Linken zu. Das war Gewohnheit; seine Suite befand sich im ersten Stock, und die messingvergitterten, mit weinfarbenem Samt ausgeschlagenen Lifts waren eher schön als schnell. Außerdem genoß er es, an den Vitrinen mit unerhört teurem, hell beleuchtetem Juwelenschmuck vorbeizugehen, die die Wände des eleganten Treppenhauses säumten – schimmernde Diamanten, blutrote Rubine, Colliers aus feingearbeitetem Gold. Irgendwie erinnerten sie ihn an die Wende, eine außergewöhnliche Wende. Für ihn. Für ein Leben, von dem er geglaubt hatte, daß es durch Gewalt enden würde, Tausende von Meilen entfernt, in einem Dutzend verschiedener und doch immer gleicher, von Ratten heimgesuchter Zellen, mit halb ersticktem Gewehrfeuer und den Schreien von Kindern in pechschwarzer Ferne. Diamanten, Rubine und Gold waren Symbole des Unerreichbaren und Unrealistischen, aber sie waren da, und er ging an ihnen vorbei, sah sie an, lächelte über ihre Existenz... und sie schienen seine Gegenwart zu bestätigen; große, leuchtende Augen von ungeheurer Tiefe, die ihn anstarrten und ihm sagten, daß sie da waren, daß *er* da war. Wende.

Aber jetzt sah er sie nicht, und sie bestätigten auch nicht seine Existenz. Er sah nichts, fühlte nichts; jede Faser seines Geistes und seines Körpers war wie betäubt, schien im luftleeren Raum zu hängen. Ein Mann, den er als Junge mit Namen gekannt hatte, war Jahre später in seinen Armen unter einem anderen Namen gestorben, und die Worte, die er im grauenerfüllten Moment des Todes geflüstert hatte, waren ebenso unverständlich wie lähmend. *Aquitania. Die haben gesagt, das sei für Aquitania...* Wo blieb da der gesunde Menschenverstand? Was bedeuteten die Worte, und weshalb war er in diesen Strudel hineingezogen worden? Er *war* hineingezogen worden, das wußte er, und jene schreckliche Manipulation war mit Verstand betrieben worden. Der Magnet war ein Name, ein Mann. George Marcus Delavane, der Todesfürst von Saigon.

»*Monsieur!*« Der halb unterdrückte Ruf kam von unten; er drehte sich auf der Treppe um und sah den förmlich gekleideten Concierge quer durch die Halle eilen und dann die Stufen hinauf. Der Mann hieß Henri, sie kannten einander seit beinahe fünf Jahren. Und ihre Freundschaft ging weit über das hinaus, was an Beziehung zwischen leitenden Hotelangestellten und Hotelgästen häufig besteht. Sie hatten öfter miteinander in Divonne-les-Bains gespielt, an den Bakkarat-Tischen auf der anderen Seite der französischen Grenze.

»Hello, Henri.«

»*Mon Dieu*, ist mit Ihnen alles in Ordnung, Joel? Ihr Büro hat mehrmals angerufen. Ich habe es im Radio gehört, ganz Genf spricht davon! *Narcotiques!* Drogen, Verbrechen, Waffen... *Mord!* Jetzt kommt das sogar zu uns!«

»Ist es das, was sie sagen?«

»Sie sagen, man hätte kleine Päckchen mit Kokain unter seinem Hemd gefunden, ein angesehener *avocat international*, der wahrscheinlich als Connection fungiert hat.«

»Das ist eine Lüge«, unterbrach Converse ihn.

»Das sagen die aber. Man hat auch Ihren Namen erwähnt; es heißt, er sei gestorben, als Sie ihn erreichten... man hat Sie natürlich nicht mit der Sache in Zusammenhang gebracht; Sie waren wie andere einfach nur dort. Ich habe Ihren Namen gehört und mir schreckliche Sorgen gemacht! Wo *waren* Sie?«

»Auf dem Polizeirevier, wo ich auf eine Menge Fragen geantwortet habe, die nicht zu beantworten sind.« *Fragen, die man beantworten konnte, aber die nicht er beantworten wollte, nicht den Behörden in Genf. Avery Fowler – Preston Halliday – hatte Besseres verdient. Das war ein Vermächtnis, das er im Tode angenommen hatte.*

»Herrgott, Sie sind ja ganz naß!« rief Henri besorgt. »Sie waren zu Fuß draußen im Regen, nicht wahr? Gab es denn kein Taxi?«

»Ich hab' nicht darauf geachtet, ich wollte zu Fuß gehen.«

»Natürlich, der Schock, ich verstehe. Ich schicke Ihnen Brandy aufs Zimmer, anständigen Armagnac. Und das Abendessen – vielleicht sollte ich Ihren Tisch im *Gentilshommes* absagen.«

»Danke. Geben Sie mir eine halbe Stunde Zeit, und lassen Sie die Zentrale für mich New York anrufen, ja? Ich selbst verwähle mich anscheinend immer.«

»Joel?«

»Was?«

»Kann ich helfen? Gibt es etwas, was Sie mir sagen sollten?« fragte der Schweizer. »Le concierge du Richemond ist hier, um den Gästen des Hotels zu dienen, wobei besonderen Gästen auch besondere Dienste zustehen, selbstverständlich... ich bin hier, wenn Sie mich brauchen, mein Freund.«

»Das weiß ich. Wenn ich eine falsche Karte aufdecke, sage ich Ihnen Bescheid.«

»Wenn Sie in der Schweiz *irgendeine* Karte aufdecken müssen, dann rufen Sie mich. Die Farben wechseln mit den Spielern.«

»Das werde ich mir merken. Eine halbe Stunde? Und denken Sie an mein Gespräch?«

»*Certainement, Monsieur.*«

Die Dusche war so heiß, wie seine Haut es eben noch ertragen konnte; der Wasserdampf füllte seine Lungen und ließ den Atem in seiner Kehle stocken. Dann zwang er sich dazu, einen eiskalten Schauer zu ertragen, bis ihm der Kopf zitterte. Er überlegte, daß der Schock dieses extremen Temperaturwechsels ihm vielleicht Klarheit in seine Gedanken bringen würde, zumindest aber die Benommenheit lösen. Er mußte nachdenken; er mußte entscheiden; er mußte zuhören.

Er kam aus dem Badezimmer, der weiße Frotteemantel lag bequem auf seiner Haut, und schlüpfte in ein Paar Hausschuhe, die neben dem Bett standen. Dann holte er sich Zigaretten und Feuerzeug vom Schreibtisch und ging ins Wohnzimmer hinaus.

Das Telefon klingelte. Die schrill rasselnde europäische Glocke zerrte an seinen Nerven. Er griff nach dem Hörer, der Apparat stand auf dem Tischchen neben der Couch. Sein Atem war kurz, und seine Hand zitterte. »Ja? Hallo?«

»Ich habe New York in der Leitung, Monsieur«, sagte die Stimme der Hotelvermittlung. »Ihr Büro.«

»Vielen Dank.«

»Mr. *Converse*?« Die eindringliche Stimme gehörte Lawrence Talbots Sekretärin.

»Hallo, Jane.«

»Du lieber Gott, wir versuchen seit zehn Uhr, Sie zu erreichen! Ist mit Ihnen alles in *Ordnung*? Wir haben es gegen zehn erfahren. Es ist alles so schrecklich!«

»Hier ist alles in Ordnung, Jane. Sie brauchen sich nicht zu sorgen.«

»Mr. Talbot ist außer sich. Er kann es nicht *glauben*!«

»Sie dürfen das, was man über Halliday sagt, auch nicht glauben. Das stimmt nicht. Kann ich bitte Larry sprechen?«

»Wenn er wüßte, daß Sie jetzt mit mir sprechen, würde er mich entlassen.«

»Nein, das würde er nicht. Wer würde denn dann seine Briefe schreiben?«

Die Sekretärin hielt kurz inne; als sie dann wieder sprach, klang ihre Stimme ruhiger. »Du lieber Gott, Joel, Sie sind wirklich das Letzte. Nach allem, was Sie durchgemacht haben, sind Sie noch zum Spaßen aufgelegt.«

»So ist es leichter, Jane. Und jetzt geben Sie mir Bubba, ja?«

»Sie sind wirklich das *Allerletzte*!«

Lawrence Talbot, Seniorpartner von Talbot, Brooks and Simon, war ein Anwalt von höchster Kompetenz, aber sein Aufstieg in der Welt der Gesetze war ebensosehr der Tatsache zu verdanken, daß er einer der wenigen All American Football-Spieler von Yale gewesen war, wie seinen Fähigkeiten im Gerichtssaal. Außerdem war er ein sehr anständiges freundliches Wesen, eher eine Art Koordinator als die treibende Kraft einer konservativen und doch höchst erfolgreichen Anwaltssozietät. Außerdem war er ungemein fair und einer der Menschen, die ihr Wort stets zu halten pflegen. Das war einer der Gründe, die Joel dazu veranlaßt hatten, in die Firma einzutreten. Ein weiterer Grund war Nathan Simon, ein Riese von einem Mann und Anwalt. Converse hatte von Nate Simon mehr gelernt als von jedem anderen Anwalt oder Professor, dem er je begegnet war. Zu Nathan fühlte er sich besonders hingezogen, und doch war es sehr schwer, Simon nahezukommen; man näherte sich diesem äußerst zurückgezogen lebenden Mann mit einer Mischung aus Zuneigung und Reserve.

Lawrence Talbot platzte am Telefon heraus: »Du lieber *Gott*, ich bin erschüttert! Was kann ich *sagen*? Was kann ich tun?«

»Zuallererst einmal sollten Sie diesen Unsinn über Halliday vergessen. Er war genausowenig ein Drogenkurier wie Nate Simon.«

»Dann haben Sie es also noch nicht gehört? Die haben das dementiert. Jetzt heißt es, man hätte versucht, ihn zu berauben; er hätte sich gewehrt. Und ihm wären die Päckchen unter das Hemd gestopft worden, nachdem er niedergeschossen worden war. Ich nehme an, daß Jack Halliday die Drähte von San Francisco aus zum Glühen gebracht und gedroht hat, die ganze Schweizer Regierung windelweich zu prügeln... Er hat für Stanford gespielt, wissen Sie.«

»Sie sind unmöglich, Bubba.«

»Ich hätte nie gedacht, daß es mir Spaß machen würde, das von Ihnen zu hören, junger Mann. Aber jetzt macht es mir Spaß.«

»Ganz so jung bin ich ja nun auch nicht mehr, Larry... Sie könnten etwas für mich klären: würden Sie das tun?«

»Wenn es in meiner Macht steht.«

»Anstett. Lucas Anstett.«

»Wir haben geredet. Nathan und ich haben zugehört, und er war sehr überzeugend. Wir verstehen.«

»Wirklich?«

»Nicht, was die Einzelheiten angeht; darauf wollte er nicht eingehen. Aber wir halten Sie für den besten Mann, den es dafür gibt, und so ist es uns nicht schwergefallen, seine Bitte zu erfüllen. T, B und S *hat* die besten Leute, und wenn ein Richter wie Anstett das in einem solchen Gespräch bestätigt, dann müssen wir uns doch gratulieren, oder?«

»Tun Sie das wegen seiner Position?«

»Du lieber Gott, *nein*. Er hat uns sogar gesagt, daß er uns im Falle einer Zusage künftig härter anpacken würde. Er ist wirklich ein harter Brocken, wenn er etwas von einem möchte. Er sagt einem glatt, daß er es einem schwerer machen wird, wenn man ihm zustimmt.«

»Haben Sie ihm geglaubt?«

»Nun, Nathan hat da etwas erwähnt, daß Ziegenböcke gewisse unveränderliche Kennzeichen hätten, die man nur unter großem Geschrei entfernen könnte, und es wäre besser, wenn wir ja sagten. Nathan drückt sich manchmal ein wenig verworren aus, aber verdammt noch mal, Joel, gewöhnlich hat er recht.«

»Wenn man drei Stunden Zeit hat, um sich eine fünfminütige Zusammenfassung anzuhören«, sagte Converse.

»Er denkt immer, junger Mann.«

»Jung und doch nicht mehr so jung. Alles ist relativ.«

»Ihre Frau hat angerufen... Entschuldigung, Ihre Exfrau.«

»Und?«

»Ihr Name ist im Radio oder im Fernsehen oder sonstwo erwähnt worden, und sie wollte wissen, was los ist.«

»Was haben Sie ihr gesagt?«

»Daß wir versuchten, Sie zu erreichen. Wir wußten auch nicht mehr als sie. Sie klang sehr aufgeregt.«

»Rufen Sie sie an und sagen Sie ihr, hier sei alles in Ordnung. Wollen Sie das bitte tun? Haben Sie die Nummer?«

»Jane hat sie.«

»Dann nehme ich also den Urlaub.«

»Bei vollem Gehalt«, sagte Talbot in New York.

»Das ist nicht notwendig, Larry. Ich bekomme eine Menge Geld, also schonen Sie die Buchhaltung. Ich bin in drei oder vier Wochen zurück.«

»Das könnte ich, aber das werde ich nicht«, sagte der Seniorpartner. »Ich weiß, wann ich den besten Mann habe, und ich beabsichtige, ihn zu halten. Wir überweisen es für Sie auf ein Bankkonto.« Talbot machte eine Pause und sprach dann leise und eindringlich weiter: »Joel, ich muß Sie das fragen. Hat diese Geschichte vor ein paar Stunden etwas mit der Anstett-Sache zu tun?«

Converses Hand krampfte sich so heftig um den Telefonhörer, daß sein Handgelenk und seine Finger schmerzten. »Überhaupt nichts, Larry«, sagte er. »Keinerlei Verbindung.«

Mykonos, von der Sonne durchtränkte, weiß getünchte Zykladeninsel, die seit der Eroberung durch Barbarossa Gastgeberin vieler Briganten der Meere gewesen war, die vor den Meltemi-Winden einhersegelten – Türken, Russen, Zyprioten und schließlich Griechen –, eine kleine Landmasse, die über die Jahrhunderte abwechselnd verehrt und wieder vergessen wurde, bis schließlich die schlanken Jachten und blitzenden Flugzeuge eintrafen, Symbole einer neuen Zeit. Jetzt jagten elegante Automobile – Porsches, Maseratis, Jaguars – über die schmalen Straßen, vorbei an blendendweißen Windmühlen und Alabasterkirchen.

Converse hatte den ersten Swiss-Air-Flug von Genf nach Athen genommen und war dort in eine kleinere Maschine der Olympic Airways umgestiegen. Obwohl der Zeitunterschied ihn eine Stunde gekostet hatte, war es noch nicht einmal vier Uhr nachmittags, als das Flughafentaxi sich durch die Straßen des heißen, blütenweißen Hafens wand und schließlich vor dem Eingang der Bank hielt. Sie lag an der Uferpromenade, und die Menge der geblümten Hemden und grellbunten Kleider, die Boote, die über die sanften Wellen zum Pier hinübertanzten, ließen ahnen, daß die riesigen Kreuzfahrtschiffe draußen im Hafen von einem äußerst geschäftstüchtigen Management verwaltet wurden.

Joel hatte die Bank vom Flughafen aus angerufen, weil er ihre Öffnungszeiten nicht wußte, sondern nur den Namen des Bankiers kannte, mit dem er Verbindung aufnehmen sollte. Kostas Laskaris begrüßte ihn am Telefon mit Vorsicht und ließ keinen Zweifel daran, daß er nicht nur einen Paß sehen wollte, sondern auch den Originalbrief von A. Preston Halliday mit seiner Unterschrift, und daß er diese Unterschrift gründlich überprüfen und mit der vergleichen würde, die der verblichene Mr. A. Preston Halliday bei der Bank hinterlegt hatte.

»Wie wir hören, ist er in Genf getötet worden. Das ist sehr bedauerlich.«

»Ich werde seiner Frau und seinen Kindern ausrichten, wie sehr Ihr Mitleid mich überwältigt hat.«

Converse zahlte das Taxi und stieg die wenigen weißen Stufen zum Eingang hinauf, die Reisetasche in der einen, den Aktenkoffer in der anderen Hand. Er war froh, daß ein uniformierter Wächter ihm die Tür öffnete.

Kostas Laskaris war ganz und gar nicht das, was Joel nach dem kurzen Telefongespräch erwartet hatte. Er war ein freundlich blickender Mann, Ende der Fünfzig, mit schütterem Haar und warmen, dunklen Augen, der das Englische einigermaßen fließend beherrschte, sich aber in der Sprache offensichtlich nicht sehr sicher fühlte. Als er sich von seinem Schreibtisch erhob und Converse einlud, auf einem Stuhl davor Platz zu nehmen, widerlegten seine ersten Worte Joels ursprünglichen Eindruck.

»Ich bitte um Entschuldigung, wenn meine Worte bezüglich Mr. Halliday grob geklungen haben sollten. Aber sein Tod *war* für uns wirklich bedauerlich, und ich weiß nicht, wie ich es sonst formulieren soll. Es ist schwierig, Mitgefühl für einen Menschen zu empfinden, den man nie gekannt hat.«

»Meine Antwort war unpassend. Bitte, vergessen Sie sie.«

»Sie sind sehr liebenswürdig, aber ich kann die Vorkehrungen nicht vergessen, die ... Mr. Halliday und sein Kollege hier in Mykonos vorgeschrieben haben. Ich brauche Ihren Paß und den Brief bitte.«

»Wer ist das?« fragte Joel und griff nach seinem Paß, in den er auch den Brief eingelegt hatte. »Der Kollege, meine ich.«

»Sie sind Anwalt, mein Herr, und es ist Ihnen sicher bewußt, daß die gewünschte Information Ihnen erst dann gegeben werden kann, wenn die Sperren sozusagen übersprungen sind. Zumindest glaube ich, daß das so richtig ist.«

»Ja, schon gut. Ich wollte es einfach einmal versuchen.« Er reichte Paß und Brief dem Bankier.

Laskaris nahm den Telefonhörer ab und drückte einen Knopf. Er sagte etwas in Griechisch und verlangte offensichtlich nach jemandem. Sekunden später öffnete sich die Tür, eine braungebrannte, attraktive dunkelhaarige Frau kam herein und ging mit graziösen Schritten auf den Schreibtisch zu. Sie hob die Augen und sah Joel an, der wußte, daß der Bankier ihn scharf beobachtete. Ein Zeichen von Converse, ein weiterer Blick – von ihm zu Laskaris –, und man würde ihn der Frau vorstellen, ein wortloses Versprechen würde folgen und ein vermutlich wichtiger Vermerk in den Akten eines Bankiers festgehalten werden. Aber Joel gab kein solches Zeichen; er wollte keinen derartigen Eintrag. Man nahm nicht eine halbe Million Dollar nur mit einem Kopfnicken entgegen und suchte dann um einen Bonus nach. Das deutete nicht auf Verläßlichkeit; das deutete auf etwas ganz anderes.

Die nächsten zehn Minuten verstrichen mit belangloser Plauderei über Flüge, Zollformalitäten und wie anstrengend doch das Reisen geworden sei. Dann wurden sein Paß und der Brief zurückgebracht. Freilich nicht von der dunkelhaarigen Schönheit, sondern von einem jungen blonden Adonis, der mit eleganten Ballettschritten auf den Schreibtisch zutänzelte. Laskaris zog alle Register; er war bereit, seinem wohlhabenden Besucher zu bieten, was immer dessen Herz begehrte.

Converse sah dem Griechen in die warmen Augen und lächelte, und dann wurde aus dem Lächeln ein leises Lachen. Laskaris erwiderte das Lächeln, zuckte die Schultern und entließ den Adonis.

»Ich bin hier zwar Filialleiter, mein Herr«, sagte er, als sich die Tür geschlossen hatte. »Aber ich habe nicht die Politik der ganzen Bank zu bestimmen. Immerhin sind wir hier auf Mykonos.«

»Und hier läuft eine Menge Geld durch«, fügte Joel hinzu. »Auf wen haben Sie denn getippt?«

»Auf keinen von beiden«, erwiderte Laskaris und schüttelte den Kopf. »Nur auf genau das, was Sie getan haben. Sonst wären Sie ein Narr, und dafür halte ich Sie nicht. Und außer auf die Leitung dieser Bankfiliale verstehe ich mich darauf, Menschen einzuschätzen.«

»Hat man deshalb Sie als Mittelsmann gewählt?«

»Nein, das ist nicht der Grund. Ich bin mit Mr. Hallidays Bekanntem hier auf der Insel befreundet. Er heißt Beale. Doktor Edward Beale ... Sie sehen, alles ist in Ordnung.«

»Doktor?« fragte Converse und beugte sich vor, um seinen Paß und den Brief entgegenzunehmen. »Ein Arzt?«

»Nein«, erklärte Laskaris. »Er ist Wissenschaftler, ein pensionierter Geschichtsprofessor aus den Vereinigten Staaten. Er verfügt über eine ausreichende Pension und ist vor einigen Monaten aus Rhodos hierhergezogen. Ein höchst interessanter Mann, sehr belesen. Ich erledige seine finanziellen

Angelegenheiten – davon versteht er weniger, aber trotzdem ist er interessant.« Wieder lächelte der Bankier und zuckte die Schultern.

»Das hoffe ich«, sagte Joel. »Wir haben viel zu besprechen.«

»Das betrifft mich nicht, mein Herr. Wollen wir nun dazu kommen, wie der Betrag an Sie ausbezahlt werden soll?«

»Der größte Teil in bar. Ich habe mir in Genf einen dieser Geldgurte mit Sensoren gekauft – die Batterien haben ein Jahr Garantie. Wenn man ihn mir herunterreißt, ertönt eine winzige Sirene, die einem das Trommelfell zerreißen kann. Ich hätte gerne amerikanisches Geld – bis auf ein paar tausend natürlich.«

»Diese Art Gürtel sind sehr nützlich, mein Herr, aber nicht, wenn man bewußtlos ist oder niemand in der Nähe, der den Alarm hört. Darf ich Travellerschecks vorschlagen?«

»Wahrscheinlich haben Sie sogar recht, aber ich möchte lieber doch keine. Vielleicht will ich später einmal nicht unterschreiben.«

»Wie Sie wünschen. Was für Scheine hätten Sie denn gerne?« fragte Laskaris, den Bleistift in der Hand. »Und wohin soll der Rest geschickt werden?«

»Ist es möglich«, erwiderte Converse zögernd, »das Konto so einzurichten, daß mein Name zwar nicht erscheint, es mir aber dennoch zugänglich ist?«

»Selbstverständlich, mein Herr. Offen gestanden, das wird auf Mykonos häufig so gemacht ... ebenso wie auf Kreta und Rhodos, in Athen, Istanbul und vielen Teilen Europas. Die Beschreibung wird telegrafisch durchgegeben und dazu einige Worte in Ihrer Handschrift, ein anderer Name oder Ziffern. Ein Mann, den ich kannte, benutzte einen Kindervers. Und dann vergleicht man später beides. Man braucht dazu natürlich eine erfahrene Bank.«

»Natürlich. Nennen Sie mir ein paar.«

»Wo?«

»In London ... Paris ... Bonn ... vielleicht Tel Aviv«, sagte Joel und versuchte, sich an Hallidays Worte zu erinnern.

»Bonn ist nicht einfach; die sind manchmal wenig flexibel.

Irgendwo ein falscher Apostroph, und schon rufen sie die Behörden. Tel Aviv ist einfach; das Geld fließt dort frei. London und Paris machen ebenfalls keine Schwierigkeiten. Die sind nur sehr habgierig. Eine Auszahlung dort wird Sie eine Menge kosten, denn die wissen, daß Sie sich nicht sträuben können, nachdem es sich ja um nicht deklariertes Geld handelt. Sehr korrekt, sehr käuflich und sehr diebisch.«

»Sie kennen sich aus, oder?«

»Ich habe meine Erfahrungen gemacht, mein Herr. Und wie steht es jetzt mit der Auszahlung hier?«

»Ich will hunderttausend jetzt – keine größeren Scheine als Fünfhundert-Dollar-Noten. Den Rest können Sie aufteilen und mir sagen, wie ich an das Geld herankomme, wenn ich es brauche.«

»Das ist kein schwieriger Auftrag, mein Herr. Wollen wir anfangen, Namen aufzuschreiben oder Zahlen... oder Kinderverse?«

»Zahlen«, sagte Converse. »Ich bin Anwalt. Namen und Kinderverse gehören in eine Dimension, in der ich jetzt nicht denken möchte.«

»Wie Sie wünschen«, sagte der Grieche und griff nach einem Block. »Und hier ist Dr. Beales Telefonnummer. Wenn wir unser Geschäft abgeschlossen haben, können Sie ihn anrufen... oder auch nicht, ganz wie Sie wünschen. Das ist dann nicht mehr meine Sache.«

Dr. Edward Beale, Einwohner von Mykonos, sprach am Telefon mit gemessenen Worten in der langsamen, gedehnten Sprechweise des Wissenschaftlers. Nichts verlief in Hast, nichts hatte Eile, alles war wohl überlegt.

»Da ist ein Strand – mehr Felsen als Strand, nachts ist dort niemand –, etwa sieben Kilometer vom Hafen entfernt. Gehen Sie dorthin. Nehmen Sie die Weststraße an der Küste, bis Sie die Lichter von ein paar Bojen sehen, die dort auf den Wellen schwimmen. Kommen Sie herunter zum Wasser. Dort werde ich Sie finden.«

Die Nachtwolken wurden von den Höhenwinden über den Himmel getrieben, nur sporadisch fiel das Mondlicht durch die Wolkendecke und beleuchtete den verlassenen Strandstreifen, der als Treffpunkt vereinbart war. Weit draußen auf dem Wasser tanzten die roten Lichter von vier Bojen auf und nieder. Joel kletterte über die Felsen auf den weichen Sand und ging hinunter zum Wasser. Er konnte jetzt die kleinen Wellen der Brandung sehen, die endlos dem Ufer zustrebten und sich wieder zurückzogen. Er zündete sich eine Zigarette an und erwartete, daß die Flamme seine Anwesenheit verkünden würde. Das tat sie auch. Wenige Augenblicke später ertönte hinter ihm in der Finsternis eine Stimme, aber die Begrüßung war ganz anders als das, was er von einem älteren, pensionierten Wissenschaftler erwartet hätte.

»Bleiben Sie, wo Sie sind, und keine Bewegung«, war der erste Befehl, leise und im Befehlston gesprochen. »Nehmen Sie die Zigarette in den Mund und inhalieren Sie. Dann heben Sie die Arme und strecken Sie vor sich aus... Gut. Jetzt rauchen Sie; ich will den Rauch sehen.«

»Herrgott, ich ersticke ja«, schrie Joel und hustete; die Meeresbrise wehte ihm den Rauch zurück in die Augen. Dann konnte er plötzlich die scharfen, schnellen Bewegungen einer Hand spüren, die seine Kleider abtastete, ihm über die Brust fuhr und dann zwischen den Beinen hoch. »Was *machen* Sie da?« schrie er und spuckte dabei unwillkürlich die Zigarette aus.

»Sie haben keine Waffe«, sagte die Stimme.

»*Natürlich* nicht!«

»Ich schon. Sie können jetzt die Arme senken und sich umdrehen.«

Converse fuhr, immer noch hustend, herum und rieb sich die tränenden Augen. »Sie verrückter Hundesohn!«

»Eine scheußliche Angewohnheit, diese Zigaretten. An Ihrer Stelle würde ich das Rauchen aufgeben. Abgesehen von den schrecklichen Folgen, die es hat, sehen Sie jetzt, wie man es auch noch auf andere Weise gegen jemanden einsetzen kann.«

Joel blinzelte und starrte den Mann an, der zu ihm gesprochen hatte. Der Sprecher war ein schlanker, weißhaariger, mittelgroßer, alter Mann, der sich freilich sehr aufrecht hielt und anscheinend eine weiße Leinenjacke und ebensolche Hosen trug. Sein Gesicht – das, was man im Mondlicht davon sehen konnte – war von tiefen Falten durchzogen, und um seine Lippen spielte ein leichtes Lächeln. Außerdem hielt er eine Waffe in der Hand, die, ohne zu zittern, auf Joels Kopf gerichtet war. »Sie sind *Beale*?« fragte Joel, »Dr. *Edward Beale*?«

»Ja. Haben Sie sich wieder beruhigt?«

»Wenn man bedenkt, welchen Schock mir Ihre freundliche Begrüßung bereitet hat, kann man das wohl sagen.«

»Gut. Dann stecke ich das Ding weg.« Der Wissenschaftler ließ die Waffe sinken und kniete neben einem Bündel, das im Sand lag, nieder. Er schob die Waffe hinein und richtete sich wieder auf. »Tut mir leid, aber ich mußte sichergehen.«

»Inwiefern? Ob ich einen Anschlag geplant habe oder nicht?«

»Halliday ist tot. Hätte an Ihrer Stelle nicht auch ein anderer kommen können? Jemand mit dem Auftrag, einen alten Mann in Mykonos zu erledigen? In dem Fall hätte der Betreffende ganz sicher eine Pistole gehabt.«

»Warum?«

»Weil er unmöglich hätte wissen können, daß ich ein alter Mann bin. *Ich* hätte auch einen Anschlag planen können.«

»Wissen Sie, es wäre ja möglich gewesen – entfernt möglich –, daß ich eine Waffe gehabt hätte. Hätten Sie mir dann eine Kugel durch den Kopf gejagt?«

»Ein angesehener Anwalt, der zum ersten Mal auf die Insel kommt und die Sicherheitskontrolle des Flughafens von Genf passieren mußte? Wo hätten Sie sie herhaben sollen? Wen konnten Sie auf Mykonos kennen?«

»Man hätte das arrangiert haben können«, protestierte Converse nicht sehr überzeugt.

»Ich habe Sie seit Ihrer Ankunft beobachten lassen. Sie sind sofort zur Bank gefahren und dann zum Kouneni-Hotel, wo Sie im Garten saßen und etwas getrunken haben, ehe Sie auf Ihr Zimmer gingen. Abgesehen von dem Taxifahrer, meinem Freund Kostas, dem Angestellten am Empfang und dem Kellner im Garten haben Sie mit niemandem gesprochen. Solange Sie wirklich Joel Converse waren, war ich außer Gefahr.«

»Sie klingen ja eher wie ein Gorilla aus Detroit und nicht wie der Bewohner eines Elfenbeinturms.«

»Ich habe mich nicht immer in der akademischen Welt bewegt. Aber zugegeben, ich war vorsichtig. Ich glaube, wir müssen alle sehr vorsichtig sein. Wenn man mit einem George Marcus Delavane zu tun hat, ist das die einzig vernünftige Strategie.«

»Vernünftige Strategie?«

»Vorgehensweise, wenn Sie das lieber hören.« Beale griff in die Innentasche seines Jacketts und entnahm ihr ein zusammengefaltetes Blatt Papier. »Hier sind die Namen«, sagte er und reichte Joel das Papier. »Delavane hat hier drüben fünf Schlüsselfiguren für seine Pläne aufgebaut. Je eine in Frankreich, Westdeutschland, Israel, Südafrika und England. Vier haben wir identifiziert – die ersten vier –, aber den Engländer können wir nicht finden.«

»Und wie sind Sie an die anderen herangekommen?«

»Durch Notizen, die sich bei Delavanes Geschäftspapieren befanden. Halliday entdeckte sie, als der General sein Klient war.«

»War das der Zwischenfall, den er erwähnt hat? Er sagte, es sei ein Zufall gewesen, der nicht wieder passieren würde.«

»Ich weiß natürlich nicht, was er Ihnen gesagt hat, aber es war ganz sicher ein Zufall. Eine Gedächtnisschwäche Delavanes, so etwas, kann ich Ihnen persönlich versichern, widerfährt alternden Menschen oft. Der General hatte einfach vergessen, daß er mit Halliday verabredet war. Als Preston kam, führte seine Sekretärin ihn in das Büro des Generals, damit er die Papiere für Delavane vorbereiten konnte, den man eine halbe Stunde später erwartete. Preston sah einen Aktenordner auf dem Schreibtisch des Generals. Er kannte den Ordner, wußte, daß er Material enthielt, das er überprüfen konnte. Ohne sich etwas dabei zu denken, setzte er sich und begann zu arbeiten. Er fand die Namen, und nachdem er

Delavanes letzte Reiseroute durch Europa und Afrika kannte, war ihm plötzlich alles klar – auf höchst erschreckende Art. Für jemanden mit politischem Bewußtsein sind diese vier Namen erschreckend – sie beschwören furchterregende Erinnerungen herauf.«

»Hat Delavane je erfahren, daß Halliday diese Namen gesehen hat?«

»Nach meiner Ansicht konnte er nie sicher sein. Halliday hat sie aufgeschrieben und das Büro vor der Rückkehr des Generals verlassen. Aber dann sind da die Ereignisse in Genf, und die veranlassen zu einem ganz anderen Schluß, nicht wahr?«

»Daß Delavane es doch erfahren hat«, sagte Converse düster.

»Oder daß er einfach kein weiteres Risiko eingehen wollte, besonders, wenn es einen Zeitplan gibt. Wir sind überzeugt, daß es einen gibt. Wir müssen uns bereits in der Countdown-Phase befinden.«

»Ein Countdown wofür?«

»Nach dem, was wir dem Muster ihrer bisherigen Vorgehensweise entnehmen konnten – wie wir es uns Stück für Stück zusammenkombiniert haben –, eine Reihe gut geplanter Anschläge, deren Ziel es ist, Regierungen zu stürzen.«

»Das sind große Worte. Aber auf welche Weise sollte das geschehen?«

»Eine Vermutung«, sagte der Wissenschaftler und runzelte die Stirn. »Wahrscheinlich über viele Länder verbreitete und zeitlich aufeinander abgestimmte Ausbrüche von Gewalt, die von Terroristen angeführt werden – Terroristen, die Delavane und seine Leute aufgehetzt und finanziert haben. Wenn das Chaos unerträglich wird, ist das für sie der Vorwand, das Militär aufmarschieren zu lassen und die Kontrolle zu übernehmen, zunächst unter Kriegsrecht.«

»Das wäre nicht das erstemal, daß so etwas geschieht«, sagte Joel. »Zuerst füttert und bewaffnet man einen Feind, dann schickt man Provokateure aus...«

»Mit beträchtlichen Geldern und reichlich Material«, ergänzte Beale.

»Und wenn die sich dann erheben«, fuhr Converse fort, »dann zieht man ihnen den Teppich unter den Füßen weg, erschlägt sie und übernimmt die Macht. Die Bürger sind dankbar, bezeichnen die Retter als Helden und beginnen zum Klang ihrer Trommeln zu marschieren. Aber wie sollten sie das schaffen?«

»Das ist die große Frage. Wo liegen die Ziele? Wo sind sie? *Wer* sind sie? Wir haben keine Ahnung. Wenn wir auch nur die leiseste Ahnung hätten, dann könnten wir etwas unternehmen, aber wir wissen nichts, und haben nicht die Zeit, um auf Unbekannte Jagd zu machen. Wir müssen uns an das klammern, was wir haben.«

»Wieder geht es um Zeit«, fiel Joel ihm ins Wort. »Was macht Sie so sicher, daß wir uns bereits in einem Countdown befinden?«

»Die zunehmende Aktivität überall – in manchen Fällen geradezu Hektik. Sendungen, die von den Vereinigten Staaten ausgehen, werden über Umschlaglager in England, Irland, Frankreich und Deutschland an Gruppen von Aufständischen in allen Krisengebieten verteilt. Es gibt Gerüchte, die von München ausgehen, dem Mittelmeer und den Araberstaaten. Es geht die Rede von letzten Vorbereitungen, aber keiner scheint zu wissen, worauf – nur daß jedermann bereit sein müsse. Es ist gerade so, als wären Gruppen wie Baader-Meinhof, die Roten Brigaden, die PLO und die Roten Legionen von Paris und Madrid zu einem Wettlauf angetreten, bei dem keiner die Strecke kennt, nur den Augenblick, in dem alles beginnen soll.«

»Und wann ist das?«

»Unsere Berichte sind in diesem Punkt unterschiedlich, aber sie bewegen sich alle in derselben Zeitspanne. Zwischen drei und fünf Wochen.«

»*O mein Gott!*« Plötzlich fiel Joel etwas wieder ein. »Avery-*Halliday* hat mir kurz vor seinem Tod etwas zugeflüstert. Worte der Männer, die ihn erschossen haben. ›Aquitania... die haben gesagt, das sei für Aquitania.‹ Das waren die Worte, die er mir zuflüsterte. Was bedeuten sie, Beale?«

Der alte Wissenschaftler blieb stumm, nur seine Augen

lebten in dem schwachen Mondlicht. Dann wandte er langsam den Kopf ab und starrte, tief in Gedanken versunken, aufs Meer hinaus. »Das ist *Wahnsinn*«, flüsterte er.

»Das sagt mir überhaupt nichts.«

»Nein, natürlich nicht«, erwiderte Beale schnell, als wolle er um Nachsicht bitten, und drehte sich dann wieder zu Converse herum. »Es ist einfach unglaublich, welches Ausmaß das angenommen hat.«

»Ich verstehe kein Wort.«

»Aquitania war in der Zeit des Römerreiches der Name einer Region in Südfrankreich, die sich in den ersten Jahrhunderten nach Christus vom Atlantik quer über die Pyrenäen bis zum Mittelmeer erstreckt haben soll und im Norden bis zur Seinemündung, westlich von Paris an der Küste...«

»Daran kann ich mich vage erinnern«, unterbrach Joel ihn, der jetzt zu ungeduldig war, um sich einen akademischen Vortrag anzuhören.

»So, das wäre sehr lobenswert. Die meisten Leute erinnern sich nur an spätere Jahrhunderte, etwa beginnend mit dem achten, in dem Karl der Große die Region eroberte und dort das Königreich Aquitanien gründete und es seinem Sohn Ludwig und dessen Söhnen Pippin, Lothar und Ludwig hinterließ. Tatsächlich sind diese Jahre und die darauffolgenden dreihundert die wesentlichsten.«

»Wofür?«

»Für die *Legende* von Aquitanien, Mr. Converse. Wie die meisten ehrgeizigen Generale sieht Delavane in sich einen Studenten der Geschichte – in der Tradition eines Cäsar, Napoleon, von Clausewitz... selbst Patton. Mich hat man zu Recht oder zu Unrecht als Gelehrten angesehen, aber er bleibt ein Student, und so sollte es auch sein. Gelehrte dürfen sich ohne hinreichendes Beweismaterial keine Freiheiten nehmen – oder sollten das nicht –, aber Studenten können das und tun das für gewöhnlich auch.«

»Worauf wollen Sie hinaus?«

»Die Legende von Aquitanien beginnt sich zu verwirren. Das Was-wäre-wenn gewinnt die Oberhand über die Tatsachen, bis theoretische Vermutungen aufgestellt werden, die das Beweismaterial verzerren. Sehen Sie, die Geschichte Aquitaniens ist erfüllt von plötzlichen riesigen Ausdehnungen und abrupten Zusammenbrüchen. Um es zu vereinfachen: Ein phantasiebegabter Student der Geschichte könnte sagen, wenn es keine politischen, dynastischen und militärischen Fehlkalkulationen seitens Karls des Großen, seines Sohnes und der drei Söhne gegeben hätte und später Ludwigs des Siebten von Frankreich und Heinrichs des Zweiten von England, die *beide* mit der außergewöhnlichen Eleonore verheiratet waren, dann hätte das Königreich Aquitanien den größten Teil Europas, wenn nicht ganz Europa umfaßt.« Beale machte eine Pause. »Beginnen Sie zu verstehen?« fragte er.

»Ja«, sagte Joel. »Du großer Gott, ja.«

»Das ist noch nicht alles«, fuhr der Gelehrte fort. »Da Aquitanien einstmals als rechtmäßiges Besitztum Englands angesehen wurde, hätte es im Laufe der Zeit sämtliche ausländischen Kolonien Englands umfaßt, darunter auch die ursprünglichen dreizehn auf der anderen Seite des Atlantiks. Und später die Vereinigten Staaten von Amerika... Natürlich hätte das alles, mit oder ohne Fehlkalkulationen, nie eintreten können, weil ein fundamentales Gesetz der westlichen Zivilisation dagegenspricht, eines, das seit der Absetzung von Romulus Augustus und dem Zusammenbruch des Römischen Reiches gilt. Man kann nicht unterschiedliche Völker und ihre Kulturen zuerst niederzwingen und dann gewaltsam vereinen – nicht über längere Zeit hinweg.«

»Und das versucht jetzt jemand«, sagte Converse. »George Marcus Delavane.«

»Ja. In seinem Geist hat er ein Aquitanien konstruiert, das es nie gegeben hat, das es nie hat geben können. Und es kann einem Angst und Schrecken einjagen.«

»Warum? Sie sagten doch gerade, daß es so etwas nicht geben kann.«

»Nicht nach den alten Regeln, nicht in irgendeiner Periode seit dem Fall Roms. Aber Sie müssen sich erinnern, daß es in der ganzen aufgezeichneten Geschichte niemals eine Zeit *wie diese* gegeben hat. Niemals solche Waffen, solche Angst.

Delavane und seine Leute wissen das, und auf jene Waffen, jene Ängste werden sie bauen. Sie tun es bereits.« Der alte Mann deutete auf das Blatt Papier in Joels Hand. »Sie haben Streichhölzer. Zünden Sie eines an und sehen Sie sich die Namen an.«

Converse faltete das Blatt auseinander, griff in die Tasche und holte sein Feuerzeug heraus. Er entzündete es, so daß die Flamme das Papier beleuchtete, während er die Namen studierte. »Mein *Gott!*« sagte er bestürzt und runzelte die Stirn. »Die passen so recht zu Delavane, dem Schlächter. Das ist eine Sammlung von rastlosen Kriegern, wenn das die Männer sind, für die ich sie halte.« Joel ließ die Flamme wieder verlöschen.

»Das sind sie«, erwiderte Beale, »angefangen mit General Jacques Louis Bertholdier in Paris, einem bemerkenswerten, einem außerordentlichen Mann. Ein Kämpfer in der Résistance während des Kriegs, den man zum Major ernannte, ehe er noch zwanzig Jahre alt war, und später ein Mitglied von Salans OAS. Er stand hinter einem Attentatsversuch auf de Gaulle im August zweiundsechzig, da er sich selbst als den wahren Führer der Republik sah. Beinahe hätte er es geschafft. Er glaubte damals, ebenso wie er es heute noch glaubt, daß die algerischen Generale die Rettung eines geschwächten Frankreichs gewesen wären. Er hat überlebt, nicht nur, weil er eine Legende ist, sondern weil seine Stimme nicht allein ist – nur daß er mehr Überzeugungskraft als die meisten besitzt. Besonders bei der Elite vielversprechender Offiziere, die in Saint-Cyr ausgebildet werden. Einfacher ausgedrückt, er ist ein Faschist, ein Fanatiker, der sich hinter einem Schleier hervorragender Respektabilität verbirgt.«

»Und der hier, dieser Abrahms«, fragte Converse. »Das ist doch dieser starke Mann in Israel, der in einer Safarijacke und in Stiefeln herumstolziert, nicht wahr? Der Schreier, der Versammlungen vor der Knesset und in den Stadien abhält und jedem sagt, daß es in Judäa und Samaria ein Blutbad geben wird, wenn man den Kindern Abrahams ihre Rechte versagt. Selbst seine eigenen Leute können ihn nicht zum Schweigen bringen.«

»Viele haben Angst vor ihm; er elektrisiert die Massen wie ein Blitz, er ist ein Symbol geworden. Chaim Abrahms und seine Gefolgsleute lassen die ehemalige Begin-Regierung wie zurückhaltende, schüchterne Pazifisten erscheinen. Er ist ein Sabre, den die europäischen Juden tolerieren, weil er ein brillanter Soldat ist, der sich in zwei Kriegen ausgezeichnet hat und den Respekt – wenn nicht die Zuneigung – jedes Verteidigungsministers seit den frühen Jahren Golda Meïrs genossen hat. Sie wissen nie, wann sie ihn vielleicht wieder im Feld brauchen.«

»Und der hier«, sagte Joel und ließ sein Feuerzeug wieder aufflammen. »Van Headmer. Südafrika, nicht wahr? Der ›Henker in Uniform‹ oder so ähnlich.«

»Jan van Headmer, von den Schwarzen auch ›Schlächter von Soweto‹ genannt. Seine Familie ist von reinstem Afrikaandergeblüt, alles Generale bis zurück in die Burenkriege, und er sieht keinerlei Veranlassung, Pretoria ins zwanzigste Jahrhundert zu führen. Übrigens ist er ein enger Freund von Abrahms und reist häufig nach Tel Aviv. Daneben ist er einer der gebildetsten und charmantesten Generale, die je an einer Diplomatenkonferenz teilgenommen haben. Sein Auftreten straft sein Image und seinen Ruf Lügen.«

»Und Leifhelm«, schloß Converse und klappte sein Feuerzeug wieder zu. »Eine schillernde Persönlichkeit, wenn ich mich nicht täusche. Er soll ein hervorragender Soldat sein, der zu viele Befehle ausgeführt hat, aber man respektiert ihn. Über ihn weiß ich am wenigsten.«

»Durchaus verständlich«, sagte Beale und nickte. »In mancher Hinsicht ist seine Geschichte die seltsamste – eigentlich die ungeheuerlichste, weil man die Wahrheit so geschickt verdeckt hat, um ihn benutzen und Peinlichkeiten vermeiden zu können. Feldmarschall Erich Leifhelm war der jüngste von Adolf Hitler berufene General. Er sah Deutschlands unvermeidlichen Zusammenbruch rechtzeitig voraus und vollführte eine Kehrtwendung. Eine Kehrtwendung vom brutalen Killer und fanatischen Überarier zum zerknirschten Berufssoldaten, der Abscheu vor den Naziverbrechen empfand, als sie ihm ›offenbart‹ wurden. Er täuschte alle und wurde von jeder Schuld freigesprochen; den Nürnberger Gerichtssaal hat er nie von innen gesehen. Während des kalten Krieges haben die Alliierten dann seine Dienste gründlich genutzt und ihm volle Sicherheitsfreigabe erteilt. Als später in den fünfziger Jahren die neuen deutschen Divisionen in die Nato-Streitkräfte integriert wurden, sorgten sie dafür, daß er das Kommando erhielt.«

»Hat es nicht vor ein paar Jahren einige Zeitungsberichte über ihn gegeben? Er hatte doch ein paar Zusammenstöße mit Helmut Schmidt, oder?«

»Richtig«, nickte der pensionierte Gelehrte. »Aber die Berichte waren sehr zahm und enthielten nur die halbe Wahrheit. Man zitierte Leifhelm nur in der Weise, daß man vom deutschen Volk nicht erwarten könne, die Last vergangener Schuld auch in künftigen Generationen zu tragen. Das müsse aufhören. Die Nation solle ihren Stolz zurückgewinnen. Dazu kam etwas Säbelrasseln, das sich gegen die Sowjets richtete. Aber nichts Wesentliches, was darüber hinausging.«

»Und was war die andere Hälfte?« fragte Converse.

»Er wollte, daß die Einschränkungen im Grundgesetz bezüglich der bewaffneten Streitkräfte völlig aufgehoben würden und kämpfte um eine Ausweitung der Geheimdienstaktivitäten nach dem Muster der Abwehr. Außerdem verlangte er Bewährungsmaßnahmen gegen politische Unruhestifter, und er wollte, daß die deutschen Schulbücher in wesentlichen Punkten geändert würden. ›Der Stolz muß wiederhergestellt werden‹, sagte er immer wieder, und das alles im Namen eines kämpferischen Antikommunismus.«

Wieder entzündete Joel sein Feuerzeug, so als wäre ihm etwas wieder eingefallen, das er gesehen hatte. Er warf einen Blick auf den unteren Teil des Blattes. Da waren zwei Namenlisten, die linke Reihe unter der Überschrift *State Department*, die rechte unter dem Wort *Pentagon*. Insgesamt waren es vielleicht fünfundzwanzig Leute. »Wer sind die Amerikaner?« Er ließ den Hebel los, und die Flamme erlosch, worauf er das Feuerzeug wieder einsteckte. »Die Namen bedeuten mir nichts.«

»Einige sollten das, aber das ist nicht wichtig«, sagte Beale geheimnisvoll. »Worauf es ankommt, ist, daß Männer darunter sind, die sich als Schüler von Georges Delavane betrachten. Sie führen seine Befehle durch. Wie viele es sind, ist schwer zu sagen!«

»Herrgott, das ist... ein *Netz*«, sagte Converse mit leiser Stimme.

Der Gelehrte sah Joel scharf an, und das von der See reflektierte Licht spiegelte sich in dem bleichen, von Linien durchzogenen Gesicht des alten Mannes. »Ja, Mr. Converse. Ein ›Netz‹. Ein Mann, der mich für einen Angehörigen der Gruppe hielt, hat mir dieses Wort zugeflüstert. ›Das Netz‹, sagte er. ›Das Netz wird sich um Sie kümmern.‹ Damit meinte er Delavane und seine Leute.«

»Warum hielten die Sie damals für einen der Ihren?«

Der alte Mann machte eine Pause. Er wandte kurz den Blick ab, hinaus auf die schimmernde Fläche der Ägäis, und sah dann wieder Converse an. »Weil *jener* Mann das für logisch hielt. Ich habe vor dreißig Jahren die Uniform abgelegt und sie gegen den Tweedanzug eines Universitätsprofessors eingetauscht. Das konnten nur wenige meiner Kollegen begreifen, weil ich damals einer aus der Elite war, vielleicht so etwas wie eine verspätete amerikanische Version von Erich Leifhelm – ein Brigadegeneral mit achtunddreißig, der damit rechnen konnte, bald zu den Vereinigten Stabschefs berufen zu werden. Aber so wie der Zusammenbruch Berlins und Hitlers Selbstmord eine bestimmte Wirkung auf Leifhelm hatten, so hatten die Evakuierung Koreas und die Vernichtung Panmunjoms genau die entgegengesetzte Wirkung auf mich. Ich sah nur die Verschwendung, nicht mehr das Ziel, die große Sache; nur die Sinnlosigkeit, wo früher einmal gute Gründe gewesen waren. Ich sah den Tod, Mr. Converse, nicht den heroischen Tod im Kampf gegen wilde Horden. Ich sah einen häßlichen Tod, einen alles vernichtenden Tod, und ich wußte, daß ich nicht länger Teil von Strategien sein konnte, die diesen Tod verlangten... Wäre mein Glaube tiefer gewesen, wäre ich wahrscheinlich Priester geworden.«

»Aber Ihre Kollegen, die das nicht begreifen konnten«, sagte Joel, den Beales Worte faszinierten, Worte, die ihm so viel bedeuteten, »die glaubten, etwas anderes stünde dahinter?«

»Natürlich haben sie das getan. Ich war in meinen Beurteilungen hoch gelobt worden, selbst vom heiligen MacArthur persönlich. Ich hatte sogar mein Etikett weg: der Rote Fuchs von Inchon – mein Haar war damals rot. Meine Befehlsbereiche zeichneten sich durch schnelle, entscheidende Maßnahmen und Gegenmaßnahmen aus, alle vernünftig durchdacht und schnell durchgeführt. Und dann erhielt ich eines Tages im Süden von Chunchon den Befehl, drei parallel liegende Hügel einzunehmen – Punkte ohne strategischen Wert –, und ich funkte zurück, daß es nutzloses Terrain sei, daß es die Opfer, die wir bei der Einnahme erleiden müßten, nicht wert sein würde. Ich erbat eine weitere Erklärung – auf die Weise sagt ein Frontoffizier, ›Ihr seid verrückt, weshalb sollte ich?‹ Die Antwort kam in weniger als fünfzehn Minuten. ›Weil die Hügel da sind, General.‹ Das war alles. ›Weil die Hügel da sind.‹ Es ging also um ein Symbol für irgend jemanden, jemand brauchte eine heroische Tat für eine Pressekonferenz in Seoul... Ich nahm die Hügel ein und vergeudete damit das Leben von über dreihundert Männern – und mir wurde die Tapferkeitsmedaille verliehen.«

»Und dann haben Sie den Dienst quittiert?«

»Du lieber Gott, nein; ich war zu verwirrt, aber in meinem Schädel kochte es. Dann kam das Ende, und ich erlebte Panmunjom mit und wurde schließlich nach Hause geschickt mit großen Erwartungen... Dann versagte man mir eine kleine Beförderung aus sehr gutem Grund: Ich beherrschte die Sprache eines sehr wichtigen europäischen Landes nicht, in dem der Posten zu besetzen war. Aber da war es in meinem Kopf bereits zur Explosion gekommen; ich benutzte die Zurückweisung als letzten Anlaß, reichte meinen Abschied ein und ging meiner Wege.«

Jetzt war Joel an der Reihe, den alten Mann prüfend anzusehen. »Ich habe nie von Ihnen gehört«, sagte er schließlich. »Warum habe ich nie von Ihnen gehört?«

»Sie haben die Namen auf den beiden Listen auch nicht erkannt, oder? ›Wer sind die Amerikaner?‹ sagten Sie. ›Mir sagen die Namen nichts.‹ Das waren doch Ihre Worte.«

»Das waren auch keine jungen, hochdekorierten Generale – Helden – in einem Krieg.«

»O doch, einige waren das schon«, unterbrach ihn Beale schnell, »in einigen Kriegen sogar. Sie hatten ihre flüchtigen Augenblicke im Glanz der Sonne, und dann hat man sie vergessen, und nur sie selbst erinnerten sich noch an jene Augenblicke, erlebten sie aufs neue. Immer wieder.«

»Das klingt ja wie eine Entschuldigung.«

»Natürlich ist es das! Glauben Sie denn, ich hätte keine Gefühle für sie? Für Männer wie Chaim Abrahms, Bertholdier, sogar Leifhelm? Wir rufen nach diesen Männern, wenn die Barrikaden gefallen sind; wir preisen sie, weil sie Dinge tun, zu denen wir nicht fähig sind...«

»*Sie* waren dazu fähig. Sie haben diese Dinge getan.«

»Sie haben recht, und deshalb *verstehe* ich diese Männer auch.«

Eine Bö kam vom Meer heran, und der Sand zu ihren Füßen wurde aufgewirbelt. »Dieser Mann«, sagte Converse, »der, der gesagt hat, das Netz würde sich um Sie kümmern. Weshalb hat er das gesagt?«

»Weil er glaubte, sie könnten mich benutzen. Er war einer der Frontkommandeure, die ich in Korea kannte. Damals sozusagen ein Bruder im Geiste. Er kam auf meine Insel – ich weiß nicht, aus welchem Grund. Vielleicht Ferien, vielleicht um mich zu finden, *wer* weiß – und er fand mich auf der Hafenpromenade. Ich war gerade auf dem Weg zu meinem Boot, als er plötzlich in der Morgensonne auftauchte, hochgewachsen, aufrecht und sehr militärisch. ›Wir müssen miteinander reden‹, sagte er mit dem gleichen Nachdruck, den er auch an der Front immer an sich hatte... Ich forderte ihn auf, an Bord zu kommen, und wir fuhren langsam aus der Bucht hinaus. Als wir dann ein paar Meilen weit draußen waren, trug er mir seine Sache vor, *ihre* Sache. *Delavanes* Sache.«

»Und was geschah dann?«

Der alte Mann hielt genau zwei Sekunden inne und antwortete dann ausdruckslos. »Ich habe ihn getötet. Mit einem Schuppenmesser. Und dann habe ich seine Leiche über Bord geworfen, bei den Untiefen von Stephanos, wo es immer Haie gibt.«

Joel starrte den Mann erschüttert an; das irisierende Licht des Mondes trug noch das Seine zu dieser makabren Enthüllung bei. »Einfach so?« fragte er tonlos.

»Das ist es, wozu man mich ausgebildet hat, Mr. Converse. Ich war der Rote Fuchs von Inchon. Ich habe nie gezögert, wenn man Boden gewinnen oder einen feindlichen Vorteil zunichte machen konnte.«

»Sie haben ihn *getötet*?«

»Das war eine notwendige Entscheidung, nicht Mordlust. Er war ein Werber, und meine Antwort stand in meinen Augen geschrieben, in meiner stummen Empörung. Er hat das gesehen, und ich begriff. Er konnte mich mit dem, was er gesagt hatte, nicht weiterleben lassen. Einer von uns mußte sterben, und ich habe einfach schneller reagiert als er.«

»Das ist ziemlich kalte Logik.«

»Sie sind Anwalt, Sie haben jeden Tag Entscheidungen zu treffen. Wo lag die Alternative?«

Joel schüttelte den Kopf, aber das war keine Antwort, das war Erstaunen. »Wie hat Halliday Sie gefunden?«

»Wir haben uns gegenseitig gefunden. Wir sind uns nie begegnet, haben nie miteinander geredet, aber wir haben einen gemeinsamen Freund.«

»In San Francisco?«

»Er ist häufig dort.«

»Wer ist es?«

»Das ist ein Thema, über das wir nicht sprechen werden. Tut mir leid.«

»Warum nicht? Warum so geheimnisvoll?«

»Weil er es so haben will. Unter den gegebenen Umständen glaube ich, daß es ein logischer Wunsch ist.«

»Logik? Zeigen Sie mir die Logik in alldem! Halliday tritt an einen Mann in San Francisco heran, der Sie zufälligerweise kennt, einen ehemaligen General, Tausende von Meilen entfernt auf einer griechischen Insel, an den *zufälligerweise* gerade einer von Delavanes Leuten herangetreten ist. Verdammt viel Zufall und verdammt wenig Logik!«

»Halten Sie sich nicht damit auf. Akzeptieren Sie es.«

»Würden Sie das tun?«

»Unter den gegebenen Umständen, ja. Sehen Sie, es gibt keine Alternative.«

»Sicher gibt es die. Ich könnte, um fünfhunderttausend Dollar reicher, einfach gehen. Mit dem Geld, das ein anonymer Fremder bezahlt hat, der nur dann an mich heran könnte, wenn er seine Anonymität aufgeben würde.«

»Das könnten Sie, aber werden Sie nicht tun. Man hat Sie sehr sorgfältig ausgewählt.«

Joel spürte wieder die Aufwallung von Zorn, sah die Augen eines Sterbenden, die sich unaustilgbar in sein Bewußtsein eingebrannt hatten. »Aquitania«, sagte er leise. »*Delavane*... Also gut, man hat mich sorgfältig ausgewählt. Wo fange ich an?«

»Wo glauben Sie denn, daß Sie anfangen sollten? Sie sind der Anwalt, alles muß legal und völlig korrekt geschehen.«

»Genau das ist es. Ich bin Anwalt, kein Polizist, kein Detektiv.«

»Keine Polizei könnte in irgendeinem der Länder, wo jene vier Männer leben, das tun, was Sie tun können, selbst wenn die Behörden dazu bereit wären, es zu versuchen, woran ich offen gestanden zweifle. Und was viel wichtiger ist, sie würden Delavanes Netz alarmieren.«

»Also gut, ich werde es versuchen«, sagte Converse. Er faltete das Papier mit der Namenliste zusammen und steckte es in seine Innentasche. »Ich werde oben beginnen. In Paris. Mit diesem Bertholdier.«

»Jacques Louis Bertholdier«, ergänzte der alte Mann, griff dabei in seine Segeltuchtasche und holte einen dicken Umschlag heraus. »Das ist das letzte, was wir Ihnen geben können. Es ist alles, was wir über jene vier Männer in Erfahrung bringen konnten. Vielleicht hilft es Ihnen. Ihre Adressen, die Wagen, die sie fahren, geschäftliche Verbindungen, Cafés und Restaurants, die sie besuchen, sexuelle

Gewohnheiten, soweit sie sie verletzbar machen... alles, das Ihnen einen Vorteil verschaffen könnte. Nützen Sie dieses Wissen, nützen Sie alles, was Sie können. Und bringen Sie uns Material gegen diese Männer, die sich selbst kompromittiert haben, die Gesetze gebrochen haben – und wichtiger als alles andere, Beweismaterial, das zeigt, daß sie nicht die soliden, ehrenwerten Bürger sind, auf die ihre Art zu leben deutet.«

Joel wollte schon antworten, ihm beipflichten, hielt dann aber inne.

»Verdammt noch mal, das ist doch Wahnsinn, Mr. Beale oder Professor Beale oder *General* Beale! Das ist einfach zuviel, als daß man es in zwei lausigen Tagen in sich aufnehmen kann! Plötzlich habe ich kein Vertrauen mehr. Ich habe das Gefühl, daß das alles meine Fähigkeiten übersteigt – sprechen wir es doch aus, ich fühle mich überwältigt und nicht genügend qualifiziert... Und ich habe, verdammt noch mal, Angst.«

»Dann sollten Sie die Dinge nicht zu sehr komplizieren«, sagte Beale. »Das habe ich meinen Studenten öfter gesagt, als ich mich erinnern kann. Ich habe ihnen immer wieder eingeschärft, nicht das Ganze anzusehen, sondern vielmehr jeden einzelnen Faden einer Entwicklung, und jedem zu folgen, bis der auf einen anderen stieß und sich mit ihm verband, und dann wieder einen, und wenn sich daraus kein Schema entwickelte, dann war das nicht ihre Schuld, sondern meine. Ein Schritt nach dem anderen, Mr. Converse.«

»Sie sind aber verdammt überzeugend. Ich hätte ihren Kurs einfach aufgegeben.«

»Ich formuliere es nicht besonders gut, früher konnte ich das besser. Wenn man Geschichte lehrt, sind Fäden etwas sehr Wichtiges.«

»Wenn man als Anwalt mit dem Gesetz zu tun hat, sind sie alles.«

»Dann sollten Sie die Fäden aufnehmen, ihnen nachgehen, einem nach dem anderen. Ich bin ganz sicher kein Anwalt, aber könnten Sie diese Geschichte nicht als Anwalt in Angriff nehmen, als Anwalt, dessen Klient von Kräften angegriffen wird, die im Begriff sind, seine Rechte zu verletzen, sein Leben zu stören, ihm seine friedliche Existenz streitig machen wollen – ihn also vernichten wollen?«

»Kaum möglich«, erwiderte Joel. »Ich habe einen Klienten, der nicht bereit ist, mit mir zu sprechen, mich nicht empfangen will, mir nicht einmal sagen will, wer er ist.«

»Das ist nicht der Klient, den ich im Sinne hatte.«

»Wer sonst? Von ihm kommt doch das Geld.«

»Er ist nur ein Bindeglied zu Ihrem wirklichen Klienten.«

»Und wer ist das?«

»Vielleicht das, was von der zivilisierten Welt übriggeblieben ist.«

Joel studierte den alten Gelehrten im schimmernden Licht des Mondhimmels. »Sagten Sie nicht gerade etwas, man sollte nicht nach dem Ganzen Ausschau halten, sondern nur nach den Fäden? Sie machen mir angst.«

»Jetzt übertreiben Sie«, sagte Edward Beale, dessen Lächeln plötzlich verschwunden war. »Sie stehen ja erst am Anfang.«

»Aber jetzt weiß ich, worauf ich mein Augenmerk richten muß. Einen Faden nach dem anderen... bis die Fäden sich ineinander verschlingen und das Muster für jeden zu erkennen ist. Ich werde mich auf Exportlizenzen konzentrieren, darauf, wer nicht genügend Kontrolle ausübt. Und dann werde ich drei oder vier Namen miteinander in Verbindung bringen und sie zu Delavane in Palo Alto zurückverfolgen. Und an dem Punkt lassen wir das Ganze *legal* hochgehen. Keine Märtyrer, keine hochdekorierten Militärs, die von Verrätern ans Kreuz geschlagen werden. Einfach aufgeblasene, häßliche Profitmacher, die sich als Superpatrioten ausgegeben haben, wobei sie doch die ganze Zeit nichts anderes taten, als ihre unpatriotischen Taschen zu füllen. Aus welchem anderen Grund hätten sie es schon tun sollen? Gibt es einen anderen Grund?... Das bedeutet es, sie lächerlich zu machen, Dr. Beale. Weil Sie darauf *keine Antwort* haben.«

Der alte Mann schüttelte den Kopf, und seine gerunzelte Stirn ließ erkennen, daß er verwirrt war. »Jetzt wird der

Professor zum Studenten«, sagte er zögernd. »Wie können Sie das tun?«

»So wie ich es in Dutzenden von Firmenverhandlungen getan habe... nur daß ich einen Schritt weitergehen werde. In solchen Sitzungen bin ich wie jeder andere Anwalt und versuche herauszufinden, was der Bursche auf der anderen Seite des Konferenztisches verlangen wird und weshalb er es will. Nicht nur, was *meine Seite* will, sondern, was *er* will. Was geht ihm durch den Kopf?... Sehen Sie, Doktor, ich versuche, so zu denken wie er. Ich versetze mich an seine Stelle und lasse ihn keine Sekunde lang darüber im unklaren, daß ich genau das tue. Das kostet Nerven, genauso wie wenn man sich die ganze Zeit Notizen macht, jedesmal, wenn der andere etwas sagt, ob er nun etwas Wichtiges sagt oder nicht... Aber diesmal wird es anders sein. Ich suche keine Gegner, ich suche Verbündete. Ich werde in Paris anfangen, dann geht es weiter nach Bonn oder Tel Aviv und dann wahrscheinlich Johannesburg. Nur, wenn ich dann diese Männer gefunden habe, werde ich nicht versuchen, wie sie zu denken, ich werde einer von ihnen *sein*.«

»Das ist eine sehr kühne Strategie. Ich muß Ihnen ein Kompliment machen.«

»Aber die einzige Chance, die mir offensteht. Außerdem habe ich eine Menge Geld zur Verfügung. Ich werde es nicht übertrieben großzügig ausgeben, aber wirksam, wie es meinem namenlosen Klienten gebührt. Namenlos, stets im Hintergrund, aber immer da.« Joel hielt inne, plötzlich kam ihm ein Gedanke. »Wissen Sie, Dr. Beale, ich nehme das zurück. Ich will nicht wissen, wer mein Klient ist – der in San Francisco, meine ich. Ich werde mir selbst einen schaffen, denn den richtigen zu kennen, könnte das Bild verzerren, das ich im Sinne habe. Übrigens, Sie können ihm sagen, daß er eine komplette Abrechnung meiner Ausgaben bekommen wird. Der Rest wird ihm auf dieselbe Weise zurückerstattet werden, wie ich das Geld bekam. Über Ihren Freund Laskaris in der Bank hier in Mykonos.«

»Aber Sie haben das Geld angenommen«, wandte Beale ein. »Es gibt keinen Grund...«

»Ich wollte wissen, ob es echt war, ob *er* echt war. Das ist er, und er weiß genau, was er tut. Ich werde sehr viel Geld brauchen, weil ich jemand werden muß, der ich nicht bin. Und Geld ist das überzeugendste Mittel, um es zu tun... Nein, Doktor, ich will das Geld Ihres Freundes nicht, ich will Delavane. Ich will den Schlächter von Saigon... Ich werde das Geld benutzen, um Zugang zu dem Netz zu bekommen.«

»Wenn Paris Ihre erste Station ist und Bertholdier der erste, mit dem Sie Fühlung aufnehmen wollen – da gibt es ein ganz spezielles Munitionsgeschäft, von dem wir annehmen, daß es in unmittelbarer Verbindung zu ihm steht. Es könnte einen Versuch wert sein. Wenn wir recht haben, dann ist das im kleinen, was sie überall tun wollen.«

»Finde ich das hier?« fragte Converse und tippte auf den dicken Umschlag mit den Akten.

»Nein, es ist erst heute morgen ans Licht gekommen – am frühen Morgen. Ich nehme nicht an, daß Sie die Nachrichten gehört haben.«

»Ich spreche nur Englisch, keine Fremdsprache. Was ist geschehen?«

»Ganz Nordirland steht in Flammen, die schlimmsten Aufstände, die schrecklichsten Morde seit fünfzehn Jahren. In Belfast und Ballyclare, Dromora und den Mourne-Bergen ziehen empörte Rächer – *beider* Seiten – durch die Straßen und Hügel und schießen ziellos um sich, metzeln in ihrer Wut alles nieder, was sich bewegt. Ein völliges Chaos. Die Regierung in Ulster ist in Panik, das Parlament ist gelähmt, gefühlsmäßig gespalten, und jeder versucht, eine eigene Lösung zu finden. Und diese Lösung wird in der Entsendung weiterer Truppenkontingente bestehen.«

»Was hat das mit Bertholdier zu tun?«

»Hören Sie mir gut zu«, sagte der Alte und trat einen Schritt vor. »Vor acht Tagen ist eine Munitionssendung mit dreihundert Kisten Sprengbomben und zweitausend Kartons Explosivstoffen per Luftfracht aus Beloit, Wisconsin, abgegangen. Der Bestimmungsort war Tel Aviv via Montreal, Paris und Marseille. Die Sendung hat ihr Ziel nie erreicht, und ein israelischer Gewährsmann – Mitglied der Mossad – hat durchgegeben, daß nur die Papiere nach Marseille gelangt sind, sonst nichts. Die Sendung ist entweder in Montreal oder Paris verschwunden, und wir sind überzeugt, daß sie zu den Extremisten – wieder auf beiden Seiten – in Nordirland gelangt ist.«

»Warum glauben Sie das?«

»Die ersten Opfer – über dreihundert Männer, Frauen und Kinder – sind von Splitterbomben getötet oder schwer verletzt worden. Das ist keine angenehme Art zu sterben, und vielleicht ist es sogar noch schlimmer, verletzt zu werden; die Bomben reißen den Opfern ganze Körperteile heraus. Die Reaktionen waren entsprechend, und überall breitet sich Hysterie aus. Ulster hat keine Kontrolle mehr über das Geschehen, die Regierung ist gelähmt. Und alles im Laufe eines Tages, eines *einzigen Tages*, Mr. Converse!«

»Sie beweisen sich, daß sie imstande sind zu tun, was sie wollen«, sagte Joel leise und man konnte die Furcht in seiner Stimme hören.

»Genau«, pflichtete Beale ihm bei. »Es handelt sich um einen Testfall, einen Mikrokosmos des ganzen Schreckens, den sie erzeugen können.«

Converse runzelte die Stirn. »Wenn man einmal von der Tatsache absieht, daß Bertholdier in Paris lebt, welche Verbindung gibt es dann zwischen ihm und der Sendung?«

»Sie war in Frankreich bei einer Gesellschaft versichert, an der Bertholdier beteiligt ist. Wer wäre weniger verdächtig als die Gesellschaft, die für den Schaden aufkommen mußte – eine Gesellschaft, die zufälligerweise Zugang zu der von ihr versicherten Ware hat? Der Verlust belief sich auf über vier Millionen Francs, keine so riesige Summe, als daß sie zu Schlagzeilen geführt hätte, aber hinreichend, um den Verdacht abzulenken. Und wieder eine Schreckenssendung ausgeliefert – Tod, Verstümmelung und Chaos sind die Folgen.«

»Wie heißt die Versicherungsgesellschaft?«

»*Compagnie Solidaire*. Ich nehme an, das ist eines der Schlüsselworte. *Solidaire* und vielleicht Beloit und Belfast.«

»Wir wollen hoffen, daß ich Bertholdier damit konfrontieren kann. Und wenn, dann muß ich die Worte zum richtigen Zeitpunkt aussprechen. Ich nehme die Frühmaschine von Athen.«

»Nehmen Sie die nachdrücklichen guten Wünsche eines alten Mannes mit auf den Weg, Mr. Converse. Und nachdrücklich ist das passende Wort. Drei bis fünf Wochen, mehr Zeit haben Sie nicht, bis alles in Stücke fällt. Was auch immer es ist, wo auch immer es ist, dann wird das Zehntausendfache von Nordirland passieren. Das ist die Wirklichkeit, die uns bevorsteht.«

Valerie Charpentier wachte plötzlich auf, ihre Augen waren geweitet, ihr Gesicht starr. Sie lauschte intensiv nach den Geräuschen, die das dunkle Schweigen brachen, das sie umgab, lauschte dem Wellenschlag in der Ferne. Jede Sekunde rechnete sie damit, das durchdringende Schrillen des Alarmsystems zu hören, das in jedes Fenster und jede Türe des Hauses eingebaut war.

Es kam nicht, und doch waren da andere Geräusche gewesen, Geräusche, die in ihren Schlaf eingedrungen, die durchdringend genug waren, sie zu wecken. Sie schlug die Decke zurück und stieg aus dem Bett, ging langsam, besorgt, auf die Glastüren zu, die zu ihrem Balkon führten – dahinter lagen der felsige Strand, der kleine Landvorsprung und der Atlantische Ozean.

Da war es *wieder*. Die tanzenden, schwachen Lichter waren unverkennbar dieselben. Sie hüllten das Boot, das noch an genau der Stelle lag, wo es vorher vertäut gewesen war, in schwachen Lichtschein. Es war die Schaluppe, die zwei Tage lang an der Küste auf und ab gekreuzt war, immer in Sichtweite, und allem Anschein nach ohne ein anderes Ziel als diesen Teil der Küste von Massachusetts. Im Zwielicht des zweiten Abends hatte sie höchstens eine Viertelmeile vom Ufer entfernt vor dem Haus Anker geworfen. Und jetzt war sie wieder da. Nach drei Tagen war sie zurückgekehrt.

Vor drei Nächten hatte sie die Polizei angerufen, die ihrerseits mit den Streifen der Küstenwache von Cape Ann

Verbindung aufgenommen hatte, und die hatten eine Erklärung geliefert, die ebensowenig klar wie befriedigend gewesen war. Das Boot war in Maryland registriert. Sein Besitzer, ein Offizier in den Streitkräften der Vereinigten Staaten, und es gab keinerlei provozierende oder verdächtige Bewegungen, die ein offizielles Eingreifen rechtfertigten.

»Ich würde das verdammt provozierend *und* verdächtig nennen«, hatte Val mit Bestimmtheit erklärt. »Wenn ein fremdes Boot zwei Tage hintereinander an demselben Küstenstreifen auf und ab segelt und dann genau vor meinem Haus ankert, in Rufweite – wobei Rufweite gleich Schwimmweite ist...«

»Die Wasserrechte des von Ihnen gemieteten Grundstücks reichen nur zweihundert Fuß ins Meer hinaus, Ma'am«, war die offizielle Antwort gewesen. »Wir können nichts unternehmen.«

Val schauderte, während sie einen schweren Sessel vor die Balkontüre zog – aber nicht zu nahe, etwas entfernt vom Glas. Sie zog die leichte Decke vom Bett und setzte sich, hüllte sich hinein, starrte aufs Wasser hinaus und auf das Boot.

Sie würde nicht in Panik geraten. Joel hatte sie gelehrt, Panik zu vermeiden, selbst wenn sie einen wohldosierten Schrei in den finsteren Straßen von Manhattan für angezeigt gehalten hatte. Manchmal war das Unvermeidliche geschehen. Drogensüchtige oder Halbstarke hatten ihnen den Weg verstellt, aber Joel war ruhig geblieben – eisig ruhig – und hatte sich mit ihr gegen die Wand gedrückt und ihnen die billige Extrageldbörse angeboten, die er mit ein paar Scheinen in der Hosentasche hatte. *Herrgott*, er war wie Eis! Vielleicht war das der Grund, daß man sie nie angegriffen hatte, weil man nicht wußte, was sich hinter jenem kalten, brütenden Blick verbarg.

»Ich hätte schreien sollen!« hatte sie einmal gerufen.

»Nein«, hatte er gesagt. »Dann hättest du ihm Angst eingejagt, ihn in die Panik getrieben, und dann können diese Schweine lebensgefährlich werden.«

Lieber Joel, närrischer Joel, eiskalter Joel. Es hat Zeiten gegeben, wo du mir gutgetan hast – wenn du dich wohl fühltest. Und amüsant warst du, so schrecklich amüsant – selbst wenn du dich nicht wohl fühltest. In mancher Hinsicht fehlst du mir, Liebster. Aber nicht genug, nein danke.

Und doch, warum ließen diese Gefühle – dieser Instinkt vielleicht – nicht nach? Das kleine Boot draußen auf dem Wasser war wie ein Magnet und zog sie an, zog sie in sein Feld und an einen Ort, an dem sie nicht sein wollte.

Unsinn! Dämonen auf der Suche nach Logik! Das war albern – *der alberne Joel, der eiskalte Joel* – hör auf, um Himmels willen! Sei *vernünftig!*

Und dann durchlief sie wieder ein Schauder. Anfänger navigierten nicht nachts an fremden Küsten.

Der Magnet hielt sie fest, bis ihre Lider schwer wurden und unruhiger Schlaf sie befiel.

Sie wachte wieder auf, als das grelle Sonnenlicht, das durch die Glastüre hereinfiel, sie hochschrecken ließ, während seine Wärme sie gleichzeitig einhüllte. Sie blickte aufs Wasser hinaus. Das Boot war verschwunden – und einen Augenblick lang fragte sie sich, ob es je wirklich da gewesen war.

Ja, es war da gewesen. Aber jetzt war es verschwunden.

3

Die Boeing 747 hob von der Piste des Athener Hellikion-Flughafens ab und stieg in einer Linkskurve steil in die Höhe. Unten lag deutlich sichtbar neben dem Flughafengebäude der Stützpunkt der US Navy, der allerdings in den letzten Jahren, was Größe und Zahl der stationierten Maschinen anging, vertragsgemäß reduziert worden war. Dennoch durften, dank einer mürrischen und doch nervösen Regierung, die sich nur zu sehr der heimtückischen Augen im Norden bewußt war, auch heute noch andere amerikanische Augen das Mittelmeer und die Ionische und Ägäische See überwachen. Converse starrte zum Fenster hinaus und erkannte vertraute Maschinen auf dem Boden. Zu beiden Seiten der doppelt angelegten Startbahn waren zwei Reihen von Phantom F-4T und A-6E angeordnet, modernisierte Ausführungen der F-4G und A-6A, die er vor Jahren geflogen hatte.

Es war so leicht, wieder in die Vergangenheit zurückzusinken, dachte Joel, während er zusah, wie sich drei Phantoms in Bewegung setzten; sie würden jetzt auf die Spitze der Startbahn zustreben und dann war die nächste Aufklärungsstreife in der Luft.

Der Boden unter ihm verschwand, als die 747 ihren Kurs stabilisierte und auf ihre Reiseflughöhe stieg. Converse wandte sich vom Fenster ab und machte es sich in seinem Sessel bequem. Abrupt verloschen die *No-Smoking*-Zeichen, und Joel holte ein Päckchen Zigaretten aus der Hemdtasche und zog sich eine heraus. Er ließ sein Feuerzeug aufspringen, und Sekunden später verteilte sich der Rauch in dem Luftstrom von oben. Er sah auf die Uhr, es war zwölf Uhr zwanzig. Sie sollten um fünfzehn Uhr fünfunddreißig französischer Zeit auf dem Flughafen Orly eintreffen. Wenn man den Zeitunterschied in Betracht zog, so war es ein dreistündiger Flug, und in diesen drei Stunden würde er alles Material seinem Gedächtnis einprägen, was ihm über General Jacques Louis Bertholdier zugänglich war – wenn Beale und der tote Halliday recht hatten, war er der Arm von Aquitania in Paris.

In Hellikion hatte er etwas getan, was er noch nie zuvor getan hatte, etwas, das ihm noch nie in den Sinn gekommen war, ein Akt der Verschwendung, wie man ihn gewöhnlich der Welt der Romane, der Filmstars oder der Rockidole zuschrieb. Furcht und Vorsicht im Verein mit ausreichend Geld hatten ihn dazu veranlaßt, zwei nebeneinanderliegende Sitze in der ersten Klasse zu buchen. Er wollte nicht, daß irgendwelche Blicke auf die Papiere fielen, die er lesen würde. Der alte Beale hatte ihm das in der vergangenen Nacht am Strand eindringlich klargemacht. Wenn auch nur die entfernteste Möglichkeit bestand, daß das Material in seinem Besitz in andere Hände fallen könnte, *irgendwelche* andere Hände, dann sollte er die Papiere um jeden Preis vernichten. Schließlich handelte es sich um detaillierte Dossiers über Männer, die mit einem einzigen Telefonanruf vielfachen Tod auslösen konnten.

Er griff nach seinem Aktenkoffer, dessen Griff vom Schweiß seiner Hände feucht war, weil er ihn seit Mykonos nicht losgelassen hatte. Zum erstenmal ahnte er den Wert einer Vorrichtung, die er aus Filmen und Romanen kannte. Ihm wäre viel wohler gewesen, wenn er jetzt den Griff seines Aktenkoffers mit einer Kette an seinem Handgelenk hätte befestigen können.

Jacques Louis Bertholdier, 59 Jahre alt, einziges Kind von Alphonse und Marie Thérèse Bertholdier, im Militärhospital von Dakar zur Welt gekommen. Vater Karriereoffizier in der französischen Armee, seinem Ruf nach autokratisch und auf harte Disziplin bedacht. Über die Mutter ist wenig bekannt, wobei vielleicht von Bedeutung ist, daß Bertholdier nie über sie spricht. Vor vier Jahren, im Alter von fünfundfünfzig, hat er sich pensionieren lassen, und ist jetzt einer der Direktoren von *Juneau et Cie.*, einer konservativen Firma an der Bourse des Valeurs, der Pariser Aktienbörse.

Seine Jugendjahre erscheinen typisch für den Sohn eines Offiziers, der von Stützpunkt zu Stützpunkt zieht und dort die Privilegien nutzt, die Rang und Einfluß seines Vaters gewähren.

Im Jahre 1938 befanden sich die Bertholdiers wieder in Paris, wo der Vater dem Generalstab angehörte. Es waren chaotische Zeiten, denn der Krieg mit Deutschland stand bevor, und der ältere Bertholdier war einer der wenigen Kommandeure, die erkannt hatten, daß die Maginot-Linie nicht zu halten sein würde. Die Deutlichkeit, mit der er dies aussprach, machte seine Kollegen so zornig, daß man ihn schließlich ins Feld versetzte, wo er den Befehl über die an der nordöstlichen Grenze stationierte Vierte Armee erhielt.

Dann kam der Krieg, und der Vater fiel in der fünften Woche der Kampfhandlungen. Der junge Bertholdier war damals sechzehn Jahre alt und besuchte die Schule in Paris. Die Niederlage Frankreichs im Juni 1940 könnte man als den Anfang des

Erwachsenenlebens unserer Zielperson bezeichnen. Er schloß sich der Résistance zunächst als Kurier an, kämpfte dort vier Jahre und stieg in den Rängen der Untergrundbewegung auf, bis er den Sektor Calais-Paris befehligte. Er unternahm häufig geheime Reisen nach England und koordinierte die Spionage- und Sabotageoperationen der englischen Abwehr und der des freien Frankreich. Im Februar 1944 ernannte de Gaulle ihn vorübergehend bis Kriegsende zum Major. Bertholdier war damals zwanzig Jahre alt.

Einige Tage vor der alliierten Besetzung von Paris wurde Bertholdier bei einem Straßengefecht zwischen Kämpfern der Résistance und den sich zurückziehenden Deutschen verwundet. Der Krankenhausaufenthalt verhinderte seine weitere Teilnahme an den Kriegshandlungen. Nach der deutschen Kapitulation erhielt er einen Studienplatz auf der nationalen Militärakademie in St. Cyr. Nach seinen erfolgreichen Examina wurde er zum Hauptmann ernannt. Er war damals 24 Jahre alt und erhielt Kommandos in der Dra Hamada in Französisch-Marokko; in Algerien; und dann an verschiedenen Orten der Welt, darunter in der Garnison von Haiphong und schließlich in den Alliierten Sektoren in Wien und West-Berlin. (Man beachte die letzte Position unter Hinblick auf die folgende Information über General Erich Leifhelm. Dort begegneten sie sich das erstemal und wurden Freunde, zuerst offen, später vertuschten sie dann ihre Beziehung, nachdem sie beide aus dem aktiven militärischen Dienst ausgetreten waren.)

Converse dachte, ohne sich mit Erich Leifhelm zu befassen, über die junge Legende nach, die Jacques Louis Bertholdier war. Obwohl Joel so wenig militärbegeistert war, wie ein Mann nur sein konnte, so vermochte er sich doch mit dem militärischen Phänomen zu identifizieren, das ihm auf diesen Seiten geschildert wurde. Obwohl kein Held, so hatte man ihm doch die Begrüßung eines Helden zuteil werden lassen, als er aus einem Krieg zurückkehrte, in dem man nur wenige dieser Ehre für würdig hielt. Dies widerfuhr im allgemeinen denjenigen eher, die die Gefangenschaft erduldet hatten, als jenen, die gekämpft hatten. Dennoch war diese Aufmerksamkeit – die bloße *Aufmerksamkeit* –, die zu Privilegien führte, ein gefährlicher Luxus. Selbst wenn einem das anfänglich peinlich war, konnte man sich sehr schnell daran gewöhnen, das alles zu akzeptieren. Und dann, es zu erwarten. Die Anerkennung konnte einem zu Kopfe steigen, und dann fing man an, die Privilegien als selbstverständlich hinzunehmen. Und wenn schließlich die Aufmerksamkeit zu verblassen begann, stellte sich ein gewisser Zorn ein, und man wünschte sie sich zurück.

Dies waren die Gefühle von jemandem, den es nicht nach Einfluß dürstete – nach Erfolg ja, aber nicht nach Macht. Was aber mußte dies in einem Mann bewirken, dessen ganzes Wesen von Autorität *und* Macht geformt war und dessen früheste Erinnerungen Privilegien und Rang umfaßten und dessen kometenhafter Aufstieg bereits in früher Jugend begonnen hatte. Wie reagiert ein solcher Mann auf Anerkennung und die ständig wachsende eigene Bedeutung? Einem solchen Mann durfte man nicht viel wegnehmen; der Zorn konnte dann leicht zur Raserei werden. Und doch hatte Bertholdier das alles mit fünfundfünfzig aufgegeben, ziemlich jung für jemanden, der so prominent war. Das paßte nicht. Irgend etwas fehlte an dem Porträt dieses Alexander der neueren Zeit. Zumindest bis jetzt.

Der richtige Zeitpunkt spielte in Bertholdiers wachsendem Ruf eine besondere Rolle. Nach Posten in der Dra Hamada und Algerien wurde er nach Französisch-Indochina versetzt, wo die Lage der Kolonialstreitkräfte sich schnell verschlechterte und damals heftige Guerillatätigkeit herrschte. Seine Leistungen im Felde lieferten bald Gesprächsstoff in Saigon und Paris. Die unter seinem Befehl stehenden Truppen errangen einige seltene, aber dringend benötigte Siege, die zwar nicht den Lauf des Krieges ändern konnten, aber immerhin die eingefleischten Militaristen davon überzeugten, daß die primitiven asiatischen Kräfte durch überlegenen gallischen Mut und Strategie besiegt werden konnten; es fehlte nur das Material, das Paris zurückhielt. Die Niederlage von Dien Bien Phu war eine bittere Medizin für jene Männer, die behaupteten, Verräter im Quai d'Orsay hätten die Demütigung Frankreichs herbeigeführt. Obwohl Colonel Bertholdier als eine der wenigen heroischen Gestalten aus der Niederlage hervortrat, war er klug oder vorsichtig genug, sich zurückzuhalten und wenigstens äußerlich nicht die Partei der »Falken« zu ergreifen. Viele sagen, er habe damals auf ein Signal gewartet, das niemals kam. Wieder wurde er auf einen Auslandsposten versetzt und diente in Wien und West-Berlin.

Vier Jahre später jedoch brach er aus der Form, die er so sorgsam aufgebaut hatte, aus. Nach seinen eigenen Worten wurde er von de Gaulles Übereinkünften mit den um ihre Unabhängigkeit kämpfenden Algeriern »erzürnt und desillusioniert«. Er floh in sein Geburtsland Nordafrika und schloß sich der aufständischen OAS des Generals Raoul Salan an, die sich heftig der von ihr als verräterisch bezeichneten Politik widersetzte. Während dieser revolutionären Phase seines Lebens war er in einen Attentatsversuch auf de Gaulle verwickelt. Als Salan dann im April 1962 in Gefangenschaft geriet und die Front der Aufständischen zusammenbrach, trat Bertholdier erneut, zu aller Erstaunen, völlig ungeschoren aus der Niederlage hervor. Mit einer nur als außergewöhnlich zu bezeichnenden Entscheidung – die nie ganz verstanden wurde – veranlaßte de Gaulle, daß Bertholdier aus dem Gefängnis geholt und in den Quai d'Orsay gebracht wurde. Was damals zwischen den beiden Männern gesprochen wurde, ist nie bekanntgeworden, jedenfalls wurde Bertholdier sein ehemaliger Militärrang wieder zuerkannt. Die einzige von de Gaulle bekanntgewordene Bemerkung hierzu erfolgte auf einer Pressekonferenz am 4. Mai 1962. Auf eine Frage, die den begnadigten Rebellenoffizier betraf, sagte er (wörtliche Übersetzung): »Einem großen Soldaten und Patrioten muß man auch einmal eine kurze Episode der Verblendung gestatten und nachsehen. Wir haben miteinander gesprochen. Wir sind zufrieden.« Mehr sagte er zu dem Thema nicht.

Sieben Jahre bekleidete Bertholdier verschiedene einflußreiche Positionen, stieg während dieser Zeit in den Generalsrang auf und wurde während der Zugehörigkeit Frankreichs zum Nato-Bündnis häufig als führender militärischer Vertreter in den wichtigsten Botschaften vorstellig. Er wurde häufig in den Quai d'Orsay berufen, begleitete de Gaulle zu internationalen Konferenzen und war häufig in den Medien zu sehen – nur wenig von dem großen Mann entfernt. Seltsamerweise wurde er jedesmal, obwohl er wesentliche Beiträge zu den Konferenzen leistete, wieder auf seinen vorherigen Posten zurückgeschickt, während die internen politischen Diskussionen fortgesetzt und Entscheidungen ohne ihn getroffen wurden. Es war, als befände er sich in ständiger Warteposition, ohne daß je die entscheidende Berufung erfolgte. War diese letzte Berufung das Signal, auf das er sieben Jahre früher in Dien Bien Phu gewartet hatte? Auf diese Frage wissen wir keine Antwort, wir glauben aber, daß man ihr Augenmerk widmen sollte.

Als de Gaulle dann im Jahre 1969 nach der Verweigerung der von ihm geforderten Verfassungsänderungen seinen dramatischen Rücktritt bekanntgab, führte dies auch zu einer Verlangsamung von Bertholdiers Karriere. Seine Einsätze erfolgten nun entfernter vom Zentrum der Macht und blieben das auch bis zu seiner Pensionierung. Recherchen bei seiner Bank und den Kreditkartenunternehmen sowie Passagierlisten der Fluggesellschaften zeigen, daß unsere Zielperson in den letzten achtzehn Monaten folgende Reisen unternommen hat: London 3; New York 2; San Francisco 2; Bonn 3; Johannesburg 1; Tel Aviv 1 (mit Johannesburg verbunden). Das Bild, das sich zeigt, ist klar. Es entspricht den geografischen Brennpunkten von General Delavanes Operationen.

Converse rieb sich die Augen und klingelte nach einem Drink. Während er auf den Scotch wartete, überflog er die nächsten Absätze und hing seinen Gedanken nach. Er erinnerte sich jetzt an den Mann, aber das, was ihm zu der Person einfiel, war nicht sonderlich bedeutsam. Bertholdiers Name war von einigen ultrakonservativen Parteien hochgespielt worden, in der Hoffnung, ihn auf die politische Bühne ziehen zu können, aber es war ihnen nicht gelungen. Die letzte Berufung war an Bertholdier vorübergegangen, sie erfolgte nicht. Mit 55 Jahren trat er aus der Armee aus und wurde Direktor eines großen, an der Pariser Börse notierten Unternehmens. Eine Galionsfigur, dazu ausersehen, die Reichen und Mächtigen zu beeindrucken und die sozialistischen Träumer durch das bloße Gewicht seiner Legende im Zaum zu halten.

Er pflegt in einer Firmenlimousine zu reisen, und wohin er auch fährt, er wird überall angemessen begrüßt. Bei dem Wagen handelt es sich um einen dunkelblauen amerikanischen Lincoln Continental, Kennzeichen 100-1. Die von ihm bevorzugten Restaurants sind: Taillevent, das Ritz, Julien und Lucas-Carton. Sein Mittagessen nimmt er fast regelmäßig in dem Privatclub L'Etalon Blanc ein, den er drei- bis viermal in der Woche aufsucht.

Es handelt sich hierbei um ein sehr elitäres Etablissement, dessen Mitglieder sich aus Militärs der obersten Ränge, den Resten des Hochadels und reichen Verehrern beider rekrutieren, die, wenn sie schon nicht der einen oder anderen Klasse angehören, es sich eine Menge Geld kosten lassen, wenigstens in deren Nähe zu sein.

Joel lächelte; der Verfasser des Berichts schien Humor zu haben. Trotzdem fehlte etwas. Sein juristisch geschulter Verstand suchte die Lücke. Was war das Signal, das Bertholdier in Dien Bien Phu nicht erhalten hatte? Was hatte der herrische de Gaulle dem rebellischen Offizier gesagt, und was hatte der Rebell dem großen Mann geantwortet? Warum suchte man stets seinen Rat, versagte ihm aber die Macht? Hatte man einen Alexander erzogen, geschult, ihm vergeben, ihn erhoben und dann wieder fallenlassen? In diesen Blättern war eine Botschaft verborgen, aber Joel konnte sie nicht entdecken.

Converse hatte jetzt die Stelle des Berichts erreicht, mit der der Verfasser das Porträt abzurunden versuchte.

Bertholdiers Privatleben scheint für die uns interessierenden Aktivitäten nur wenig Belang zu haben. Seine Ehe war eine Vernunftehe im reinsten Sinne La Rochefoucaults: sie brachte beiden Parteien gesellschaftlichen, beruflichen und finanziellen Vorteil. Ansonsten scheint es sich bei der Verbindung einzig um ein geschäftliches Arrangement gehandelt zu haben. Es gibt keine Kinder, und obwohl Madame Bertholdier häufig bei gesellschaftlichen und öffentlichen Veranstaltungen an der Seite ihres Mannes erscheint, hat man die beiden nur selten im engen Gespräch beobachtet.

Außerdem spricht Bertholdier nie über seine Frau. Zu erwähnen ist noch, daß Bertholdier dem weiblichen Geschlecht sehr zugetan ist, manchmal bis zu drei Geliebte aushält und darüber hinaus auch zahlreiche andere Bekanntschaften pflegt. In seinen Kreisen hat man ihm einen Spitznamen verliehen, der freilich nie seinen Weg in die Presse gefunden hat: Le Grand Timon, und falls der Leser eine Übersetzung braucht, so empfehlen wir ihm, am Montparnasse einen Drink einzunehmen.

Damit endete der Bericht. Es war eine Akte, die mehr Fragen aufwarf, als sie beantwortete. Aber es gab genügend konkrete Fakten, um weiterzumachen. Joel sah auf die Uhr; eine Stunde war verstrichen. Er hatte noch mehr als zwei Stunden Zeit, um alles noch einmal zu lesen, darüber nachzudenken und so viel wie möglich in sich aufzunehmen. Er hatte bereits beschlossen, mit wem er in Paris Verbindung aufnehmen würde.

René Mattilon war nicht nur ein geschickter Anwalt, mit dem Talbot, Brooks and Simon häufig in Verbindung traten, wenn sie einen Vertreter vor einem französischen Gericht brauchten, sondern er war auch ein Freund. Obwohl Mattilon zehn Jahre älter war als Joel, reichten die Wurzeln ihrer Freundschaft zurück in eine für beide gleiche Erfahrung, gleich ebenso im geografischen Sinne wie auch in der Sinnlosigkeit. Vor dreißig Jahren war Mattilon ein junger Rechtsanwalt um die Zwanzig gewesen, den seine Regierung eingezogen und als juristischen Offizier nach Französisch-Indochina geschickt hatte. Er wurde dort Zeuge des Unvermeidlichen und konnte nie begreifen, warum es seine stolze, uneinsichtige Nation so viel kosten mußte, das zu begreifen. Sein Kommentar zu dem darauffolgenden amerikanischen Engagement war von schneidender Härte:

»*Mon Dieu!* Und ihr habt geglaubt, ihr könntet nur mit Waffen erreichen, was wir mit Waffen *und* Gehirn nicht erreichen konnten?«

Jedesmal, wenn Mattilon nach New York oder Joel nach Paris kam, war es ihre Gewohnheit, gemeinsam ein Abendessen und ein paar Drinks einzunehmen. Außerdem zeigte der Franzose erstaunliche Toleranz für Joels Sprachbarrieren. Joel war einfach nicht imstande, eine andere Sprache zu lernen. Selbst Vals eindringliche Bemühungen waren auf taube Ohren und ein überhaupt nicht aufnahmefähiges Gehirn gestoßen. Vier Jahre lang hatte sie, deren Vater Franzose und deren Mutter Deutsche gewesen war, versucht, ihm die einfachsten Sätze beizubringen. Bis sie schließlich einsah, daß er ein hoffnungsloser Fall war.

»Wie, zum Teufel, kannst du dich einen internationalen Anwalt nennen, wo du jenseits von Sandy Hook auch nicht den einfachsten Satz verstehst?« hatte sie gefragt.

»Indem ich Dolmetscher engagiere, die von Schweizer Banken ausgebildet sind, und sie nach einem Punktesystem bezahle«, hatte er geantwortet. »Denen entgeht nichts.«

Wenn er nach Paris kam, pflegte er in einer Zwei-Zimmer-Suite des eleganten Hotels George V. abzusteigen, ein Luxus, den Talbot, Brooks and Simon ihm gestatteten und den er sich zugelegt hatte, mehr um seine Klienten zu beeindrucken, als um seine Spesenabrechnung in die Höhe zu schrauben. Nathan Simon hatte ihm klargemacht, wie man damit sogar noch Geld sparen konnte.

»Sie haben dort ein luxuriöses Wohnzimmer«, hatte Nate ihm mit Grabesstimme eröffnet. »Benutzen Sie es für Konferenzen, dann können Sie uns diese lächerlich teuren französischen Mittagessen sparen und – bei Gott – die Abendessen.«

»Und wenn jemand unbedingt essen will?«

»Dann haben Sie eine andere Verabredung. Sie brauchen nur zu zwinkern und zu sagen, es sei eine persönliche Verabredung; niemand in Paris wird etwas dagegen einzuwenden haben.«

Die eindrucksvolle Adresse konnte ihm jetzt gute Dienste leisten, überlegte Converse, als sich das Taxi gefährlich durch den Nachmittagsverkehr auf den Champs-Elysées wand. Wenn er mit irgendwelchen Männern aus Bertholdiers Umgebung oder sogar Bertholdier selbst weiterkommen wollte – und das beabsichtigte er –, dann würde das teure Hotel zum Image des unbekannten Klienten passen, der seinen persönlichen Anwalt mit einer sehr vertraulichen Mission ausgeschickt hatte. Natürlich hatte er keine Reservierung, aber dieses Versehen würde er einer imaginären Sekretärin in die Schuhe schieben.

Er wurde vom stellvertretenden Geschäftsführer mit großer Wärme begrüßt, wenn der sich auch überrascht zeigte und schließlich zu wortreichen Entschuldigungen überging. Nein, von Talbot, Brooks and Simon lag keine Telexreservierung vor, aber natürlich würde man für einen alten Freund Unterkunft finden. So geschah es; Joel bekam die übliche Suite im ersten Stock, und ehe er noch auspacken konnte, brachte der Zimmerkellner eine Flasche mit jenem Scotch Whisky, den er bevorzugte, und tauschte sie gegen die in der Bar bereitgestellte Flasche aus. Joel hatte vergessen, wie akkurat und genau die Notizen waren, die Hotels wie das George V. über ihre Stammgäste führten. Erster Stock, der richtige Whisky, und später im Verlauf des Abends würde man ihn ohne Zweifel daran erinnern, daß er sich gewöhnlich morgens um sieben Uhr wecken ließ. So würde es auch diesmal wieder sein.

Aber jetzt war es kurz vor fünf Uhr nachmittags. Wenn er Mattilon noch erreichen wollte, ehe der Anwalt sein Büro verließ, mußte er sich beeilen. Wenn René Zeit hatte, mit ihm einen Drink einzunehmen, wäre das ein guter Anfang. Mattilon war entweder sein Mann, oder er war es nicht, und die

Vorstellung, auch nur eine Stunde zu vergeuden, ließ ihn unruhig werden. Er griff nach dem Pariser Telefonbuch, das auf einem Regal unter dem Nachttisch lag, auf dem das Telefon stand, und suchte die Nummer der Kanzlei heraus.

»Du großer Gott, Joel!« meldete sich der Franzose. »Ich habe von dieser schrecklichen Geschichte in Genf gelesen; es stand in der Morgenzeitung. Ich habe versucht, dich anzurufen – Le Richemond, natürlich –, aber die sagten, du seist ausgezogen. Ist mit dir alles in Ordnung?«

»Alles. Ich war zufällig in der Nähe, mehr nicht.«

»Er war Amerikaner. Hast du ihn gekannt?«

»Nur als Verhandlungspartner. Übrigens, dieser Unsinn, daß er etwas mit Rauschgift zu tun gehabt hätte, war eben das – Unsinn. Man hat ihn überfallen, beraubt und dann für Verwirrung bei der Autopsie gesorgt.«

»Und schon stürzt sich ein übereifriger Beamter darauf und versucht, das Image seiner Stadt zu retten. Ich weiß schon; das stand auch in dem Artikel. Das ist alles so schrecklich. Verbrechen, Morde, Terrorismus – überall. Gott sei Dank ist es hier in Paris noch nicht so schlimm.«

»Ihr braucht hier auch keine Straßenräuber, dafür habt ihr ja eure Taxifahrer. Bloß daß die noch widerwärtiger sind.«

»Du bist *unmöglich*, mein Freund, so wie immer! Wann können wir uns treffen?«

Converse machte eine Pause. »Ich hatte gehofft, heute abend. Nach dem Büro.«

»Da läßt du mir aber sehr wenig Zeit, *mon ami*. Ich wünschte, du hättest früher angerufen.«

»Ich bin erst vor zehn Minuten angekommen.«

»Aber du hast Genf doch schon...«

»Ich hatte in Athen zu tun«, unterbrach Joel ihn.

»Ah ja, heutzutage flieht das Geld vor den Griechen. Etwas übereilig, denke ich. So wie es hier auch war.«

»Wie wäre es mit einem Drink, René? Es ist wichtig.«

Diesmal ließ Mattilon eine Pause entstehen; es war offensichtlich, daß er die Dringlichkeit in Converses Stimme erkannt hatte. »Selbstverständlich«, sagte der Franzose. »Du bist im George V. nehme ich an.«

»Ja.«
»Ich komme so bald wie möglich. Sagen wir in einer Dreiviertelstunde.«
»Vielen Dank. Ich besorge uns zwei Stühle in der Galerie.«
»Ich werde dich finden.«

Stammgäste bezeichneten die riesige, von Marmorbögen geschmückte Halle vor den Rauchglastüren der George-V.-Bar als »Galerie«. Der Name kam daher, weil es zur Linken tatsächlich in einem durch Glasscheiben abgetrennten Korridor eine Kunstgalerie gab. Aber ebenso paßte der Name auch auf den eleganten Raum selbst. Die mit dicken Samtpolstern ausgestatteten Sessel und Sofas, die polierten, dunklen Tische, die die Marmorwände säumten, standen unter Kunstwerken – riesigen Tapisserien aus lang vergessenen Schlössern und mächtigen, heroischen Gemälden von namhaften Künstlern aus Vergangenheit und Gegenwart.

Der Raum begann sich zu füllen. Kellner aus der benachbarten Bar streiften diskret zwischen den Sesseln und Stühlen umher und nahmen Bestellungen auf. Sie wußten wohl, wo das wirkliche Geld beheimatet war. Converse fand zwei Sessel am äußersten Ende, wo es etwas heller war. Er sah auf die Uhr, konnte das Zifferblatt kaum erkennen. Vierzig Minuten waren seit seinem Gespräch mit René verstrichen, gerade Zeit genug, um zu duschen und das Hemd zu wechseln. Er legte Zigaretten und Feuerzeug auf den Tisch und bestellte etwas zu trinken, ohne das marmorverkleidete Eingangsportal aus den Augen zu lassen.

Zwölf Minuten später sah er ihn. Mattilon kam mit energischen Schritten aus dem grellen Licht der Eingangshalle in die weiche Beleuchtung der Galerie. Er blieb einen Augenblick lang stehen, kniff die Augen zusammen und nickte dann. Er ging über den weichen Teppich auf Joel zu, sein Gesicht zeigte ein breites, ehrliches Lächeln. René Mattilon war Mitte bis Ende Fünfzig, aber sein Schritt, ebenso wie sein Aussehen ließen einen jüngeren Mann vermuten. Er verbreitete jene Aura um sich, wie sie für erfolgreiche Anwälte so typisch ist; ein offenkundiges Selbstvertrauen, das das Wesen seines Erfolgs bildete. Ein Selbstvertrauen aber, das aus Intelligenz und Geschicklichkeit, nicht nur aus Ego und Leistung geboren war.

Ein kräftiges Händeschütteln, dann eine kurze Umarmung. Der Franzose setzte sich Converse gegenüber, während Joel einen aufmerksamen Kellner herbeiwinkte. »Du solltest besser in Französisch bestellen«, sagte er. »Sonst bekommst du am Ende noch Schokoladeneis.«

»Dieser Mann spricht besser Englisch als du oder ich. Campari und Eis, bitte.«

»*Merci, Monsieur.*« Der Kellner ging.

»Nochmals vielen Dank, daß du gekommen bist«, sagte Converse. »Wirklich, das ist mein Ernst.«

»Du siehst gut aus, Joel. Müde, aber gut. Diese schreckliche Geschichte in Genf muß dir Alpträume verursachen.«

»Nein, wirklich nicht, das sagte ich doch schon. Ich war einfach zufällig in der Nähe.«

»Trotzdem. Es hätte ja auch *dich* erwischen können. In den Zeitungen stand, er sei in deinen Armen gestorben.«

»Ich war der erste, der ihn erreichte.«

»Wie schrecklich.«

»Das ist nicht das erstemal, daß ich so etwas erlebe, René«, antwortete Converse ruhig, ohne das, was er sagte, näher zu kommentieren.

»Ja, natürlich. Du warst besser auf so etwas vorbereitet als die meisten, kann ich mir vorstellen.«

»Ich glaube nicht, daß man auf so etwas je vorbereitet ist. Aber es ist vorbei. Wie steht's mit dir? Wie geht es?«

Mattilon schüttelte den Kopf, und seine Züge wirkten plötzlich fast verzweifelt. »In Frankreich regiert der reinste Wahnsinn, aber wir überleben es. Seit Monaten gibt es hier Pläne und wieder Pläne, aber die Planer treten sich gegenseitig in den Fluren der Regierung tot. Die Gerichte sind voll, das Geschäft blüht.«

»Das freut mich zu hören.« Der Kellner kam mit dem Campari, die beiden Männer nickten stumm, und Mattilons Augen musterten Joel. »Nein, wirklich«, fuhr Converse fort, als der Kellner sie verließ. »Man hört so viele Geschichten.«

»Bist du deshalb in Paris?« Der Franzose studierte Joels Gesicht. »Wegen der Geschichten über all die Unruhen, die es hier gibt? Das ist nicht so weltbewegend, weißt du, auch nicht anders als früher. *Noch* nicht. Die meisten privaten Unternehmen sind hier auch schon früher von der Regierung finanziert worden. Aber sie wurden wenigstens nicht von unfähigen Beamten geleitet, und dafür müssen wir vielleicht eines Tages die Rechnung bezahlen. Ist es das, was dich beunruhigt, oder, besser gesagt, deine Klienten?«

Converse trank. »Nein, das ist nicht der Grund meines Kommens. Mir geht es um etwas anderes.«

»Du bist besorgt, das kann ich sehen. Mich kannst du nicht so leicht täuschen, dazu kenne ich dich zu gut. Also, was ist so wichtig? Das war nämlich das Wort, das du am Telefon gebraucht hast.«

»Ja, das war es wohl. Vielleicht war es zu stark.« Joel leerte sein Glas und griff nach den Zigaretten.

»Deinen Augen nach nicht, mein Freund. Ich sehe sie, und ich sehe sie doch nicht. Sie scheinen wie von Wolken verhüllt.«

»Das siehst du falsch. Wie du schon sagtest, ich bin müde. Ich bin den ganzen Tag unterwegs gewesen, und wenn ich nicht im Flugzeug saß, dann in einer Flughafenhalle.« Er griff nach seinem Feuerzeug und probierte zweimal, bis eine Flamme erschien.

»Wir reden albernes Zeug. Also, was ist?«

Converse zündete sich eine Zigarette an und war bemüht, beiläufig zu klingen, als er fragte: »Kennst du einen Privatclub, der *L'Etalon Blanc* heißt?«

»Ich kenne ihn, aber man würde mich nicht hineinlassen«, antwortete der Franzose und lachte. »Ich war ein junger, unbedeutender Lieutenant – und was noch schlimmer ist, im Stabe des *juge-avocat* – und gehörte unseren Streitkräften eigentlich nur an, um ihren Operationen den Anschein der Legalität zu verleihen. Damit wir uns richtig verstehen, nur den Anschein. Mord galt als kleines Vergehen, und Vergewaltigung führte eher zu Gratulationen. Das *L'Etalon Blanc* ist ein Refugium für *les grands militaires* ... und diejenigen, die reich oder albern genug sind, um sich deren Fanfarenstöße anzuhören.«

»Ich möchte jemanden treffen, der dort drei- oder viermal die Woche zu Mittag ißt.«

»Kannst du ihn nicht anrufen?«

»Er kennt mich nicht und weiß auch nicht, daß ich ihn kennenlernen möchte. Es muß spontan passieren.«

»Wirklich? Für Talbot, Brooks and Simon? Das klingt höchst ungewöhnlich.«

»Ist es auch. Vielleicht haben wir mit jemandem zu tun, mit dem wir gar nichts zu tun haben wollen.«

»Ah, Missionarsarbeit. Wer ist es denn?«

»Wirst du es für dich behalten? Ich meine das ganz wörtlich, kein Wort zu irgend jemandem?«

»Bin ich ein Schwätzer? Wenn der Name mit irgend etwas in Konflikt steht, was wir gerade bearbeiten, dann sage ich es dir, und dann werde ich dir, offen gestanden, auch nicht helfen können.«

»Einverstanden. Der Mann heißt Jacques Louis Bertholdier.«

Mattilon hob die Brauen. »Dieser Kaiser hat noch all seine Kleider«, sagte der Franzose und lachte leise. »Auch wenn manche etwas anderes behaupten. Du kehrst die Treppe von oben, wie man in New York sagt. Kein Konflikt, *mon ami*, der spielt nicht in unserer Liga – wie ihr Amerikaner sagt.«

»Warum nicht?«

»Er ist von Heiligen und Kriegern umgeben. Kriegern, die Heilige sein möchten, und Heilige, die gern Krieger wären. Wer hat die Zeit für so etwas?«

»Du meinst, man nimmt ihn nicht ernst?«

»O doch, das tut man wohl. Sehr ernst, wenigstens tun das diejenigen, die die Zeit und die Neigung haben, erträumte Berge zu bewegen. Er ist eine Säule, Joel, eine Säule, deren Fundament heroischer Marmor ist. Er selbst ist unbeweglich. Er war der zweite de Gaulle, der nie an die Macht kam. Und manche sagen, das sei ein Jammer gewesen.«

»Was willst du damit sagen?«

Mattilon runzelte die Stirn und zuckte dann die Schultern.

»Ich weiß nicht. Das Land braucht, weiß Gott, jemanden. Und vielleicht hätte Bertholdier diesen Platz einnehmen und einen viel besseren Kurs steuern können als den, den wir schließlich eingeschlagen haben. Aber dafür waren wohl die Zeiten nicht die richtigen. Der Elysée-Palast war so etwas wie ein Kaiserhof geworden, und die Leute waren der königlichen Edikte und kaiserlichen Erlasse müde. Nun, *die* haben wir nicht mehr; an ihre Stelle sind die grauen Banalitäten eines Arbeiterführers getreten. Vielleicht ist es schade, obwohl er es immer noch schaffen könnte, kann ich mir vorstellen. Er hat seinen Aufstieg zum Olymp in sehr jungen Jahren begonnen.«

»Hat er nicht zur OAS gehört? Zu Salans Rebellen in Algier? Man hat sie eine nationale Schande genannt.«

»*Das* ist ein Urteil, von dem selbst die Intellektuellen heute etwas widerstrebend zugeben, daß man es möglicherweise revidieren muß. So wie sich Nordafrika und der Nahe Osten entwickelt haben, könnte ein französisches Algerien heute eine Trumpfkarte sein.« Mattilon hielt inne und griff sich ans Kinn. Seine Stirn war jetzt wieder gerunzelt. »Warum sollte Talbot, Brooks and Simon einen Bertholdier nicht als Klienten haben wollen? Er mag im Herzen Monarchist sein, aber er ist auch, weiß Gott, die personifizierte Ehre. Er mag ein elitäres Gehabe an sich haben, vielleicht sogar pompös wirken, aber trotzdem wäre er ein sehr akzeptabler Klient.«

»Es gibt da Dinge, die wir gehört haben...«, sagte Converse leise und zuckte jetzt selbst die Schultern, als wollte er damit die Glaubwürdigkeit von Gerüchten abtun.

»*Mon Dieu*, doch nicht seine *Weiber*?« rief Mattilon aus und lachte. »Komm schon, wann wirst du einmal erwachsen werden?«

»Nicht Weiber.«

»Was dann?«

»Nun, sagen wir seine Umgebung, die Leute, die er kennt.«

»Ich hoffe, du unterscheidest da, Joel. Ein Mann wie Bertholdier kann sich natürlich seine Geschäftspartner auswählen, aber nicht seine Bekannten. Er betritt einen Raum, und jeder will sein Freund sein. Die meisten behaupten, er sei der ihre.«

»Genau das ist es, was wir herausfinden wollen. Ich möchte ein paar Namen vorbringen und sehen, ob sie wirklich *Partner* sind... oder nur Bekannte, an die er sich gar nicht erinnert.«

»*Bien.* Jetzt macht das, was du sagst, einen Sinn. Da kann ich helfen; da *werde* ich helfen. Wir werden morgen und übermorgen im *L'Etalon Blanc* zu Mittag essen. Jetzt ist die Wochenmitte, und Bertholdier wird ohne Zweifel an dem einen oder anderen Tag dort speisen. Wenn nicht, dann bleibt immer noch der Tag darauf.«

»Ich dachte, du kämest dort nicht durch die Tür?«

»Alleine nicht. Aber ich kenne jemanden, der das kann, und ich kann dir versichern, daß er mir den Gefallen tun wird.«

»Warum?«

»Er läßt sich keine Gelegenheit entgehen, mit mir zu sprechen. Er ist schrecklich langweilig und spricht bedauerlicherweise nur sehr wenig Englisch – hauptsächlich Zahlen und Worte wie ›In and Out‹ oder ›Over and Out‹ oder ›Dodger-Roger‹ oder ›Roger-Dodger‹ oder ›Runway Six‹ oder ›Lift-off-Five‹ und alle möglichen anderen unverständlichen Sätze.«

»Ein *Pilot*?«

»Er hat die ersten *Mirage* geflogen, brillant, wie ich vielleicht hinzufügen darf, und das läßt er einen nie vergessen. Ich werde zwischen euch dolmetschen müssen, und das spart mir zumindest die Mühe, das Gespräch zu beginnen. Weißt du etwas über die *Mirage*?«

»Ein Jet ist ein Jet«, sagte Joel. »Man fliegt sie mit voller Pulle, was sonst?«

»Ja, das sagt er manchmal auch. Volle Pulle. Ich dachte, das hätte mit Schnaps zu tun.«

»Warum redet er denn so gern mit dir? Ich nehme an, er ist Club-Mitglied.«

»Und wie er das ist. Wir vertreten ihn in einem aussichtslosen Fall gegen einen Flugzeugfabrikanten. Er besaß eine private Düsenmaschine und hat bei einer eurer üblichen Notlandungen den linken Fuß verloren...«

»Nicht üblich bei mir, Kumpel.«

»Das Kabinendach klemmte. Er konnte den Abwurfmechanismus nicht betätigen, als er das wollte, und die Geschwindigkeit der Maschine genügend abgebremst war, um die Kollision zu vermeiden.«

»Er hat nicht die richtigen Knöpfe gedrückt.«

»Er behauptet, er hätte das schon getan.«

»Es gibt wenigstens zwei Hilfsschalter, darunter einen für manuelle Betätigung, und das gilt auch für eure Maschinen.«

»Das hat er uns inzwischen auch klargemacht. Es geht bei ihm nicht ums Geld, mußt du verstehen, er ist unermeßlich reich. Es geht um seinen Stolz. Verlieren heißt für ihn, seine Kompetenz in Frage zu stellen.«

»Wenn man ihn ins Kreuzverhör nimmt, wird viel mehr in Frage gestellt werden. Aber das wirst du ihm ja wahrscheinlich gesagt haben.«

»Auf sehr subtile Art. Darauf bereiten wir ihn vor.«

»Und unterdessen führt ihr zahlreiche Gespräche mit saftigem Honorar.«

»Gleichzeitig retten wir ihn vor sich selbst. Wenn wir es schnell oder zu vordergründig täten, würde er uns einfach entlassen und sich mit jemand anderem einlassen, dessen Prinzipien nicht so edelmütig sind wie unsere. Wer sonst würde schon einen solchen Fall übernehmen? Die Fabrik gehört jetzt der Regierung, und die wird, weiß Gott, nicht bezahlen.«

»Das ist ein wichtiger Punkt. Was wirst du ihm über mich sagen? Über den Club?«

Mattilon lächelte. »Daß du als ehemaliger Pilot *und* Rechtsanwalt vielleicht über Wissen verfügst, das für seinen Fall wertvoll sein könnte. Was das *L'Etalon Blanc* angeht, so werde ich es vorschlagen und ihm sagen, du würdest beeindruckt sein. Ich werde dich als so etwas wie einen Attila den Hunnenkönig bezeichnen. Was hältst du davon?«

»Nicht sehr viel.«

»Glaubst du, daß du ihm diesen Eindruck geben kannst?«

fragte der Franzose. Die Frage war ernst gemeint. »Das wäre eine Möglichkeit, Bertholdiers Bekanntschaft zu machen. Mein Klient und er sind nicht nur Bekannte, sie sind Freunde.«

»Ich werde es schaffen.«

»Daß du einmal Kriegsgefangener in Vietnam warst, wird sehr hilfreich sein. Wenn du Bertholdier das Lokal betreten siehst und den Wunsch äußerst, ihm vorgestellt zu werden, so wird man den Wunsch eines ehemaligen Kriegsgefangenen nicht einfach abtun.«

»Das würde ich nicht so auffällig tun«, sagte Converse.

»Warum nicht?«

»Nun, wenn man etwas gräbt, könnte man einen Stein finden, der nicht in den Boden gehört.«

»Oh?« Wieder hoben sich Mattilons Brauen, aber diesmal nicht erstaunt und nicht gespielt, sondern einfach überrascht. »›Graben‹, so wie du das Wort gebrauchst, deutet auf etwas mehr als ein spontanes Zusammentreffen, bei dem ebenso spontan ein paar Namen fallen.«

»Wirklich?« Joel drehte sein Glas zwischen den Fingern und ärgerte sich und wußte zugleich, daß jeder Widerspruch seinen Lapsus nur noch schwerwiegender erscheinen lassen mußte. »Tut mir leid, das war eine instinktive Reaktion. Du weißt ja, was ich von dem Thema halte.«

»Ja, das weiß ich, und das hatte ich vergessen. Das war ungeschickt von mir. Ich bitte um Entschuldigung.«

»Tatsächlich würde ich am liebsten meinen Namen nicht gebrauchen. Macht dir das etwas aus?«

»Du bist der Missionar, nicht ich. Wie soll ich dich nennen?« Der Franzose musterte Converse eindringlich.

»Das hat nichts zu sagen.«

Mattilon kniff die Augen zusammen. »Wie wäre es mit dem Namen eines deiner Chefs, Simon? Wenn du Bertholdier vorgestellt wirst, könnte ihn das beeindrucken. *Le duc de St. Simon* war einer der wichtigsten Chronisten der Monarchie. Henry Simon. In den Staaten gibt es bestimmt tausend Anwälte, die Henry Simon heißen.«

»Also gut, Simon.«

»Du hast mir wirklich alles gesagt, mein Freund?« fragte René mit ausdruckslosem Blick. »Alles, was du mir sagen willst.«

»Ja, das habe ich«, sagte Joel, und seine eigenen Augen waren eine blauweiße Wand. »Komm, wir nehmen noch einen Drink.«

»Lieber nicht. Es ist schon spät, und meine derzeitige Frau bekommt Migräne, wenn ihr Abendessen kalt wird. Sie kocht übrigens ausgezeichnet.«

»Du bist ein Glückspilz.«

»Ja, das bin ich.« Mattilon trank aus, stellte sein Glas auf den Tisch und meinte beiläufig: »Das war Valerie übrigens auch. Ich werde diesen phantastischen *Canard à l'orange* nie vergessen, den sie uns vor drei oder vier Jahren in New York gemacht hat. Hörst du noch gelegentlich von ihr?«

»Hören und sehen«, antwortete Converse. »Ich habe letzten Monat in Boston mit ihr zu Mittag gegessen. Ich hab' ihr ihren Unterhaltsscheck gegeben, und sie hat die Rechnung übernommen. Übrigens, sie fängt an, ihre Gemälde zu verkaufen.«

»Daran habe ich nie gezweifelt.«

»Sie schon.«

»Das war unnötig... Ich habe Val immer gemocht. Wenn du sie wiedersiehst, dann bestell ihr alles Liebe von mir.«

»Wird gemacht.«

»*Merci*. Ich ruf dich morgen an.«

Das *L'Etalon Blanc* war ein Alptraum für jeden Pazifisten. Die mit schwerem dunklen Holz getäfelten Wände des Clubs waren mit Fotografien und Drucken bedeckt, dazwischen gerahmte Belobigungen und blitzende Orden – rote Bänder und goldene und silberne Medaillen auf schwarzen Samtkissen. Das alles war wie ein visuelles Protokoll über jedes heroische Gemetzel in den letzten zwei Jahrhunderten. Einfache Federzeichnungen wurden abgelöst von Fotografien, als aus Pferden, Caissons und Säbeln Motorräder, Tanks, Flugzeuge und Kanonen wurden. Aber die Szenen unterschieden sich nicht, ihre Themen blieben konstant. Siegreiche Männer in Uniformen, abgebildet im Augenblick des Ruhms. Alles Leid, das vielleicht dahinterstand, war auf seltsame Art abwesend. In den Augen blitzte nur strenge Zielstrebigkeit und Wissen um das Geleistete, und das drückte sich auch in den Posen aus. Diese Männer waren keine Verlierer, hier gab es keine fehlenden Gliedmaßen, keine zerfetzten Gesichter; dies waren die privilegierten Krieger, irgendwie unverletzt und doch verletzend und ihre lebenslange Mission von echter Arroganz gezeichnet.

»Luboque ist gerade eingetroffen«, sagte Mattilon leise, indem er hinter Converse trat. »Ich habe seine Stimme im Vorraum gehört. Denk daran, du brauchst es nicht zu übertreiben – ich werde nur das übersetzen, was paßt –, aber du mußt überzeugt nicken, wenn er eine seiner zornigen Bemerkungen macht. Und lachen, wenn er Witze erzählt; sie sind schrecklich, aber das mag er.«

»Ich werde mein Bestes tun.«

»Ich will dir einen Anreiz geben. Bertholdier hat einen Tisch fürs Mittagessen reserviert. An seinem gewohnten Platz, Tisch elf, am Fenster.«

»Wo sind *wir*?« fragte Joel, der im Gesicht des Franzosen die zusammengepreßten Lippen eines kleinen Triumphs entdeckte.

»Tisch zwölf.«

»Wenn ich je einen Anwalt brauche, werde ich dich anrufen.«

»Wir sind furchtbar teuer. Komm jetzt, wie es in all diesen wundervollen Filmen in Amerika heißt. ›Sie sind dran, Monsieur Simon.‹ Spiel die Rolle des Attila, aber übertreib nicht. ... *Ahh*, Monsieur Luboque, Serge, *mon ami!*«

Mattilon hatte das Eintreten von Serge Luboque bemerkt; er drehte sich herum, als das Stampfen auf dem Boden lauter wurde. Luboque war ein kleinwüchsiger, schlanker Mann, was unwillkürlich den Gedanken an das Bild jener frühen Düsenpiloten aufkommen ließ, als Kleinheit noch eine wichtige Anforderung war. Darüber hinaus wirkte er beinahe wie eine Karikatur seiner selbst. Sein kurzer, gewachster Schnurrbart saß in einem kleinen Gesicht, das in feindseliger

Ablehnung verkniffen war. Diese Ablehnung richtete sich gegen alle und keinen. Der Effekt war wichtig, nicht der Inhalt. Was immer er früher gewesen sein mochte, jetzt war Luboque ein *poseur*, der seine Posen kannte. Eine brillante und aufregende Vergangenheit war für ihn verloren; jetzt hatte er nur noch die Erinnerungen, der Rest war Zorn.

»*Et voici l'expert légal des compagnies aériennes*«, sagte er, sah dabei Converse an und streckte ihm die Hand hin.

»Serge ist hocherfreut, dich kennenzulernen, und ist sicher, daß du uns helfen kannst«, erklärte Mattilon.

»Ich will tun, was ich kann«, sagte Converse. »Und bitte ihn um Nachsicht dafür, daß ich nicht Französisch spreche.«

Das tat der Anwalt offensichtlich, während Luboque die Schultern zuckte und schnell und unverständlich auf den Anwalt einredete; dabei tauchte einige Male das Wort *anglais* auf.

»Er bittet ebenfalls um Entschuldigung, daß er nicht Englisch spricht«, sagte Mattilon und sah Joel an, wobei sein Blick etwas hämisch wurde, als er hinzufügte: »Wenn er lügt, Monsieur Simon, dann könnte es sein, daß man uns beide an diese dekorierten Wände stellt und erschießt!«

»Sicher nicht«, sagte Converse und lächelte. »Dabei könnten die Orden beschädigt und die Bilder zerrissen werden. Alle Welt weiß, daß ihr lausige Schützen seid.«

»*Qu'est-ce que vous dites?*«

»*Monsieur Simon tient à vous remercier pour le déjeuner*«, sagte Mattilon und wandte sich wieder seinem Klienten zu. »*Il en est très fier car il estime que l'officier français est l'un des meilleur du monde.*«

»Was hast du gesagt?«

»Ich habe ihm erklärt«, sagte der Anwalt und drehte sich wieder herum, »daß du es als Ehre betrachtest, hier zu sein, da das französische Militär – besonders das Offizierskorps – deiner Ansicht nach das beste auf der Welt ist.«

»Nicht nur lausige Schützen, sondern auch miese Piloten«, sagte Joel lächelnd und würdig nickend.

»*Est il vrai que vous avez pris part à nombreuses missions dans l'Asie du Sud?*« fragte Luboque, wobei er Converse fixierte.

»Wie bitte?«

»Er möchte eine Bestätigung, daß du wirklich ein Attila der Lüfte bist, daß du viele Einsätze geflogen bist.«

»Eine ganze Menge«, antwortete Joel.

»*Beaucoup*«, sagte Mattilon.

Und so ging es weiter. Serge Luboque berichtete von seinen Heldentaten, und Mattilon übersetzte und beriet in jedem einzelnen Fall Joel, welchen Gesichtsausdruck er aufsetzen sollte, und empfahl ihm eine passende Antwort, die er sowieso in jedem Fall geben würde.

Schließlich schilderte Luboque mit eindringlichen Worten den Absturz, der ihn den linken Fuß gekostet hatte, und die offensichtlichen Konstruktionsfehler, für die er eine Entschädigung erwartete. Converse setzte eine angemessen bedauernde und indignierte Miene auf und erbot sich, ein juristisches Gutachten für das Gericht zu verfassen, das auf seinen Erfahrungen als Düsenpilot basierte. Mattilon übersetzte; Luboque strahlte und gab einen erregten Wortschwall von sich, den Joel als Dankesbezeigung hinnahm.

»Er steht ewig in deiner Schuld«, sagte René.

»Nicht, wenn ich das Gutachten schreibe«, erwiderte Converse. »Er hat sich im Cockpit eingeschlossen und den Schlüssel weggeworfen.«

»Schreib es«, konterte Mattilon und lächelte. »Du hast mir jetzt gerade meine Zeit honoriert. Wir werden das als Keil benutzen, um uns die Tür zum Rückzug zu öffnen. Außerdem wird er dich nie wieder zum Essen einladen, wenn du in Paris bist.«

»Wann gibt es Mittagessen? Ich weiß bald nicht mehr, wie ich das Gesicht verziehen soll.«

Sie marschierten in stockendem Gleichschritt in den Speisesaal, um sich Luboques Humpeln anzuschließen. Die lächerliche dreiseitige Konversation dauerte an, als der Wein angeboten wurde – wobei der *poseur* mit finsterer Miene die erste Flasche zurückschickte –, und Converse immer wieder zum Eingang des Speisesaals blickte.

Dann kam der Augenblick. Bertholdier traf ein. Er stand

unter dem offenen Bogen, den Kopf etwas nach links gedreht, wo ein zweiter Mann in einem hellbraunen Gabardinemantel auf ihn einredete. Der General nickte, worauf sich der Untergebene zurückzog. Dann betrat der Soldat mit ruhigen, aber selbstbewußten Schritten den Raum. Köpfe drehten sich ihm zu, und der Eintretende erwiderte die Blicke, als würde ein großer Dauphin, der bald König sein wird, die Artigkeiten der Minister eines siechen Monarchen entgegennehmen. Die Wirkung war außergewöhnlich, denn natürlich gab es keine Königreiche, keine Monarchien, keine Länder, die nach der Eroberung an die Ritter von Crécy oder sonst jemanden zu verteilen gewesen wären, und dennoch gewährte man diesem *Mann* ruhig den Auftritt eines... ja *verdammt*, dachte Joel... den Auftritt eines *Kaisers*.

Jacques Louis Bertholdier war mittelgroß, zwischen einem Meter dreiundsiebzig und einem Meter achtundsiebzig, sicher nicht größer, aber seine Haltung, sein aufrechter Gang, die breiten Schultern und sein langer kräftiger Hals ließen ihn imposanter erscheinen, als man es bei einem Mann dieser Größe erwartet hätte.

»Sag etwas Ehrfürchtiges«, sagte Mattilon, als Bertholdier näherkam und auf den Nebentisch zuging. »Blick zu ihm auf und gib dich beeindruckt. Den Rest übernehme ich.«

Converse tat, was man ihn geheißen hatte, murmelte Bertholdiers Namen laut genug, daß man ihn hören konnte. Dann beugte er sich zu Mattilon hinüber und sagte: »Das ist ein Mann, den ich schon immer kennenlernen wollte.«

Darauf folgte ein kurzer Wortwechsel in Französisch zwischen René und seinem Klienten, worauf Luboque nickte und den Gesichtsausdruck eines arroganten Mannes zeigte, der sich freute, einem neuen Freund einen Gefallen erweisen zu können.

Bertholdier erreichte seinen Stuhl, wo bereits der Geschäftsführer und der Oberkellner warteten. Der ganze Auftritt vollzog sich kaum mehr als eine Armlänge von Joel entfernt.

»*Mon Général*«, sagte Luboque und erhob sich.

»Serge«, erwiderte Bertholdier und trat mit ausgestreckter Hand vor, ein vorgesetzter Offizier, der das Gebrechen eines wertvollen Untergebenen kannte. »*Comment ça va?*«

»*Bien, Jacques. Et vous?*«

»*Les temps sont bien étranges, mon ami.*«

Die Begrüßung blieb kurz, und Luboque änderte den Lauf des Gespräches schnell, indem er auf Converse deutete, während er zu sprechen fortfuhr. Joel stand instinktiv auf, die Haltung gerade, die Augen starr auf Bertholdier gerichtet, der Blick so durchdringend wie der des Generals, soldatisch, aber ohne Angst... Er hatte recht gehabt – auf unerwartete Art. Das Wort Südostasien hatte für Jacques Louis Bertholdier Bedeutung. Und warum auch nicht? Auch der hatte seine Erinnerungen. Mattilon wurde fast beiläufig vorgestellt, der Soldat nickte ihm zu, während er hinter René vorbeitrat, um Joel die Hand zu schütteln.

»Es ist mir ein Vergnügen, Monsieur Simon«, sagte Bertholdier in akzentfreiem Englisch, während er ihm fest die Hand drückte, ein Kamerad, der einen anderen begrüßte.

»Ich bin sicher, Sie haben das schon Tausende Male gehört, Sir«, sagte Joel, bemüht, das Leuchten in seinen Augen beizubehalten. »Aber dies ist eine Begegnung, auf die ich nie zu hoffen gewagt habe. Wenn Sie gestatten, General, es ist mir eine Ehre, Ihre Bekanntschaft zu machen.«

»Es ist mir eine Ehre, *Sie* kennenzulernen«, erwiderte Bertholdier. »Ihr Gentlemen-of-the-air habt alles getan, was ihr konntet, und ich kenne die Umstände. So viele Einsätze! Ich glaube, auf dem Boden war es einfacher!« Der General lachte leise, ein gefeierter Held, der einem tapferen, nie gefeierten Waffenkameraden die Ehre erweist.

Gentlemen-of-the-air; der Mann war unglaublich, dachte Converse. Aber der Kontakt war gelungen; war *wirklich* gelungen, das fühlte er, das wußte er. Das Zusammenspiel von Worten und Blicken hatte das bewirkt. So einfach; der Trick eines Anwalts, mit dem er einen Widersacher zähmt – in diesem Fall einen Feind. Den Feind.

»Dem kann ich nicht zustimmen, General; in der Luft war es viel ungefährlicher. Aber wenn es bei den Bodenkämpfen in Indochina mehr von Ihrer Art gegeben hätte, dann hätte es nie ein Dien Bien Phu gegeben.«

»Ein sehr schmeichelhaftes Wort, aber ich bin nicht sicher, daß es der Prüfung durch die Realität standhielt.«

»Ich bin sicher«, sagte Joel leise, aber deutlich. »Ich bin davon überzeugt.«

Luboque, den Mattilon ins Gespräch gezogen hatte, unterbrach. »*Mon Général, voulez-vous nous joindre?*«

»*Pardonnez-moi. Je suis occupé avec mes visiteurs*«, antwortete Bertholdier und wandte sich wieder Converse zu. »Ich muß Serges Einladung leider ablehnen, ich erwarte Gäste. Er sagt, Sie seien Rechtsanwalt, Spezialist für Luftfahrtprobleme.«

»Das ist Teil eines größeren Bereichs, ja. Luft, Boden, Seefahrzeuge... Wir versuchen, uns in diesem Bereich zu spezialisieren. Tatsächlich bin ich noch ziemlich neu – nicht, was meine Erfahrung angeht, hoffe ich –, aber in der Vertretung solcher Fälle.«

»Ich verstehe«, sagte der General, sichtlich etwas verwirrt. »Sind Sie beruflich in Paris?«

Jetzt, dachte Joel. Die Worte, die Augen und die Stimme mußten all das vermitteln, worauf es jetzt ankam. Besonders die Augen; sie mußten das Ungesagte zeigen. »Nein, ich bin nur hier, um etwas zu entspannen. Ich bin von San Francisco nach New York und dann weiter nach Paris geflogen. Morgen will ich für ein oder zwei Tage nach Bonn und dann geht es weiter nach Tel Aviv.«

»Das muß sehr anstrengend sein.« Bertholdier erwiderte jetzt seinen Blick.

»Das ist noch nicht das schlimmste«, sagte Converse mit einem schwachen Lächeln. »Nach Tel Aviv habe ich einen Nachtflug nach Johannesburg.«

»Bonn, Tel Aviv, Johannesburg...«, sagte der Soldat mit leiser Stimme, seine Augen waren jetzt hellwach. »Eine höchst ungewöhnliche Reiseroute.«

»Aber auch lohnend. Das hoffen wir zumindest.«

»Wir?«

»Mein Klient, General. Mein neuer Klient.«

»*Déraisonnable?*« rief Mattilon und lachte über irgend etwas, das Luboque gesagt hatte, und machte Joel damit ebenso offensichtlich klar, daß er seinen ungeduldigen Partner nicht länger im Gespräch festhalten konnte.

Aber Bertholdier wandte den Blick nicht von Converse.
»Wo sind Sie denn abgestiegen, mein junger Pilotenfreund?«
»Jung und doch nicht mehr so jung, General.«
»Wo?«
»Im Georges V. Suite zweihundertfünfunddreißig.«
»Ein schönes Etablissement.«
»Gewohnheit. Meine frühere Firma hat mich immer dort stationiert.«
»Stationiert? Wie in einer Kaserne?« fragte Bertholdier, um dessen Lippen jetzt ein leichtes Lächeln spielte.
»Das war jetzt unbewußt«, sagte Joel. »Aber andererseits sagt es das doch, nicht wahr, Sir?«
»Ja, in der Tat... Aha, meine Gäste kommen!« Der Soldat streckte ihm die Hand hin. »Es war mir ein Vergnügen, Monsieur Simon.«

Hände wurden geschüttelt, ein paar schnelle *au revoirs*, und Bertholdier kehrte an seinen Tisch zurück, um seine Gäste zu begrüßen. Joel dankte mit Hilfe Mattilons Luboque, daß er ihn vorgestellt hatte. Dann wurde der verrückte dreiseitige Dialog fortgesetzt, und Joel hatte alle Mühe, wenigstens eine Andeutung von Konzentration zu bewahren.

Er hatte Fortschritte gemacht, das hatte er in Bertholdiers Augen gelesen, die jetzt immer wieder zu ihm herüberschweiften. Der General saß schräg links von Converse. Beide brauchten das Gesicht nur wenig zur Seite zu drehen, um sich direkt in die Augen blicken zu können. Das geschah zweimal. Das erstemal spürte Joel den intensiven Blick so, als fiele ein Sonnenstrahl auf seine Schläfe. Er drehte den Kopf kurz zur Seite, ihre Augen begegneten sich, und die des Soldaten musterten ihn durchdringend, fragend und ernst. Das zweitemal geschah es eine halbe Stunde später, diesmal war Converse der Auslösende. Luboque und Mattilon diskutierten juristische Strategien, und Joel drehte sich langsam, wie von einem Magneten angezogen, nach links und beobachtete Bertholdier, der ruhig und eindringlich auf einen seiner Gäste einredete. Plötzlich fuhr der Kopf des Generals, während der Angesprochene noch antwortete, zu Converse herum, nur daß seine Augen im ersten Moment nicht fragend blickten, sondern kalt wie Eis. Und dann war plötzlich Wärme in ihnen, und der gefeierte Soldat nickte ihm mit einem Lächeln um die Lippen zu.

Joel saß auf dem weichen Ledersessel am Fenster des schwach beleuchteten Wohnzimmers; eine Stehlampe auf dem Schreibtisch war die einzige Lichtquelle im Raum. Wieder wanderte sein Blick zwischen dem Telefon neben der Lampe und dem Fenster hin und her, hinter dem der Nachtverkehr von Paris vorüberzog – aber die Lichter auf dem Boulevard interessierten ihn nicht. Sein Blick faßte nur das Telefon und verlieh ihm eine Bedeutung, die Telefone für ihn häufig hatten, wenn er auf den Anruf eines juristischen Gegners wartete, mit dessen Kapitulation er rechnete. Das war einfach eine Frage der Zeit.

Diesmal erwartete er keine Kapitulation, nur einen Kontakt, eine Verbindung, *die* Verbindung. Welche Form sie annehmen würde, ahnte er nicht, aber kommen würde sie. Sie mußte kommen.

Es war fast halb acht, vier Stunden seit Verlassen des *L'Etalon Blanc* und dem abschließenden kräftigen Händedruck, den er mit Jacques Louis Bertholdier getauscht hatte. Der Blick in den Augen des Soldaten war unverkennbar gewesen: Wenn vielleicht auch sonst nichts war, überlegte Converse, so würde Bertholdier wenigstens seine Neugierde befriedigen müssen.

Joel hatte an der Rezeption des Hotels mit ein paar Hundert-Francs-Noten seine Tarnung gesichert. In diesen Tagen nationaler und finanzieller Unruhen war dies nicht ungewöhnlich – und eigentlich selbst in ruhigeren Zeiten nie gewesen. Reisende Geschäftsleute mußten häufig Decknamen benützen, dafür gab es eine ganze Anzahl von Gründen, angefangen mit Verhandlungen, die am besten geheim blieben, bis zu amourösen Verabredungen. Im Falle von

Converse ließ der Gebrauch des Namens Simon das Ganze logisch, wenn nicht sogar höchst respektabel erscheinen. Wenn Talbot, Brooks and Simon es vorzogen, daß der Name eines der Seniorpartner benutzt wurde, wer sollte da schon die Entscheidung anzweifeln? Joel führte seine List sogar noch einen Schritt weiter. Nachdem er New York angerufen hatte, erklärte er, man habe ihm gesagt, sein Name solle überhaupt nicht auftauchen; niemand wisse, daß er in Paris sei, und so wolle es seine Firma haben. Offenbar erklärten diese verspäteten Instruktionen auch die Panne bei der Reservierung. Es sollte auch keine Rechnung ausgestellt werden. Er würde bar bezahlen, und da man in Paris war, hatte niemand auch nur die geringsten Einwände. Bargeld genoß stets den Vorzug; Kreditkarten galten immer noch als leicht anrüchig.

Ob irgend jemand den Unsinn glaubte oder nicht, war belanglos. Alles klang hinreichend logisch, und die Francs-Noten waren überzeugend. Die erste Karteikarte wurde zerrissen und eine andere ausgestellt. An die Stelle von J. Converse trat H. Simon. Die Adresse des letzteren entsprang Joels Phantasie, eine Hausnummer und eine Straße in Chicago, Illinois, die es wahrscheinlich überhaupt nicht gab. Falls jemand nach Mr. Converse fragen sollte – was in hohem Grade unwahrscheinlich war –, würde er erfahren, daß sich im Augenblick kein Gast dieses Namens im George V. aufhielt. Selbst René Mattilon war kein Problem, denn Joel hatte sich auch ihm gegenüber eindeutig geäußert. Da er keine weiteren Geschäfte in Paris hätte, wolle er die Sechs-Uhr-Maschine nach London nehmen und sich dort ein paar Tage bei Freunden aufhalten, ehe er nach New York zurückflog. Er dankte René überschwenglich und sagte dem Franzosen, die Sorge seiner Firma bezüglich Bertholdiers sei unbegründet gewesen. Er hätte während seines leisen Gesprächs mit dem General drei wichtige Namen erwähnt, die dem Franzosen offensichtlich unbekannt gewesen waren, da er sich sogar entschuldigt hatte, weil sie ihm nichts sagten.

»Und er hat nicht gelogen«, war Joel fortgefahren.

»Ich könnte mir auch nicht vorstellen, warum er das tun sollte«, hatte Mattilon geantwortet.

Ich schon, hatte Converse bei sich gedacht. *Sie nennen es Aquitania.*

Ein Knacken! Plötzlich störte ein Geräusch die Stille, ein hartes, metallisches Knacken, einmal, zweimal... ein Schloß, das sich öffnete, ein Knopf, der gedreht wurde. Es kam aus dem Schlafzimmer, dessen Tür offenstand. Joel ruckte in seinem Stuhl nach vorne, dann sah er auf die Uhr, atmete tief durch und entspannte sich wieder. Das war die Zeit, in der das Zimmermädchen das Bett für die Nacht herrichtete; seine Nerven hatten ihm einen Streich gespielt. Das war der mit Spannung erwartete Anruf und was er für Joel bedeutete. Wieder lehnte er sich zurück, und seine Augen wanderten zum Telefon zurück. Wann würde es klingeln? Würde es *überhaupt* klingeln? Die Minuten strichen so langsam dahin, und die Stunden zu schnell.

»*Pardon, Monsieur*«, sagte eine helle Stimme, und jemand klopfte gegen den Türrahmen. Joel konnte nicht sehen, wer gesprochen hatte.

»Ja?« Converse wandte den Blick von dem stummen Telefon ab.

Was er sah, ließ ihn vor Überraschung hochschrecken. Es war die hoch aufgerichtete Gestalt von Jacques Louis Bertholdier, in dessen Blick sich Prüfung, Herablassung und – wenn Joel nicht irrte – eine Spur von Furcht mischten. Er trat durch die Türe und stand dann reglos da; als er zu sprechen begann, klang seine Stimme eisig.

»Ich bin im dritten Stock zum Abendessen verabredet, Monsieur Simon. Da ist mir eingefallen, daß Sie in diesem Hotel wohnen. Sie haben mir Ihre Zimmernummer genannt. Störe ich?«

»Selbstverständlich *nicht*, General«, sagte Converse, der aufgestanden war.

»Haben Sie mich erwartet?«

»Nicht so plötzlich.«

»Aber immerhin erwartet?«

Joel machte eine Pause. »Ja.«

»Ein Signal, das Sie ausgesandt haben und das empfangen worden ist?«

Wieder machte Joel eine Pause. »Ja.«

»Sie sind entweder ein provozierend geschickter Anwalt oder ein seltsam besessener Mann. Was von beiden stimmt, Monsieur Simon?«

»Wenn ich Sie dazu provoziert habe, mich aufzusuchen, und mir das derart subtil gelungen ist, will ich das erste gern akzeptieren. Was die Besessenheit angeht, so meint dieses Wort auch eine übertriebene oder nicht gerechtfertigte Sorge, und die Sorgen, die ich habe, sind weder übertrieben noch unberechtigt, das weiß ich ganz genau. Nein, besessen nicht, General. Dazu bin ich ein zu guter Anwalt.«

»Ein Pilot kann sich nicht selbst belügen. Wenn er das tut, stürzt er ab.«

»Ich bin abgeschossen worden. Ich bin nie infolge eines Pilotenfehlers abgestürzt.«

Bertholdier ging langsam auf die mit Brokat bezogene Couch an der Wand zu. »Bonn, Tel Aviv und Johannesburg«, sagte er leise, während er sich setzte und die Beine übereinanderschlug. »Das Signal?«

»Das Signal.«

»Meine Firma hat Interessen in diesen Bereichen.«

»Mein Klient auch«, erwiderte Converse.

»Und was haben *Sie*, Monsieur Simon?«

Joel starrte den Soldaten an. »Eine Verpflichtung, General.«

Bertholdier blieb eine Weile stumm und reglos, seine Augen blickten fragend. »Kann ich einen Cognac haben?« sagte er schließlich. »Mein Begleiter wartet vor dieser Tür auf dem Flur.«

4

Converse ging zu dem Barschrank an der Wand, wobei er sich der Blicke des anderen bewußt war, und er fragte sich, welche Richtung das Gespräch wohl nehmen würde. Joel war eigenartig ruhig, so wie er das häufig vor Konferenzen oder einer Gerichtsverhandlung war, in dem sicheren Wissen, daß ihm Dinge bekannt waren, die seine Gegner nicht kannten – Informationen, die er sich in langen Stunden harter Arbeit beschafft hatte. Bei dieser Sache hatte es zwar für ihn keine solche Arbeit gegeben, aber die Umstände waren die gleichen. Er wußte eine ganze Menge über die Legende namens Jacques Louis Bertholdier, die dort auf der Couch saß. Kurz, er war vorbereitet, und er hatte im Laufe der Jahre gelernt, seinen Instinkten zu vertrauen... so wie er einst jenen Instinkten vertraut hatte, die ihn am Steuerknüppel seiner Flugzeuge lenkten. Er war bereit. Joel drehte sich um und ging durchs Zimmer.

»Was suchen Sie, Monsieur Simon?« fragte Bertholdier und nahm sein Glas entgegen.

»Informationen, General.«

»Worüber?«

»Weltmärkte – expandierende Märkte, die mein Klient beliefern könnte.« Joel ging zu seinem Platz am Fenster zurück und setzte sich.

»Und welche Dienste bietet er?«

»Er ist Makler.«

»Der sich womit befaßt?«

»Mit einem breiten Spektrum von Produkten.« Converse führte sein Glas an die Lippen, trank und fügte dann hinzu: »Ich glaube, ich habe diese Produkte heute nachmittag erwähnt. Flugzeuge, Fahrzeuge, Schiffe, Munition. Eben das ganze Spektrum.«

»Erwähnt haben Sie das. Ich habe es leider nicht richtig verstanden.«

»Mein Klient hat Zugang zu Quellen, die über alles hinausgehen, was mir bisher bekannt war.«

»Sehr eindrucksvoll. Wer ist es?«
»Ich bin nicht befugt, darüber Auskunft zu geben.«
»Vielleicht kenne ich ihn.«
»Das könnte sein, aber nicht von dem, was ich Ihnen erzählt habe. Er hält sich in diesem Bereich sehr bedeckt, so daß man sagen könnte, es gibt ihn nicht.«
»Und Sie wollen mir nicht sagen, wer er ist«, fragte Bertholdier.
»Diese Information ist vertraulich, wie wir Anwälte sagen.«
»Und doch haben Sie sich um Kontakt zu mir bemüht, ein Signal ausgesandt, auf das ich reagiert habe. Sie sagen, daß Sie Informationen suchen bezüglich expandierender Märkte aller Arten von Waren, und erwähnten Bonn, Tel Aviv, Johannesburg. Und dennoch wollen Sie den Namen Ihres Klienten nicht nennen, der aus meinen Informationen Nutzen ziehen will – Informationen, die ich wahrscheinlich nicht einmal besitze. Das alles kann doch nicht Ihr Ernst sein.«
»Sie *besitzen* die Informationen, und es ist sehr wohl mein Ernst. Aber ich fürchte, Sie haben die falschen Schlüsse gezogen.«
»Das glaube ich überhaupt nicht. Ich beherrsche Ihre Sprache ganz gut und habe gehört, was Sie sagten. Sie sind aus dem Nichts erschienen. Ich weiß nichts über Sie. Sie sprechen geheimnisvoll von diesem unbekannten, einflußreichen Mann...«
»Sie haben mich *gefragt*, General«, unterbrach ihn Joel entschieden, aber ohne die Stimme zu heben. »Sie haben gefragt, was ich suche.«
»Und Sie sagten, Informationen.«
»Ja, das habe ich, aber ich sagte nicht, daß ich sie bei Ihnen suche.«
»Wie bitte?«
»Unter den gegebenen Umständen – und aus den Gründen, die Sie gerade erwähnten, würden Sie sie mir ohnehin nicht geben, dessen bin ich mir wohl bewußt.«
»Was soll dann diese..., soll ich sagen, gewollte Unter-

haltung? Ich mag es nicht, wenn andere meine Zeit vergeuden, Monsieur.«

»Das ist das allerletzte, was wir tun würden – was *ich* tun würde.«

»Bitte, werden Sie deutlich.«

»Mein Klient wünscht sich Ihr Vertrauen. *Ich* wünsche es mir. Aber wir wissen, daß Sie es uns erst dann gewähren können, wenn Sie das Gefühl haben, daß es gerechtfertigt ist. In ein paar Tagen – höchstens einer Woche – hoffe ich, Ihnen das beweisen zu können.«

»Durch Reisen nach Bonn, Tel Aviv... Johannesburg?«

»Offen gestanden, ja.«

»Warum?«

»Sie haben es vor ein paar Minuten selbst gesagt. Das Signal.«

Plötzlich wurde Bertholdier vorsichtig. Er zuckte die Schultern betont beiläufig; er war im Begriff, sich zurückzuziehen. »Das sagte ich, weil meine Firma in diesen Gegenden beträchtliche Investitionen getätigt hat. Ich hielt es für plausibel, daß Sie bezüglich dieser Interessen einen Vorschlag oder Vorschläge zu machen hätten.«

»Das ist auch meine Absicht.«

»Bitte, werden Sie deutlicher«, sagte der Soldat, der sich große Mühe gab, seine Gereiztheit unter Kontrolle zu halten.

»Sie wissen, daß ich das nicht kann«, erwiderte Joel. »Noch nicht.«

»Wann?«

»Wenn Ihnen – Ihnen allen – klar ist, daß mein Klient und damit auch ich ebenso starke Motive haben, Teil von Ihnen zu sein, wie die Ergebensten in Ihren Reihen.«

»Teil meiner Firma? *Juneau et Compagnie*?«

»Verzeihen Sie mir, General, ich erspare es mir, darauf zu antworten.«

Bertholdier blickte auf das Glas in seiner Hand und sah dann wieder zu Converse. »Sie sagen, Sie seien mit dem Flugzeug aus San Francisco gekommen.«

»Dort ist nicht meine Basis«, unterbrach ihn Joel.

»Aber Sie kamen aus San Francisco. Nach Paris. Warum waren Sie dort?«

»Das will ich Ihnen beantworten, und wäre es nur, um Ihnen zu zeigen, wie gründlich wir sind... und um wieviel gründlicher andere sind. Wir haben – *ich* habe – ein paar Überseesendungen bis zu den entsprechenden Exportlizenzen zurückverfolgt, die im nördlichen Kalifornien ausgestellt worden waren. Und zwar auf Firmen ohne jede Vergangenheit und auf Lagerhäuser ohne Geschäftsunterlagen – vier Wände, die man schnell hochgezogen hat, um irgend jemandem gefällig zu sein. Ein verwirrendes Durcheinander, das überall und nirgendwo hinführte. Namen auf Dokumenten, hinter denen keine Menschen standen. Dokumente aus buchstäblich unentwirrbaren Labyrinthen der Bürokratie – Stempel, offizielle Siegel und Unterschriften ohne Befugnis. Kleine Beamte, denen man den Auftrag gegeben hatte, Dinge zu unterschreiben, die sie gar nicht durchschauen konnten... Das ist es, was ich in San Francisco gefunden habe. Einen Morast von verschlungenen, höchst fragwürdigen Transaktionen, die keiner Prüfung standhalten würden.«

Bertholdiers Augen fixierten Converse. »Ich weiß von solchen Dingen selbstverständlich nichts«, sagte er.

»Selbstverständlich«, pflichtete Converse ihm bei. »Aber die Tatsache, daß mein Klient etwas weiß – durch mich –, und ferner die Tatsache, daß weder er noch ich den Wunsch haben, Aufmerksamkeit auf diese Dinge zu lenken, muß Ihnen etwas sagen.«

»Das tut es, offen gestanden, nicht.«

»Bitte, General. Eines der ersten Prinzipien des freien Unternehmertums besteht darin, die Konkurrenz zu zerschlagen und selbst an ihre Stelle zu treten, um das Vakuum auszufüllen.«

Der Soldat trank, wobei er das Glas fest in der Hand hielt. Dann senkte er es und fragte: »Warum sind Sie zu mir gekommen?«

»Weil ich dort auf Sie gestoßen bin.«

»*Was?*«

»Auf Ihren Namen – unter all dem Morast habe ich ihn gefunden, ganz tief unten, aber er war dort.«

Bertholdier schoß nach vorne. »Unmöglich! *Lächerlich!*«

»Warum bin ich dann hier? Warum sind *Sie* hier?« Joel stellte sein Glas auf das Tischchen neben dem Sessel, die Bewegung eines Mannes, der noch nicht zu Ende gesprochen hat. »Versuchen Sie, mich zu verstehen. Je nachdem, mit welcher Regierungsbehörde man zu tun hat, nützen einem gewisse Empfehlungen. Sie würden nie etwas für jemanden tun, der ein Anliegen bei der Wohnungsbehörde hat, aber im Beschaffungsbereich des Pentagon oder in der Munitionskontrolle des State Departments ist ein Wort von Ihnen bares Gold.«

»Ich habe nie meinen Namen für Anliegen dieser Art hergegeben.«

»Das haben andere getan. Männer, deren Empfehlung großes Gewicht hatte, die aber vielleicht zusätzliche Hilfe brauchten.«

»Was soll das heißen, zusätzliche Hilfe?«

»Ein letzter Anstoß für eine positive Entscheidung... ohne sichtbare persönliche Einschaltung. Ein Aktenvermerk könnte beispielsweise lauten: ›Wir‹ – die Abteilung, nicht eine einzelne Person – ›wissen nicht viel darüber, aber wenn ein Mann wie General Bertholdier positiv dazu eingestellt ist, und das ist er unseren Informationen nach, haben wir doch auch keinen Grund zu Einwänden.‹«

»*Niemals*. Das könnte nie geschehen.«

»Das ist aber geschehen«, sagte Converse leise und wußte, daß dies der Augenblick war, um seine allgemeinen Worte mit Tatsachen zu untermauern. Er würde sofort sagen können, ob Beale recht gehabt hatte, ob diese Legende Frankreichs für das Gemetzel und das Chaos in den Städten und Dörfern Nordirlands verantwortlich war. »Sie sind in Erscheinung getreten, nicht oft, aber oft genug, daß ich Sie finden konnte... Ebenso wie Sie in Erscheinung traten, als eine Sendung per Luftfracht aus Beloit, Wisconsin, nach Tel Aviv auf den Weg gebracht wurde. Natürlich ist sie dort nie angelangt, sondern man hat sie irgendwie zu den Wahnsinnigen in Belfast umgeleitet, den Wahnsinnigen auf beiden Seiten. Ich frage mich, wo es geschah? Montreal? Paris? Marseille? Die Separatisten in Quebec würden ganz sicher Ihre Befehle befolgen, ebenso wie andere Männer in Paris und Marseille. Welch ein Unglück, daß eine Firma namens *Solidaire* für den Schaden aufkommen muß. O ja, Sie sind einer der Direktoren dieser Firma, nicht wahr? Und es ist so bequem, daß Versicherungsträger Zugang zu der von ihnen versicherten Ware haben.«

Bertholdier saß wie erstarrt auf seinem Sessel, die Muskeln in seinem Gesicht zuckten. Seine Augen waren weit aufgerissen und starrten Joel an. »Ich kann nicht glauben, was Sie damit andeuten wollen. Das ist erschütternd und unglaublich!«

»Ich wiederhole, warum bin ich hier?«

»Die Frage können nur Sie beantworten, Monsieur«, sagte Bertholdier und stand ruckartig mit dem Glas in der Hand auf. Dann beugte er sich langsam mit militärischer Grazie vor und stellte das Glas auf den Tisch; es war eine Geste der Endgültigkeit; das Gespräch war beendet. »Ich habe ganz offensichtlich einen dummen Fehler begangen«, fuhr er fort und richtete sich wieder auf. Seine Schultern waren jetzt wieder gerade, der Kopf hoch erhoben, aber um seine Lippen spielte ein gezwungenes und doch seltsam überzeugendes Lächeln. »Ich bin Soldat, kein Geschäftsmann; auf dieses Feld habe ich mich erst sehr spät in meinem Leben begeben. Ein Soldat versucht, die Initiative zu ergreifen, und genau das habe ich versucht, nur daß es keinen Sinn dafür gab – *gibt*. Verzeihen Sie mir, ich habe Ihr Signal heute nachmittag falsch verstanden.«

»Sie haben nichts falsch verstanden, General.«

Bertholdier ging durch das Zimmer auf die Türe zu; Joel erhob sich. »Machen Sie sich keine Mühe, Monsieur, ich werde mir selbst öffnen. Sie haben sich schon genügend Mühe gemacht, nur daß ich nicht die leiseste Ahnung habe, zu welchem Zweck.«

»Ich reise nach Bonn weiter«, unterbrach Converse ihn. »Sagen Sie Ihren Freunden, daß ich komme. Sagen Sie ihnen, daß sie mich erwarten sollen. Bitte, General, sagen Sie ihnen, sie sollen mich ohne Vorurteil empfangen. Das ist mir sehr wichtig.«

»Ihre geheimnisvollen Hinweise sind sehr lästig ... Lieutenant. ›Lieutenant‹ stimmt doch? Außer, Sie hätten den armen Luboque auch getäuscht.«

»Jede Täuschung, die ich benutzt habe, um Ihre Bekanntschaft zu machen, kann nur zu seinem Vorteil sein. Ich habe mich erboten, ein juristisches Gutachten für seinen Fall abzugeben. Mag sein, daß der Inhalt ihm nicht zusagen wird, aber es wird ihm viel Geld und Schmerz ersparen. Und im übrigen habe ich Sie nicht getäuscht.«

»Das ist eine Frage des Standpunkts, denke ich.« Bertholdier drehte sich um und griff nach der Türklinke.

»*Bonn*, Deutschland«, drängte Joel.

»Ich habe Sie verstanden. Aber ich habe nicht die leiseste Ahnung, was Sie ...«

»Leifhelm«, sagte Converse leise. »Erich Leifhelm.«

Der Kopf des Soldaten drehte sich langsam herum; seine Augen waren wie Feuer, wie glühende Kohlen, die bereit waren, auf den geringsten Windstoß hin in helle Flammen aufzugehen. »Ein Name, der mir bekannt ist, aber den Mann kenne ich nicht.«

»Sagen Sie ihm, daß ich komme.«

»Gute Nacht, Monsieur«, antwortete Bertholdier und öffnete die Tür. Sein Gesicht war aschfahl, die glühenden Augen von dem plötzlichen, unerwarteten Sturm wie entflammt.

Joel rannte ins Schlafzimmer, packte seinen Koffer, der an der Wand stand, und warf ihn auf den Gepäckständer. Er mußte Paris sofort verlassen, noch diese Nacht. Binnen Stunden, vielleicht Minuten, würde Bertholdier ihn beobachten lassen, und wenn man ihm zum Flughafen folgte, würde die Paßkontrolle offensichtlich merken, daß der Name Simon erfunden war. Dazu durfte es nicht kommen, noch nicht.

Es war seltsam und merkwürdig beunruhigend. Er hatte noch nie Anlaß gehabt, sich aus einem Hotel wegzustehlen.

Er war nicht einmal sicher, ob er dazu imstande sein würde, aber er wußte, daß es geschehen mußte. Auf Mykonos hatte er zu Beale gesagt, daß er jemand werden würde, der er nicht war. Es war leicht, so etwas zu sagen, aber gar nicht leicht, es zu tun.

Als der Koffer gepackt war, prüfte er den Ladezustand seines Elektrorasierers und schaltete ihn geistesabwesend ein. Auf dem Weg zum Telefon neben dem Bett fuhr er sich mit dem Rasierer über das Kinn. Er schaltete den Apparat wieder aus, als er zu wählen begann. Was er dem Nachtportier sagen könnte, wußte er noch nicht, es sollte aber in jedem Fall ein geschäftlicher Grund sein. Nach kurzem, höflichem Wortwechsel stellten sich dann die Worte ein.

»Es hat da eine höchst komplizierte Entwicklung gegeben, und meine Firma legt Wert darauf, daß ich so bald wie möglich nach London abreise... und so diskret wie möglich. Es wäre mir, offen gestanden, lieb, wenn man mich bei der Abreise nicht sehen würde.«

»Die Diskretion, Monsieur, wird hier hoch in Ehren gehalten, und Ihr Wunsch nach Eile ist nichts Ungewöhnliches. Ich werde selbst heraufkommen und Ihnen die Rechnung vorlegen. Sagen wir in zehn Minuten.«

»Ich habe nur ein Gepäckstück. Ich werde es selbst tragen, doch ich brauche ein Taxi. Aber nicht vor dem Haupteingang.«

»Nicht vorne, selbstverständlich. Der Lastenaufzug, Monsieur. Es gibt eine Verbindung zum Lieferanteneingang. Ich werde alles arrangieren.«

»Ich habe alles arrangiert!« sagte Jacques Louis Bertholdier am Telefon der Limousine. Die gläserne Trennwand zwischen ihm und dem Chauffeur war geschlossen. »Ein Mann ist in der Galerie geblieben, um die Aufzüge zu beobachten, und einer im Keller, durch den das Hotel beliefert wird. Wenn er während der Nacht abzureisen versucht, ist das der einzige Ausgang, der ihm noch zur Verfügung steht. Ich habe ihn selbst bereits bei verschiedenen Anlässen benutzt.«

»Das... ist *sehr* schwer zu verstehen.« Die Stimme am anderen Ende der Leitung sprach mit ausgeprägtem britischem Akzent, und der Sprecher war sichtlich erstaunt; man konnte seinen Atem hören, den Atem eines Mannes, der plötzlich Angst hatte. »Sind Sie *sicher*? Könnte es vielleicht irgendeine andere Verbindung geben?«

»Schwachkopf! Ich wiederhole. Er war über die Munitionslieferung aus Beloit informiert! Er kannte die Routenführung, selbst die Art und Weise, wie der Diebstahl erfolgte, und ist so weit gegangen, daß er *Solidaire* identifiziert hat und meine Position als Mitglied des Aufsichtsrats! Er hat sich *direkt* auf unseren Geschäftskollegen in *Bonn* bezogen! Und dann auf Tel Aviv... *Johannesburg!* Welche andere Verbindung sollte da noch denkbar sein?«

»Irgendwelche Firmenbeziehungen vielleicht. Man kann die nicht ganz ausschließen. Multinationale Tochtergesellschaften, Investitionen im Munitionsgeschäft, unser Kollege in Westdeutschland gehört auch verschiedenen Aufsichtsräten an... Und was die Orte angeht – ausländisches Geld *strömt* doch förmlich dorthin.«

»Was glauben Sie eigentlich, wovon ich rede? Ich kann jetzt nicht mehr sagen, aber das, was ich Ihnen gesagt habe, meine englische *Blume*, das sollten Sie als das Schlimmste ansehen!«

Auf der Londoner Seite kurze Zeit Schweigen. »Ich verstehe«, sagte dann die Stimme des zurechtgewiesenen Untergebenen.

»Hoffentlich tun Sie das. Nehmen Sie mit New York Verbindung auf. Sein Name ist Simon, Henry Simon. Er ist Rechtsanwalt aus Chicago. Ich habe die Adresse; von der Meldekarte des Hotels.« Bertholdier kniff die Augen zusammen, um im schwachen Schein des Lichts besser lesen zu können, und entzifferte stockend die Daten, die ein Page aufgeschrieben hatte; einer der Männer des Generals hatte ihn gut dafür bezahlt, daß er aus dem Büro Informationen über den Bewohner von Suite zweihundertfünfunddreißig beschaffte. »Haben Sie das?«

»Ja«, kam die Antwort, die Stimme klang jetzt scharf, ein

Untergebener, der seinen Unwillen zum Ausdruck bringt. »War es klug, das so zu beschaffen? Ein Freund oder ein habgieriger Angestellter könnte ihm sagen, daß jemand Fragen nach ihm gestellt hat.«

»*Wirklich*, mein britisches Gänseblümchen? Ein unschuldiger Page, der eine Adresse besorgt, damit man einem abgereisten Gast ein vergessenes Kleidungsstück nachschicken kann?«

Wieder das kurze Schweigen. »Ja, ich verstehe. Wissen Sie, Jacques, wir arbeiten für eine große Sache – eine *geschäftliche* Sache natürlich, die wichtiger ist als wir beide, so wie wir es vor Jahren einmal getan haben. Ich muß mich dauernd daran erinnern, sonst könnte ich, glaube ich, Ihre Beleidigungen nicht ertragen.«

»Und was würden Sie dann tun, *l'anglais*?«

»Ihnen Ihre arroganten Froschfresser-Eier auf dem Trafalgar Square abschneiden und sie einem Löwen ins Maul stopfen. Groß bräuchte die Öffnung ja nicht zu sein; eine kleine Spalte würde genügen... Ich rufe in einer Stunde zurück.« Ein Klicken, dann war die Leitung tot.

Bertholdier ließ den Hörer langsam sinken, dann formte sich ein Lächeln um seine Lippen. Sie waren die *Besten*, alle waren sie das! Sie waren die Hoffnung, die einzige Hoffnung einer sehr kranken Welt.

Dann verblaßte das Lächeln, und seine Arroganz schlug in Furcht um. Was wollte dieser Henry Simon, was wollte er *wirklich*? Wer war dieser unbekannte Mann, der Zugang zu so außergewöhnlichen Quellen hatte... Flugzeuge, Fahrzeuge, *Munition*? Was, in Gottes Namen, wußten die Unbekannten? Was *taten* sie?

Die gepolsterte Liftkabine senkte sich langsam in die Tiefe. Sie war dafür konstruiert, Möbel und Gepäck zu befördern, und ihre Fahrtgeschwindigkeit war auf die gefahrlose Lieferung von Speisen abgestimmt. Der Nachtportier stand mit unbeteiligter Miene neben Joel; er hielt eine Ledermappe mit der Kopie von Joels Rechnung und dem entsprechenden Betrag in der Hand – sowie einen beträchtlichen zusätzlichen

Betrag, mit dem Converse sich für die Freundlichkeit des Franzosen bedankt hatte.

Bevor der Fahrstuhl hielt, war ein leises Summen zu hören, dann leuchtete an der Anzeigetafel ein Licht auf, und die schweren Türen schoben sich auseinander. Draußen in dem weiten Korridor waren eine Schar von Kellnern in weißen Jacketts, Zimmermädchen, Trägern und ein paar Monteure zu sehen, die sich mit Tischen, Stapeln von Bettwäsche, Gepäck und verschiedenen Reinigungsmitteln beschäftigten. Lautes, schnelles Schnattern, in das sich gelegentlich Gelächter oder gutturale Schimpfworte mischten, begleiteten die hektische Aktivität. Als sie den Portier zu sehen bekamen, verringerte sich der Lärm, während sich die Bewegungen etwas beschleunigten, um dem Mann zu gefallen, der mit einem Federstrich über ihr Schicksal bestimmen konnte.

»Wenn Sie mir die richtige Richtung zeigen, komme ich leicht allein zurecht«, sagte Joel, der nicht noch mehr Aufmerksamkeit auf sich ziehen wollte. »Ich habe Ihre Zeit schon zu sehr beansprucht.«

»*Merci*. Wenn Sie den Korridor hinuntergehen, kommen Sie an den Lieferantenausgang«, erwiderte der Franzose und deutete auf einen Gang zur Linken, der an den Lifttüren vorbeiführte. »Dort sitzt ein Wachmann, der von Ihrer Abreise verständigt ist. Draußen biegen Sie in der Gasse nach rechts und gehen bis zur Straße. Dort wartet Ihr Taxi.«

»Ich – meine *Firma* – bin Ihnen für Ihre Unterstützung äußerst dankbar. Wie ich bereits sagte, ist da nichts Geheimnisvolles oder Ungewöhnliches... die ganze Situation ist nur ein wenig... sensibel...«

Die gleichgültige Miene des Hotelangestellten änderte sich nicht, nur seine Augen blickten etwas schärfer. »Das ist ganz selbstverständlich, Monsieur, es bedarf keiner Erklärung. Die habe ich nicht verlangt, und Sie sollten, wenn Sie mir verzeihen, sich nicht veranlaßt fühlen, mir eine zu geben. *Au revoir*, Monsieur Simon.«

»Ja, natürlich«, sagte Converse und wahrte die Fassung, obwohl er sich wie ein Schuljunge vorkam, der gesprochen hatte, ohne gefragt zu sein, der Antwort gegeben hatte, wo das nicht verlangt war. »Bis zum nächsten Mal, wenn ich wieder nach Paris komme.«

»Wir werden uns freuen, Monsieur. *Bonsoir.*«

Joel ging eilig davon und bahnte sich seinen Weg durch die Menge der uniformierten Hotelbediensteten, wobei er sich ein paarmal entschuldigte, wenn er jemanden mit dem Koffer anstieß. Er hatte gerade eine Lektion gelernt, eine, die er nicht hätte lernen müssen. Vor Gericht und im Konferenzsaal galt: Erkläre nichts, wenn du nicht mußt. Aber hier ging es nicht um eine Gerichtsverhandlung oder eine Konferenz. Dies war, und erst jetzt wurde es ihm richtig bewußt, dies war eine Flucht. Und die Erkenntnis war ein wenig beängstigend, jedenfalls mit merkwürdigen Gefühlen verbunden. Flucht gehörte zu seinem Vokabular, seinen Erfahrungen. Er hatte so etwas schon dreimal in seinem Leben versucht – vor Jahren. Und damals hatte überall der Tod auf ihn gelauert. Er schob den Gedanken von sich und eilte auf die stählerne Tür zu, die er in der Ferne sah.

Dann wurden seine Schritte langsamer; etwas stimmte nicht. An dem Schaltertisch stand ein Mann in einem hellen Mantel und sprach mit dem Pförtner. Joel hatte ihn schon einmal gesehen, wußte aber nicht mehr, wo. Dann bewegte sich der Mann, und Converse erinnerte sich allmählich. Ein Bild tauchte vor ihm auf. Er hatte schon einmal einen Mann gesehen, der sich genauso bewegte; er war ein paar Schritte rückwärts gegangen und hatte sich umgedreht – bevor er aus einem Bogengang verschwunden war, und jetzt überquerte er in derselben Manier den Korridor und lehnte sich gegen die Wand. War es derselbe Mann? Ja! Es war der Mann, der Bertholdier in den Speisesaal des *L'Etalon Blanc* begleitet hatte. Joel hatte damals geglaubt, ein Untergebener verabschiede sich von seinem Vorgesetzten. Und jetzt war er auf Befehl desselben Vorgesetzten hier.

Der Mann blickte auf, und in seinen Augen blitzte das Erkennen. Er streckte sich, richtete sich zu seiner ganzen Größe auf und wandte sich ab. Seine Hand bewegte sich langsam auf eine Falte in seinem Mantel zu. Converse erschrak. Griff der Mann tatsächlich nach einer *Waffe*? Nur wenige Meter von einem Pförtner entfernt? Es war verrückt! Joel blieb stehen; er überlegte, ob er zurückrennen sollte zu den Lifts. Doch er wußte, daß das keinen Sinn hatte. Wenn Bertholdier schon einen Wachhund im Keller aufgestellt hatte, dann würden andere oben auf ihn warten, in den Korridoren, in der Halle. Er konnte sich nicht einfach umdrehen und wegrennen – es gab für ihn keinen Ort, an dem er sich verbergen konnte. Also ging er weiter, schneller jetzt und direkt auf den Mann in dem hellbraunen Mantel zu. Seine Kehle war wie ausgetrocknet, in seinem Kopf rasten die Gedanken.

»*Da* sind Sie!« rief er laut und gleichzeitig seiner eigenen Worte nicht sicher. »Der General hat mir gesagt, wo ich Sie finden würde!«

Wenn Converse schon erschrocken war, dann war der Mann ehrlich schockiert und sprachlos. »*Le général*?« sagte er, die Stimme kaum lauter als ein Flüstern. »Er... Ihnen sagen?«

Das Englisch des Mannes war nicht besonders, und das war von Vorteil. Er konnte Joel zwar verstehen, aber nicht gut. Schnell gesprochene Worte, hinter denen Überzeugungskraft stand, würden vielleicht dazu führen, daß sie beide durch die Tür kamen. Joel wandte sich dem Pförtner zu, während er seinen Aktenkoffer dem anderen ins Kreuz drückte. »Mein Name ist Simon. Ich glaube, der Portier hat Ihnen Bescheid gegeben.«

Die Verbindung des Namens und des Titels reichten für den verwirrten Pförtner. Er warf einen Blick auf seine Papiere und nickte. »*Oui, Monsieur*...«

»*Kommen* Sie!« Converse stieß den Mann in dem hellbraunen Mantel mit seinem Aktenkoffer an und trieb ihn auf die Tür zu. »Der General wartet draußen auf uns. Schnell! Gehen wir!«

»*Le général?*....« Die Hände des Mannes schossen instinktiv auf die Haltestange der Ausgangstüre zu. Weniger als fünf Sekunden später waren er und Joel alleine in der Gasse.

»*Que se passe-t-il? Où est le général?*... Wo?«

»Hier! Er hat gesagt, daß Sie hier warten sollen. *Sie.* Sie sollen hier warten! *Ici!*«

»*Arrêtez!*« Der Mann begann, sich von seinem Schock zu erholen. Er blieb stehen, schob die linke Hand vor und stieß Converse gegen die Mauer, während seine rechte Hand in die Manteltasche fuhr.

»Nicht!« Joel ließ die Aktentasche fallen, packte seinen Koffer und riß ihn hoch. Er wollte sich schon nach vorne stürzen, blieb dann aber stehen. Was der Mann hervorzog, war keine Waffe, sondern ein flacher, rechteckiger Gegenstand, der in schwarzes Leder gehüllt war. Ein unsichtbarer Schalter wurde niedergedrückt, und eine lange dünne Nadel schob sich aus der rechteckigen Box heraus, eine Antenne... ein *Funkgerät*!

Joels Gedanken jagten sich. Jetzt kam es nur noch auf Schnelligkeit an. Er durfte nicht zulassen, daß der Mann das Funkgerät benutzte und irgend jemand anderen im Hotel alarmierte, der vielleicht ein zweites Gerät hatte. Mit plötzlich wiedergefundener Kraft rammte er dem Mann den Koffer in die Knie. Dann riß er ihm mit der linken Hand das Funkgerät weg und ließ gleichzeitig den rechten Arm hochschießen. Der Arm legte sich um den Hals des Franzosen und wirbelte ihn herum. Ohne einen weiteren Gedanken zerrte Joel Bertholdiers Soldaten nach vorne, so daß sie beide auf die Wand zurasten. Dann ließ er den Kopf des Mannes gegen die Steinmauer schlagen. Blut breitete sich über dem Schädel des Franzosen aus, durchtränkte sein Haar und rann ihm in tiefroten Strömen über das Gesicht. Joel konnte nicht mehr denken; er durfte nicht nachdenken. Wenn er das tat, war er zu keinem Schritt mehr fähig. Und jetzt zählte nur noch Schnelligkeit.

Der Mann sank kraftlos zusammen. Converse packte den Bewußtlosen an den Schultern, schob ihn weg von der Metalltür gegen die Wand und ließ ihn zu Boden fallen. Er beugte sich vor, griff nach dem Funkgerät, knickte die Antenne ab und ließ das flache Gerät in seiner Tasche verschwinden. Dann richtete er sich auf, verwirrt und schreckerfüllt, und versuchte, sich zu orientieren. Im nächsten Moment packte er seine Aktentasche und den Koffer und rannte keuchend die Gasse hinunter, wohl wissend, daß das Blut des anderen auch sein Gesicht besudelt hatte. Das bestellte Taxi stand am Bordstein, der Fahrer rauchte in der Dunkelheit eine Zigarette und hatte von alldem, was höchstens dreißig Meter von ihm entfernt geschehen war, nichts bemerkt.

»De Gaulle Airport«, schrie Joel, während er die Wagentür aufriß und das Gepäck auf die Rückbank warf. »Ich habe es eilig!« Er ließ sich atemlos in den Sitz fallen, legte den Kopf nach hinten auf die Kopfstütze und sog in tiefen Zügen die Luft ein.

Die vorbeirasenden Lichter und Schatten verdrängten jeden Gedanken an das gerade Geschehene, und so konnte sich sein rasender Puls allmählich beruhigen, sein Atem ging wieder langsamer, der Schweiß an den Schläfen und im Nacken trocknete wieder. Joel beugte sich vor. Er sehnte sich nach einer Zigarette, fürchtete aber gleichzeitig, daß ihm von dem Rauch übel werden könnte. Er schloß die Augen, preßte die Lider so fest aufeinander, daß in seinem Kopf tausend weiße Lichtpunkte aufglühten. Ihm war elend zumute, entsetzlich elend, und er wußte, daß nicht seine Angst der Grund dafür war. Es war etwas völlig anderes, etwas, das ebenso lähmend wie Furcht war. Er hatte einen Akt scheußlicher Brutalität begangen, und das erschreckte ihn und stieß ihn zutiefst ab. Er hatte einen Menschen angegriffen, mit dem Wunsch, ihn kampfunfähig zu machen, vielleicht sogar ihn zu töten – was er möglicherweise sogar getan hatte. Warum auch immer, er hatte vielleicht einen anderen Menschen *getötet*! War ein kleines Funkgerät Grund genug, jemandem den Schädel einzuschlagen? War es Grund genug, sich angegriffen zu fühlen? Zum Teufel, er war ein Mann des Wortes, der kühlen Logik und kein blutrünstiger Schläger! *Niemals* wieder Blut vergießen, das gehörte in die Vergangenheit, lag so weit zurück und war mit so schmerzvollen Erinnerungen verbunden.

Jene Erinnerungen gehörten in eine andere Zeit, in eine unzivilisierte Zeit, in der Menschen wurden, was sie nicht waren – nur um zu überleben. *Converse wollte nie mehr in jene Zeit zurück. Mehr als alles andere hatte er sich selbst versprochen, daß er das nie wieder tun würde*, ein Versprechen, das er sich selbst gab, als rings um ihn Schrecken und Gewalt herrschten, schlimmer als er es je für möglich gehalten hätte. Er erinnerte sich so eindringlich und so schmerzlich an die letzten Stunden vor seiner letzten Flucht – und an den stillen, selbstlosen Mann, ohne den ihn der Tod geholt hätte, sechs Meter tief in der Erde, in einem Schacht, den man für Unruhestifter gegraben hatte.

Colonel Sam Abbott von der US Air Force würde immer ein Teil seines Lebens sein, ganz gleich, wie viele Jahre auch zwischen ihnen liegen mochten. Sam hatte das Risiko zu sterben, dem die Folter voranging, auf sich genommen. Er war nachts ins Freie gekrochen und hatte einen primitiven Metallkeil in das »Strafloch« geworfen. Und mit diesem primitiven Werkzeug hatte Joel sich Stufen in Erde und Gestein geschlagen und war so schließlich in die Freiheit entkommen. Abbott und er waren die letzten siebenundzwanzig Monate im selben Lager gefangen gewesen, und beide Offiziere hatten sich bemüht, sich bei allem einen Rest gesunden Menschenverstands zu bewahren. Aber Sam begriff, welcher Freiheitsdurst in Joel brannte. Der Colonel war zurückgeblieben, und in den letzten Stunden vor dem Ausbruch hatte Joel der Gedanke gequält, was wohl aus seinem Freund werden würde.

Mach dir meinetwegen keine Gedanken, Seemann. Behalt nur dein bißchen Verstand und sieh zu, daß du diesen Keil loswirst.

Paß gut auf dich auf, Sam.

Paß du auf dich auf. Das ist deine letzte Chance.

Ich weiß.

Joel rutschte zur Tür hinüber, kurbelte das Fenster ein paar Zentimeter herunter und ließ sich von der einströmenden Luft kühlen. Sein Anwaltsverstand mahnte ihn, sich gefälligst zusammenzureißen; er mußte jetzt nachdenken und jeder einzelne Gedanke zu Ende verfolgt werden. Das Wichtigste zuerst! Das Funkgerät; er mußte das Funkgerät loswerden. Aber nicht auf dem Flughafen... Man würde es möglicherweise im Flughafengelände finden; das war Beweismaterial, ja schlimmer noch, ein Hinweis, seine Spur zu verfolgen. Er kurbelte das Fenster noch ein paar Zentimeter herunter und warf den flachen Apparat hinaus. Der Fahrer blickte kurz auf, war einen Augenblick besorgt; Joel atmete ein paarmal tief durch – ein Mann, der Luft brauchte, um den sauren Geschmack der Angst loszuwerden – und kurbelte das Fenster wieder hoch. Denk nach. Er mußte *denken*! Bertholdier rechnete damit, daß er von Paris nach Bonn reiste, und sobald man den Soldaten des Generals gefunden hatte – und das war ohne Zweifel inzwischen geschehen –, würden alle Flüge nach Bonn überwacht werden... gleichgültig, ob der Mann noch lebte oder tot war.

Er würde also einen Flug in eine andere Stadt buchen, irgendwohin, von wo es eine regelmäßige Verbindung nach Köln-Bonn gab. Während er noch überlegte, fiel ihm ein, sich mit dem Taschentuch aus seiner Brusttasche das fremde Blut von der rechten Wange und vom Kinn zu wischen.

»Scandinavian Air Lines«, sagte er und hob dabei etwas die Stimme, damit der Fahrer ihn hören konnte. »*SAS*. Können Sie... *comprends?*«

»Sehr gut, Monsieur«, sagte der Mann mit der Baskenmütze am Steuer in gutem Englisch. »Fliegen Sie nach Stockholm, Oslo oder Kopenhagen? Das sind unterschiedliche Eingänge.«

»Ich... ich weiß noch nicht.«

»Wir haben Zeit, Monsieur. Mindestens noch fünfzehn Minuten.«

Die Stimme am Telefon klang eisig, und das, was sie sagte, war ein unpersönlicher Tadel. »Es gibt keinen Anwalt dieses Namens in Chicago, und ganz bestimmt nicht unter der Anschrift, die Sie mir gegeben haben. Die Adresse existiert überhaupt nicht. Können Sie sonst etwas bieten, oder betrachten wir das Ganze als eine Ihrer paranoiden Phantastereien, *mon Général*?«

»Sie sind ein Narr, *l'anglais*, und haben nicht mehr Verstand als ein verängstigtes Kaninchen. Ich habe *gehört*, was ich *gehört* habe!«

»Von wem? Einem nicht existenten Mann?«

»Ein nicht existenter Mann, der meinen Leibwächter krankenhausreif geschlagen hat. Schädelbruch mit großem Blutverlust und einer schweren Gehirnverletzung. Möglicherweise überlebt er nicht. Und wenn er überlebt, wird ihm nicht viel Verstand übrigbleiben. Kommen Sie mir nicht mit Phantastereien, *Blümchen*. Der Mann ist echt.«

»Ist das Ihr Ernst?«

»Sie können ja das Krankenhaus anrufen! *L'hôpital Saint-Jérôme*. Fragen Sie doch die Ärzte.«

»Schon gut, schon gut, beruhigen Sie sich. Wir müssen überlegen.«

»Ich bin ganz ruhig«, sagte Bertholdier, stand von dem Stuhl in seinem Arbeitszimmer auf und trug das Telefon hinüber zum Fenster, wobei sich das Kabel wie eine Schlange hinter ihm wand. Er blickte hinaus; es hatte zu regnen angefangen, und die nasse Scheibe ließ die Lichter der Straßenlaternen verschwimmen. »Er ist nach Bonn unterwegs«, fuhr der General fort. »Das ist seine nächste Station, das hat er mir eindeutig erklärt.«

»Dann fangen Sie ihn ab. Rufen Sie Bonn an, geben Sie die Beschreibung durch. Wie viele Flüge gibt es denn? Ein alleinreisender Amerikaner sollte nicht so schwer ausfindig zu machen sein. Schnappen Sie ihn am Flughafen.«

Bertholdier seufzte hörbar. Sein Tonfall ließ seinen Ekel anklingen. »Es war nie meine Absicht, ihn zu *schnappen*. Das hätte keinen Zweck und würde uns von dem, was wir erfahren müssen, abschneiden. Ich möchte, daß man ihm folgt, ich will wissen, wohin er geht, wen er anruft, wen er trifft – das sind die Dinge, die wir erfahren müssen.«

»Sie sagten, er hätte sich direkt auf unseren Kollegen bezogen. Er wolle sich mit ihm treffen...«

»Nicht *unsere* Leute. *Seine* Leute.«

»Ich sage es noch einmal«, drängte die Stimme aus London. »Rufen Sie Bonn an. Hören Sie, Jacques, man kann ihn aufstöbern, und sobald man ihn gefunden hat, kann man ihn auch überwachen.«

»Ja, ja, ich tu schon, was Sie sagen, aber das wird nicht so leicht sein, wie Sie denken. Vor drei Stunden hätte ich noch etwas anderes gesagt, aber das war, bevor ich wußte, wozu er fähig ist. Jemand, der den Schädel eines anderen mit aller Kraft gegen eine Steinmauer schlagen kann, ist entweder ein Tier, ein Verrückter oder ein Fanatiker, der vor nichts zurückschreckt. Nach meiner Ansicht ist er letzteres. Er sagte, er hätte eine Verpflichtung... und die stand in seinen Augen. Und er wird raffiniert sein; das hat er bereits bewiesen.«

»Sie sagten, vor *drei* Stunden?«

»Ja.«

»Dann ist er möglicherweise schon in Bonn.«

»Ich weiß.«

»Haben Sie unseren Freund angerufen?«

»Ja, er ist nicht zu Hause, und das Mädchen konnte mir keine andere Nummer nennen. Sie weiß nicht, wo er ist oder wann er zurückkommt.«

»Wahrscheinlich erst morgen früh.«

»Ohne Zweifel... *Ecoutez!* Heute nachmittag war noch ein anderer Mann im Club. Zusammen mit Luboque und diesem Simon, der gar nicht Simon heißt. Er hat ihn zu Luboque *gebracht*! Wiedersehen, *l'anglais*. Ich halte Sie auf dem laufenden.«

René Mattilon schlug die Augen auf. Die Streifen an der Decke schienen zu schimmern, Myriaden von winzigen, zerberstenden Fleckchen, die die Linienmuster zerrissen. Dann hörte er den Regen gegen die Fensterscheiben prasseln und begriff. Die Lichtstrahlen von der Straße waren auf ihrem Weg durch das Glas gebrochen worden, und das verzerrte die Bilder, die er so gut kannte. Was ihn geweckt hatte, schloß er, war der Regen. Der Regen und vielleicht das Gewicht der Hand seiner Frau zwischen seinen Beinen. Sie regte sich im Schlaf. Er lächelte und versuchte, den Entschluß oder die Energie zu finden, nach ihr zu greifen. Sie hatte eine Lücke verschlossen, von der er geglaubt hatte, daß sie nach dem Tod seiner ersten Frau nie wieder hätte gefüllt werden können. Er war dankbar, und mit dem Gefühl der Dankbarkeit stellte sich die Erregung ein, zwei Empfindungen, die auf befriedigende Weise miteinander im Einklang standen. Er begann, Lust zu fühlen, rollte sich zur Seite und zog dabei das Bettuch mit sich. Die spitzenbesetzte Seide, die die Brüste seiner Frau bedeckte, das diffuse Licht und das Pochen der Regentropfen gegen die Fensterscheiben steigerten noch seine Sinnlichkeit. Er griff nach ihr.

Plötzlich war da noch ein anderes Geräusch, nicht mehr nur das Trommeln des Regens, das die Nebel des Schlafes, die ihn noch gefangenhielten, durchdrang. Schnell zog er die Hand zurück und wandte sich von seiner Frau ab. Nur Augenblicke zuvor hatte er dieses Geräusch schon einmal gehört; das war es, was ihn geweckt hatte, ein eindringlicher Ton, der den gleichmäßigen Rhythmus des Regens durchbrochen hatte: Das Klingeln der Türglocke.

Mattilon stieg so vorsichtig und lautlos er konnte aus dem Bett, griff nach seinem Morgenmantel, der auf einem Stuhl lag, und schob die Füße in die Hausschuhe, die darunter standen. Er verließ das Schlafzimmer, schloß leise die Tür hinter sich und fand den Wandschalter, der die Lampen im Wohnzimmer einschaltete. Er sah auf die antike Uhr auf dem Kaminsims; es war fast halb drei Uhr morgens. Wer konnte sie um diese Stunde besuchen wollen? Er zog den Gürtel seines Morgenmantels fest und ging zur Tür.

»Ja, wer ist da?«

»*Sûreté*, Monsieur. Inspektor Prudhomme. Meine Dienstnummer ist Null-fünf-sieben-zwo-null.« Der Akzent des Mannes ließ erkennen, daß er Gascogner war, nicht Pariser. »Ich werde warten, bis Sie meine Dienststelle angerufen haben, Monsieur. Die Telefonnummer ist...«

»Nicht nötig«, sagte Mattilon erschreckt und zog den Riegel zurück. Er wußte, daß der Mann nicht log, nicht nur wegen der Auskunft, die er sofort gegeben hatte, sondern auch deshalb, weil jeder Angehörige der Sûreté, der ihn um diese Stunde aufsuchte, wissen würde, daß er Anwalt war, und in juristischen Dingen war die Sûreté vorsichtig.

Es waren zwei Männer, beide in Regenmänteln, an denen noch die Tropfen herabliefen, und mit durchweichten Hüten. Der eine war älter als der andere und kleiner. Beide hielten René ihre Ausweiskarte hin. Er wischte sie mit einer Handbewegung weg und forderte die zwei Männer auf, einzutreten. »Eine seltsame Zeit für einen Besuch, meine Herren«, sagte er. »Sie müssen in einer dringenden Angelegenheit kommen.«

»Sehr dringend, Monsieur«, sagte der ältere Mann und trat als erster ein. Er war derjenige, der sich an der Tür zu erkennen gegeben hatte, offensichtlich der dienstältere der beiden. »Wir bitten natürlich wegen der Belästigung um Entschuldigung.« Die beiden nahmen ihre Hüte ab.

»Natürlich. Darf ich Ihnen die Mäntel abnehmen?«

»Das wird nicht nötig sein, Monsieur. Mit Ihrer Unterstützung brauchen wir nur ein paar Minuten.«

»Und mich interessiert natürlich außerordentlich, wie ich um diese Nachtstunde die Sûreté unterstützen kann.«

»Es geht um eine Identifizierung, mein Herr. Monsieur Serge Antoine Luboque ist, wie man uns mitteilt, einer Ihrer Klienten. Trifft das zu?«

»Mein Gott, ist Serge etwas passiert? Ich war erst heute nachmittag mit ihm zusammen!«

»Monsieur Luboque scheint sich ausgezeichneter Gesundheit zu erfreuen. Wir haben sein Landhaus vor einer knappen Stunde verlassen. Und um zur Sache zu kommen, eben Ihr Zusammentreffen mit ihm heute nachmittag – *gestern* nachmittag, ist es, was die Sûreté interessiert.«

»Warum?«

»An Ihrem Tisch war noch eine dritte Person. Ebenso wie Sie ein Anwalt, der Monsieur Luboque als Monsieur Simon vorgestellt wurde. Henry Simon, ein Amerikaner.«

»Und Pilot«, sagte Mattilon vorsichtig. »Mit umfassenden Erfahrungen im Luftfahrtrecht. Ich nehme an, daß Luboque das erklärt hat. Das war der Grund, weshalb er auf meine Bitte an dem Mittagessen teilgenommen hat. Monsieur Luboque wird von mir in einem Prozeß mit dieser Problemlage vertreten und tritt als Kläger auf. Das ist natürlich alles, was ich zu dem Thema sagen kann.«

»Das ist nicht das Thema, das die Sûreté interessiert.«

»Was dann?«

»Es gibt in der Stadt Chicago, Illinois, keinen Rechtsanwalt, der Henry Simon heißt.«

»Es fällt mir schwer, das zu glauben.«

»Der Name ist falsch. Zumindest ist es nicht der des fraglichen Amerikaners. Die Adresse, die er dem Hotel genannt hat, existiert nicht.«

»Die Adresse, die er dem Hotel *gegeben* hat?« fragte René erstaunt. Joel brauchte dem George V. keine Adresse zu nennen. Er war dort gut bekannt, ebenso wie die Firma Talbot, Brooks and Simon, sehr gut sogar.

»Er hat sie sogar selbst aufgeschrieben, Monsieur«, fügte der jüngere Mann steif hinzu.

»Hat die Hotelleitung das bestätigt?«

»Ja«, sagte Prudhomme. »Der Nachtportier war sehr hilfsbereit. Er hat uns erklärt, er habe Monsieur Simon im Lastenaufzug in den Keller begleitet.«

»Den Keller?«

»Monsieur Simon hatte den Wunsch geäußert, das Hotel ungesehen zu verlassen. Er hat seine Rechnung in seinem Zimmer beglichen.«

»Einen Augenblick, bitte«, sagte Mattilon verwirrt und mit einer protestierenden Handbewegung. Er wandte sich ab, ging ziellos um einen Lehnsessel herum und blieb dann stehen, die Hände auf die Lehne gestützt. »Jetzt will ich ganz genau wissen, was Sie von mir wollen. Reden Sie nicht um den Brei herum!«

»Wir wollen, daß Sie uns helfen«, antwortete Prudhomme. »Wir glauben, daß Sie wissen, wer er ist. Sie haben ihn zu Monsieur Luboque gebracht. Wir wollen ihn über etwas befragen, das sich in dem Hotel ereignet hat.«

»Tut mir leid. So wie Luboque mein Klient ist, ist das in gewisser Weise auch Simon.«

»Unter den vorliegenden Umständen können wir uns damit nicht zufriedengeben, Monsieur.«

»Ich fürchte, das werden Sie müssen, zumindest auf einige Stunden. Ich werde ihn morgen über sein Büro in... in den Vereinigten Staaten zu erreichen versuchen. Und ich bin sicher, daß er dann sofort mit Ihnen Verbindung aufnehmen wird.«

»Das glauben wir nicht.«

»Warum nicht?«

Prudhomme warf einen Blick auf seinen Kollegen, der in steifer Haltung dastand, und zuckte die Schultern. »Er hat möglicherweise einen Menschen getötet«, sagte er dann lakonisch.

Mattilon starrte den Sûreté-Beamten ungläubig an. »Er hat... *was*?«

»Ein ausgesprochen brutaler Angriff, Monsieur. Der Kopf eines Mannes ist gegen eine Wand gerammt worden; er hat schwere Schädelverletzungen erlitten, die Prognose ist nicht gut. Sein Zustand um Mitternacht war kritisch, die Chancen, daß er überlebt, sind niedriger als fünfzig Prozent. Vielleicht ist er bereits tot, wobei einer der Ärzte andeutete, daß das ein Segen sein könnte.«

»Nein... *nein*! Sie müssen sich irren! Sie täuschen sich!« Die Hände des Rechtsanwalts krampften sich um die Sessellehnen. »Das muß ein schrecklicher Irrtum sein!«

»Kein Irrtum. Die Identifizierung war positiv – das heißt, Monsieur *Simon* ist als die letzte Person identifiziert worden, die mit dem Niedergeschlagenen zusammen gesehen wurde. Er hat den Mann auf die Straße hinausgedrängt; Geräusche einer Auseinandersetzung waren zu hören, und Minuten später hat man den Mann gefunden, mit einem Schädelbruch und blutend.«

»Unmöglich! Sie *kennen* ihn nicht! Was Sie da sagen, ist unvorstellbar. Er könnte so etwas nicht tun.«

»Wollen Sie sagen, er sei ein Invalide, physisch unfähig, jemanden anzugreifen?«

»Nein«, sagte Mattilon und schüttelte den Kopf. Und dann erstarrte er plötzlich. »Ja«, fuhr er nachdenklich fort und nickte jetzt. »Er ist unfähig, ja, aber nicht im physischen Sinne. Im psychischen Sinne. In dem Sinn ist er ein Invalide. Er könnte das nicht tun, was Sie behaupten.«

»Ist er geistesgestört?«

»Mein *Gott*, nein! Er ist einer der intelligentesten und klarsten Menschen, die mir je begegnet sind. Sie müssen das begreifen. Er hat eine längere Periode ungeheurer physischer Belastung durchgemacht. Er hat Schreckliches erdulden müssen, körperlich wie geistig. Dadurch ist zwar kein dauernder Schaden entstanden, aber das, was er erleben mußte, hat unauslöschliche Erinnerungen hinterlassen. Und deshalb geht er – wie viele Männer, die wie er eine solche Behandlung erdulden mußten – jeder Art von körperlicher Auseinandersetzung aus dem Wege. Er kann niemanden körperlich verletzen, weil man ihm selbst so viel angetan hat.«

»Sie meinen, daß er sich nicht verteidigen würde, sich und die Seinen? Er würde die andere Wange hinhalten, wenn man ihn, seine Frau oder seine Kinder angreifen würde?«

»Natürlich nicht, aber das ist es ja nicht, was Sie geschildert haben. Sie sagten ›ein ausgesprochen brutaler Angriff‹, und das ist ja wohl etwas völlig anderes. Im anderen Fall – wenn man ihn bedroht oder angegriffen hätte und er sich verteidigt hätte – hätte er den Schauplatz des Geschehens sicher nicht verlassen, dazu ist er ein zu guter Anwalt.« Mattilon schwieg einen Moment. »*War* das der Fall? Ist es das, was Sie sagen? Ist der Verletzte polizeibekannt? Ist er...«

»Ein Chauffeur«, unterbrach Prudhomme. »Ein unbewaffneter Mann, der abends auf seinen Fahrgast wartete.«

»Im *Keller*?«

»Offenbar ist das nicht ungewöhnlich. Diese Firmen sind diskret. Im vorliegenden Fall hat die Firma zuerst einen anderen Fahrer geschickt, ehe sie sich nach dem Zustand ihres Angestellten erkundigte. Der Kunde erfährt auf diese Weise nichts.«

»Sehr nobel, das muß man sagen. Was sagen die denn, was geschehen ist?«

»Nach einem Zeugen, einem Pförtner, der seit achtzehn Jahren für das Hotel tätig ist, erschien dieser Simon und hat mit lauter Stimme in englischer Sprache etwas gesagt – der Pförtner meinte, der Hotelgast sei ärgerlich gewesen, obwohl er ihn nicht verstanden hat – und hätte den Mann nach draußen gedrängt.«

»Der Pförtner hat unrecht! Das muß jemand anderer gewesen sein.«

»Simon hat sich zu erkennen gegeben. Der Portier hatte seine Abreise angekündigt. Die Beschreibung paßt; es war schon der Mann, der sich Simon nannte.«

»Aber *warum*? Es muß doch einen Grund geben!«

»Den würden wir gerne hören, Monsieur.«

René schüttelte verwirrt den Kopf. Nichts gab mehr einen Sinn. Ein Mann konnte sich natürlich in jedem Hotel unter jedem beliebigen Namen eintragen lassen, aber da waren Rechnungen zu begleichen, es gab Kreditkarten, Leute, die ihn anriefen. Ein falscher Name erfüllte keinen Zweck, besonders nicht in einem Hotel, wo man wahrscheinlich bereits bekannt war. Und wenn man bekannt *war* und es dennoch vorzog, inkognito zu reisen, dann würde dieser Status nicht gedeckt werden, wenn die Sûreté am Empfang Fragen stellte. »Ich muß Sie noch einmal fragen, Inspektor, haben Sie in dem Hotel gründliche Nachforschungen angestellt?«

»Nicht persönlich, Monsieur«, erwiderte Prudhomme und warf seinem Kollegen einen Blick zu. »Ich hatte damit zu tun, die Leute zu verhören, die während des Überfalls im Keller zugegen waren.«

»Ich habe den Portier persönlich befragt, Monsieur«, sagte der jüngere, größere Mann mit einer Stimme, die wie die eines programmierten Roboters klang. »Natürlich legt das Hotel keinen Wert darauf, daß der Zwischenfall hochgespielt wird, aber die Geschäftsleitung war sehr kooperativ. Der Nachtportier ist erst seit kurzer Zeit dort tätig, er hat früher im Hotel Meurice gearbeitet und wollte die Sache herunterspielen. Aber er hat mir die Meldekarte selbst gezeigt.«

»Ich verstehe.« Und das tat Mattilon, zumindest soweit es Joels Identität betraf. Hunderte von Gästen in einem großen Hotel, und ein nervöser Portier, der das Image seiner neuen Direktion schützte. Die offensichtliche Quelle wurde als wahr akzeptiert, wobei ohne Zweifel Leute, die es besser wußten, das am Morgen korrigieren würden. Aber das war alles, was René begriff – sonst nichts. Er brauchte ein paar Augenblicke, um nachzudenken, um den Versuch zu machen, das Gehörte zu begreifen. »Was mich neugierig macht«, sagte er und suchte nach Worten. »Im schlimmsten Fall ist dies eine Körperverletzung mit schweren Folgen, aber nichtsdestoweniger Körperverletzung. Warum kümmert sich nicht die Polizei darum? Warum die Sûreté?«

»Das war auch meine erste Frage, Monsieur«, meinte Prudhomme. »Der Grund, den man uns nannte, war, daß ein Ausländer in die Sache verwickelt ist, offenbar ein wohlhabender Ausländer. Heutzutage weiß man nicht, wozu solche Dinge führen. Wir verfügen über gewisse Mittel, die einem gewöhnlichen Polizisten nicht zugänglich sind.«

»Ich verstehe.«

»Wirklich?« fragte der Mann von der Sûreté. »Darf ich Sie daran erinnern, daß Sie als Anwalt verpflichtet sind, die Gerichte und das Gesetz zu unterstützen? Wir haben Ihnen unsere Papiere gezeigt, und ich habe Ihnen empfohlen, unsere Dienststelle anzurufen, falls Sie eine Bestätigung brauchen. Bitte, Monsieur, wer ist Henry Simon?«

»Ich habe auch andere Verpflichtungen, Inspektor. Meine Berufsehre, meine Klienten, eine alte Freundschaft...«

»Und die stellen Sie über das Gesetz?«

»Nur weil ich weiß, daß Sie *unrecht haben*.«

»Aber was kann dann schon passieren? Wenn wir unrecht haben, werden wir diesen Simon zweifellos auf einem Flughafen finden, und er wird es uns selbst sagen. Aber wenn wir nicht unrecht haben, dann finden wir vielleicht einen sehr kranken Mann, der Hilfe braucht. Ehe er weitere Personen verletzt. Ich bin kein Psychiater, Monsieur, aber Sie haben da einen Mann geschildert, der Schwierigkeiten hat – der jedenfalls früher einmal Schwierigkeiten hatte.«

Die Logik des Beamten beunruhigte Mattilon... und noch etwas anderes, das er nicht in Worte fassen konnte. War es Joel? Waren es die Wolken in den Augen seines alten Freundes, der ungewollte Versprecher in bezug auf seine Vergangenheit in Vietnam. René sah wieder auf die Uhr am Kaminsims. Ihm war ein Gedanke gekommen. In New York war es jetzt erst knapp neun Uhr abends.

»Inspektor, ich werde Sie jetzt bitten, hier zu warten,

während ich in meinem Arbeitszimmer ein Telefonat führe. Das ist übrigens nicht dieselbe Leitung wie die des Apparats hier auf dem Tisch.«

»Der Hinweis war überflüssig, Monsieur.«

»Dann bitte ich um Entschuldigung.«

Mattilon ging schnell zu einer Tür auf der anderen Seite des Zimmers, öffnete sie und verschwand. Er trat an seinen Schreibtisch, setzte sich und schlug ein in rotes Leder gebundenes Telefonverzeichnis auf. Er schlug den Buchstaben *T* auf und überflog dann die Namen, bis er zu *Talbot Lawrence* kam. Er hatte sowohl die Büronummer als auch die private; das war manchmal wichtig, weil die Gerichte in Paris bereits arbeiteten, noch bevor man an der Ostküste Amerikas aufzustehen pflegte. Wenn Talbot nicht zu erreichen war, würde er es erst bei Nathan Simon versuchen und dann bei Brooks, falls er das mußte. Doch beides war unnötig, Lawrence Talbot meldete sich sofort.

»Wie geht es Ihnen, René? Sind Sie in New York?«

»Nein, Paris.«

»Es ist doch schon ziemlich spät, dort, wo Sie sind, wenn ich mich nicht täusche.«

»Sehr spät, Larry. Wir haben hier aber ein Problem, und deshalb rufe ich an.«

»Ein Problem? Ich wußte gar nicht, daß wir zur Zeit geschäftlich miteinander zu tun haben. Um was geht es denn?«

»Ihre Missionsarbeit.«

»Unsere was?«

»Bertholdier. Seine Freunde.«

»*Wer?*«

»Jacques Louis Bertholdier.«

»Wer ist das? Ich habe den Namen schon gehört, aber ich weiß nicht, wo ich ihn hintun soll.«

»Sie wissen nicht... wo Sie ihn hintun sollen?«

»Tut mir leid.«

»Ich war mit Joel zusammen. Ich habe das Zusammentreffen arrangiert.«

»Joel? Wie geht es ihm? Ist er jetzt in Paris?«

»Sie wußten es nicht?«

»Das letztemal, als ich mit ihm gesprochen habe, vor zwei Tagen, war er noch in Genf – nach dieser schrecklichen Geschichte mit Halliday. Er hat mir gesagt, es sei alles in Ordnung, aber das war es natürlich nicht. Er war ziemlich durcheinander.«

»Ich möchte etwas klarstellen, Larry. Joel ist also nicht für Talbot, Brooks and Simon geschäftlich in Paris. Stimmt das?«

Lawrence Talbot machte eine Pause, ehe er antwortete. »Nein, das ist er nicht«, sagte der Seniorpartner der Kanzlei dann leise. »Hat er das behauptet?«

»Vielleicht habe ich es bloß angenommen.«

Wieder machte Talbot eine Pause. »Ich glaube nicht, daß Sie das tun würden. Aber ich glaube, Sie sollten Joel sagen, daß er mich anrufen soll.«

»Das ist ja Teil des Problems, Larry. Ich weiß nicht, wo er ist. Er sagte, er würde die Sechs-Uhr-Maschine nach London nehmen, aber das hat er nicht getan. Er ist ein gutes Stück später unter sehr eigenartigen Begleitumständen aus dem George V. abgereist.«

»Was soll das heißen?«

»Seine Meldekarte im Hotel ist auf einen anderen Namen geändert worden – einen Namen übrigens, den ich vorgeschlagen hatte, da er bei unserer Mittagsverabredung seinen eigenen nicht benutzen wollte. Und dann hat er darauf bestanden, das Hotel durch irgendeinen Lieferanteneingang im Keller zu verlassen.«

»Das ist seltsam.«

»Ich fürchte, das ist von all dem Ungewöhnlichen noch das Harmloseste. Es wird behauptet, er hätte einen Mann angegriffen, möglicherweise ihn sogar getötet.«

»*Mein Gott!*«

»Ich glaube das natürlich nicht«, sagte Mattilon schnell. »Er würde das nie tun, er könnte es gar nicht...«

»Das *hoffe* ich doch.«

»Sie glauben doch sicher nicht...«

»Ich weiß nicht, *was* ich glauben soll«, unterbrach Talbot. »Als er in Genf war und wir miteinander sprachen, habe ich ihn gefragt, ob es einen Zusammenhang zwischen Hallidays Tod und dem, was er gerade tut, gebe. Er sagte, das sei nicht der Fall, aber er war so abwesend, seine Stimme klang so leer.«

»Was *tut* er denn...?«

»Ich weiß nicht. Ich bin nicht einmal sicher, daß ich es herausfinden könnte. Aber ich werde mir verdammte Mühe geben. Ich sage Ihnen, ich mache mir Sorgen. Etwas ist mit ihm passiert. Seine Stimme klang wie eine Echokammer, wissen Sie, was ich meine?«

»Ja«, sagte Mattilon leise. »Ich habe ihn gehört und auch gesehen. Ich mache mir ebenfalls Sorgen.«

»Finden Sie ihn, René. Tun Sie, was immer Sie können. Sagen Sie mir Bescheid, und ich lasse alles stehen und liegen und komme hinüber. Irgendwas tut ihm weh, irgendwie.«

»Ich werde tun, was ich kann.«

Mattilon verließ sein Arbeitszimmer und sah die beiden Männer von der Sûreté an.

»Sein Name ist Converse, Joel Converse«, begann er.

»Sein Name ist Converse, Vorname Joel«, sagte der jüngere, größere Mann von der Sûreté in die Sprechmuschel einer Telefonzelle am Boulevard Raspail, während der Regen auf die Zelle niedertrommelte. »Er ist Angestellter einer Anwaltsfirma in New York: Talbot, Brooks and Simon; die Adresse ist an der Fifth Avenue. Der Name Simon, den er benutzte, steht jedoch wahrscheinlich nicht in Verbindung mit der Firma.«

»Ich verstehe nicht.«

»Was auch immer dieser Converse macht, hat nichts mit seiner Firma zu tun. Mattilon hat mit einem der Partner in New York gesprochen, und der hat ihm das gesagt. Außerdem sind beide Männer beunruhigt, sie machen sich Sorgen. Sie möchten über die weitere Entwicklung der Sache informiert werden. Wenn man Converse findet, so besteht Mattilon darauf, daß man ihn sofort zu ihm bringt. Mag sein, daß er irgend etwas zurückhält, aber nach meiner Ansicht ist er ehrlich verwirrt. Sonst weiß er weiter nichts Besonderes, das hätte ich bemerkt.«

»Trotzdem, er hält etwas zurück. Der Name Simon wurde meinetwegen gebraucht, damit ich die Identität dieses Converse nicht erfahren sollte. Mattilon weiß das; er war dabei, und sie sind Freunde. Er hat diesen Converse zu Luboque gebracht.«

»Dann hat man ihn hereingelegt, *mon Général*. Er hat Sie nicht erwähnt.«

»Das würde er vielleicht, wenn man ihn weiter verhören könnte. Ich darf da jedenfalls nicht hineingezogen werden.«

»Natürlich nicht«, pflichtete ihm der Mann von der Sûreté bei.

»Ihr Vorgesetzter, wie ist sein Name? Der, der den Fall bearbeitet?«

»Prudhomme. Oberinspektor Prudhomme.«

»Ist er Ihnen gegenüber offen?«

»Ja. Er hält mich für einen etwas primitiven ehemaligen Soldaten, dessen Instinkte mehr taugen als sein Intellekt, aber er sieht, daß ich guten Willens bin. Er spricht mit mir.«

»Sie werden eine Weile mit ihm zusammenbleiben. Falls er sich dazu entscheiden sollte, Mattilon noch einmal aufzusuchen, sagen Sie mir sofort Bescheid. Paris könnte dann einen angesehenen Anwalt verlieren. Mein Name darf auf keinen Fall erwähnt werden.«

»Er würde Mattilon nur aufsuchen, wenn man Converse findet. Und wenn die Sûreté etwas über ihn erfährt, nehme ich sofort mit Ihnen Fühlung auf.«

»Es könnte für ihn einen anderen Grund geben, Colonel. Einen, der einen hartnäckigen Mann dazu provozieren könnte, seine Fortschritte trotz gegenteiliger Anweisungen zu überprüfen.«

»Gegenteilige Anweisungen, *mon Général*?«

»Solche Anweisungen werden ergehen. Dieser Converse geht jetzt einzig und allein uns an. Alles, was wir brauchten, war der Name. Wir kennen sein Ziel und werden ihn finden.«

»Ich verstehe nicht, *mon Général*.«

»Ich habe Nachricht aus dem Hospital. Der Zustand unseres Chauffeurs hat sich gebessert.«

»Das ist wirklich eine gute Nachricht.«

»Ich wünschte, es wäre so. Es ist jedem Kommandanten widerwärtig, auch nur einen einzigen Soldaten opfern zu müssen, aber man darf nie das Hauptziel aus dem Auge verlieren, sondern muß ihm alles andere unterordnen. Geben Sie mir recht?«

»Ja, natürlich.«

»Unser Chauffeur darf nicht genesen. Das Hauptziel, Colonel.«

»Wenn er stirbt, wird man die Bemühungen, Converse zu finden, verstärken. Und Sie haben recht, Prudhomme wird dann alles aufs neue überprüfen und sich auch den Anwalt vornehmen.«

»Der Befehl wird ergehen, das nicht zu tun. Aber behalten Sie ihn im Auge.«

»Ja, *mon Général*.«

»Und jetzt brauchen wir Ihre Erfahrung, Colonel. Die Talente, die Sie in den Diensten der Legion so gründlich entwickelt haben, ehe wir Sie in ein zivilisierteres Leben zurückgeholt haben.«

»Meine Dankbarkeit ist tief. Was immer ich für Sie tun kann...«

»Können Sie sich so unauffällig wie möglich Zugang zum Hospital von Saint-Jerôme verschaffen?«

»Niemand wird mich sehen. Das Gebäude hat ringsum Feuertreppen, und die Nacht ist finster und es regnet. Selbst die Polizei sucht in den Türnischen Schutz. Ein Kinderspiel.«

»Aber Männerarbeit. Es muß geschehen.«

»Ich stelle solche Entscheidungen nicht in Frage.«

»Ein Erstickungsanfall vielleicht...«

»Druck, durch die Bettdecke ausgeübt, *mon Général*. Langsam und ohne Spuren, ein Krampf... Aber ich würde meine Pflicht verletzen, wenn ich nicht wiederholte, was ich schon einmal gesagt habe, *mon Général*. Man wird ganz Paris durchsuchen und anschließend wird es zu einer großangelegten Jagd kommen. Man wird den Mörder für einen reichen Amerikaner halten, ein einladendes Ziel für die Sûreté.«

»Es wird keine Suche geben, keine Jagd. Noch nicht. Wenn es wirklich dazu kommen muß, dann erst später, und dann wird man eine Leiche finden... Gehen Sie an die Arbeit, mein junger Freund. Der Chauffeur, Colonel; das größere Ziel hat Vorrang.«

»Er ist tot«, sagte der Mann in der Telefonzelle und legte den Hörer auf.

5

Erich Leifhelm... geboren am 15. März 1912 in München als Sohn des Dr. Heinrich Leifhelm und seiner Geliebten Marta Stössel. Obwohl der Makel seiner illegitimen Geburt im moralbewußten Deutschland jener Jahre einer normalen Kindheit im gehobenen Bürgertum im Wege stand, war er zugleich auch der wichtigste Faktor, der Leifhelms spätere Prominenz in der nationalsozialistischen Bewegung prägte. Bei seiner Geburt wurde ihm der Name Leifhelm versagt, und er war bis 1931 als Erich Stössel bekannt.

Joel saß an einem Tisch in dem offenen Café des Kopenhagener Flughafens Kastrup und versuchte, sich zu konzentrieren. Dies war sein zweiter Versuch im Laufe der letzten zwanzig Minuten; den ersten hatte er aufgegeben, als er bemerkte, daß er das Gelesene nicht aufnahm, sondern nur schwarze Buchstaben sah, eine endlose Kette kaum erkennbarer Wörter, die sich auf eine Gestalt in den äußeren Bereichen seines Bewußtseins bezogen. Er war unfähig, das Bild jenes Mannes scharf zu bekommen; es gab zu viele Störungen, tatsächliche und eingebildete. Auch während des zweistündigen Fluges von Paris nach Kopenhagen hatte er nicht lesen können. Er hatte sich für ein Economy-Ticket entschieden in der Hoffnung, in der größeren Zahl von Menschen unterzugehen. Was auch zutraf. Die Sitze waren so eng und das Flugzeug so vollbesetzt, daß es praktisch unmöglich war, Ellbogen oder Unterarme zu bewegen. Diese Umstände verhinderten aber ebenso, daß er den Bericht hervorholte, sowohl aus Raumgründen als auch aus Furcht vor fremden Blicken.

Heinrich Leifhelm brachte seine Geliebte und ihren gemeinsamen Sohn in der Stadt Eichstätt nördlich von München unter. Dort besuchte er sie hie und da und ermöglichte ihnen einen ausreichenden, aber nicht besonders bequemen Lebensstandard. Der Arzt war offenbar hin und her gerissen zwischen dem Wunsch, eine erfolgreiche Praxis – ohne gesellschaftlichen Makel – in München zu unterhalten, und dem Gefühl, Mutter und Kind nicht verlassen zu dürfen. Nach Ansicht enger Bekannter von Erich Stössel-Leifhelm hatten diese frühen Jahre eine tiefe Wirkung auf ihn. Obwohl er noch zu jung war, um die Auswirkungen des Ersten Weltkriegs voll zu begreifen – eine Erinnerung, die ihn später verfolgen sollte –, schrumpften die Mittel des kleinen Haushaltes in dem Maße, wie die Zahlungsfähigkeit des älteren Leifhelm unter der Last der Kriegssteuern geringer wurde. Außerdem betonten die Besuche seines Vaters die Tatsache, daß er nicht als Sohn anerkannt werden konnte und daher keinen Anspruch auf die Privilegien hatte, die seine beiden Stiefbrüder und eine Stiefschwester genossen, Fremde, die er nie kennenlernen sollte und deren Heim er nicht betreten konnte. Ihm fehlte die Legitimität, wie sie durch heuchlerische Dokumente und dennoch heuchlerischeren Segen der Kirche dokumentiert wurde, was in ihm das Gefühl weckte, ihm werde das genommen, was ihm rechtmäßig zustünde. Und so entwickelte sich in ihm Wut und Verärgerung. Ein tiefsitzender Zorn auf die herrschenden gesellschaftlichen Gegebenheiten. Wie er selbst zugab, war es sein erster bewußter Wunsch, aus eigener Kraft so viel wie möglich für sich zu gewinnen – sowohl materiell als auch Anerkennung durch die Umwelt. Und damit wollte er sich gegen seinen Lebensstatus auflehnen, der seiner Ansicht nach für ihn demütigend war.

Converse hörte zu lesen auf und wurde sich plötzlich der Frau bewußt, die allein auf der anderen Seite des halb verlassenen Cafés an einem Tisch saß und ihn ansah. Ihre Augen begegneten sich. Die Frau wandte sich sofort ab, legte den Arm auf das niedrige weiße Geländer, das das Restaurant einfaßte, und studierte die spärlicher gewordenen Scharen von Menschen, die jetzt nachts durch den Flughafen schlenderten, als warte sie auf jemanden. Erschreckt versuchte Joel, den Blick zu analysieren, mit dem sie ihn beobachtet hatte. War das ein Blick des Erkennens gewesen? Kannte sie sein Gesicht? Oder war es ein prüfender Blick gewesen? Eine gut gekleidete Prostituierte, die im Flughafen einen Freier suchte, einen einsamen Geschäftsmann, weit weg von zu Haus? Sie drehte langsam den Kopf und sah ihn wieder an, jetzt offenbar darüber verstimmt, daß seine Augen immer noch auf sie gerichtet waren. Und dann sah sie abrupt auf die Uhr, zupfte an ihrem breitkrempigen Hut und klappte die Handtasche auf. Sie nahm einen Geldschein heraus, legte ihn auf den Tisch, stand auf und ging zum Ausgang des Cafés. Als sie die Tür hinter sich hatte, ging sie schneller, ihre Schritte wurden länger, und sie strebte auf den Bogen zu, hinter dem sich die Gepäckausgabe befand. Converse beobachtete sie in dem kalten weißen Neonlicht der Halle, schüttelte den Kopf und war über seine Unruhe verärgert. Mit seiner Aktentasche und dem ledergebundenen Bericht hatte die Frau ihn wahrscheinlich für eine Art Flughafenbeamten gehalten.

Er sah zu viele Schatten, dachte er, während seine Augen der eleganten Gestalt folgten. Zu viele Schatten, die keine Überraschung bargen, keinen Grund zur Beunruhigung. In der Maschine aus Paris hatte ein paar Reihen vor ihm ein Mann gesessen, der zweimal aufgestanden und zur Toilette gegangen war, und jedesmal, wenn er zu seinem Sitz zurückging, hatte er Joel scharf angesehen, ihn studiert. Diese Blicke hatten ausgereicht, um Joels Puls zu beschleunigen. Hatte man ihn am Flughafen entdeckt? War der Mann ein Mitarbeiter von Jacques Louis Bertholdier?... So wie das ein Mann in einer Seitengasse in Paris gewesen war – *Denk nicht daran!* Er hatte eine kleine Kruste getrocknetes Blut von seinem Hemd geklopft, als er sich die stumme Ermahnung erteilte.

»Als ob ich einen alten Yankee nicht sofort auf den ersten Blick erkennen könnte! Hab' mich noch nie geirrt!«

Das war die etwas antiquierte Begrüßung in Kopenhagen, als die beiden Amerikaner auf ihr Gepäck warteten.

»Nun, einmal habe ich mich getäuscht. Irgend so ein Kerl auf einer Maschine in Genf. Direkt neben mir hat er gesessen. So ein schwarzhaariger Latino in einem Anzug mit Weste. Mit der Stewardeß hat er Englisch gesprochen, also dachte ich mir, er sei einer dieser reichen kubanischen Flüchtlinge aus Florida. Verstehen Sie?«

Ein Abgesandter in der Kleidung eines Geschäftsmannes. Einer der Diplomaten.

Genf. In Genf hatte es angefangen.

Zu viele Schatten. Keine Überraschungen, kein Alarm. Die Frau ging durch den Torbogen, und Joel löste den Blick von ihr, zwang seine Augen wieder zurück auf den Bericht über Erich Leifhelm. Dann störte ihn eine kleine, plötzliche Bewegung; er sah wieder zu der Frau hinüber. Ein Mann war aus einer nicht einsehbaren Nische herangetreten; seine Hand berührte ihren Ellbogen. Sie tauschten kurz ein paar Worte und trennten sich ebenso abrupt wieder voneinander, wie sie sich begegnet waren, wobei der Mann seinen Weg in die Halle fortsetzte, während die Frau verschwand. Sah der Mann zu ihm herüber? Converse beobachtete ihn aufmerksam; *hatte* dieser Mann ihn angesehen? Es war unmöglich, das sicher zu sagen. Der Fremde drehte den Kopf nach allen Seiten, als suchte er etwas. Und dann eilte er, als hätte er das Gesuchte gefunden, auf eine Schalterreihe zu. Sein Ziel war der Schalter der Japan Air Lines. Er zog seine Brieftasche hervor, als er mit dem Angestellten zu sprechen begann.

Keine Überraschungen, kein Alarm. Ein gehetzter Reisender hatte nach einer Auskunft gefragt. Die Störungen waren mehr eingebildet als tatsächlich vorhanden. Und doch schaltete sich selbst hier seine Anwaltsmentalität ein. Im Ergebnis waren Störungen immer eine Tatsache, ob sie nun auf Realität beruhten oder nicht. *O Gott! Laß das doch! Konzentriere dich!*

Als Erich Stössel-Leifhelm siebzehn Jahre alt war, legte er am Gymnasium von Eichstätt das Abitur ab. Damals herrschte ein allgemeines finanzielles Chaos, und der Zusammenbruch der amerikanischen Börse im Jahre '29 verschärfte die ohnehin trostlose Wirtschaftslage der Weimarer Republik noch weiter, so daß sich nur wenige Studenten den Übertritt auf eine Universität leisten konnten. Später schilderte Stössel-Leifhelm den Schritt, den er damals unternahm, als das Ergebnis jugendlicher Wut: Er reiste nämlich nach München, um von seinem Vater eine Unterstützung zu verlangen. Was er dort vorfand, schockierte ihn nicht nur, sondern erwies sich als einmalige Chance, die der Zufall ihm zugespielt hatte. Das ruhige, störungsfreie Leben des Arztes war in Stücke gegangen. Seine Ehe, die für ihn von Anfang an erniedrigend gewesen war, hatte ihn zum Trinker werden lassen, bis sich die unvermeidlichen Kunstfehler einstellten. Die Ärztekammer (der viele Juden angehörten) brachte einen Tadelsantrag gegen ihn ein, warf ihm Unfähigkeit vor und veranlaßte, daß er seine Stelle an einer Münchner Klinik verlor. Seine Ehefrau wies ihn aus dem Hause, wobei sie ihr alter, aber immer noch mächtiger Vater unterstützte, der ebenfalls Arzt war und dem Aufsichtsgremium der Klinik angehörte. Als Stössel-Leifhelm seinen Vater fand, lebte dieser in einem billigen Miethaus in einem armseligen Stadtviertel. Während dieses langen und ohne Zweifel im Rausch vorgebrachten Geständnisses offenbarte ihm der Vater eine Tatsache, die Stössel-Leifhelm nie geahnt hatte. Die Frau seines Vaters war Jüdin. Mehr brauchte der junge Mann nicht zu hören. Von diesem Tage an kümmerte sich der Junge um den ruinierten alten Mann mit letzter Hingabe.

Über die Lautsprecher des Flughafens wurde eine Durchsage gemacht; Joel sah auf die Uhr. Jetzt wurde sie wiederholt, diesmal in deutscher Sprache. Er lauschte, konnte aber das

Gesagte kaum verstehen. Dann hörte er Städtenamen. Hamburg – Köln – Bonn. Es war der erste Aufruf für den letzten Flug des Abends, der über Hamburg in die Hauptstadt Westdeutschlands ging. Die Flugzeit betrug weniger als zwei Stunden; die Zwischenlandung in Hamburg war für Geschäftsleute gedacht, die am frühen Morgen an ihren Schreibtischen sitzen wollten. Converse hatte seinen Koffer nach Bonn abfertigen lassen und sich dabei vorgenommen, den schweren Lederkoffer bei nächster Gelegenheit durch einen Handkoffer zu ersetzen, den er mit an Bord nehmen konnte. Er war kein Fachmann für solche Dinge, aber die Vernunft sagte ihm, daß die Verzögerung beim Warten auf das Gepäck ihn leicht den Blicken von Verfolgern aussetzen konnte und darüber hinaus auch ein Hindernis für schnelles Reisen war. Er legte das Dossier über Erich Leifhelm in den Koffer, klappte ihn zu und verstellte die Kombination des Zahlenschlosses. Dann erhob er sich von seinem Platz, verließ das Café und ging zum Lufthansa-Schalter.

Schweißtropfen traten ihm am Haaransatz hervor; sein Herzschlag beschleunigte sich, bis er wie eine hämmernde Fuge für Kesselpauken klang. Er *kannte* den Mann, der neben ihm saß, aber er hatte keine Ahnung, wo oder wann in seinem Leben er ihm begegnet war. Das faltige Gesicht, die von der Sonne braun gegerbte Haut, die intensiven blaugrauen Augen unter den dicken, wild wuchernden Brauen und das von weißen Strähnen durchzogene braune Haar – er *kannte* ihn, aber ihm fiel kein Name ein, nicht das geringste, was die Identität des Mannes lüften konnte.

Plötzlich blickte der Mann von seinen maschinenbeschriebenen Blättern auf und sah zu Joel hinüber. Seine Augen waren ausdruckslos und ließen weder Neugierde noch Interesse erkennen.

»Entschuldigung«, sagte Converse etwas verlegen.

»Sicher, schon gut... warum auch nicht?« war die seltsame, lakonische Antwort in einem Dialekt, wie man in Texas und im Mittleren Westen sprach. Der Mann wandte sich wieder seinen Papieren zu.

»Kennen wir uns?« fragte Joel, der die Frage einfach nicht unterdrücken konnte.

Wieder blickte der Mann auf. »Denke nicht«, sagte er kurz angebunden und wandte sich wieder seinem Bericht, oder was er sonst las, zu.

Die Stimme einer Lufthansa-Stewardeß riß Converse aus seinen Gedanken. »Herr Dowling, was für eine Freude, Sie an Bord zu haben.«

»Danke, Darlin'«, sagte der Mann, und sein faltiges Gesicht verzog sich zu einem freundlichen Grinsen. »Wenn Sie ein bißchen Bourbon und ein wenig Eis für mich finden, dann erwidere ich das Kompliment.«

Die Stewardeß ging den Mittelgang hinunter auf die Galley zu, während Converse den bekannten Schauspieler immer noch anstarrte. Etwas stockend meinte er: »Es tut mir *wirklich* leid. Ich hätte Sie natürlich erkennen müssen.«

Dowling wandte ihm das sonnenverbrannte Gesicht zu, und seine Augen musterten Joel, sein Gesicht, sein Jackett und wanderten dann zu dem handgearbeiteten Aktenkoffer herunter. Er blickte mit einem amüsierten Lächeln auf. »Wahrscheinlich könnte ich Sie jetzt in Verlegenheit bringen, wenn ich Sie fragen würde, woher Sie mich kennen. Sie sehen nicht wie ein *Santa-Fé*-Fan aus.«

»Ein Santa Fé...? Ach so, so heißt Ihre Sendung.«

Und dann erinnerte er sich. Es handelte sich um eines jener TV-Phänomene, die sich solche Popularität erworben hatten, daß sogar *Time* und *Newsweek* das auf ihren Titelseiten verkünden mußten. Er selbst hatte die Serie nie gesehen.

»Ihr Bourbon, Sir«, sagte die zurückgekehrte Stewardeß und reichte dem Schauspieler ein Glas.

»Oh, *thank you*, li'l Darlin'! Du liebe Güte, Sie sind ja hübscher als die ganzen Girls in der Show!«

»Sie sind sehr liebenswürdig, Sir.«

»Kann ich auch einen Scotch haben, bitte«, sagte Joel.

»Und jetzt, da Sie wissen, wie ich mein Geld verdiene«, sagte Dowling, während die Stewardeß sich wieder entfernte, »muß ich natürlich auch wissen, was Sie eigentlich treiben.«

»Ich bin Rechtsanwalt.«
»Dann haben Sie wenigstens etwas Ordentliches zu lesen. Dieses Drehbuch hier stinkt nämlich zum Himmel.«

Obwohl die meisten der angesehenen Bürger Münchens sie für eine Sammlung von Tagedieben und Nichtstuern hielt, begann die Nationalsozialistische Deutsche Arbeiterpartei mit ihrem Hauptquartier in München langsam ihren Einfluß über ganz Deutschland auszubreiten. Die radikal völkische Bewegung gewann Einfluß, indem sie ihre flammende Botschaft gegen anonyme, undeutsche »Mächte« in die Welt hinausposaunte. Für sie lag die Schuld für all die Gebrechen der Nation bei einem ganzen Spektrum von Gruppierungen, die von den Bolschewiken bis zur jüdischen Bankenwelt reichte, von den ausländischen Plünderern, die ein arisches Land geschändet hatten, bis zu guter Letzt allem, was nicht »arisch« war, insbesondere den Juden und ihrem unredlich erworbenen Wohlstand.

Das kosmopolitische München und seine jüdische Gemeinde lachten über diese Absurditäten; sie hörten nicht darauf. Wohl aber der Rest Deutschlands, er hörte, was er hören wollte. Und Erich Stössel-Leifhelm hörte es auch. Für ihn war es der Schlüssel zur Anerkennung.

Binnen weniger Wochen brachte es der junge Mann fertig, seinen Vater wieder auf Vordermann zu bringen. In späteren Jahren erzählte er diese Geschichte oft mit grausamem Humor. Sich über die hysterischen Einwände des alten Arztes hinwegsetzend, entfernte der Sohn jeglichen Alkohol und alles Rauchbare aus seiner Wohnung und ließ den Vater nie aus den Augen. Dazu zwang er ihm ein hartes Regiment mit Gymnastik und strenger Diät auf.

In den langen Wochen der Rehabilitierung las Stössel-Leifhelm seinem Vater jeden Abend alles, was er aus dem Hauptquartier der Nationalsozialisten in die Hände bekommen konnte, vor, und es fehlte weiß Gott nicht an Material. Es gab die üblichen zündenden Pamphlete, seitenweise Material über eine biologische Theorie, die vorgab, die genetische Überlegenheit der arischen Rasse zu beweisen, und die von einem völkischen

Verfall sprach, der durch gedankenlose Vermengung von Rassen entstehen konnte. All die üblichen Naziergüsse, dazu reichliche Extrakte aus Hitlers »Mein Kampf«. Der Sohn las ohne Unterlaß, bis der Doktor die wichtigsten Punkte der nationalsozialistischen Botschaft auswendig rezitieren konnte. Und die ganze Zeit redete der Siebzehnjährige unablässig auf den Vater ein und bemühte sich ihm klarzumachen, daß dies der Weg sei, um alles zurückzubekommen, was man ihm gestohlen hatte, eine Rache für die Jahre der Erniedrigung und des Spotts zu finden.

Der Tag kam, ein Tag, an dem Stössel-Leifhelm erfahren hatte, daß zwei hohe Parteifunktionäre in München sein würden. Es handelte sich um den verwachsenen Parteipropagandisten Joseph Goebbels und den Möchtegern-Aristokraten Rudolf Heß. Der Sohn begleitete den Vater zum nationalsozialistischen Hauptquartier, wo der gutgekleidete, eindrucksvolle, offenbar reiche arische Doktor um eine Audienz bei den beiden Naziführern nachsuchte, mit der Erklärung, er habe in einer wichtigen und vertraulichen Angelegenheit mit ihnen zu sprechen. Sie wurde ihm gewährt, und nach Aufzeichnungen in den Parteiarchiven waren die ersten Worte, die er an Heß und Goebbels richtete, die folgenden:

»Meine Herren, ich bin Arzt mit untadeligen Papieren und war früher Chefchirurg an einem hiesigen Krankenhaus und habe daneben jahrelang eine der erfolgreichsten Privatpraxen Münchens geführt. Das ist meine Vergangenheit. Dann vernichteten mich Juden, die mir alles nahmen. Aber jetzt bin ich wieder da, ich erfreue mich wieder bester Gesundheit und stehe zu Ihren Diensten.«

Die Lufthansa-Maschine begann den Anflug auf Hamburg, und Joel griff nach seinem Aktenkoffer. Neben ihm streckte sich der Schauspieler Caleb Dowling, das Drehbuch in der Hand, und stopfte es in eine offene Flugtasche, die neben seinen Füßen stand.

»Das einzige, was noch alberner ist als dieser Film«, sagte er, »ist das Geld, das man mir für meine Rolle darin bezahlt.«

»Filmen Sie morgen?« fragte Converse.

»Heute«, verbesserte ihn Dowling nach einem Blick auf seine Armbanduhr. »In aller Frühe. Ich muß schon um halb sechs am Drehort sein – Morgendämmerung über dem Rhein, oder irgend so was Eindrucksvolles. Wenn die wenigstens das Ganze in eine Reiseschilderung verwandeln würden, dann wären wir alle besser dran. Hübsche Landschaft.«

»Und Sie waren trotzdem in Kopenhagen.«

»Richtig.«

»Da werden Sie nicht viel Schlaf bekommen.«

»Wohl kaum.«

»Wenn Ihnen das nichts ausmacht?«

Der Schauspieler sah Joel an, und das Lächeln ließ die Fältchen um seine freundlichen Augen noch tiefer werden. »Meine Frau ist in Kopenhagen, und ich hatte zwei Tage frei. Dies war die letzte Maschine, die ich bekommen konnte. Ich bin diese Strecke die letzten zwei Monate ein halbes dutzendmal geflogen«, sagte Caleb Dowling. »Lassen Sie sich von mir sagen, diese Warterei hier ist widerwärtig. Nicht der Zoll, das geht schnell, besonders so spät. Die arbeiten wie die Roboter mit ihren Stempeln; in zehn Minuten sind Sie durch. Aber dann müssen Sie warten. Zweimal oder dreimal hat es mehr als eine Stunde gedauert, bis die Maschine nach Bonn hier war. Übrigens, haben Sie Lust, mit mir in der Lounge einen Drink zu nehmen?«

»Warum nicht?« Joel fühlte sich geschmeichelt. Nicht nur, daß er Dowling mochte – nein, es tat auch gut, Gast eines Prominenten zu sein.

»Vielleicht sollte ich Sie warnen«, fügte Dowling hinzu, »meine Fans kriechen selbst um diese Stunde noch aus den Betten, und die PR-Leute sorgen natürlich auch für die üblichen Fotografen. Aber das Ganze dauert nicht sehr lange.«

Converse war für die Warnung dankbar. »Ich muß noch ein paar Telefongespräche führen«, sagte er beiläufig, »aber wenn ich rechtzeitig fertig werde, komme ich gern.«

»Telefongespräche? Um diese Stunde?«

»In die Staaten. In... Chicago... ist es nicht dieselbe Stunde.«

»Sie können ja in der Lounge telefonieren; dort ist auch ein Apparat.«

»Es mag verrückt klingen«, sagte Joel, der nach Worten suchte, »aber ich kann besser denken, wenn ich allein bin. Ich muß da einige komplizierte Dinge erklären. Ich suche mir nach der Zollabfertigung eine Telefonzelle.«

»Für mich klingt gar nichts verrückt, schließlich arbeite ich in Hollywood.«

»Das freut mich zu hören«, antwortete Joel verlegen. Die Räder des Flugzeugs berührten den Boden, und die Düsenmotoren heulten im Gegenschub auf. Die Maschine rollte weiter, bog nach links ab und rollte langsam aus. Die vordere Tür öffnete sich, und einige Passagiere drängten aufgeregt in den Mittelgang. Ihrem Flüstern und den Blicken derer, die sich auf Zehen reckten, um besser sehen zu können, war zu entnehmen, daß Caleb Dowlings Anwesenheit den Auflauf verursachte.

Eine Welle Passagiere schob sich an dem Fernsehstar vorbei durch den Ausgang, und Joel reihte sich rasch ein. So schnell und so unauffällig wie möglich wollte er durch den Zoll gehen und dann eine dunkle Ecke im Flughafen suchen und im Schatten warten, bis der Aufruf für die Maschine nach Köln-Bonn kam.

Goebbels und Heß nahmen Dr. Heinrich Leifhelms Angebot begeistert an. Man kann sich leicht vorstellen, wie der Propaganda-Agitator sich das Bild dieses blonden arischen Arztes auf Tausenden von Pamphleten ausmalte, eines Mediziners, der die schillernden Theorien der Nazigenetik bestätigte und zugleich bereitwillig die minderwertigen, habgierigen Juden verdammte; Leifhelm war ein Geschenk des Himmels. Für Rudolf Heß, dem es besonders auf persönliche Anerkennung durch die Junker und Wohlhabenden ankam, war dieser Arzt auf ganz andere Weise von Bedeutung:

Er war ein echter Aristokrat.

Das Zusammenwirken von bewußter Planung und Zufall erwies sich als noch bedeutsamer, als der junge Stössel-Leifhelm sich hätte ausmalen können. Adolf Hitler kehrte aus Berlin zu einer Kundgebung auf dem Marienplatz zurück, und der eindrucksvolle Arzt wurde mit seinem wohlerzogenen Sohn eingeladen, mit dem Führer zu Abend zu essen. Man war einander spontan zugeneigt; Hitler hörte alles, was er hören wollte, und von diesem Tage an bis zu seinem Tode im Jahre 1934 war Heinrich Leifhelm Hitlers Leibarzt.

Es gab nichts, was dem Sohn versagt wurde, und in kurzer Zeit hatte er alles, was er sich wünschte. Im Juni 1931 wurde im Hauptquartier der Nationalsozialisten eine Zeremonie abgehalten, in der Heinrich Leifhelms Ehe mit einer Jüdin wegen der »Verheimlichung jüdischen Blutes« seitens einer »opportunistischen Hebräerfamilie« annulliert und gleichzeitig alle Ansprüche und Erbrechte der Kinder jener »erschlichenen Verbindung« für null und nichtig erklärt wurden. Zwischen Leifhelm und Martha Stössel wurde eine Zivilehe geschlossen, und der wahre Erbe, das einzige Kind, das Anspruch auf den Namen Leifhelm erheben durfte, war ein achtzehnjähriger Junge namens Erich.

München und die jüdische Gemeinde lachten immer noch über die absurde Verlautbarung, die die Nazis in die Gerichtsspalte der Zeitungen setzten, aber nicht mehr so laut. Man hielt das Ganze für unsinnig, denn der Name Leifhelm war längst in Mißkredit geraten, und es ging ganz sicher auch nicht um eine Erbschaft väterlicherseits. Schließlich fehlte dem Spektakel auch jede gesetzliche Grundlage. Erst allmählich verstanden die Menschen, daß die Gesetze in dem sich ändernden Deutschland ebenfalls in Änderung begriffen waren. In knapp zwei Jahren sollte es nur noch *ein* Gesetz geben. Den Willen der Nazis.

1935, ein Jahr nach dem Tode seines Vaters, wurde Erich Leifhelm, unterdessen ein junger Favorit im inneren Kreise Hitlers, zum Oberstleutnant befördert, und damit war er in der Wehrmacht der jüngste Träger dieses Ranges. Er spielte eine wichtige Rolle bei der Aufrüstung, die in Deutschland stattfand, und mit dem Näherrücken des Krieges begann die dritte Phase seines Lebens, die ihn am Ende ins Zentrum der Nazimacht führte und ihm gleichzeitig die Chance bot, sich von der Führung abzusondern, von der er selbst ein einflußreicher Teil war. Einzelheiten darüber sind auf den folgenden Seiten zu finden, ein

Vorspiel zu der vierten Phase, die ganz seiner fanatischen Gefolgschaft für die Theorien von George Marcus Delavane gewidmet ist.

Aber vorher soll hier ein Ereignis aufgezeichnet werden, das Einblick in die Mentalität dieses Mannes liefern kann.

Es geschah im Januar oder Februar 1936. Einzelheiten sind kaum bekannt, da es nur wenige Überlebende aus jener Zeit gibt, die die Familie gut kannten, aber gewisse Fakten dürfen als gesichert gelten. Heinrich Leifhelms legitime Frau, seine Kinder und ihre Familie versuchten einige Jahre lang erfolglos, Deutschland zu verlassen. Die offizielle Sprachregelung der Partei war, daß das alte Familienoberhaupt seine medizinischen Fähigkeiten – die er schließlich auf deutschen Universitäten erworben hatte – dem Staate schuldete. Außerdem gab es ungeklärte juristische Fragen, die auf der aufgelösten Ehe des verstorbenen Dr. Heinrich Leifhelm beruhten. Insbesondere bezüglich gemeinsamer Besitztümer und der Erbrechte, die schließlich einen hervorragenden Offizier der Wehrmacht angingen.

Erich Leifhelm ging kein Risiko ein. Die »ehemalige« Frau seines Vaters und ihre Kinder wurden buchstäblich gefangengehalten. Ihre Bewegungsfreiheit war eingeschränkt, das Haus an der Luisenstraße wurde beobachtet, und jedesmal, wenn die Familie Visa beantragte, wurde sie unter ständige »politische Überwachung« gestellt, um jedes Risiko auszuschalten, daß sie vielleicht untertauchten. Diese Information stammt von einem pensionierten Bankier, der sich daran erinnerte, daß das Finanzministerium in Berlin die Banken in München aufforderte, unverzüglich Meldung zu machen, falls es zu irgendwelchen größeren Abhebungen seitens der ehemaligen Frau Leifhelm und/oder ihrer Familie kommen sollte.

Wir konnten nicht in Erfahrung bringen, in welcher Woche oder an welchem Tag es geschah, aber irgendwann im Januar oder Februar 1936 verschwanden Frau Leifhelm, ihre Kinder und ihr Vater.

Aber die von den Alliierten am 23. April 1945 in München beschlagnahmten Gerichtsakten liefern ein klares, wenn auch unvollständiges Bild des damaligen Geschehens. Offensichtlich von dem zwanghaften Bestreben getrieben, im juristisch korrekten Sinne an das Erbe zu gelangen, wurde im Auftrag von Oberstleutnant Erich Leifhelm Klage eingereicht, die all die Ungerechtigkeiten aufzählte, die sein Vater, Dr. Heinrich Leifhelm, seitens seiner ehemaligen Angehörigen erlitten hätte, wobei die besagte Verbrecherfamilie das Reich trotz eines entsprechenden Verbotes angeblich verlassen habe. Bei den Anklagen handelte es sich, wie zu erwarten war, um unerhörte Lügen. Dann wurde die »offizielle« Scheidungsurkunde und eine Kopie des Letzten Willens und Testaments Heinrich Leifhelms vorgelegt. Es gab nur eine legitime Ehe und einen legitimen Sohn, und alle Rechte, Privilegien und Erbansprüche gingen auf diesen über: Oberstleutnant Erich Stössel-Leifhelm.

Da uns zu diesem Fall einigermaßen exakte Unterlagen vorlagen, war es auch möglich, Zeugen zu finden. Es wurde bestätigt, daß Frau Leifhelm, ihre drei Kinder und ihr Vater im Konzentrationslager Dachau vor den Toren Münchens ums Leben gekommen sind.

Die jüdischen Leifhelms existierten nicht mehr; der arische Leifhelm war jetzt der einzige Erbe eines beträchtlichen Besitzes, der unter den geltenden Gesetzen sonst konfisziert worden wäre. Ehe er das dreißigste Lebensjahr vollendet hatte, war er zum Rächer geworden für das Unrecht, daß man ihm angeblich angetan hatte. Ein Mörder war herangereift.

»Sie müssen hier ja einen verdammt wichtigen Fall haben«, sagte Caleb Dowling grinsend und stieß Joel mit dem Ellbogen in die Seite. »Ihr Zigarettenstummel ist schon vor einer Weile im Aschenbecher verglüht. Ich hab' ihn ausgedrückt, und Sie haben bloß abwehrend die Hand gehoben. Dabei sind schon seit einiger Zeit die No-Smoking-Zeichen an. Wir befinden uns nämlich bereits im Landeanflug, kann nur noch Minuten dauern.«

»Tut mir leid. Das ist... ein sehr komplizierter Schriftsatz. Herrgott, ich würde doch nie die Hand gegen Sie heben, Sie sind doch ein Prominenter.« Converse lachte, weil er wußte, daß man das von ihm erwartete.

»Dabei fällt mir ein, daß ich Sie fragen wollte, wo Sie in Bonn wohnen werden, Herr Anwalt?«

Joel war auf diese simple Frage nicht vorbereitet. »Eigentlich weiß ich das noch gar nicht«, antwortete er und suchte nach Worten. Schließlich meinte er: »Ich habe mich erst in letzter Minuten zu dieser Reise entschlossen.«

»Dann brauchen Sie vielleicht Hilfe. Bonn ist überfüllt. Ich will Ihnen was sagen. Ich wohne im Königshof, und ich denke, ich habe dort einigen Einfluß. Wollen mal sehen, was wir tun können.«

»Vielen Dank, aber das wird nicht notwendig sein.« Converse überlegte fieberhaft. Das letzte, was er brauchen konnte, war die Neugierde, die sich auf jeden richten mußte, der in Gesellschaft des bekannten Schauspielers reiste. »Meine Firma hat jemanden geschickt, der mich abholen soll, und er hat sicher ein Zimmer gebucht. Deshalb soll ich auch als einer der letzten aussteigen, damit er mich leichter in der Menge findet.«

»Also schön. Aber wenn Sie einmal Zeit haben und mit ein paar Schauspielertypen etwas trinken wollen – alles interessante Burschen, das kann ich Ihnen versichern –, dann rufen Sie mich in meinem Hotel an und hinterlassen eine Nummer.«

»Das werde ich bestimmt tun. Vielen Dank.«

Joel wartete. Die letzten Passagiere verließen die Maschine und nickten den Stewardessen zu. Einige gähnten, andere mühten sich mit ihren Schultertaschen, Kameras und Koffern ab. Jetzt verließ der letzte Passagier das Flugzeug, und Converse stand auf, griff seinen Aktenkoffer und schob sich langsam in den Mittelgang. Instinktiv, ohne einen besonderen Anlaß zu haben, wandte er den Kopf und sah in den hinteren Teil des Flugzeugs.

Was er sah, ließ ihn erstarren, und für Sekunden stockte ihm der Atem. In der letzten Reihe der langen Kabine saß eine Frau. Die blasse Haut unter der breiten Hutkrempe und die erschreckten, erstaunten Augen, die sich abrupt abwandten – das alles formte sich zu einem Bild, an das er sich noch lebhaft erinnerte. Es war die Frau, die er im Flughafen-Café von Kopenhagen gesehen hatte! Sie war mit schnellen Schritten zur Gepäckausgabe geeilt und hatte sich von der Schalterreihe der Fluggesellschaften *entfernt*. Dann hatte ein Mann sie aufgehalten; es hatte einen kurzen Wortwechsel gegeben; und jetzt wußte Joel, daß die Worte ihm gegolten hatten.

Die Frau mußte zurückgekommen und in dem Durcheinander, das immer in den letzten Minuten vor dem Start herrscht, unbemerkt an Bord gegangen sein. Er spürte es, er *wußte* es! Sie war ihm von Dänemark gefolgt!

Wenn er nur Zeit zum Überlegen hätte...

6

Converse rannte den Mittelgang hinunter und durch den Ausstieg in den mit Teppich ausgelegten Zubringertunnel. Nach fünfzehn Metern mündete der schmale Gang in eine Art Warteraum. Die Plastiksitze und die mit Seilen verbundenen Ständer ließen erkennen, daß es sich um den Flugsteig handelte. Niemand war zu sehen; der Raum war leer. Auch die anderen Flugsteige waren bereits geschlossen, die Lichter ausgeschaltet. Dahinter hingen Tafeln von der Decke, die in deutscher, englischer und französischer Sprache den Passagieren den Weg zum Terminal und zur Gepäckausgabe im Tiefgeschoß wiesen. Für sein Gepäck hatte Converse jetzt keine Zeit. Er mußte sich beeilen, mußte schnellstens so weit wie möglich weg vom Flughafen, und das, ohne gesehen zu werden. Dann wurde ihm das Offensichtliche bewußt, und Übelkeit überkam ihn. Man *hatte* ihn längst gesehen; sie wußten, daß er mit der Maschine aus Hamburg gekommen war – wer auch immer *sie* waren. In dem Augenblick, wenn er die Flughafenhalle betrat, würde man ihn entdecken, und es gab nichts, was er dagegen tun konnte. Sie hatten ihn in Kopenhagen aufgestöbert; die Frau hatte ihn erkannt und den Befehl erhalten, an Bord zu gehen, um sicherzustellen, daß er nicht in Hamburg blieb oder dort die Maschine wechselte.

Aber wie hatten sie das geschafft?

Jetzt war keine Zeit, darüber nachzudenken. Er würde sich

später damit befassen – wenn es noch ein Später gab. Er trat unter dem Bogen des ausgeschalteten Metalldetektors hindurch und eilte an den schwarzen Laufbändern vorbei, auf denen das Handgepäck durchleuchtet wurde. Vor ihm, höchstens zwanzig Meter entfernt, waren die Türen, die in die große Halle führten. Was konnte er tun, was *sollte* er tun?
Nur für Personal.
Männer.
Joel blieb stehen. Die Aufschrift auf der Tür wirkte drohend. Er hatte diese Worte schon einmal gelesen. Wo? Wo war es gewesen? . . . Zürich! In einem Kaufhaus in Zürich. Er hatte sich damals den Magen verdorben, und das war auf den Darm durchgeschlagen. Er hatte einen mitfühlenden Kaufhausangestellten angesprochen, und der hatte ihn zu einer Toilette geführt. In einem Augenblick der Erleichterung war sein Blick auf die fremden Worte gefallen. *Nur für Personal. Männer.*

Weiterer Erinnerungen bedurfte es nicht. Er stieß die Tür auf und ging hinein, mit dem einzigen Ziel, jetzt seine Gedanken zu sammeln. Ein Mann im grünen Overall stand am Ende an einer Reihe von Waschbecken, das Gesicht zur Wand. Er kämmte sich, während er im Spiegel eine Hautunreinheit in seinem Gesicht musterte. Converse ging auf die Reihe von Urinmuscheln hinter den Waschbecken zu und bemühte sich, wie ein leitender Angestellter einer Fluggesellschaft zu wirken. Offenbar gelang seine List; der Mann murmelte höflich irgend etwas Unverständliches und ging hinaus. Die Türe schwang hinter ihm ins Schloß, und Converse war allein.

Joel trat von dem Urinbecken zurück, starrte auf die gefliesten Wände und nahm zum erstenmal Stimmen von draußen wahr, irgendwo draußen, jenseits der . . . *Fenster*. Etwa in drei Viertel der Mauerhöhe der rückwärtigen Wand waren drei Milchglasfenster zu erkennen, deren lackierte weiße Rahmen scheinbar übergangslos in das Weiß der Wand übergingen. Joel war verwirrt. In diesen Tagen des Sicherheitsdenkens im internationalen Flugverkehr, einer Zeit, in der man sich mit allen Mitteln gegen den Schmuggel von Waffen und Drogen zu schützen versuchte, war ein Raum, der die Möglichkeit bot, nach *draußen* zu gelangen, bevor man den Zoll passierte, einfach unvorstellbar. Und dann begriff er plötzlich. Das konnte sein Ausweg sein! Der Flug aus Hamburg war ein *Inlandsflug*. Natürlich gab es in einem solchen Flughafenteil auch Fenster nach draußen. Warum auch nicht! Die Passagiere mußten auch hier die Detektoren passieren, und wenn die Behörden es auf einen Passagier eines Inlandsfluges abgesehen hatten, konnten sie ihn direkt am Flugsteig erwarten.

Aber auf ihn hatte niemand gewartet. Er war der letzte – der *vorletzte* Passagier gewesen, der die Nachtmaschine verlassen hatte. Der Flugsteigbereich war bereits verlassen gewesen; wenn jemand auf einem der Plastiksessel gesessen oder hinter dem Schalter gestanden hätte, wäre er Joel aufgefallen. Das hieß, daß diejenigen, die nach ihm Ausschau hielten, selber nicht gesehen werden wollten. Wer auch immer sie waren, sie warteten und hielten von irgendeinem versteckten Punkt in der Flughafenhalle nach ihm Ausschau.

Er ging auf das Fenster ganz rechts zu und stellte seinen Aktenkoffer ab. Wenn er aufrecht stand, war der Fenstersims nur wenige Zentimeter über seinem Kopf. Er griff nach den zwei weißen Handgriffen und schob; das Fenster glitt mühelos eine Handbreit nach oben. Er schob die Finger durch den frei gewordenen Spalt – kein Gitter. Wenn er das Fenster ganz nach oben bekam, war genug Platz, um durch die Öffnung nach draußen zu gelangen.

Joel hörte ein Klappern hinter sich, schnelle Schläge von Metall auf Holz. Er wirbelte herum. Die Tür öffnete sich, und ein gebeugter alter Mann in einer weißen Uniform, der einen Eimer und einen Mob trug, betrat den Raum. Langsam und bedächtig zog der Alte eine Taschenuhr hervor, warf einen Blick darauf, sagte etwas in deutscher Sprache und wartete. Joel war sich nicht nur bewußt, daß er etwas antworten mußte, er vermutete sogar, daß der alte Mann die Räume bis zum nächsten Morgen schließen wollte. Er mußte nachdenken. Hier weg konnte er jetzt nicht; sonst blieb ihm nur der Weg durch die Halle des Flughafens.

Sein Blick fiel auf den Eimer, und plötzlich wußte er trotz

seiner Verzweiflung, was er tun mußte – aber nicht, ob er seine Rolle auch durchhalten würde. Mit schmerzverzerrtem Gesicht stöhnte er auf, griff sich an die Brust und ließ sich auf die Knie sinken. Dann schrie er noch lauter und fiel zu Boden.

»Doctor, doctor... *doctor!*« rief er immer wieder mit einer Stimme, die die Qual erkennen lassen sollte, die er angeblich durchlitt.

Der alte Mann ließ den Mop und den Eimer aus seinen Händen gleiten. Ein paar kehlige Worte kamen aus seinem Mund, und vorsichtig trat er ein paar Schritte näher. Converse rollte sich gegen die Wand, rang nach Atem und starrte den Deutschen mit geweiteten, ausdruckslosen Augen an.

»*Doctor...!*« flüsterte er.

Der alte Mann entfernte sich zitternd auf die Tür zu. Dann drehte er sich rasch um, öffnete sie und lief hinaus. Mit brüchiger Stimme rief er nach Hilfe.

Joel wußte, daß ihm nur wenige Sekunden blieben! Der Flugsteig war höchstens sechzig Meter zu seiner Linken, der Eingang zur Halle vielleicht dreißig Meter zur Rechten. Er sprang auf, packte den Eimer und trug ihn unter das Fenster. Dort stellte er ihn umgekehrt auf den Boden, stieg mit einem Fuß hinauf, langte mit beiden Händen nach oben und schob das Fenster hoch. Der Rahmen ließ sich etwa zehn Zentimeter nach oben schieben, bewegte sich dann aber nicht weiter. Joel versuchte es ein zweites Mal, setzte alle Kraft ein, die ihm in seiner unsicheren Haltung zur Verfügung stand. Doch das Fenster ließ sich nicht bewegen. Keuchend ließ er seinen Blick wandern, bis er etwas entdeckte, von dem er wünschte, es nicht sehen zu müssen. Zwei Metalleisten waren an den Rahmen geschraubt und verhinderten, daß das Fenster sich weiter als fünfzehn Zentimeter öffnen ließ. Köln-Bonn mochte kein großer internationaler Flughafen mit aufwendigen Sicherheitseinrichtungen sein, aber ganz ungeschützt war er nicht.

Hinter der Tür waren jetzt Rufe zu hören. Der alte Mann hatte irgend jemand gefunden. Converse rann kalter

Schweiß über das Gesicht. Er stieg von dem Eimer herunter und griff nach seinem Aktenkoffer auf dem Boden. Bewegung und Entscheidung gingen ineinander über, nur der Instinkt lenkte ihn. Joel hob den Aktenkoffer auf und schmetterte ihn ein paarmal gegen das Fenster, bis das Glas zersprang und schließlich der hölzerne Rahmen splitterte. Sofort stieg er wieder auf den Eimer und blickte hinaus. Draußen – unter ihm – war ein gepflasterter Weg, den ein Gitter säumte. In der Ferne waren Scheinwerfer zu sehen, aber keine Menschen. Joel warf den Aktenkoffer hinaus, zog sich in die Höhe und stieß mit dem linken Knie Glasscherben und was noch von dem Rahmen übrig war in die Tiefe. Ungeschickt krümmte er sich zusammen, zog den Kopf zwischen die Schultern und stürzte sich durch die Öffnung. Als er auf dem Boden aufkam, hörte er drinnen Rufe. Sie wurden lauter, eine Mischung aus Zorn und Verwirrung. Joel rannte los.

Minuten später, als der schmale Weg plötzlich einen Bogen machte, sah er den hellbeleuchteten Eingang des Flughafengebäudes und eine Reihe von Taxis, die darauf warteten, die Passagiere des Fluges LH 817 aus Hamburg, nachdem sie ihr Gepäck an sich genommen hatten, nach Bonn oder Köln zu fahren. Eine ringförmig angelegte Straße diente dem Zubringerverkehr, dahinter war ein riesiger Parkplatz mit ein paar beleuchteten Wachhäuschen. Converse kletterte über das Geländer und lief über ein Rasenstück, bis er die Straße erreicht hatte, und verschwand sofort im Schatten, als vor ihm die ersten blendenden Lichtbündel eines Scheinwerfers auftauchten. Er mußte ein Taxi erreichen, ein Taxi mit einem Fahrer, der Englisch sprach; er durfte nicht ohne Fahrzeug bleiben... Einmal, vor Jahren, hatte man ihn gefangen, zu Fuß. Auf einem Dschungelpfad, wo er vielleicht, wenn er es nur geschafft hätte, sich einen Jeep zu organisieren, einen feindlichen Jeep... *Hör auf!* Du bist nicht in Vietnam, das ist ein gottverdammter Flughafen aus einer Million Tonnen Beton, die man zwischen Blumen, Gras und Asphalt gegossen hat! Er hastete, zwischen Licht und Schatten wechselnd, weiter, bis sein Fluchtweg einen Halbkreis beschrieben hatte

– hundertachtzig Grad. Er befand sich im Dunkeln, und vor ihm stand das letzte Taxi in der Reihe. Vorsichtig näherte er sich dem Wagen.

»*English? Do you speak English?*«

»Englisch? Nein.«

Beim zweiten Fahrer die gleiche Antwort, aber beim dritten hatte er Glück.

»English? You bet!«

Joel öffnete die Tür.

»Nein! You cannot do that!«

»Was?«

»Hier einsteigen.«

»Warum nicht?«

»Weil es der Reihe nach geht. Immer der Reihe nach.«

Converse griff in seine Jackettasche und zog ein Bündel Geldscheine hervor. »Ich bin großzügig. Können Sie das verstehen?«

»Okay. Steigen Sie ein, mein Herr.«

Das Taxi scherte aus der Reihe und raste auf die Ausfahrt zu. »Bonn oder Köln?« fragte der Fahrer.

»Bonn«, erwiderte Converse, »aber nicht gleich. Ich möchte, daß Sie auf die andere Fahrbahnseite fahren und vor dem Parkplatz anhalten.«

»Was...?«

»Die andere *Fahrbahn*. Ich möchte den Eingang dort hinten beobachten. Ich glaube, in der Maschine aus Hamburg war jemand, den ich kenne.«

»Es sind schon viele herausgekommen. Nur die mit Gepäck sind...«

»Sie ist noch drinnen«, beharrte Joel. »*Bitte*, tun Sie, was ich Ihnen sage.«

»Sie?... Ach, ein ›Fräulein‹. Ist ja Ihr Geld, mein Herr.«

Der Fahrer lenkte den Wagen in eine Abzweigung, die zur Flughafenzufahrt und dem Parkplatz zurückführte. Er hielt im Schatten, höchstens hundert Meter rechts vom Eingang zum Flughafengebäude entfernt. Converse sah die müden Passagiere mit unzähligen Koffern, Golftaschen und den allgegenwärtigen Fototaschen aus dem Flughafengebäude strömen. Die meisten winkten sich Taxis heran, ein paar gingen quer über die Zufahrt zum Parkplatz hinüber.

Zwölf Minuten verstrichen, und von der Frau aus Kopenhagen war immer noch nichts zu sehen. Sie hatte mit Sicherheit kein Gepäck gehabt, also war die Verzögerung beabsichtigt, oder man hatte sie ihr befohlen. Der Taxifahrer gab sich uninteressiert; er hatte die Scheinwerfer ausgeschaltet und schien in seinen Sitz gesunken zu dösen. Schweigen... Auf der anderen Seite der Straße waren jetzt die letzten Reisenden aus Hamburg verschwunden. Ein paar junge Männer, zweifellos Studenten, zwei in abgefetzten Jeans, tranken Dosenbier und lachten, während sie ihre Geldscheine zählten. Ein gähnender Geschäftsmann in einem Anzug mit Weste quälte sich mit einem riesigen Koffer und einem unförmigen Karton, der in buntgemustertes Papier eingeschlagen war, daneben stritt ein ältliches Ehepaar und untermalte seine Auseinandersetzung mit heftigen Handbewegungen. Am anderen Ende der Zufahrt wartete eine Gruppe von fünf Männern und Frauen offensichtlich auf irgendwelche Abholer. Aber wo...

Plötzlich war sie da, aber sie war nicht allein. Zwei Männer flankierten sie, ein dritter ging unmittelbar hinter ihr. Alle vier gingen langsam, fast zögernd durch die automatischen Glastüren, bogen nach links und beschleunigten ihren Schritt, bis sie die dunkelste Stelle der überdachten Zufahrt erreicht hatten. Jetzt schoben sich die drei Männer vor die Frau, so als wollten sie eine Schutzmauer bilden; ihre Köpfe drehten sich herum, und sie redeten über die Schultern auf die Frau ein, während sie sorgfältig die Umgebung beobachteten. Ihr Gespräch wirkte erregt und zornig, wurde aber nicht laut. Jetzt löste sich der Mann ganz rechts von der Gruppe und stellte sich ein Stück abseits von den anderen. Er holte einen Gegenstand aus der Tasche; Joel wußte sofort, was es war. Der Mann hob den Gegenstand an die Lippen: Mit irgend jemandem im Bereich des Flughafengeländes wurde Verbindung aufgenommen.

Nur wenige Sekunden verstrichen, bis zwei grelle Scheinwerferkegel das Rückfenster des Taxis über Joels rechter

Schulter erfaßten und die hintere Hälfte des Taxis hell erleuchteten. Er preßte sich in den Sitz, den Kopf eingezogen und das Gesicht zum Seitenfenster gewandt. An dem Wachhäuschen am Rand des Parkplatzes stoppte eine dunkelrote Limousine; der Arm des Fahrers streckte sich mit einem Geldschein in der Hand durch das geöffnete Seitenfenster. Der Parkwächter nahm das Geld, drehte sich um, um zu wechseln. Doch in dem Augenblick fuhr der schwere Wagen bereits wieder an, so daß der Mann in der Zelle ihm nur noch verblüfft nachblicken konnte. Die Limousine schoß um das Taxi herum und jagte auf die Kurve zu, die zur Flughafeneinfahrt führte. Der präzise Ablauf des Geschehens ließ keinen Zweifel, es mußte einen Funkkontakt gegeben haben. Joel wandte sich an seinen Fahrer.

»Ich sagte Ihnen schon, daß ich großzügig bin«, sagte er, verblüfft von den eigenen Worten, die ihm wie von selbst über die Lippen kamen. »Ich kann sogar *sehr* großzügig sein, vorausgesetzt, Sie tun das, was ich von Ihnen verlange.«

»Ich bin ein ehrlicher Mann, mein Herr«, erwiderte der Deutsche mit etwas unsicherer Stimme, seine Augen musterten Joel im Rückspiegel.

»Ich auch«, sagte Converse. »Aber ich bin auf ganz ehrliche Art neugierig, und daran ist nichts Unrechtes. Sehen Sie den dunkelroten Wagen dort drüben? Den, der gerade angehalten hat?«

»Ja.«

»Glauben Sie, Sie könnten ihm folgen, ohne daß man Sie bemerkt? Sie würden ziemlich weit hinter ihm bleiben müssen, dürfen ihn aber nicht verlieren. Schaffen Sie das?«

»Das ist ein wenig ungewöhnlich. Wie großzügig sind Sie denn?«

»Zweihundert Deutschmark plus dem normalen Fahrpreis.«

»Sie sind großzügig, mein Herr, und ich bin ein hervorragender Fahrer.«

Der Deutsche hatte in bezug auf seine fahrerischen Talente nicht übertrieben. Geschickt lenkte er sein Taxi unauffäl-

lig über zwei schmale Seitenstraßen zu einer Parallelstraße und ließ damit die eigentliche Zufahrt hinter sich.
»Was machen Sie denn?« fragte Joel verwirrt. »Ich möchte, daß Sie dem roten...«
»Das ist der einzige Weg nach draußen«, unterbrach ihn der Fahrer und blickte zum Flughafen zurück, während er sein Tempo beibehielt. »Ich werde mich von ihm überholen lassen. Und das Taxi fällt bestimmt niemandem auf.«
Converse ließ sich tief in die Polster sinken und achtete darauf, daß sein Kopf nicht im Fenster zu sehen war. »Das ist klug gedacht.«
»Sehr klug, mein Herr.« Wieder sah der Fahrer kurz in den Rückspiegel und konzentrierte sich dann auf die Straße. Augenblicke später beschleunigte er das Taxi langsam, es war kaum zu bemerken. Jetzt lenkte er vorsichtig nach links, überholte ein Mercedes-Coupé, blieb auf der Überholspur und ließ auch noch einen Volkswagen hinter sich. Schließlich scherte er wieder nach rechts ein.
»Ich hoffe nur, Sie wissen, was Sie tun«, murmelte Joel.
Darauf bedurfte es keiner Antwort, denn in der nächsten Sekunde schoß links von ihnen die dunkelrote Limousine vorbei.
»Unmittelbar vor uns gabelt sich die Straße«, sagte der Taxifahrer. »Die eine Abzweigung führt nach Köln, die andere nach Bonn. Sie sagten, Sie wollten nach Bonn, mein Herr, aber was ist, wenn Ihr Freund nach Köln fährt?«
»Bleiben Sie hinter ihm.«
Die Limousine bog in die Straße nach Bonn, und Converse zündete sich eine Zigarette an. In Gedanken versuchte er sich darauf einzustellen, daß man ihn gefunden hatte. Und das deutete darauf hin, daß man seinen Namen auf der Passagierliste gefunden hatte. Und wennschon. Zwar hätte er es anders vorgezogen, aber jetzt, da der erste Kontakt mit Bertholdier hergestellt war, hatte das keine besondere Bedeutung mehr. Er brauchte jetzt für seine Operationen auch keinen Decknamen mehr, keine falsche Identität. Vielleicht würde seine eigene Vergangenheit sich sogar als nützlich erweisen. Außerdem hatte die augenblickliche Situation

auch ein Gutes: er hatte etwas erfahren, einiges sogar. Diejenigen, die ihn verfolgten – die ihn im Moment aus dem Auge verloren hatten –, waren nicht für die Behörden tätig. Sie standen weder mit der deutschen noch der französischen Polizei oder der koordinierenden Interpol in Verbindung. Wenn das der Fall gewesen wäre, hätte man ihn direkt am Flugsteig oder schon im Flugzeug festgenommen. Und das sagte ihm noch etwas ganz anderes. Joel Converse wurde in Paris nicht wegen tätlichen Angriffs oder – der Himmel mochte ihn davor bewahren – wegen Mordes gesucht. Und daraus war nur eines abzuleiten: Jemand bemühte sich, die blutige Auseinandersetzung in der Pariser Seitenstraße zu vertuschen. Jacques Louis Bertholdier unterließ jedes Risiko, daß sein eigener Name wegen seines schwerverletzten Helfers in irgendeinem Zusammenhang mit einem wohlhabenden Hotelgast ins Gerede kam, einem Gast, der in bezug auf den so hochgeschätzten General einige alarmierende Andeutungen gemacht hatte. Der Schutz von Aquitania hatte Vorrang vor allem anderen.

Es gab eine weitere Möglichkeit, eine, für die so viel sprach, daß man sie eigentlich als Tatsache ansehen mußte. Die Männer in der dunkelroten Limousine, die auf die Maschine aus Hamburg gewartet hatten, gehörten ebenfalls zu Aquitania und waren wahrscheinlich Untergebene von Erich Leifhelm, dem Mann, der in Westdeutschland alle Entscheidungen für Aquitania traf. Irgendwann während der vergangenen fünf Stunden mußte Bertholdier erfahren haben, wer sich wirklich hinter dem Namen Henry Simon verbarg – wahrscheinlich über die Direktion des George V. –, und dann hatte er mit Leifhelm Verbindung aufgenommen. Daraufhin hatten die beiden, nachdem geklärt worden war, daß sich auf keiner Passagierliste ein Amerikaner namens Converse finden ließ, der von Paris nach Bonn flog, Erkundigungen bei den anderen Fluggesellschaften eingezogen und herausgefunden, daß er nach Kopenhagen gereist war. Das mußte sie noch mehr verunsichert haben. Warum Kopenhagen? Er hatte gesagt, sein nächstes Ziel sei Bonn. Warum flog dieser Unbekannte mit seinen ungewöhnlichen Informationen nach Kopenhagen? Wer waren seine Kontakte, mit wem würde er sich treffen? Man mußte ihn finden, seine Kontaktpersonen finden! Daraufhin war ein weiterer Telefonanruf erfolgt, war eine Beschreibung übermittelt worden, und eine Frau hatte ihn in einem Café des Kopenhagener Flughafens erkannt.

Er hatte zwar einen ganz anderen Grund gehabt, nach Dänemark zu fliegen, aber die Reise erwies sich jetzt auch in anderer Hinsicht als sehr nützlich. Die andere Seite hatte ihn gefunden und dabei ihre Panik erkennen lassen. Ein aufgeregtes Empfangskomitee, der nächtliche Einsatz eines Funkgerätes, eine wartende Limousine nur wenige hundert Meter entfernt, die jetzt mit hoher Geschwindigkeit durch die Nacht jagte; das alles waren Zeichen der Angst. Der Feind war aus dem Gleichgewicht geraten, und das befriedigte den Anwalt in Converse. In diesem Augenblick fuhr jener Feind einen halben Kilometer vor ihnen auf Bonn zu, ohne zu wissen, daß er von einem Taxi verfolgt wurde, das geschickt jede Lücke im Verkehr ausnützte, um ihn nicht aus den Augen zu verlieren.

Converse drückte seine Zigarette aus, als das Taxi sich von einem Lieferwagen überholen ließ; der schwere, dunkelrote Wagen war ganz deutlich in einer langgezogenen Kurve kurz vor ihnen zu erkennen. Joels Fahrer war alles andere als ein Amateur; er verstand sich auf sein Handwerk.

Langsam lösten größere Bauten mit prunkvollen Fassaden die ruhige Vorstadtlandschaft ab. Viele davon erinnerten Converse an riesige viktorianische Häuser mit ihren schmiedeeisernen Balkons unter den großen rechteckigen Fenstern – geometrische, klare Formen. Und dann hatten sie endlich die Innenstadt von Bonn erreicht, wo enge, trüb beleuchtete Gassen unvermittelt in breite, hell ausgeleuchtete Straßen übergingen, wo malerische Plätze nur wenige Straßen entfernt waren von modernen, chromblitzenden Geschäften und Boutiquen. Das Ganze war ein Anachronismus der Architektur – ein Hauch der Alten Welt, vermischt mit modernster Baukunst – und alles ohne jegliches großstädtisches Flair. Man hatte eher das Gefühl, sich in einer Kleinstadt zu befinden, die zwar schnell, aber planlos gewachsen war. Die Geburtsstadt Beethovens war als Hauptstadt einer bedeutenden Regierung so ziemlich das Unwahrscheinlichste, was man sich denken konnte. Sie war alles andere als das, was man sich unter dem Sitz eines mächtigen Bundestags und kluger Minister vorstellt, die sich auf der anderen Seite der Grenze dem russischen Bären gegenübersahen.

»Sir!« rief der Fahrer. »Die fahren jetzt in Richtung Bad Godesberg. Ins Diplomatenviertel.«

»Was heißt das?«

»Botschaften, Gesandtschaften. Dort gibt es Polizeistreifen! Man könnte uns... *wissen*? Wie sagt man?«

Das Englisch des Mannes ließ doch zu wünschen übrig, dachte Converse. »Entdecken«, erklärte Joel. »Macht nichts. Fahren Sie nur weiter. Sie machen das ganz großartig. Halten Sie an, wenn Sie müssen, parken Sie, wenn nötig. Aber folgen Sie dem Wagen. Ich zahle Ihnen dreihundert Deutschmark zusätzlich. Ich will wissen, wo die anderen anhalten.«

Sechs Minuten später war es soweit, und es traf Converse wie ein Schlag. Was immer er erwartet hatte, was immer ihm seine Phantasie vorgegaukelt hatte, auf das, was der Fahrer sagte, war er nicht vorbereitet:

»Es ist die amerikanische Botschaft, Sir.«

Joel versuchte, Ordnung in seine Gedanken zu bringen. »Fahren Sie mich zum Hotel Königshof«, sagte er einfach aus der Erinnerung heraus.

»Ja, ich glaube, Herr Dowling hat eine Nachricht für Sie hinterlassen«, sagte der Angestellte am Empfang und griff unter den Tresen.

»*Tatsächlich?*« Converse staunte. Er hatte den Namen des Schauspielers benutzt in der vagen Hoffnung, dies könnte ihm irgendeinen Vorteil bringen. Mehr hatte er nicht erwartet, schon gar nicht das.

»Hier«, sagte der Mann und zog zwei kleine Telefonzettel aus dem Stapel, den er in der Hand hielt. »Sie sind doch John Converse, Rechtsanwalt aus Amerika.«

»Ja, das bin ich.«

»Herr Dowling meinte, Sie würden vielleicht Schwierigkeiten haben, hier in Bonn eine passende Unterkunft zu finden. Er hat uns gebeten, Ihnen behilflich zu sein, falls Sie heute nacht hier erscheinen sollten. Das tun wir sehr gern, Herr Converse. Herr Dowling ist ein sehr populärer Mann.«

»Und mit Recht«, sagte Joel.

»Wie ich sehe, hat er auch einen Brief für Sie hinterlassen.«

Der Angestellte drehte sich um und holte ein zugeklebtes Kuvert aus einem der Postfächer in der Rückwand. Er reichte es Converse, der den Umschlag aufriß.

Lieber Freund,
wenn Sie diesen Brief nicht bekommen, hole ich ihn mir morgen früh wieder. Verzeihen Sie mir, aber Sie klangen zu sehr wie viele meiner weniger glücklichen Kollegen, die nein sagen, wenn sie doch eigentlich ja sagen wollen. Bei denen ist das meistens übertriebener Stolz, weil sie meinen, ich wolle ihnen etwas schenken – entweder das, oder sie möchten jemandem nicht begegnen, der vielleicht dort sein könnte, wo ich hingehe. So wie Sie aussehen, muß ich ersteres ausschließen und mich an die zweite Möglichkeit halten. Es gibt jemanden, dem Sie hier in Bonn nicht begegnen wollen, und das brauchen Sie nicht. Das mit dem Zimmer habe ich erledigt, und zwar auf meinen Namen – das können Sie ja ändern, wenn Sie wollen. Aber bitte, keine Widerrede, was die Rechnung angeht.
Übrigens, Sie würden einen lausigen Schauspieler abgeben. Ihre Pausen sind wenig überzeugend.

Joel steckte das Blatt zurück in den Umschlag und widerstand der Versuchung, an ein Haustelefon zu gehen und Dowling sofort anzurufen. Der Mann hatte ohnehin schon zu wenig Schlaf bis zu seinem Drehtermin. Joels Dank hatte genausogut Zeit bis morgen früh. Oder bis zum Abend.

»Was Mr. Dowling arrangiert hat, ist sehr großzügig. Und selbstverständlich sagt mir alles zu«, wandte er sich an den Angestellten hinter dem Empfang. »Und Mr. Dowling hat recht. Wenn meine Klienten wüßten, daß ich schon einen

Tag früher nach Bonn gekommen bin, bliebe mir kaum Gelegenheit, Ihre schöne Stadt zu genießen.«

»Wir werden dafür sorgen, daß Sie ungestört bleiben, Sir. Herr Dowling ist ein sehr zuvorkommender Mann und natürlich sehr großzügig. Ihr Gepäck ist noch draußen im Taxi?«

»Nein, deshalb komme ich ja so spät. Es ist in Hamburg in die falsche Maschine geraten und wird erst morgen früh eintreffen. Zumindest hat man mir das am Flughafen gesagt.«

»Ach, wie unangenehm – aber nicht das erstemal. Benötigen Sie irgend etwas?«

»Nein, vielen Dank«, antwortete Converse, gab sich gefaßt und hob seinen Aktenkoffer. »Das Wichtigste habe ich hier bei mir... Oder doch, eines noch. Ist es vielleicht noch möglich, einen Drink zu bestellen?«

»Selbstverständlich.«

Joel saß im Bett, die Akte neben sich, das Glas in der Hand. Er brauchte ein paar Minuten, um seine Gedanken zu sammeln, ehe er wieder in die Welt des Feldmarschalls Erich Leifhelm zurückkehrte. Er hatte sich von der Telefonzentrale mit dem Flughafen verbinden lassen, und man hatte ihm versichert, daß man seinen Koffer für ihn verwahren würde. Zur Erklärung hatte er nur angegeben, daß er seit zwei Tagen und Nächten unterwegs gewesen sei und daher einfach nicht auf das Gepäck habe warten wollen. Die Flughafenangestellte mochte aus seinen Worten herauslesen, was sie wollte, ihm war das vollkommen egal. Ihn beschäftigten jetzt andere Dinge.

Die amerikanische Botschaft! Was ihn so erschrecken ließ, war, wie gut das alles zu den Worten des alten Beale paßte... *und hinter alldem stehen diejenigen, die andere überzeugen, und ihre Zahl wächst überall... Wir befinden uns bereits in der Countdown-Phase – drei bis fünf Wochen, mehr Zeit haben Sie nicht...* Darauf war Joel nicht vorbereitet gewesen. Einen Delavane und einen Bertholdier konnte er als Gegner hinnehmen, sicher auch einen Leifhelm. Aber der Schock, daß ganz gewöhnliche Botschaftsangehörige – *amerikanische Staatsbürger* – Befehlsempfänger Delavanes waren, traf ihn tief. Welche Phase hatte das Projekt Aquitania bereits erreicht? Wie viele Verschwörer gab es schon, und wie weit reichte ihr Einfluß? War das, was er heute nacht erlebt hatte, die Antwort auf diese Fragen? Er würde morgen früh weiter darüber nachdenken. Zuerst aber mußte er sich auf den Mann vorbereiten, den er in Bonn finden wollte. Als er nach der Akte griff, erinnerte er sich an die Panik in Avery Fowlers Augen – Preston Hallidays Augen.

Wie lange hatte Preston es schon gewußt?
Wieviel hatte er gewußt?

Als der Krieg verloren war und das »tausendjährige Reich« zusammenbrach, waren plötzlich die Nazis die größten Schurken des zwanzigsten Jahrhunderts, nicht aber das elitäre deutsche Generalkorps – da gab es einen feinen Unterschied. Wieder begann eine neue Phase in Leifhelms Leben, er schloß sich den »Preußen« an. Das gelang ihm so gut, daß sogar Gerüchte aufkamen, er sei ein Mitglied der Verschwörung gegen Hitler und an der Vorbereitung des Attentats in der Wolfsschanze beteiligt gewesen. Manche behaupteten sogar, man habe ihn aufgefordert, sich der Gruppe um Dönitz anzuschließen, die Deutschlands Kapitulation vorbereitet hatte.

Während des kalten Krieges bat ihn das Alliierte Oberkommando um Unterstützung. Er war damals schon wieder besonderer Militärberater mit voller Sicherheitsfreigabe. Der Lauf der Geschichte besorgte schließlich mit Hilfe des Kremls ein übriges.

Im Mai 1949 wurde die Bundesrepublik gegründet, und im darauffolgenden September endete formell die alliierte Besetzung Westdeutschlands. Als der kalte Krieg eskalierte und der rasante Wiederaufbau Deutschlands begann, forderten die Nato-Mächte ihren ehemaligen Feind zu materieller und personeller Unterstützung auf. Die neuen deutschen Divisionen wurden aufgestellt, und Ex-General Erich Leifhelm war einer ihrer Befehlshaber.

Keiner hatte die zweifelhaften Entscheidungen der Münchner

Gerichte überprüft, die inzwischen fast zwei Jahrzehnte zurücklagen. Es gab keine Überlebenden, und die Sieger wünschten Leifhelms Dienste. In dieser Zeit, in der unzählige Wiedergutmachungszahlungen geleistet wurden und die Gerichte alle Hände voll zu tun hatten, wurden Leifhelm sämtliche Besitzungen seiner Familie, darunter wertvoller Immobilienbesitz in München, zuerkannt. So endet die dritte Phase der Lebensgeschichte des Erich Leifhelm. Die vierte – die uns am meisten berührt – ist diejenige, über die uns am wenigsten bekannt ist. Das einzige, was wir mit Sicherheit wissen, ist, daß er mindestens die gleiche Bedeutung für General Delavanes Operation hat wie jeder andere Name auf der Primärliste.

Es klopfte an der Tür. Joel war mit einem Sprung aus dem Bett, die Leifhelm-Akte fiel zu Boden. Er sah auf die Uhr. Angst stieg in ihm hoch, Angst und Verwirrung. Es war fast vier Uhr früh. Wer konnte ihn um *diese* Zeit sprechen wollen? Hatten sie ihn *gefunden*? O Gott! Die *Akte*! Der *Aktenkoffer*!

»Joel...? *Joel*, sind Sie *wach*?« Es war nicht mehr als ein Flüstern, das dennoch fordernd klang. Die Stimme eines *Schauspielers*. »Ich bin's, Cal Dowling.«

Converse hastete zur Tür und öffnete sie, sein Atem ging keuchend.

Dowling stand angezogen im Korridor, hob Schweigen gebietend beide Hände und blickte den Gang hinauf und hinunter. Als er sich vergewissert hatte, daß niemand zu sehen war, trat er ein, schob Joel zurück und schloß die Tür hinter sich.

»Es tut mir leid, Cal«, sagte Converse. »Ich habe geschlafen. Wahrscheinlich hat mich das Klopfen erschreckt.«

»Schlafen Sie immer in Hosen und lassen das Licht angeschaltet?« fragte der Schauspieler leise. »Bleiben Sie leise. Ich hab' mich zwar im Flur umgesehen, aber genau kann man nie wissen, was man nicht gesehen hat.«

»Was genau wissen?«

»Das war so ziemlich das erste, was wir vierundvierzig in Kwajalein gelernt haben. Eine Streife ist erst dann interessant, wenn sie etwas zu berichten hat. Und heißt das dann nur, daß die anderen besser waren als man selbst.«

»Ich wollte Sie anrufen und Ihnen danken...«

»Hören Sie schon auf«, unterbrach Dowling ihn mit ernster Miene. »Es kommt jetzt auf jede Minute an, und wir haben nur noch ein paar. Drunten wartet ein Wagen, der mich zum Drehort bringen soll. Das ist mehr als eine Stunde Fahrt. Ich wollte mein Zimmer nicht früher verlassen, für den Fall, daß sich da jemand herumtreibt, und anrufen wollte ich Sie nicht, weil es kein Problem ist, solche Gespräche in der Zentrale abzuhören. Wegen der Leute am Empfang mache ich mir keine großen Sorgen, die mögen unseren Verein hier drüben nicht besonders.« Der Schauspieler seufzte und schüttelte den Kopf. »Als ich auf mein Zimmer kam, hatte ich nichts anderes im Sinn als zu schlafen, und das einzige, was ich bekommen habe, ist Besuch. Ich hoffte nur, daß er – *falls* Sie hier auftauchen – Sie nicht sehen würde.«

»Einen Besucher?«

»Aus der Botschaft. Der *US*-Botschaft. Er hat fast fünfundzwanzig Minuten bei mir verbracht und mich über Sie ausgefragt. Er sagte, man hätte uns zusammen im Flugzeug gesehen, wie wir uns unterhalten hätten. Und jetzt sagen *Sie* mir, Herr Anwalt, sind Sie wirklich sauber, oder sind meine ganzen Instinkte im Eimer?«

Joel erwiderte Dowlings offenen Blick. »Ihre Instinkte sind völlig in Ordnung«, sagte er ohne Betonung. »Oder hat der Mann aus der Botschaft etwas Gegenteiliges gesagt?«

»Eigentlich nicht. Genaugenommen hat er überhaupt nicht viel gesagt. Bloß, daß die mit Ihnen reden wollen, daß sie wissen wollen, weshalb Sie nach Bonn gekommen sind und wo man Sie finden könnte.«

»Aber sie wußten, daß ich in der Maschine war?«

»Mhm, die sagten, Sie kämen aus Paris.«

»Dann *wußten* sie also, daß ich in der Maschine war.«

»Das habe ich doch gerade gesagt – das hat er gesagt.«

»Warum haben die dann nicht am Flughafen auf mich gewartet und mich selbst gefragt?«

Dowlings Gesicht bekam noch mehr Falten, und seine

Augen wurden ganz schmal. »Ja, warum haben sie das nicht?« fragte er sich selbst.

»Hat er das gesagt?«

»Nein, aber er hat Paris auch erst erwähnt, als er schon im Gehen war.«

»Was meinen Sie?«

»Ich denke mir, der hat geglaubt, ich würde irgendwas zurückhalten – und das habe ich schließlich auch –, war sich seiner Sache aber nicht sicher. Ich mache das, was ich tue, ganz gut, Joel.«

»Aber ein Risiko sind Sie auch eingegangen«, sagte Converse.

»Nein, ich hab' mich schon abgesichert. Ich hab' ihn ausdrücklich gefragt, ob gegen Sie irgend etwas vorliegt, und er sagte, nein, das sei nicht der Fall.«

»Trotzdem hatte er...«

»Außerdem mochte ich ihn nicht. Er war einer von diesen eifrigen Beamtentypen. Alles, was er sagte, hat er mehrmals wiederholt, und als er gar nicht mehr weiter wußte, sagte er: ›Wir wissen, daß er aus Paris abgeflogen ist‹, so als wollte er mich damit herausfordern. Darauf habe ich geantwortet, *ich* hätte das nicht gewußt.«

»Wir haben zwar nicht viel Zeit, aber können Sie mir noch sagen, was er Sie sonst noch gefragt hat?«

»Ich sagte doch, er wollte alles wissen, worüber wir gesprochen haben. Ich sagte, ich hätte kein Tonbandgerät im Kopf, aber es sei eigentlich ein belangloses Gespräch gewesen. So wie das immer sei, wenn ich irgendwelche Leute im Flugzeug kennenlerne. Aber damit wollte er sich nicht zufriedengeben; er wurde ungeduldig, und das gab mir Gelegenheit, selbst ein wenig ungehalten zu werden.«

»Wieso?«

»Ich sagte, wir hätten schon noch über etwas anderes gesprochen, aber das sei ganz persönlich gewesen, ginge ihn nichts an. Darüber hat er sich ziemlich aufgeregt, und da bin ich noch zorniger geworden. Es gab ein paar scharfe Worte, mehr von meiner Seite, weil er viel zu erregt war. Dann fragte er mich etwa zum zehntenmal, ob Sie etwas über Bonn gesagt hätten, insbesondere, wo Sie wohnen würden. Also antwortete ich ihm zum zehntenmal die Wahrheit – zumindest das, was Sie gesagt haben. Daß Sie Anwalt seien und hier Klienten aufsuchen wollten und daß ich keine Ahnung hätte, wo, zum Teufel, Sie wären. Ich meine, ich *wußte* ja tatsächlich nicht, daß Sie hier waren.«

»Das ist gut.«

»Ist es das? Für die erste Reaktion sind Instinkte gut, Herr Anwalt, dann muß man überlegen. Ein lästiger Regierungsbeamter mit einem Botschaftsausweis, den er mir unter die Nase hält, kann mitten in der Nacht recht lästig sein, aber immerhin kam er vom Außenministerium. Was, zum Teufel, geht hier vor?«

Joel drehte sich um und ging zu seinem Bett. Er blickte auf die Leifhelm-Akte, die auf dem Boden lag. Dann wandte er sich wieder Dowling zu und antwortete betont deutlich, wobei er seine Erschöpfung aus der eigenen Stimme heraushörte. »Es geht hier um etwas, in das ich Sie um nichts auf der Welt hineinziehen möchte. Aber um das noch einmal klar zu sagen, Ihre Instinkte haben Sie nicht getrogen.«

»Ich will ehrlich sein«, sagte der Schauspieler, und seine klaren Augen blickten amüsiert aus den fältchenreichen Augenwinkeln hervor. »Das habe ich mir auch gedacht. Ich habe diesem Idioten gesagt, wenn mir noch etwas einfiele, würde ich Walter Soundso anrufen – nur daß ich ihn Walt genannt habe – und es ihn wissen lassen.«

»Das verstehe ich nicht.«

»Er ist der Botschafter hier in Bonn. Können Sie sich vorstellen, daß die für *mich*, einen lausigen Fernsehschauspieler, ein Essen arrangiert haben, bei all dem Ärger, den sie sonst schon haben? Nun, das hat unseren kleinen Bürokraten völlig durcheinandergebracht, damit hatte er nicht gerechnet. Er sagte – dreimal, wenn ich mich richtig erinnere –, daß man den Botschafter mit diesem Problem unter keinen Umständen belästigen dürfe, so wichtig sei es nicht. Er hätte schließlich genug um die Ohren und wüßte außerdem gar nichts davon. Und jetzt hören Sie gut zu, Mr. Rechtsanwalt. Der Mann sagte, es gäbe eine offizielle Anfrage des State

Department, Ihre Person betreffend. So hat er sich ausgedrückt ›Mr. Converse betreffend‹. So, als würde er eine Aktennotiz vorlesen. Und ich glaube, an dem Punkt habe ich laut und deutlich *Bullshit* gesagt.«

»Ich danke Ihnen«, sagte Converse, dem nichts Besseres einfiel, dabei aber sehr genau wußte, was er in Erfahrung bringen wollte.

»Und an dem Punkt zog ich den Schluß, daß meine Instinkte noch ganz gut funktionierten.« Dowling sah auf die Uhr und musterte dann Converse mit scharfem Blick. »Ich bin zwar kein großer Fahnenschwinger, aber ich *mag* unsere Fahne. Ich würde unter keiner anderen leben wollen.«

»Ich auch nicht.«

»Dann raus mit der Sprache. Arbeiten Sie für unsere Fahne oder gegen sie?«

»Für sie, und zwar auf die einzige Weise, wie ich das kann. Und mehr kann ich Ihnen nicht sagen.«

»Untersuchen Sie hier in Bonn irgend etwas? Wollten Sie deshalb nicht mit mir gesehen werden? Sind Sie mir deshalb in Hamburg aus dem Weg gegangen... und haben Sie sich deshalb hier aus dem Flugzeug geschlichen?«

»Ja.«

»Und dieser Schnüffler wollte nicht, daß ich den Botschafter anrufe.«

»Genau das wollte er nicht. Das will er bestimmt auch jetzt noch nicht. Er kann sich das nicht leisten. Und auch ich bitte Sie, es nicht zu tun.«

»Sind Sie – ach, du lieber Gott! Gehören Sie zu den Leuten, von denen man immer liest, daß sie mit irgendwelchen Geheimaufträgen in der Weltgeschichte herumgondeln? Und ausgerechnet ich muß in einem Flugzeug jemand kennenlernen, der bei der Ankunft nicht gesehen werden will.«

»So melodramatisch ist das alles gar nicht. Ich bin Anwalt und bin ganz einfach mit der Aufklärung einiger mutmaßlicher Unregelmäßigkeiten betraut. Bitte, geben Sie sich damit zufrieden. Und ich bin Ihnen für das, was Sie für mich getan haben, wirklich dankbar. Außerdem bin ich in diesem Gewerbe noch neu.«

»Sie sind wirklich ein cooler Typ, mein Lieber. *Mann*, sind Sie cool.« Dowling drehte sich um und ging zur Tür. Dort blieb er stehen und sah sich noch einmal nach Converse um. »Vielleicht bin ich verrückt«, sagte er. »In meinem Alter darf man das sein, aber Sie haben auch etwas Verrücktes an sich, junger Freund. Halb drängt es Sie weiter, halb wollen Sie bleiben, wo Sie sind. Das habe ich gleich gesehen, als ich über meine Frau sprach. Sind Sie verheiratet?«

»Ich war.«

»Wem geht das nicht so? Daß er mal verheiratet war, meine ich. Tut mir leid.«

»Schon gut. Mir tut es nicht leid.«

»Wem tut es das schon? Bitte nochmals um Entschuldigung. Meine Instinkte waren in Ordnung. Sie sind okay.« Dowling griff nach der Türklinke.

»Cal?«

»Ja?«

»Ich muß noch etwas wissen. Es ist sehr wichtig für mich. Wer war der Mann aus der Botschaft? Er muß sich doch ausgewiesen haben.«

»Das hat er«, sagte der Schauspieler. »Er hat mir seinen Ausweis vor die Nase gehalten, als ich die Tür öffnete, aber ich hatte keine Brille auf. Als er dann ging, habe ich keinen Zweifel daran gelassen, daß ich wissen wollte, wer, zum Teufel, er ist.«

»Und, wie hieß er?«

»Er sagte, sein Name sei Fowler. Avery Fowler.«

7

»*Warten Sie!*

»Was?«

»*Was* haben Sie gesagt!?« Converse wurde von einem Schwindelgefühl erfaßt. Er mußte sich am Bett festhalten.

»Was ist denn, Joel? Was ist denn los?«

»Der Name! Soll das ein Witz sein – dann ist es ein

schlechter. Verdammt schlecht! Hat man Sie absichtlich in dieses Flugzeug gesetzt? Bin ich wirklich zufällig auf Sie gestoßen! Gehören Sie auch zu denen, Mr. *Schauspieler*? Sie verstehen sich verdammt gut auf das, was Sie tun!«

»Sie sind entweder betrunken oder krank. Wovon reden Sie?«

»Dieses *Zimmer*, Ihr Brief. *Alles*! Der *Name*! Ist etwa alles, was in dieser verdammten Nacht passiert, arrangiert?«

»Es ist jetzt Morgen, junger Mann, und wenn Ihnen das Zimmer nicht gefällt, dann können Sie bleiben, wo Sie wollen. Mir ist das völlig egal.«

»Wo Sie wollen...?« Joel versuchte, die Erinnerung an die grellen Lichtreflexe am Quai du Mont Blanc und das Würgen im Hals, das ihn gleichzeitig zu peinigen begonnen hatte, abzuschütteln. »Nein... ich bin aus freien Stücken hierhergekommen«, sagte er heiser. »Sie konnten unmöglich wissen, daß ich das tun würde. In Kopenhagen... ich habe das letzte Ticket für die erste Klasse gekauft; der Platz neben mir war bereits besetzt, ein Sitz am Gang.«

»Dort sitze ich immer. Am Mittelgang.«

»O *Gott*!«

»Sie fangen an, Unsinn zu reden.« Dowling sah erst auf das leere Glas auf dem Nachttisch, dann zur Kommode hinüber, wo ein silbernes Tablett mit einer Flasche Scotch Whisky stand, die der Zimmerservice geliefert hatte. »Wieviel haben Sie denn schon getrunken?«

Converse schüttelte den Kopf. »Ich bin nicht betrunken... Tut mir leid. *Herrgott*, es tut mir *leid*! Sie hatten nichts damit zu tun. Die benutzen *Sie* – die versuchen mich über Sie zu finden! Sie haben mir... Sie haben meinen Job gerettet... und ich mache Ihnen Vorwürfe. Entschuldigen Sie bitte. Sie waren so hilfsbereit.«

»Und Sie sehen gar nicht wie jemand aus, der sich Sorgen um seinen Job macht«, sagte der Schauspieler, dessen gerunzelte Stirn eher Besorgnis als Zorn erkennen ließ.

»Es geht auch gar nicht um meinen Job, ich will es nur... nur schaffen.« Joel hielt inne, atmete tief durch und versuchte, sich in den Griff zu bekommen. Und den Augenblick hinauszuschieben, in dem er sich klar werden mußte über das, was er gerade gehört hatte. *Avery Fowler!* »Ich will das schaffen, was ich in Angriff genommen habe; ich will gewinnen«, fügte er etwas schwächlich hinzu, in der Hoffnung, damit das zu kaschieren, was Dowling aufgefallen war. »Alle Anwälte wollen gewinnen.«

»Sicher.«

»Es tut mir wirklich leid, Cal.«

»Vergessen Sie's«, sagte der Schauspieler mit einer Stimme, die gleichgültig klang, doch sein Blick war es keineswegs. »In meinem Beruf wird ständig herumgebrüllt, bloß, daß keiner etwas damit sagt.«

»Es war einfach eine Überreaktion von mir. Ich sagte Ihnen doch, mir ist das alles neu. Nicht meine Arbeit als Anwalt, nur dies... daß man nicht direkt reden kann, meine ich. Das erklärt wahrscheinlich alles.«

»Wirklich?«

»Ja. Bitte, glauben Sie mir.«

»Schön, wenn Sie das wollen.« Wieder sah Dowling auf die Uhr. »Ich muß gehen, aber da ist noch etwas, das Ihnen vielleicht dabei hilft, diesen...« Der Schauspieler machte eine vielsagende Pause. »Diesen Job zu retten, den Sie da angenommen haben.«

»Was denn?« fragte Converse gespannt, wobei er sich anstrengte, seine Erregung nicht erkennen zu lassen.

»Nun, als dieser Fowler Anstalten machte zu gehen, kamen mir ein paar Gedanken. Einmal, daß ich jemanden, der ja nur seinen Job erledigen wollte, ziemlich hart angepackt hatte. Und dann noch etwas sehr Eigennütziges – ich hatte den Mann ja nicht gerade unterstützt bei seiner Arbeit, und so war es sicher durchaus möglich, daß er eines Tages wieder auftauchte, um mir eins auszuwischen. Ich dachte mir, daß das alles mich nicht zu interessieren brauchte, solange Sie, Joel, hier nicht auftauchten. Ich hätte mir meine Nachricht an Sie einfach zurückgeholt. Andererseits, wenn Sie doch auftauchten und nicht so unschuldig waren, wie ich annahm, dann saß ich ganz schön in der Tinte.«

»Eigentlich hätte das sogar Ihre erste Sorge sein sollen.«

»Vielleicht, ich weiß nicht. Jedenfalls sagte ich meinem Besucher, daß ich Sie im Lauf unseres Gesprächs auf einen Drink eingeladen hätte, daß ich angeboten hätte, mich bei den Dreharbeiten zu besuchen, wenn Sie Lust dazu hätten. Das schien ihn zwar etwas zu verwirren, aber begriffen hat er es schon. Ich fragte, ob ich ihn in der Botschaft anrufen solle, wenn Sie die Einladung annehmen würden. Und da meinte er, nein, das sollte ich nicht tun.«

»*Was?*«

»Nun, kurz gesagt, er hat keinen Zweifel daran gelassen, daß ich seine ›Ermittlungen Mr. Converse betreffend‹ nur stören würde, wenn ich anrief. Er sagte, ich solle lieber auf *seinen* Anruf warten. Er würde mich gegen Mittag zu erreichen versuchen.«

»Aber Sie filmen doch.«

»Das ist ja das Schöne daran. Aber, zum Glück gibt es ja Funktelefonanlagen; die Studios haben das heutzutage.«

»Jetzt komm ich nicht mehr mit.«

»Dann passen Sie auf. Wenn er mich wirklich anruft, rufe ich sofort Sie an. Soll ich ihm sagen, daß Sie sich bei mir gemeldet haben?«

Überrascht starrte Converse den Schauspieler an. »Sie sind mir im Augenblick eine ganze Ecke weit voraus, nicht wahr?«

»Mein Gott, Sie sind ja auch nicht besonders schwer zu durchschauen. Er war das übrigens auch nicht, als ich mir das Ganze erst einmal richtig zusammengereimt hatte – und das habe ich gerade getan. Dieser Fowler will mit Ihnen Verbindung aufnehmen, aber er will das solo tun, diese anderen Leute, denen Sie auch nicht begegnen wollen, sollen nichts merken. Sehen Sie, als er an der Türe stand und wir uns verabschiedeten, da hat mich etwas gestört. Er hat seine Rolle nicht durchgehalten – genauso wie Sie das im Flugzeug auch nicht geschafft haben –, aber ganz sicher war ich nicht. Irgendwie schien ihm bei seinem Abgang alles aus den Fugen zu geraten, und das darf einem in unserem Beruf nicht passieren, nicht einmal, wenn man plötzlich Durchfall bekommt... Was soll ich ihm nun sagen, Joel?«

»Lassen Sie sich seine Telefonnummer geben.«
»Gemacht. Und jetzt schlafen Sie ein bißchen. Sie sehen ja aus wie ein aufgeputschtes Filmsternchen, dem man gerade gesagt hat, daß es die Medea spielen soll.«
»Ich will's versuchen.«
Dowling griff in seine Hosentasche und zog einen Notizzettel hervor. »Da«, sagte er und gab ihn Converse. »Ich war nicht sicher, ob ich Ihnen das geben würde, aber jetzt will ich, daß Sie es haben. Das ist die Funktelefonnummer, unter der Sie mich erreichen können. Rufen Sie an, sobald Sie mit diesem Fowler gesprochen haben. Ich werde ein Nervenbündel sein, solange ich nicht von Ihnen gehört habe.«
»Versprochen, Cal.«

Converse saß auf der Bettkante, in seinem Kopf war ein brennender Schmerz, sein ganzer Körper war angespannt. Avery Fowler! Avery Preston Fowler *Halliday! Press* Fowler... *Press Halliday!* Die Namen schlugen wie Bomben auf ihn nieder, drangen durch seine Schläfen und prallten gegen die Mauern seines Bewußtseins. Ihr schrilles Echo legte sich über jeden Gedanken. Joel fühlte sich vollkommen wehrlos. Den Oberkörper auf die Arme gestützt, begann er hin und her zu schwanken. Ein seltsamer Rhythmus erfaßte ihn, der wie ein Trommelschlag den Namen – die Namen des Mannes begleitete, der in seinen Armen in Genf gestorben war. Ein Mann, den er seit seiner Kindheit gekannt hatte, und der ihn als Erwachsener, als Fremder in die Welt von George Marcus Delavane gezogen hatte, eine Welt, in der sich ein Schrecken ausbreitete, der den Namen Aquitania trug.

Dieser Fowler will mit Ihnen Verbindung aufnehmen, aber er will das solo tun, diese anderen Leute, denen Sie auch nicht begegnen wollen, sollen nichts merken...

Converse hielt in der Bewegung inne, sein Blick fiel auf die Leifhelm-Akte am Boden. Er hatte das Schlimmste angenommen, weil das alles sein Begriffsvermögen einfach überstieg. Aber es gab eine alternative Erklärung, eine entfernte Möglichkeit, für die unter den vorliegenden Umständen vielleicht sogar einige Wahrscheinlichkeit sprach. Die Antwort deutete sich ihm wie ein geometrisches Muster an; er konnte die einzelnen Linien zwar noch nicht nachzeichnen, aber sie *waren da*! Der Name Avery Fowler bedeutete niemandem außer ihm etwas – zumindest nicht in Bonn, denn schließlich war er nur in Zusammenhang mit einem Mord in Genf aufgetaucht. Hatte Dowling wirklich recht? Joel hatte den Schauspieler ohne besondere Überzeugung darum gebeten, die Telefonnummer des Besuchers zu erfragen. Viel zu sehr beschäftigte ihn noch das Bild der dunkelroten Limousine, die durch das Tor der amerikanischen Botschaft gefahren war. Er wurde es nicht mehr los. *Das* war die Verbindung, die den Schock, Avery Fowlers Namen zu hören, allmählich zurückgedrängt hatte. Der Mann, der den Namen benutzt hatte, gehörte der *Botschaft* an, und die Botschaft, in der er beschäftigt war, mußte Teil von *Aquitania* sein. Und deshalb war der Mann Teil der *Falle*. Das war die Logik; es war einfache Arithmetik... aber keine geometrische Form. Angenommen, es gab irgendwo einen Bruch in der Linie, etwas aus einer anderen Ebene, das die arithmetische Reihe ungültig machte? In dem Fall mußte es eine Erklärung geben, die er nicht kannte.

Langsam gewann Joel sein inneres Gleichgewicht zurück. Wie er es unzählige Male vor Gericht und auch bei anderen Verhandlungen getan hatte, begann er, das Unerwartete einfach als gegeben hinzunehmen. Schließlich wußte er, daß er nichts ändern konnte, bis wieder etwas geschah, und auch das unterlag nicht seiner Kontrolle. Und *bis* es geschah – was auch immer es war –, mußte er ganz normal weiter operieren. Dazu mußte er sich zwingen, so schwer es ihm auch fiel. Irgendwelche Vermutungen anzustellen, war sinnlos. Was sich an wahrscheinlichen Erklärungen für das Geschehene auch anbot, es blieb für ihn unverständlich und ohne Sinn.

Joel griff nach der Leifhelm-Akte.

Bei der Bundeswehr hatte Leifhelm die Aufgabe, zwischen den alliierten Besatzungsstreitkräften und seiner Organisation die Verbindung zu halten. Nach der Demobilisierung wurde er hauptsächlich in Bonn eingesetzt, wo er ständig mit den Kommandanten der amerikanischen, britischen und französischen Besatzungstruppen zusammenarbeitete. Er machte nie einen Hehl aus seiner antisowjetischen Einstellung, was seinen Vorgesetzten natürlich nicht entging. So kam es, daß die amerikanischen, britischen und französischen Behörden ihn mehr und mehr ins Vertrauen zogen, bis er – so wie er das früher bei den »Preußen« getan hatte – buchstäblich als einer der ihren angesehen wurde. In Bonn ergab sich für Leifhelm die erste Gelegenheit, General Jacques Louis Bertholdier kennenzulernen. Zwischen den beiden Männern entwickelte sich eine tiefe Freundschaft, wenn auch beide nicht viel Aufhebens darum machten, schon deshalb, um nicht die uralte Animosität zwischen deutschen und französischen Militärs zu schüren. Wir konnten nur drei ehemalige Offiziere aus Bertholdiers Bereich ausfindig machen, die sich daran erinnerten – oder bereit waren, darüber zu sprechen –, die zwei Männer des öfteren in abgelegenen Restaurants und Cafés beim Abendessen gesehen zu haben, wo sie sich angeregt unterhielten, und offenbar Gefallen daran hatten. Und doch verliefen alle offiziellen Besuche, zu denen Leifhelm in das französische Hauptquartier bestellt wurde, stets eisig formell. In jüngster Vergangenheit haben, wie schon an anderer Stelle erwähnt, beide Männer geleugnet, einander persönlich zu kennen, wenn sie auch einräumten, daß sich ihre Wege in der Vergangenheit möglicherweise gekreuzt haben.

Wenn sie sich früher aus traditionellen Vorurteilen nicht zu ihrer Freundschaft bekannt haben mögen, sind ihre heutigen Gründe viel einleuchtender. Beide nehmen in Delavanes Organisation führende Positionen ein. Wie auf den folgenden Seiten im einzelnen dargelegt, darf angenommen werden, daß Leifhelm und Bertholdier über eine Frau namens Ilse Fischbein in Bonn in Verbindung sind. Den Namen Fischbein trägt sie seit ihrer Verehelichung, wobei ihre Motive für die Eheschließung wohl recht zweifelhaft waren, denn die Verbindung wurde vor Jahren aufgelöst, als Jakob Fischbein, ein Überlebender der Konzentrationslager, nach Israel auswanderte. Frau Fischbein, geboren 1942, ist die jüngste uneheliche Tochter von Hermann Göring.

Converse ließ die Akte sinken und griff nach einem Block, der neben dem Telefon auf dem Nachttisch lag. Dann zog er den goldenen Cartier-Kugelschreiber, den Val ihm vor Jahren geschenkt hatte, aus der Hemdtasche und schrieb den Namen Ilse Fischbein auf. Dann sah er den Stift mit dem eingravierten Namen an und hing seinen Gedanken nach. Das Cartier-Statussymbol erinnerte ihn an bessere Tage – nein, eigentlich nicht bessere, aber zumindest ausgefülltere. Valerie hatte auf sein Drängen hin schließlich in der New Yorker Werbeagentur mit ihrer verrückten Arbeitszeit gekündigt, um künftig freiberuflich zu arbeiten. An ihrem letzten Bürotag war sie zu Cartier gegangen und hatte einen beträchtlichen Teil ihres letzten Gehalts für dieses Geschenk ausgegeben. Als er sie fragte, was er, abgesehen von seinem kometenhaften Aufstieg bei Talbot, Brooks and Simon, getan hätte, daß er solchen Luxus verdiente, hatte sie geantwortet: »Weil du mich dazu gebracht hast, etwas zu tun, was ich schon lange hätte tun sollen. Wenn sich andererseits die freiberufliche Arbeit nicht auszahlt, dann stehle ich ihn dir wieder und trage ihn zum Pfandleiher... Aber wahrscheinlich wirst du ihn ohnehin verlieren.«

Aber die freiberufliche Arbeit hatte sich bezahlt gemacht, gut sogar. Und er hatte den Kugelschreiber nie verloren. Der Name Ilse Fischbein brachte ihn endlich auf andere Gedanken. Es kam natürlich nicht in Frage, sie aufzusuchen, sosehr ihn das auch gereizt hätte. Was immer Erich Leifhelm über ihn wußte, Bertholdier in Paris mußte es ihm über Frau Fischbein nach Bonn übermittelt haben. Und diese Informationen enthielten natürlich nicht nur eine präzise Beschreibung seiner Person, sondern auch eine Warnung: Der Amerikaner ist gefährlich. Ilse Fischbein, die vertraute Mitarbeiterin des Aquitania-Projekts, könnte ihn ohne Zweifel auf die Spur anderer Leute in Deutschland führen, die ebenfalls zu Delavanes Netz gehörten. Aber sich ihr zu nähern, bedeutete für ihn das sichere... nun, was auch immer sie für ihn im Augenblick planten, er wollte sich nicht darauf einlassen. Immerhin, es war ein Name, ein Stück Information, eine Tatsache, von der man nicht ahnte, daß sie sich in seinem

Besitz befand. Und die Erfahrung hatte ihn gelehrt, solche Details bereitzuhalten und sie im richtigen Augenblick einzusetzen. Oder sie sich zunutze zu machen, ohne daß seine Rolle bekannt wurde.

Ein Kind Hermann Görings als Teil einer Verschwörung, die die Generale wieder an die Macht bringen wollte! Und das in *Deutschland*.

Leifhelm führte sein Kommando bei den deutschen Nato-Divisionen siebzehn Jahre und wurde dann als militärischer Sprecher Bonns ins SHAPE-Hauptquartier in der Nähe von Brüssel versetzt.

Wieder war sein Verhalten durch eine extrem antisowjetische Haltung gekennzeichnet, was ihn häufig zu der eher pragmatischen Vorgehensweise seiner Regierung in Widerspruch brachte, die eine Koexistenz mit dem Kreml suchte. Während seiner letzten Monate bei SHAPE zeigten angloamerikanische Gruppierungen des rechten Flügels oft mehr Verständnis für ihn als die politische Führung in Bonn.

Als der Bundeskanzler Anfang der achtziger Jahre zu dem Schluß gelangte, daß die amerikanische Außenpolitik den Fachleuten entrissen und von kriegerischen Ideologen usurpiert worden war, beorderte er Leifhelm nach Bonn zurück und versetzte ihn auf einen Posten, wo er den fanatischen Militaristen besser im Zaum halten konnte. Leifhelm begriff sehr wohl, weshalb die Politiker diese Position geschaffen hatten, und er wußte auch um seine Stärke. Überall hatten die Leute angefangen, sich ihre Ideale in der Vergangenheit zu suchen, bei Männern, die klar und offen redeten und die Probleme ihrer Länder und der Welt, insbesondere der westlichen Welt, auch klar anzusprechen pflegten.

So begann Leifhelm eine Karriere als Redner. Zuerst sprach er vor Veteranengruppen und Splitterorganisationen, wo ihm seine militärische Vergangenheit eine wohlwollende Aufnahme garantierte. Angespornt von den enthusiastischen Reaktionen dieser Kreise begann er dann, seine Ziele höher zu setzen, eine etwas klarere Position zu beziehen und provozierendere Aussagen zu machen.

Die Konfrontation mit der Regierung konnte nicht ausbleiben. Eines Tages beorderte der Minister Leifhelm in seine Amtsräume, wo es zu einem heftigen Wortwechsel kam. Der Minister nannte Leifhelm einen verkappten Nazi und drohte, ihn mit Schimpf und Schande aus dem Staatsdienst zu entlassen, falls er seine Forderungen nach mehr Polizei und Militär künftig nicht unterließe. Leifhelm ließ sich schließlich zu einer großen Dummheit hinreißen. Da er um keinen Preis nachgeben wollte, schrie er plötzlich: »Heil Hitler!«, dann machte er in militärischer Haltung auf dem Absatz kehrt und verließ das Ministerium.

Fünf Tage nach dieser Konfrontation machte Jacques Louis Bertholdier die erste der beiden Reisen, die er nach seiner Pensionierung nach Bonn unternommen hatte. Bei seinem ersten Besuch stieg er im Schloßparkhotel ab, wo er vom 9. bis 11. August 1982 wohnte. Da die Hotelakten drei Jahre aufgehoben werden, konnten wir uns eine Kopie seiner Rechnung besorgen. Dort sind Telefonate mit verschiedenen Firmen registriert, die mit Juneau et Cie. in Geschäftsverbindung stehen. Zu viele, um sie einzeln zu überprüfen, aber eine Nummer tauchte immer wieder auf, wobei der Name, unter dem die Nummer registriert ist, keinerlei Geschäftsverbindung mit Bertholdier oder seiner Firma vermuten läßt. Der Name war Ilse Fischbein. Nach einer Überprüfung von Erich Leifhelms Telefonrechnung an den betreffenden Tagen wurde festgestellt, daß auch er Gespräche mit Ilse Fischbein geführt hatte, und zwar in gleicher Zahl, wie Bertholdier sie geführt hatte. Weitere Nachforschungen bestätigten, daß Frau Fischbein und Leifhelm einander seit einigen Jahren kannten. Der Schluß daraus liegt auf der Hand: sie ist in Delavanes Projekt das Verbindungsglied zwischen Paris und Bonn.

Converse zündete sich eine Zigarette an. Da war der Name wieder, und erneut spürte er die Versuchung. Ilse Fischbein konnte ihm einiges erleichtern, konnte ihm einen schnellen Weg zu seinem Ziel öffnen. Wenn er die Tochter Hermann Görings richtig unter Druck setzte, konnte ihm das eine Menge Informationen bringen. Nicht nur die Bestätigung, daß sie die Verbindung zwischen Leifhelm und Bertholdier hielt, nein, auch das, was die zwei Ex-Generale einander übermittelt hatten, konnte er von ihr erfahren. Die Namen von Firmen, von Tochtergesellschaften, Unternehmen, die mit Delavane in Palo Alto Geschäfte gemacht hatten, würden so vielleicht ans Licht gelangen. Adressen, die er ganz legal unter die Lupe nehmen konnte, um nach Unkorrektheiten zu suchen, die es ganz einfach geben mußte. Was er brauchte, war ein Weg, seine Präsenz zur Geltung bringen zu können, ohne dabei selbst in den Vordergrund treten zu müssen.

Ein Mittelsmann. Er hatte in der Vergangenheit oft genug Verbindungsleute eingesetzt, um zu wissen, wie wertvoll sie sein konnten. Es war relativ einfach. Man trat an einen Dritten heran und brachte ihn dazu, mit dem Gegner Kontakt aufzunehmen und ihm Informationen zuzuspielen, die für letzteren nützlich waren, weil sie seine Interessen gefährden konnten – wenn die Fakten stark genug waren, so pflegte das zu brauchbaren Lösungen zu führen.

Ein Mittelsmann? Auch das war eine Frage, die bis zum Morgen Zeit hatte. Er griff nach der Akte, obwohl ihm allmählich seine Augenlider schwer wurden.

Leifhelm hat nur wenige langjährige intime Freunde, was wahrscheinlich darauf zurückzuführen ist, daß er sich der Beobachtung durch die Regierung wohl bewußt ist. Er hat Aufsichtsratsmandate in einigen bekannten Firmen, die deutlich zu verstehen gegeben haben, daß sein Name einen durchaus angemessenen Gegenwert für seine Bezüge darstellt...

Joels Kopf fiel nach vorne. Er fuhr hoch, riß die Augen auf und überflog rasch die letzten Seiten, um einen Eindruck zu bekommen, nicht um noch Details aufzunehmen. Er wußte, daß seine Konzentration nachließ. Da waren ein paar Restaurants, deren Namen bedeutungslos waren, die Adresse seines Hauses am Stadtrand von Bad Godesberg. Plötzlich ruckte Joels Kopf in die Höhe, seine Augen weiteten sich, und ihr Blick wurde wieder ganz klar.

Das Haus liegt ziemlich abseits am Rhein, das Grundstück ist eingezäunt und wird von Hunden bewacht, die sämtliche sich nähernden Fahrzeuge durch ihr lautes Gebell ankündigen, mit Ausnahme von Leifhelms dunkelroter Mercedes-Limousine.

Ein dunkelroter Mercedes! Leifhelm selbst war es gewesen, der versucht hatte, ihn am Flughafen abzufangen. Leifhelm war also zur amerikanischen Botschaft gefahren! Wie war das möglich?
Das war einfach zuviel. Die Dunkelheit begann Joel einzuhüllen, und er wußte, daß er einfach nicht mehr aufnahmefähig war; sein Gehirn verweigerte einfach den Dienst. Die Akte entglitt seiner Hand; er schloß die Augen und schlief ein.

Er stürzte kopfüber in ein bodenlos tiefes Loch in der Erde, in das von allen Seiten spitze Felszacken hineinragten; in der Tiefe gähnte endlose Finsternis. Die Felsen ringsherum brüllten und kreischten wie Urweltungeheuer, ihre scharfen Schnäbel und gespreizten Klauen schlugen nach seinem Körper. Der gellende Lärm war unerträglich. Was hatte die Stille zerstört? Warum stürzte er ins schwarze Nichts?
Er riß die Augen auf; Schweiß stand ihm auf der Stirn, sein Atem ging keuchend. Das Telefon auf dem Tischchen neben seinem Kopf schrillte. Er versuchte, den Schlaf und die Furcht aus seinem halbbewußten Zustand zu verdrängen. Als er mit der Hand zum Hörer griff, sah er auf seine Armbanduhr. Es war zwölf Uhr fünfzehn, hellichter Mittag, die Sonnenstrahlen fielen durch das Hotelfenster in sein Zimmer.
»Ja? Hallo...?«
»*Joel?*«
»Ja.«
»Ich bin's, Cal Dowling. Unser Freund hat angerufen.«
»Was? Wer?«
»Dieser Fowler. Avery Fowler.«
»O *Gott!*« Jetzt kam alles zurück, *alles* kam zurück. Er saß

an einem Tisch im Chat Botté am Quai du Mont Blanc, und Sonnenstrahlen blitzten in den chromglänzenden Kühlergrills der Wagen am Seeboulevard auf. Nein... er war nicht in Genf. Er war in einem Hotelzimmer in Bonn, und erst vor wenigen Stunden hatte eben dieser Name ihn fast an seinem Verstand zweifeln lassen. »Ja«, brachte er mühsam hervor. »Haben Sie seine Telefonnummer?«

»Er sagte, für Spielchen sei jetzt keine Zeit mehr, und außerdem hätte er kein Telefon. Sie sollen sich mit ihm so schnell wie möglich an der Ostmauer des Alten Zoll treffen. Sie sollen dort einfach auf und ab gehen, er würde Sie schon finden.«

»So geht das nicht!« antwortete Converse erregt. »Nicht nach dem, was in Paris war! Nicht nach dem, was gestern abend am Flughafen passiert ist! Ich bin doch nicht verrückt!«

»Ich hatte nicht den Eindruck, daß er Sie dafür hält«, erwiderte der Schauspieler. »Er hat mir aufgetragen, Ihnen etwas auszurichten. Er dachte, es könnte Sie überzeugen.«

»Und was ist das?«

»Hoffentlich kriege ich das noch richtig hin. Ich sage es nicht gern... Er meinte, ich solle Ihnen mitteilen, ein Richter namens Anstett sei gestern abend in New York getötet worden. Er meinte, damit hätte man Sie fallenlassen.«

8

Der Alte Zoll, uraltes Bollwerk, einst die südliche Befestigungsanlage Bonns am Rhein und vor drei Jahrhunderten geschleift. Eine Kanone stand auf der grünen Rasenfläche, Erinnerung an eine Macht, die in den Auseinandersetzungen zwischen Kaisern und Königen, Priestern und Fürsten dahingegangen war. Über eine Mauer aus rotem und grauem Stein fiel der Blick auf den Fluß, wo die unterschiedlichsten Boote durch das Wasser pflügten und die auslaufenden Wellen sanft gegen die beiden Ufer schlugen.

Joel stand an der niedrigen Mauer und versuchte, das Bild

in sich aufzunehmen, in der Hoffnung, die idyllische Aussicht könnte ihn beruhigen. Doch seine Gedanken waren durch nichts zur Ruhe zu bringen. Lucas Anstett vom zweiten Appellationsgerichtshof, ein hervorragender Richter und der Mann, der zwischen einem gewissen Joel Converse, dessen Partnern und einem unbekannten Mann in San Francisco vermittelt hatte, war ermordet worden. Sah man von jenem Unbekannten und einem pensionierten Gelehrten auf der Insel Mykonos ab, war Anstett der einzige gewesen, der wußte, was Joel tat, und warum. Wie war es möglich gewesen, ihn innerhalb von achtzehn Stunden oder noch weniger ausfindig zu machen? Ausfindig zu machen und zu töten!

»Converse?«

Joel wandte den Kopf zur Seite, blieb aber sonst unbewegt stehen. Vielleicht sechs Meter von ihm entfernt stand ein Mann auf dem Kiesweg. Sein Haar war mittelblond, und er schien ein paar Jahre jünger zu sein als Converse, vielleicht Anfang bis Mitte der Dreißig. Das knabenhafte Gesicht des Fremden gab ebenfalls keinen Hinweis auf sein genaues Alter. Auch war er kleiner als Joel, aber nicht besonders viel, er mußte so um die einsfünfundsiebzig oder -achtundsiebzig sein. Er trug hellgraue Hosen und ein Cordjackett, das weiße Hemd war am Hals offen.

»Wer sind Sie?« fragte Converse leise.

Ein Ehepaar schlenderte zwischen den beiden über den Kiesweg. Der Fremde bewegte den Kopf leicht nach links und gab damit Joel zu verstehen, daß er ihm auf die Rasenfläche folgen sollte. Neben dem mächtigen Eisenrad einer Kanone blieb Converse abwartend stehen.

»Also, wer sind Sie?« wiederholte Joel.

»Meine Schwester heißt Meagen«, sagte der Mann mit der Cordjacke. »Und damit keiner von uns einen Fehler macht, werden jetzt *Sie* mir sagen, wer ich bin.«

»Wie, zum *Teufel*...?« Converse hielt inne, und dann fielen ihm die Worte wieder ein, Worte, die ein Sterbender in Genf geflüstert hatte. O *Gott! Meg, die Kinder...* »Meg, die Kinder«, sagte er laut. »Fowler hat seine Frau Meg genannt.«

»Eine Abkürzung für Meagen. Sie war Hallidays Frau, nur daß Sie ihn als Fowler gekannt haben.«

»Sie sind Averys Schwager.«

»Press' Schwager«, verbesserte ihn der Mann und streckte ihm mit ernster Miene seine Hand entgegen. »Connal Fitzpatrick.«

»Dann stehen wir auf derselben Seite.«

»Das hoffe ich.«

»Ich habe Ihnen eine Menge Fragen zu stellen, Connal.«

»Nicht mehr Fragen als ich an Sie habe, Converse.«

»Warum so unfreundlich?« fragte Joel, der registriert hatte, daß der andere ihn mit dem Nachnamen angesprochen hatte. Er ließ Fitzpatricks Hand los.

Der jüngere Mann wurde rot. »Entschuldigung«, sagte er verlegen. »Ich bin etwas aufgeregt und habe nicht viel Schlaf gehabt. Ich bin noch auf San-Diego-Zeit eingestellt.«

»San Diego? Nicht San Francisco?«

»Navy. Ich bin Rechtsanwalt und dort im Marinestützpunkt stationiert.«

»Huh«, machte Converse. »Die Welt ist klein.«

»Ich weiß Bescheid«, sagte Fitzpatrick nickend. »Auch über Sie, Lieutenant. Wie, glauben Sie wohl, hat Press seine Informationen bekommen. Natürlich war ich damals noch nicht in San Diego, aber ich hatte Freunde dort.«

»Dann ist wohl nichts heilig.«

»Da irren Sie, dort ist alles heilig. Ich mußte an ein paar ziemlich dicken Fäden ziehen, um die Auskünfte zu bekommen. Es ist jetzt etwa fünf Monate her, daß Press zu mir kam und wir unseren... Vertrag, würden Sie wohl sagen... machten.«

»Etwas deutlicher bitte.«

Der Marineoffizier stützte sich mit der rechten Hand auf das Kanonenrohr. »Press Halliday war nicht nur mein Schwager, er ist auch mein bester Freund geworden.«

»Obwohl Sie beim Militär sind?« fragte Joel nur halb im Scherz, um aus der Reaktion des anderen zu lernen.

Fitzpatrick lächelte verlegen. »Er hat mir sogar zugeredet. Denn das Militär braucht auch Anwälte, aber darüber erfährt man an der juristischen Fakultät nicht viel. Ich mag die Navy zufälligerweise und das Leben, das sie einem bietet; und die Herausforderungen, wie Sie das vielleicht nennen würden.« Connal nahm die Hand von dem Kanonenrohr. »Ich habe Press geliebt, Converse. So, wie ich meine Schwester liebe. Deshalb bin ich hier. Das war unser Vertrag.«

»Das glaube ich Ihnen. Was ist das für ein Vertrag zwischen Ihnen und... Press?«

»Gehen wir ein Stück«, sagte Fitzpatrick, und dann schlenderten sie auf die alte Befestigungsmauer zu, über die hinweg sie den Fluß sahen. »Press kam zu mir«, fuhr Fitzpatrick fort, »und sagte, er sei einer sehr wichtigen Sache auf die Spur gekommen. Er war auf Informationen gestoßen, daß eine Anzahl bekannter Männer – oder früher bekannter Männer – eine Organisation gegründet hatten, die einer Menge Menschen in vielen Ländern einigen Schaden zufügen konnte. Er wollte das verhindern, diese Männer an dem hindern, was sie vorhatten. Dazu mußte er sein gewohntes Terrain verlassen. Die Gesetze reichten dazu nicht aus... Aber er wollte es auf legalem Wege tun.

Ich stellte die üblichen Fragen: ob er in die Sache verwickelt sei, sich schuldig gemacht hätte und so weiter. Er sagte, nein, wenigstens nicht im formalen Sinn, aber er war etwas besorgt, ob das Ganze nicht gefährlich für ihn sein könnte. Natürlich habe ich gesagt, daß er verrückt sei; ich sagte, er solle seine Informationen zu den zuständigen Behörden tragen und denen das Weitere überlassen.«

»Genau das habe ich ihm auch gesagt«, unterbrach Converse ihn.

Fitzpatrick blieb stehen und drehte sich zu Joel um. »Er sagte, dazu sei die Sache zu kompliziert.«

»Damit hatte er recht.«

»Es fällt mir schwer, das zu glauben.«

»Er ist tot. Glauben Sie es.«

»Das ist keine Antwort!«

»Sie haben keine Frage gestellt«, sagte Converse. »Gehen wir weiter und erzählen Sie. Ihr Vertrag.«

Etwas verstört fing der Marineoffizier wieder an. »Es war

sehr einfach«, fuhr er fort. »Press sagte mir, er würde mich während seiner Reisen auf dem laufenden halten und es mich wissen lassen, wenn er sich mit jemandem treffen würde, der etwas mit seiner Hauptsorge zu tun hatte – so nannte er es, seine ›Hauptsorge‹. Und alles andere, was mir helfen würde, falls... falls... verdammt noch mal, *falls*!«

»Falls was?«

Fitzpatrick blieb stehen, und seine Stimme klang schroff. »Falls ihm etwas *zustoßen* sollte!«

Converse wartete einen Augenblick, bis sich die Erregung des anderen gelegt hatte. »Und dann hat er Ihnen gesagt, daß er nach Genf reisen würde, um sich mit mir zu treffen. Mit dem Mann, der Avery Preston Fowler Halliday vor rund zwanzig Jahren auf der Schule als Avery Fowler kennengelernt hatte.«

»Ja. Wir hatten schon darüber gesprochen, als ich ihm die Akten über Sie besorgt hatte. Press sagte, der Zeitpunkt wäre richtig und die Begleitumstände auch. Übrigens, er hielt Sie für den bestgeeigneten Mann.« Connal gestattete sich ein kurzes, unsicheres Lächeln. »Für so gut wie sich selbst.«

»Das bin ich nicht«, sagte Joel, und jetzt lächelte er wieder schwach. »Ich versuche mir immer noch darüber klarzuwerden, welche Position er bezüglich einiger Aktienpakete bei dem Firmenzusammenschluß einnehmen wollte.«

»Was?«

»Nichts. Was ist mit Lucas Anstett? Was wissen Sie?«

»Da gibt es zweierlei zu sagen. Press hat mir erzählt, sie wollten mit dem Richter zusammenarbeiten, um Sie freizubekommen, falls Sie sich bereit erklären würden...«

»*Sie*? Wer sind ›sie‹?«

»Das weiß ich nicht. Das hat er mir nie gesagt.«

»Verdammt! Entschuldigung, fahren Sie fort.«

»Anstett hatte mit Ihren Seniorpartnern gesprochen, und die waren, Ihre Zustimmung vorausgesetzt, mit allem einverstanden. Das ist das eine. Das andere habe ich dank einer persönlichen Angewohnheit erfahren. Ich bin ein leidenschaftlicher Nachrichtenhörer, und deshalb schalte ich wie die meisten Leute, denen es wie mir geht, jede Stunde AFR an.«

»Bitte deutlicher.«

»Armed Forces Radio. Das mag komisch sein, aber wahrscheinlich ist das die beste Nachrichtenstation, die es gibt. Sie haben Zugang zu sämtlichen Diensten. Ich habe ein kleines Transistorradio mit sehr gutem Kurzwellenempfang, das ich auf allen Reisen bei mir trage.«

»Was haben Sie gehört?«

»Nicht sehr viel. Man hat gegen zwei Uhr früh nach New Yorker Zeit in Anstetts Apartment am Central Park eingebrochen. Es gibt Spuren eines Kampfes; er hat eine Kugel in den Kopf bekommen.«

»Das ist alles?«

»Nicht ganz. Die Haushälterin sagt, daß überhaupt nichts fehlt, es kann also kein gewöhnlicher Einbruch gewesen sein.«

»Um Himmels willen. Ich werde Larry Talbot anrufen. Er weiß vielleicht mehr. Sonst haben sie nichts gesagt?«

»Es gab noch eine kurze Würdigung seiner Juristenlaufbahn. Worauf es ankommt ist, daß *nichts* fehlt.«

»Ich hab' verstanden«, unterbrach Joel ihn. »Ich werde mit Talbot reden.« Sie gingen weiter. »Warum haben Sie gestern abend Dowling gesagt, daß Sie in der Botschaft tätig wären?« fuhr Converse fort. »Sie waren doch sicher auch am Flughafen draußen.«

»Ich war sieben Stunden am Flughafen und habe mich bei allen Gesellschaften nach den Passagierlisten erkundigt, um herauszufinden, auf welcher Maschine Sie waren.«

»Sie wußten, daß ich nach Bonn kommen würde?«

»Beale hat das angenommen.«

»Beale?« fragte Joel verblüfft. »Mykonos?«

»Press hat mir seinen Namen und seine Telefonnummer gegeben. Aber er hat auch gesagt, ich sollte nur mit ihm Verbindung aufnehmen, wenn es zum Schlimmsten käme.« Fitzpatrick machte eine Pause. »Es ist zum Schlimmsten gekommen«, fügte er dann hinzu.

»Was hat Beale Ihnen denn gesagt?«

»Daß Sie nach Paris geflogen sind, und, so wie er das verstanden hat, anschließend nach Bonn gehen würden.«

»Was sonst noch?«

»Nichts. Er sagte, ich hätte mich ihm gegenüber zwar hinreichend legitimiert, wie er das nannte, weil ich seinen Namen kannte und wußte, wo er zu erreichen war. Das konnte mir ja nur Press gesagt haben. Aber alles andere würde ich Sie fragen müssen. Er war verdammt kühl.«

»Er hatte keine Wahl. Und was ist mit Dowling und diesem Botschaftstheater im Hotel?«

»Sie standen auf der Lufthansa-Passagierliste aus Hamburg – wahrscheinlich können Sie sich gar nicht vorstellen, wie erleichtert ich war. Ich hielt mich am Empfangsschalter auf für den Fall, daß es zu einer Verzögerung oder so etwas kommen sollte, als diese drei Typen von der Botschaft auftauchten und ihre Ausweise zeigten. Einer von ihnen hat ein ziemlich lausiges Deutsch gesprochen.«

»Das haben Sie bemerkt? Ich meine, daß es lausig war?«

»Ich spreche Deutsch – und Französisch, Italienisch und Spanisch. Wahrscheinlich ist das der Grund, daß ich mit vierunddreißig schon Lieutenant Commander bin. Die schicken mich ziemlich herum.«

»Schon gut. Aber warum sind Sie denn auf die Leute von der Botschaft aufmerksam geworden?«

»Ihr Name ist natürlich gefallen. Die wollten eine Bestätigung, daß Sie mit Flug achthundertelf ankommen würden. Der Angestellte hat mir nur einen Blick zugeworfen, und als ich den Kopf schüttelte, hat er mitgespielt, ohne sich etwas anmerken zu lassen. Sehen Sie, ich hatte ihm ein paar Mark zugesteckt, aber das war es nicht. Diese Leute hier mögen die amerikanischen Behörden nicht besonders.«

»Das habe ich gestern abend auch gehört. Von Dowling. Wie sind Sie denn auf den gestoßen?«

»Das erkläre ich Ihnen später. Als die Maschine eintraf, stand ich ganz hinten an der Gepäckausgabe; die Leute von der Botschaft warteten knapp zwanzig Meter von mir entfernt. Wir warteten alle, bis nur noch ein Gepäckstück auf dem Laufband war. Das war Ihr Koffer, aber Sie erschienen nicht. Schließlich kam eine Frau heraus, und die Leute von der Botschaft haben sie sofort umringt. Sie waren alle ziemlich aufgeregt. Ich hörte, wie Ihr Name erwähnt wurde, aber zu dem Zeitpunkt hatte ich bereits entschieden, am besten noch einmal mit dem Lufthansa-Angestellten zu sprechen.«

»Um herauszufinden, ob ich wirklich in der Maschine gewesen war?« fragte Converse. »Oder gar nicht mitgekommen war.«

»Ja«, nickte Fitzpatrick. »Zuerst hat er sich ein wenig geziert, aber dann hat er mir gesagt, daß dieser Caleb Dowling – den ich wahrscheinlich hätte kennen sollen – mit ihm gesprochen hatte, ehe er hinausgegangen war.«

»Wobei er ein paar Anweisungen hinterließ«, unterbrach Joel ihn.

»Woher wissen Sie das?«

»Ich habe im Hotel eine Nachricht von ihm vorgefunden.«

»Das war es, das *Hotel*. Dowling hatte dem Angestellten gesagt, er habe im Flugzeug einen Anwalt kennengelernt, einen Amerikaner namens Converse, der seit Kopenhagen neben ihm gesessen hatte. Dowling war besorgt, sein neuer Bekannter könnte in Bonn keine Unterkunft finden, und deshalb sollte man ihn ins Hotel Königshof schicken, falls er die Lufthansa um Unterstützung bitten würde.«

»Daraufhin beschlossen Sie, einer der Botschaftsangestellten zu werden, die mich aus den Augen verloren hatten«, sagte Converse und lächelte. »Sich Dowling vorzuknöpfen. Welcher Anwalt hätte nicht schon einmal einen Zeugen der Gegenseite ausgenützt?«

»Genau. Ich zeigte ihm meinen Navy-Ausweis und sagte, ich sei Botschaftsattaché. Offen gestanden, sehr kooperativ war er nicht.«

»Und Sie nicht besonders überzeugend, wenigstens seiner Kritik nach nicht. Ich übrigens auch nicht. Seltsamerweise ist genau das der Grund, daß er uns zusammengebracht hat.« Joel blieb stehen, drückte seine Zigarette an der Mauer aus und warf sie weg. »Also gut, Commander, Sie haben die Musterung bestanden, oder wie man das bei Ihrem Verein nennt. Wo stehen wir jetzt? Sie sprechen die Sprache und verfügen über Beziehungen, die mir fehlen. Sie könnten mir helfen.«

Der Marineoffizier stand regungslos da und musterte Joel. Er kniff die Augen zusammen, um sich vor der grellen Sonne zu schützen, wich aber dem Bick des anderen nicht aus. »Ich werde tun, was ich kann«, begann er langsam, »solange es für mich einen Sinn ergibt. Sie waren in Paris und sind jetzt nach Bonn gekommen. Das bedeutet, daß Sie Namen haben, Beweise, konkrete und andere. Ich will mehr hören.«

»Da werden Sie sich schon etwas mehr einfallen lassen müssen, Commander, um mich zum Reden zu bringen.«

»Ich habe ein *Versprechen* gegeben.«

»Wem?«

»Meiner Schwester. Meinen Sie etwa, sie weiß von nichts? Press hat das sehr mitgenommen! Ein ganzes Jahr lang ist er immer wieder mitten in der Nacht aufgestanden, im Haus herumgelaufen und hat dabei Selbstgespräche geführt. Er war wie besessen, aber sie hat es nicht geschafft, seine Schale aufzubrechen. Sie müßten die beiden besser kennen, um zu wissen, was das heißt. Die beiden haben wirklich eine gute Ehe geführt. Ich weiß, daß es heutzutage nicht mehr besonders modern ist, wenn zwei Leute einen Haufen Kinder haben, einander wirklich mögen und es gar nicht abwarten können, wenn sie getrennt sind, wieder beieinander zu sein. Aber so waren sie.«

»Sind Sie verheiratet?« fragte Joel.

»Nein«, antwortete der Marineoffizier, den die Frage offensichtlich verblüffte. »Eines Tages werde ich es vielleicht sein. Ich sagte Ihnen ja, ich bin ziemlich viel unterwegs.«

»Das war Press auch... Avery, meine ich.«

»Worauf wollen Sie denn hinaus?«

»Sie sollten das respektieren, was er getan hat. Er kannte die Gefahren und war sich auch darüber im klaren, was er aufs Spiel setzte. Sein Leben.«

»Deshalb will ich ja die Fakten kennen! Man hat seine Leiche gestern überführt. Die Beisetzung findet morgen statt, und ich bin nicht dabei, weil ich Meagen ein Versprechen gegeben habe! Ich werde zurückkehren, aber dann habe ich alles beisammen, was ich brauche, um dieses ganze Scheißspiel auffliegen zu lassen!«

»Sie werden bloß bewirken, daß das Ganze noch besser getarnt wird, wenn man Sie nicht schon vorher aufhält.«

»Das ist *Ihre* Ansicht.«

»Mehr habe ich Ihnen nicht zu sagen.«

»Das reicht mir nicht!«

»Dann fliegen Sie doch zurück in die Staaten und reden Sie von Gerüchten, von einem Mord in Genf, von dem keiner zugeben wird, daß es sich um etwas anderes als einen Raubüberfall gehandelt hat. Oder reden Sie von einem Mord in New York, der vermutlich ebenfalls ein mißlungener Einbruch bleiben wird. Und wenn Sie einen Mann auf der Insel Mykonos erwähnen, dann wird er verschwinden, glauben Sie mir das«, sagte Converse unendlich müde. »Der alte Beale hat recht gehabt. Es ist meine Entscheidung, und ich habe mich dafür entschieden, nichts zu sagen. Ich will Sie nicht an Bord haben, Matrose. Sie sind ein Hitzkopf, und Sie langweilen mich.«

Joel drehte sich um und ließ den anderen stehen.

»Achtung, *Schnitt!* Sehr gut! Feine Arbeit, Cal, fast hätte ich den Quatsch geglaubt.« Der Regisseur Roger Blynn warf einen Blick auf den Block, den ihm ein Scriptgirl hinhielt, und gab dann dem Dolmetscher der Kameracrew Anweisungen, ehe er zum Produktionstisch ging.

Caleb Dowling stand auf und streckte sich, wobei ihm bewußt war, daß die Zuschauer jenseits der Seilabsperrung ihn anstarrten und wie Touristen in einem Zoo schnatterten.

»Cal?« Das war die Stimme Blynns, der mit schnellen Schritten auf ihn zukam. »Hier ist jemand, der Sie sprechen möchte. Haben Sie Ärger, Cal?«

»Dauernd, aber ich lasse es mir nicht anmerken.«

»Ich meine es ernst. Hier ist ein Mann von der deutschen Polizei – aus Bonn. Er sagt, er muß Sie sprechen, und zwar dringend.«

»Worüber will er denn mit mir reden?« Dowling spürte einen Stich im Magen.

»Das wollte er mir nicht sagen. Nur daß es sehr wichtig sei und daß er Sie unter vier Augen sprechen müßte.«

»Du *lieber Gott*!« flüsterte der Schauspieler. »Freddie!... Wo ist er?«

»Dort drüben in Ihrem Wohnwagen.«

»*In* meinem Wohnwagen...«

»Keine Sorge«, sagte Blynn. »Ich habe unseren Stuntman Moose Rosenberg mitgeschickt. Wenn der auch nur einen Aschenbecher anfaßt, dann wirft der ihn durch die Wand.«

»Danke, Roger.«

»Er hat aber ausdrücklich gesagt, daß er Sie *allein* sprechen möchte!«

Aber das hörte Dowling schon nicht mehr; er eilte bereits auf den kleinen Wohnwagen zu, in dem er sich in den kurzen Pausen auszuruhen pflegte. Dabei betete er darum, daß es nichts Schlimmes sein möge und bereitete sich gleichzeitig auf das Schlimmste vor.

Doch es ging nicht um Frieda Dowling, das Thema der Unterredung sollte Joel Converse sein, ein amerikanischer Rechtsanwalt. Der Stuntman kletterte die Leiter hinunter und ließ Caleb und den Polizeibeamten alleine. Der Mann trug Zivil und sprach fließend Englisch. Er gab sich auf unbestimmte Art amtlich, war aber ausgesprochen höflich.

»Es tut mir leid, wenn ich Sie beunruhigt habe, Herr Dowling«, sagte der Deutsche auf Calebs Frage. »Wir wissen nichts über Frau Dowling. Ist sie vielleicht krank?«

»Sie hatte in letzter Zeit ein paar Anfälle, sonst nichts. Sie ist in Kopenhagen.«

»Ja, das haben wir gehört. Sie fliegen häufig zu ihr, nicht wahr?«

»Wann immer ich kann.«

»Will sie nicht hier in Bonn mit Ihnen zusammensein?«

»Sie hat früher Mühlstein geheißen, und als sie das letztemal in Deutschland war, hat man sie nicht unbedingt als menschliches Wesen angesehen. Das, woran sie sich erinnert, ist äußerst, wir wollen sagen, eindrucksvoll und ziemlich schmerzhaft.«

»Ja«, sagte der Polizeibeamte, ohne den Blick von Caleb zu

wenden. »Wir werden damit noch einige Generationen leben müssen.«

»Das hoffe ich«, sagte der Schauspieler.

»Ich habe damals nicht gelebt, Herr Dowling. Ich bin sehr froh, daß sie überlebt hat.«

Dowling war nicht sicher, warum er die Stimme senkte, so daß seine Worte kaum zu hören waren. »Deutsche haben ihr geholfen.«

»Hoffentlich«, sagte der Deutsche leise. »*Mein* Anliegen betrifft einen Mann, der gestern abend in der Maschine von Kopenhagen nach Hamburg und von Hamburg nach Bonn neben Ihnen saß. Sein Name ist Joel Converse, er ist Anwalt und aus Amerika.«

»Was ist mit ihm? Darf ich übrigens Ihren Ausweis sehen?«

»Aber selbstverständlich.« Der Polizeibeamte griff in die Tasche, holte ein Ausweisetui heraus und reichte es dem Schauspieler, der seine Brille aufsetzte. »Ich nehme an, daß alles in Ordnung ist«, fügte er hinzu.

»Was bedeutet dieses ›Sonderdezernat‹?« fragte Dowling und kniff die Augen zusammen, um den Dünndruck auf der Karte lesen zu können.

»Das läßt sich am besten als ›Spezialabteilung‹ oder so ähnlich übersetzen. Wir sind eine Sondereinheit und werden gewöhnlich mit Aufgaben betraut, die über den normalen Zuständigkeitsbereich der Landespolizei hinausgehen.«

»Das sagt nicht sehr viel, und das wissen Sie auch«, meinte der Schauspieler. »Werden Sie also bitte deutlicher.«

»Also gut, deutlicher. Interpol. Ein Mann ist in einem Pariser Krankenhaus an den Folgen einer Kopfverletzung gestorben, die ihm der Amerikaner Joel Converse zugefügt hat. Zunächst hieß es, er befände sich auf dem Wege der Besserung, aber das war offenbar ein Irrtum. Heute morgen hat man ihn tot aufgefunden. Wir wissen, daß Converse nach Köln-Bonn geflogen ist, und Sie haben nach Angaben der Stewardeß dreieinhalb Stunden neben ihm gesessen. Wir möchten wissen, wo er sich aufhält. Vielleicht können Sie uns helfen, das herauszufinden.«

Dowling nahm die Brille ab und schluckte. »Sie glauben, daß ich das weiß?«

»Wir haben keine Ahnung, aber Sie haben sich mit ihm unterhalten. Und Sie wissen hoffentlich, daß die Behinderung polizeilicher Ermittlungsarbeit unter Strafe gestellt ist, besonders in einem Mordfall.«

Dowling spielte mit seinem Brillengestell. Es war ihm deutlich anzumerken, daß er sich in einem Konflikt befand. Er ging zu dem Feldbett, das an der Wand stand, setzte sich und blickte zu dem Polizeibeamten auf. »Warum habe ich kein Vertrauen zu Ihnen?« fragte er.

»Weil Sie an Ihre Frau denken und keinem Deutschen vertrauen«, antwortete der Deutsche. »Ich bin ein Mann des Gesetzes und des *Friedens*, Herr Dowling. Ordnung ist etwas, das die Menschen für sich selbst entscheiden, und ich gehöre auch zu diesen Menschen. In dem Bericht, den wir erhalten haben, steht, daß dieser Converse vielleicht ein etwas gestörter Mann ist.«

»Auf mich hat er diesen Eindruck nicht gemacht. Ich hatte sogar die Überzeugung, daß er einen verdammt klaren Kopf hat. Er hat einiges gesagt, was sehr vernünftig klang.«

»Dinge, die Sie hören wollten?«

»Nicht alles.«

»Aber vieles, was er gesagt hat.«

»Was soll das heißen?«

»Verrückte sind manchmal sehr überzeugend; sie pflegen alles zu ihrem Vorteil auszulegen. Das ist das Wesen ihres Wahnsinns, ihrer Psychose, ihrer *eigenen* Überzeugung.«

Dowling ließ die Brille auf das Feldbett fallen. Er atmete tief und spürte einen Angstknoten im Magen. »Ein Verrückter?« sagte er ohne Überzeugung. »Das glaube ich nicht.«

»Dann geben Sie uns eine Chance, das Gegenteil zu beweisen. Wissen Sie, wo er ist?«

Der Schauspieler sah den Deutschen mit zusammengekniffenen Augen an. »Geben Sie mir Ihre Karte oder eine Telefonnummer, wo ich Sie erreichen kann. Vielleicht nimmt er mit mir Verbindung auf.«

»Wer war dafür verantwortlich?« Der Mann in dem rotseidenen Morgenrock hinter dem großen Schreibtisch saß im Halbdunkel. Eine Messinglampe warf einen scharf umgrenzten Lichtkreis auf die Tischplatte vor ihm. Sonst lag der Raum im Halbdunkel. Und doch reichte das Licht aus, eine riesige Landkarte erkennen zu lassen, die hinter dem Mann an der Wand hing. Es war eine seltsame Karte, die zwar die einzelnen Nationen klar erkennen ließ, doch stimmte die Einfärbung nicht. Als hätte man den Versuch gemacht, aus unterschiedlichen Weltteilen eine einzige Landmasse zu schaffen. Diese Landmasse schloß ganz Europa, den größten Teil des Mittelmeers und einige Teile Afrikas ein. Und Kanada und die Vereinigten Staaten von Amerika hatte man, als wäre der Atlantik nur ein blaßblaues Binnenmeer, in dieses künstliche Weltreich mit aufgenommen.

Der Blick des Mannes war starr geradeaus gerichtet. Sein Gesicht mit dem kantigen Kinn, der schmalen Adlernase und den dünnen Lippen schien wie aus Stein gemeißelt, sein kurzgestutztes, graublondes Haar wirkte wie ein Lorbeerkranz auf einem Kopf, der auf einem eigenartig steifen Körper saß. Wieder sprach er; seine Stimme wirkte eher hoch als tief. Und doch war zu spüren, daß diese Stimme es gewohnt war, Befehle zu erteilen. Man konnte sich gut vorstellen, wie sie laut wurde – sogar schrill. Jetzt freilich vermittelte sie eher den Eindruck leiser Eindringlichkeit. »Wer war dafür verantwortlich?« wiederholte er. »Sind Sie noch da, London?«

»Ja«, erwiderte der Anrufer aus Großbritannien. »Natürlich. Ich versuche nachzudenken, fair zu sein.«

»Das bewundere ich, aber jetzt müssen Entscheidungen getroffen werden. Aller Wahrscheinlichkeit nach wird man die Verantwortung teilen müssen, aber wir müssen die Reihenfolge kennen.« Der Mann hielt inne; als er dann fortfuhr, gewann seine Stimme plötzlich an Intensität und klang wie verwandelt. Jetzt erinnerte sie an den schrillen Schrei einer Katze. »Wie kam es, daß *Interpol* hineingezogen wurde?«

Erschreckt antwortete der Engländer schnell, seine Sätze wirkten abgehackt, die Worte überstürzten sich. »Man hat Bertholdiers Adjutanten um vier Uhr morgens tot aufgefunden. Offenbar hätte er um die Zeit behandelt werden sollen. Die Schwester hat die Sûreté verständigt...«

»Die *Sûreté*?« schrie der Mann am Schreibtisch. »Warum die *Sûreté*? Warum nicht Bertholdier? Es war doch *sein* Angestellter und keiner der Sûreté!«

»Das war ja die Panne«, sagte der Brite. »Niemand hatte gewußt, daß in der Telefonzentrale des Krankenhauses diesbezügliche Anweisungen erteilt worden waren... offenbar durch einen Inspektor namens Prudhomme, den man geweckt und über den Tod des Mannes informiert hat.«

»Und *er* ist derjenige, der Interpol verständigt hat?«

»Ja, aber zu spät, um Converse noch vor der Einreise nach Deutschland abfangen zu können.«

»Wofür wir äußerst dankbar sein sollten«, sagte der Mann und senkte die Stimme wieder.

»Und alles nur wegen dieser *verdammten* Anweisung.«

»Und keiner hatte genügend Verstand, auf so etwas zu achten«, sagte der Mann vor der im Halbschatten liegenden Karte. »Die Instinkte dieses Prudhomme sind geweckt worden. Zu viele reiche Leute, zuviel fremder Einfluß, zu merkwürdige Umstände. Er riecht etwas.«

»Wir werden dafür sorgen, daß er von dem Fall abgezogen wird, es dauert nur ein paar Tage«, sagte der Engländer. »Converse ist in Bonn, soviel wissen wir. Wir kommen ihm näher.«

»Das tun Interpol und die deutsche Polizei aber möglicherweise auch. Ich brauche Ihnen nicht zu sagen, wie tragisch das wäre.«

»Eine gewisse Kontrolle haben wir über die amerikanische Botschaft. Der Flüchtige ist Amerikaner.«

»Der *Flüchtige* verfügt über Informationen!« insistierte der Mann hinter dem Schreibtisch. Seine geballte Faust lag im Lichtkegel der Lampe. »Wieviel und wer sie ihm geliefert hat, wissen wir nicht. Und eben das *müssen* wir wissen.«

»Hat man in New York denn nichts erfahren? Der Richter?«

»Nur was Bertholdier schon ahnte und was ich in dem Augenblick wußte, als ich seinen Namen hörte. Nach vierzig

Jahren ist Anstett zurückgekommen, immer noch auf meiner Fährte, immer noch auf meinen Kopf aus. Dieser Mann war ein Stier, aber nur ein Zwischenträger. Er hat mich ebenso gehaßt, wie ich ihn gehaßt habe, und er hat seine Hintermänner bis zum Schluß gedeckt. Er ist weg und damit auch seine heilige Selbstgerechtigkeit. Aber wichtig ist, daß Converse *nicht* das ist, was er zu sein vorgibt. Und jetzt *finden* Sie ihn!«

»Ich sagte ja, wir kommen ihm näher. Wir haben mehr Quellen, mehr Informanten als Interpol. Er ist ein amerikanischer Flüchtling in Bonn und spricht, soweit uns bekannt ist, nicht Deutsch. Es gibt nicht viele Orte, an denen er sich verbergen kann. Wir werden ihn finden. Wir werden ihn zerbrechen und erfahren, woher er kommt. Und anschließend werden wir selbstverständlich sofort Schluß machen.«

»*Nein*!« Wieder der schrille Schrei der Katze. »Wir werden *sein* Spiel spielen! Wir werden ihn willkommen heißen, ihn umarmen. In Paris hat er von Bonn, Tel Aviv und Johannesburg gesprochen; also werden Sie ihm entgegenkommen. Bringen Sie ihn zu Leifhelm – oder besser noch, veranlassen Sie, daß Leifhelm zu ihm geht. Lassen Sie Abrahms aus Israel und Van Headmer aus Afrika kommen und, ja, Bertholdier aus Paris. Offensichtlich weiß er ja ohnehin über sie Bescheid. Er behauptet, er wolle eine Sitzung unseres Rates. Und daß er zu uns stoßen will. Also werden wir eine Konferenz abhalten und uns seine Lügen anhören. Er wird uns damit mehr sagen, als mit der Wahrheit.«

»Das verstehe ich wirklich nicht.«

»Converse ist eine Art Vorhut, *nur* die Vorhut. Er forscht, studiert das Terrain und versucht die taktischen Kräfte zu erkennen, die ihm gegenüberstehen. Sonst würde er unmittelbar mit legalen Methoden und unter Einsatz der Behörden operieren. Er hätte dann keinen Anlaß, einen falschen Namen zu benutzen oder falsche Informationen in die Welt zu setzen... oder wegzulaufen und einen Mann niederzuschlagen, von dem er glaubt, daß er ihn aufhalten will. Er ist so etwas wie eine Vorhut, er verfügt über gewisse Informationen, aber kennt sein Ziel nicht. Und eine Vorhut kann man in die Falle locken. O ja, er soll seine Konferenz haben.«

George Marcus Delavane legte den Telefonhörer zurück auf die Gabel und drehte sich langsam, etwas schwerfällig, im Sessel herum. Er blickte auf die seltsame Karte; die ersten Strahlen der Morgendämmerung erhellten den östlichen Himmel und füllten das Fenster mit ihrem orangeroten Schein. Dann drehte er sich mit großer Mühe wieder herum, wobei seine Hände die Armlehnen des Sessels packten. Seine Augen blickten in den grellen Lichtkreis auf der Tischplatte. Schließlich knöpften seine Hände zitternd den roten Seidenmantel auf, und er zwang seinen Blick nach unten, um erneut die schreckliche Wahrheit zu sehen. Er starrte an dem breiten Lederriemen vorbei, der ihn auf dem Sitz festhielt, und *befahl* seinen Augen, das zu fassen, was man ihm angetan hatte.

Da war nichts als der Rand des dicken Stahlsitzes und das glänzende Holz des Zimmerbodens darunter. Man hatte ihm die langen, kräftigen Beine – die seinen durchtrainierten muskulösen Körper durch Schlachten in Schnee und Schlamm getragen hatten und bei Paraden in greller Sonne –, diese Beine hatte man ihm gestohlen; weil die Ärzte gesagt hatten, sie seien krank, Herde des Todes, die auch seinen restlichen Körper töten würden. Er ballte die Fäuste und drückte sie langsam auf den Schreibtisch. Ein stummer Schrei erfüllte seine Kehle.

9

»*Verdammt noch mal*, Converse, für wen halten Sie sich eigentlich?« rief Connal Fitzpatrick wütend mit unterdrückter Stimme, als er Joel, der mit schnellen Schritten zwischen den Bäumen am Alten Zoll dahinging, endlich einholte.

»Für jemand, der Avery Fowler als Jungen gekannt hat und der eine Unendlichkeit später zusehen mußte, wie ein Mann namens Press Halliday in Genf starb«, erwiderte Converse, während er auf den Ausgang des Parks zuhielt, wo ein paar Taxis auf Kundschaft warteten.

»Kommen Sie mir nicht mit solchem Quatsch! Ich habe Press viel besser und viel länger gekannt als Sie. Herrgott, er war mit meiner Schwester verheiratet! Wir waren fünfzehn Jahre eng befreundet!«

»Sie reden wie ein kleiner Junge, der einen anderen beeindrucken will. Verschwinden Sie.«

Fitzpatrick rannte ein paar Schritte vor und versperrte Joel den Weg. »Ich werde tun, was Sie mir sagen.«

»Warum?« fragte Joel und bohrte den Blick in die Augen des anderen.

Der Navy-Anwalt wich dem Blick nicht aus. »Weil Press Ihnen vertraut hat«, sagte er ruhig. »Er hat gesagt, Sie seien der Beste.«

»Abgesehen von ihm«, meinte Converse und ließ die Andeutung eines Lächelns erkennen. »Also gut, ich glaube Ihnen, aber es gibt ein paar Spielregeln. Entweder akzeptieren Sie die, oder Sie sind, um es mit Ihren Worten zu sagen, eben nicht an Bord.«

»Lassen Sie hören. Ich werde mir nicht anmerken lassen, wann ich zusammenzucke.«

»Gut«, meinte Joel, »zuallererst werde ich Ihnen nur das sagen, was Sie meiner Ansicht nach in der jeweiligen Situation unbedingt wissen müssen. Was Sie daraus machen, ist Ihre Sache. Auf diese Weise können Sie jedenfalls nichts von dem Beweismaterial preisgeben, das wir bereits gesammelt haben.«

»Das ist hart.«

»Aber dabei bleibt es. Ich werde Ihnen hier und da einen Namen nennen, wenn ich glaube, daß Sie damit eine Tür öffnen können. Aber es wird *immer* ein Name sein, den Sie aus zweiter oder dritter Hand haben. Sie sind erfinderisch; lassen Sie sich selbst irgendwelche Quellen einfallen, damit Sie sich damit schützen können.«

»Aber *etwas* müssen Sie mir doch sagen.«

»Ich werde Ihnen einen allgemeinen Überblick geben und ein paar Fakten. Und wenn wir Fortschritte machen – *falls* wir Fortschritte machen –, werden Sie mehr erfahren. Wenn Sie glauben, daß Sie auf etwas Entscheidendes gestoßen sind, dann sagen Sie es mir. Das ist wichtig. Wir können nicht das Risiko eingehen, alles auffliegen zu lassen, nur weil Sie vielleicht von falschen Annahmen ausgehen.«

»Wer ist ›wir‹?«

»Ich wünschte, ich wüßte das.«

»Das klingt sehr beruhigend.«

»Ja, nicht wahr?«

»Warum sagen Sie mir nicht jetzt gleich alles?« fragte Fitzpatrick.

»Weil Meagen Halliday schon einen Mann verloren hat. Ich möchte nicht, daß sie auch noch einen Bruder verliert.«

»In Ordnung.«

»Übrigens, wieviel Zeit haben Sie? Ich meine, Sie sind im aktiven Dienst.«

»Ich habe erst einmal dreißig Tage Urlaub, den ich aber, wenn nötig, verlängern kann.«

»Wir bleiben bei den dreißig Tagen, Commander. Das ist mehr Zeit, als uns noch zur Verfügung steht.«

»Reden Sie, Converse.«

»Gehen wir«, sagte Joel und ging weiter in Richtung Alter Zoll.

Der allgemeine ›Überblick‹, den Fitzpatrick erhielt, schilderte die Situation, daß gleichgesinnte Personen in verschiedenen Ländern im Begriff waren, sich zu verbünden und ihren beträchtlichen Einfluß dazu zu benutzen, unter Umgehung des geltenden Rechts Waffen und Produkte neuester Technologie an feindliche Regierungen und Organisationen zu liefern.

»Zu welchem Zweck?« fragte Fitzpatrick.

»Ich könnte sagen, aus Profitgier, aber Sie würden das durchschauen.«

»Wenn das das einzige Motiv sein soll, ja«, meinte der Marineanwalt nachdenklich. »Einflußreiche Leute – so wie ich das Wort ›einflußreich‹ in Beziehung auf die existierenden Gesetze verstehe – würden einzeln oder bestenfalls in kleinen Gruppen innerhalb ihrer jeweiligen Länder operieren. Zumindest, wenn der Gewinn das Hauptziel wäre. Sie würden sich jedenfalls nicht um internationale Koordinierung bemühen; das ist nicht notwendig. Schließlich handelt es sich um einen Verkäufermarkt; sie würden damit nur ihre Profite verwässern.«

»Stimmt.«

»Also?« Fitzpatrick sah Joel an, während sie auf eine Lücke in der Steinmauer zuschlenderten, wo eine Bronzekanone stand.

»Destabilisierung«, sagte Converse. »Destabilisierung auf breiter Front. Eine Reihe kleiner Buschfeuer in politisch unruhigen Ländern, um die Fähigkeit der jeweiligen Regierung in Zweifel zu ziehen, mit solchen Gewalttätigkeiten fertig zu werden.«

»Ich muß Sie noch einmal fragen, welchen Zweck soll das haben?«

»Sie sind schnell«, sagte Joel, »also überlasse ich es Ihnen, darauf die Antwort zu finden. Was passiert, wenn eine politische Machtkonstellation durch Unruhen zerstört wird, weil die Dinge außer Kontrolle geraten sind?«

Die zwei Männer blieben neben der Kanone stehen, und die Augen des Marineoffiziers musterten das lange, drohende Rohr. »Die Konstellation wird verändert oder durch eine neue ersetzt«, sagte Fitzpatrick und wandte den Blick von der Kanone ab, um Converse anzusehen.

»Stimmt«, sagte Converse. »Das ist der allgemeine Überblick.«

»Er gibt keinen Sinn.« Fitzpatrick kniff nachdenklich die Augen zusammen. »Lassen Sie mich wiederholen. Darf ich?«

»Sie dürfen.«

»›Einflußreiche Personen‹ deutet auf Leute, die höheren Orts sehr angesehen sind. Wenn wir einmal von der Annahme ausgehen, daß wir es nicht mit rein kriminellen Elementen zu tun haben – und das dürfen wir wohl, nachdem es nicht nur um Profite geht –, dann sprechen wir von einigermaßen respektablen Bürgern. Gibt es noch eine andere mögliche Kategorisierung, die ich nicht kenne?«

»Falls es eine gibt, kenne ich sie auch nicht.«

»Warum sollten diese Leute dann die politischen Strukturen destabilisieren wollen, die ihnen ihren Einfluß garantieren? Das gibt keinen Sinn.«

»Haben Sie schon einmal den Satz gehört: ›Alles ist relativ‹?«

»Natürlich. Und?«

»Dann denken Sie nach.«

»Worüber?«

»Über Einfluß.« Joel holte seine Zigaretten heraus und zündete sich eine an. Der jüngere Mann starrte auf die Wasser des Rheins.

»Sie wollen *mehr*«, sagte Fitzpatrick langsam und drehte sich wieder zu Converse um.

»Sie wollen alles«, führte Joel den Satz fort. »Und das bekommen sie nur, wenn sie beweisen, daß ihre Lösungen, um das Chaos, das ausbrechen wird, einzudämmen, die einzigen sind, die Erfolg haben.«

Connals Ausdruck war starr und unbewegt, während er Joels Worte in sich aufnahm. »Heilige Maria...«, begann er im Flüsterton, doch es klang wie ein Aufschrei. »Ein internationales Plebiszit – der Wille des Volkes –, ein Plebiszit, das nach dem allmächtigen Staat ruft. Faschismus. *Multinationaler* Faschismus.«

»Ganz genau. Damit haben Sie es besser beschrieben als irgendeiner von uns.«

»*Uns*? Womit Sie wieder diese ›wir‹ meinen. Und doch wissen Sie angeblich nicht, wer ›sie‹ sind!« sagte Fitzpatrick.

»Versuchen Sie damit zu leben«, erwiderte Joel. »Ich habe das auch gelernt.«

»*Warum?*«

»Avery Fowler. Erinnern Sie sich an ihn?«

»*O Gott!*«

»Und ein alter Mann auf der Insel Mykonos. Das ist alles, was wir haben. Aber was die beiden gesagt haben, ist die Wahrheit. Es geschieht wirklich. Ich habe es selbst gesehen, und das ist alles, was ich wissen muß. In Genf hat Avery gesagt, daß uns nur noch wenig Zeit bliebe. Beale hat das etwas deutlicher formuliert. Er behauptete, daß wir uns bereits in der Countdown-Phase befinden. Was auch immer geschehen wird, es wird passieren, noch bevor Ihr Urlaub zu Ende ist.«

»O mein Gott«, flüsterte Fitzpatrick. »Was können Sie mir noch sagen – was *wollen* Sie mir sagen?«

»Sehr wenig.«

»Die Botschaft«, fiel Connal ihm ins Wort. »Das liegt ein paar Jahre zurück. Aber ich habe dort einmal gearbeitet. Mit dem Militärattaché. Wir könnten dort Unterstützung bekommen.«

»Wir können dort auch eine Kugel in den Kopf bekommen.«

»*Was*?«

»Die Botschaft ist nicht sauber. Die drei Männer, die Sie am Flughafen gesehen haben, die aus der Botschaft...«

»Was ist mit ihnen?«

»Die stehen auf der anderen Seite.«

»Das glaube ich nicht!«

»Warum, meinen Sie denn, waren die am Flughafen?«

»Um Sie kennenzulernen, um mit Ihnen zu reden. Man kann sich ein Dutzend Gründe dafür vorstellen. Ob Sie es nun wissen oder nicht, man betrachtet Sie als einen Spitzenanwalt für internationales Recht. Ich kann mir durchaus Gründe vorstellen, weshalb Botschaftsangestellte Sie gerne sprechen würden.«

»Dieses Gespräch habe ich schon einmal geführt«, sagte Converse etwas irritiert.

»Was soll *das* jetzt wieder bedeuten?«

»Wenn die mich sprechen wollten, weshalb sind sie dann nicht am Flugsteig gewesen?«

»Weil sie dachten, Sie würden wie alle anderen in das Terminalgebäude kommen.«

»Und als ich das nicht getan habe, waren sie – nach Ihrer Darstellung – äußerst erregt. Das sagten Sie doch.«

»Ja.«

»Ein Grund mehr also, gleich am Flugsteig auf mich zu warten.«

Fitzpatrick runzelte die Stirn. »Trotzdem ist das ein wenig schwach...«

»Die Frau. Erinnern Sie sich an die Frau?«

»Natürlich.«

»Sie hat mich in Kopenhagen erkannt und ist mir gefolgt. Und da ist noch etwas. Später stiegen alle vier in einen Wagen, der einem Mann gehört, den wir kennen – und von dem wir wissen, daß er in alles das, was ich Ihnen geschildert habe, verwickelt ist. Sie fuhren zur Botschaft, das müssen Sie mir einfach glauben. Ich habe sie gesehen.«

Connal musterte Joel und akzeptierte das, was er gehört hatte. »Also, die Botschaft scheidet aus. Wie wäre es mit Brüssel, SHAPE? Es gibt dort eine Einheit der Marineabwehr; ich hatte schon mit diesen Leuten zu tun.«

»Noch nicht. Vielleicht überhaupt nicht.«

»Ich dachte, Sie wollten die Uniform nutzen, meine Verbindungen.«

»Vielleicht werde ich das. Es ist gut zu wissen, daß sie zur Verfügung stehen.«

»Nun, was wollen Sie, daß ich tue? *Irgend etwas* muß ich doch tun.«

»Sprechen Sie wirklich fließend Deutsch?«

»Ich sagte Ihnen doch, ich spreche fünf Sprachen...«

»Ja, daran haben Sie keine Zweifel gelassen«, unterbrach Converse. »Es gibt hier in Bonn eine Frau Fischbein. Das ist der erste Name, den ich Ihnen nenne. Sie ist in die Sache verwickelt, wir wissen nur nicht genau wie. Aber wir haben den Verdacht, daß sie zur Übermittlung von Informationen eingesetzt wird. Ich möchte, daß Sie ihre Bekanntschaft machen, mit ihr sprechen und eine Beziehung zu ihr eingehen. Wir werden uns da etwas einfallen lassen. Sie ist um die Vierzig, die jüngste Tochter von Hermann Göring. Aus naheliegenden Gründen hat sie einen Überlebenden des Holocaust geheiratet; aber der hat sie bereits vor Jahren wieder verlassen. Irgendeine Idee, wie man das machen könnte?«

»Sicher«, sagte Fitzpatrick, ohne zu zögern. »Eine Erbschaftsangelegenheit. Es gibt ein paar tausend Testamente und Nachlässe, bei denen die Verstorbenen den Wunsch geäußert haben, daß das Militär sie bearbeitet. Sie stammen von irgendwelchen Verrückten, die ihren ganzen Besitz den *anderen* Überlebenden hinterlassen. Damit die reinrassigen Arier weiterleben und ähnlicher Unsinn. Wir geben derartige Angelegenheiten zumeist an die Zivilgerichte zurück. Aber die wissen nicht, was sie damit anfangen sollen, also verschwindet die Erbschaft am Ende in den Tresoren des Schatzamtes.«

»Ehrlich?«

»Glauben Sie mir. Diese Leute sind durch nichts zurückzuschrecken.«

»Und das würde funktionieren?«

»Was würden Sie von einer Erbschaft von gut einer Million von einem kleinen Brauereibesitzer im Mittleren Westen halten?«

»Hervorragend«, grinste Joel. »Sie sind an Bord.«

Converse hatte das Projekt »Aquitania« ebensowenig erwähnt wie die Namen George Marcus Delavane, Jacques Louis Bertholdier oder Erich Leifhelm und auch nicht die rund zwanzig Namen aus dem State Department und dem Pentagon. Er gab auch keine detaillierte Beschreibung der Aktivitäten des Gegners, wie er sie den Akten entnommen hatte oder sie ihm von Dr. Edward Beale auf Mykonos geschildert worden waren. Connal Fitzpatrick erfuhr nur die groben Umrisse von allem, wobei Joels Gründe auf der Hand lagen: Falls der Marineanwalt der Gegenseite in die Hände fiel und verhört wurde – ganz gleich wie brutal –, konnte er so nur wenig von Belang preisgeben.

»Sehr viel sagen Sie mir wirklich nicht«, meinte Fitzpatrick.

»Ich habe Ihnen schon oft genug erklärt, daß Ihnen das eine Kugel durch den Kopf eintragen könnte, und das ist eine Formulierung, die normalerweise nicht zu meinem Sprachschatz gehört.«

»Zu meinem auch nicht.«

»Dann sollten Sie mich als einen netten Burschen ansehen«, sagte Converse.

»Andererseits«, fuhr Hallidays Schwager fort, »haben Sie in Ihrem Leben auch eine ganze Menge mehr mitgemacht als ich. Ich habe das in den Akten nachgelesen – man hat Sie mit den Akten einer ganzen Menge anderer Gefangener verglichen. Sie müssen etwas ganz Besonderes gewesen sein. Nach der Schilderung der meisten Männer in diesen Lagern haben Sie die Gefangenen zusammengehalten... bis man Sie in Einzelhaft verlegt hat.«

»Die hatten unrecht, Seemann. Ich hab' am ganzen Leibe gezittert und hatte eine Heidenangst und hätte vermutlich eine Pekingente gebumst, wenn ich damit meine Haut hätte retten können.«

»In den Akten steht es anders. Dort steht...«

»Interessiert mich wirklich nicht, Commander«, meinte Joel, »aber ich habe im Augenblick ein großes Problem, bei dem Sie mir behilflich sein könnten.«

»Und das wäre?«

»Ich habe versprochen, Dowling über sein Funktelefon anzurufen. Ich habe keine Ahnung, wie man so etwas macht.«

»Dort drüben ist eine Zelle«, sagte Connal und wies auf ein gelbes Telefonhäuschen. »Haben Sie die Nummer bei sich?«

»Ja, sie muß hier irgendwo sein«, erwiderte Converse und suchte in seinen Taschen herum. »Hier«, sagte er, als er den Zettel zwischen ein paar Kreditkartenquittungen herausgewühlt hatte.

»Joel?«

»Ja, Cal. Ich hatte versprochen, Sie nach meinem Zusammentreffen mit Fowler anzurufen. Alles in Ordnung?«

»Nein, das ist es nicht, Mr. Rechtsanwalt«, erwiderte der Schauspieler leise. »Wir beide müssen ein sehr ernstes Gespräch miteinander führen, und ich will Ihnen nicht verschweigen, daß ein Gorilla namens Rosenberg dabei nur ein paar Schritte entfernt stehen wird.«

»Ich verstehe Sie nicht.«

»Ein Mann in Paris ist gestorben. Erklärt Ihnen das etwas?«

»*O Gott.*« Converse fühlte das Blut in seinen Adern gerinnen. Seine Kehle war plötzlich trocken und verklebt. Einen Augenblick glaubte er, sich erbrechen zu müssen.

»Sind die zu Ihnen gekommen?« flüsterte er.

»Ein Beamter der deutschen Polizei war vor einer Stunde bei mir, und diesmal hatte ich keine Zweifel an meinem Besucher. Er war echt.«

»Ich weiß nicht, was ich sagen soll«, stammelte Joel.

»Haben Sie es getan?«

»Ich... ja, ich denke schon.« Converse starrte die Wählscheibe des Telefonautomaten an und sah das blutüberströmte Gesicht des Mannes vor dem Lieferanteneingang des George V. Fast spürte er noch das Blut an seinen Fingern.

»Sie *denken*? Das ist nichts, was man nur denkt.«

»Also, ja... ja. Ich habe es getan.«

»Hatten Sie einen Grund?«

»Ich glaube schon.«

»Den will ich hören, aber nicht jetzt. Ich werde Ihnen sagen, wo wir uns treffen.«

»Nein!« rief Joel aus. »Ich darf Sie da nicht hineinziehen. Das darf ich einfach nicht!«

»Dieser Polizist hat mir seine Karte gegeben. Ich soll ihn anrufen, wenn Sie mit mir Verbindung aufnehmen. Er hat mir klar zu verstehen gegeben, was es bedeutet, wichtige Informationen in einem Ermittlungsverfahren zurückzuhalten.«

»Er hat recht gehabt, *völlig* recht! Sagen Sie ihm um Gottes willen alles, Cal! Die Wahrheit. Sie haben mir ein Zimmer besorgt, weil Sie dachten, ich würde vielleicht keine Reservierung haben, und wir haben ein paar angenehme Stunden im Flugzeug miteinander verbracht. Sie haben das Zimmer auf Ihren Namen bestellt, weil Sie nicht wollten, daß ich es bezahlen muß. Verbergen Sie *nichts*! Nicht einmal dieses Gespräch dürfen Sie verschweigen.«

»Und warum habe ich ihm das Ganze dann nicht gleich gesagt?«

»Das ist schon in Ordnung. Sie sagen es ihm ja jetzt. Es war für Sie ein Schock, und schließlich sind wir Landsleute. Sie brauchten Zeit, um nachzudenken, um zu überlegen. Mein Anruf hat Sie genügend aufgerüttelt, daß Sie jetzt wieder Ihrer Vernunft folgen. Sagen Sie ihm, Sie hätten mich mit der Anklage konfrontiert, und ich hätte sie nicht geleugnet. Seien Sie ehrlich zu ihm, Cal.«

»Wie ehrlich? Soll ich auch Fowlers Besuch erwähnen?«

»Das ist nicht notwendig. Lassen Sie mich das erklären. Fowler ist ein falscher Name, und er hat keine Beziehung zu Paris. Darauf gebe ich Ihnen mein Wort. Wenn Sie ihn mit hineinziehen, dann komplizieren Sie die Dinge nur unnötig.«

»Soll ich ihm sagen, daß Sie am Alten Zoll sind?«

»Ja, so heißt das hier. Sagen Sie es ruhig.«

»Sie werden dann nicht mehr zum Königshof zurück können.«

»Das ist unwichtig«, antwortete Joel schnell. Er wollte das Gespräch so rasch wie möglich beenden, um endlich nachdenken zu können. »Mein Gepäck liegt noch am Flughafen, und dorthin kann ich auch nicht zurück.«

»Sie hatten einen Aktenkoffer.«

»Dafür habe ich gesorgt. Der ist an einem Ort deponiert, wo ich an ihn heran kann.«

Der Schauspieler machte eine Pause und redete dann langsam weiter: »Sie raten mir also, der Polizei gegenüber offen zu sein und die Wahrheit zu sagen.«

»Ja, das ist mein Rat, Cal. Das ist die einzige Möglichkeit für Sie, sauber zu bleiben, und Sie *sind* sauber.«

»Das klingt wie ein guter Rat, Joel, und ich würde mir wirklich wünschen, daß ich ihn annehmen kann. Aber ich fürchte, das kann ich nicht.«

»Was? *Warum?*«

»Weil böse Menschen, wie Diebe und Mörder, keine solchen Ratschläge geben. Ich habe das noch in keinem Drehbuch gelesen.«

»Das ist doch Unsinn! Tun Sie, um Gottes willen, was ich Ihnen sage!«

»Tut mir leid, Partner, die Dramaturgie stimmt nicht. Also tun Sie, was ich *Ihnen* sage. In der Nähe ist die Universität; ein schöner Bau, ein restaurierter Palast – mit einer Gartenanlage, wie man sie nicht oft sieht. An der Südseite der Anlage steht an den Wegen eine Anzahl von Bänken. Sehr hübsch für einen Sommerabend, etwas abgelegen und nicht zu überfüllt. Seien Sie um zehn Uhr dort.«

»Cal, ich werde Sie nicht in diese Sache hineinziehen!«

»Ich bin bereits drinnen. Ich habe Informationen zurückgehalten und einem Flüchtling geholfen.« Dowling machte wieder eine Pause. »Und dann gibt es da jemand, den Sie kennenlernen sollten«, sagte er.

»*Nein.*«

Ein Klicken, und die Leitung war tot.

10

Converse hängte den Hörer auf die Gabel, stützte sich gegen die Glaswand der Telefonzelle und versuchte, Klarheit in seine Gedanken zu bringen. Er hatte einen Menschen getötet, aber nicht in einem Krieg, auch nicht im erbarmungslosen Überlebenskampf im südostasiatischen Dschungel, sondern in einer Seitenstraße von Paris. Und er hatte es getan, weil er sekundenschnell eine Entscheidung hatte treffen müssen, die nur auf Annahmen beruhte. Ob recht oder unrecht, die Tat war geschehen, und für Grübeleien war nun keine Zeit mehr. Die deutsche Polizei suchte ihn, und das hieß, daß Interpol sich eingeschaltet hatte. Irgendwie waren Informationen von Jacques Louis Bertholdier aus Paris übermittelt worden, der selbst im Hintergrund blieb und sich an der Jagd scheinbar nicht beteiligte.

»Was ist denn?« fragte Fitzpatrick, der besorgt ein paar Schritte links von Joel stand. »Was ist mit Dowling los? Hat er Schwierigkeiten?«

»Die *wird* er haben!« platzte Joel heraus. »Weil er nämlich ein verdammter Dummkopf ist, der sich einbildet, das Ganze sei ein gottverdammter Film!«

»Vor einer Weile haben Sie aber noch ganz anders geredet.«

»Wir haben uns zufällig kennengelernt, und alles hat sich spontan richtig entwickelt. Aber das hier wird sich nicht richtig entwickeln, nicht für ihn.« Converse ließ die Tür der Telefonzelle zufallen und starrte Fitzpatrick an. Verzweifelt versuchte er, sich auf das Nächstliegende zu konzentrieren. »Vielleicht sage ich es Ihnen, vielleicht auch nicht«, meinte er und sah sich nach einem Taxi um. »Kommen Sie, wir werden jetzt Ihre großartigen Sprachkenntnisse nutzen. Wir brauchen eine Unterkunft, teuer, aber nicht auffällig. Es darf auf keinen Fall ein Haus sein, das von reichen Touristen besucht wird, die nicht Deutsch sprechen. Wenn es etwas gibt, das man über mich verbreiten wird, dann, daß ich mich nicht einmal in den fünf Ausländerbezirken von New York verständigen kann. Ich will ein Luxushotel, das nicht auf Ausländer angewiesen ist. Verstehen Sie, was ich meine?«

Fitzpatrick nickte. »Exklusiv, Clubatmosphäre, auf deutsche Geschäftsleute ausgerichtet. Die gibt es in jeder Großstadt, und sie kosten überall allein für das Frühstück zwanzigmal soviel, wie mir an Tagesspesen zur Verfügung steht.«

»Das macht nichts, ich habe Geld hier in Bonn. Warum soll ich es nicht auch ausgeben?«

»Sie stecken voller Überraschungen«, sagte Connal.

»Glauben Sie, Sie schaffen das? Ich meine, ein solches Hotel zu finden?«

»Ich kann Ihren Wunsch einem Taxifahrer erklären; der weiß bestimmt weiter. Da ist ein Taxi, das gerade frei wird.« Die zwei Männer eilten zur Straße, wo gerade vier Fahrgäste aus einem Taxi ausstiegen. Sie trugen Kamerataschen und Louis-Vuitton-Handtaschen.

»Nun, ich werde ihm sagen, was Sie mir gerade erklärt haben«, antwortete Fitzpatrick. »Ein ruhiges, nettes Hotel, abseits vom Touristenstrom. Ich werde sagen, daß wir Geschäfte mit deutschen Bankiers hätten und ein Haus suchen, wo die sich besonders wohl fühlen. Er wird das schon verstehen.«

»Er wird auch sehen, daß wir kein Gepäck haben«, wandte Joel ein.

»Aber zuerst wird er mein Geld sehen«, meinte der Marineoffizier und hielt Converse die Türe auf.

Lt. Commander Connal Fitzpatrick, USN, beeindruckte Joel Converse so, daß letzterer sich fast wie ein kleiner Junge vorkam. Ohne die geringste Mühe besorgte der Marineanwalt eine Suite mit zwei Schlafzimmern in einem Hotel am Rheinufer. Das Haus war ein umgebauter Herrschaftssitz aus der Vorkriegszeit, und die meisten der hier anwesenden Gäste schienen sich untereinander zu kennen. Die Angestellten wagten es kaum, den Blick zu heben, als wollten sie auf diese Weise stumm ihre Unterwürfigkeit zum Ausdruck bringen oder versichern, daß sie, danach gefragt, niemals zugeben würden, wen auch immer gesehen zu haben.

Als sie am Eingang des Hotels, zu dem eine lange, gepflegte Auffahrt führte, angehalten hatten, stieg Fitzpatrick aus.

»Bleiben Sie hier«, sagte er zu Joel. »Ich will sehen, ob ich zwei Zimmer bekommen kann... Und sagen Sie nichts.«

Zwölf Minuten später kam Connal zurück, seine Miene wirkte streng, aber seine Augen glänzten. Er hatte seine Mission erfüllt. »Kommen Sie, Herr Aufsichtsratsvorsitzender, wir gehen gleich hinauf.« Er bezahlte den Fahrer, gab ein reichliches Trinkgeld und hielt Converse wieder die Tür auf – jetzt vielleicht eine Spur unterwürfiger, dachte Joel.

Die Halle des Hotels wirkte anheimelnd und erinnerte Converse an Clubs, wie er sie in England kennengelernt hatte: schwere Ledersessel vor der vertäfelten Wand, schmiedeeiserne Verzierungen unter den Fenstern, alte Spiegel und prunkvolle Lüster. Das alles machte auf den ersten Blick den Eindruck eines Grandhotels aus vergangener Zeit, und nur die helle Beleuchtung erinnerte daran, daß dieses alte Haus mitten in einer modernen Stadt stand.

Fitzpatrick führte Converse zu einem vertäfelten Lift, ganz hinten in dem ebenfalls vertäfelten Korridor. Nirgends war ein Liftführer oder ein Hausdiener zu sehen. Die Kabine war klein und bot höchstens vier Personen Platz, ihre Wände aus getöntem Glas vibrierten leicht, als sie in den zweiten Stock hinauffuhr.

»Ich glaube, die Zimmer werden Ihnen gefallen«, sagte Connal. »Ich hab' sie mir schon angesehen; deshalb hat es so lange gedauert.«

»Wir scheinen hier ja im neunzehnten Jahrhundert gelandet zu sein«, entgegnete Joel. »Hoffentlich gibt es hier wenigstens Telefon.«

»Die modernsten, die man sich denken kann, davon habe ich mich überzeugt.« Die Lifttür öffnete sich. »Hier entlang«, sagte Fitzpatrick und wies nach rechts. »Die Suite liegt am Ende des Ganges.«

»Die Suite?«

»Sie sagten doch, Sie hätten Geld.«

Zwei Schlafzimmer flankierten ein geschmackvoll eingerichtetes Wohnzimmer, aus dem eine Tür auf einen kleinen Balkon führte, von dem aus man den Rhein sehen konnte. Die Zimmer waren hell und luftig, die Wanddekoration wiederum merkwürdig zusammengestellt: neben der Reproduktion eines impressionistischen Stillebens hingen Drucke von preisgekrönten Pferden der besten deutschen Reitställe.

»Gut gemacht, Sie Wunderknabe«, sagte Converse nach einem Blick ins Freie.

Als Fitzpatrick sich umdrehte und in sein Schlafzimmer ging, befiel Joel plötzlich ein eigenartiges Gefühl. Woran erinnerte ihn dieser junge Mann, was ließ ihn so vertraut erscheinen? Fitzpatrick besaß jene besondere Kühnheit, die zur Unerfahrenheit gehörte, eine völlige Abwesenheit von Furcht in kleinen Dingen, die, wie ihn die Vorsicht einmal lehren würde, häufig zu größeren führten. Er erprobte unbekannte Gewässer noch voller Mut.

Plötzlich war Converse klar, warum ihm der andere so vertraut war. In Connal Fitzpatrick erkannte er sich selbst wieder... bevor ihm so vieles widerfahren war. Bevor er die Angst kennengelernt hatte, nackte, schreckliche Angst. Und am Ende die Einsamkeit.

Sie kamen überein, daß Connal zum Flughafen Köln-Bonn zurückkehren sollte. Nicht etwa um Joels Gepäck abzuholen, sondern wegen seines eigenen, das in einem Schließfach in der Gepäckausgabe lagerte. Dann würde er nach Bonn fahren, einen teuren Koffer kaufen und ihn mit einem halben Dutzend Hemden, Unterwäsche, Socken und der besten

Konfektionskleidung füllen, die er in Joels Größe finden konnte, drei Paar Hosen, ein oder zwei Jacketts und einem Regenmantel. Sie hatten sich darauf geeinigt, daß legere Kleidung am besten passen würde; einem exzentrischen Finanzier standen solche geschmacklichen Entgleisungen zu. Sein zweites Ziel vor der Rückkehr in das *Rektorat* sollte ein zweites Schließfach auf dem Bahnhof sein, wo Converse seinen Aktenkoffer deponiert hatte.

Vor seiner Abfahrt hatte Fitzpatrick ihm noch versichert, daß die Telefonzentrale des Hotels durchaus imstande sei, Telefongespräche in englischer Sprache zu vermitteln – ebenso auch in sechs weiteren Sprachen, Arabisch eingeschlossen –, und daß er daher unbedenklich ein Gespräch mit Lawrence Talbot in New York anmelden könne.

»Du lieber Gott, wo stecken Sie denn, Joel?!« rief Talbot ins Telefon.

»Amsterdam«, erwiderte Converse, der seinen Aufenthaltsort nicht preisgeben wollte. »Ich möchte wissen, was mit Richter Anstett passiert ist! Können Sie mir etwas darüber erzählen?«

»Ich möchte wissen, was mit *Ihnen* passiert ist! René hat gestern abend angerufen...«

»Mattilon?«

»Sie haben ihm gesagt, Sie wollten nach London fliegen.«

»Ich habe es mir anders überlegt.«

»Was, zum Teufel, ist denn *passiert*? Die Polizei war bei ihm; er hatte keine Wahl. Er mußte ihnen sagen, wer Sie sind.« Talbot machte plötzlich eine Pause und sprach dann mit ruhiger Stimme, einer gekünstelten Stimme weiter. »Ist bei Ihnen alles in Ordnung, Joel? Gibt es etwas, das Sie mir sagen wollen, etwas, das Sie beunruhigt?«

»Etwas, das mich beunruhigt?«

»Hören Sie, Joel. Wir wissen alle, was Sie durchgemacht haben, und wir bewundern Sie, wir haben sogar großen *Respekt* vor Ihnen. Sie sind der beste Mann in der internationalen Abteilung...«

»Ich bin der *einzige* Mann, den Sie haben«, unterbrach Converse ihn, der nachzudenken versuchte, der Zeit gewinnen und zugleich möglichst viel erfahren wollte. »Was hat René denn gesagt? Warum hat er Sie angerufen?«

»Sie klingen ganz wie der alte Joel.«

»Ich bin der alte Joel, Larry. Weshalb hat René Sie denn angerufen? Weshalb war die Polizei bei ihm?« Joel spürte, daß alles plötzlich eine neue Dimension erhielt. Jetzt würden gleich die Lügen kommen, Ausflüchte, Täuschungsversuche, aber am wichtigsten war, daß er Zeit gewann und seine Bewegungsfreiheit behielt. Er mußte frei *bleiben*; es war noch so viel zu tun, und die Zeit war schon so knapp.

»Er hat mich angerufen, nachdem die Polizei ihn verlassen hatte, um mich zu informieren – übrigens, es waren Leute von der Sûreté. So wie er das Ganze begriff, ist der Fahrer einer Limousine vor dem Lieferanteneingang des Georges V. überfallen worden...«

»Der Fahrer einer Limousine...?« unterbrach Converse ihn unwillkürlich. »Haben die gesagt, es sei ein *Chauffeur* gewesen?«

»Von einer dieser teuren Mietfirmen, die Leute herumkutschieren, die zu ungewöhnlichen Stunden ungewöhnliche Orte aufsuchen. Sehr elegant und sehr vertraulich. Allem Anschein nach hat man diesen Burschen ziemlich zugerichtet. Und die Polizei behauptet, Sie hätten das getan. Keiner weiß warum, aber man hat Sie identifiziert. Es heißt, daß der Mann vielleicht nicht überleben wird.«

»Larry, das ist doch lächerlich!« wehrte sich Joel in gespielter Empörung. »Ja, ich *war* dort – in der Gegend –, aber *ich* habe doch mit dem Ganzen nichts zu tun! Zwei Hitzköpfe haben angefangen, sich zu prügeln, und ich hatte wirklich keine Lust, mich da hineinziehen zu lassen – und beruhigen konnte ich sie auch nicht. Also sah ich zu, daß ich verschwand, ehe ich ein Taxi fand, habe ich dem Portier noch zugerufen, er solle Hilfe holen. Das Letzte, was ich sah, war, daß er mit einer Trillerpfeife zur Straße rannte.«

»Dann waren Sie also überhaupt nicht in die Sache verwickelt«, sagte Talbot. Es war die Feststellung eines Anwalts.

»Selbstverständlich nicht! Warum sollte ich?«

»Das ist es ja, was wir nicht begreifen konnten. Es machte einfach keinen Sinn.«

»Es *macht* keinen Sinn. Ich werde René anrufen und nach Paris zurückfliegen, wenn es sein muß.«

»Ja, das sollten Sie tun«, pflichtete Talbot ihm zögernd bei. »Ich sollte Ihnen wohl sagen, daß ich möglicherweise die Situation noch etwas schlimmer gemacht habe.«

»Sie? Inwiefern?«

»Ich habe Mattilon gesagt, daß Sie vielleicht... nun, nicht ganz Sie selbst wären. Als ich mit Ihnen in Genf sprach, haben Sie schrecklich geklungen, Joel. Wirklich *schrecklich*.«

»Du lieber Gott, was glauben Sie denn, wie ich mich gefühlt habe? Ein Mann, mit dem ich verhandle, stirbt vor meinen Augen, aus einem Dutzend Schußwunden blutend. Wie würden *Sie* sich denn da fühlen?«

»Ich verstehe«, sagte der Anwalt in New York, »aber René hat auch etwas an Ihnen festgestellt – etwas gehört –, das ihn beunruhigt hat.«

»Ach, kommen Sie, hören Sie doch damit auf!« Joels Gedanken überschlugen sich; jedes Wort, das er jetzt sagte, mußte glaubwürdig sein. Seine Empörung mußte echt wirken. »Mattilon hat mich gesehen, nachdem ich fast vierzehn Stunden in Flugzeugen oder auf Flughäfen herumgesessen hatte. Herrgott, ich war einfach erschöpft!«

»Joel?« begann Talbot, der offenbar noch nicht ganz bereit war, das Thema fallenzulassen. »Warum haben Sie René gesagt, daß Sie im Auftrag der Kanzlei in Paris seien?«

Converse machte eine Pause, nicht weil er über die Antwort nachdenken mußte, sondern nur des Effekts wegen. Er war auf die Frage vorbereitet; er war es seit dem Augenblick gewesen, als er Mattilon angesprochen hatte. »Eine kleine Notlüge, Larry, die niemandem schadet. Ich wollte einige Informationen und dachte, auf diese Weise würde ich sie am einfachsten bekommen.«

»Über diesen Bertholdier? Das ist der General, nicht wahr?«

»Er erwies sich als die falsche Quelle. Ich habe das René gesagt, und er war hundertprozentig meiner Ansicht.« Joel war bemüht, Unbekümmertheit in seine Stimme hineinzulegen. »Außerdem wäre es doch eigenartig gewesen, wenn ich gesagt hätte, daß ich für jemand anderen nach Paris gekommen sei, oder? Ich glaube nicht, daß das der Firma sehr genützt hätte. Unsere Branche lebt doch von Gerüchten, das haben Sie mir selbst einmal gesagt.«

»Ja, sicher. Sie haben völlig richtig gehandelt... Verdammt noch mal, Joel, warum, *zum Teufel*, haben Sie das Hotel auf so eigenartige Weise verlassen? Durch den Keller oder wie auch immer?«

Der Augenblick war gekommen, daß er eine kleine, belanglose Unwahrheit vollkommen überzeugend einfließen lassen mußte. Denn wenn er sie falsch vorbrachte, konnte sie zu einer größeren, viel gefährlicheren Lüge führen. Connal Fitzpatrick hätte sich gut darauf verstanden, überlegte Converse. Der Marineanwalt hatte noch nicht gelernt, die kleinen Dinge zu fürchten; er wußte nicht, daß sie Fährten waren, die einen in einen Rattenkäfig am Mekongfluß zurückbringen konnten.

»Bubba, alter Freund und Helfer«, begann Joel so locker, wie er nur konnte. »Ich mag tief in Ihrer Schuld stehen, aber meine Intimsphäre geht nur mich etwas an.«

»Ihre was?«

»Ich nähere mich den mittleren Jahren – zumindest sind sie nicht mehr fern –, ich habe keinerlei eheliche Verpflichtungen und also auch keine Schuldgefühle, was meine Treue angeht.«

»Sie sind einer *Frau* aus dem Wege gegangen?«

»Die Firma kann von Glück reden, daß es kein Mann war.«

»Du *lieber* Gott! Und ich bin scheinbar schon so alt, daß ich an diese Dinge überhaupt nicht mehr denke. Tut mir leid, junger Mann.«

»Jung und doch nicht so jung, Larry.«

»Dann haben wir uns alle mächtig getäuscht. Sie sollten René am besten gleich anrufen und diese Sache aufklären. Ich kann Ihnen gar nicht sagen, wie erleichtert ich bin.«

»Sagen Sie mir lieber etwas über Anstett. Das ist nämlich der Grund meines Anrufs.«

»Natürlich.« Talbot senkte die Stimme. »Eine schreckliche Geschichte, eine Tragödie. Was schreiben denn die Zeitungen dort drüben?«

Mit der Frage hatte Converse nicht gerechnet. »Sehr wenig«, erwiderte er und versuchte, sich an das zu erinnern, was Fitzpatrick ihm erzählt hatte. »Nur daß man ihn erschossen hat und daß allem Anschein nach aus seiner Wohnung nichts gestohlen wurde.«

»Das stimmt. Natürlich dachten Nathan und ich sofort an Sie und an die Sache, in die Sie da verwickelt sind, was auch immer das ist. Aber das war offensichtlich ein falscher Gedanke. Es war ein Racheakt der Mafia, ganz einfach. Sie wissen ja, wie hart sich Anstett bei Revisionsgesuchen dieser Leute gab. Er hat sie regelmäßig abgelehnt und ihre Anwälte als Schande des Berufsstandes bezeichnet.«

»Es war also ein eindeutiger Mafia-Mord?«

»Richtig, und das weiß ich direkt von O'Neil, aus dem Büro des Kommissars. Die kennen den Mann bereits. Es ist ein bezahlter Killer, der für die Delvecchio-Familie arbeitet. Und Anstett hat erst letzte Woche Delvecchios ältesten Sohn hinter Gitter geschickt. Zwölf Jahre hat er bekommen, ohne Aussicht auf Revision; der Oberste Gerichtshof ist nicht bereit, den Fall noch einmal aufzurollen.«

»Die *kennen* den Mann?«

»Sie brauchen ihn bloß noch festzunehmen.«

»Wie kommt es, daß alles so eindeutig ist?« fragte Joel verwirrt.

»Es ist so wie meistens«, sagte Talbot. »Ein Informant, der irgendeine Gefälligkeit braucht. Und da alles so schnell und in aller Stille abgelaufen ist, nimmt man an, daß die Ballistik den Beweis liefern wird.«

»So schnell? In aller Stille?«

»Der Informant war bereits heute morgen bei der Polizei. Man hat eine Sondereinheit gebildet. Nur sie kennt die Identität des Mannes. Man nimmt an, daß die Waffe sich noch im Besitz des Mörders befindet. Die Festnahme dürfte in Kürze erfolgen; er lebt in Syosset.«

Irgend etwas stimmte da nicht, dachte Converse. Es gab da

einen Haken, aber er kam nicht darauf. Und dann hatte er es plötzlich. »Larry, wenn alles so still verläuft, wie kommt es dann, daß Sie informiert sind?«

»Ich hatte schon Sorge, daß Sie mich das fragen würden«, sagte Talbot etwas verlegen. »Ich kann es Ihnen ja sagen; wahrscheinlich wird es morgen ohnehin in den Zeitungen stehen. O'Neil hält mich auf dem laufenden; Sie können das meinetwegen Entgegenkommen nennen. Außerdem tut er es auch, weil ich ziemlich nervös bin.«

»Warum?«

»Ich war der letzte, der Anstett lebend gesehen hat, bevor er ermordet wurde.«

»*Sie?*«

»Ja. Nach Renés zweitem Anruf hatte ich beschlossen, mich an den Richter zu wenden, selbstverständlich nach Rücksprache mit Nathan. Als ich Anstett schließlich erreichte, erklärte ich ihm, daß ich ihn sprechen müßte. Er war darüber nicht gerade erfreut, aber ich ließ nicht locker. Ich erklärte, daß es um Sie ginge. Ich wüßte nur, daß Sie schreckliche Schwierigkeiten hätten und daß etwas geschehen müsse. Ich fuhr zu seiner Wohnung am Central Park South, und dann redeten wir. Ich sagte ihm, was geschehen war, und daß ich mich um Sie sorgte. Dabei machte ich kein Hehl daraus, daß ich ihm die Schuld an allem gab. Er sagte nicht viel, aber ich nehme an, daß auch er Angst hatte. Er sagte, er würde sich am kommenden Morgen wieder bei mir melden. Daraufhin verließ ich ihn, und laut gerichtsmedizinischem Bericht ist er drei Stunden später getötet worden.«

Joels Atem ging in kurzen Stößen; er hatte das Gefühl, der Kopf müßte ihm zerspringen, so sehr konzentrierte er sich. »Wir wollen das einmal klarbekommen, Larry. Sie sind nach Renés zweiten Anruf zu Anstetts Wohnung gefahren. *Nachdem* er der Sûreté gesagt hatte, wer ich bin.«

»Richtig.«

»Wie lange hat das gedauert?«

»Wie lange hat was gedauert?«

»Bis Sie weggingen, um Anstett aufzusuchen. Nachdem Sie mit Mattilon gesprochen hatten.«

»Nun, wollen wir mal sehen. Natürlich wollte ich zuerst mit Nathan sprechen, aber er war essen gegangen. Also wartete ich. Übrigens stimmte er mir zu und erbot sich, mich zu begleiten...«

»Wie *lange*, Larry?«

»Eineinhalb Stunden, höchstens zwei.«

Zwei Stunden plus drei Stunden ergaben fünf Stunden. Mehr als genug Zeit, um den Killer an Ort und Stelle zu bringen. Converse wußte nicht, wie es abgelaufen war, nur *daß* es geschehen war. In Paris war es plötzlich zu hektischer Aktivität gekommen, und in New York war man einem erregten Lawrence Talbot zu einer Wohnung am Central Park gefolgt, wo jemand einen Namen, einen Mann und die Rolle erkannte, die er gegen Aquitania gespielt hatte. Wenn es anders gewesen wäre, dann wäre jetzt Talbot tot und nicht Lucas Anstett. Der Rest war eine bewußt aufgebaute Fassade, hinter der die Gefolgsleute von George Marcus Delavane die Fäden zogen.

»... und die Gerichte verdanken ihm so viel, das Land.« Talbot redete immer noch, aber Joel konnte ihm nicht länger zuhören.

»Ich muß leider weg, Larry«, sagte er und legte auf.

Es war ein abscheulicher Mord, und die Tatsache, daß er so schnell, so effizient und mit so präziser Tarnung erfolgt war, jagte Converse mehr Angst ein, als er sich eingestehen wollte.

Joseph-Joey der Nette-Albanese lenkte seinen Pontiac über die ruhige, von Bäumen gesäumte Straße in Syosset, Long Island. Er winkte einem Ehepaar in einem Garten zu. Der Mann stutzte gerade unter Anleitung seiner Frau die Hecke. Sie hielten in ihrer Arbeit inne und winkten zurück. Sehr nett. Die Nachbarn konnten ihn gut leiden. Sie fanden ihn reizend und großzügig; was kein Wunder war, wo er doch schließlich ihren Kindern erlaubte, in seinem Pool zu baden, und er ihren Eltern nur die teuersten Drinks vorsetzte, wenn sie vorbeikamen, und die größten Steaks, die Geld kaufen konnte, wenn er am Wochenende ein Barbecue-Fest veranstaltete – was er häufig tat, wobei er jedesmal andere Nachbarn einlud, damit niemand sich ausgeschlossen fühlte.

Ich bin wirklich ein netter Bursche, sinnierte Joey. Er war immer freundlich und hob nie die Stimme im Zorn, hatte für jeden nur nette Worte und ein vergnügtes Lächeln, gleichgültig, wie lausig er sich fühlte. Das ist es, *verdammt noch mal!* dachte Joey – ganz gleich, wie sehr er sich auch ärgerte, er zeigte es nie! Joey den Netten nannten sie ihn, und damit hatten sie recht. Manchmal dachte er, daß er wohl eine Art Heiliger sein müsse – Jesus Christus mochte ihm solche Gedanken verzeihen. Gerade hatte er seinen Nachbarn zugewinkt, dabei war ihm in Wirklichkeit eher danach, mit der Faust die Windschutzscheibe einzuschlagen und ihnen das Glas in den Hals zu drücken.

Aber es ging natürlich nicht um sie, es ging um das, was letzte Nacht geschehen war! Eine verrückte Nacht, ein verrückter *Hit*, alles war *verrückt!* Und dieser Kerl, den sie von der Westküste hergeholt hatten, den sie den »Major« nannten, der war der Verrückteste von allen! Und obendrein ein Sadist, so wie er den alten Mann zugerichtet hatte und auch den blöden Fragen nach zu schließen, die er gestellt hatte, die ganze Zeit brüllend. *Tutti pazzi!*

Da hatte er gerade noch in der Bronx Karten gespielt, und im nächsten Augenblick klingelte das Telefon. Sofort nach Manhattan! Dort brauchte man einen wie ihn! Also fährt er hin, und was findet er? Dieser eisenharte Richter, der gerade die Stahltüren hinter Delvecchios Jungen zugeknallt hatte! Verrückt! Natürlich werden die das mit dem alten Delvecchio in Verbindung bringen. Die Bullen und die Gerichte werden so auf ihm herumhacken, daß er von Glück reden kann, wenn er am Ende noch seinen Puff in Palermo behalten kann – falls er je nach Italien zurückkommen sollte.

Andererseits... vielleicht... dachte Joey damals, änderte sich vielleicht etwas in der Organisation. Der Alte verlor die Dinge langsam aus dem Griff. Und möglicherweise – möglicherweise – diente das Ganze dazu, ihn, Joey, zu testen. Vielleicht war er *zu* nett, zu *glatt*, um jemanden wie den alten Richter unter Druck zu setzen, der ihnen allen so viel Ärger bereitete. Nun, das war er nicht. Nein, Sir, das Nette hörte auf, wenn er eine Kanone in der Hand hatte. Das war sein

Job, sein Beruf. Der Herr Jesus entschied, wer leben und wer sterben sollte, nur daß Er durch den Mund sterblicher Männer auf der Erde sprach, die Leuten wie Joey sagten, wer umzulegen war.

Und so war es auch letzte Nacht; die Anweisung kam von einem angesehenen Mann. Obwohl Joey ihn nicht persönlich kannte, hatte er schon jahrelang von dem mächtigen *padrone* in Washington D.C. gehört. Der Name wurde nur im Flüsterton genannt, jedoch niemals laut ausgesprochen.

Joey tippte die Bremse an und verlangsamte die Fahrt, so daß er in seine Einfahrt einbiegen konnte.

Scheiße! Eines der Kinder hatte sein Fahrrad vor der Garage stehenlassen. Deshalb konnte er jetzt die automatische Tür nicht öffnen und einfach hineinfahren. Er mußte aussteigen. Scheiße! Wieder so ein Nadelstich. Er konnte nicht einmal am Randstein der Millers nebenan parken; irgend so ein Idiot hatte da seinen Wagen abgestellt. Aber das war nicht der Buick der Millers. Verdammte Scheiße!

Joey bremste den Pontiac auf halbem Weg die Einfahrt hinauf ab und stieg aus. Er ging zu dem Fahrrad und beugte sich vor. Nicht einmal auf den Ständer hatten die das Fahrrad gestellt. Und Joey bückte sich nicht gern, dazu war er zu füllig.

»*Joseph Albanese!*«

Joey der Nette fuhr herum, duckte sich, griff unter seine Achsel. Es gab nur eine Art von Menschen, die diesen Ton hatten. Er zog seinen .38er heraus und warf sich gegen den Kühlergrill seines Wagens.

Die Explosionen hallten durch die Nachbarschaft. Vögel flatterten aus Bäumen auf, und schrille Schreie zerrissen die nachmittägliche Ruhe. Joseph Albanese hing an der Kühlerverkleidung seines Pontiac, und ein paar Blutfäden rannen träge an dem blitzenden Chrom herunter. Joey der Nette war mitten ins Sperrfeuer gelaufen und hielt noch die Pistole in der Hand, die er erst vergangene Nacht so wirksam eingesetzt hatte. Die Ballistik würde den Beweis liefern. Der Mörder von Lucas Anstett war tot. Der Richter war das Opfer eines Gangstermordes geworden, und niemand würde erfahren, daß das Ganze mit Ereignissen in Verbindung stand, die sich Tausende Kilometer entfernt in Bonn, in Deutschland, abspielten.

Converse stand auf dem kleinen Balkon, die Hände auf das Geländer gestützt, und blickte auf den majestätischen Fluß hinter dem Grün hinunter, das die Rheinufer säumte. Es war kurz nach sieben. Im Westen versank gerade die Sonne; ihre orangeroten Strahlen säumten die schweren Wolken, die am Himmel hingen. Die Farben hatten eine hypnotische Wirkung, und die leichte Brise war angenehm kühl. Doch nichts konnte das tosende Echo in seiner Brust zum Verstummen bringen. *Wo war Fitzpatrick? Wo war sein Aktenkoffer? Die Akten?* Er versuchte, seinen Gedanken Einhalt zu gebieten, versuchte, seine Phantasie daran zu hindern, sich immer schrecklicheren Möglichkeiten hinzugeben...

Plötzlich war ein anderes Echo zu hören, das aus dem Zimmer kam. Er drehte sich rasch herum und sah Connal Fitzpatrick im Türrahmen auftauchen, damit beschäftigt, den Schlüssel aus dem Schloß zu ziehen. Dann trat Fitzpatrick zur Seite und ließ einen uniformierten Träger mit den Koffern eintreten. Er wies den Mann an, das Gepäck abzustellen, während er in der Tasche nach einem Trinkgeld suchte. Der Träger ging, und der Marineanwalt starrte Joel an. Fitzpatrick hatte keinen Aktenkoffer bei sich.

»Wo ist er?« sagte Converse, der vor Angst erstarrt war und nicht zu atmen wagte.

»Ich hab' ihn nicht abgeholt.«

»*Warum nicht?*« schrie Joel und sprang auf ihn zu.

»Ich war mir nicht sicher... vielleicht war es nur ein Gefühl, ich weiß nicht.«

»Wovon reden Sie?«

»Ich war gestern sieben Stunden auf dem Flughafen, bin dabei von einem Schalter zum anderen gegangen und habe mich nach Ihnen erkundigt«, erklärte Connal leise. »Heute nachmittag, als ich am Lufthansa-Schalter vorbeiging, war wieder derselbe Mann da. Als ich ihm zunickte, hatte ich das Gefühl, daß er mich nicht kennen wollte. Er wirkte nervös.

Zuerst verstand ich das nicht. Dann holte ich meinen Koffer, kehrte wieder zurück und beobachtete ihn. Ich erinnerte mich daran, wie er mich gestern abend angesehen hatte, und als ich diesmal an ihm vorbeiging, hätte ich schwören können, daß seine Augen immer wieder ins Flughafengebäude wanderten. Aber da herrschte ein solches Durcheinander von Leuten, daß ich nicht sicher sein konnte.«

»Sie glauben, man sei Ihnen *gefolgt*?«

»Das ist es ja gerade, ich *weiß* es nicht. Als ich in Bonn einkaufen war, bin ich von Laden zu Laden gegangen und habe mich immer wieder umgesehen, ob ich jemanden entdecken könnte. Ein paarmal dachte ich, ich würde jemanden wiedererkennen, aber ich war mir – wiederum – nicht sicher. Ich mußte immer an den Lufthansa-Angestellten denken; irgend etwas stimmte da nicht.«

»Und als Sie dann im Taxi saßen? Haben Sie...?«

»Natürlich. Auf der Fahrt hierher habe ich die ganze Zeit durchs Rückfenster gesehen. Ein paar Wagen sind dieselbe Strecke wie wir gefahren. Aber als ich den Fahrer anwies, er solle langsamer werden, haben sie uns überholt.«

»Haben Sie darauf geachtet, wo die nach dem Überholen hinfuhren?«

»Was hätte das für einen Sinn gehabt?«

»Den hätte es schon gehabt«, sagte Joel und erinnerte sich an einen geschickten Fahrer, der einer dunkelroten Mercedes-Limousine gefolgt war.

»Ich wußte nur, daß Sie wegen des Aktenkoffers recht nervös waren. Ich weiß nicht, was in ihm ist, und ich denke, Sie wollen nicht, daß jemand anderer es erfährt.«

»Stimmt genau.«

Es klopfte an der Türe, und obwohl das Geräusch ganz leise war, wirkte es doch wie ein Donnerschlag. Die beiden Männer standen reglos da, ihre Augen hefteten sich an die Tür.

»Fragen Sie, wer da ist«, flüsterte Converse.

»*Wer ist da, bitte?*« sagte Fitzpatrick, gerade laut genug, um gehört zu werden. Eine kurze Antwort in deutscher Sprache ließ Connal aufatmen. »Schon in Ordnung. Eine Nachricht für mich vom Geschäftsführer. Wahrscheinlich will er uns ein Konferenzzimmer andrehen.« Der Marineanwalt ging zur Tür und öffnete sie.

Aber es war weder der Geschäftsführer noch ein Page oder ein Träger mit einer Nachricht. Statt dessen stand dort ein schlanker, älterer Herr in einem dunklen Anzug, ein Mann mit sehr breiten Schultern, der sich betont aufrecht hielt. Er sah zuerst Fitzpatrick an, dann wanderte sein Blick zu Converse.

»Bitte entschuldigen Sie mich, Commander«, sagte er höflich, schritt durch die Tür und ging mit ausgestreckter Hand auf Joel zu. »Herr Converse, darf ich mich vorstellen? Mein Name ist Leifhelm. Erich Leifhelm.«

11

Benommen griff Joel nach der Hand des Deutschen. Er war wie gelähmt und wußte nicht, was er sonst hätte tun sollen. »Feldmarschall...?« stieß er hervor und bedauerte es sogleich – wenigstens hätte er die Geistesgegenwart besitzen müssen, »General« zu sagen.

»Ein alter Titel, den ich Gott sei Dank seit vielen Jahren nicht mehr gehört habe. Aber Sie schmeicheln mir. Sie haben sich für mich interessiert und etwas über meine Vergangenheit in Erfahrung gebracht.«

»Nicht sehr viel.«

»Genug, vermute ich.« Leifhelm drehte sich zu Fitzpatrick. »Ich bitte um Nachsicht für meinen kleinen Trick, Commander. Ich hielt es so für das beste.«

Fitzpatrick zuckte verwirrt die Schultern. »Die Herren kennen einander offenbar.«

»Das nicht«, widersprach der Deutsche. »Wir haben voneinander gehört. Mister Converse ist nach Bonn gekommen, um sich mit mir zu treffen, aber ich nehme an, das hat er Ihnen bereits gesagt.«

»Nein, das habe ich ihm nicht gesagt«, erklärte Joel.

Leifhelm drehte sich wieder um und sah Converse forschend an. »Aha. Vielleicht sollten wir dann unter vier Augen sprechen.«

»Ja, ich denke auch.« Joel sah zu Fitzpatrick hinüber. »Commander, ich habe Ihre Zeit lange genug in Anspruch genommen. Warum gehen Sie nicht schon zum Dinner hinunter? Ich werde später nachkommen.«

»Wie Sie wünschen, Sir«, erwiderte Connal. Der Offizier war in die Rolle eines Adjutanten geschlüpft. Er nickte und ging hinaus, wobei er die Tür fest hinter sich ins Schloß zog.

»Ein reizendes Zimmer«, begann Leifhelm und ging ein paar Schritte auf die offene Balkontüre zu. »Und mit solch reizender Aussicht.«

»Wie haben Sie mich gefunden?« fragte Converse.

»Ihn habe ich gefunden«, erwiderte der ehemalige Feldmarschall und sah Joel an. »Ein Marineoffizier, wie man mir am Empfang sagte. Wer ist er?«

»Wie?« wiederholte Converse.

»Er hat gestern abend am Flughafen einige Stunden damit verbracht, sich nach Ihnen zu erkundigen. Viele haben sich an ihn erinnert. Er ist ganz offensichtlich mit Ihnen befreundet.«

»Und Sie wußten, daß er sein Gepäck dort abgestellt hatte? Daß er zurückkommen und es abholen würde?«

»Offen gestanden, nein. Wir dachten, er würde das Ihre abholen. Wir wußten, daß Sie selbst das nicht tun würden. So, und jetzt sagen Sie mir bitte, wer er ist.«

Joel erkannte, daß es sehr wichtig war, im Moment eine gewisse Arroganz an den Tag zu legen, so wie er es auch bei Bertholdier in Paris getan hatte. Das war der einzige Weg, um von diesen Männern akzeptiert zu werden. Sie mußten in ihm Züge ihres eigenen Wesens wiedererkennen. »Er ist nicht wichtig und weiß nichts. Er ist Offizier und Anwalt in der Navy, hat schon früher in Bonn gearbeitet und ist, soweit mir bekannt ist, wegen irgendeiner persönlichen Angelegenheit hier. Ich glaube, er hat da eine Verlobte erwähnt. Ich habe ihn neulich erst kennengelernt. Wir kamen ins Gespräch, und ich erzählte ihm, daß ich um dieses Datum herum hier mit dem Flugzeug ankommen würde, woraufhin er sich erbot, mich abzuholen. Er ist beflissen und hartnäckig. Ich bin sicher, daß er von einer zivilen Kanzlei träumt. Natürlich habe ich ihn – unter den vorliegenden Umständen – benutzt. So wie Sie.«

»Natürlich.« Leifhelm lächelte; er war aalglatt. »Sie haben ihm Ihre Ankunftszeit nicht genannt?«

»Das war ja nach Paris nicht gut möglich, oder?«

»O ja, Paris. Wir müssen über Paris sprechen.«

»Ich habe mit einem Freund gesprochen, der mit der Sûreté zu tun hat. Der Mann ist gestorben.«

»Das tun solche Leute häufig.«

»Man hat mir gesagt, er sei Fahrer gewesen, ein Chauffeur. Das war er nicht.«

»Wäre es denn klüger gewesen, wenn man gesagt hätte, daß er ein Vertrauter von General Jacques Louis Bertholdier war?«

»Selbstverständlich nicht. Man sagt, ich hätte ihn getötet.«

»Das haben Sie auch. Wir nehmen an, daß es sich um eine Tat im Affekt gehandelt hat, deren Verschulden sich der Mann ohne Zweifel selbst zuzuschreiben hat.«

»Interpol ist hinter mir her.«

»Wir haben auch Freunde; die Situation wird sich ändern. Sie haben nichts zu fürchten – solange *wir* nichts zu fürchten haben.« Der Deutsche machte eine Pause und sah sich im Zimmer um. »Darf ich mich setzen?«

»Bitte. Soll ich etwas zu trinken kommen lassen?«

»Ich trinke nur ganz leichten Wein und auch davon nur wenig. Wenn *Sie* nicht wollen... Es ist nicht nötig.«

»Gut«, sagte Converse, während Leifhelm in einem Sessel vor der Balkontür Platz nahm. Joel wollte sich erst setzen, wenn er das Gefühl hatte, daß der richtige Zeitpunkt dafür gekommen war, nicht früher.

»Sie haben am Flughafen außergewöhnliche Maßnahmen ergriffen, um uns aus dem Wege zu gehen«, fuhr Leifhelm fort.

»Man ist mir aus Kopenhagen gefolgt.«

»Sehr aufmerksam von Ihnen. Sie verstehen aber doch sicher, daß Ihnen niemand etwas zuleide tun wollte.«

»Ich verstehe gar nichts. Mir hat es nur einfach nicht gefallen. Ich wußte nicht, welche Auswirkung Paris auf meine Ankunft in Bonn haben würde, was es für Sie bedeutete.«

»Was Paris für mich bedeutet?« fragte Leifhelm, aber es war nur eine rhetorische Frage. »Paris bedeutet, daß ein Mann, ein Anwalt, der sich eines falschen Namens bediente, zu einer sehr angesehenen Persönlichkeit, den viele für einen brillanten Staatsmann halten, einige sehr beunruhigende Dinge gesagt hat. Dieser Anwalt, der sich Simon nannte, sagte, er würde nach Bonn fliegen, um sich mit mir zu treffen. Dann – sicher dazu provoziert – tötet er einen Mann, woraus wir unsere Schlüsse ziehen; der Mann ist skrupellos und sehr fähig. Aber das ist alles, was wir wissen; wir würden gerne mehr wissen. Wohin er geht, mit wem er sich trifft. Würden Sie in unserer Lage anders gehandelt haben?«

Das war der Augenblick, um sich zu setzen. »Ich hätte es besser gemacht.«

»Wenn wir gewußt hätten, wie geschickt und findig Sie sind, hätten wir es vielleicht etwas weniger auffällig arrangiert. Übrigens, was ist denn in Paris geschehen? Womit hat der Mann Sie denn provoziert?«

»Er versuchte, mich am Verlassen des Hotels zu hindern.«

»Dazu hatte er keine Anweisung.«

»Dann hat er seine Anweisungen zumindest mißverstanden. Ich habe noch ein paar Schrammen an der Brust und am Hals, die das beweisen. Ich bin es nicht gewöhnt, mich handgreiflich verteidigen zu müssen, und ich hatte ganz bestimmt nicht die Absicht, den Mann zu töten. Tatsächlich wußte ich nicht, daß ich ihn getötet habe. Es war ein Unfall, ich habe in reiner Notwehr gehandelt.«

»Ja, offensichtlich. Wer wünscht sich schon solche Komplikationen?«

»Genau«, nickte Converse. »Sobald ich Mittel und Wege gefunden habe, meine letzten Stunden in Paris so zu arrangieren, daß ich das Zusammentreffen mit General Bertholdier nicht zu erwähnen brauche, werde ich zurückkehren und der Polizei erklären, was geschehen ist.«

»Das ist vielleicht leichter gesagt als getan. Man hat sie im *L'Etalon Blanc* miteinander sprechen sehen. Ohne Zweifel hat man den General im Hotel erkannt. Er ist ein sehr bekannter Mann. Nein, ich glaube, es wäre klüger, wenn Sie das uns überließen. Wir *können* das nämlich, müssen Sie wissen.«

Joel sah den Deutschen scharf an, seine Augen blickten kalt, fragend. »Ich gebe zu, daß es mit einem gewissen Risiko verbunden ist, es auf meine Art zu tun. Mir gefällt dieses Risiko nicht, und meinem Klienten wäre es auch nicht recht. Andererseits kann ich mich ja nicht von der Polizei jagen lassen.«

»Man wird die Jagd abblasen. Sie werden sich ein paar Tage versteckt halten müssen, aber dann werden aus Paris neue Instruktionen ergehen. Ihr Name wird von der Interpol-Liste verschwinden; und dann wird man Sie nicht länger suchen.«

»Ich will Garantien.«

»Gibt es eine bessere als mein Wort? Ich sage Ihnen nichts Neues, wenn ich Ihnen erkläre, daß wir viel mehr zu verlieren haben als Sie.«

Converse staunte, ließ sich aber nichts anmerken. Ob Leifhelm das nun wußte oder nicht, er hatte ihm gerade viel offenbart. Der Deutsche hatte praktisch zugegeben, daß er einer Geheimorganisation angehörte, die nicht riskieren durfte, daß ihre Existenz bekannt wurde. Das war der erste konkrete Hinweis, den Joel gehört hatte. Irgendwie war das alles zu einfach. Oder waren diese Führer von Aquitania einfach nur verängstigte alte Männer?

»Das räume ich ein«, sagte Converse und schlug die Beine übereinander. »Nun, General, Sie haben mich gefunden, bevor ich Sie gefunden habe. Aber wir waren uns ja darüber einig, daß ich in meiner Bewegungsfreiheit beschränkt bin. Wie geht es jetzt weiter?«

»Ganz genau so, wie Sie es geplant haben, Mr. Converse. In Paris haben Sie von Bonn, Tel Aviv und Johannesburg gesprochen. Sie wußten, mit wem Sie in Paris Verbindung aufnehmen mußten und wen Sie in Bonn suchen mußten. Das beeindruckt uns in hohem Maße; wir müssen davon ausgehen, daß Sie mehr wissen.«

»Ich habe Monate mit detaillierten Recherchen verbracht – selbstverständlich im Auftrag meines Klienten.«

»Aber wer sind Sie? Woher kommen Sie?«

Joel spürte einen stechenden Schmerz. Er hatte diesen Schmerz schon oft verspürt; das war seine Reaktion auf drohende Gefahr, und er hatte gelernt, dieser Reaktion zu vertrauen. »Ich bin der, den die Menschen in mir sehen sollen, General Leifhelm. Ich bin sicher, daß Sie das verstehen können.«

»Ja«, sagte der Deutsche und beobachtete ihn scharf. »Jemand, der sich dem Wind anvertraut, aber auch Kraft genug hat, zu seinem Ziel getragen zu werden.«

»Vielleicht kann man es so sagen. Und was die Frage betrifft, woher ich komme, so bin ich sicher, daß Sie das inzwischen wissen.«

Fünf Stunden. Mehr als genug Zeit, um einen Killer in Position zu bringen. Ein Mord in New York; es galt zu handeln.

»Nur stückweise, Mr. Converse. Und selbst wenn wir mehr wüßten, wie könnten wir sicher sein, daß es stimmt? Sie sind vielleicht gar nicht das, was die Leute glauben?«

»Sind Sie das, General?«

»Bravo!« sagte Leifhelm und schlug sich lachend aufs Knie. Es war ein ehrliches Lachen. »Sie sind ein guter Anwalt, mein Herr. Sie beantworten eine Frage mit einer anderen, die gleichzeitig Antwort und Anklage ist.«

»So wie die Dinge liegen, ist das nicht mehr und nicht weniger als die Wahrheit.«

»Und bescheiden sind Sie auch. Sehr lobenswert, sehr anziehend.«

Joel veränderte seine Haltung und schlug die Beine dann wieder ungeduldig übereinander. »Ich mag Komplimente nicht, General. Ich vertraue ihnen nicht – so wie die Dinge liegen. Sie erwähnten vorher meine Reiseziele, Bonn, Tel Aviv und Johannesburg. Was meinten Sie damit?«

»Nur daß wir Ihren Wünschen entsprochen haben«, sagte

Leifhelm und spreizte die Hände vor sich. »Sie brauchen diese mühsamen Reisen nicht mehr zu machen. Wir haben unsere Vertreter in Tel Aviv und Johannesburg und natürlich auch Bertholdier gebeten, nach Bonn zu kommen, zu einer Konferenz. Zu einer Konferenz mit Ihnen, Mr. Converse.«

Ich habe es *geschafft*! dachte Joel. Sie hatten Angst – waren in *Panik*, das war vielleicht sogar das treffendere Wort. Trotz des stechenden Schmerzes, der immer noch in seiner Brust wühlte, sprach er langsam und ruhig. »Ich danke Ihnen für Ihr Entgegenkommen, aber ich muß Ihnen ganz offen sagen, daß mein Klient noch nicht zu einem Gipfel bereit ist. Er wollte die einzelnen Bausteine verstehen, bevor er sich das Ganze näher betrachtet. Die Speichen tragen das Rad, Sir. Ich sollte ihm berichten, wie stark sie sind – wie stark *Sie* mir erscheinen.«

»O ja, Ihr Klient. Wer ist es, Mr. Converse?«

»Ich bin sicher, daß General Bertholdier Ihnen gesagt hat, daß ich nicht befugt bin, darüber Auskunft zu geben.«

»Sie waren in San Francisco, in Kalifornien...«

»Wo ein großer Teil meiner Recherchen stattfand«, unterbrach Joel ihn. »Das ist nicht der Ort, an dem mein Klient lebt. Obwohl ich gerne zugeben will, daß es einen Mann in San Francisco gibt – in Palo Alto, um es genau zu sagen –, den ich sehr gern als Klienten sähe.«

»Ja, ja, ich verstehe.« Leifhelm legte die Fingerspitzen gegeneinander und fuhr fort. »Soll ich Ihren Worten entnehmen, daß Sie die Konferenz hier in Bonn ablehnen?«

Converse hatte Fragen dieser Art Tausende Male gehört, wenn er mit anderen Anwälten verhandelte und eine Einigung zwischen geschäftlichen Gegnern suchte. Beide Parteien wollten dasselbe; es ging lediglich darum, die Positionen anzugleichen, so daß keine Partei zum Bittsteller wurde.

»Nun, Sie haben sich viel Mühe gemacht«, begann Joel. »Solange wir uns darüber einig sind, daß ich mit jedem von Ihnen einzeln sprechen kann, sofern ich das wünsche, sehe ich in einer Zusammenkunft keinen Schaden.« Converse gestattete sich ein sichtbar erzwungenes Lächeln, wie er es tausendmal eingesetzt hatte. »Im Interesse meines Klienten natürlich.«

»Selbstverständlich«, sagte der Deutsche. »Morgen. Sagen wir um vier Uhr nachmittags? Ich werde Ihnen einen Wagen schicken. Ich kann Ihnen versichern, mein Tisch ist ausgezeichnet.«

»Ihr Tisch?«

»Dinner, selbstverständlich. Nach unserem Gespräch.« Leifhelm erhob sich. »Das ist ein Erlebnis, auf das Sie nicht verzichten dürfen, wo Sie doch schon in Bonn sind. Ich bin für meine Dinnerpartys bekannt, Mr. Converse. Und wenn es Sie beunruhigt, treffen Sie jegliche... Sicherheitsmaßnahmen... die Sie wünschen. Leibwächter, wenn Sie wünschen. Ihre Sicherheit ist garantiert. *Mein Haus ist das Ihre.*« Den letzten Satz hatte der sonst perfekt Englisch sprechende Leifhelm in deutscher Sprache gesagt. Converse sah ihn fragend an.

»Ich spreche nicht Deutsch.«

»Eigentlich ist das ein altes spanisches Sprichwort. *Mi casa, su casa.* ›Mein Haus ist Ihr Haus.‹ Es ist mir wichtig, daß Sie sich wohl fühlen.«

»Mir auch«, sagte Joel und stand auf. »Es kommt gar nicht in Frage, daß jemand mich begleitet *oder* mir folgt. Das würde stören. Natürlich werde ich meinen Klienten darüber informieren, wo ich bin und ihm etwa den Zeitpunkt sagen, an dem er anschließend mit meinem Anruf rechnen kann. Er wird mit großem Interesse darauf warten.«

»Das kann ich mir vorstellen.« Leifhelm und Converse gingen zur Tür; der Deutsche drehte sich um und streckte dem anderen noch einmal die Hand hin. »Bis morgen also. Und ich darf meine Empfehlung wiederholen, zumindest die nächsten paar Tage hier sehr vorsichtig zu sein.«

»Ich verstehe.«

Der Killer in New York. Der Mord, um den er sich als erstes kümmern mußte – das erste von zwei Hindernissen, zwei Stiche in seiner Brust.

»Übrigens«, sagte Joel und ließ die Hand des Feldmarschalls los. »Da war heute morgen eine Nachricht in der BBC, die mich interessiert hat – so interessiert, daß ich einen Kollegen angerufen habe. Ein Mann in New York ist getötet worden, ein Richter. Es heißt, es sei ein Racheakt gewesen, ein bestellter Mord der Mafia. Wissen Sie etwas davon?«

»*Ich?*« fragte Leifhelm. Seine weißblonden Brauen schoben sich in die Höhe, und seine wächsernen Lippen öffneten sich. »In New York werden doch jeden Tag Dutzende von Menschen getötet, und darunter wahrscheinlich auch Richter. Weshalb sollte ich etwas davon wissen? Meine Antwort ist natürlich nein.«

»Ich dachte nur. Danke.«

»Aber... aber Sie. Sie müssen doch einen...«

»Ja, General?«

»Warum interessiert Sie dieser Richter? Warum dachten Sie, ich könnte ihn kennen?«

Converse lächelte, ein Lächeln ohne jeden Humor. »Ich sage Ihnen nichts Neues, wenn ich Ihnen erkläre, daß er unser gemeinsamer Feind war.«

»Unser...? Sie müssen sich wirklich näher erklären!«

»Dieser Mann kannte die Wahrheit. Ich habe mich von meiner Firma beurlauben lassen, um vertraulich für einen privaten Klienten tätig zu werden. Er versuchte, mich aufzuhalten, versuchte den Seniorpartner meiner Firma dazu zu bewegen, meinen Urlaub zu streichen und mich zurückzurufen.«

»Hat er ihm *Gründe* genannt?«

»Nein, nur versteckte Drohungen, in denen er auf Korruption und unkorrektes Verhalten anspielte. Weiter wollte er nicht gehen; er ist Mitglied der Anwaltskammer, konnte aber keine Beweise vorlegen. Mein Arbeitgeber weiß überhaupt nichts – er ist wütend und etwas verwirrt –, aber ich habe ihn beruhigt. Die Angelegenheit ist erledigt, und je weniger man in ihr herumstochert, desto besser ist es für uns alle.« Joel öffnete Leifhelm die Tür. »Bis morgen...« Er zögerte einen Augenblick, und obwohl er den Mann, der vor ihm stand, verabscheute, zeigten seine Augen nur Respekt. »Feldmarschall«, fügte er hinzu.

»*Gute Nacht*«, sagte Erich Leifhelm mit einem scharfen, militärisch wirkenden Nicken.

Converse überredete die Dame an der Telefonvermittlung, jemanden in den Speisesaal zu schicken, um den Amerikaner, Commander Fitzpatrick, zu holen. Das erwies sich als ziemlich schwierig, denn der Marineoffizier befand sich weder im Speisesaal noch an der Bar, sondern saß draußen auf der spanischen Terrasse, wo er mit Freunden einen Drink einnahm und den Blick auf den Rhein genoß.

»Was für gottverdammte Freunde?« fragte Joel am Telefon.

»Ein Ehepaar, das ich dort draußen kennenlernte. Ein netter Bursche – Typ leitender Angestellter, Anfang der Siebzig, würde ich meinen.«

»Und sie?« fragte Converse, dessen Anwaltsverstand sofort zu arbeiten begann.

»Vielleicht... dreißig, vierzig Jahre jünger«, erwiderte Connal.

»Kommen Sie herauf, Seemann!«

Fitzpatrick saß auf der Couch und beugte sich nach vorne, die Ellbogen auf die Knie gestützt. In seinem Gesichtsausdruck mischten sich Sorge und Erstaunen, während er Joel ansah, der, vor der offenen Balkontür stehend, eine Zigarette rauchte. »Lassen Sie mich das wiederholen«, sagte Connal argwöhnisch. »Sie wollen also, daß ich jemanden daran hindere, sich Zugang zu Ihren Militärakten zu verschaffen?«

»Nicht zu allen, nur zu einem bestimmten Teil.«

»Für wen halten Sie mich eigentlich?«

»Sie haben es für Avery getan – für *Press*. Sie können es für mich tun. Das *müssen* Sie!«

»Das war etwas anderes. Für ihn habe ich diese Akten *geöffnet*, nicht sie geschlossen.«

»Nun, Sie haben Zugang zu ihnen, Sie haben einen Schlüssel.«

»Ich bin *hier*, nicht dort. Ich kann nicht aus achttausend Meilen Entfernung etwas herausschneiden, das Ihnen nicht paßt.«

»Jemand kann es, jemand *muß* es tun! Es ist nur ein kurzer Abschnitt ganz am Ende. Das letzte Gesprächsprotokoll.«

»Ein Gesprächsprotokoll?« sagte Connal verblüfft und stand auf. »In einer Dienstakte? Sie meinen, irgendein Einsatzbericht. Denn in dem Fall wäre es...«

»Kein Bericht«, unterbrach ihn Converse und schüttelte den Kopf. »Die Entlassung... Das Gespräch vor meiner *Entlassung*. Das Zeug, das Press Halliday mir gegenüber erwähnt hat.«

»Augenblick, *Augenblick*!« Fitzpatrick hob die Hände. »Sie meinen die Bemerkung, die Sie bei der *Anhörung* anläßlich Ihrer Entlassung gemacht haben.«

»Ja, genau die. Können Sie die verschwinden lassen?«

»Ich kann es versuchen«, sagte der andere und ging durch die Verandatür zum Telefon. »Nein, ich kann mehr als es nur versuchen. Ich kann einen Befehl erteilen. Das ist der Vorteil, den einem der Dienstrang einbringt.«

»Lieutenant Senior Grade Remington, David, Juristische Abteilung, SAND PAC. Es handelt sich um einen äußerst dringenden Fall, Sailor. Hier spricht Commander Fitzpatrick. Unterbrechen Sie ihn, falls er gerade spricht.« Connal hielt die Hand über die Sprechmuschel und drehte sich zu Converse um. »Wenn Sie meinen Koffer öffnen, finden Sie eine Flasche Bourbon.«

»Sofort.«

»*Remington?*... Hallo, David, hier spricht Connal... Ja, vielen Dank, ich sage es Meagen... Nein, ich bin nicht in San Francisco, dort können Sie mich nicht erreichen. Aber hier hat sich etwas entwickelt, wo Sie sich einschalten müssen. Etwas auf meinem Terminkalender, das ich nicht mehr geschafft habe. Zunächst einmal, es handelt sich um einen Vier-Null-Notfall. Ich sage Ihnen Näheres, wenn ich wieder zurück bin, aber bis dahin müssen Sie das erledigen. Haben Sie etwas zu schreiben... Es gibt da eine Kriegsgefangenenakte unter dem Namen Converse, Joel... Lieutenant, Luftwaffe, Pilot – Flugzeugträger, Vietnam. Er ist in den sechziger Jahren entlassen worden...« Fitzpatrick blickte auf Converse hinunter, der die rechte Hand und drei Finger der linken zeigte, »... Neunzehnhundertachtundsechzig, um es genauer zu sagen...« Joel trat vor, immer noch die gespreizte rechte Hand erhoben, während die linke jetzt nur noch den Daumen zeigte. »... Juni achtundsechzig«, fügte der Anwalt hinzu und nickte. »Entlassungsort unser geliebter Standort San Diego. Haben Sie das alles? Lesen Sie es mir bitte noch einmal vor, David.«

Connal nickte beim Zuhören einige Male. »C-O-N-V-E-R-S-E, stimmt... Juni achtundsechzig, Luftwaffe, Pilot, Vietnam, Kriegsgefangenenabteilung, San Diego Entlassung. Genau, Sie haben es richtig. So, und jetzt die Einzelheiten, David. Die Entlassungsakte von diesem Converse hat einen Sperrvermerk; er bezieht sich auf die Anhörung bei seiner Entlassung, also nicht auf Waffen oder Technologie... Hören Sie gut zu, David. Mir ist zu Ohren gekommen, daß für dieses Entlassungsprotokoll möglicherweise eine Anforderung unter Freigabecode anhängig ist. Dieses Protokoll darf unter *keinen* Umständen freigegeben werden. Der Sperrvermerk bleibt und darf ohne meine Zustimmung nicht entfernt werden. Und wenn der Antrag bereits bearbeitet ist, dann liegt er immer noch innerhalb der achtundvierzigstündigen Prüffrist. Sie würgen ihn ab. Kapiert?«

Wieder hörte Fitzpatrick zu, nickte aber diesmal nicht, sondern schüttelte den Kopf. »Nein, unter keinen Umständen. Es ist mir völlig gleichgültig, wenn der Secretary of State, der Verteidigungsminister und die Navy eine gemeinsame Petition auf dem Briefbogen des Weißen Hauses einreichen, die Antwort ist trotzdem nein. Wenn jemand die Entscheidung in Zweifel zieht, dann sagen Sie ihm, daß ich meine Befugnisse als leitender Anwalt und Offizier von SAND PAC ausübe. Es gibt da irgendwo einen Paragraphen, nach dem ich Material, das mutmaßlich geheim ist, beschlagnahmen kann. Es steht da irgend etwas über Sicherheit des Abschnitts *et cetera, et cetera.* Ich kenne die Frist nicht – zweiundsiebzig Stunden oder fünf Tage oder so etwas –, suchen Sie sich den Paragraphen heraus. Vielleicht brauchen Sie ihn.«

Connal lauschte wieder, seine Stirne runzelte sich, und sein Blick wanderte zu Joel hinüber. Jetzt sprach er ganz langsam, und Converse spürte wieder das Stechen in seiner Brust. »Wo Sie mich erreichen können...?« sagte der Marineoffizier verwirrt. Und dann lockerte sich seine Verwirrung plötzlich. »Rufen Sie Meagen in San Francisco an. Wenn ich nicht bei ihr und den Kindern bin, weiß sie, wo sie mich erreichen kann... Nochmals vielen Dank, David. Sie kümmern sich sofort um diese Geschichte, ja? Danke... Ich werde es Meg sagen.« Fitzpatrick legte den Hörer auf und atmete hörbar aus. »So«, sagte er, ließ die Schultern sinken und strich sich mit der Hand durch das braune Haar. »Jetzt werde ich Meagen anrufen und ihr diese Nummer geben; wenn Remington anruft, soll sie sagen, daß ich in den Bergen bin – Press hatte dort eine kleine Hütte.«

»Geben Sie ihr die Telefonnummer«, sagte Joel, »aber sagen Sie ihr sonst nichts.«

»Keine Sorge, die hat selbst genug um die Ohren.« Der Marineoffizier sah Converse an und runzelte die Stirn. »Ich dachte, Sie wollten den Bourbon holen, *Lieutenant?*«

»Yes, *Sir*, Commander!« erwiderte Joel und ging zu Fitzpatricks Koffer.

»Und wenn ich mich richtig erinnere, wollten Sie mir beim Drink eine Geschichte erzählen, die mich sehr interessiert.«

Chaim Abrahms ging eine dunkle Straße in Tel Aviv hinunter. Seine hagere Gestalt war wie üblich in eine Safarijacke und Khakihosen und Stiefel gekleidet. Auf seinem fast kahlen Schädel saß eine Baskenmütze. Die Mütze war das einzige Zugeständnis, das er an den Zweck seines nächtlichen Ausflugs gemacht hatte. Für gewöhnlich genoß er es, erkannt zu werden, und die Bewunderung, die ihm dann zuteil wurde.

»Zuallererst Jude!« war der Satz, mit dem er stets begrüßt wurde, ob es nun in Tel Aviv oder Jerusalem, gewissen Teilen von Paris oder New York war.

Der Satz war vor vielen Jahren entstanden, als die Briten ihn als jungen, für die Irgun tätigen Terroristen wegen eines Massakers in einem Palästinenserdorf in Abwesenheit zum Tode verurteilt hatten. Damals hatte er einen Ruf ausgestoßen, den man auf der ganzen Welt gehört hatte.

»Ich bin zuallererst Jude, ein Sohn Abrahams! Alles andere kommt danach, und wenn man den Kindern Abrahams das versagt, was ihnen gebührt, werden noch Ströme von Blut fließen.«

Die Briten, die 1948 keinen Wert darauf legten, einen weiteren Märtyrer zu schaffen, begnadigten ihn und gaben ihm einen kleinen Bauernhof. Aber das reichte nicht aus, um ihn wieder seßhaft zu machen. Drei Kriege hatten seine bäuerlichen Fesseln gelöst und zugleich seine Wildheit gesteigert – und sein brillantes Talent im Feld. Es war ein Talent, das sich in frühen Jahren stetiger Flucht mit einer zerrissenen winzigen Armee ausgebildet und verfeinert hatte. In einer Zeit, wo Überraschung, Schrecken, Angriff und schnelles Untertauchen die wichtigsten Taktiken waren, wo die Chancen stets den turmhoch an Waffen und Soldaten überlegenen Feind begünstigten, und wo doch das einzige Ziel der Sieg war. Später setzte er die Strategien jener Jahre in einer immer größer werdenden Kriegsmaschinerie ein, aus der dann Heer, Marine und Luftwaffe eines mächtigen Israel wurden. Mars stand am Himmel von Chaim Abrahms Vision und, abgesehen von den Propheten, war der Gott des Krieges seine Stärke, seine Daseinsberechtigung. Vom *Ramat Aviv* zum *Har Hazeytim*, von der *Rehovat* zur *Masada* des Negev war *Nakama*! sein Ruf. *Vergeltung* an den Feinden der Kinder Abrahams!

Abrahms erreichte die Kreuzung der Ibn Gabirol und der Arlosoroff-Straße. Das Licht der Straßenlampen war trübe, aber das war gut so. Man sollte ihn nicht sehen. Er mußte noch eine Straße weiter, sein Ziel war eine Adresse an der Jabotinsky-Straße, ein bescheidenes Apartmenthaus, in dem ein Mann, der scheinbar ein unwichtiger Bürokrat war, in einer bescheidenen Wohnung lebte. Wenige freilich wußten, daß dieser Mann, ein Spezialist, der einen komplizierten

Computer betrieb und dadurch mit dem größten Teil der Welt in Verbindung stand, von entscheidender Bedeutung für die weltweiten Operationen der Mossad, von Israels Abwehrdienst, war.

Abrahms flüsterte vor dem kleinen Gitter über dem Postschlitz im Vorraum seinen Namen; das Schloß in der schweren Türe klickte, und er trat ein. Dann begann der mühsame Weg über drei Stockwerke zur Wohnung hinauf.

»Etwas Wein, Chaim?«

»Whisky«, kam die kurze Antwort.

»Immer dieselbe Frage und immer dieselbe Antwort«, sagte der Spezialist. »Ich sage ›Etwas Wein, Chaim?‹ und du sagst ein Wort. ›Whisky.‹ Du würdest selbst bei der Seder Whisky trinken, wenn du damit durchkämst.«

»Das kann ich, und das tue ich.« Abrahms saß auf einem abgewetzten Ledersessel und sah sich in dem einfachen, etwas unordentlich wirkenden Zimmer um, in dem überall Bücher lagen. Und er fragte sich, wie er das stets tat, weshalb ein Mann mit solchem Einfluß so lebte. Das Gerücht ging, daß der Mossad-Offizier nicht gern Gesellschaft hatte und befürchtete, ein größeres, attraktiveres Quartier könnte vielleicht dazu führen, daß mehr Leute ihn besuchten. »Aus deinem Knurren und Grunzen am Telefon habe ich entnommen, daß du das hast, was ich brauche.«

»Ja, das habe ich«, sagte der Spezialist und brachte seinem Gast ein Glas sehr guten Scotch. »Ich habe es, aber es wird dir wahrscheinlich nicht gefallen.«

»Warum nicht?« fragte Abrahms und trank, wobei er aufmerksam über den Glasrand blickte und den Gastgeber nicht aus den Augen ließ, als der ihm gegenüber Platz nahm.

»Im wesentlichen, weil es verwirrend ist und weil man in diesem Geschäft immer vorsichtig sein muß, wenn einen etwas verwirrt. Du bist kein vorsichtiger Mann, Chaim Abrahms. Verzeih mir, wenn ich das so deutlich sage. Du sagst mir, daß dieser Converse dein Feind ist, jemand, der Israel gerne infiltrieren würde, und ich sage dir, daß ich nichts finden kann, was diesen Schluß stützt. Vor allem anderen muß ein Amateur ein tiefgreifendes persönliches Motiv haben, um sich auf diese Art von Täuschung einzulassen, diese Art von Verhalten, wenn du so willst. Es muß einen treibenden Zwang geben, so auf das Bild einer Sache einzuschlagen, die er verabscheut... Nun, es gibt ein Motiv, und es gibt auch einen Feind, für den er großen Haß empfinden muß, aber keines von beiden paßt zu dem, was du angedeutet hast. Die Information ist übrigens durch und durch verläßlich. Sie kommt von *Quang Dinh*...«

»Was, zum Teufel, ist das nun wieder?« unterbrach der General.

»Eine Spezialabteilung der nordvietnamesischen – jetzt natürlich vietnamesischen – Abwehr.«

»Und *dort* hast du Gewährsleute?«

»Wir haben sie jahrelang gefüttert – nichts schrecklich Wichtiges, aber immerhin genug, um ihr Ohr zu gewinnen. Und ihre Stimmen. Es gab Dinge, die wir wissen mußten, Waffen, die wir begreifen mußten; es hätte sein können, daß man sie einmal gegen uns einsetzt.«

»Dieser Converse war in Nordvietnam?«

»Einige Jahre als Kriegsgefangener; es gibt eine ausführliche Akte über ihn. Zuerst dachten die Vietnamesen, man könnte ihn für Propaganda einsetzen, für Radiosendungen, im Fernsehen... Er hätte seine brutale Regierung anflehen sollen, sich zurückzuziehen und mit dem Bombardement aufzuhören – all der übliche Unfug. Er konnte gut reden, bot ein gutes Bild und war ganz offensichtlich sehr amerikanisch. Anfangs führten sie ihn im Fernsehen als einen Mörder vor, der vom Himmel gefallen war und den humane Truppen vor der erzürnten Menge gerettet hatten. Sie dachten, er sei ein weicher, verzogener junger Mann, den man leicht zerbrechen und den man als Gegenleistung für eine etwas angenehmere Behandlung dazu bringen könnte, nach ihrer Pfeife zu tanzen. Was sie freilich lernen mußten, war etwas völlig anderes. Unter der weichen Schale war ein Kern aus hartem Metall. Das Seltsame war, daß dieser Kern im Laufe der Monate immer härter wurde, bis sie begriffen, daß sie – ich gebrauche ihre Worte – einen Höllenhund geschaffen hatten, aus Stahl gehämmert.«

»Höllenhund? So haben die ihn genannt?«

»Nein, nicht wörtlich. Sie nannten ihn einen häßlichen Unruhestifter, was angesichts der Herkunft dieser Bezeichnung nicht ohne Ironie ist. Was ich sagen wollte, ist, daß sie die Tatsache erkannten, daß *sie* ihn erst zu dem gemacht hatten, was er geworden war. Je härter sie ihn behandelten, desto mehr wuchs sein Widerstand.«

»Warum nicht?« sagte Abrahms mit scharfer Stimme. »Er war zornig. Du brauchst nur eine Wüstenschlange anzustoßen und zusehen, wie sie dann zuschlägt.«

»Chaim, ich kann dir versichern, daß dies nicht die normale menschliche Reaktion auf solche Umstände ist. Ein Mann kann den Verstand verlieren oder wild um sich schlagen oder sich in sich selbst zurückziehen, bis das beinahe katatonische Züge annimmt, oder er kann sich aufgeben und weinen und alles und jedes für die kleinste Freundlichkeit tun. Aber dieser Mann tat nichts davon. Seine Reaktionen waren kalkuliert, erfinderisch und bauten auf inneren Reserven auf, die ihm das Überleben ermöglichten. Er war der Anführer bei zwei Fluchtversuchen – der erste dauerte drei Tage, der zweite fünf. Als Anführer steckte man ihn in einen Käfig im Mekong-Fluß, und er entwickelte eine Methode, um die Wasserratten zu töten, indem er sie wie ein Hai von unten packte. Dann steckte man ihn in Einzelhaft, ein Loch im Boden, das zwölf Fuß tief und oben mit Stacheldraht verschlossen war. Aus diesem Loch arbeitete er sich nachts während eines schweren Regensturms nach oben, drückte den Draht weg und entkam allein. Er kämpfte sich tagelang durch den Dschungel und die Flüsse nach Süden, bis er die amerikanischen Linien erreichte. Das war keine leichte Aufgabe. Die Vietnamesen haben einen wildbesessenen Mann geschaffen, der seinen eigenen, persönlichen Krieg gewonnen hat.«

»Warum haben sie ihn vorher nicht einfach getötet?«

»Das habe ich mich selbst gefragt«, sagte der Spezialist, »und deshalb habe ich meinen Gewährsmann in Hanoi angerufen, den, der mir die Informationen geliefert hat. Er hat etwas Seltsames gesagt, etwas, das auf seine Art recht tiefgründig ist. Er sagte, er sei natürlich nicht dabeigewesen, aber seiner Ansicht nach vermutlich aus Respekt.«

»Für einen häßlichen Unruhestifter?«

»Die Kriegsgefangenschaft, Chaim, bewirkt seltsame Dinge, sowohl an den Gefangenen als auch an denen, die sie gefangen haben. Da sind so viele Faktoren im Spiel. Aggression, Widerstand, Tapferkeit, Furcht, und nicht zuletzt Neugierde – besonders wenn die Spieler aus so unterschiedlichen Kulturen wie der westlichen und aus Asien stammen. Da bilden sich häufig völlig abnorme Bande. Das verringert die nationalen Animositäten nicht, aber immerhin setzt eine Art subtiler Anerkennung ein, die diesen Männern, diesen Spielern sagt, daß sie in Wirklichkeit kein Spiel ihrer eigenen Wahl betreiben.«

»Was, in Gottes Namen, willst du damit sagen? Du klingst wie einer dieser Langweiler in der Knesset bei der Verlesung eines Positionspapiers. Ein wenig von dem und ein wenig von jenem und eine Menge Wind!«

»Du bist ganz entschieden kein höflicher Mensch. Ich versuche, dir zu erklären, daß die Vietnamesen, während dieser Converse seinen Haß und seine Besessenheit pflegte, anfingen, des Spiels müde zu werden und ihm, wie unser Gewährsmann in Hanoi andeutet, widerstrebend aus Respekt das Leben schenkten, ehe er das letztemal, diesmal mit Erfolg, floh.«

Zu Abrahms Verwirrung war der Spezialist damit offenbar am Ende angelangt. »Und?« sagte der Besucher.

»Nun, das ist alles. Da ist sein Motiv und sein Feind, aber gleichzeitig ist es auch *dein* Motiv und *dein* Feind – nur auf einem anderen Wege erreicht, natürlich. Am Ende willst du ja das Insurgententum zerschlagen, überall wo es ausbricht, die Ausbreitung der Revolutionen in der Dritten Welt eindämmen, insbesondere in den islamischen Staaten, weil du weißt, daß sie von den Marxisten – sprich den Sowjets – unterstützt werden und eine direkte Bedrohung für Israel darstellen. So oder so, die globale Bedrohung hat euch alle zusammengeführt, und nach meinem Urteil auch mit Recht. Es gibt eine Zeit und einen Ort für einen militärisch-industriellen Komplex, und das ist jetzt. Dieser Komplex muß die Regierungen der freien Welt lenken, ehe die Welt von ihren Feinden zu Grabe getragen wird.«

Wieder hielt der Spezialist inne. Chaim Abrahms sah ihn aus zusammengekniffenen Augen an und versuchte, nicht zu schreien. »*Und*?«

»Siehst du es denn nicht? Dieser Converse ist einer von euch. Alles spricht dafür. Er hat das Motiv und einen Feind, den er im grellsten Licht gesehen hat. Er ist ein hochangesehener Anwalt, der bei einer sehr konservativen Firma eine Menge Geld verdient. Seine Klienten kommen aus den reichsten Firmen und Konzernen. All dem können eure Bemühungen Nutzen bringen. Das Verwirrende liegt in seinen unorthodoxen Methoden, und die kann ich nur so erklären, indem ich sage, daß sie vielleicht bei seiner spezialisierten Arbeit *nicht* unorthodox sind. Märkte können auf Gerüchte hin zusammenbrechen; in seiner Welt genießt die Kunst der Täuschung einen hohen Respekt. Trotzdem, er will euch nicht vernichten, er will sich euch anschließen.«

Abrahms stellte sein Glas auf den Boden und erhob sich mit einiger Mühe aus dem Sessel, den Kopf eingezogen, so daß sein Kinn fast die Brust berührte. Die Hände hinter dem Rücken verschränkt, ging er schweigend auf und ab. Dann blieb er stehen und blickte auf den Spezialisten hinunter.

»Nimm einmal an, nimm es *nur an*«, sagte er, »daß die allmächtige Mossad einen Fehler gemacht hat, daß es etwas gibt, was ihr nicht gefunden habt?«

»Es fällt mir schwer, mir das vorzustellen.«

»Aber die Möglichkeit besteht doch!«

»Im Lichte der Information, die wir gesammelt haben, bezweifle ich es. Warum?«

»Weil ich etwas rieche, *deshalb*!«

Der Mann von der Mossad sah Abrahms an, als studiere er das Gesicht des Mannes zum erstenmal.

»Es gibt nur noch eine andere Möglichkeit, Chaim. Wenn dieser Converse nicht das ist, was ich beschrieben habe, was in krassem Widerspruch zu allen Daten stünde, die wir gesammelt haben, dann ist er ein Agent seiner Regierung.«

»Und das... das ist es, was ich rieche«, sagte Abrahms leise.

Jetzt war der Spezialist mit Schweigen an der Reihe. Er atmete tief, ehe er Antwort gab.

»Versuch es zuerst auf meine Art. Versuch, ihn zu akzeptieren; vielleicht ist er ehrlich. Er wird euch *irgend etwas* Konkretes geben müssen; das könnt ihr erzwingen. Und vielleicht tut er es auch nicht, weil er nicht kann.«

»*Und?*«

»Wenn er es nicht kann, weißt du, daß du recht hattest. Dann solltet ihr den Abstand zwischen ihm und seinen Gönnern so groß wie möglich machen. Er muß ein Paria werden, ein Mann, den man wegen Verbrechen jagt, die so wahnsinnig sind, daß niemand mehr seinen Wahnsinn in Zweifel zieht.«

»Warum ihn nicht töten?«

»Unbedingt, aber erst dann, wenn man ihm das Etikett des Wahnsinnigen angehängt hat und niemand mehr bereit ist, sich zu ihm zu bekennen. Das würde euch die Zeit verschaffen, die ihr braucht. Wann ist die Schlußphase von Aquitania? In drei, vier Wochen?«

»Ja.«

Der Spezialist erhob sich aus seinem Sessel und stellte sich nachdenklich vor den alten Soldaten. »Ich wiederhole. Versucht zuerst, ihn zu akzeptieren. Seht, ob das, was ich vorher gesagt habe, stimmt. Aber wenn dein Geruchssinn weiter anspricht, wenn es die geringste Möglichkeit gibt, daß Männer in Washington ihn mit oder gegen seinen Willen, bewußt oder unbewußt, zum Provokateur gemacht haben, dann sollt ihr euren Fall gegen ihn aufbauen und ihn den Wölfen vorwerfen. Schafft einen Paria, so wie die Nordvietnamesen einen Höllenhund geschaffen haben. Und dann tötet ihn schnell, ehe ein anderer ihn erreichen kann.«

Der junge Army-Captain und der etwas ältere Zivilist kamen aus nebeneinanderliegenden Glastüren des Pentagon und sahen einander kurz an. In ihren Blicken lag kein Erkennen.

Sie gingen getrennt die kurze Treppe hinunter und bogen in den Plattenweg ein, der zu dem riesigen Parkplatz führte. Der Offizier ging vielleicht zehn Schritte vor dem Zivilisten. Als sie die riesige Asphaltfläche erreichten, ging jeder auf seinen Wagen zu. Wenn die zwei Männer während der letzten fünfzig Sekunden von einer Kamera überwacht worden waren, würde nichts darauf hindeuten, daß sie einander kannten.

Das grüne Buick-Coupé bog plötzlich rechts ab und fuhr in den offenen Abgrund, der in die unterirdische Hotelgarage führte. Unten an der Rampe angelangt, zeigte der Fahrer dem Angestellten, der die gelbe Schranke hob und ihn durchwinkte, seinen Zimmerschlüssel. In der dritten Reihe war ein Platz frei. Der Buick schob sich langsam hinein, und der Army-Captain stieg aus.

Er ging durch die Drehtür zu den Lifts in der unteren Lobby des Hotels. Die Tür des zweiten Lifts öffnete sich, und man konnte zwei Paare sehen, die offenbar nicht so weit nach unten hatten fahren wollen. Sie lachten, als einer der Männer ein paarmal hintereinander den Knopf für die Lobby im Parterre drückte. Der Offizier drückte den Knopf für das vierzehnte Stockwerk. Sechzig Sekunden später ging er durch die Türe zum Notausgang und nahm die Treppe zum elften Stockwerk.

Der blaue Toyota-Kombi kam die Rampe herunter, der Fahrer streckte einen Zimmerschlüssel so hin, daß man die Nummer lesen konnte. Auf der Parkfläche fand er einen freien Platz in der sechsten Reihe und steuerte den kleinen Kombi vorsichtig hinein.

Der Zivilist stieg aus und sah auf die Uhr. Zufrieden ging er auf die Drehtür und die Lifts zu. Der zweite Lift war leer, und der Zivilist war versucht, den Knopf für das elfte Stockwerk zu drücken; er war müde und hätte sich gern die Treppen erspart. Aber auf der Fahrt nach oben würden andere Passagiere kommen; er hielt sich an die Regeln und drückte den Knopf neben der Ziffer *neun*.

Als er vor der Zimmertür stand, hob der Zivilist die Hand, klopfte einmal, wartete ein paar Augenblicke und klopfte dann noch zweimal. Sekunden später wurde die Türe von dem Captain geöffnet. Hinter ihm war ein dritter Mann zu sehen, ebenfalls in Uniform, wobei die Farbe und die Rangabzeichen auf einen Lieutenant der Navy schließen ließen. Er stand am Schreibtisch neben dem Telefon.

»Schön, daß Sie rechtzeitig gekommen sind«, sagte der Army-Offizier. »Der Verkehr war schrecklich. Unser Anruf sollte in ein paar Minuten kommen.«

Der Zivilist trat ein und nickte dem Navy-Offizier zu. »Was haben Sie über Fitzpatrick in Erfahrung gebracht?« fragte er.

»Er ist an einem Ort, wo er nicht sein sollte«, erwiderte der Lieutenant. »Können Sie ihn zurückholen?«

»Ich arbeite daran, aber ich weiß nicht, wo ich beginnen soll. Ich stehe ziemlich weit unten in einer hohen hierarchischen Pyramide.«

»Ist das nicht bei uns allen so?« fragte der Captain.

»Wer hätte gedacht, daß Halliday zu *ihm* geht?« fragte der Marineoffizier, und seine Stimme klang enttäuscht. »Oder, wenn er ihn schon hereinholen wollte, warum ist er nicht *zuerst* zu ihm gegangen? Oder warum hat er ihm nichts *von uns* gesagt?«

»Die beiden letzten Fragen kann ich beantworten«, sagte der Mann von der Army. »Er wollte ihn vor Folgen aus dem Pentagon schützen. Wenn wir fallen, bleibt sein Schwager sauber.«

»Und ich kann die erste Frage beantworten«, sagte der Zivilist. »Halliday ist zu Fitzpatrick gegangen, weil er nach allerletzter Analyse uns nicht vertraute. Genf hat bewiesen, daß er recht hatte.«

»*Wie?*« fragte der Captain abwehrend, aber ohne sich damit zu entschuldigen. »Wir hätten es nicht verhindern können.«

»Nein, das hätten wir nicht«, gab ihm der Zivilist recht.

»Aber hinterher konnten wir auch nichts unternehmen. Das war Teil der Vereinbarung. Das konnten wir uns nicht leisten.«

Das Telefon klingelte. Der Lieutenant nahm den Hörer ab und lauschte. »Mykonos«, sagte er.

2. BUCH

12

Connal Fitzpatrick saß Joel gegenüber an dem Tisch, den der Zimmerkellner hereingeholt hatte, und trank seinen letzten Kaffee. Das Dinner war zu Ende, die Geschichte erzählt und alle Fragen, die dem Marineanwalt eingefallen waren, von Converse beantwortet. Joel brauchte einen Verbündeten, der rückhaltlos zu ihm stand.

»Abgesehen von ein paar Namen und einigem Aktenmaterial weiß ich eigentlich nicht viel mehr als zuvor«, sagte Connal. »Vielleicht tue ich das, wenn ich diese Pentagon-Namen sehe. Sie sagen, Sie wissen nicht, wer sie geliefert hat?«

»Nein, die sind einfach da. Beale meinte, einige davon seien wahrscheinlich irrtümlich auf der Liste, aber andere nicht; sie müssen ja mit Delavane in Verbindung stehen.«

»Aber jemand muß sie doch geliefert haben. Es muß doch Gründe gegeben haben, sie in die Liste aufzunehmen.«

»Beale hat sie ›Entscheidungsmacher‹ bei der militärischen Beschaffung genannt.«

»Dann *muß* ich sie sehen. Ich habe schon mit solchen Leuten zu tun gehabt.«

»*Sie?*«

»Ja. Nicht sehr oft, aber oft genug, um mich auszukennen.«

»Warum *Sie*?«

»Im wesentlichen bei der Übersetzung juristischer Feinheiten, wenn es um Navy-Technologie ging. Ich glaube, ich erwähnte schon, daß ich vier Sprachen...«

»Ja, das haben Sie«, unterbrach ihn Joel.

»Verdammt!« rief Fitzpatrick aus und zerknüllte die Serviette in der Faust.

»Was ist denn?«

»Press *wußte*, daß ich mit diesen Ausschüssen zu tun hatte, mit den Technologie- und den Waffenleuten! Er hat mich sogar nach ihnen gefragt. Mit wem ich gesprochen hätte, wen ich mochte... wem ich vertraute. *Herrgott*! Warum ist er denn nicht zu *mir* gekommen? Ich war unter all den Leuten, die er kannte, doch die logische Wahl! Schließlich wohnte ich nur ein Stück von ihm entfernt und war sein engster Freund.«

»Das ist ja der Grund, weshalb er nicht zu Ihnen gegangen ist«, sagte Converse.

»Der blöde Kerl!« Connal hob den Blick. »Und ich hoffe nur, daß du das hörst, Press. Dann wärst du noch da und könntest zusehen, wie die Connal Zwei die Bay-Regatta gewinnt.«

»Sie scheinen wirklich zu glauben, daß er Sie noch hören kann.«

Fitzpatrick sah Joel über den Tisch an. »Ja. Sehen Sie, ich bin ein gläubiger Mensch. Ich kenne die ganzen Gründe, weshalb ich das nicht sein sollte – Press hat mir immer genügend davon aufgezählt, wenn wir uns einen angetrunken hatten –, aber ich bin trotzdem gläubig. Einmal habe ich ihm mit einem Zitat eines seiner protestantischen Vorfahren geantwortet.«

»Und wie hieß das?« fragte Joel mit freundlichem Lächeln.

»›Für Gott steckt im ehrlichen Zweifel mehr Glaube als ihn alle Erzengel besitzen.‹«

»Sehr hübsch. Das habe ich noch nie gehört.«

»Vielleicht habe ich es nicht ganz richtig hingekriegt... Aber ich muß diese Namen sehen!«

»Und ich muß meinen Aktenkoffer haben, aber ich kann ihn nicht selbst holen.«

»Also muß ich mich wohl freiwillig melden«, sagte Fitzpatrick. »Glauben Sie, daß Leifhelm recht hat? Meinen Sie, daß er Interpol wirklich zurückpfeifen kann?«

»Da bin ich nicht sicher. Um meiner unmittelbaren Beweglichkeit willen hoffe ich, daß er es kann. Aber wenn er es tut, wird mir das eine Höllenangst einjagen.«

»Da bin ich ganz Ihrer Meinung«, sagte Connal und stand auf. »Ich rufe jetzt den Empfang an und laß mir ein Taxi kommen. Geben Sie mir den Schlüssel zum Schließfach.«

Converse griff in die Tasche und holte den kleinen

Schlüssel heraus. »Leifhelm hat Sie gesehen, er könnte Sie beschatten lassen; das hat er schon einmal getan.«

»Ich werde jetzt zehnmal vorsichtiger sein. Wenn ich dasselbe Paar Scheinwerfer zweimal sehe, fahre ich in irgendeine Kneipe. Ich kenne hier ein paar.«

Joel sah auf die Uhr. »Es ist jetzt zwanzig vor zehn. Glauben Sie, Sie könnten vorher einen Abstecher zur Universität machen?«

»Dowling?«

»Er sagte, er hätte jemanden, mit dem ich mich treffen sollte. Gehen Sie einfach an ihm vorbei – oder an den beiden – und sagen Sie, daß wir alles unter Kontrolle haben, sonst nichts. So viel bin ich ihm schuldig.«

»Und wenn er versucht, mich aufzuhalten?«

»Dann ziehen Sie Ihren Ausweis heraus und sagen ihm etwas von ultrageheim oder irgend so eine aufgeblasene Phrase, die Ihnen in den Sinn kommt.«

»Spüre ich da etwa Neid?«

»Nein, nur Anerkennung. Ich weiß, wo Sie herkommen. Ich kenne den Verein.«

Fitzpatrick ging langsam über den breiten Weg an der südlichen Fassade des mächtigen Universitätsgebäudes entlang, das einmal Palast der mächtigen Erzbischöfe von Köln gewesen war. Das Mondlicht hüllte die ganze Szene ein, reflektierte sich in den Fensterreihen und verlieh den hellen Steinmauern des majestätischen Baues fast eine Dimension der Leichtigkeit. Auf der anderen Seite des Weges breitete sich über den Gartenanlagen eine gespenstische nächtliche Eleganz aus. Die stille Lieblichkeit der nächtlichen Szene beeindruckte Connal so, daß er beinahe vergaß, weshalb er hier war.

Als er dann aber eine lange, schlanke Männergestalt alleine auf einer Bank sitzen sah, erinnerte er sich wieder. Die Beine des Mannes waren ausgestreckt und übereinandergeschlagen, der Kopf von einem weichen Hut bedeckt, der aber nicht ausreichte, um das lange graublonde Haar zu bedecken, das ihm über die Schläfen und in den Nacken wuchs.

Dieser Caleb Dowling war also ein Schauspieler, dachte der Marineanwalt und amüsierte sich über die Tatsache, daß Dowling sich fast erschrocken gegeben hatte, als ihm klargeworden war, daß Connal ihn nicht kannte. Aber bei Converse war es ebenso gewesen. Offensichtlich waren sie beide eine Minderheit in einer Welt von Fernsehsüchtigen.

Fitzpatrick ging auf die Bank zu und setzte sich zwei Schritte von Dowling entfernt. Der Schauspieler sah auf, machte eine erstaunte Miene, riß den Kopf hoch und sah den anderen von der Seite an.

»*Sie?*«

»Das gestern abend tut mir leid«, sagte Connal. »Ich war wohl nicht sehr überzeugend.«

»Ein gewisser Schliff hat Ihnen gefehlt, junger Freund. Wo, zum Teufel, ist Converse?«

»Das tut mir ebenfalls leid. Er hat es nicht geschafft, aber Sie sollen sich keine Sorgen machen. Alles ist okay und unter Kontrolle.«

»Wer sagt, daß es okay ist und unter Kontrolle?« antwortete der Schauspieler verstimmt. »Ich habe Joel gesagt, daß er hierherkommen soll, und nicht, daß er einen jungen Pfadfinder als Sprachrohr schicken soll.«

»Das verbitte ich mir. Ich bin Lieutenant Commander der United States Navy und leitender Anwalt eines großen Marinestützpunkts. Mr. Converse hat einen Auftrag von uns übernommen, der ein hohes Maß an persönlicher Risikobereitschaft verlangt und für uns höchste Geheimhaltung hat. Halten Sie sich da raus, Mr. Dowling. Wir sind Ihnen – und damit spreche ich ebenso für Converse wie für meine Person – für Ihr Interesse und Ihre Großzügigkeit dankbar, aber jetzt ist der Augenblick gekommen, in dem Sie sich aus allem zurückziehen sollten. Zu Ihrem eigenen Vorteil übrigens.«

»Was ist mit Interpol? Er hat einen Menschen getötet.«

»Der selbst versucht hat, *ihn* zu töten«, fügte Fitzpatrick schnell hinzu, ganz der Anwalt, der die Aussage eines Zeugen relativiert. »Das wird intern geklärt werden, und dann werden die Anklagen zurückgezogen.«

»Sie sind ganz schön glatt, Commander«, sagte Dowling

und richtete sich auf. »Besser als Sie gestern abend waren – oder genauer gesagt, heute morgen.«

»Da war ich erregt. Ich hatte ihn verloren und mußte ihn wiederfinden. Ich mußte ihm wichtige Informationen liefern.«

Der Schauspieler schlug jetzt die Beine wieder übereinander und lehnte sich zurück, sein Arm hing locker über die Lehne der Bank. »Diese Geschichte, mit der Converse und Sie zu tun haben, das ist also eine richtige Geheimoperation?«

»Ja, hohe Geheimhaltungsstufe.«

»Und da Sie und er Anwälte sind, hat das Ganze etwas mit juristischen Unregelmäßigkeiten hier drüben zu tun, die irgendwie mit dem Militär in Verbindung stehen, stimmt das?«

»Im weitesten Sinne gesprochen, ja. Ich fürchte, mehr kann ich Ihnen nicht sagen. Converse erwähnte, es gäbe jemanden, von dem Sie wünschten, daß er ihn kennenlernt.«

»Ja, das stimmt. Ich habe da ein paar unfreundliche Dinge über ihn gesagt, aber das nehme ich zurück; er hat eben getan, was er tun mußte. Er wußte genausowenig, wer ich war, wie Sie. Ein cleverer Mann, zäh, aber fair.«

»Ich hoffe, Sie begreifen, daß Converse unter den vorliegenden Umständen Ihrem Wunsch nicht nachkommen konnte.«

»Sie genügen auch«, sagte Dowling ruhig und nahm den Arm von der Banklehne.

Connal war plötzlich beunruhigt. Hinter ihm im Mondlicht hatte sich etwas bewegt; sein Kopf fuhr herum, und er spähte über seine Schulter. Aus der schützenden Finsternis des Gebäudes, aus der pechschwarzen Deckung, die eine Türnische bot, löste sich jetzt eine Männergestalt und kam langsam über den dunkelgrünen Rasenteppich auf sie zu... ein Arm, ganz locker über einer Banklehne! Und dann ebenso locker wieder zurückgezogen. Die beiden Bewegungen waren Signale gewesen! Identität bestätigt; kommen Sie.

»Was, zum Teufel, haben Sie *vor*?« fragte Connal scharf.

»Nichts anderes, als euch zwei Knilche wieder auf den

Boden der Wirklichkeit zurückholen«, erwiderte Dowling. »Wenn meine hochgerühmten Instinkte in Ordnung sind, habe ich das Richtige getan. Wenn nicht, dann war es immer noch richtig.«

»Was?«

Der Mann trat jetzt ins helle Mondlicht. Er war kräftig gebaut und trug einen dunklen Anzug mit Krawatte; sein streng blickendes Gesicht ließ erkennen, daß er wohl Ende der Fünfzig war. Zusammen mit dem glatt zurückgekämmten grauen Haar verlieh es ihm das Aussehen eines erfolgreichen Geschäftsmannes, der im Augenblick ungeheuer zornig war. Dowling sprach weiter, während er sich von der Bank erhob.

»Commander, darf ich Ihnen Walter Peregrine vorstellen, den Botschafter der Vereinigten Staaten in der Bundesrepublik Deutschland?«

Lt. David Remington säuberte seine stahlgeränderte Brille mit einem Papiertaschentuch, das er anschließend in den Papierkorb warf. Er stand auf. Während er sich die Brille wieder aufsetzte, ging er an den Spiegel, der an der hinteren Wand seines Büros hing, und überprüfte sein Aussehen. Er glättete sein Haar, zog sich die Krawatte zurecht und sah auf seine etwas zerbeulten Hosen hinunter. Wenn man alles in Betracht zog, auch die Tatsache, daß es bereits siebzehn Uhr dreißig war und er seit acht Uhr früh an seinem Schreibtisch gesessen und keine Sekunde Ruhe gehabt hatte, wozu auch dieses verrückte Vier-Null von Fitzpatrick beigetragen hatte, sah er eigentlich noch ganz präsentabel aus. Und außerdem war Rear-Admiral Hickman, wenn es um seine Schreibtischangestellten ging, kein besonders strenger Verfechter der Kleidungsvorschriften. Er wußte ganz genau, daß die meisten seiner Anwälte in der freien Wirtschaft viel höher bezahlte Jobs haben konnten und verkniff sich daher Bemerkungen über solche Kleinigkeiten. Nun, für David Remington galt das freilich nicht. Welch anderer Job erlaubte es einem Mann schon, in der ganzen Welt herumzureisen, eine

Frau und drei Kinder in einer so feinen Wohnung unterbringen zu können und nicht dauernd unter dem schrecklichen Druck zu stehen, in einer privaten Kanzlei Karriere machen zu müssen.

Remington fragte sich, weshalb Admiral Hickman ihn zu sprechen wünschte, ganz besonders um diese Zeit, wo die meisten bereits nach Hause gegangen waren.

»Setzen Sie sich, Remington«, begann Admiral Brian Hickman das Gespräch, während er die Hand des steif vor ihm stehenden Lieutenants schüttelte und auf einen Sessel vor dem großen Schreibtisch wies. »Ich weiß nicht, wie es Ihnen geht, aber das war heute wirklich ein richtig beschissener Tag, wie ich in Ihrem Alter gesagt hätte. Ich nehme mir jetzt einen wohlverdienten Drink, Lieutenant.« Hickman ging auf die mit Kupferblech ausgeschlagene Bar an der Wand zu. »Kann ich Ihnen auch etwas bringen?«

»Ich nehme einen Schluck Weißwein, Sir, wenn Sie welchen haben.«

»Habe ich immer«, sagte der Admiral mit einer Spur von Resignation in der Stimme. »Den halte ich gewöhnlich für Leute bereit, die im Begriff sind, sich scheiden zu lassen.«

»Ich bin glücklich verheiratet, Sir.«

»Das höre ich gerne. Ich hab' inzwischen die dritte Frau – dabei hätte ich bei der ersten bleiben sollen.«

Als die Gläser gefüllt waren und beide Platz genommen hatten, sprach Hickman mit gelockerter Krawatte und in beiläufigem Tonfall – aber das, was er sagte, hörte sich für David Remington überhaupt nicht beiläufig an.

»Wer, zum Teufel, ist Joel Converse?« fragte der Admiral.

»Wie bitte, Sir?«

Der Admiral seufzte, ein Geräusch, das darauf deutete, daß er noch einmal von vorne beginnen würde. »Um zwölf Uhr einundzwanzig haben Sie sämtliche Anfragen bezüglich eines Sperrvermerks auf der Militärakte eines gewissen Lieutenant Joel Converse zurückgewiesen. Er war Pilot in Vietnam.«

»Ich weiß, was er war«, sagte Remington.

»Und um fünfzehn Uhr zwo«, fuhr Hickman nach einem Blick auf ein Blatt Papier fort, »erhalte ich ein Telex vom Fünften Marinedistrikt mit der Aufforderung, den Vermerk zu entfernen und das Material unverzüglich freizugeben. Als Grund für diese Aufforderung wurden – wie üblich – Belange der nationalen Sicherheit angegeben.« Der Admiral machte eine Pause, um an seinem Glas zu nippen; er schien es nicht eilig zu haben, obwohl er müde wirkte. »Ich habe meinem Adjutanten befohlen, Sie anzurufen und Sie zu fragen, weshalb Sie das getan haben.«

»Und ich habe ihm vollständig Auskunft gegeben, Sir«, unterbrach ihn Remington. »Ich habe auf Weisung des leitenden Anwalts von SAND PAC gehandelt und die Dienstvorschrift zitiert, aus der eindeutig hervorgeht, daß der leitende Anwalt einer Marinebasis Akten mit der Maßgabe zurückhalten kann, daß seine eigenen Ermittlungen durch Einschaltung eines Dritten gestört werden könnten. Das ist im Zivilrecht durchaus üblich, Sir. Das FBI gibt den lokalen oder städtischen Polizeibehörden selten Informationen weiter, die es selbst gesammelt hat, und begründet das immer damit, daß seine Ermittlungen durch korrupte Praktiken oder undichte Stellen kompromittiert werden könnten.«

»Und unser leitender Anwalt, Lieutenant Commander Fitzpatrick, ist augenblicklich mit Ermittlungen bezüglich eines Offiziers beschäftigt, der vor *achtzehn Jahren* entlassen wurde?«

»Das weiß ich nicht, Sir«, sagte Remington mit undurchsichtigem Blick. »Ich weiß nur, daß dies seine Anweisungen waren. Sie bleiben zweiundsiebzig Stunden gültig. Anschließend können Sie selbstverständlich den Freigabebefehl unterzeichnen. Und der Präsident kann das selbstverständlich bei Vorliegen eines nationalen Notfalls jederzeit tun.«

»Ich dachte, es wären achtundvierzig Stunden«, sagte Hickman.

»Nein, Sir. Die achtundvierzig Stunden gelten bei normalen Akten, unabhängig von der Person des Anfordernden – mit Ausnahme selbstverständlich des Präsidenten. Man nennt das die Prüfungsfrist. Die Marineabwehr fragt dann beim CIA, dem NSA und bei G-Zwo nach, um sich zu vergewissern, daß kein Material freigegeben wird, das noch als Verschlußsache gilt. Dieser Vorgang hat nichts mit den Rechten eines leitenden Anwalts zu tun.«

»Sie kennen sich gut aus in den Vorschriften, wie?«

»Ich denke ebensogut wie jeder andere Anwalt in der Navy, Sir.«

»Ich verstehe.« Der Admiral lehnte sich in seinem gepolsterten Drehstuhl zurück und legte die Füße auf den Schreibtisch. »Commander Fitzpatrick ist nicht auf dem Stützpunktgelände, nicht wahr? Sonderurlaub, wenn ich mich recht entsinne.«

»Ja, Sir. Er ist in San Francisco, bei seiner Schwester und ihren Kindern. Ihr Mann ist bei einem Raubüberfall in Genf getötet worden; die Beisetzung ist, glaube ich, morgen früh.«

»Ja, ich habe davon gelesen. Eine verdammte Geschichte... aber Sie wissen, wo Sie ihn erreichen können?«

»Ja, ich habe die Telefonnummer, Sir. Wollen Sie, daß ich ihn anrufe? Soll ich ihn über die Anforderung informieren?«

»Nein, nein«, sagte Hickman und schüttelte den Kopf. »Nicht zu einem Zeitpunkt wie diesem. Ich muß annehmen, daß sie die Vorschriften bei den anderen Dienststellen ebenfalls kennen; wenn ein so großes Sicherheitsrisiko besteht, dann wissen sie auch, wo das Pentagon ist – und nach dem letzten Gerücht hat man in Arlington inzwischen festgestellt, wo das Weiße Haus steht.« Der Admiral hielt inne, runzelte die Stirn und sah zu dem Lieutenant hinüber. »Angenommen, Sie wüßten nicht, wie Sie Fitzpatrick erreichen können?«

»Aber das weiß ich, Sir.«

»Ja, aber einmal angenommen, Sie wüßten es nicht? Und Sie würden dann eine korrekte Anforderung erhalten – unterhalb des Präsidenten, aber immer noch verdammt dringend –, dann könnten *Sie* doch die Akte freigeben, oder nicht?«

»Theoretisch könnte ich das als Stellvertreter. Solange ich die gesetzliche Verantwortung für meine Entscheidung akzeptiere.«

»Die was?«

»Nun, ich müßte davon überzeugt sein, daß die Anforderung hinreichend dringlich ist, um die vorangegangene Anweisung des leitenden Anwalts hinfällig zu machen, die ihm zweiundsiebzig Stunden für das einräumt, was er für notwendig hielt. Er schien das sehr wichtig zu nehmen, Sir. Offen gestanden, wenn es nicht zu einer Einschaltung des Präsidenten kommt, betrachte ich es als meine gesetzliche Pflicht, diese Anweisung zu befolgen.«

»Und auch als Ihre moralische Pflicht«, nickte Hickman.

»Moral hat damit nichts zu tun. Die juristische Situation ist völlig klar. Soll ich jetzt anrufen, Admiral?«

»Nein, zum Teufel damit.« Hickman nahm die Füße vom Schreibtisch. »Ich war nur neugierig, und Sie haben mich, offen gestanden, überzeugt. Fitz hätte Ihnen diese Anweisung nie ohne Grund gegeben. Der Fünfte Distrikt kann drei Tage warten, sofern sich diese Boys keine Telefonrechnungen mit Washington zulegen wollen.«

»Darf ich fragen, Sir, von wem die Anforderung kommt?«

Der Admiral sah Remington vielsagend an. »Das sage ich Ihnen in drei Tagen. Sehen Sie, ich habe auch die Rechte eines Mannes zu wahren. Aber Sie werden es ohnehin erfahren, weil Sie in Abwesenheit von Fitz ja für die Weitergabe unterschreiben müssen.« Hickman leerte sein Glas, und der Lieutenant begriff. Die Besprechung war zu Ende. Remington stand auf und trug das halbvolle Weinglas zur Bar zurück; dann nahm er Haltung an.

»Ist das alles, Sir?«

»Ja, das wär's«, sagte der Admiral und sein Blick wanderte zum Fenster, durch das man auf das Meer sehen konnte.

Der Lieutenant salutierte scharf, während Hickman die Ehrenbezeigung locker erwiderte. Dann machte der Anwalt kehrt und ging auf die Tür zu.

»Remington?«

»Ja, Sir?« antwortete der Lieutenant und drehte sich wieder um.

»Wer, zum Teufel, *ist* dieser Converse?«

»Das weiß ich nicht, Sir. Aber Commander Fitzpatrick hat gesagt, es ginge um einen Vier-Null-Fall.«

»*Herrgott* . . . «

Hickman griff nach dem Telefon und drückte ein paar Knöpfe. Augenblicke später sprach er mit einem Kollegen gleichen Dienstranges im Fünften Navy-Distrikt.

»Ich fürchte, Sie werden drei Tage warten müssen, Scanlon.«

»Und warum?« fragte der Admiral namens Scanlon.

»Die Sperre für die Converse-Akte gilt, soweit es SAND PAC betrifft. Wenn Sie Washington einschalten wollen, können Sie das ja tun. Dann machen wir natürlich mit.«

»Ich sagte Ihnen doch, Brian, meine Leute wollen Washington nicht einschalten. Sie haben das doch auch schon erlebt. Die machen bloß Wind, und Wind können wir nicht brauchen.«

»Nun, warum sagen Sie mir dann nicht, warum Sie diese Converse-Papiere haben wollen? Wer ist er?«

»Ich würde es Ihnen doch sagen, wenn ich könnte, das wissen Sie. Offen gestanden, ich sehe da selbst nicht so ganz klar, und das, was ich weiß, muß ich für mich behalten, darauf habe ich einen Eid abgelegt.«

»Dann sollten Sie Washington einschalten. Ich stelle mich hinter meinen obersten Juristen, der übrigens nicht einmal hier ist.«

»Er ist nicht...? Aber Sie haben doch mit ihm gesprochen.«

»Nein, mit seinem Stellvertreter, einem Lieutenant namens Remington. Er hat direkte Anweisung von seinem Vorgesetzten. Glauben Sie mir, Remington läßt sich nicht umstimmen. Ich hab' ihm die Chance gegeben, und er hat sich hinter den Vorschriften versteckt.«

»Hat er gesagt, weshalb die Sperre ausgesprochen wurde?«

»Er hatte keine Ahnung. Warum rufen Sie ihn nicht selbst an? Er ist wahrscheinlich noch unten in seinem Büro, und Sie können ja vielleicht...«

»Sie haben doch nicht etwa meinen *Namen* genannt, oder?« unterbrach Scanlon ihn, offensichtlich erregt.

»Nein, darum hatten Sie mich ja gebeten, aber in drei Tagen kennt er ihn. Er wird die Freigabe abzeichnen müssen,

und dann muß ich ihm sagen, wer die Akte angefordert hat.«
Hickman zögerte und explodierte dann ohne jede Warnung: »Was, zum Teufel, soll das alles, Admiral? Da gibt es einen Piloten, der vor mehr als achtzehn Jahren entlassen wurde, und plötzlich sind alle hinter ihm her. Ich bekomme ein Telex vom Fünften Navy-Distrikt, und dann rufen Sie noch an und berufen sich auf Annapolis, sagen mir aber auch nichts. Anschließend stelle ich fest, daß mein eigener leitender Jurist, ohne daß ich es weiß, diese Converse-Akte gesperrt hat und ihr einen Vier-Null-Status angehängt hat! Nun weiß ich, daß er persönliche Probleme hat und will ihn deshalb bis morgen nicht stören. Außerdem ist mir klar, daß Sie Ihr Wort gegeben haben, nichts zu sagen. Aber verdammt noch mal, jetzt sollte wirklich einer anfangen, *mir* einiges zu erklären!«

Vom anderen Ende der Leitung kam keine Antwort. Nur Atemgeräusche waren zu hören, erregtes Atmen.

»Scanlon!«

»Was haben Sie gerade gesagt?« sagte die Stimme des Admirals aus der Ferne.

»Ich werde es jedenfalls erfahren...«

»Nein, die Klassifizierung. Die Klassifizierung des Sperrvermerks.« Scanlons Stimme war kaum zu hören.

»Vier-Null-Notfall, das habe ich gesagt!«

Die Unterbrechung kam abrupt; es war nur ein Klicken zu hören. Admiral Scanlon hatte aufgelegt.

Walter Peregrine, Botschafter der Vereinigten Staaten in der Bundesrepublik Deutschland, war zornig. »Wie heißen Sie, Commander?«

»Fowler, Sir«, antwortete Fitzpatrick nach einem kurzen harten Blick auf Dowling. »Lieutenant Commander Avery Fowler, United States Navy.« Wieder sah Connal den Schauspieler an, der ihn im Mondlicht anstarrte.

»Wie ich höre, gibt es diesbezüglich Zweifel«, sagte Peregrine, dessen Blick ebenso feindselig wie der Dowlings war. »Darf ich bitte Ihren Ausweis sehen?«

»Ich trage keinen Ausweis bei mir, Sir. Das liegt im Wesen meines Auftrages, daß ich das nicht tue.« Fitzpatricks Worte kamen schnell und präzise, seine Haltung war aufrecht und selbstbewußt.

»Ich verlange einen Identitätsnachweis für Ihren Namen, Ihren Rang und Ihre vorgesetzte Dienststelle! Und zwar *jetzt*!«

»Der Name, den ich Ihnen genannt habe, ist der Name, den ich laut meinen Instruktionen zu nennen habe, falls jemand außerhalb meines Einsatzbereiches Fragen stellen sollte.«

»*Wessen* Instruktionen?« herrschte der Diplomat ihn an.

»Die meiner vorgesetzten Offiziere, Sir.«

»Soll ich daraus schließen, daß Fowler nicht Ihr korrekter Name ist?«

»Mit allem Respekt, Mr. Ambassador, mein Name ist Fowler, mein Rang ist Lieutenant Commander, und ich gehöre der Navy der Vereinigten Staaten an.«

»Was glauben Sie eigentlich, wo Sie hier sind? Hinter der Front, vom Feind gefangen? ›Name, Rang und Dienstnummer – das ist alles, was ich nach den Vorschriften der Genfer Konvention sagen muß!‹«

»Das ist alles, was ich sagen *darf*, Sir.«

»Verdammt will ich sein, wenn ich dem nicht nachgehe, Commander – falls Sie ein Commander sind. Und ebenfalls bezüglich dieses Converse, der ein sehr seltsamer Lügner zu sein scheint – im einen Augenblick noch ein Ausbund an Korrektheit und im nächsten ein sehr seltsamer Mann auf der Flucht.«

»Bitte, versuchen Sie zu verstehen, Mr. Ambassador; unser Einsatz unterliegt strenger Geheimhaltung. Er hat in keiner Weise mit Diplomatengeschäften zu tun und wird auch Ihre Aktivitäten als oberster amerikanischer Vertreter unserer Regierung nicht beeinträchtigen, aber er *ist geheim*. Ich werde meinen Vorgesetzten über dieses Gespräch berichten, und Sie werden zweifellos von ihnen hören. Und jetzt, wenn die Herren mich bitte entschuldigen wollen, muß ich weiter.«

»Das glaube ich nicht, Commander – oder wer sonst Sie auch sein mögen. Aber wenn Sie der sind, der Sie sagen, ist noch nichts passiert. Ich bin kein Narr. Niemand von den Botschaftsangehörigen wird etwas erfahren. Mr. Dowling hat darauf bestanden, und ich habe seine Bedingung akzeptiert. Sie und ich, wir beide, werden uns jetzt in einem Kommunikationsraum mit einem Zerhackertelefon einschließen, und Sie werden ein Gespräch mit Washington führen.«

»Ich wünschte, ich könnte dem zustimmen, Sir; das klingt wie ein vernünftiger Wunsch. Aber ich fürchte, auch das geht nicht.«

»Ich fürchte, Sie werden es doch tun!«

»Tut mir leid.«

»Tun Sie, was er sagt, Commander«, warf Dowling ein. »Wie der Botschafter Ihnen schon erklärt hat, hat bisher niemand etwas erfahren, und das wird auch künftig nicht geschehen. Aber Converse braucht Schutz; er befindet sich in einem fremden Land und wird von der Polizei gesucht. Und dabei spricht er nicht einmal die Sprache dieses Landes. Nehmen Sie das Angebot von Botschafter Peregrine an. Er wird sein Wort halten.«

»Bei allem Respekt, ich muß ablehnen.« Connal drehte sich um und setzte sich in Bewegung.

»*Major!*« schrie der Botschafter mit wütender Stimme. »*Halten Sie ihn auf! Halten* Sie diesen Mann auf!«

Fitzpatrick wandte sich um und sah etwas, das er nie erwartet hätte und wußte doch im gleichen Augenblick, daß er es hätte erwarten müssen. Aus dem Schatten des riesigen, majestätischen Gebäudes kam ein Mann gelaufen, ein Mann, der offensichtlich ein militärischer Untergebener des Botschafters war – ein *Angehöriger der Botschaft*! Connal erstarrte und erinnerte sich an Joels Worte:

Jene Männer, die Sie am Flughafen gesehen haben, die von der Botschaft... sie stehen auf der anderen Seite.

Unter anderen Umständen wäre Fitzpatrick stehengeblieben und hätte alles über sich ergehen lassen. Er hatte nichts Unrechtes getan; er hatte kein Gesetz gebrochen, das er kannte, und niemand konnte ihn dazu zwingen, Auskunft über persönliche Dinge zu geben, solange kein Gesetz verletzt worden war. Und dann begriff er, wie unrecht er hatte! Die Generale des George Marcus Delavane würden ihn zwingen, *konnten* ihn zwingen! Er wirbelte herum und rannte davon.

Plötzlich peitschten Schüsse, zwei Schüsse. Er warf sich zu Boden und rollte sich in den Schutz der Büsche, während eine Männerstimme durch den bereits gestörten nächtlichen Frieden brüllte.

»Du verdammter *Schweinehund*! Was, zum Teufel, bilden Sie sich eigentlich ein!«

Weitere Rufe waren zu hören, ein paar Flüche, dann kam es offenbar zu einem Handgemenge.

»Sie können doch nicht einfach einen niederknallen...! Außerdem, Sie *Dreckskerl*, könnten hier ja auch noch andere Leute sein! Kein *Wort*, Mr. Ambassador!«

Connal kroch so schnell er konnte über den Kiesweg, hob die Hände, um das Buschwerk über sich zu teilen. Im klaren Mondlicht konnte er an der Bank den Schauspieler Caleb Dowling über der Gestalt des Majors sehen, der vom Universitätsgebäude gekommen war. Sein Fuß stand auf der Kehle des am Boden liegenden Mannes, während er mit der Hand seinen ausgestreckten Arm festhielt und ihm die Waffe entwunden hatte.

»Sie sind ein blödes Schwein, Major! Oder, verdammt noch mal, vielleicht auch etwas ganz anderes!«

Fitzpatrick richtete sich langsam auf, dann sprang er auf die Füße und rannte geduckt im Schutze der Finsternis auf den Ausgang des Parks zu.

13

»Ich hatte keine andere Wahl!« sagte Connal. Der Aktenkoffer lag auf der Couch, er selbst hatte auf dem Stuhl daneben Platz genommen und zitterte noch immer.

»Beruhigen Sie sich; versuchen Sie sich zu entspannen.« Converse ging zu dem eleganten antiken Jagdtisch an der

Wand, auf dem ein großes silbernes Tablett mit Whisky, Eis und Gläsern aufgebaut war. »Sie brauchen einen Drink«, sagte er und füllte ein Glas mit Fitzpatricks Bourbon.

»Und ob! Man hat noch nie auf mich geschossen. Auf Sie schon. Herrgott, ist das *so*?«

»Genauso. Man kann es nicht glauben. Es ist unwirklich, Geräusche, die nichts mit einem zu tun haben können, bis – bis man selbst den Beweis hat. Es ist die Wirklichkeit, es ist für einen bestimmt, und es ist einem übel. Es gibt keine anschwellende Musik, nur elend ist einem.« Converse brachte dem Marineoffizier das Glas.

»Sie lassen da etwas weg«, sagte Connal und blickte zu Joel auf.

»Nein, das tue ich nicht. Wir wollen über das, was geschehen ist, nachdenken. Wenn Sie Dowling richtig verstanden haben, dann wird der Botschafter in seinem Haus nichts sagen...«

»Ich erinnere mich«, unterbrach Fitzpatrick ihn, der schnell hintereinander ein paar Schlucke von dem Bourbon nahm, Converse dabei aber nicht aus den Augen ließ. »Es stand in einer der Akten. Bei Ihrer zweiten Flucht ist ein Mann getötet worden; es war am Abend. Sie waren dicht neben ihm, als es passierte, und in der Akte stand, Sie seien für ein paar Augenblicke zum Berserker geworden. Irgendwie, erzählte dieser Zeuge – ein Sergeant, glaube ich –, haben Sie im Dschungel einen Bogen geschlagen, den Nordvietnamesen erwischt, ihn mit seinem eigenen Messer getötet und ihm das Gewehr abgenommen. Und dann haben Sie drei weitere Viets in der Gegend weggeblasen.«

Joel blieb vor dem jüngeren Mann stehen und antwortete ihm mit leiser Stimme, wobei seine Augen Zorn erkennen ließen. »Ich hasse solche Beschreibungen. Das beschwört all die Bilder herauf, die ich verabscheue. Lassen Sie sich von mir sagen, wie es war – wie es wirklich war. Ein Junge, höchstens neunzehn, mußte einmal austreten, und obwohl wir dicht beieinander waren, besaß er den Anstand, sich zehn oder fünfzehn Fuß von uns zu entfernen. Dann benutzte er Blätter, weil kein Toilettenpapier zur Verfügung stand.

Der Irre – das Wort Soldat will ich nicht an ihn verschwenden –, der ihn tötete, wartete auf genau den richtigen Augenblick und gab dann einen Feuerstoß ab, der das Gesicht des Jungen in Stücke riß. Als ich ihn erreichte, mit dem halben Gesicht in der Hand, hörte ich das Kichern, das obszöne Lachen eines obzönen Mannes, der für mich alles verkörperte, was ich widerwärtig fand – ob Nordvietnamese oder Amerikaner. Jene drei anderen Männer, jene Feinde, jene uniformierten Roboter, vermutlich mit Frauen und Kindern irgendwo in einem Dorf im Norden, hatten keine Ahnung, daß ich mich hinter sie schlich. Ich hab' sie von hinten erschossen, Herr Anwalt. Was würde Jonny Ringo dazu gesagt haben? Oder John Wayne?«

Connal blieb stumm, während Joel an den Jagdtisch ging, um sich selbst einen Whisky einzuschenken. Der Marineanwalt trank und fuhr dann fort: »Vor ein paar Stunden haben Sie gesagt, Sie wüßten, wie das wäre, was mich beschäftigt, weil Sie es selbst erlebt hätten. Nun, ich habe nicht das erlebt, was Sie erlebt haben, aber ich beginne zu erkennen, was Sie bewegt. Sie empfinden wirklich Abscheu für alles, was Aquitania verkörpert, nicht wahr? Besonders für die, die das alles steuern.«

Converse drehte sich um. »Ja, und zwar mit jeder Faser meines Körpers«, sagte er. »Deshalb müssen wir über das reden, was Sie gerade erlebt haben.«

»Ich sagte Ihnen doch, ich hatte keine Wahl. Sie sagten, die Botschaftsleute, die ich am Flughafen gesehen habe, gehören zu Delavane. Ich konnte das Risiko nicht eingehen.«

»Ich weiß. Und jetzt sind wir beide auf der Flucht, werden von unseren eigenen Leuten gejagt und von den Männern geschützt, die wir in die Falle locken wollen. Wir müssen *nachdenken*, Commander.«

Das Telefon klingelte; ein schrilles Geräusch, das sich in das Zimmer drängte. Fitzpatrick sprang auf, seine erste Reaktion war ein Erschrecken. Joel beobachtete ihn, beruhigte ihn mit seinem Blick. »Tut mir leid«, sagte Connal. »Ich bin noch immer überreizt. Ich nehme schon ab; es geht schon.« Er griff nach dem Hörer. »Ja?« Dann lauschte er ein paar

Sekunden, hielt die Hand über die Sprechmuschel und sah Converse an. »Die Überseevermittlung. San Francisco. Das ist Meagen.«

»Und das heißt Remington«, sagte Joel, dessen Kehle plötzlich trocken war und dessen Puls zu rasen begann.

»Meagen? Ja, ich bin hier. Was ist denn?« Fitzpatrick starrte auf den Boden, während seine Schwester redete; er nickte ein paarmal und seine Kinnmuskeln spannten sich vor Konzentration. »O *Gott!* ...Nein, es ist schon gut. *Wirklich,* alles ist in Ordnung. Hast du die Nummer?« Connal blickte auf das kleine Telefontischchen, auf dem zwar ein Block, aber kein Bleistift lag. Er sah zu Joel hinüber, der bereits zum Schreibtisch gegangen war und den vom Hotel bereitgelegten Kugelschreiber genommen hatte. Fitzpatrick streckte ihm die Hand hin, nahm den Kugelschreiber und schrieb eine Reihe Ziffern auf. Converse stand neben ihm, er war sich bewußt, daß er kaum atmete und daß seine Finger sich um das Glas krampften. »Danke, Meagen. Ich weiß, daß das eine schlimme Zeit für dich ist: So etwas hat dir jetzt gerade noch gefehlt... Bestimmt, Meg, ich gebe dir mein Wort darauf. Wiedersehn.« Er legte auf und behielt den Hörer einen Augenblick lang in der Hand.

»Remington hat angerufen, nicht wahr?« sagte Joel.

»Ja.«

»Was war?«

»Jemand hat versucht, an Ihre Entlassungsakte heranzukommen«, sagte Fitzpatrick, der sich herumgedreht hatte und jetzt Converse ansah. »Alles in Ordnung. Remington hat es verhindert.«

»Wer war es?«

»Ich weiß es nicht. Ich werde David anrufen müssen. Meagen hat keine Ahnung, was ein Sperrvermerk ist, geschweige denn, wer Sie sind. Die Nachricht, die sie mir durchgegeben hat, war nur ›Sperrvermerk sollte freigegeben werden‹, aber er hat es verhindert.«

»Dann ist alles in Ordnung.«

»Das habe ich auch gesagt, aber es stimmt nicht.«

»Deutlicher, verdammt.«

»Es gibt eine zeitliche Begrenzung für meine Anweisung. Ein oder zwei Tage nach dem Prüfvorgang...«

»Und das sind achtundvierzig Stunden«, unterbrach Joel.

»Ja. Sehen Sie, Sie dachten, daß das passieren würde, aber ich habe, offen gestanden, nicht damit gerechnet. Derjenige, der diese Akte angefordert hat, ist nicht irgendein Laufbursche. Sie werden diese Besprechung, die man für Sie arrangiert, verlassen und ein paar Stunden später haben Ihre neuen Freunde vielleicht schon das Zeug in der Hand. Converse, der Delavane-Hasser. Ist er jetzt der Delavane-*Jäger*?«

»Rufen Sie Remington an.« Joel ging zur Balkontür, öffnete sie und trat ins Freie. Ein paar Wolkenfetzen hatten sich vor den Mond geschoben, und weit im Osten gab es ein Wetterleuchten, das Converse an das lautlose Artilleriefeuer erinnerte, das er und die anderen fliehenden Gefangenen immer wieder in den Bergen gesehen hatten, in den Bergen, die zugleich eine Zuflucht und unerreichbar waren. Er konnte Fitzpatrick im Zimmer hören. Offenbar versuchte er, eine Verbindung mit San Diego zu bekommen. Joel griff in seine Tasche und suchte nach den Zigaretten. Er zündete sich eine an. Ob es nun die helle Flamme war, die die Bewegung beleuchtete, wußte er nicht, jedenfalls blickte er in die Richtung, in der er die Bewegung wahrgenommen hatte. Zwei Balkone entfernt, etwa neun Meter zu seiner Rechten, stand ein Mann und beobachtete ihn. Die Gestalt war nur als schattenhafte Silhouette zu erkennen; der Mann nickte in der schwachen Beleuchtung und verschwand. War es einfach nur ein anderer Gast, der zufällig ins Freie getreten war, um Luft zu schnappen? Oder hatte Aquitania einen Posten aufgestellt? Converse konnte hören, wie Fitzpatrick im Zimmer sprach. Er drehte sich um und verließ ebenfalls den Balkon.

Connal saß auf dem Stuhl neben dem Telefontisch. Er hielt den Hörer mit der linken Hand ans Ohr, während die rechte den Stift hielt. Er machte sich eine Notiz und unterbrach seinen Gesprächspartner.

»Augenblick. Sie sagen, Hickman hätte erklärt, Sie sollten nichts unternehmen, aber er wollte Ihnen nicht sagen, wer genau die Anforderung ausgestellt hat? ... Verstehe. Schön,

David, vielen Dank. Gehen Sie heute abend aus? ... So, ich kann Sie also unter dieser Nummer erreichen. Ja, ich weiß schon, diese verdammten Telefone in Sonoma. Ein einziger Regenguß, und man kann von Glück reden, wenn man eine Leitung bekommt. Nochmals, vielen Dank, David. Wiedersehn.« Fitzpatrick legte auf und sah Joel eigenartig, fast schuldbewußt an. Statt etwas zu sagen, schüttelte er den Kopf, atmete tief und runzelte die Stirn.

»Was ist denn? Was ist los?«

»Sie sollten besser zusehen, daß Sie bei dieser Besprechung morgen alles bekommen, was Sie haben wollen. Oder findet sie schon heute statt?«

»Es ist schon nach Mitternacht. Also heute. Warum?«

»Weil die Akte zwanzig Stunden später an eine Abteilung des Fünften Marine-Distrikts freigegeben wird – das ist Norfolk, und die haben einige Macht. Dann werden sie alles über Sie wissen, was Sie vor denen verborgenhalten wollen. Länger als zweiundsiebzig Stunden ist das nicht zu verhindern.«

»Besorgen Sie sich eine Verlängerung!«

Connal stand auf und sah den anderen mit hilfloser Miene an. »Mit welcher Begründung?«

»Die nationale Sicherheit, was sonst?«

»Ich würde die Gründe darlegen müssen, das wissen Sie.«

»Das weiß ich *nicht*. Verlängerungen werden aus allen möglichen Gründen gewährt. Sie brauchen mehr Zeit für die Vorbereitung. Eine Zeugenaussage hat sich verschoben – Krankheit oder ein Unfall. Oder persönliche Dinge – verdammt, die Beisetzung Ihres Schwagers, das Leid Ihrer Schwester –, die haben Sie in der Arbeit behindert!«

»Das können Sie vergessen, Joel. Wenn ich das versuche, werden sie eine Verbindung zwischen Ihnen und Press herstellen, und dann ist alles aus. Die haben ihn getötet, erinnern Sie sich?«

»Nein«, sagte Converse entschieden. »Genau andersherum.«

»Was reden Sie?«

»Ich habe darüber nachgedacht, versucht, mich in Averys Position zu versetzen. Er wußte, daß jede seiner Bewegungen beobachtet wurde, daß man vermutlich sein Telefon angezapft hatte. Er sagte, die Geographie, die Übernahmeverhandlungen, das Frühstück – eben alles hatte logisch sein müssen; es ging nicht anders. Am Ende jenes Frühstücks sagte er, wir würden, wenn ich einverstanden wäre, noch einiges besprechen müssen.«

»Und?«

»Er wußte, daß man uns zusammen gesehen hatte – das war unvermeidlich –, und ich glaube, er wollte mir klarmachen, was ich sagen sollte, wenn mich jemand von Aquitania nach ihm befragte. Er wollte alles herumdrehen und mir den Schubs geben, den ich brauchte, um an diese Männer heranzukommen.«

»Zum Teufel, wovon reden Sie?«

»Avery wollte mir den Stempel aufdrücken, den ich brauchte, um Zugang zu Delavanes Netz zu bekommen. Wir werden das nie erfahren, aber ich vermute, daß er mir sagen wollte, daß er, A. Preston Halliday, mich in Verdacht hatte, einer von *ihnen* zu sein, daß er sich in die Comm Tech-Bern-Verhandlungen hineingedrängt hätte, um mich unter Druck zu setzen, um mich *aufzuhalten*.«

»Augenblick.« Connal schüttelte den Kopf. »Press wußte nicht, was Sie tun würden oder wie Sie es tun würden.«

»Dafür gab es nur eine Möglichkeit, und das wußte er. Außerdem wußte er, daß ich zu demselben Schluß gelangen würde, sobald ich die Einzelheiten begriffen hatte. Die einzige Möglichkeit, um Delavane und seine Feldmarschälle aufzuhalten, besteht darin, Aquitania zu infiltrieren. Warum, glauben Sie denn, hat man mir so viel Geld zur Verfügung gestellt? Ich brauche es nicht, und er wußte, daß er mich nicht kaufen konnte. Aber er wußte, daß man es benutzen konnte – daß man es benutzen *mußte*, um hineinzukommen und anfangen zu können, Beweise zu sammeln... Rufen Sie Remington noch einmal an. Sagen Sie ihm, er soll einen Antrag auf Verlängerung vorbereiten.«

»Es geht nicht um Remington, es geht um den Befehlshaber von SAND PAC, einen Admiral namens Hickman. David sagte, ich müßte morgen mit einem Anruf von ihm rechnen. Ich werde mir das überlegen müssen und dann Meagen noch einmal anrufen. Hickman ist wütend; er möchte wissen, wer Sie sind und was das große Interesse an Ihrer Person zu bedeuten hat.«

»Wie gut kennen Sie diesen Hickman?«

»Ganz gut. Ich war in New London und in Galveston mit ihm zusammen. Er hat mich als Chefjuristen nach San Diego angefordert.«

Converse studierte Fitzpatricks Gesicht, wandte sich ohne ersichtlichen Grund stumm ab und ging zur offenen Balkontür. Connal sagte nichts; er verstand. Er hatte zu oft gesehen, wie Anwälte plötzlich einen Gedanken hatten, den sie erst selbst einmal ausspinnen mußten, eine Idee, von der vielleicht der Ausgang eines Prozesses abhängen konnte. Joel drehte sich langsam, fast zögernd, um.

»Tun Sie es«, begann er. »Tun Sie das, was, wie ich glaube, wahrscheinlich auch Ihr Schwager getan hätte. Führen Sie das zu Ende, wozu er keine Gelegenheit mehr bekam. Gehen Sie davon aus, daß er und ich nach dieser Übernahmekonferenz noch einmal zusammengetroffen wären. Liefern Sie mir das Sprungbrett, das ich brauche.«

»Um Ihre Worte zu gebrauchen, ›deutlicher bitte‹, Herr Anwalt.«

»Liefern Sie Hickman ein Szenario, das von A. Preston Halliday stammen könnte. Sagen Sie ihm, der Sperrvermerk muß bleiben, weil Sie Grund zu der Annahme haben, daß ich mit dem Mord an Ihrem Schwager in Verbindung stehe. Erklären Sie ihm, daß Halliday, bevor er nach Genf flog, zu Ihnen kam – was er ja getan hat – und Ihnen sagte, er wolle sich mit mir treffen, einem Anwalt der Gegenseite, den er im Verdacht hatte, in Korruptionsgeschäfte mit Exportlizenzen verwickelt zu sein, ein juristisches Aushängeschild für irgendwelche Profitgeier. Erklären Sie, Ihr Schwager hätte gesagt, daß er mich mit der Wahrheit konfrontieren wollte. Preston Halliday stand in dem Ruf, ein Missionar zu sein.«

»Aber nicht mehr in den letzten zehn, zwölf Jahren«,

verbesserte Fitzpatrick ihn. »Er hat sich dem Establishment angeschlossen und einen sehr gesunden Respekt für Geld gezeigt.«

»Die Geschichte ist es, auf die es ankommt. Das wußte er; das war einer der Gründe, weshalb er zu mir kam. Sagen Sie, Sie seien überzeugt, daß er mir alles gesagt hätte, und da in diesem Geschäft Millionen verdient werden, glauben Sie, ich hätte ihn ganz methodisch beseitigen lassen und mich selbst dadurch getarnt, daß ich bei seinem Tode zugegen war... Ich genieße den Ruf, ein methodischer Mann zu sein.«

Connal senkte den Kopf und fuhr sich mit den Fingern durchs Haar. Dann ging er tief in Gedanken an den antiken Jagdtisch. Er blieb stehen, sah sich einen der Drucke an und drehte sich wieder zu Converse um. »Wissen Sie, was Sie da von mir verlangen?«

»Ja, ich will, daß Sie mir das Sprungbrett liefern, das mich mit einem Satz mitten in diese Möchtegern-Dschingis-Khans hineinkatapultiert. Um das zu bewirken, werden Sie mit Hickman weitergehen müssen. Weil Sie so persönlich betroffen und so verdammt zornig sind – was wiederum die Wahrheit ist –, können Sie ihm sagen, daß er dem, der die Akte will, ruhig sagen kann, welche Haltung Sie einnehmen. Es handelt sich um eine nichtmilitärische Angelegenheit. Sie würden also das, was Sie wissen, den Zivilbehörden zutragen.«

»Sie verlangen also von mir, daß ich es aktenkundig mache, daß Sie meiner Ansicht nach in den Mord an meinem Schwager verwickelt sind. Damit stemple ich Sie als Killer ab. Sobald ich das einmal gesagt habe, kann ich es nicht mehr zurücknehmen.«

»Das weiß ich. Tun Sie es trotzdem.«

George Marcus Delavane wandte den Oberkörper in seinem Stuhl vor der seltsam kolorierten Landkarte an der Wand. Es war keine kontrollierte Bewegung, es war eine Bewegung, die nach Kontrolle suchte. Delavane mochte keine Behinderungen, und in diesem Augenblick erklärte ihm ein Admiral im Fünften Marine-Distrikt eine solche.

»Der Vermerk hat die Einstufung Vier-Null«, sagte Scanlon. »Um eine Freigabe zu bewirken, müßten wir das Pentagon einschalten, und ich brauche Ihnen nicht zu erklären, was das bedeutet. Nun können wir das natürlich alles tun, General, aber wir gehen das Risiko ein...«

»Ich kenne das Risiko«, unterbrach Delavane. »Das Risiko liegt in den Unterschriften, den Identitäten. Warum die Vier-Null? Wer hat das veranlaßt und *warum*?«

»Der leitende Anwalt von SAND PAC. Er ist Lieutenant Commander, sein Name ist Fitzpatrick, und in seinen Akten ist nichts zu finden, was darauf hindeutet, weshalb er es getan hat.«

»Ich will es Ihnen sagen«, sagte Delavane. »Er verbirgt etwas. Er beschützt diesen Converse.«

»Warum sollte ein Offizier der Marine unter solchen Umständen einen Zivilisten schützen? Es liegt keine Verbindung vor. Außerdem, warum sollte er Code Vier Null verwenden? Das macht doch nur auf ihn aufmerksam.«

»Es sichert auch die Akte.« Delavane machte eine Pause, fuhr dann aber fort, ehe der Admiral ihn unterbrechen konnte. »Dieser Fitzpatrick«, sagte er. »Haben Sie die Liste überprüft?«

»Er ist keiner von uns.«

»Hat man ihn je in Betracht gezogen? Oder ihn angesprochen?«

»Ich hatte keine Zeit, das zu überprüfen.« Ein Summen war zu hören, aber nicht in der Leitung, die die beiden Männer benutzten. Man konnte hören, wie Scanlon einen Knopf drückte, seine Stimme war klar und klang irgendwie amtlich. »Ja?« Schweigen, und Sekunden später war die Stimme des Admirals wieder in Palo Alto zu hören. »Es ist noch einmal Hickman.«

»Vielleicht hat er etwas für uns. Rufen Sie mich zurück.«

»Hickman würde uns überhaupt nichts geben, wenn er auch nur die leiseste Ahnung hätte, daß es uns gibt«, sagte Scanlon. »In ein paar Wochen wird er einer der ersten sein, die gehen müssen. Wenn man mich fragt, müßte man ihn erschießen.«

»Rufen Sie mich zurück«, erwiderte George Marcus Delavane und sah auf die Karte des neuen Aquitania.

Chaim Abrahms saß am Küchentisch seiner kleinen mediterranen Backsteinvilla in Tzahala, einem Vorort von Tel Aviv, wie er von pensionierten Militärs und anderen Leuten mit ausreichendem Einkommen oder Einfluß geschätzt wurde, die sich das Leben dort leisten konnten. Die Fenster standen offen, und die Brise bot etwas Linderung vor der drückenden Hitze des Sommerabends. Zwei andere Zimmer hatten Klimaanlagen und drei weitere Deckenventilatoren, aber Chaim mochte die Küche am liebsten. In der alten Zeit hatten sie immer in primitiven Küchen gesessen und die Überfälle geplant. Oft wurde Munition herumgereicht, während in einem Topf über einem Holzfeuer in der Negevwüste ein Huhn kochte.

Es war Zeit, Palo Alto anzurufen.

»Mein General, mein Freund.«

»Shalom, Chaim«, grüßte Delavane. »Wann geht es nun nach Bonn?«

»Morgen früh. Van Headmer ist schon unterwegs. Er wird um halb neun in Ben Gurion eintreffen, und dann nehmen wir zusammen die Zehn-Uhr-Maschine nach Frankfurt, wo Leifhelms Pilot uns mit der Cessna abholt.«

»Gut. Sie können sprechen.«

»*Wir* müssen jetzt sprechen«, sagte der Israeli. »Was haben Sie noch über diesen Converse erfahren?«

»Er wird mir immer rätselhafter, Chaim.«

»Ich rieche Betrug.«

»Ich auch, aber vielleicht nicht die Art von Betrug, wie ich erst glaubte. Sie wissen, wie ich die Sache eingeschätzt habe. Ich dachte, er sei bloß eine Vorhut, jemand, der von besser informierten Männern eingesetzt worden ist – Lucas Anstett darunter –, um mehr zu erfahren, als sie schon wußten oder aus Gerüchten ahnten. Ich kann mich leider der Erkenntnis nicht verschließen, daß es irgendwo ein paar undichte Stellen gegeben haben muß; damit muß man selbst bei uns rechnen und fertig werden.«

»Kommen Sie zur Sache, Marcus«, sagte der ungeduldige Abrahms.

»Heute haben sich drei Dinge ereignet«, fuhr der ehemalige General in Palo Alto fort. »Das erste davon hat mich wütend gemacht, weil ich es nicht verstehen konnte und es mich offen gestanden ein wenig beunruhigt hat.«

»Und was war es?« unterbrach ihn der Israeli.

»Jemand hat veranlaßt, daß die Dienstakten von Converse gesperrt wurden. Damit sind sie für uns unzugänglich.«

»Ja!« rief Abrahms, und in seiner Stimme klang Triumph mit.

»Was?«

»Weiter, Marcus! Ich sage es Ihnen, wenn Sie fertig sind. Was war die zweite Panne?«

»Keine Panne, Chaim. Eine Erklärung, die so vordergründig angeboten wurde, daß man sie nicht einfach vom Tisch wischen kann. Leifhelm hat angerufen und gesagt, Converse selbst hätte Anstetts Tod herbeigeführt und behaupte, erleichtert zu sein. Sonst hat er wenig gesagt, nur daß Anstett sein Feind gewesen sei – das war das Wort, das er benutzte.«

»Weil man ihn so instruiert hat!« Abrahms Stimme hallte durch die Küche. »Und was war das dritte, mein General?«

»Das verwirrendste und zugleich interessanteste – und, Chaim, Sie sollten nicht so ins Telefon brüllen. Sie sind nicht bei einer Ihrer Ansprachen im Stadion und auch nicht in der Knesset.«

»Ich bin im Feld, Marcus. In *diesem* Augenblick! Bitte fahren Sie fort, mein Freund.«

»Der Mann, der die Militärakte gesperrt hat, ist ein Marineoffizier, und Preston Halliday war sein Schwager.«

»Genf! Ja!«

»Lassen Sie das!«

»Ich bitte um Entschuldigung, mein lieber Freund. Es ist nur alles so perfekt!«

»Was auch immer Sie denken«, sagte Delavane, »die Gründe, die der Mann vorgebracht hat, könnten genau das Gegenteil beweisen. Dieser Marineoffizier, dieser Schwager, glaubt, daß Converse den Mord an Halliday eingefädelt hat.«

»Selbstverständlich! *Perfekt*!«

»Sie *werden* jetzt Ihre *Stimme* mäßigen!«

»Noch einmal, ich bitte herzlich um Entschuldigung, mein General. War das alles, was dieser Marineoffizier gesagt hat?«

»Nein, er hat dem Befehlshaber seines Stützpunkts in San Diego erklärt, daß Halliday zu ihm gekommen war und ihm gesagt hat, er würde sich in Genf mit einem Mann treffen, von dem er annähme, daß er mit illegalen Waffenexporten zu tun hätte. Ein Rechtsanwalt, der in den Diensten von Profitmachern im Waffengeschäft stünde. Er hatte die Absicht, diesen Mann, diesen internationalen Anwalt namens Converse, mit seinen Recherchen zu konfrontieren und ihm damit zu drohen, das Ergebnis seiner Nachforschungen den Behörden zu melden. Was haben wir also?«

»Einen *Betrug*!«

»Aber auf wessen *Seite*? Ihre Lautstärke überzeugt mich nicht.«

»Seien Sie überzeugt, ich habe recht. Dieser Converse ist ein Wüstenskorpion!«

»Was bedeutet das?«

»*Verstehen* Sie denn nicht? Die Mossad versteht es!«

»Die Mossad?«

»Ja! Ich habe mit unserem Spezialisten gesprochen, und er spürt das auch, was ich rieche – er räumt die Möglichkeit ein! Converse mag programmiert sein oder nicht, aber er könnte auch ein Agent seiner Regierung sein!«

»Ein Provokateur?«

»Wer weiß, Marcus? Aber das Schema ist so perfekt. Zuerst werden seine Militärakten gesperrt – sie werden uns etwas verraten, das wissen wir. Dann gibt er eine bestimmte Antwort bezüglich des Todes eines Feindes – nicht seines, sondern *unseres* Feindes – und behauptet, es wäre auch sein Feind – so einfach, so unwiderlegbar. Schließlich kommen Andeutungen auf, daß dieser Converse mit dem Mord in Genf zu tun habe – so ordentlich, so präzise zu seinem Vorteil... Wir haben es mit sehr analytisch und nüchtern denkenden Leuten zu tun, die jeden Zug in dem Schachspiel beobachten und gegen jeden Bauern einen König setzen.«

»Und doch kann man alles, was Sie sagen, auch umdrehen. Er könnte...«

»Nein, das kann er nicht!« schrie Abrahms.

»Warum, Chaim? Sagen Sie mir, warum?«

»Weil in ihm keine *Hitze*, kein *Feuer* ist! So handelt einer nicht, der *glaubt*! Wir sind nicht raffiniert, wir sind hartnäckig!«

George Marcus Delavane sagte einige Augenblicke lang nichts, und der Israeli wußte, daß er jetzt ebenfalls nichts sagen durfte. Er wartete, bis die kalte, ruhige Stimme wieder zu hören war.

»Halten Sie Ihre Konferenz morgen ab, General. Hören Sie ihm zu und seien Sie höflich; spielen Sie das Spiel, das er spielt. Aber er darf das Haus nicht verlassen, bis ich nicht den Befehl dazu gegeben habe. Vielleicht verläßt er es nie mehr.«

»Shalom, mein Freund.«

»Shalom, Chaim.«

14

Valerie ging zu den Glastüren ihres Ateliers – die gleichen Türen, wie sie sie oben am Balkon hatte – und blickte auf die ruhigen, von der Sonne durchwärmten Wellen von Cap Ann hinaus. Sie dachte kurz an das Boot, das vor einigen Nächten so beunruhigend vor ihrem Haus Anker geworfen hatte. Es war nicht wieder aufgetaucht; was auch immer geschehen war, gehörte der Vergangenheit an, hatte Fragen, aber keine Antworten hinterlassen. Wenn sie die Augen schloß, konnte sie noch immer die Gestalt eines Mannes sehen, der aus dem Lichtschein der Kabine heraustrat, das Glühen seiner Zigarette, und sie fragte sich immer noch, was dieser Mann wollte, was er dachte. Dann erinnerte sie sich an die zwei Männer im frühen Morgenlicht, Männer, die mit Feldstechern zu ihr herübergeblickt hatten. Fragen. Keine Antworten. Waren es unerfahrene Seeleute gewesen, die einen sicheren Zufluchtshafen gefunden hatten? Fragen, keine Antworten.

Was auch immer, es gehörte der Vergangenheit an. Ein kurzes, beunruhigendes Zwischenspiel, das schwarze Phantasien in ihr ausgelöst hatte – Dämonen auf der Suche nach Logik, wie Joel gesagt hätte. *Verdammt* sollte er sein!

Der arme Joel. Der traurige Joel. Er war ein guter Mann, im Strudel seiner Konflikte gefangen. Und Val war so weit gegangen, wie sie gehen konnte. Weiterzugehen, hätte bedeutet, die eigene Identität zu verleugnen. Das würde sie nicht tun; das hatte sie nicht getan.

Sie legte ihren Pinsel auf die Palette und sah über die Dünen auf den Ozean hinaus. Er war dort draußen, weit entfernt, immer noch irgendwo in Europa. Valerie fragte sich, ob er an diesen Tag gedacht hatte. Es war ihr Hochzeitstag.

Um es zusammenzufassen, Chaim Abrahm ist im Streß und Durcheinander des täglichen Überlebenskampfes geformt worden. Es waren Jahre endloser, heftiger Scharmützel, in denen es darum ging, schneller zu denken als der Feind und ihn zu überleben – einen Feind, der nicht nur darauf aus war, ganze Siedlungen niederzumachen, sondern der die Hoffnungen der Wüstenjuden auf ein Heimatland, politische Freiheit und religiöse Selbstbestimmung vernichten wollte. Es ist also nicht schwer zu verstehen, weshalb Abraham so ist wie er ist. Bewaffnete Macht hat für ihn in allen Dingen Vorrang vor Verhandlungen, und selbst jene in Israel, die für eine gemäßigtere Haltung plädieren, die nur auf Sicherung der Grenzen basiert, werden von ihm als Verräter gebrandmarkt. Abraham ist ein Imperialist, der auf ein sich immer weiter ausdehnendes Israel als beherrschende Macht im ganzen Nahen Osten hofft. Als Abschluß dieses Berichts eignet sich vielleicht eine Bemerkung, die er der bekannten Aussage des Premierministers während der Invasion des Libanon, »Wir wollen keinen Zollbreit libanesischen Bodens«, hinzufügte. Abrahms Antwort, die er seinen Truppen im Feld gab – die keineswegs mehrheitlich seine Gefühle teilten –, war die folgende:

»Ganz sicher keinen Zollbreit! Das ganze verdammte Land! Dann Gaza, den Golan und die Westbank! Und warum nicht

Jordanien, dann Syrien und den Irak! Wir verfügen über die Mittel und wir haben den Willen! Wir sind die mächtigen Kinder Abrahams!«

Er ist Delavanes Schlüssel im unbeständigen Nahen Osten.

Es war beinahe Mittag, die Sonne brannte auf den kleinen Balkon herunter. Der Zimmerkellner hatte die Reste ihres späten Frühstücks abgetragen; auf dem Jagdtisch war nur eine silberne Kanne geblieben. Sie hatten stundenlang gelesen, seit gegen sechs Uhr dreißig der erste Kaffee in ihre Suite gebracht worden war. Converse legte die Akte weg und griff nach seinen Zigaretten, die auf dem Tischchen neben dem Sessel lagen. Joel sah zu Connal Fitzpatrick hinüber, der auf der Couch saß und sich über den Tisch nach vorne beugte und von einem Blatt las, während er Notizen auf den Telefonblock kritzelte. Die Bertholdier- und Leifhelm-Dossiers lagen sorgsam aufgestapelt zu seiner Linken.

Fitzpatrick blickte auf. »Was ist denn?« fragte er, als er bemerkte, daß Converse ihn anstarrte. »Machen Sie sich Gedanken wegen des Admirals?«

»Wegen wem?«

»Hickman, San Diego.«

»Unter anderem. Bei hellichtem Tag – sind Sie sicher, daß er das mit der Verlängerung gefressen hat?«

»Garantieren kann ich es nicht, aber ich sagte Ihnen ja schon, daß er mich anrufen wollte, falls man ihn unter Druck setzen würde. Ich bin verdammt sicher, daß er nichts tun wird, ohne mich zu konsultieren. Wenn er versuchen sollte, mich zu erreichen, weiß Meagen, was sie zu tun hat, und dann verstärke ich den Druck. Wenn nötig, bestehe ich auf einem Zusammentreffen mit jenen unbekannten Leuten im Fünften Distrikt. Am Ende könnten wir in einer Pattsituation sein – ich würde mich dann bereit erklären, die Akte nur dann freizugeben, wenn man mir eine komplette Untersuchung der Umstände garantiert. Patt.«

»Sie werden kein Patt bekommen, wenn Hickman zu *denen* gehört. Dann wird er seine größere Autorität einsetzen.«

»Dann hätte er Remington nicht gesagt, daß er mich anrufen soll. Er hätte überhaupt nichts gesagt; er hätte den einen Tag gewartet und es einfach laufenlassen. Ich kenne ihn. Er war nicht nur verblüfft, er war wütend. Er stellt sich hinter seine Leute und mag es nicht, wenn man ihn von außen unter Druck setzt, besonders nicht, wenn die Navy dahintersteckt. Wir warten jetzt ab, und so lange bleibt der Sperrvermerk. Ich sagte Ihnen doch, er ist viel wütender auf Norfolk als auf mich. Die sind nicht einmal bereit, ihm ihre Gründe zu nennen; sie behaupten, sie dürften das nicht.«

Converse nickte. »Schön«, sagte er. »Dann schreiben Sie es eben meinen Nerven zu. Ich habe gerade die Abrahms-Akte zu Ende gelesen. Dieser Wahnsinnige könnte den ganzen Nahen Osten alleine in die Luft sprengen und uns andere mit hineinziehen... Was halten Sie denn von Leifhelm und Bertholdier?«

»Soweit ich das den Akten entnehmen konnte, haben Sie nicht übertrieben. Diese Leute sind mehr als nur einflußreiche Exgenerale mit Händen voller Geld, das sind mächtige Symbolfiguren, um die sich eine Menge Leute sammeln können. Soviel zu den Informationen – aber für mich sind Informationen *selbst* wichtig. Woher stammen sie?«

»Das ist ein Schritt zurück. Es ist alles hier.«

»Sicher ist es das, aber wieso? Sie sagen, Beale hätte Ihnen die Akten gegeben, Press hätte das Wort ›wir‹ benutzt – ›diejenigen, hinter denen *wir* her sind‹, ›die Mittel, die *wir* dir geben können‹, ›die Verbindungen, so wie *wir* sie sehen‹.«

»Das haben wir doch besprochen«, beharrte Joel. »Der Mann in San Francisco. Der, zu dem er gegangen ist und der ihm die Fünfhunderttausend gegeben und ihn aufgefordert hat, anklagefähiges Beweismaterial gegen diese Leute auf legalem Wege zu beschaffen, damit wir sie als ganz gewöhnliche Profitmacher abstempeln können. Das ist der letzte Hohn für Superpatrioten. Vernünftig gedacht, das steht hinter dem *wir*.«

»Press und dieser unbekannte Mann in San Francisco?«
»Ja.«
»Und die konnten einfach einen Telefonhörer abnehmen

und jemanden dafür bezahlen, daß er *das hier* zusammenstellte?« Fitzpatrick deutete auf die beiden Papierstapel zu seiner Linken.

»Warum nicht? Wir leben im Zeitalter des Computers. Niemand lebt heute mehr auf einer unbekannten Insel oder in einer bislang nicht entdeckten Höhle.«

»*Das hier*«, wiederholte Connal, »sind keine Computerausdrucke. Das sind gut recherchierte, detaillierte, in die Tiefe gehende Dossiers, die auf feinste Nuancen und privateste Eigenheiten eingehen.«

»Sie können gut mit Worten umgehen, Seemann. Aber ein Mann, der eine halbe Million Dollar an die richtige Bank auf einer Insel in der Ägäis überweisen kann, kann sich so ziemlich jeden anheuern, den er mag.«

»Das hier kann er nicht anheuern.«

»Was soll das heißen?«

»Lassen Sie mich wirklich einen Schritt rückwärts tun«, sagte der Marineanwalt, stand auf und griff nach dem Blatt, das er gelesen hatte. »Ich will meine Beziehung zu Press nicht noch einmal schildern, weil es im Augenblick ein wenig weh tut, darüber nachzudenken.« Fitzpatrick machte eine Pause und registrierte den Blick in Joels Augen, die diese Art von Sentimentalität in ihrer Diskussion zurückwiesen. »Verstehen Sie mich nicht falsch«, fuhr er fort. »Es geht nicht um seinen Tod, nicht die Beisetzung; eher umgekehrt. Das ist nicht der Press Halliday, den ich kannte. Sehen Sie, ich glaube nicht, daß er uns die Wahrheit gesagt hat, Ihnen nicht und mir auch nicht.«

»Dann wissen Sie etwas, was ich nicht weiß«, sagte Converse leise.

»Ich weiß, daß es in San Francisco keinen Mann gibt, der auch nur entfernt zu der Beschreibung oder dem Bild paßt, das er Ihnen gegeben hat. Ich habe mein ganzes Leben dort gelebt, wenn man Berkeley und Stanford mit einbezieht, genau wie Press. Ich kannte alle Leute, die er kannte, besonders die wohlhabendsten, auch die exotischeren darunter. Wir haben nie Geheimnisse voreinander gehabt. Manchmal war ich Welten von ihm entfernt, aber er hat mich immer wieder informiert, wenn neue Personen dazukamen. Das hat für ihn dazugehört und ihm Spaß gemacht.«

»Das klingt ein wenig fadenscheinig. Ich bin sicher, daß er gewisse Verbindungen für sich behalten hat.«

»Nicht Verbindungen dieser Art«, sagte Connal. »Das hätte nicht zu ihm gepaßt. Nicht, wenn es um mich ging.«

»Nun, ich...«

»Und jetzt lassen Sie mich einen Schritt nach vorn tun«, unterbrach Fitzpatrick. »Diese Dossiers – ich habe sie vorher nicht gesehen, aber ich habe Hunderte von Dossiers dieser Art gesehen, vielleicht ein paar tausend, und zwar kurz bevor sie fertig waren.«

Joel richtete sich auf. »Bitte erklären Sie mir das näher, Commander.«

»Sie haben gerade den Nagel auf den Kopf getroffen, Lieutenant. Der Rang sagt es.«

»Sagt *was*?«

»Diese Dossiers sind die überarbeiteten, fertiggestellten Ergebnisse von Abwehrrecherchen. Man hat sie in der ganzen Abwehrgemeinschaft herumgeschubst, und jede Abteilung hat das ihre beigetragen – angefangen bei biografischen Daten bis zu Überwachungsergebnissen und psychiatrischen Auswertungen –, und dann haben Spezialistenteams das Ganze zusammengefügt. Das hier stammt aus den tiefsten Gründen der Regierungssafes. Dann hat man alles redigiert und Schlüsse daraus gezogen und so umgeformt, daß es wie die Arbeit einer außenstehenden, nicht der Regierung angehörenden Institution aussieht. Das Ganze riecht förmlich nach *Vertraulich*, *Top Secret* und *Eyes Only*.«

»Man könnte das auch recherchieren«, sagte Joel, der plötzlich nicht mehr überzeugt war.

»Nun, *das hier* kann man nicht recherchieren«, unterbrach Connal ihn und hob das Blatt mit den maschinengeschriebenen Namen, wobei sein Daumen an die beiden unteren Spalten wies, die die »Entscheidungsmacher« im Pentagon und im State Department verzeichneten. »Vielleicht fünf oder sechs – höchstens drei von jeder Seite. Aber den Rest nicht. Das hier sind Leute, die *über* denjenigen stehen, mit denen ich zu tun hatte, Männer, die ihre Arbeit unter einer Vielzahl von Titeln tun, damit man nicht an sie heran kann – weder mit Bestechung noch mit Erpressung oder Drohung. Als Sie sagten, Sie hätten Namen, vermutete ich, daß ich die meisten von ihnen kennen würde oder wenigstens die Hälfte. Aber das ist nicht der Fall. Ich kenne nur die Abteilungsleiter, Angehörige der oberen Führungsschicht, die selbst noch weiter nach oben gehen müssen und offenbar diesen Leuten hier berichten. Press kann sich diese Namen unmöglich selbst oder durch Außenstehende besorgt haben. Er hätte nicht gewußt, wo man suchen muß, und Sie hätten es auch nicht gewußt – selbst *ich* würde es nicht wissen.«

Converse stand auf. »Wissen Sie, was Sie da sagen?«

»Ja. Jemand – wahrscheinlich mehr als eine Person – tief in den Kellern von Washington hat diese Namen geliefert, so wie er oder sie das Material für diese Akten geliefert haben.«

»Wissen Sie wirklich, was Sie da sagen?«

Connal stand regungslos da und nickte. »Es fällt mir nicht leicht, das zu sagen«, begann er düster. »Press hat uns belogen. Er hat Sie mit dem, was er sagte, belogen, und mich mit dem, was er nicht sagte. Sie hängen an einem Faden, der bis nach Washington reicht. Und ich sollte nichts davon wissen.«

»Die Marionette steht in Position...« Joel sprach so leise, daß er kaum zu hören war, während er ziellos durch den Raum ging, auf das helle Sonnenlicht zu, das durch die Balkontür hereinfiel.

»Was?« fragte Fitzpatrick.

Converse drehte sich um. »Aber wenn es einen solchen Faden gibt, weshalb haben die ihn verborgen? Weshalb hat *Avery* ihn verborgen? Zu welchem Zweck?«

Der Marineanwalt blieb unbewegt, und sein Gesicht war ausdruckslos. »Ich glaube nicht, daß ich darauf antworten muß. Sie haben diese Frage gestern nachmittag selbst beantwortet, als wir über mich sprachen – und machen Sie sich nichts vor, Lieutenant, ich wußte genau, was Sie sagten. ›Ich werde Ihnen hier und da einen Namen nennen, wenn ich glaube, daß Ihnen das vielleicht eine Tür öffnet. Aber das ist alles.› Das waren Ihre Worte. Frei übersetzt hieß das, daß der Matrose, den Sie an Bord nahmen, vielleicht über etwas stolpern würde, aber falls die falschen Leute sich seiner bemächtigten, würden sie nicht etwas aus ihm herausprügeln können, was er nicht weiß.«

Joel nahm die Zurückweisung an, nicht nur, weil sie im Wesen zutraf, sondern weil sie ihm eine größere Wahrheit klarmachte, eine Wahrheit, die er auf Mykonos noch nicht begriffen hatte. Beale hatte ihm gesagt, daß unter den Leuten, die in Washington Fragen gestellt hatten, auch Militärs gewesen waren, die aus dem einen oder anderen Grund ihre Recherchen nicht weiterverfolgt hatten. Sie waren stumm geblieben. Aber sie hatten ihr Schweigen nicht durchgehalten. Sie hatten schließlich doch mit leiser Stimme gesprochen, bis eine andere leise Stimme aus San Francisco – ein Mann, der dank seines engen Freundes und Schwagers in San Diego wußte, an wen man herantreten mußte – die Verbindung herstellte. Sie hatten miteinander gesprochen, und aus ihren geheimen Gesprächen war ein Plan erwachsen. Sie brauchten einen Infiltrator, einen Mann mit Erfahrung, mit einem Motiv, das sie nähren konnten, den man, sobald er einmal in Gang gesetzt war, in das Labyrinth schicken konnte.

Die Erkenntnis war ein Schock, aber seltsamerweise konnte Joel an der Strategie keinen Fehler entdecken, nicht einmal an dem Schweigen, das selbst nach der Ermordung Preston Hallidays angehalten hatte. Laute Anklagen hätten jenen Tod nur sinnlos gemacht. Statt dessen waren sie still geblieben in dem Wissen, daß ihre Marionette über die Werkzeuge verfügte, um sich einen Weg durch das Labyrinth von Illegalitäten zu suchen und das zu erledigen, wozu sie selbst nicht imstande waren. Auch das begriff er. Aber eines konnte Converse nicht akzeptieren, und das war, daß er selbst als Marionette so gering eingeschätzt wurde, als jemand, den man ebenfalls opfern konnte. Er hatte es ertragen, unter den Bedingungen, die Avery Fowler – Preston Halliday – ihm geschildert hatte, ungeschützt zu bleiben, aber nicht unter diesen. Wenn er an einem Faden hing, so sollten die Puppenspieler wissen, daß er es ebenfalls wußte. Außerdem wollte er einen Namen in Bonn, eine Person, die er anrufen konnte, jemand, der zu ihnen gehörte. Die alten Regeln galten nicht länger, eine neue Dimension war hinzugekommen.

In vier Stunden würde er durch das eiserne Tor von Erich Leifhelms Villa gefahren werden. Er wollte jemanden draußen haben, einen Mann, den Fitzpatrick erreichen konnte, falls er bis Mitternacht nicht wieder herauskam. Die Dämonen drängten jetzt auf ihn ein – wütend beinahe, dachte Joel. Trotzdem gab es für ihn kein Zurück. Er war seinem Ziel so nahe, den Todesfürsten von Saigon in die Falle zu locken, dem Ziel, so viel wie möglich von dem auszugleichen, was sein Leben auf eine Art und Weise verformt hatte, wie niemand das je begreifen würde... Nein, nicht »niemand«, überlegte er. Einen Menschen gab es, der das tat, und sie hatte gesagt, sie könne ihm nicht länger helfen. Und es war auch nicht fair gewesen, ihre Hilfe zu suchen.

»Wie haben Sie sich entschieden?« fragte Connal.

»Entschieden?« erwiderte Joel erschreckt.

»Sie brauchen heute nachmittag nicht zu gehen. Werfen Sie doch alles *hin*! Das gehört in die Hände des FBI, im Verein mit der Central Intelligence Agency. Ich bin erschüttert, daß diese ominösen Hintermänner nicht den Weg gegangen sind.«

Converse setzte zur Antwort an, hielt dann aber inne. Was er sagte, mußte klar und überzeugend sein, nicht nur für Fitzpatrick, sondern auch für ihn selbst. Er glaubte zu begreifen. Er hatte in Avery Fowlers Augen – Preston Hallidays Augen – tiefe Panik gesehen und den Aufschrei in seiner Stimme gehört.

»Ist es Ihnen einmal in den Sinn gekommen, Commander, daß sie diesen Weg nicht einschlagen können? Daß wir vielleicht nicht von Männern sprechen, die einfach einen Telefonhörer aufnehmen – wie Sie das vorher sagten – und diese Räder in Bewegung setzen können? Oder, wenn sie es versuchten, würde Sie das den Kopf kosten, vielleicht sogar buchstäblich mit einem offiziellen Verweis und einer Kugel ins Genick? Was ich glaube, ist, daß sie zu einem überzeugenden Schluß gelangt sind. Die konnten nicht von innen heraus arbeiten, weil sie nicht wußten, wem sie noch vertrauen konnten.« Converse drehte sich um und ging auf seine Schlafzimmertür zu.

»Wo gehen Sie hin?« fragte Connal.

»Beales Telefonnummer in Mykonos; sie ist in meinem Aktenkoffer. Er ist mein einziger Kontakt, und ich will mit ihm sprechen. Ich möchte, daß man weiß, daß man der Marionette soeben ein Stück unerwarteten freien Willen gelassen hat.«

Drei Minuten später stand Joel am Tisch, den Telefonhörer ans Ohr gepreßt, während die Vermittlung in Athen sein Gespräch nach Mykonos weiterleitete. Fitzpatrick saß auf der Couch, Chaim Abrahms Dossier vor sich auf dem Tischchen, die Augen auf Converse gerichtet.

»Kommen Sie durch?« fragte der Marineanwalt.

»Jetzt klingelt es.« Vier- oder fünfmal war das schrille Läuten zu hören, beim siebtenmal nahm jemand den Hörer ab.

»*Herete?*«

»Dr. Beale, bitte. Dr. Edward Beale. Den Hausbesitzer. *Bitte*, holen Sie ihn für mich!« Joel drehte sich zu Fitzpatrick herum. »Sprechen Sie Griechisch?«

»Nein, aber ich habe schon überlegt, ob ich es lernen soll.«

»Tun Sie es.« Wieder lauschte Converse der Männerstimme in Mykonos. Griechische Sätze waren zu hören, aber er verstand natürlich kein Wort. »Danke! Wiedersehen!« Joel schlug ein paarmal auf die Telefongabel und hoffte, die Leitung würde noch offen bleiben und die englisch sprechende Vermittlung in Griechenland würde sich einschalten. »Vermittlung? Ist das die Vermittlung in Athen?... Gut! Ich möchte eine andere Nummer auf Mykonos. Bitte auf dieselbe Rechnung in Bonn.« Converse griff nach dem Zettel, den Halliday ihm in Genf gegeben hatte. »Die Bank von Rhodos. Die Nummer ist...«

Augenblicke später war der Bankdirektor von der Uferpromenade in der Leitung. »*Herete?*«

»Mr. Laskaris, hier spricht Joel Converse. Erinnern Sie sich an mich?«

»Natürlich... Mr. Converse?«

Der Bankier klang fern, irgendwie fremd, als wäre er verunsichert. »Ich habe versucht, Dr. Beale unter der Nummer zu erreichen, die Sie mir gaben, aber ich bekomme dort nur einen Mann, der nicht Englisch spricht. Ich dachte, Sie könnten mir vielleicht sagen, wo Beale ist.«

Am Telefon war ein tiefer Atemzug zu hören. »Das habe ich mir gedacht«, sagte Laskaris leise. »Der Mann, den Sie erreicht haben, war ein Polizeibeamter, Mr. Converse. Ich habe selbst veranlaßt, daß man ihn dort postiert. Ein Gelehrter hat viele wertvolle Dinge.«

»*Warum*? Was meinen Sie damit?«

»Dr. Beale hat heute kurz nach Sonnenaufgang in Begleitung eines anderen Mannes mit dem Boot den Hafen verlassen. Einige Fischer haben sie gesehen. Vor zwei Stunden hat man Dr. Beales Boot an den Felsen hinter dem Stephanos gefunden. Zerschellt. An Bord war niemand.«

Ich habe ihn getötet mit einem Schuppenmesser. Und dann habe ich seine Leiche über Bord geworfen. Bei den Untiefen von Stephanos, wo es immer Haie gibt.

Joel legte auf. Halliday, Anstett, Beale waren nicht mehr – seine Kontakte waren tot. Er war eine Marionette, die man losgeschnitten hatte, seine Fäden hatten sich verwirrt und führten nur noch zu Schatten.

15

Erich Leifhelms wachsgelbe Haut wurde noch bleicher, während sich seine Augen verengten und seine ausgetrocknet wirkenden weißen Lippen sich öffneten. Das Blut strömte ihm in den Kopf, als er sich am Schreibtisch in seiner Bibliothek nach vorn beugte und in den Telefonhörer sprach:

»Wie war der Name noch einmal, London?«

»Admiral Hickman. Er ist...«

»*Nein*«, unterbrach ihn der Deutsche mit scharfer Stimme. »Der andere! Der Offizier, der es abgelehnt hat, die Information freizugeben.«

»Fitzpatrick, das ist ein irischer Name. Er ist der leitende Anwalt des Marinestützpunktes San Diego.«

»Ein Lieutenant Commander Fitzpatrick?«

»Ja, aber woher wissen Sie das?«

»Unglaublich! Diese Stümper!«

«Warum?« fragte der Engländer. »Wieso?«

»Mag sein, daß er in San Diego das ist, was Sie sagen, aber er ist nicht *in* San Diego! Er ist hier in Bonn!«

»Sind Sie verrückt? Nein, natürlich nicht. Sind Sie *sicher*?«

»Er ist mit Converse zusammen! Ich habe selbst mit ihm gesprochen. Die zwei sind auf *seinen* Namen im Hotel eingetragen! Über ihn haben wir Converse gefunden!«

»Und er hat nicht versucht, seinen Namen geheimzuhalten?«

»Im Gegenteil, er hat sich mit seinen Papieren im Hotel ausgewiesen!«

»Wie verdammt drittklassig«, sagte die Stimme aus London verwirrt. »Oder wie selbstsicher«, fügte sie dann hinzu, während sich ihr Tonfall änderte. »Ein Signal? Niemand wagt es, ihn zu berühren?«

»*Unsinn*!«

»Warum?«

»Er hat mit Peregrine, dem Botschafter, gesprochen. Unser Mann war dabei. Peregrine wollte ihn festnehmen, wollte ihn gewaltsam in die Botschaft bringen lassen. Aber es gab Komplikationen; er ist entkommen.«

»Dann war unser Mann nicht besonders gut.«

»Eine Störung. Irgendein Schauspieler hat sich da eingemischt. Peregrine will nichts über den Vorgang sagen, er schweigt sich aus.«

»Was bedeutet, daß keiner diesen Marineoffizier aus Kalifornien anfassen wird«, schloß London. »Dafür gibt es einen sehr guten Grund.«

»Und der wäre?«

»Er ist der Schwager von Preston Halliday.«

»Genf! *Mein Gott*, die sind uns auf der Spur!«

»Irgend jemand, aber niemand hat sehr viel Informationen. Ich bin mir darin mit Palo Alto einig und mit unserem Spezialisten in der Mossad – und mit Abrahms auch.«

»Der Jude? Was sagte der Jude? Was *sagt* er?«

»Er behauptet, dieser Converse wäre ein Agent, den Washington blind ausgeschickt hat.«

»Was brauchen Sie mehr?«

»Er soll Ihr Haus nicht verlassen. Weitere Anweisungen folgen.«

»Eine Riesenschweinerei ist das!« schrie Admiral Hickman, der am Fenster stand und zornig auf einen blassen, halb erstarrten David Remington einredete. »Ich will eine Erklärung haben, verdammt!«

»Ich kann das nicht glauben, Sir. Ich habe gestern mit ihm gesprochen – am Mittag – und dann noch einmal am Abend vorher. Er war in Sonoma!«

»Ich auch, Lieutenant. Und wenn eine Störung in der Leitung war oder ein Echo, was hat er dann gesagt? Der Regen in den Bergen stört die Leitung?«

»Genau das hat er gesagt, Sir.«

»Er ist vor *Tagen* in Düsseldorf eingetroffen. Jetzt ist er in Bonn mit einem Mann zusammen, von dem er unter Eid behauptet hat, daß er etwas mit dem Tod seines Schwagers zu tun hätte. Denselben Mann, den er beschützt, indem er seine Akte sperrt. Dieser *Converse*!«

»Ich weiß nicht, was ich sagen soll, Sir.«

»Nun, das State Department weiß das schon und ich auch. Die verlangen jetzt, daß die Prüfung beschleunigt wird, was immer das in Ihrem Juristenkauderwelsch bedeutet.«

»Das bedeutet einfach...«

»Das will ich nicht *hören*, Lieutenant«, sagte Hickman und ging zum Schreibtisch zurück. »Ich will, daß dieser Sperrvermerk aufgehoben wird. Haben Sie irgendwelche Einwände? Etwas, das Sie in ein oder zwei Sätze kleiden können und das ein normaler Mensch kapieren kann, ohne daß man drei weitere Paragraphenreiter zum Übersetzen braucht?«

Lieutenant Remington, einer der besten Anwälte der Navy der Vereinigten Staaten, wußte, wann man besser den Rückzug antritt. »Ich werde persönlich für Beschleunigung sorgen, Admiral. Als verantwortlicher Offizier werde ich klarstellen, daß die direkte Anweisung jetzt einer sofortigen Streichung unterliegt. Eine Anweisung dieser Art sollte und dürfte nicht unter fragwürdigen Umständen ergehen. Korrekterweise...«

»*Das* genügt, Lieutenant«, sagte der Admiral, indem er seinem Untergebenen das Wort abschnitt und sich setzte.

»Ja, Sir.«

»Nein, das ist *noch nicht* alles!« fuhr Hickman fort und beugte sich plötzlich vor. »Wie wird dieses Protokoll freigegeben und wie schnell können Sie es in Händen halten?«

»Unter den jetzigen Voraussetzungen ist das eine Frage von Stunden, Sir, zum Mittag oder kurz danach, würde ich meinen. Man wird ein verschlüsseltes Telex an den Anforderer der Akte schicken. Aber nachdem SAND PAC nur eine Beschränkung verlangt hat und keine Anforderung...«

»*Fordern Sie an*, Lieutenant. Bringen Sie mir die Papiere, sobald sie hier ankommen, und verlassen Sie bis dahin den Stützpunkt nicht.«

»Aye, aye, Sir!«

Die dunkelrote Mercedes-Limousine rollte über die gewundene Straße hinter den mächtigen Toren, die Erich Leifhelms Anwesen schützten. Das orangerote Licht der späten Nachmittagssonne fiel schräg durch die hohen Bäume zu beiden Seiten der Zufahrt. Die Fahrt hätte entspannend sein können, fast beeindruckend – das Spiel von Licht und Schatten in dem dichten Blattwerk bot ein eindrucksvolles Bild –, wenn da nicht etwas gewesen wäre, was die ganze Szene grotesk wirken ließ. Neben dem Wagen liefen nämlich wenigstens ein halbes Dutzend Dobermannhunde, von denen keiner einen Laut von sich gab. Es war etwas Gespenstisches an diesem stummen Rennen und den schwarzen Augen, die immer wieder zu den Fenstern hinaufblitzten, den halb aufgerissenen, hechelnden Mäulern und den freigelegten

Fängen. Und alles lautlos! Irgendwie wußte Converse, daß diese riesigen Hunde ihn in Stücke reißen würden, wenn er den Wagen verließ.

Und das stimmte auch. Die Limousine bog in eine lange, kreisförmige Zufahrt, die zu breiten braunen Marmorstufen führte, an deren Ende ein Bogen mit einer dunklen, schweren Tür zu sehen war – zweifellos Überreste einer alten, geplünderten Kathedrale. Auf der untersten Stufe stand ein Mann mit einer silbernen Pfeife an den Lippen. Wieder war kein Laut zu hören, aber plötzlich ließen die Tiere von dem Wagen ab, liefen zu dem Mann und blickten ihn mit herunterhängenden Lefzen und bebenden Flanken an.

»Bitte, warten Sie«, sagte der Chauffeur in einem Englisch mit starkem deutschen Akzent. Dann stieg er aus und eilte um den Wagen herum zu Joels Tür. Er öffnete sie. »Wenn Sie jetzt bitte aussteigen würden und sich zwei Schritte vom Wagen entfernen. Nur zwei Schritte, Sir.« Der Chauffeur hielt jetzt einen schwarzen Gegenstand in der Hand, an dem ein rundes Metallrohr zu erkennen war – das Ganze sah wie ein überdimensioniertes Kaminfeuerzeug aus.

»Was ist das?« fragte Converse nicht besonders freundlich.

»Schutz, Sir. Für Sie. Die Hunde, Sir. Sie sind darauf abgerichtet, schwere Metallgegenstände zu finden.«

Joel blieb stehen, während der Deutsche den elektronischen Detektor über seine Kleidung, seine Schuhe, die Schenkel und seinen Rücken führte. »Glauben Sie denn wirklich, daß ich mit einer Waffe herkommen würde?«

»Ich glaube gar nichts, Sir. Ich tue, was man mir sagt.«

»Wie originell«, murmelte Converse und sah zu, wie der Mann auf der Marmortreppe wieder die silberne Pfeife zu den Lippen führte. Die Phalanx der Dobermänner warf sich mit einem einzigen Satz nach vorne. Erschreckt packte Joel den Chauffeur und riß den Deutschen vor sich. Der Mann drehte nur den Kopf herum und grinste, als die Hunde nach rechts abbogen und den Bogen der Abfahrt hinunterhetzten, auf die Straße zu, die sich zwischen den Bäumen verlor.

»Sie brauchen sich nicht zu entschuldigen, mein Herr«, sagte der Chauffeur. »Das passiert oft.«

»Ich hatte nicht vor, mich zu entschuldigen«, erwiderte Converse ausdruckslos, während er den Mann losließ. »Ich hatte vor, Ihnen den Hals zu brechen.« Der Deutsche entfernte sich, während Joel regungslos stehenblieb, von seinen eigenen Worten verblüfft. Er hatte seit mehr als fünfzehn Jahren keine solchen Worte mehr gesprochen. Vorher ja, aber er hatte versucht, sich nicht mehr daran zu erinnern.

»Diese Richtung, bitte, Sir«, sagte der Mann auf der Treppe mit eigenartigem, aber deutlich zu erkennendem britischen Akzent.

Sie traten in eine weite Halle, die von mittelalterlichen Bannern gesäumt war, die von einem Innenbalkon hingen. Die Halle führte in einen riesigen Wohnraum, der zwar ebenfalls mittelalterlich wirkte, den aber weiches Leder, bunte Lampenschirme und Silber überall auf polierten Tischen wohnlicher erscheinen ließen. Der Eindruck wurde allerdings durch eine Vielzahl von Tierköpfen an den Wänden gestört; große Katzen, Elefanten und ein Eber blickten bösartig auf Joel herunter. Das Lager eines Feldmarschalls.

Aber nicht die Dekoration war es, die seinen Blick festhielt, sondern die vier Männer, die neben vier Stühlen standen und ihn ansahen.

Bertholdier und Leifhelm kannte er; sie standen nebeneinander zur Rechten. Die zwei Linken waren es, die er anstarrte. Der mittelgroße, vierschrötige Mann mit dem kurzgestutzten Haarkranz um den fast kahlen Schädel in zerdrückter Safarijacke, Khakihose und Stiefeln konnte kein anderer als Chaim Abrahms sein. Sein finster blickendes Gesicht mit den schmalen Schlitzen, hinter denen die Augen böse funkelten, war das eines Rächers. Der sehr große Mann mit den hageren Raubvogelzügen und dem glatt nach hinten gekämmten grauen Haar war General Jan Van Headmer, der *Schlächter von Soweto*. Joel hatte das Van-Headmer-Dossier schnell gelesen; zum Glück war es das kürzeste, und die letzte Zusammenfassung sagte alles über die Person.

Im Grunde ist Van Headmer ein Kapstädter Aristokrat, ein Afrikaander, der die Briten nie wirklich akzeptiert hat, geschweige denn die Schwarzen. Seine Überzeugungen wurzeln in einer Welt, die für ihn unerschütterlich ist. Seine Vorfahren haben unter grausamen Bedingungen ein wildes Land gezähmt, wobei ihnen die Eingeborenen schreckliche Verluste zugefügt haben. Sein ganzes Denken verläuft unabänderlich in den Kategorien des späten neunzehnten und frühen zwanzigsten Jahrhunderts. Er ist nicht bereit, die soziologischen und politischen Veränderungen zu akzeptieren, die von den gebildeteren Bantus getragen werden, weil er in ihnen nie etwas anderes als Primitive aus dem Busch sehen wird. Wenn er harte Zwangsmaßnahmen und Massenexekutionen anordnet, so tut er das in der Meinung, es mit kaum der Sprache mächtigen Tieren zu tun zu haben. Dieses Denken führte dazu, daß er während des Zweiten Weltkrieges gemeinsam mit den Premierministern Verwoerd und Foster ins Gefängnis geriet. Er stimmte aus ganzem Herzen den Vorstellungen der Nazis bezüglich der Herrenrassen zu. Das einzige, was ihn von den Nazis unterscheidet, ist die enge Beziehung, die er zu Chaim Abrahms unterhält, worin für ihn aber kein Widerspruch liegt. Die Juden haben aus dem primitiven Palästina ein reiches Land gemacht. Insoweit ist ihre Geschichte parallel zu der Südafrikas verlaufen, und beide können auf ihre Stärke und ihre Leistungen stolz sein. Van Headmer ist übrigens einer der charmantesten Männer, denen man begegnen kann. Äußerlich ist er kultiviert, äußerst höflich und stets bereit zuzuhören. Doch unter dieser glatten Fassade verbirgt sich ein gefühlloser Killer. Van Headmer ist Delavanes Schlüsselfigur in Südafrika mit seinen riesigen Ressourcen.

»Mein Haus ist Ihr Haus«, sagte Leifhelm und ging mit ausgestreckter Hand auf Joel zu.
 Converse trat vor, um die Hand des Deutschen zu ergreifen. »Die Begrüßung draußen wirkte, gemessen an diesen freundlichen Worten, recht seltsam«, sagte Joel, ließ Leifhelms Hand wieder los und ging abrupt an dem ehemaligen Feldmarschall vorbei auf Bertholdier zu. »Schön, Sie wieder-

zusehen, General. Ich bitte um Entschuldigung für den unglückseligen Zwischenfall neulich. Ich will nicht leicht über das Leben eines Mannes sprechen, aber in den entscheidenden Sekunden hatte ich nicht das Gefühl, daß er sehr viel Rücksicht auf das meine nehmen würde.«

Joels Kühnheit hatte die erwünschte Wirkung. Bertholdier starrte ihn an und wußte einen Augenblick lang nicht, was er sagen sollte. Converse war sich bewußt, daß die drei anderen Männer ihn scharf beobachteten, ohne Zweifel von seiner Kühnheit beeindruckt.

»Ganz sicher, Monsieur«, sagte der Franzose zusammenhanglos, aber in gefaßtem Ton. »Wie Sie wissen, hat der Mann seine Anweisungen mißachtet.«

»Wirklich? Mir hat man gesagt, er hätte sie mißverstanden.«

»Das ist dasselbe!«

Die scharfe, tiefe Stimme mit dem kräftigen Akzent kam von hinten. Joel drehte sich herum. »Ist es das?« fragte er kalt.

»Im Feld ja«, sagte Chaim Abrahms. »Beides ist ein Irrtum, und für Irrtümer bezahlt man mit dem Leben. Der Mann hat mit seinem bezahlt.«

»Darf ich General Abrahms vorstellen?« unterbrach Leifhelm, griff nach Joels Ellbogen und führte ihn durch das Zimmer. Hände streckten sich ihm entgegen.

»General Abrahms, es ist mir eine Ehre«, sagte Joel aufrichtig. »Ich habe Sie wie alle anderen Männer hier stets bewundert, obwohl ich Ihre Rhetorik zuweilen etwas übertrieben empfand.«

Das Gesicht des Israeli rötete sich, als ein leises, kehliges Lachen im Raum ertönte. Plötzlich trat Van Headmer vor. Joels Augen fühlten sich zu dem kräftigen Gesicht mit der gerunzelten Stirn und den gespannten Muskeln hingezogen.

»Sie sprechen hier zu einem meiner engsten Kollegen, Sir«, sagte er und der Tadel war unverkennbar. Dann hielt er inne, und ein schwaches Lächeln spielte über sein scharf gemeißeltes Gesicht. »Und ich hätte es selbst nicht besser sagen können. Ein Vergnügen, Ihre Bekanntschaft zu machen, junger Mann.« Die Hand des Südafrikaners streckte sich Joel entgegen, der nach ihr griff, während das Lachen lauter wurde.

»Ich bin beleidigt!« rief Abrahms. Seine dichten Brauen schoben sich hoch, und er schüttelte in gespielter Verzweiflung den Kopf. »Von Schwätzern werde ich beleidigt! Offen gestanden, Mr. Converse, die geben Ihnen recht, weil keiner von ihnen seit einem Vierteljahrhundert mehr eine Frau gehabt hat. Mag sein, daß die es Ihnen anders sagen – andere hätten dazu anderes zu sagen –, aber glauben Sie mir, die bezahlen Huren, damit sie mit ihnen Karten spielen oder ihnen Geschichten in ihre alten, grauen Ohren flüstern, bloß um ihre Freunde zu täuschen!« Das Gelächter wurde lauter, und der Israeli, der sich jetzt seiner Zuhörer sicher war, fuhr fort, indem er sich vorbeugte und so tat, als flüstere er Joel zu. »Aber sehen Sie, *ich* bezahle die Huren, damit sie mir die Wahrheit sagen, wenn ich sie bumse! Die sagen, diese Schwatzmäuler nicken bis neun Uhr ein und jammern nach warmer Milch. Mit *Ovomaltine*, wenn's geht!«

Wieder schwoll das Gelächter an, verklang dann aber schnell. Joel griff das Stichwort auf.

»Manchmal spreche ich zu offen, General«, sagte er zu dem Israeli gewandt. »Ich sollte mich da vielleicht bessern. Aber bitte, glauben Sie mir, ich wollte Sie nicht beleidigen. Ich bin wirklich voll Bewunderung für Ihre Ziele und Ihre Politik.«

»Und genau das ist es, was wir diskutieren wollen«, sagte Erich Leifhelm und zog damit die Aufmerksamkeit aller auf sich. »Positionen, Politik, allgemeine Philosophie, wenn Sie so wollen. Wir werden so wenig wie möglich auf Einzelheiten eingehen, obwohl sich dasbestimmt nicht ganz vermeiden läßt. Aber wichtig ist, wie wir die großen Zusammenhänge sehen. Kommen Sie, Mr. Converse, nehmen Sie Platz. Wir wollen unsere Konferenz beginnen, die erste von vielen, wie ich hoffe.«

Rear-Admiral Hickman legte das Protokoll auf den Schreibtisch und blickte ziellos an seinen Fußspitzen vorbei auf das

Fenster und das Meer unter dem grauen Himmel. Er verschränkte die Arme, ließ den Kopf sinken und runzelte die Stirn, alles Gesten, die zu seinen Gedanken paßten. Er war jetzt ebenso verwirrt wie bei der ersten Lektüre des Protokolls, jetzt ebenso überzeugt wie damals, daß Remingtons Schlüsse nicht zutrafen. Aber der Anwalt war zu jung, um wirklich über die Ereignisse informiert zu sein, so wie sie sich damals zugetragen hatten; niemand, der nicht dabei gewesen war, konnte das richtig verstehen. Aber zu viele andere konnten das; das war der Grund für den Sperrvermerk. Aber es machte einfach keinen Sinn, jetzt, achtzehn Jahre später, diese Überlegungen auf diesen Converse anzuwenden. Es war, als exhumierte man eine Leiche, die lange gelegen hatte. Es mußte etwas anderes sein.

Hickman sah auf die Uhr, nahm die Arme auseinander und die Füße von der Tischkante. In Norfolk war es jetzt 15.10 Uhr; er griff nach dem Telefon.

»Hallo, Brian«, sagte Admiral Scanlon vom Fünften Distrikt. »Du sollst wissen, daß wir für SAND PACs Unterstützung in dieser Sache sehr dankbar sind.«

»SAND PACs?« fragte Hickman und wunderte sich, daß der andere das State Department nicht erwähnte.

»Also gut, Admiral, *deine* Hilfe. Ich stehe jetzt in deiner Schuld, Old Hicky.«

»Damit kannst du gleich anfangen, wenn du diesen Namen vergißt.«

»Hey, komm schon, du erinnerst dich wohl nicht mehr an die Hockeyspiele? Du kamst über das Eis herangerast und das ganze Kadettenkorps schrie: ›Hier kommt *Hicky*! Hier kommt *Hicky*!‹«

»Darf ich die Finger jetzt wieder aus den Ohren nehmen?«

»Ich versuche nur, dir zu danken.«

»Das ist es ja gerade, ich weiß nicht, wofür. Hast du das Protokoll gelesen?«

»Natürlich.«

»Was, zum Teufel, steht denn *drin*?«

»Nun«, antwortete Scanlon tastend, »ich habe es ziemlich

schnell überflogen. Das war ein schrecklicher Tag, und ich hab' es offen gestanden einfach weitergegeben. Was meinst *du* denn, was drinsteht? Nur zwischen uns beiden, ich würde es wirklich gern wissen, weil ich kaum die Zeit hatte, es mir anzusehen.«

»Was ich meine? Absolut *nichts*. O natürlich, wir haben damals auf solches Zeug Sperrvermerke gesetzt, weil das Weiße Haus die Anweisung gegeben hatte, offiziell registrierte Kritiken etwas zurückzuhalten; und da haben wir eben mitgemacht. Außerdem waren wir der ganzen Sache selbst ziemlich müde. Aber in dem Protokoll steht nichts, was man nicht auch schon von anderer Stelle gehört hätte oder was den geringsten Nachrichtenwert hätte, höchstens für die Militärhistoriker in hundert Jahren, damit die eine kleine Fußnote draus machen können.«

»Nun...«, wiederholte Scanlon, immer noch tastend, »dieser Converse hat da ein paar böse Sachen über Command Saigon gesagt.«

»Über *Mad Marcus*? Herrgott, ich habe in der Tonkin-Konferenz Schlimmeres gesagt, und *mein* Alter hatte mich damals viel schlimmer drangekriegt. Wir haben diese Kinder an der Küste auf und ab geschippert, und die waren doch bloß auf einen Strandausflug vorbereitet, mit Hot dogs und Karussells... Ich kapier das einfach nicht. Du und mein Jurist, ihr klammert euch an derselben Sache fest, und ich halte das einfach für einen alten Hut. Mad Marcus ist doch inzwischen ein Fossil.«

»Dein was?«

»Mein Jurist. Ich hab' dir doch von ihm erzählt, Remington.«

»O ja.«

»Der hat sich auch gleich auf die Saigongeschichte gestürzt. ›Das ist es‹, sagte er. ›Es steckt in diesen Bemerkungen. Das ist Delavane.‹ Er wußte gar nicht, daß Delavane für jede Antikriegsgruppe im Lande Freiwild ist. Zum Teufel, *wir* haben ihm doch den Namen ›Mad Marcus‹ angehängt. Nein, das geht nicht um Delavane, es muß etwas anderes sein. Vielleicht geht es um seine Fluchtversuche, besonders seinen letzten. Vielleicht steckt da irgendwelches Geheimdienstmaterial drinnen, von dem wir nichts wissen.«

»Nun«, wiederholte der Admiral in Norfolk zum drittenmal, aber jetzt nicht mehr so tastend. »Mag sein, daß du da etwas gefunden hast, aber uns betrifft das nicht. Hör mal, ich will ehrlich sein. Ich wollte nichts sagen. Du solltest schließlich nicht meinen, du hättest dir für nichts und wieder nichts eine Menge Mühe gemacht. Aber so wie ich höre, soll das Ganze bloß eine Latrinenparole sein.«

»Oh?« sagte Hickman, der plötzlich sehr genau hinhörte. »Wieso?«

»Es ist der falsche Mann. Offenbar hat ein übereifriger junger Offizier im falschen Zeitraum herumgestochert. Er hat den Vermerk gesehen und sechs falsche Schlüsse gezogen. Hoffentlich macht es ihm Spaß, wenn er die nächsten Tage um fünf Uhr früh den Wachappell abhalten muß.«

»Und das ist alles?« fragte der Admiral in San Diego, bemüht, sich sein Staunen nicht anmerken zu lassen.

»Das ist wenigstens, was wir hier gehört haben. Das, was dein Chefjurist im Sinn hatte, hat überhaupt nichts mit unseren Leuten zu tun.«

Hickman konnte nicht glauben, was er da hörte. Natürlich hatte Scanlon die Einschaltung des State Department nicht erwähnt. Er wußte gar nichts davon! Er gab sich die größte Mühe, möglichst viel Abstand zu der Converse-Akte zu bekommen, er log, weil man ihn nicht informiert hatte. Das State Department arbeitete in aller Stille, und Scanlon hatte keinen Grund zu der Annahme, daß »Old Hicky« irgend etwas über Bonn oder Converse oder Connal Fitzpatricks Aufenthaltsort wußte. Oder über einen Mann namens Preston Halliday, der in Genf ermordet worden war. Was ging hier vor? Von Scanlon würde er es nicht erfahren. Nicht daß er das wollte.

»Dann zum Teufel damit. Mein Chefjurist ist in drei oder vier Tagen wieder hier, dann erfahre ich vielleicht etwas.«

»Was auch immer es ist, es liegt jetzt wieder in deinem Sandkasten, Admiral. Meine Leute haben sich den falschen Mann herausgepickt.«

»Deine Leute könnten nicht einmal ein Ruderboot über den Potomac bringen.«

»Das kann ich dir jetzt nicht verübeln, Hicky.«

Hickman legte auf und nahm wieder seine übliche Denkhaltung ein, starrte an seinen Schuhspitzen vorbei zum Fenster hinaus auf das Meer und den grauen Himmel. Die Sonne gab sich Mühe, durch die Wolken zu dringen, hatte aber nicht viel Erfolg.

Er hatte Scanlon nie sonderlich gemocht, ohne daß es sich gelohnt hätte, die Gründe dafür zu suchen. Nur einen kannte er; er wußte, daß Scanlon ein Lügner war. Was er nicht gewußt hatte, war, daß er ein so einfältiger Lügner war.

Lt. David Remington war von dem Anruf geschmeichelt. Der prominente Offizier hatte ihn zum Lunch eingeladen, ihn nicht nur eingeladen, sondern sich auch noch entschuldigt, daß die Einladung so spät kam, und ihm gesagt, er hätte volles Verständnis, wenn es im Augenblick nicht passen würde. Außerdem hob der Captain hervor, daß der Anruf persönlicher Natur sei und nichts mit der Navy zu tun hätte. Der hochrangige Offizier, ein Bewohner von La Jolla, war nur auf ein paar Tage im Hafen und benötigte juristischen Rat. Man hatte ihm gesagt, daß Lt. Remington so ziemlich der beste Anwalt in der United States Navy wäre. Ob es dem Lieutenant recht wäre?

Das Restaurant lag hoch in den Bergen über La Jolla, ziemlich abgelegen und, wie es schien, hauptsächlich von Leuten aus der Gegend und solchen aus San Diego und University City besucht, die keinen großen Wert darauf legten, in den üblichen Lokalen gesehen zu werden. Remington war davon nicht sehr erbaut gewesen; er hätte es vorgezogen, im Coronado mit dem Captain gesehen zu werden, anstatt meilenweit fahren zu müssen, um *nicht* in den Bergen von La Jolla gesehen zu werden. Aber der andere war auf höfliche Art hartnäckig gewesen; dort und nirgendwo anders wollte er sich mit ihm treffen. David hatte Nachforschungen über ihn angestellt. Der hochdekorierte Captain stand nicht nur zur Beförderung an, er galt sogar als potentieller Kandidat für die Vereinigten Stabschefs. Remington wäre folglich auch mit einem Fahrrad über die Alaska-Pipeline gefahren, um die Verabredung einzuhalten.

Und genauso kam er sich vor, als er das Steuerrad nach rechts, dann nach links, dann wieder nach rechts und noch mal nach rechts drehte, während er den Wagen über die steile Paßstraße lenkte. Es war wichtig, das im Auge zu behalten, dachte er, als er den Wagen nach links riß. *Persönlicher* Rat war nichtsdestoweniger *professioneller* Rat und stellte *ohne* jegliche Zahlung eine *Schuld* dar, auf die man eines Tages zurückkommen konnte. Und wenn jemand zu den Vereinigten Stabschefs berufen wurde... dann war das nicht Remingtons Schuld. In einer Anwandlung von Selbstgefälligkeit hatte er einem Kollegen gegenüber fallen lassen, daß er mit einem hoch angesehenen Vierstreifer in La Jolla essen und deshalb etwas später ins Büro zurückkehren würde. Und dann hatte er, um sicherzustellen, daß der andere wirklich begriff, den Kollegen noch nach der Richtung gefragt.

O mein *Gott*! Was *war das*? O mein *Gott*!

Mitten in der Haarnadelkurve kam ein riesiger schwarzer Lastzug auf ihn zu, zehn Meter lang und offensichtlich außer Kontrolle geraten. Er schwankte auf der schmalen Straße nach rechts und links, immer schneller, ein schwarzes Monstrum, eine wildgewordene Bestie, die alles niederwalzte...

Remington riß den Kopf nach rechts und kurbelte wie wild am Steuer, um den Zusammenprall zu vermeiden. Auf der rechten Seite waren nur die dünnen Stämme junger Bäume und Schößlinge in der späten Sommerblüte; auf der anderen Seite ein Abgrund aus Blumen. Dies waren die letzten Bilder, die er sah, als sein Wagen sich seitlich überschlug und zu stürzen begann.

Weit oben auf einem anderen Hügel kniete ein Mann, einen Feldstecher vor den Augen. Die Explosion in der Tiefe bestätigte, daß die Aktion planmäßig verlaufen war. Sein Ausdruck zeigte weder Freude noch Trauer. Ein Auftrag war ausgeführt. Schließlich herrschte Krieg.

Und Lt. David Remington, dessen Leben so geordnet verlaufen war, daß er genau wußte, worauf es für ihn in dieser Welt ankam und daß die Kräfte, die seinen Vater im Namen der Firmenpolitik getötet hatten, ihn nie in ihre Fänge bekommen sollten, wurde von der Politik eines Unternehmens getötet, von dem er nie gehört hatte. Einem Unternehmen, das sich Aquitania nannte. Aber er hatte einen Namen gesehen. Delavane.

Ihre Ansicht ist, daß es die einzig sinnvolle Entwicklung der Geschichte sei, nachdem ja alle anderen Ideologien schmählich gescheitert sind...
Die Worte, die Preston Halliday in Genf gesprochen hatte, hallten in Converse nach, als er den vier Stimmen von Aquitania lauschte. Was einem Angst machte, war, daß sie diese Worte glaubten, ohne jeden Zweifel, moralisch und intellektuell, daß ihre Überzeugungen in Erfahrungen wurzelten, die Jahrzehnte zurückreichten, daß ihre Argumente überzeugend schienen und globale Fehlurteile beleuchteten, die zu schrecklichem Leid und unnötigem Tod geführt hatten.

Und so ging es mehrere Stunden lang. Stille Erörterungen, die nachdenklich vorgetragen wurden, wobei Leidenschaft nur in der tiefen Eindringlichkeit des Gesagten zum Vorschein kam. Zweimal wurde Joel bedrängt, den Namen seines Klienten zu nennen, und zweimal lehnte er ab, berief sich auf die vereinbarte Vertraulichkeit – was sich freilich in wenigen Tagen, vielleicht sogar noch schneller ändern könnte.

»Ich müßte meinem Klienten etwas Konkretes bieten können. Eine Vorgehensweise, eine Strategie, die es rechtfertigt, daß er sich sofort einschaltet, Stellung bezieht, wenn Sie so wollen.«

»Warum ist das zu diesem Zeitpunkt notwendig?« fragte Bertholdier. »Sie haben unsere Argumentation gehört. Daraus kann man doch Schlüsse auf unsere Vorgehensweise ziehen.«

»Also gut, dann sagen wir eben nicht Vorgehensweise. Strategie. Nicht das ›Warum‹, sondern das ›Wie‹.«

»Sie wollen einen Plan sehen?« sagte Abrahms. »Auf welcher Basis?«

»Weil Sie eine Investition fordern werden, die alles bisher Dagewesene übersteigt.«

»Das ist eine außergewöhnliche Aussage«, warf Van Headmer ein.

»Er verfügt auch über außergewöhnliche Mittel«, erwiderte Converse.

»Nun gut«, sagte Leifhelm und sah jeden einzelnen seiner Kollegen an, ehe er fortfuhr. Joel begriff; basierend auf früheren Gesprächen suchte er ihre Zustimmung. Sie wurde ihm gewährt. »Was würden Sie sagen, wenn man gewisse mächtige Personen in ganz speziellen Regierungen kompromittierte?«

»Erpressung?« fragte Joel. »Das würde nicht funktionieren. Es gibt so viele Gewichte und Gegengewichte. Wenn ein Mann bedroht wird, entdeckt man die Bedrohung, und schon ist er entfernt. Und dann setzen die Säuberungsriten ein, und wo einmal Schwäche war, ist plötzlich wieder Stärke.«

»Das ist eine äußerst einseitige Auslegung«, sagte Bertholdier.

»Sie ziehen den Zeitfaktor nicht in Betracht!« rief Abrahms, womit er zum erstenmal seine Stimme erhob. »Keine Einzelfälle, Converse! Eine rasche Folge von Ereignissen!«

Plötzlich wurde Joel bewußt, daß die drei anderen Männer den Israeli ansahen, ihn aber nicht nur beobachteten. In jedem Augenpaar war ein Funkeln wahrzunehmen, eine Warnung. Abrahms zuckte die Achseln. »Ich meine ja nur.«

»Verstanden«, sagte Converse, ohne Betonung.

»Ich bin nicht einmal sicher, ob das hier gilt«, fügte der Israeli hinzu und verstärkte damit seinen Fehler noch.

»Nun, *ich* bin sicher, daß es Zeit zum Abendessen ist«, meinte Leifhelm und nahm unauffällig die Hand von der Sessellehne. »Ich habe unserem Gast gegenüber so von meiner Tafel geprahlt, daß ich jetzt ein wenig kurzatmig bin – Sorge, natürlich. Ich hoffe nur, daß der Koch meine Ehre gerettet hat.« In diesem Augenblick erschien, als reagierte er auf ein Signal – und Joel wußte, daß das der Fall war – der britische Butler unter einem Türbogen am anderen Ende des Saales. »Anscheinend bin ich Hellseher!« Leifhelm stand auf. »Kommen Sie, kommen Sie, meine Freunde. Lammrücken *à citron*, ein Gericht, das die Götter für sich selbst geschaffen haben und das der unverwüstliche Dieb gestohlen hat, der in meiner Küche herrscht.«

Das Dinner war in der Tat hervorragend und jedes einzelne Gericht eine Offenbarung. Converse war kein Gourmet im eigentlichen Sinne. Er hatte seine kulinarischen Kenntnisse aus teuren Restaurants, wo er zumeist auch nur wenig Muße hatte, sich auf das Gebotene zu konzentrieren. Aber er verstand Qualität zu beurteilen. Und es gab nichts Zweitklassiges an Leifhelms Tafel, sie selbst eingeschlossen, eine riesige, massive Mahagoniplatte auf zwei feingeschnitzten Dreibeinen, die sich förmlich in dem Parkettboden festzukrallen schienen. An den mit rotem Velours bespannten Wänden des Speisesaals hingen Ölgemälde mit Jagdszenen. Der Tisch strahlte im weichen Licht niedriger Kandelaber.

Das Gespräch löste sich von den ernsten Themen, die vorher in der Wohnhalle diskutiert worden waren. Es war gerade so, als hätte jemand eine Pause vorgeschlagen. Wenn das die Absicht war, so gelang sie vollkommen, und Van Headmer übernahm die Gesprächsführung. Mit seiner leisen, charmanten Art (das Dossier hatte nicht gelogen, der »gefühllose Killer« *war* charmant) schilderte er eine Safari, die er mit Chaim Abrahms unternommen hatte.

Die Geschichte war bühnenreif. Und rund um die Tafel erhob sich schallendes Gelächter, wobei Abrahms am lautesten lachte. Offenbar hatte er die Geschichte schon einmal gehört und genoß sie jetzt wieder.

Der britische Butler kam mit leisen Schritten herein und flüsterte Erich Leifhelm etwas ins Ohr.

»Verzeihen Sie mir bitte«, sagte der Deutsche und stand auf, um einen Anruf entgegenzunehmen. »Ein nervöser Makler in München, der dauernd Gerüchte aus Riad hört. Da muß nur ein Scheich auf die Toilette gehen, schon hört er im Osten Donner.«

Das muntere Gespräch setzte sich fort, und die drei Männer von Aquitania benahmen sich wie alte Waffengefährten, die sich redlich bemühten, einem Fremden das Gefühl zu vermitteln, er sei willkommen. Auch dies war beängstigend. Wo waren hier die Fanatiker, die Regierungen vernichten wollten, die brutal nach der Macht griffen und ganze Völker in Ketten legen wollten, um ihre Vision eines Militärstaates zu verwirklichen? Dies waren Männer von hohem Intellekt. Sie sprachen von Rousseau und Goethe, hatten Mitgefühl für Leid und Schmerz und unnötiges Sterben. Sie hatten Humor und konnten über sich selbst lachen, konnten leise davon sprechen, wie sie ihr eigenes Leben opfern würden, um eine verrückt gewordene Welt besser zu machen. Joel begriff. Dies waren Männer voll Überzeugungskraft, die in die Mäntel von Staatsmännern geschlüpft waren.

Beängstigend.

Leifhelm kehrte zurück und hinter ihm der britische Butler mit zwei offenen Weinflaschen. Wenn der Anruf aus München Unangenehmes gebracht hatte, so ließ der Deutsche sich davon nichts anmerken. Seine Laune war wie zuvor, sein wächsernes Lächeln unverändert und seine Begeisterung für den nächsten Gang ungezügelt. »Und jetzt, meine Freunde, das Lamm *à citron* – ohne jede Übertreibung wirklich etwas Hervorragendes. Außerdem haben wir zu Ehren unseres Gastes heute abend noch etwas ganz Besonderes. Mein kluger englischer Freund und Begleiter war neulich in Siegburg und ist dort auf ein paar Flaschen Östricher Lenchen, Beerenauslese, Einundsiebzig, gestoßen.«

Die Männer von Aquitania sahen einander an, und dann meinte Bertholdier: »Das ist wirklich eine Entdeckung, Erich. Eine der besten deutschen Sorten.«

»Der zweiundachtziger Klausberg Riesling in Johannesburg verspricht auch gut zu werden«, sagte Van Headmer.

»Ich zweifle, daß er dem Richon Zion Carmel nahekommt«, fügte der Israeli hinzu.

»Sie sind unmöglich!«

Ein Koch mit hoher weißer Mütze rollte einen silbernen Wagen herein, stellte den Lammrücken zur Schau und machte sich dann unter bewundernden Blicken daran, das Fleisch zu schneiden und vorzulegen. Der Engländer stellte jedem den Teller mit Beilagen hin und schenkte dann den Wein aus.

Erich Leifhelm hob sein Glas, und das flackernde Licht der Kerzen spiegelte sich in dem geschliffenen Kristall. »Auf unseren Gast und seinen unbekannten Klienten, die, wie wir hoffen, beide bald zu uns gehören werden.«

Converse nickte und trank.

Er nahm das Glas von den Lippen und war sich plötzlich der Blicke der vier Männer bewußt. Sie starrten ihn an, und ihre Gläser standen unverrückt auf dem Tisch. Keiner hatte von dem Wein getrunken.

Jetzt sprach Leifhelm wieder, und seine Stimme war diesmal nasal, kalt, die Stimme einer Furie.

»›General Delavane war der Feind, *unser* Feind! Solche Männer darf es nie wieder geben, könnt ihr das nicht begreifen!‹ Das waren doch die Worte, nicht wahr, Mr. Converse?«

»*Was?*« Joel hörte seine Stimme, aber er war nicht sicher, ob es wirklich seine eigene war. Die Kerzenflammen schienen plötzlich immer größer zu werden; Feuer erfüllte seine Augen, und das Brennen in seiner Kehle wurde zum unerträglichen Schmerz. Er griff sich an den Hals, als er aus dem Stuhl taumelte und ihn nach hinten schleuderte. Er hörte das Krachen und hörte es doch nicht, hörte nur eine Folge von Echos. Er stürzte, Schichten aus schwarzer Erde legten sich über seine Augen, durchbrochen von Blitzen. Der Schmerz wallte in seinem Magen auf; es war unerträglich. Er griff sich an den Unterleib, als könnte er den Schmerz aus seinem Körper herauspressen. Dann spürte er seine eigenen Bewegungen auf einer harten Fläche und ahnte, daß er auf dem Boden um sich schlug und von kräftigen Armen festgehalten wurde.

»Die Pistole. Zurück. Haltet ihn.« Auch die Stimme war eine Folge von Echos, aber er konnte den schneidenden britischen Akzent deutlich wahrnehmen. »Jetzt. *Feuer!*«

16

Das Telefon klingelte und riß Connal Fitzpatrick aus tiefem Schlaf. Er war auf der Couch nach hinten gesunken, die Van-Headmer-Akte in der Hand, die Füße noch auf dem Boden. Er schüttelte den Kopf, blinzelte und versuchte, die Augen weit aufzureißen und sich zu orientieren. Wo *war* er? Wie *spät* war es? Wieder klingelte das Telefon, diesmal länger, durchdringend. Er taumelte mit unsicheren Beinen und stockendem Atem von der Couch – er konnte die Erschöpfung nicht in ein paar Sekunden abschütteln. Seit Kalifornien hatte er nicht mehr richtig geschlafen. Sein Körper war vollkommen ausgelaugt. Er griff nach dem Telefon und hätte es beinahe fallen lassen, als er einen Augenblick lang das Gleichgewicht verlor.

»Ja ... Hallo!«

»Commander Fitzpatrick, bitte«, sagte eine Männerstimme mit abgehacktem britischen Akzent.

»Am Apparat.«

»Hier spricht Philip Dunstone, Commander. Ich rufe im Auftrag von Mr. Converse an. Er hat mich gebeten, Ihnen auszurichten, daß die Konferenz ausnehmend gut verläuft, weit besser, als er für möglich gehalten hätte.«

»*Wer* sind Sie?«

»Dunstone. Major Philip Dunstone. Ich bin Senioradjutant von General Berkeley-Greene.«

»Berkeley-Greene...?«

»Ja, Commander. Mr. Converse hat mich gebeten, Ihnen zu sagen, daß er sich gemeinsam mit den anderen Herren dazu entschlossen hat, General Leifhelms Gastfreundschaft für die Nacht in Anspruch zu nehmen. Er wird Sie morgen früh anrufen.«

»Lassen Sie mich mit ihm sprechen. Jetzt.«

»Ich fürchte, das ist nicht möglich. Die Herren sind mit dem Motorboot unterwegs. Offen gestanden, die tun recht geheimnisvoll, nicht wahr? Mir hat man ebensowenig erlaubt, an den Gesprächen teilzunehmen, wie Ihnen.«

»Damit gebe ich mich nicht zufrieden, Major!«
»Wirklich, Commander, ich gebe nur eine Nachricht an Sie weiter... O ja, Mr. Converse erwähnte noch, falls Sie sich Sorgen machten, sollte ich Ihnen auftragen, dem Admiral zu danken und ihm Grüße zu bestellen, wenn er Sie anrufen sollte.«

Fitzpatrick starrte die Wand an. Converse würde Hickman nicht erwähnen, sofern die Botschaft nicht echt war. Das zuletzt Gehörte bedeutete niemand anderem etwas, nur ihnen beiden. Alles *war* in Ordnung. Außerdem konnte es tatsächlich einige Gründe dafür geben, daß Joel nicht direkt mit ihm sprechen wollte. Dazu, dachte Connal etwas beleidigt, gehörte wahrscheinlich auch die Tatsache, daß er seinem »Adjutanten« nicht zutraute, das Richtige zu sagen, für den Fall, daß man ihr Gespräch belauschte.

»Also gut, Major... Wie war Ihr Name doch? Dunstone?«
»Richtig, Philip Dunstone. Senioradjutant von General Berkeley-Greene.«

»Sagen Sie Mr. Converse, daß ich damit rechne, um acht Uhr früh von ihm zu hören.«

»Ist das nicht ein wenig streng? Es ist jetzt fast zwei Uhr früh. Das Frühstücksbüfett wird hier gewöhnlich um halb zehn angerichtet.«

»Dann um neun«, sagte Fitzpatrick entschieden.

»Ich werde es ihm persönlich ausrichten, Commander. Oh, eines noch. Mr. Converse läßt sich entschuldigen, daß er nicht vor Mitternacht angerufen hat. Die haben hier wirklich heftig diskutiert.«

Das war es, dachte Connal. Alles war unter Kontrolle. Sonst hätte Joel sicher nicht diese Bemerkung gemacht.

»Danke, Major, und – tut mir leid, wenn ich unfreundlich war. Ich war eingeschlafen und bin zu schnell aufgestanden.«

»Sie haben's gut. Sie können sich jetzt wieder hinlegen, während ich Wache stehen muß. Nächstes Mal können Sie ja meine Stelle einnehmen.«

»Wenn das Essen gut ist, bin ich einverstanden. Gute Nacht, Major.«

Erleichtert legte Fitzpatrick auf. Er blickte zur Couch hinüber und überlegte kurz, daß er sich die Akten wieder vornehmen könnte, entschied sich aber dann dagegen. Er kam sich völlig ausgehöhlt vor. Ausgehöhlte Beine, ausgehöhlte Brust und ein stechender Schmerz im Kopf. Er brauchte dringend Schlaf.

»Gut gemacht«, sagte Erich Leifhelm zu dem Engländer, als der den Hörer auflegte.

»War mir ein Vergnügen«, erwiderte der Mann, der sich Philip Dunstone genannt hatte. »Sehen wir uns unseren Patienten an.«

Die beiden verließen die Bibliothek und gingen durch die lange Halle in ein Schlafzimmer. In ihm waren die drei anderen Männer von Aquitania und ein vierter, dessen schwarze Arzttasche und Spritzen erkennen ließen, welchem Beruf er angehörte. Auf dem Bett lag Joel Converse, mit glasigen, geweiteten Augen, Speichel rann ihm aus den Mundwinkeln, und sein Kopf schwankte hin und her, als befände er sich in Trance. Unverständliche Laute quollen aus seinem Mund. Der Arzt blickte zu den Männern auf.

»Mehr kann er uns nicht sagen, weil einfach nicht mehr da ist«, sagte er. »Die Chemikalien lügen nicht. Ganz einfach gesagt, er ist von Männern in Washington geschickt, hat aber keine Ahnung, wer diese Männer sind. Er wußte nicht einmal, daß sie existierten, bis ihn dieser Marineoffizier davon überzeugt hat, daß sie existieren mußten. Seine einzigen Bezugspersonen waren Anstett und Beale.«

»Und die sind beide tot«, unterbrach Van Headmer. »Der Tod Anstetts steht bereits in den Zeitungen, und für Beale kann ich mich verbürgen. Einer meiner Leute auf Santorini ist nach Mykonos geflogen und hat es bestätigt. Es gibt mit Sicherheit keine Spuren.«

»Bereiten Sie ihn auf seine Odyssee vor«, sagte Chaim Abrahms nach einem Blick auf Converse. »Wie unser Spezialist in der Mossad es so klar ausgedrückt hat, kommt es auf Distanz an. Ein großer Abstand zwischen diesem Amerikaner und jenen, die ihn ausgeschickt haben.«

Fitzpatrick regte sich, das helle Licht der Morgensonne vor den Fenstern drang in die Finsternis ein und zwang seine Augenlider, sich zu öffnen. Er streckte sich, wobei er mit der Schulter an die harte Kante des Aktenkoffers stieß. Dann stellte er fest, daß die Bettdecke sich um seine Beine geschlungen hatte und ihn hinderte, sich zu bewegen. Er trat sie von sich, warf die Arme hoch, atmete tief ein und spürte, wie sich sein Brustkasten entspannte. Er hob die linke Hand über den Kopf, drehte sich herum und sah auf die Uhr. Es war neun Uhr zwanzig; er hatte siebeneinhalb Stunden geschlafen, aber der ununterbrochene Schlaf kam ihm viel länger vor. Er stieg aus dem Bett und ging ein paar Schritte; er war wieder sicher auf den Beinen, sein Bewußtsein wurde immer klarer. Er sah wieder auf die Uhr, erinnerte sich. Der Major namens Dunstone hatte gesagt, daß das Frühstück in Leifhelms Haus ab neun Uhr dreißig serviert würde, und wenn die Konferenz um zwei Uhr nachts auf einem Boot fortgesetzt worden war, dann würde Converse wahrscheinlich nicht vor zehn Uhr anrufen.

Connal ging ins Badezimmer; an der Wand neben der Toilette war ein Telefon angebracht für den Fall, daß er sich bezüglich des Anrufs geirrt haben sollte. Jetzt rasieren und dann eine heiße und kalte Dusche, und er würde wieder ganz der alte sein.

Achtzehn Minuten später ging Fitzpatrick ins Schlafzimmer zurück, ein Handtuch um die Hüften gewunden, die Haut von dem scharfen Wasserstrahl immer noch gerötet. Er ging zu seinem offenen Koffer auf dem Gepäckständer neben dem Kleiderschrank. Er nahm sein Radio heraus, stellte es auf den Schreibtisch, entschied sich gegen AFN und drehte so lange an der Skala herum, bis er eine deutsche Nachrichtensendung empfing. Da waren die üblichen Streikdrohungen und Vorwürfe und Entgegnungen im Bundestag, aber nichts Weltbewegendes. Er wählte sich bequeme Kleidung – leichte Hosen, ein blaues Hemd und seine Cordjacke. Er zog sich an und ging ins Wohnzimmer zum Telefon. Er wollte beim Zimmerkellner ein kleines Frühstück und eine Riesenkanne Kaffee bestellen.

Er blieb stehen. Irgend etwas stimmte nicht. Aber was? Die Kissen auf der Couch waren immer noch zerdrückt, auf dem Beistelltisch stand ein halbvolles Glas mit abgestandenem Whisky. Daneben lagen ein paar Stifte und ein leerer Notizblock. Die Balkontüren waren geschlossen, die Vorhänge vorgezogen, und auf der anderen Seite des Zimmers stand der silberne Eiskübel immer noch in der Mitte des silbernen Tabletts auf dem antiken Jagdtisch. Alles war noch so, wie er es zuletzt gesehen hatte, und doch war irgend etwas verändert. Die *Tür!* Die Tür zu Joels Schlafzimmer war geschlossen. Hatte er sie geschlossen? Nein, das hatte er *nicht!*

Er durchquerte das Zimmer, drückte die Klinke nieder und schob die Tür auf. Er studierte das Zimmer und merkte erstaunt, daß er den Atem angehalten hatte. Das Zimmer war makellos, alles blitzblank und sauber, und nichts deutete darauf hin, daß es bewohnt war. Der Koffer war verschwunden, und auch die wenigen Gegenstände, die Converse auf den Schreibtisch gestellt hatte, waren nicht mehr da. Connal eilte zum Kleiderschrank und riß ihn auf. Leer. Er ging ins Badezimmer; auch dort war alles makellos, in den Schalen lag frische Seife, die Gläser waren in Zellophan gewickelt und erwarteten den nächsten Gast. Benommen verließ er das Badezimmer wieder. Nicht das geringste Anzeichen deutete darauf hin, daß in den letzten Tagen jemand außer dem Zimmermädchen dieses Schlafzimmer betreten hatte.

Fitzpatrick hastete ins Wohnzimmer und zum Telefon. Sekunden später war der Geschäftsführer in der Leitung, derselbe Mann, mit dem Connal gestern gesprochen hatte.

»Ja, in der Tat, Ihr Geschäftsmann war sogar noch exzentrischer als Sie es geschildert hatten: Er ist heute morgen um halb vier ausgezogen und hat im übrigen alles bezahlt.«

»Er war *hier*?«

»Natürlich.«

»Sie haben ihn *gesehen*?«

»Nicht persönlich. Ich fange gewöhnlich um acht Uhr mit der Arbeit an. Er hat mit dem Nachtportier gesprochen und auch Ihre Rechnung beglichen, ehe er zum Packen hinaufging.«

»Wie konnte Ihr Nachtportier wissen, daß *er* es war? Er hatte ihn doch vorher nie gesehen!«

»Aber Commander, er hat sich als Ihr Kollege zu erkennen gegeben und die Rechnung bezahlt. Außerdem hatte er seinen Schlüssel; er hat ihn am Empfang abgegeben.«

Fitzpatrick hielt erstaunt inne und fuhr dann grimmig fort: »Das Zimmer ist gereinigt worden! Geschah das auch um halb vier Uhr morgens?«

»Nein, mein Herr, um sieben Uhr. Das hat die erste Schicht gemacht.«

»Aber nicht das Wohnzimmer.«

»Der Lärm hätte Sie stören können. Offen gestanden, Commander, die Suite muß für eine Ankunft am frühen Nachmittag hergerichtet werden. Ich bin sicher, daß die Angestellten dachten, es würde Sie nicht stören, wenn sie schon früh beginnen. Und das war ja auch nicht der Fall.«

»Am frühen Nachmittag...? *Ich* bin hier!«

»Und können selbstverständlich auch bis zwölf Uhr bleiben; die Rechnung ist bezahlt. Ihr Freund ist abgereist, und die Suite war reserviert.«

»Und Sie haben wahrscheinlich kein anderes Zimmer.«

»Es tut mir leid, aber es steht nichts zur Verfügung, Commander.«

Connal knallte den Hörer auf die Gabel. *Wirklich, Commander...* Jemand hatte dieselben Worte an demselben Telefon um zwei Uhr früh gesprochen. Auf dem Regal neben dem Tisch lagen drei Telefonbücher. Er zog das für Bonn heraus und fand die Nummer.

»Guten Morgen. Hier bei General Leifhelm.«

»Herrn Major Dunstone, bitte.«

»Wen?«

»Dunstone«, wiederholte Fitzpatrick. »Er ist Gast Ihres Hauses. Philip Dunstone. Er ist Senioradjutant von... von einem General Berkeley-Greene. Engländer.«

»Engländer? Hier sind keine Engländer, Sir. Hier ist niemand – ich meine, keine Gäste.«

»Er war gestern abend aber dort. Beide waren dort. Ich habe mit Major Dunstone *gesprochen*.«

»Der General hat für ein paar Freunde ein kleines Abendessen gegeben, aber es waren keine Engländer dabei.«

»Hören Sie, ich versuche, einen Mann namens Converse zu erreichen.«

»O ja, Mr. Converse. *Er* war hier, Sir.«

»*War?*«

»Ich glaube, er ist weggefahren...«

»Wo ist *Leifhelm*?« schrie Connal.

Eine kleine Pause entstand, dann fragte der Deutsche kühl: »Wer möchte *General* Leifhelm sprechen?«

»Fitzpatrick. Lieutenant Commander Fitzpatrick!«

»Ich nehme an, im Speisezimmer. Wenn Sie bitte am Apparat bleiben wollen.« Ein leises Klicken war zu hören, dann wurde die Leitung stumm. Schließlich klickte es wieder, und Leifhelms Stimme hallte aus dem Hörer.

»Guten Morgen, Commander. Ein herrlicher Tag heute, nicht wahr?...«

»Wo ist Converse?« unterbrach Connal.

»Ich nehme an, im Hotel.«

»Es hieß doch, daß er bei Ihnen übernachten sollte.«

»Nein. Davon war nie die Rede. Er ist ziemlich spät weggefahren, Commander. Ich habe ihn mit meinem Wagen zurückbringen lassen.«

»Mir hat man das anders erzählt! Ein Major Dunstone hat mich gegen zwei Uhr früh angerufen...«

»Ich glaube, Mr. Converse ist kurz vorher gegangen... *Wer*, sagten Sie, hat Sie angerufen?«

»Dunstone. Ein Major Philip Dunstone. Engländer. Er sagte, er sei der Adjutant von General Berkeley-Greene.«

»Ich kenne diesen Major Dunstone nicht; hier war jedenfalls niemand, der so heißt. Aber ich kenne so ziemlich jeden General in der britischen Armee und habe noch nie von jemandem gehört, der Berkeley-Greene heißt.«

»Das können Sie sich sparen, Leifhelm!«

»Wie bitte?«

»Ich habe mit Dunstone *gesprochen*! Er... hat die richtigen Formulierungen gebraucht. Er sagte, Converse würde bei Ihnen übernachten... mit den *anderen*!«

»Ich denke, Sie hätten direkt mit Herrn Converse sprechen müssen, denn gestern abend war weder ein Major Dunstone noch ein General Berkeley-Greene in meinem Haus. Vielleicht sollten Sie sich bei der britischen Botschaft erkundigen. Die wissen ganz sicher, ob diese Leute in Bonn sind. Vielleicht haben Sie etwas mißverstanden; vielleicht haben sie sich später in einem Café gesprochen.«

»Ich *konnte* nicht mit Converse sprechen! Dunstone sagte, Sie wären mit einem Boot weggefahren.« Fitzpatricks Atem ging jetzt stoßweise.

»Das ist nun wirklich lächerlich, Commander. Ich besitze zwar ein kleines Motorboot, das ich gelegentlich meinen Gästen zur Verfügung stelle, aber es ist allgemein bekannt, daß ich nichts für das Wasser übrig habe.« Der General hielt kurz inne und fügte dann hinzu: »Der große Feldmarschall wird sofort seekrank, wenn er sich auch nur drei Meter vom Ufer entfernt.«

»Sie *lügen*!«

»Das verbitte ich mir, Sir. Besonders, was das Wasser angeht. Ich hatte nie Angst vor der russischen Front, nur vor dem Schwarzen Meer. Und wenn es zu einer Invasion Englands gekommen wäre, dann hätte ich den Kanal im Flugzeug überquert, das versichere ich Ihnen.« Der Deutsche spielte mit ihm, man merkte, wie er das genoß.

»Sie wissen ganz genau, was ich meine!« Wieder wurde Connals Stimme lauter. »Man hat mir gesagt, Converse wäre um halb vier Uhr früh hier aus dem Hotel ausgezogen! Ich behaupte, daß er nie *zurückgekommen* ist!«

»Und ich sage Ihnen, daß dieses Gespräch jetzt sinnlos wird. Wenn Sie wirklich beunruhigt sind, können Sie mich ja noch einmal anrufen, wenn Sie wieder höflich sprechen können. Ich habe Freunde bei der Polizei.« Wieder ein Klikken; der Deutsche hatte aufgelegt.

Als Fitzpatrick den Hörer auflegte, kam ihm ein anderer Gedanke, ein Gedanke, der ihm Angst machte. Er ging schnell ins Schlafzimmer, und sein Blick wanderte zu dem Aktenkoffer. Er lag halb unter dem Kopfkissen; o Gott, er hatte so tief geschlafen! Er ging ans Bett, riß den Koffer unter dem Kissen heraus und sah ihn an. Erst jetzt wagte er wieder zu atmen, als er sah, daß es derselbe Koffer war, daß die Kombinationsschlösser noch intakt waren und der Koffer sich nicht öffnen ließ. Er hob ihn hoch und schüttelte ihn; das Gewicht und das Geräusch, das er hörte, bewiesen ihm, daß die Papiere noch drinnen waren – ein weiterer Beweis, daß Converse nicht in das Hotel zurückgekehrt war. Abgesehen von allen anderen Überlegungen und ganz gleich, was sich sonst noch für Probleme ergeben hatten, er wäre ganz bestimmt nie ohne die Akten und die Namenliste abgereist.

Connal trug den Koffer ins Wohnzimmer zurück und versuchte, Ordnung in seine Gedanken zu bringen. *A.* Er mußte davon ausgehen, daß jemand den Vermerk von Joels Dienstakte entfernt oder die nachteilige Information auf irgendeine andere Weise in seinen Besitz gebracht hatte und daß Converse jetzt von Leifhelm und den anderen Männern von Aquitania, die aus Tel Aviv, Paris und Johannesburg eingeflogen waren, festgehalten wurde. *B.* Sie würden ihn so lange nicht töten, bis sie jede ihnen zur Verfügung stehende Möglichkeit ausgeschöpft hatten, von ihm zu erfahren, was er wußte – was viel weniger war, als sie vermuteten, und was ein paar Tage in Anspruch nehmen würde. *C.* Das Leifhelm-Anwesen war nach den Angaben in seinem Dossier eine Festung, die Chance einzudringen und Converse herauszuholen, war also gleich Null. *D.* Fitzpatrick wußte, daß er sich nicht an die amerikanische Botschaft wenden und dort Hilfe erwarten konnte. Zuallererst würde Walter Peregrine ihn verhaften lassen, und es war nicht einmal auszuschließen, daß er dabei nicht eine Kugel in den Kopf bekommen würde. *E.* Er durfte auch nicht versuchen, Hickman in San Diego um Hilfe zu bitten, was unter anderen Umständen ein durchaus logisches Vorgehen gewesen wäre. Alles, was er über den Admiral wußte, schloß jegliche Verbindung zu Aquitania aus; er war ein sehr unabhängiger Offizier und verschonte das Pentagon und dessen Politik und Mentalität nicht mit seiner Kritik. Aber wenn man den Sperrvermerk offiziell entfernt hatte – ob mit seiner Zustimmung oder gegen seinen Einwand –, würde Hickman keine andere Wahl haben, als ihn zum Stützpunkt zurückzurufen. Jeglicher Kontakt mußte dazu führen, daß sein Urlaub sofort gestrichen wurde. Aber wenn es keinen Kontakt gab und seine Vorgesetzten ihn nicht erreichen konnten, erreichte ihn auch dieser Befehl nicht.

Connal setzte sich auf die Couch, stellte den Aktenkoffer neben sich und griff nach dem Bleistift. Er schrieb zwei Worte auf den Telefonblock. *Meagen anrufen*. Er mußte dafür sorgen, daß seine Schwester jedem, der nach ihm fragte, erklärte, er sei nach Press' Beerdigung mit unbekanntem Ziel abgereist. Das fügte sich zu dem, was er dem Admiral gesagt hatte, daß er nämlich seine Information zu den »Behörden« tragen würde, die Preston Hallidays Tod untersuchten.

F. Er konnte zur Bonner Polizei gehen und ihr die Wahrheit sagen: Er habe allen Grund zu der Annahme, daß ein amerikanischer Kollege gegen seinen Willen in General Erich Leifhelms Haus festgehalten wird. Das führte natürlich zu der unvermeidbaren Frage, warum sich der Lieutenant Commander nicht mit der amerikanischen Botschaft in Verbindung setzte? Das Unausgesprochene lag dicht unter der Oberfläche: gleichgültig, welche politische Meinung man auch vertrat, General Leifhelm war eine prominente Persönlichkeit, und eine so ernsthafte Behauptung sollte von diplomatischer Seite gestützt werden. Also wieder die Botschaft. Streichen. Außerdem war auch nicht auszuschließen, daß Leifhelm Freunde in Polizeikreisen hatte. Er würde also möglicherweise von Connals Bemühungen hören und Converse an einen anderen Ort bringen. Oder ihn töten. G. ...war verrückt, dachte der Marineanwalt, als plötzlich ein Gedanke in seinem Kopf Gestalt annahm. Ein *Handel*. Selbst bei Gerichtsverfahren ein durchaus üblicher Vorgang... *Wir lassen den Teil der Anklage fallen, wenn Sie mit jenem anderen einverstanden sind. Wir halten uns aus diesem Bereich heraus, wenn Sie sich aus jenem zurückziehen.* Durchaus üblich. Ein Handel. Gab es da Möglichkeiten? Konnte man so etwas in Betracht ziehen? Es war verrückt, ein Akt der Verzweiflung, aber schließlich war alles verrückt, worauf er sich eingelassen hatte. Und da Gewalt nicht in Frage kam... war ein Austausch möglich? Leifhelm gegen Converse. Ein General für einen Lieutenant.

Connal wagte nicht, sich näher mit dem Gedanken zu befassen. Dazu drängten sich zu viele negative Aspekte auf. Er mußte seinem Instinkt folgen, weil ihm keine andere Wahl mehr geblieben war; jeder Weg, den er einschlug, führte entweder zu einer Mauer oder einer Kugel. Er stand auf und ging zu dem Tisch, auf dem das Telefon stand. Dann setzte er sich und griff nach dem Telefonbuch auf dem Boden. Was er im Sinn hatte, war verrückt, aber darüber durfte er jetzt nicht nachdenken. Er fand den Namen. *Fischbein, Ilse.* Die uneheliche Tochter von Hermann Göring.

Die Verabredung wurde getroffen: einer der hinteren Tische im Kaiser-Café am Kaiserplatz, bestellt auf den Namen Parnell. Glücklicherweise hatte Fitzpatrick noch in Kalifornien daran gedacht, einen konservativ geschnittenen Anzug mitzunehmen. Er trug ihn jetzt als der amerikanische Anwalt Mr. Parnell, der fließend Deutsch sprach und von seiner Firma in Milwaukee, Wisconsin, ausgeschickt worden war, um Kontakt zu einer gewissen Ilse Fischbein in Bonn herzustellen. Außerdem hatte er sich noch im *Schloßpark* am Venusbergweg ein Einzelzimmer gemietet und Joels Aktenkoffer dort untergebracht. Dort war der Koffer einige Zeit in Sicherheit, und gleichzeitig konnte er für Converse eine Spur sein, falls alles schiefgehen sollte.

Connal kam zehn Minuten vor der verabredeten Zeit, nicht nur, um sich seinen Tisch zu sichern, sondern auch um sich mit der Umgebung vertraut zu machen und sich zu überlegen, wie er vorgehen wollte. Er war das so gewohnt und pflegte auch Gerichtssäle immer vor der Verhandlung zu betreten, um sich Stühle und Tische anzusehen und sich mit den verschiedenen Blickwinkeln vertraut zu machen. All das half.

Er erkannte sie sofort, als sie kam und sich dem Oberkellner zu erkennen gab. Sie war hochgewachsen und füllig, ohne korpulent zu sein.

Sie trug ein hellgraues Sommerkostüm und hatte das

Jackett über dem Busen zugeknöpft. Auch ihr Gesicht war voll, aber nicht weich. Die hohen Backenknochen verliehen dem Gesicht einen strengen Charakter, den es sonst vielleicht nicht gehabt hätte; ihr Haar war dunkel mit ein paar grauen Strähnen und reichte bis zu den Schultern. Der Oberkellner führte sie an den Tisch. Fitzpatrick erhob sich.

»Guten Tag, Frau Fischbein«, sagte er und streckte ihr die Hand entgegen. »Bitte setzen Sie sich.«

»Sie brauchen nicht Deutsch zu sprechen, Herr Parnell«, sagte die Frau, ließ seine Hand los und setzte sich, worauf der Oberkellner sich verbeugte und zurückzog. »Ich verdiene mir meinen Lebensunterhalt mit Übersetzungen.«

»Wie es Ihnen lieber ist«, sagte Connal.

»Ich glaube, so wie die Dinge liegen, würde ich Englisch vorziehen. Und jetzt sagen Sie mir, was ist das für eine unglaubliche Sache, die Sie da am Telefon erwähnten, Mr. Parnell?«

»Ganz einfach eine Erbschaft, Mrs. Fischbein«, erwiderte Fitzpatrick mit aufrichtigem Blick und ohne die Augen von ihr zu wenden. »Wenn sich ein paar technische Fragen klären lassen, und das wird bestimmt möglich sein, werden Sie als rechtmäßige Empfängerin des Erbes eine beträchtliche Summe erhalten.«

»Von jemandem in Amerika, den ich nie gekannt habe?«

»Er... hat Ihren Vater gekannt.«

»Ich nicht«, sagte Ilse Fischbein schnell, und ihre Augen huschten über die benachbarten Tische. »Wer ist dieser Mann?«

»Er hat während des Krieges dem Stab Ihres Vaters angehört«, antwortete Connal mit noch leiserer Stimme. »Mit Hilfe Ihres Vaters – und gewisser Kontakte in Holland – war es ihm möglich, Deutschland vor den Nürnberger Prozessen mit ziemlich viel Geld zu verlassen. Er kam über London in die Vereinigten Staaten und gründete mit seinem Geld eine Firma im Mittleren Westen. Das Unternehmen war sehr erfolgreich. Kürzlich starb der Mann. Bei meiner Kanzlei, die ihn zu Lebzeiten juristisch vertrat, hatte er versiegelte Anweisungen hinterlassen.«

»Aber warum gerade ich?«

»Er wollte eine Schuld abtragen. Ohne den Einfluß und die Unterstützung Ihres Vaters wäre unser Klient wahrscheinlich für Jahre ins Gefängnis gekommen und dort verkümmert, statt so erfolgreich zu werden, wie ihm das in Amerika möglich war. Dort war er für alle ein holländischer Emigrant, dessen Familienbetrieb im Krieg zerstört wurde und der sich in Amerika eine neue Existenz aufbaute. Dazu gehörten beträchtlicher Immobilienbesitz und eine höchst erfolgreiche Konservenfabrik – was nun alles zum Verkauf ansteht. Ihre Erbschaft beträgt über zwei Millionen US-Dollar. Hätten Sie gerne einen Aperitif, Mrs. Fischbein?«

Die Frau konnte zuerst nicht antworten. Ihre Augen hatten sich geweitet, und ihr Blick wirkte, als befände sie sich in Trance. »Ja, ich glaube schon, Herr Parnell«, sagte sie mit monotoner Stimme. »Einen großen Whisky, wenn es recht ist.«

Fitzpatrick winkte dem Kellner, bestellte und versuchte einige Male, ein lockeres Gespräch in Gang zu bringen. Er äußerte sich zu dem herrlichen Wetter und fragte sie, was er sich in Bonn ansehen solle. Aber es hatte wenig Sinn. Ilse Fischbein wirkte völlig erstarrt. Sie hatte ihn am Handgelenk gepackt und hielt es wortlos fest, sah ihm mit halb offenstehendem Mund und glasigen Augen an. Jetzt wurden ihre Getränke gebracht. Der Kellner ging wieder, und immer noch ließ sie ihn nicht los. Sie trank etwas unsicher und hielt das Glas mit der linken Hand.

»Was sind das für Fragen, die noch geklärt werden müssen? Fragen Sie alles, *fordern* Sie. Sind Sie gut untergekommen? In Bonn sind Hotelzimmer immer knapp.«

»Sie sind sehr liebenswürdig; ja. Versuchen Sie zu begreifen, Mrs. Fischbein, für meine Firma ist das eine sehr schwierige Angelegenheit. Wie Sie sich sicher gut vorstellen können, handelt es sich nicht um die Art von Auftrag, wie sie amerikanische Anwälte gern übernehmen, und um es offen zu sagen, wenn unser Klient nicht bestimmte Vorschriften bezüglich dieses Teilbereichs seines Testaments gemacht hätte, dann hätten wir vielleicht...«

»Die Fragen! Was sind das für *Fragen*?«

Fitzpatrick machte eine Pause, ehe er Antwort gab – er war jetzt ganz der nachdenkliche Anwalt, der die Unterbrechung zwar zuließ, aber sich nicht von seinem Thema abbringen lassen wollte. »Alles wird streng vertraulich erledigt werden; das Nachlaßgericht wird *in camera*...«

»Fotografien?«

»Nein, eine Sitzung unter Ausschluß der Öffentlichkeit, Mrs. Fischbein. Zum Nutzen der Gemeinde und im Austausch für bestimmte Staats- und Gemeindesteuern, die im Falle einer Konfiszierung in Wegfall kämen. Sehen Sie, die höheren Gerichte könnten zu dem Schluß gelangen, daß die ganze Erbschaft fragwürdig ist und näher untersucht werden muß.«

»Ja, die Fragen! Was für Fragen wollen Sie mir stellen?«

»Es ist wirklich ganz einfach. Ich habe da einige Erklärungen vorbereitet, die Sie unterschreiben werden, und ich werde dann Ihre Unterschrift bezeugen. Damit soll Ihre Abkunft bestätigt werden. Dann wäre da eine kurze, formelle Aussage, die zur Bestätigung Ihres Erbanspruchs benötigt wird. Wir brauchen nur eine solche Erklärung, aber sie muß von einem ehemaligen hohen Offizier der deutschen Wehrmacht abgegeben werden, vorzugsweise von einem Mann, dessen Name bekannt ist und der in den Geschichtsbüchern oder in Kriegsberichten als enger Kollege Ihres leiblichen Vaters ausgewiesen wird. Es wäre natürlich von Vorteil, wenn es jemand wäre, der in amerikanischen Militärkreisen bekannt ist, für den Fall nämlich, daß der Richter beschließt, das Pentagon anzurufen und zu fragen: ›Wer ist dieser Bursche eigentlich?‹«

»Ich kenne den Mann dafür!« flüsterte Ilse Fischbein. »Er war ein Feldmarschall, ein brillanter *General*!«

»Wer ist es?« fragte der Anwalt, zuckte dann aber sofort die Achseln und tat die Identität als belanglos ab. »Schon gut. Sagen Sie mir nur, weshalb Sie glauben, daß er der richtige Mann ist, dieser Feldmarschall.«

»Er genießt hohen Respekt, obwohl nicht alle mit ihm einer Meinung sind. Er war einer der berühmtesten jungen

Befehlshaber und ist einmal von meinem Vater persönlich dekoriert worden!«

»Würde ihn jemand im amerikanischen Militärestablishment kennen?«

»*Mein Gott*! Er hat nach dem Kriege in Berlin und Wien für die Alliierten gearbeitet!«

»Ja?«

»Und im SHAPE-Hauptquartier in Brüssel!«

Ja, dachte Connal, wir sprechen von demselben Mann. »Schön«, sagte Fitzpatrick beiläufig, aber ernst. »Sie brauchen mir seinen Namen nicht zu nennen. Er ist ohne Belang, und ich würde ihn wahrscheinlich ohnehin nicht kennen. Können Sie ihn schnell erreichen?«

»In wenigen Minuten! Er ist hier in Bonn.«

»Ausgezeichnet. Dann könnte ich morgen schon zurückfliegen.«

»Sie können in sein Haus gehen, dann diktiert er das, was Sie brauchen, in Ihrem Beisein seiner Sekretärin.«

»Es tut mir leid, aber das geht nicht. Die Erklärung muß von einem Notar beglaubigt werden. Soweit mir bekannt ist, haben Sie hier dieselben Vorschriften wie wir in den Staaten – schließlich haben Sie sie ja erfunden –, und im Schloßparkhotel gibt es eine Hotelsekretärin, die das sicher für uns erledigt. Und einen Notar werden wir schon ausfindig machen. Sagen wir heute abend, oder vielleicht morgen früh? Es wäre mir ein Vergnügen, Ihrem Freund ein Taxi zu schicken. Ich möchte nicht, daß ihn das auch nur einen Pfennig kostet. Meine Firma wird für die Spesen aufkommen.«

Ilse Fischbein kicherte – ein lautloses, hysterisches Kichern. »Sie kennen meinen Bekannten nicht, mein Herr.«

»Ich bin sicher, daß wir miteinander auskommen werden. Wie wäre es, wenn wir jetzt zusammen zu Mittag essen würden?«

»Ich muß rasch austreten«, sagte die Frau, und ihre Augen blickten wieder glasig. Als sie aufstand, konnte Connal sie flüstern hören. »Mein Gott! Zwei Millionen Dollar!«

»Er will nicht einmal Ihren *Namen* wissen!« rief Ilse Fischbein ins Telefon. »Er kommt aus Milwaukee, Wisconsin, und bietet mir *zwei Millionen Dollar!*«

»Er hat nicht einmal gefragt, wer ich bin?«

»Er sagte, es sei nicht wichtig! Wahrscheinlich würde er Sie auch gar nicht kennen. Und können Sie sich das vorstellen? Er hat angeboten, Ihnen ein Taxi zu schicken! Er sagte, Sie sollten keinen Pfennig Unkosten haben!«

»Es stimmt schon, Göring war in den letzten Wochen vor dem Zusammenbruch ungemein großzügig«, sinnierte Leifhelm. »Natürlich stand er die meiste Zeit unter Drogen, und die Leute, die ihm das Rauschgift lieferten, was damals gar nicht leicht war, erhielten als Gegenleistung Hinweise auf Kunstschätze, die er irgendwo versteckt hatte. Der Mann, der ihm die Zyankalikapsel verschafft hat, soll heute noch wie ein römischer Kaiser in Luxemburg leben.«

»Sie sehen schon, es stimmt! Göring hat solche Dinge getan!«

»Wobei er freilich selten wußte, was er tat«, räumte der General widerstrebend ein. »Das ist wirklich höchst ungewöhnlich und sehr unbequem, Ilse. Hat Ihnen dieser Mann irgendwelche Dokumente gezeigt, irgendwelche Beweise für seinen Auftrag?«

»*Natürlich!*« log die Frau in panischer Angst und suchte nach den richtigen Worten. »Er hat mir ein Blatt mit juristischen Ausdrücken gezeigt und eine... Erklärung – die von den Gerichten vertraulich behandelt würde! In *nichtöffentlicher* Sitzung. Es geht um Steuern, die nicht bezahlt werden würden, falls die Erbschaft konfisziert werden wird...«

»Das habe ich alles schon einmal gehört, Ilse«, unterbrach Leifhelm sie müde. »Es gibt keinen gesetzlichen Schutz für sogenannte Kriegsverbrecher und Gelder, die von ihnen aus dem Land entfernt wurden. Also ersticken diese Heuchler in dem Augenblick an ihren heuchlerischen Regeln, wo die Geld kosten.«

»Sie sind so klug, Herr General, und ich bin immer so loyal gewesen. Ich habe noch nie eine Bitte von Ihnen abgelehnt, ob sie nun beruflicher Natur war oder viel intimer.

Bitte. Zwei Millionen Dollar! Es kostet Sie höchstens zehn Minuten!«

»Ich muß ja zugeben, Sie waren immer wie eine gute Nichte, das kann ich nicht leugnen. Und was die anderen Dinge angeht, so kann das wirklich keiner wissen. Also gut, heute abend meinetwegen. Ich esse um neun Uhr im Steigenberger. Ich werde um acht Uhr fünfzehn im Schloßpark vorbeikommen. Sie können mir ja von Ihrem neuen Reichtum ein Geschenk machen.«

»Wir treffen uns in der Halle.«

»Mein Fahrer wird mich begleiten.«

Fitzpatrick saß in dem kleinen Konferenzzimmer im ersten Stock des Hotels und sah sich die Waffe an, die Gebrauchsanweisung lag auf seinem Schoß. Er versuchte, das, was der Verkäufer ihm erklärt hatte, zu den Strichzeichnungen in Verbindung zu bringen, die er vor Augen hatte, und war zufrieden, daß er genug wußte. Es gab genügend grundlegende Ähnlichkeiten mit dem Colt .45, der in der Navy zur Bewaffnung gehörte, der einzigen Handfeuerwaffe, mit der er vertraut war. Er konnte also auf die technischen Informationen verzichten. Die Waffe, die er gekauft hatte, war eine Heckler & Koch PGS Automatik, etwa sechs Zoll lang, Kaliber neun Millimeter, mit einem neunschüssigen Magazin. Er konnte die Waffe laden, mit ihr zielen und sie abfeuern; mehr war nicht notwendig, und er hoffte inständig, daß besonders letzteres *nicht* notwendig werden würde.

Er sah auf die Uhr, es war fast acht. Er steckte sich die Pistole in den Gürtel, hob die Gebrauchsanweisung auf, sah sich dann im Zimmer um und ging im Geist noch einmal alles durch, wie er es geplant hatte. Natürlich hatte Ilse Fischbein ihm gesagt, daß Leifhelm Begleitung haben würde, einen »Fahrer« in diesem Fall, und man durfte wohl davon ausgehen, daß der Mann auch andere Funktionen hatte. Wenn ja, so würde er keine Gelegenheit bekommen, sie auszuüben.

Der Raum – einer der zwanzig Besprechungsräume, die das Hotel anzubieten hatte und den er unter einem erfundenen Firmennamen reserviert hatte – war nicht groß, aber es gab da einige Dinge, die er zu seinem Vorteil nutzen konnte. Der übliche rechteckige Tisch stand in der Mitte, drei Stühle auf jeder Seite, zwei an den Kopfenden und neben einem ein Telefon. Es gab weitere Stühle an den Wänden für die Stenografen und die Beobachter – alles ganz normal. Aber in der Mitte der linken Wand war eine Türnische, die in ein sehr kleines Zimmer führte, das vermutlich für Einzelgespräche gedacht war. In diesem Zimmer befand sich ein weiteres Telefon, und wenn dort der Hörer abgenommen wurde, dann leuchtete ein Knopf an dem Telefon auf dem Konferenztisch auf. Außerdem führte die Korridortür in einen kleinen Vorraum. Eintretenden war es daher nicht möglich, den Raum vom Korridor aus zu überblicken.

Connal faltete die Gebrauchsanweisung zusammen, steckte sie in die Jackentasche und ging an den Tisch, um seine Requisiten zu überprüfen. Er war in einem Geschäft für Bürobedarf gewesen und hatte dort das Nötige gekauft. Am anderen Ende des Tisches, beim Telefon – das senkrecht zum Tischrand stand, so daß man die Knöpfe deutlich sehen konnte – lagen ein paar Aktenordner neben einer offenen Aktentasche (aus der Ferne sah das dunkle Plastikmaterial wie teures Leder aus). Verstreut über den Tisch waren Papiere, Bleistifte und ein gelber Schreibblock, dessen erste paar Seiten nach hinten umgeschlagen waren. Die Szene war jedem vertraut, der je mit einem Anwalt zu tun gehabt hatte: der Block enthielt die Notizen, die sich der gelehrte Herr vor der Konferenz gemacht hatte.

Fitzpatrick kehrte zu dem Sessel zurück, schob ihn etwas weiter nach vorn und ging zu dem kleinen Nebenzimmer. Er hatte die Beleuchtung eingeschaltet – zwei Tischlampen zu beiden Seiten einer Couch. Er ging zu dem Tisch links von der Couch, auf dem das Telefon stand, und schaltete eine Lampe aus. Dann wieder zurück zu der offenen Tür, wo er sich zwischen das Türblatt und die Wand stellte und durch den schmalen, senkrechten Schlitz spähte, der sich zwischen Tür und Türstock öffnete. Er konnte den Eingang des kleinen Vorraums deutlich überblicken. Drei Leute würden das Konferenzzimmer betreten, und dann würde er herauskommen.

Es klopfte an der Korridortür, das schnelle, ungeduldige Klopfen einer Erbin, die nicht länger warten konnte. Er hatte Ilse Fischbein erklärt, wo der Konferenzraum zu finden sei, sonst aber nichts. Weder Namen noch Nummer, und sie hatte in ihrem Eifer auch nicht danach gefragt. Fitzpatrick ging die paar Schritte zu dem Telefontisch in dem kleinen Nebenraum; er nahm den Hörer von der Gabel und legte ihn auf die Tischplatte. Dann ging er an seinen Platz hinter der Tür zurück und zwängte sich so nahe an die Türritze, daß er gut hindurchsehen konnte, selbst aber im Schatten blieb. Er zog die Pistole aus dem Gürtel, hielt sie auf den Boden gerichtet und rief so laut, daß man ihn draußen im Hotelkorridor hören konnte:

»Bitte, kommen Sie herein, die Tür ist offen. Ich telefoniere gerade.«

Ein Türgeräusch war zu hören, dann kam Ilse Fischbein schnell ins Zimmer gegangen, die Augen auf den Konferenztisch gerichtet. Dicht hinter ihr folgte Erich Leifhelm, der sich umsah und sich dann etwas zur Seite drehte, mit dem Kopf nickte. Ein dritter Mann in Chauffeuruniform wurde sichtbar, die Hand in der Tasche seines grauen Jacketts. Dann hörte Connal das zweite Geräusch, auf das er gewartet hatte. Die Korridortür wurde zugeschlagen.

Der Marineanwalt riß die kleine Tür zurück, trat schnell um sie herum, die Waffe auf den Chauffeur gerichtet.

»*Sie!*« rief er in deutscher Sprache. »Nehmen Sie die Hand aus der Tasche! *Langsam*!« Die Frau stöhnte auf und setzte dann zu einem Schrei an. Fitzpatrick herrschte sie an. »Seien Sie *still*! Wie Ihr Freund Ihnen sagen wird, habe ich nichts zu verlieren. Ich kann Sie alle drei töten, und das Land in einer Stunde verlassen. Die Polizei wird dann nach einem Mr. Parnell suchen, der überhaupt nicht existiert.«

Der Chauffeur zog langsam die Hand aus der Tasche, seine Finger waren starr und seine Kinnmuskeln arbeiteten. Leifhelm starrte Connals Waffe voller Wut, in die sich Angst mischte, an. Sein Gesicht war rot angelaufen.

»Sie *wagen*...?«

»Ich wage es, Feldmarschall«, sagte Fitzpatrick. »Sie können darauf wetten, daß ich es wage, und wenn ich Sie wäre, dann würde ich nicht den geringsten Anlaß liefern, daß ich noch zorniger werde.« Jetzt wandte Connal sich an die Frau. »*Sie*. In der Aktentasche auf dem Tisch sind acht Stücke Schnur. Fangen Sie mit dem Fahrer an. Fesseln Sie ihn an Händen und Füßen; ich sage Ihnen, wie man es macht. *Schnell*!«

Vier Minuten später saßen der Chauffeur und Leifhelm mit gefesselten Hand- und Fußgelenken auf zwei Konferenzstühlen. Die Waffe des Fahrers lag auf dem Tisch. Der Marineanwalt überprüfte die Knoten, die die Frau nach seinen Anweisungen gebunden hatte. Alles war sicher; je mehr die Gefesselten dagegen ankämpften, desto enger würden die Knoten sich ziehen. Fitzpatrick befahl der verängstigten Frau, auf einem dritten Stuhl Platz zu nehmen. Dann band er auch sie. Jetzt richtete er sich auf, nahm die Automatik vom Tisch und ging auf Leifhelm zu, der neben dem Telefon saß, an dem das Lämpchen leuchtete. »So«, sagte er, die Pistole unverwandt auf den Kopf des Deutschen gerichtet. »Sobald ich den Hörer im Nebenzimmer aufgelegt habe, werden wir von hier aus telefonieren.« Der Marineanwalt ging schnell in das kleine Nebenzimmer, legte den Hörer auf und kehrte zurück. Er setzte sich neben den gefesselten Leifhelm und holte einen Fetzen Papier aus der offenen Aktentasche. Auf ihm stand die Telefonnummer der Villa des Generals.

»Was, glauben Sie, können Sie damit erreichen?« fragte Leifhelm.

»Einen Tausch«, erwiderte Fitzpatrick und drückte dem Deutschen den Pistolenlauf gegen die Schläfe. »Sie gegen Converse.«

»*Mein Gott*!« flüsterte Ilse Fischbein wie versteinert, während der Chauffeur immer noch gegen seine Fesseln ankämpfte, die ihm allmählich ins Fleisch schnitten.

»Sie glauben, daß jemand auf Sie hören oder sogar Ihre Anweisungen ausführen wird?«

»Das wird man müssen, wenn man Sie noch einmal lebend wiedersehen will. Sie wissen, daß ich recht habe, General. Diese Pistole ist nicht sehr laut, davon habe ich mich überzeugt. Ich kann das Radio einschalten und Sie töten und im Flugzeug sitzen, noch bevor man Sie findet. Dieses Zimmer ist für die ganze Nacht reserviert, und ich habe Anweisung gegeben, uns unter keinen Umständen zu stören.« Connal nahm die Waffe in die linke Hand, hob den Hörer ab und wählte die Nummer, die auf dem Blatt stand.

»Guten Tag. Hier bei General Leifhelm.«

»Holen Sie jemand an den Apparat, der etwas zu sagen hat«, verlangte der Marineanwalt in perfektem Deutsch. »Im Moment halte ich General Leifhelm eine Pistole gegen die Schläfe und werde ihn sofort töten, wenn Sie nicht tun, was ich sage.«

Am anderen Ende der Leitung waren im Hintergrund Rufe zu hören. Wenige Sekunden später sprach eine Stimme mit ausgeprägtem britischem Akzent langsam und deutlich in englischer Sprache.

»Wer spricht da und was wollen Sie?«

»Oh, was sage ich denn? Das klingt ja wie Major Philip Dunstone – das *war* doch der Name, nicht wahr? Sie klingen nicht halb so freundlich wie gestern nacht.«

»Tun Sie ja nichts Übereiltes, Commander. Das würden Sie nur bedauern.«

»Und machen Sie keine Dummheiten, sonst bedauert Leifhelm das noch viel früher – das heißt, solange er überhaupt noch etwas bedauern kann. Sie haben eine Stunde, um Converse zum Flughafen und in die Abflughalle zu bringen. Er hat eine Reservierung für die Zehn-Uhr-Maschine nach Washington D. C. über Frankfurt. Ich habe das Nötige veranlaßt. Ich werde eine Nummer in einem Zimmer anrufen, in das er zu bringen ist, und erwarte, dort mit ihm sprechen zu können. Anschließend werde ich hier weggehen, Sie von einem anderen Apparat aus anrufen und Ihnen erklären, wo Ihr Chef ist. Und jetzt sorgen Sie dafür, daß Converse zum Flughafen kommt. Eine Stunde, Major!« Fitzpatrick schob den Hörer Leifhelm hin und drückte dem Deutschen wieder den Pistolenlauf an die Schläfe.

»Tun Sie, was er verlangt«, sagte der General mit halberstickter Stimme.

Die Minuten verstrichen langsam, dehnten sich zu einer Viertelstunde, einer halben, und dann brach Leifhelm schließlich das Schweigen.

»Sie haben sie also gefunden«, sagte er und wies mit einer Kopfbewegung auf Ilse Fischbein, die zitternd und mit tränenüberströmtem Gesicht dasaß.

»Genauso wie wir herausgefunden haben, was vor vierzig Jahren in München geschehen ist, und noch eine ganze Menge anderer Dinge. Sie sind doch alle schon zu dieser großen Einsatzzentrale im Himmel unterwegs, Feldmarschall. Machen Sie sich also keine Sorgen, ob ich das Wort halten werde, das ich Ihrem englischen Butler gegeben habe. Ich möchte um keinen Preis der Welt darauf verzichten, zuzusehen, wie man euch Dreckskerle vorführt, damit jeder sehen kann, was ihr wirklich seid. Leute wie Sie haben dem Militär auf der ganzen Welt einen verdammt schlechten Ruf eingetragen.«

Aus dem Korridor war ein Geräusch zu hören. Connal blickte auf, hob die Pistole und hielt sie Leifhelm wieder an die Schläfe.

»Was ist?« sagte der Deutsche und zuckte die Schultern.

»Keine Bewegung!«

Aus dem Gang tönten Stimmen herein, Gesang, mehr laut als schön. Eine Konferenz in einem der anderen Zimmer war zu Ende gegangen, und den Geräuschen nach war der Alkohol reichlich geflossen. Heiseres Gelächter übertönte die Stimmen, und Fitzpatricks Spannung lockerte sich; er ließ die Automatik sinken; niemand außerhalb dieses Zimmers wußte seine Nummer.

»Sie sagen, daß Männer wie ich Ihrem Beruf – welcher auch der meine ist – einen schlechten Ruf eintragen«, sagte Leifhelm. »Ist es Ihnen einmal in den Sinn gekommen, Commander, daß wir diesem Beruf in einer Welt, die uns dringend braucht, einen ganz besonderen Stellenwert verschaffen könnten?«

»Die uns braucht?« fragte Connal. »Zuerst brauchen wir die Welt und nicht Ihre Art von Welt. Sie haben es versucht und sind gescheitert, erinnern Sie sich nicht daran?«

»Das war eine einzige Nation unter der Führung eines Wahnsinnigen, der versuchte, der ganzen Welt seinen Stempel aufzudrücken. Diesmal sind es viele Nationen mit einer Klasse selbstloser Berufssoldaten, die zum Nutzen aller zusammengekommen sind.«

»Nach wessen Vorbild? Dem Ihren? Sie sind ein komischer Bursche, General. Manchmal muß ich an Ihren Zielen zweifeln.«

»Die Fehler eines jungen Mannes, dem man den Namen und jede Chance geraubt hat, sollte man nicht ein halbes Jahrhundert später dem Erwachsenen zur Last legen.«

»Geraubt? Ich glaube, Sie haben das recht schnell und ziemlich brutal ausgeglichen. Mir gefallen Ihre Mittel nicht.«

»Sie haben keinen Blick für Größe.«

»Dem Himmel sei Dank dafür.« Der Gesang im Korridor verstummte kurz und schwoll dann wieder an. »Vielleicht sind das ein paar Ihrer Kumpane aus Dachau!«

Leifhelm zuckte die Schultern.

Plötzlich brach die Tür mit einem lauten Knall auf und schlug gegen die Wand. Im nächsten Moment stürmten drei Männer ins Zimmer. Schüsse aus schallgedämpften Pistolen peitschten, Hände zuckten hin und her, die Tischplatte zersplitterte. Fitzpatrick spürte den stechenden Schmerz im Arm, als ihm die Automatik weggerissen wurde. Er blickte an sich hinunter und sah das Blut aus dem Ärmel seines Jacketts quellen. Erschreckt zuckte er zusammen, sein Blick wanderte nach links. Ilse Fischbein war tot, ihr blutender Schädel von einer ganzen Salve zerschmettert. Der Chauffeur grinste obszön.

Die Tür wurde geschlossen, als ob nichts geschehen sei und die letzten Augenblicke ein bereits wieder vergessener Zwischenfall wären, an den niemand sich erinnerte.

»Stümper«, sagte Leifhelm, während einer der Eindringlinge ihm die Fesseln von den Handgelenken schnitt. »Den Ausdruck habe ich erst gestern gebraucht, Commander, aber da wußte ich noch nicht, wie recht ich hatte. Haben Sie denn wirklich geglaubt, daß man das Telefongespräch nicht zu diesem Zimmer zurückverfolgen könnte? ... Das war alles viel zu einfach, Converse gehört uns, und plötzlich kommt diese arme Hure zu ungeheurem Reichtum – *amerikanischem* Reichtum. Ich will Ihnen einräumen, daß das durchaus möglich gewesen wäre – solche Testamente werden häufig von irgendwelchen Idioten abgefaßt, die gar nicht wissen, welchen Schaden sie anrichten –, aber das Timing war zu perfekt, zu... stümperhaft.«

»Sie sind ein Hurensohn.« Connal schloß kurz die Augen und versuchte, den Schmerz aus seinem Bewußtsein zu verdrängen. Er war nicht mehr fähig, seine Finger zu bewegen.

»Aber Commander«, sagte der General und erhob sich von seinem Stuhl, »ist das die Tollkühnheit der Furcht? Glauben Sie, ich werde Sie jetzt töten lassen? Sie täuschen sich. Nachdem Sie beurlaubt sind, können Sie uns noch einen kleinen, aber einmaligen Dienst erweisen. Sie werden unser Gast sein, Commander, aber nicht hier in Deutschland. Sie werden eine Reise machen.«

17

Converse schlug die Augen auf, ihm war als lasteten auf seinen Lidern schwere Eisengewichte. Übelkeit schnürte ihm die Kehle zu. Rings um ihn war undurchdringliche Finsternis. Er spürte ein Stechen an seiner Seite – an seinem Arm –, das Fleisch war aufgetrennt worden, es spannte und hatte sich entzündet. Blind tastete er nach der schmerzenden Stelle, bis er aufstöhnend die Hand wieder zurückzog. Dann kroch irgendwie Licht in den dunklen Raum über ihm, tastete sich durch scheinbar bewegte Hindernisse und spähte in die Schatten hinein. Gegenstände begannen träge Gestalt anzunehmen – der Metallrand der Pritsche dicht an seinem Gesicht, zwei hölzerne Stühle, die einander zu beiden Seiten eines kleinen Tisches gegenüberstanden, eine Tür, ebenfalls in der Ferne, aber weiter entfernt und geschlossen... dann noch eine Tür, offen, ein weißer Ausguß mit zwei Wasserhähnen in einer weit entfernten Kammer auf der linken Seite. Das Licht? Es bewegte sich immer noch, tanzte jetzt, flackerte. Woher kam es?

Er fand es. Hoch an der Wand, zu beiden Seiten der geschlossenen Tür, waren zwei rechteckige Fenster mit kurzen Vorhängen, die sich in dem leichten Wind blähten. Die Fenster waren offen, aber die Öffnung war auf sonderbare Weise doch auch wieder unterbrochen. Joel hob den Kopf, stützte sich auf den Unterarm und kniff die Augen zusammen. Er versuchte deutlicher zu sehen. Sein Blick erfaßte die Unterbrechungen hinter den geblähten Vorhängen – dünne schwarze Metallstangen, die senkrecht in den Fensterrahmen standen. Gitter! Er befand sich in einer Zelle.

Joel ließ sich auf die Pritsche zurücksinken, schluckte ein paarmal, um den Schmerz in der Kehle zu lindern, und bewegte den Arm langsam im Kreis, um den Schmerz der... Wunde?... zu lindern. Ja, eine Wunde, eine Schußverletzung! Die Erinnerung kam mit einem Schrecken. Ein Abendessen hatte sich in eine Schlacht verwandelt. Blendende Lichter und plötzliche Schmerzstöße verbanden sich mit leisen, eindringlichen Stimmen, die auf ihn einredeten, ein nicht endenwollendes Echo, das seine Ohren bedrängte, während er verzweifelt versuchte, dem Angriff Widerstand zu leisten. Dann wieder Augenblicke friedlicher Ruhe, das gleichmäßige Dröhnen einer einzigen Stimme im Nebel. Converse schloß die Augen, drückte die Lider mit aller Kraft zusammen, während sich ihm eine andere Erkenntnis aufdrängte und ihn zutiefst beunruhigte. Die Stimme in den wallenden Nebeln war *seine* Stimme. Man hatte ihn unter Drogen gesetzt, und er wußte, daß er Geheimnisse verraten hatte.

Man hatte ihn schon früher einmal unter Drogen gesetzt, mehrmals sogar, damals in den nordvietnamesischen Lagern. Und wie stets stellte sich auch diesmal der Ekel abgestumpfter Empörung ein. Man hatte sein Bewußtsein bloßgelegt und ihm Gewalt angetan, hatte seine Stimme dazu gezwungen, Dinge preiszugeben, die sein Wille mit letzter Kraft behüten wollte.

Da war ein Geräusch – auf der anderen Seite des Raumes! Dann noch eines, und gleich darauf wieder eines. Das scharrende Metall verriet ihm, daß ein Riegel zurückgezogen wurde; das Kratzen eines Schlüssels, gefolgt vom Drehen eines Knopfes bedeutete, daß die Tür in der weit entfernten Wand geöffnet wurde. Sie sprang auf, und eine Flut von blendendem Sonnenlicht stürzte in den Raum, in seine Zelle. Converse hielt sich die Hand über die Augen und spähte zwischen den Fingern hindurch. Die blasse und verschwommene Silhouette eines Mannes stand in der Türöffnung. Er hielt einen flachen Gegenstand in der linken Hand und stützte ihn von unten. Die Gestalt trat ein, und Joel erkannte blinzelnd, daß es der Chauffeur war, der ihn in der Einfahrt nach Waffen abgesucht hatte.

Der uniformierte Fahrer trat an den Tisch und setzte geschickt den flachen Gegenstand ab; es war ein Tablett, das mit einem Tuch bedeckt war. Erst jetzt richtete sich Converses Blick auf die von der Sonne hell erleuchtete Tür. Draußen drängte sich das Dobermannrudel. Die glänzenden schwarzen Augen der Hunde wanderten immer wieder zum Eingang der Zelle, ihre Lefzen waren zurückgezogen, so daß man die blitzenden Fänge sehen konnte.

»*Guten Morgen, mein Herr*«, sagte Leifhelms Chauffeur und wechselte dann ins Englische über. »Ein schöner Tag am Rhein, nicht wahr?«

»Dort draußen ist es hell, wenn Sie das meinen«, erwiderte Joel, die Hand immer noch über den Augen. »Wahrscheinlich sollte ich dankbar sein, daß ich das nach gestern abend noch sehen kann.«

»Gestern abend?« Der Deutsche machte eine kurze Pause und fügte dann leise hinzu. »Das war vor zwei Nächten, Amerikaner. Sie sind jetzt seit dreiunddreißig Stunden hier.«

»Dreiund...?« Converse stemmte sich in die Höhe und schwang die Beine über den Bettrand. Er mußte innehalten; ein Schwindelgefühl erfaßte ihn. Er hatte zu viel Kraft verloren. *O Gott! Wie deutlich er sich erinnerte! Du darfst keine Bewegung vergeuden. Die kommen wieder. Diese Schweine!* »Ihr Schweine«, sagte er, ohne sich etwas dabei zu denken. Dann wurde ihm zum erstenmal bewußt, daß er kein Hemd trug. Erst jetzt bemerkte er den Verband an seinem linken Arm zwischen Ellbogen und Schulter. Die Schußwunde. »Hat jemand meinen Kopf verfehlt?« fragte er.

»Wie man mir sagte, haben Sie sich die Verletzung selbst zugefügt. Sie versuchten, General Leifhelm zu töten, als die anderen Ihnen die Waffe abnahmen.«

»Ich versuchte, General Leifhelm...? Mit meiner nicht existierenden Waffe? Sie haben mich doch selbst durchsucht?«

»Sie waren zu schlau für mich, mein Herr.«

»Was passiert jetzt?«

»Jetzt? Jetzt werden Sie essen. Ich habe Anweisungen vom Arzt. Zuerst die Hafergrütze... Wie sagen Sie da? Der Porridge.«

»Heißer Haferbrei«, nickte Joel. »Mit entrahmter Milch. Dann weichgekochte Eier und Tabletten. Und wenn ich das alles bei mir behalte, etwas Hackfleisch. Und wenn ich auch *das* bei mir behalten kann, ein paar Löffel Rübenpüree oder Kartoffeln. Was immer zur Verfügung steht.«

»Woher wissen Sie das?« fragte der Mann in Chauffeursuniform, ehrlich überrascht.

»Das ist eine Basisdiät«, erklärte Converse zynisch. »Sie variiert je nach Gegend und Vorräten. Ich habe früher einmal relativ gut gegessen... Sie haben vor, mich wieder unter Drogen zu setzen.«

Der Deutsche zuckte die Achseln. »Ich tue, was man mir aufgetragen hat. Ich bringe Ihnen zu essen. Hier, lassen Sie sich helfen.«

Joel blickte auf, als der Chauffeur auf sein Bett zukam. »Unter anderen Umständen würde ich Ihnen ins Gesicht spucken. Aber wenn ich das tun würde, dann müßte ich auf die entfernte Chance verzichten, Ihnen ein anderes Mal ins Gesicht zu spucken. Sie dürfen mir helfen. Passen Sie auf meinen Arm auf.«

Drei Tage vergingen, an denen sein einziger Besucher der Chauffeur und in seinem Gefolge die zähnefletschenden

Hunde waren. Man brachte ihm seinen Koffer, den man gründlich durchsucht und dabei aus dem Necessaire Schere und Nagelfeile entfernt hatte – sein Elektrorasierer war dagegen intakt. Damit sagten sie ihm, daß man ihn aus Bonn herausgebracht hatte und überließ ihn so schmerzhaften Spekulationen über das Schicksal von Connal Fitzpatrick. Und doch war da eine Inkonsequenz, und damit auch ein Anlaß zur Hoffnung. Es gab keinerlei Hinweis, was mit seinem Aktenkoffer geschehen war, weder sichtbare Beweise – vielleicht ein Blatt aus einem der Dossiers – noch Andeutungen während seiner kurzen Gespräche mit Leifhelms Fahrer. Die Generale von Aquitania waren Männer von ungeheurem Stolz und Selbstbewußtsein; wenn das Material in ihren Händen wäre, hätten sie es ihn wissen lassen.

Was seine Gespräche mit dem Chauffeur anging, so beschränkten sie sich seinerseits auf Fragen und seitens des Deutschen auf disziplinierte Artigkeiten, Antworten gab er nicht – wenigstens keine, die irgendeinen Sinn ergaben.

Wie lange wird das so weitergehen? Wann werde ich einmal jemand anderen als Sie zu sehen bekommen?

Sonst ist hier niemand, Sir, nur die Angestellten. General Leifhelm ist verreist – nach Essen, glaube ich. Wir haben Anweisung, Ihnen zu essen zu geben und dafür zu sorgen, daß Sie wieder gesund werden.

Incommunicado. Er befand sich in Einzelhaft.

Aber was er zu essen bekam, hatte keine Ähnlichkeiten mit der Nahrung, die gewöhnlich Gefangenen gebracht wurde. Rinder- und Lammbraten, Koteletts, Geflügel und frischer Fisch; Gemüse, das ganz offensichtlich aus einem Garten in der Nähe stammte... Und Wein, den Joel zunächst nur zögernd trank, aber als er sich schließlich überwand, erkannte er, daß der Wein hervorragend war.

Am zweiten Tag hatte er – wie vor so vielen Jahren – mit einfacher Gymnastik begonnen. Am dritten Tag war er eine halbe Stunde auf der Stelle gelaufen und dabei ins Schwitzen gekommen, gesunder Schweiß, der ihm verriet, daß sein Kreislauf die letzten Reste der Drogen abgebaut hatte. Die Wunde an seinem Arm war natürlich noch da, aber er dachte immer seltener daran. Zum Glück war es keine ernsthafte Verletzung.

Am vierten Tag reichten ihm Fragen und Überlegungen nicht mehr. Das Eingesperrtsein und das erdrückende Wissen, von niemandem Antwort zu bekommen, zwangen ihn dazu, sich etwas anderem zuzuwenden, praktischen Erwägungen, dem, was für ihn jetzt das Wichtigste war. Flucht. Gleichgültig, wie der Versuch auch ausgehen würde, er mußte es wagen. Was für Pläne auch immer Delavane und seine Anhänger für ihn hatten, sie wollten doch ganz offensichtlich einen von Drogen freien Mann haben – höchstwahrscheinlich einen Toten, der keinerlei Narkotika mehr im Blut hatte. Andernfalls hätten sie ihn sofort töten und sich seiner Leiche irgendwie entledigen können. Ob er es wieder schaffen würde?

Er mußte hier raus. Er mußte der Welt berichten, was er wußte. Er mußte entkommen!

Converse stand auf dem hölzernen Stuhl, hatte den kurzen Vorhang beiseite geschoben und spähte durch die Gitterstäbe nach draußen. Seine Hütte oder sein Gefängnis oder was es auch sonst sein mochte, schien in einem gerodeten Waldstück zu stehen. Von allen Seiten umgab ihn, so weit sein Auge reichte, eine Mauer aus hohen Bäumen und dichtem Laubwerk. Nur zur Rechten, unter dem Fenster, war ein ausgetretener Weg zu erkennen. Die Lichtung selbst reichte höchstens sieben Meter von seiner Zelle bis zu dem dichten Grün. Er vermutete, daß es ringsum ebenso war – schließlich bot sich auch vom linken Fenster dasselbe Bild, nur daß dort kein Weg war, bloß kurze, braune Grasstoppeln. Die beiden Fenster vorn boten den einzigen Ausblick aus seiner Zelle. Alle anderen Wände waren fest verfugt, und nur im Badezimmer gab es noch eine kleine Lüftungsöffnung in der Decke.

Das einzige, was er sonst noch mit Sicherheit sagen konnte – dafür boten der Chauffeur, die Hunde und die warmen Mahlzeiten den Beweis –, war, daß er sich noch auf Leifhelms Anwesen befand und daß der Fluß nicht weit entfernt sein konnte. Er konnte ihn zwar nicht sehen, aber er war da, und das gab ihm Hoffnung – mehr als Hoffnung, ein Gefühl wilder Freude, das aus der Erinnerung kam. Schon einmal war ein Fluß sein Freund, sein Führer gewesen, am Ende sein Wegweiser, der ihn den schlimmsten Teil seiner Reise hatte überstehen lassen. Ein Seitenfluß des Huong Khe südlich von Duc Tho hatte ihn nachts lautlos unter Brücken, an Streifen und den Lagern von drei Bataillonen vorbeigeführt. Die Wellen des Rheins würden sein Pfad in die Freiheit sein, wie vor Jahren die des Huong Khe.

Jetzt tauchte der erste Dobermann auf dem Weg auf, dann das ganze Rudel. Sie hetzten auf die Tür zu, drängten sich unter den Fenstern. Der Chauffeur war mit seinem Frühstück unterwegs, einem Frühstück, wie es kein Gefangener in Einzelhaft erwarten durfte.

Der Riegel wurde zurückgezogen, dann war das Scharren des Schlüssels im Schloß zu hören, und die Tür öffnete sich. Wie er es jedesmal beim Eintreten tat, schob der Deutsche die Tür mit der rechten Hand auf, während er das Tablett auf der linken balancierte. An diesem Morgen hatte er ein umfangreiches Bündel in der Hand, das Converse im grellen Sonnenlicht nicht genauer erkennen konnte. Der Mann trat ein und stellte das Tablett nicht ganz so geschickt wie an den anderen Tagen auf den Tisch.

»Heute habe ich eine angenehme Überraschung für Sie, mein Herr. Ich habe gestern abend mit General Leifhelm telefoniert, und er hat sich nach Ihnen erkundigt. Ich sagte ihm, daß Ihre Genesung gute Fortschritte machte und daß ich Ihnen den Verband gewechselt hätte. Dabei kam ihm in den Sinn, daß Sie nichts zu lesen hätten, und darüber war er sehr verstimmt. Also bin ich vor einer Stunde nach Bonn gefahren und habe die letzten drei Ausgaben des *International Herald Tribune* gekauft.«

Der Fahrer legte die zusammengerollten Zeitungen neben das Tablett auf den Tisch.

Aber Joels Aufmerksamkeit galt nicht den Zeitungen. Sein Blick war auf den Hals und die Brusttasche der Uniform des Deutschen geheftet. Der Fahrer trug eine dünne silberne

Kette um den Hals, die in die Jackentasche führte, wo noch die Spitze einer silbernen Pfeife zu erkennen war. Joels Blick wanderte zur Tür; die Hunde hockten hechelnd da, geiferten, waren aber einigermaßen still und ruhig. Converse erinnerte sich an seine Ankunft in der Festung des Generals und den eigenartigen Engländer, der die Hunde mit einer silbernen Pfeife unter Kontrolle gehalten hatte.

»Sagen Sie Leifhelm, daß ich ihm für den Lesestoff dankbar bin, aber noch viel dankbarer wäre ich, wenn ich diesen Bau einmal ein paar Minuten verlassen könnte.«

»Ja, mit einem Flugzeugticket nach Südfrankreich an den Strand, nicht wahr?«

»Um Himmels willen, bloß für einen kleinen Spaziergang, um die Beine ein wenig bewegen zu können! Was ist denn los? Können denn Sie und Ihre geifernden Köter dort draußen nicht mit einem einzigen unbewaffneten Mann zu Rande kommen, der ein wenig Luft schnappen will? ... Nein, wahrscheinlich sind Sie viel zu feige, das einmal zu versuchen.« Joel machte eine Pause und fügte dann, die Sprechweise des anderen imitierend, hinzu: »Ich tue, was man mir befohlen hat.«

Das Lächeln des Fahrers verblaßte.

»General Leifhelm ruft mittags an, um zu hören, ob es irgend etwas Neues für ihn gibt. Ich werde ihn fragen, ob Sie ins Freie dürfen. Es ist Ihnen hoffentlich klar, daß ein Wort von mir genügt, und die Hunde zerfleischen Sie.«

»Nette Köter«, sagte Converse mit einem Blick auf das Rudel.

Es wurde Mittag, und sein Wunsch wurde ihm gewährt. Der Spaziergang sollte nach dem Mittagessen stattfinden, wenn der Fahrer sein Tablett abholen würde. Er kam, und Joel durfte nach einigen strengen Ermahnungen nach draußen. Sofort drängten sich die Hunde geifernd und mit heraushängenden Zungen um ihn. Dann setzte sich die seltsame Gruppe in Bewegung, und Joel wurde langsam mutiger, während die Hunde unter den strengen Ermahnungen des Deutschen ihr Interesse an ihm verloren. Sie liefen voraus, tobten im Gras herum und schnappten nacheinander, sahen sich aber immer wieder nach ihrem Herrn und Meister und seinem Gefangenen um. Converse ging schneller.

»Zu Hause habe ich oft gejoggt«, log er.

»Was heißt *gejoggt*?«

»Laufen. Das ist gut für den Kreislauf.«

»Wenn Sie jetzt zu laufen anfangen, ist es mit Ihrem Kreislauf gleich zu Ende. Dafür sorgen meine Hunde.«

»Ich habe auch gehört, daß manche Leute vom Joggen einen Infarkt bekommen haben«, sagte Joel und verlangsamte seinen Schritt, ohne daß seine Augen aufhörten, die Umgebung abzusuchen. Die Sonne stand unmittelbar über ihnen, er hatte also keine Möglichkeit, die Himmelsrichtung abzuschätzen.

Der Weg war wie eine gerade Linie in einem komplizierten Netz verborgener Pfade. Dickes Blattwerk säumte ihn, und häufig hingen auch Äste in den Weg. Dann kamen sie wieder an kleinen grasbewachsenen Lichtungen vorbei, die möglicherweise zu anderen Wegen führten, aber sicher konnte Joel nicht sein. Schließlich erreichten sie eine Gabelung, das rechte Wegstück führte in eine Art Tunnel aus grünem Blattwerk. Die Hunde liefen instinktiv darauf zu, blieben aber stehen, als der Chauffeur ihnen in deutscher Sprache einen Befehl zurief. Sie wirbelten herum, stürzten wild durcheinander und kehrten zu der Gabelung zurück. Dann hetzten sie wieder auf den breiteren Weg zu, der nach links führte. Jetzt begann ein leichter Anstieg, die Bäume waren hier etwas niedriger, das Gebüsch dichter. Wind, dachte Converse. Ein Talwind; ein Wind, der aus einem Einschnitt in der Erde heraufwehte, die Art von Wind, wie sie Piloten kleiner Flugzeuge bei Wetterwechsel instinktiv vermieden. Ein Fluß.

Hier mußte er sein. Zu seiner Linken; sie bewegten sich in östlicher Richtung. Der Rhein lag unter ihnen, anderthalb Kilometer hinter den letzten Bäumen. Er hatte genug gesehen. Er begann hörbar zu atmen. Die Erleichterung, die er empfand, war ungeheuer. Er befand sich wieder an den Ufern des Huong Khe, des dunklen Rettungspfades, der ihn von den Käfigen am Mekong und den Zellen und den Chemikalien in die Freiheit führen würde. Er hatte es schon einmal geschafft; er würde es wieder schaffen!

»Okay, Feldmarschall«, sagte er zu Leifhelms Fahrer und sah auf das silberne Pfeifchen, das in der Tasche des Deutschen steckte. »Ich bin doch nicht so gut in Form, wie ich glaubte. Das ist ja ein Berg! Haben Sie denn hier keine ebenen Weiden oder Grasflächen?«

»Ich tue, was man mir aufträgt, mein Herr«, erwiderte der Mann und grinste. »Die liegen näher am Hauptgebäude. Sie müssen Ihren Spaziergang hier machen.«

»Dann muß ich hier danke sagen, und zwar nein, danke. Führen Sie mich zu meiner kleinen Waldhütte zurück, dann spiele ich Ihnen eine kleine Melodie vor.«

»*Was?*«

»Ich bin müde und habe die Zeitungen noch nicht zu Ende gelesen. Ehrlich, ich will Ihnen danken. Ich habe wirklich Luft gebraucht.«

»Sehr gut. Sie sind nett.«

»Sehr liebenswürdig. Wenn Sie einmal einen guten Anwalt brauchen...«

Converse stand auf dem hölzernen Stuhl unter dem Fenster auf der linken Türseite. Er mußte jetzt warten, bis er die Hunde zu Gesicht bekam; anschließend hatte er noch zwanzig oder dreißig Sekunden. Die Wasserhähne im Bad waren aufgedreht, die Tür stand offen; die Zeit reichte gerade aus, um durchs Zimmer zu laufen, die Toilettenspülung zu betätigen, die Türe zu schließen und zu dem Stuhl zurückzulaufen. Aber er würde nicht wieder hinaufsteigen. Er würde ihn mit beiden Händen packen. Die Sonne sank schnell; in einer Stunde würde es dunkel sein. Die Dunkelheit war schon einmal sein Freund gewesen – vor Jahren –, so wie die Wellen eines Flusses sein Freund gewesen waren – vor Jahren. Sie mußten wieder seine Freunde sein. Das *mußten* sie!

Zuerst waren nur die Geräusche zu hören – ihr Schnauben und das Geräusch ihrer Pfoten, dann war ihr schimmerndes schwarzes Fell zu sehen. Joel rannte ins Badezimmer, zählte die Sekunden, wartete, daß der Riegel zurückgezogen wurde. Da war das Geräusch – er zog die Spülung, drehte sich um, schloß die Tür und rannte zum Stuhl zurück. Er hob ihn hoch, stemmte die Beine fest auf den Boden und wartete. Die Tür öffnete sich eine Handbreit – nur Sekunden noch –, dann schob die rechte Hand des Deutschen sie auf.

»Herr Converse? Wo sind...? Ach, die Toilette.«

Der Chauffeur trat mit dem Tablett ein, und Joel schmetterte den Stuhl mit aller Kraft auf den Schädel des Deutschen nieder. Der Fahrer verlor das Gleichgewicht, Tablett und Geschirr klirrten zu Boden. Er war betäubt, weiter nichts. Converse trat die Tür zu und ließ den schweren Stuhl noch ein paarmal auf den Schädel des Chauffeurs herunterkrachen, bis der Mann zusammensackte, Kopf und Gesicht blutüberströmt.

Die Phalanx der Hunde warf sich gegen die geschlossene Tür, geifernd, bellend, kratzend...

Joel packte die silberne Kette, streifte sie dem bewußtlosen Deutschen über den Kopf und zog das silberne Pfeifchen aus dessen Jackentasche. In dem Silberrohr waren vier winzige Löcher; jedes hatte eine Bedeutung. Er zog den zweiten Stuhl an das Fenster zur Rechten der Tür, stieg hinauf und hielt die Pfeife an die Lippen. Er deckte das erste Loch ab und blies in das Mundstück. Kein Laut war zu hören, aber das war belanglos. Die Dobermanns stürzten sich in selbstmörderischer Wut gegen die Tür. Er legte den Finger auf das zweite Loch und blies.

Das verwirrte die Hunde; sie umkreisten einander, schnappten, kläfften, knurrten, ließen aber nicht von der Tür ab. Er legte den Finger auf das dritte Loch und blies mit aller Kraft.

Plötzlich erstarrten die Hunde in ihrer Bewegung. Ihre Ohren richteten sich auf, zuckten leicht – sie warteten auf ein zweites Signal. Wieder blies er, wieder mit ganzer Kraft. Das war der Laut, auf den sie gewartet hatten. Das ganze Rudel setzte sich gleichzeitig in Bewegung, stürzte rechts unter dem Fenster vorbei und hetzte zu einem anderen Ort, wohin der letzte Pfiff sie befohlen hatte.

Converse sprang vom Stuhl und kniete neben dem bewußtlosen Deutschen nieder. Schnell durchsuchte er die Taschen des Fahrers, nahm ihm die Brieftasche und alles Geld ab, dann die Armbanduhr... und die Waffe. Einen Augenblick lang sah Joel die Pistole an, er verabscheute die Erinnerung, die sie in ihm wachrief. Dann schob er sie sich in den Gürtel und ging zur Tür.

Draußen zog er die schwere Tür hinter sich zu. Er hörte, wie das Schloß einschnappte, und schob den Riegel vor. Joel lief den alten Weg hinunter und versuchte zu schätzen, wie weit es bis zu der Stelle war, wo der Weg sich gabelte und es den Hügel hinaufging, von dem aus er den Rhein sehen würde. Es waren eigentlich nur zweihundert Meter, aber die vielen Biegungen und das dichte Grün ließen den Weg länger erscheinen. Wenn er sich richtig erinnerte – und er kam sich wie ein Pilot ohne Instrumente vor, der auf Sicht flog –, war der Weg nach der Gabelung vielleicht zwanzig Meter flach verlaufen.

Jetzt erreichte er die Stelle und beschleunigte seinen Lauf.

Stimmen! Zornig, fragend? Nicht weit entfernt, näherkommend! Er warf sich in die Büsche zu seiner Rechten, wälzte sich über das spitze Geäst, bis er kaum noch durch das Blattwerk sehen konnte. Zwei Männer tauchten auf, sie redeten laut miteinander.

»*Was die Hunde nur haben?!*«

»*Die sollten doch bei Heinrich sein!*«

Joel verstand nicht, was sie sagten; er wußte nur, während sie an ihm vorübergingen, daß sie zur Hütte gingen. Und ebenso wußte er, daß sie dort keine Zeit vergeuden, sondern sofort handeln würden. Das bedeutete, daß sämtliche Alarmanlagen in Leifhelms Festung ausgelöst werden würden. Die Zeit, die ihm noch zur Verfügung stand, war jetzt in Minuten zu messen, und er hatte noch eine beträchtliche Wegstrecke vor sich. Vorsichtig kroch er auf Händen und Füßen aus dem Buschwerk heraus. Die Deutschen waren jetzt hinter einer Biegung verschwunden. Er richtete sich auf und lief auf die Weggabelung zu.

Die drei Wachen an dem riesigen Eisentor, das Leifhelms Villa von der Außenwelt abschirmte, waren verwirrt. Das Dobermannrudel rannte ungeduldig auf der Rasenfläche herum, sichtlich verwirrt.

»Was haben die denn?« fragte einer.

»Ich versteh' das nicht«, erwiderte der zweite.

»Heinrich muß sie losgelassen haben, aber warum?« sagte der dritte.

»Das werden wir schon erfahren«, murmelte der erste Posten und zuckte die Schultern. »Sonst rufen wir in ein paar Minuten an.«

»Mir gefällt das nicht!« rief der zweite. »Ich rufe sofort an!«

Der erste Posten ging in das Wachhäuschen und hob den Telefonhörer ab.

Converse jagte den Hügel hinauf, sein Atem ging keuchend, seine Lippen waren trocken, sein Puls hämmerte in den Ohren. Da! Jetzt hatte er klare Sicht, seine Vermutung bestätigte sich! Er wurde noch schneller, spürte den Wind, der ihm ins Gesicht peitschte. Er rannte durch die offenen Lichtungen eines anderen Dschungels, und es gab keine Mitgefangenen, um die er sich sorgen mußte. Es gab nur noch die Empörung in ihm, die ihn antrieb, alle Hindernisse zu durchbrechen und irgendwie, irgendwo zurückzuschlagen gegen diejenigen, die ihn nackt ausgezogen, ihm die Unschuld geraubt und... *verdammt*... ihn zu einem Tier gemacht hatten! Ein freundliches, menschliches Geschöpf, ohne Haß, war in ein haßerfülltes Wesen verwandelt worden. Und jetzt würde er zurückschlagen, gegen sie alle, alle Feinde, alle *Tiere*!

Er war jetzt am Fuß des Hügels angelangt, und Bäume und Unterholz bildeten aufs neue eine Mauer, die es zu durchdringen galt. Aber er hatte sich jetzt orientiert, kannte die Richtung. Ganz gleich, wie dicht das Gehölz auch war, er mußte einfach dafür sorgen, daß die letzten Strahlen der Sonne zu seiner Linken blieben, er mußte nach Norden laufen, dann würde er schließlich den Fluß erreichen.

Kurze Explosionen ließen ihn herumfahren. Fünf Pistolenschüsse folgten in der Ferne dicht hintereinander. Es war leicht, sich das Ziel vorzustellen: Holz, das ein Schloß in der Tür einer Waldhütte umgab. Jemand hatte sich gewaltsam Zutritt zu seinem Gefängnis verschafft. Die Minuten liefen ab.

Und dann hallten zwei deutlich zu unterscheidende Geräusche durch das zwielichtige Grün – zuerst die schrillen Töne einer Sirene und dann, sich in den hysterisch gellenden Lärm mischend, das Bellen rennender Hunde. Der Alarm war ausgelöst worden; jetzt würde jemand Kleidungsstücke und Laken aus seinem Bett gegen die Nasen der Hunde drücken, und dann würden die Jäger ihn hetzen, gnadenlos – ihre Beute stellen –, mit dem einzigen Ziel, ihn zu zerfleischen.

Converse warf sich in die grüne Wand und lief, so schnell er konnte, wich aus, duckte sich, taumelte mit ausgestreckten Armen nach links und rechts, schob Äste und Zweige zur Seite, die ihm ins Gesicht peitschten, stolperte immer wieder über Wurzeln und Steine. Er stolperte so oft, daß er es nicht mehr zählen konnte, und jedesmal, wenn er sich wieder aufrappelte und Atem holte, konnte er das Bellen der Hunde irgendwo zwischen der Weggabelung und dem Ufergebüsch hören. Sie waren näher gekommen! Sie befanden sich jetzt im Wald, kläfften, knurrten, hatten nur das eine Ziel, ihr verhaßtes Opfer zu stellen.

Das *Wasser*! Er konnte das Wasser zwischen den Bäumen sehen! Der Schweiß rann ihm über das Gesicht, brannte salzig in den Augen, ließ ihn die Kratzer und Schrammen am Hals und im Gesicht deutlich spüren, durchtränkte sein Hemd. Die Hände bluteten von der rauhen Borke, an der er immer wieder Halt suchte.

Er stürzte, sein Fuß rutschte in ein Loch, das irgendein Tier gegraben hatte, blieb hängen, und ein stechender Schmerz schoß durch seinen Knöchel.

Er stand auf, zerrte an seinem Bein, befreite den Fuß und versuchte, hinkend weiterzurennen. Die Hunde holten auf, ihr Kläffen wurde lauter und wilder; sie hatten jetzt seine Witterung aufgenommen, und der Geruch von frischem

Schweiß stachelte sie weiter an, wie rasend folgten sie seiner Spur.

Das Flußufer! Weicher Schlamm und Abfälle drehten sich im ruhigen Wasser einer kleinen Bucht, bis die Strömung den Unrat mit sich reißen würde. Joel griff nach dem Kolben der Waffe des Chauffeurs, nicht um sie herauszuziehen, sondern um sie im Gürtel zu sichern, während er ans Ufer hinunterhinkte und nach dem besten Zugang zum Wasser Ausschau hielt.

Er hörte bis zum letzten Augenblick nichts – und da kam das mächtige Brüllen aus den Schatten, und der riesige Leib eines Tieres flog über das Flußufer, direkt auf ihn zu. Der riesige Hundeschädel glich einer monströsen Fratze mit Flammenaugen und aufgerissenem Maul, in dem die Zähne weiß blitzten. Converse ließ sich auf die Knie fallen, der Dobermann flog über seine rechte Schulter und riß ihm das Hemd mit den Zähnen auf. Die Wucht des Aufpralls ließ das Tier kopfüber in den Schlamm stürzen. Wild um sich schnappend wälzte sich der Hund zur Seite und stemmte sich auf den Hinterbeinen wieder hoch, um erneut zum Sprung anzusetzen.

Converse hielt schon die Pistole in der Hand, feuerte, traf den Schädel der Bestie, Blut und Hirnmasse spritzten auf.

Der Rest des Rudels stürzte jetzt aufs Ufer zu – ohrenbetäubendes Kläffen und Knurren verkündete das Herannahen der Meute. Joel warf sich ins Wasser und schwamm, so schnell er konnte, vom Ufer weg. Die Waffe behinderte ihn, aber er wußte, daß er sie nicht loslassen durfte.

Vor Jahren – Jahrhunderten – hatte er verzweifelt eine Waffe gebraucht. Er hatte gewußt, daß sie den Unterschied zwischen Leben und Tod bedeutete, und hatte sich doch fünf Tage lang keine beschaffen können. Aber an jenem fünften Tag hatte er an den Ufern des Huong Khe eine gefunden. Halb untergetaucht war er an einer Streife vorbeigeschwommen, deren Anführer er zehn Minuten später flußabwärts entdeckte – ein Mann vielleicht mit zornigen Gedanken, die ihn zu schnellerer Gangart angestachelt hatten, oder vielleicht gelangweilt, mit der Absicht, ein paar Augenblicke für sich allein zu sein. Wie auch immer. Converse hatte ihn mit einem Stein getötet, den er im Flußbett gefunden hatte, und ihm die Waffe abgenommen. Zweimal hatte er mit jener Waffe geschossen und sich zweimal dadurch das Leben gerettet. Bis er schließlich südlich von Phu Loc eine vorgeschobene Einheit der eigenen Truppen gefunden hatte.

Während er jetzt gegen die Strömung des Rheins ankämpfte, erinnerte sich Joel plötzlich. Dies war der fünfte Tag seiner Gefangenschaft in Leifhelms Gefängnis, diesmal war es keine Dschungelzelle gewesen, aber nichtsdestoweniger Gefangenschaft. Er hatte es geschafft, er hatte es wirklich geschafft! Und am fünften Tage besaß er eine Waffe!

Der Fluß lag jetzt im Schatten, die Uferböschung versperrte den Strahlen der sinkenden Sonne den Weg. Joel schwamm auf der Stelle und sah zurück. Am Ufer liefen die Hunde verwirrt im Kreis herum und beschnüffelten den getöteten Leithund. Plötzlich schossen breite Lichtbalken durch die Bäume. Converse schwamm weiter hinaus. Auch im Mekong hatte er die Suchscheinwerfer überlebt. Sie machten ihm auch jetzt keine Angst; er hatte das alles schon einmal erlebt und wußte, daß er gesiegt hatte.

Er ließ sich von der Strömung in östliche Richtung treiben. Irgendwo würden Lichter sein, Lichter, die ihm Unterkunft versprachen und Zugang zu einem Telefon. Er mußte jetzt seine Anklageschrift vorbereiten, und er würde es schaffen. Aber der Anwalt in ihm sagte ihm, daß ein Mann mit einer bandagierten Schußwunde, in durchnäßter Kleidung, der die Leute in einer fremden Sprache ansprach, den Gefolgsleuten von George Marcus Delavane nicht gewachsen sein konnte. Sie würden ihn finden. Er mußte es also anders anpacken. Mit irgendeiner List. Er brauchte ein Telefon. Er mußte ein Überseegespräch führen. Er mußte es schaffen! Der Rhein war jetzt seine Lebensader.

Mit gleichmäßigen Zügen schwimmend, die Waffe immer noch in der Hand, sah er in der Ferne die Lichter eines Dorfes.

18

Valerie runzelte die Stirn, sie stand mit dem Telefonhörer am Ohr in ihrem Atelier. Ihr Blick wanderte über die von der Sonne beleuchteten Dünen vor den Glastüren, doch ihre Gedanken konzentrierten sich ganz auf die Worte, die sie hörte, Worte, die Dinge andeuteten, ohne sie auszusprechen. »Larry, was ist denn *los*?« unterbrach sie, weil sie einfach nicht länger an sich halten konnte. »Joel ist nicht nur Angestellter oder Juniorpartner; er ist Ihr Freund! Das klingt ja gerade, als wollten Sie eine Anklageschrift gegen ihn vorbereiten. Wie heißt das in Ihrer Juristensprache immer? . . . Indizienbeweis, das ist es. Er war hier, er war dort; jemand hat dies und jemand anderer jenes gesagt.«

»Ich versuche zu *begreifen*, Val«, protestierte Talbot in seinem New Yorker Büro. »Und Sie müssen auch versuchen, es zu begreifen. Es gibt vieles, was ich Ihnen nicht sagen kann, weil Leute, auf deren Amt ich Rücksicht nehmen muß, von mir verlangt haben, daß ich wenig oder am besten überhaupt nichts sage. Ich lege diese Bitte ziemlich großzügig aus, weil Joel mein Freund *ist* und ich helfen möchte.«

»Also gut, dann fangen wir noch einmal von vorne an«, sagte Valerie. »Worauf wollen Sie eigentlich hinaus?«

Talbot schwieg einen Augenblick, und dann stieß er die Worte schnell heraus, ganz leise, und wieder konnte man merken, daß sie ihm zuwider waren. »Es heißt, er hätte ohne jeden Grund einen Mann in Paris angegriffen. Der Mann ist gestorben.«

»*Nein*, das ist unmöglich! Das hat er nicht getan. Das *könnte er gar nicht tun*!«

»Das hat er mir auch gesagt, aber er hat gelogen. Er sagte mir, er sei in Amsterdam, aber das war er nicht. Er sagte, er würde nach Paris zurückkehren, um das aufzuklären, aber das hat er nicht getan. Er war in Deutschland – er ist *immer noch* irgendwo in Deutschland. Er hat das Land noch nicht verlassen und wird von Interpol gesucht; die suchen überall. Man hat ihn aufgefordert, sich der amerikanischen Botschaft zu stellen, aber das hat er abgelehnt. Er ist verschwunden.«

»O mein *Gott*, ihr seht das alles völlig *falsch*!« platzte Valerie heraus. »Ihr *kennt* ihn nicht! Wenn das passiert ist, was Sie sagen, dann ist er als erster angegriffen worden – *körperlich* angegriffen – und hatte keine andere Wahl als zurückzuschlagen.«

»Ein unparteiischer Zeuge, der keinen der beiden Männer kannte, hat es anders dargestellt.«

»Dann ist er nicht unparteiisch, dann lügt er! . . . Hören Sie, ich habe vier Jahre lang mit diesem Mann zusammengelebt, und abgesehen von ein paar kurzen Reisen die ganze Zeit hier in New York City. Ich habe selbst gesehen, wie er von Betrunkenen angegriffen wurde – von Gaunern, die er einfach hätte zusammenschlagen können, vielleicht hätte er das manchmal auch tun sollen –, aber ich habe kein einziges Mal erlebt, daß er auch nur einen Schritt nach vorn getan hätte. Er hat nur die Hände gehoben und ist weitergegangen . . .«

»Val, ich möchte Ihnen glauben. Ich möchte glauben, daß es Notwehr war, aber er ist weggelaufen, er ist verschwunden. Die Botschaft kann ihm helfen, ihn schützen, aber er will sich nicht stellen.«

»Dann hat er Angst. *Das* ist möglich, aber es dauerte immer nur ein paar Minuten, gewöhnlich nachts, wenn er aufwachte. Er schoß dann in die Höhe, die Augen so fest zusammengepreßt, daß sein ganzes Gesicht nur aus Falten bestand. Aber es hat nie lange gedauert, und er sagte, das sei etwas völlig Natürliches, und ich sollte mir keine Sorgen machen – er täte das auch nicht, hat er gesagt. Und ich glaube, das stimmte auch; er wollte, daß das alles in seiner Vergangenheit begraben blieb, er hat nie etwas davon erwähnt, aber . . . *Genf*. Diese schreckliche Sache in Genf!«

»Wenn da eine Verbindung vorliegt – und daran haben Nathan und ich natürlich sofort gedacht –, dann steckt die so tief vergraben, daß man nichts herausfinden kann.«

»Aber so muß es sein. Dort hat alles angefangen.«

»Vorausgesetzt, daß Ihr Mann bei Verstand ist.«

»Er ist nicht mein Mann, und er *ist* bei Verstand!«

»Die Narben, Val. Es muß Narben gegeben haben. Sie haben mir da recht gegeben.«

»Aber nicht die Art Narben, von der Sie sprechen. Er würde niemanden töten oder lügen oder wegrennen. Das ist *nicht* Joel! Das paßt nicht zu ihm – hat nie zu ihm gepaßt!«

»Sie sind erregt.«

»Da haben Sie verdammt recht, daß ich das bin. Weil Sie nach Erklärungen suchen, die zu dem passen, was man Ihnen *gesagt* hat. Was jene Leute Ihnen gesagt haben, von denen Sie behaupten, Sie müßten sie respektieren.«

»Nur in dem Sinne, daß sie sehr gut informiert sind – sie haben Zugang zu Informationen, die uns versperrt sind. Und dahinter steht die Tatsache, daß diese Leute nicht die leiseste Ahnung davon hatten, wer Joel Converse war, bis die Anwaltskammer ihnen die Adresse und Telefonnummer von Talbot, Brooks and Simon gegeben hat.«

»Und Sie haben ihnen geglaubt? Bei alldem, was Sie über Washington wissen, haben Sie das denen einfach abgenommen? Wie oft ist denn Joel von einer Reise nach Washington zurückgekommen und hat zu mir genau das Gegenteil gesagt? ›Larry sagt, die lügen. Die wissen nicht, was sie tun sollen, also lügen sie.‹«

»Valerie«, sagte der Anwalt streng. »Hier geht es nicht um eine bürokratische Freigabe, und nach all den Jahren glaube ich, daß ich durchaus den Unterschied zwischen jemandem, der ein Spielchen treibt, und einem Mann, der wirklich zornig ist, erkennen kann – zornig und besorgt, sollte ich vielleicht hinzufügen. Der Mann, der an mich herangetreten ist, war ein Undersecretary of State – ich habe zurückgerufen, um sicherzugehen –, er hat mir nichts vorgespielt. Er war wütend, erschüttert, und, wie ich schon sagte, ein sehr besorgter Mann.«

»Was haben Sie ihm gesagt?«

»Die Wahrheit natürlich. Nicht nur, weil das das Richtige war, sondern auch, weil es Joel nichts nützen würde, wenn ich es nicht getan hätte. Wenn er krank ist, braucht er Hilfe, nicht einen Komplizen.«

Valerie starrte auf die Reflexe der untergehenden Sonne auf den Wellen vor Cap Ann hinaus. »Larry, ich habe Angst.«

Chaim Abrahms trat ins Zimmer, der Tritt seiner schweren Stiefel hallte durch den Raum. »Er hat es also geschafft!« schrie der Israeli. »Die Mossad hat recht gehabt, er ist ein Höllenhund!«

Erich Leifhelm saß hinter seinem Schreibtisch. Außer ihm war niemand in dem Arbeitszimmer, dessen Wände mit Bücherregalen bedeckt waren. »Streifen, Alarm, *Hunde*!« rief der Deutsche und schlug mit der Faust auf die rote Schreibunterlage. »Wie hat er das nur *angestellt*?«

»Ich wiederhole – ein Höllenhund –, so hat unser Spezialist ihn genannt. Je länger man ihn zurückhält, desto zorniger wird er. Das reicht weit zurück. Also beginnt unser *provocateur* seine Odyssee, ehe wir es geplant haben. Hatten Sie Verbindung mit den anderen?«

»Ich habe London angerufen«, sagte Leifhelm und atmete tief ein. »Er wird Paris verständigen, und dann wird Bertholdier die Einheiten aus Marseille kommen lassen, eine nach Brüssel und die andere hierher nach Bonn. Wir dürfen keine Stunde verlieren.«

»Sie suchen ihn natürlich.«

»Selbstverständlich! Jeder Zentimeter des Rheinufers wird in beiden Richtungen abgesucht. Jede Seitenstraße, jeder Weg, der vom Fluß in die Stadt führt.«

»Er kann Ihnen entkommen, das hat er bewiesen.«

»Wo soll er denn hingehen? Zu seiner eigenen Botschaft? Dort ist er ein toter Mann. Zur Polizei von Bonn? Man wird ihn in einen gepanzerten Wagen stecken und hierher zurückbringen. Er kann nirgendwohin.«

»Das habe ich gehört, als er Paris verließ, und ein zweites Mal, als er nach Bonn flog. An beiden Orten sind Fehler begangen worden, die beide *viele* Stunden gekostet haben. Ich sage Ihnen, ich mache mir jetzt mehr Sorgen als irgendwann in drei Kriegen und einem ganzen Leben voller Gefechte.«

»Seien Sie doch vernünftig, Chaim, und versuchen Sie,

ruhig zu bleiben. Er besitzt keine Papiere, keinen Paß, kein Geld. Er spricht nicht Deutsch...«

»Geld hat er!« schrie Abrahms, der sich plötzlich erinnerte. »Als er unter Drogen stand, sprach er von einer großen Summe, die man ihm in Genf versprochen und in Mykonos übergeben hat.«

»Und wo ist das Geld?« fragte Leifhelm. »In diesem Schreibtisch, da ist es. Fast siebzigtausend amerikanische Dollar. Er hat nichts in der Tasche, keine Uhr, keinen Schmuck. Ein Mann in schmutziger, durchnäßter Kleidung, ohne Papiere, ohne Geld – wenn der irgend jemandem weismachen will, daß *General* Leifhelm ihn eingesperrt hat, dann würde man ihn ohne Zweifel als Vagabund oder Psychopath oder beides ins Gefängnis stecken. Und in diesem Falle werden wir sofort informiert, und dann bringen ihn unsere Leute zu uns. Und bedenken Sie auch eines, morgen früh um zehn Uhr macht das überhaupt keinen Unterschied mehr. Das war *Ihr* Beitrag, ein geschickter Schachzug der Mossad.«

Abrahms stand vor dem riesigen Schreibtisch, die Arme vor seiner Safarijacke verschränkt. »Also haben der Jude und der Feldmarschall alles in Bewegung gesetzt. Ist das nicht spaßig, Nazi?«

»Nicht so spaßig, wie Sie denken, Jude. Das Unreine liegt ebenso wie das Schöne im Auge des erschreckten Betrachters. Sie sind nicht mein Feind, das waren Sie nie. Wenn damals mehr Leute Ihre Überzeugung, Ihren Mut besessen hätten, hätten wir nie den Krieg verloren.«

»Das weiß ich«, sagte Abrahms. »Ich habe zugesehen und gelauscht, als ihr am Kanal standet. Damals habt ihr den Krieg verloren. Ihr wart schwach.«

»Das waren nicht *wir*! Das waren diese feigen *Anfänger* in Berlin!«

»Dann sorgen Sie nur dafür, daß die aus dem Spiel bleiben, wenn wir eine *wahrhaft* neue Ordnung schaffen, Deutscher. Wir können uns Schwäche nicht leisten.«

»Sie machen es mir nicht leicht, Chaim!«

»Das ist auch nicht meine Absicht.«

Joel schwamm, so schnell er konnte, auf das Ufer zu und tauchte jedesmal unter Wasser, wenn ein Scheinwerferbalken auf ihn zukam. Das Boot war eine große Motorbarkasse, deren tieftönende Motoren erkennen ließen, über wieviel Kraft sie verfügten. Das Boot hielt sich dicht am Ufer und schoß dann wieder in die Flußmitte, wenn dort irgendein Gegenstand zu sehen war.

Converse spürte unter sich weichen Schlamm; halb schwamm er, halb kroch er auf den dunkelsten Punkt am Ufer zu, die Pistole des Chauffeurs sicher im Gürtel. Jetzt näherte sich das Boot wieder, und sein greller Scheinwerferstrahl studierte jeden Flecken Wasser, jeden Ast und jeden Zweig im Ufergehölz. Joel atmete tief ein und tauchte langsam unter, das Gesicht nach oben gewandt, die Augen offen, sein Gesichtsfeld ein schlammiges, verschwommenes Stück Wasseroberfläche. Der Scheinwerferstrahl wurde heller und schien eine Ewigkeit lang über ihm zu schweben. Joel schob sich etwas nach links, dann entfernte sich der Lichtstrahl. Jetzt tauchte Joel auf, die Lungen drohten ihm zu bersten; doch er wußte, daß er keinen Laut von sich geben durfte. Er durfte jetzt seine Lungen nicht mit Luft vollpumpen. Denn über ihm, unmittelbar, weniger als zwei Meter entfernt, ragte das breite Heck der Motorbarkasse auf und dümpelte im Wasser, als hätte man die Maschinen gestoppt. Die dunkle Gestalt eines Mannes spähte durch einen riesigen Feldstecher ans Flußufer.

Converse war verwirrt; es war viel zu dunkel, als daß man irgend etwas hätte sehen können. Dann erinnerte er sich wieder und begriff, weshalb das Glas so groß war. Der Mann betrachtete das Ufer durch ein Infrarotglas; die Streifen in Südostasien hatten sie benutzt, und sie hatten häufig den Unterschied zwischen Leben und Tod bedeutet. Sie ließen Gegenstände in der Finsternis erkennen; Soldaten, Wachen, alles.

Lautlos tauchte Converse wieder unter und schwamm an dem Boot vorbei. Sekunden später hob er den Kopf wieder über das Wasser. Jetzt hatte er ein freies Blickfeld und begann die eigenartigen Manöver von Leifhelms Streife zu verstehen. Hinter der dunkelsten Stelle des Flußufers, wo er Zuflucht gesucht hatte, waren die Lichter, die er vor acht oder neun Minuten gesehen hatte. Er hatte geglaubt, es handle sich um die Lichter eines kleinen Dorfes, aber so etwas gab es in diesem Teil der Welt nicht. Das Licht kam vielmehr von vier oder fünf kleinen Häusern, einer Flußkolonie mit einer gemeinsamen Anlegestelle, vielleicht Sommerhäuser von wohlhabenden Leuten.

Aber wenn da Häuser und eine Anlegestelle waren, dann mußte es auch eine Straße geben – eine Zufahrt zu den Straßen, die nach Bonn und in die umliegenden Städte führten. Leifhelms Männer kämmten jeden Zentimeter Boden am Ufer ab, vorsichtig, lautlos, und die Lichtbalken der Scheinwerfer waren nach unten gerichtet, um die Bewohner nicht zu alarmieren oder den Flüchtling zu warnen, falls der die Häuser schon erreicht hatte und zu den Straßen unterwegs war. In mancher Hinsicht war es für Joel wieder so wie auf dem Huong Khe, nur daß die Hindernisse, die ihm diesmal im Wege standen, viel weniger primitiv, aber um nichts weniger tödlich waren. Und damals, ebenso wie jetzt, galt es zu warten, in dem schwarzen Schweigen zu warten, den Jägern die Initiative zu überlassen.

Plötzlich schob sich die Barkasse an die Anlegestelle heran, ihre kräftigen Doppelschrauben wühlten das Wasser auf, ein Mann sprang mit einer schweren Leine vom Bug und befestigte sie an einem Poller. Weitere Männer folgten, hasteten über die kurze Pier und die Böschung hinauf, trennten sich und liefen auf das erste Haus zu. Was sie taten, war offensichtlich: ein Mann würde sich an dem Gebüsch neben der Einfahrt postieren, während seine Kollegen bei den Hausbewohnern nachfragten, ob man jemandem Zuflucht gewährt hätte – die Nervosität würde die Bewohner verraten, angsterfüllte Blicke oder Schlammspuren auf dem Boden.

Joels Arme und Beine begannen sich wie schwere Gewichte anzufühlen, die er kaum halten, geschweige denn bewegen konnte, aber er hatte keine Wahl. Der Scheinwerferbalken tastete immer wieder den Uferstreifen auf und ab. Ein Kopf, der im falschen Augenblick durch die Wellen kam, würde sofort zur Zielscheibe werden. *Huong Khe. Du mußt im Schilf bleiben. Tu es! Du darfst nicht sterben!*

Er wußte, daß er höchstens dreißig Minuten warten mußte, aber ihm kam es vor wie dreißig Stunden oder dreißig Tage auf dem Folterbett. Schließlich sah er mit wassergefüllten Augen, wie die Männer zurückkehrten. Einer, zwei ... drei? ... Sie rannten an die Anlegestelle hinunter zu dem Mann, der die Leine festgemacht hatte. *Nein!* Der Mann, der beim Boot geblieben war, war nach vorn gelaufen! Joels Augen tränten und begannen ihn zu täuschen! Nur zwei Männer waren auf das Dock gelaufen und der erste hatte sich zu ihnen gesellt, Fragen gestellt. Jetzt lief er zu dem Poller zurück und löste die Leine; die zwei anderen sprangen an Bord. Der erste Mann schloß sich wieder seinen Gefährten an, die jetzt am Bug der Barkasse standen – nur einen hatten sie am Ufer zurückgelassen, einen einsamen Beobachter, der irgendwo unsichtbar zwischen dem Flußufer und der Straße Wache hielt. *Huong Khe.* Ein Posten, der sich von seiner Streife getrennt hatte.

Die Motorbarkasse löste sich vom Dock und schoß kaum zwei Meter von Joel entfernt vorbei, und die Kielwelle traf ihn mit voller Wucht. Wieder hielt das Boot auf das Ufer zu und verlangsamte seine Fahrt. Der Scheinwerfer spähte noch einmal in das dichte Grün, dann nahm das Boot Kurs nach Westen, zurück zu Leifhelms Villa. Converse hielt den Kopf über Wasser, den Mund weit geöffnet, schluckte alle Luft, die er aufnehmen konnte, während er sich langsam – ganz langsam – auf das Ufer zubewegte. Er zog sich im nassen Schilf in die Höhe, bis er trockenen Boden unter sich fühlte. *Huong Khe.* Er zog das Grün so nahe an sich heran, daß es schließlich sein Gesicht bedeckte. Er wollte ausruhen, bis er spürte, wie das Blut wieder gleichmäßig durch seinen Körper pulse, bis seine Nackenmuskeln sich entspannten – es war immer der Nacken; das war das Warnsignal –, erst dann konnte er sich mit dem Mann befassen, der auf dem dunklen Hügel über ihm Wache hielt.

Er hatte ein wenig vor sich hin gedöst, bis ihn eine klatschende Welle wieder in die Wirklichkeit zurückrief. Er schob

Äste und Blätter von seinem Gesicht und sah auf die Uhr des Chauffeurs, die er sich über das Handgelenk gestreift hatte, sah mit zusammengekniffenen Augen auf das schwache Leuchtzifferblatt. Er hatte fast eine Stunde geschlafen – unruhig zwar, und jedes noch so leise Geräusch hatte ihn die Augen wieder öffnen lassen, aber er hatte sich ausgeruht. Er rollte den Kopf hin und her, bewegte Arme und Beine. Alles tat immer noch weh, aber der bohrende Schmerz war verschwunden. Und jetzt mußte er sich um den Mann kümmern, der auf dem Hügel über ihm lauerte. Er versuchte, seine Gedanken zu ordnen. Natürlich hatte er Angst, aber sein Zorn würde diese Angst unter Kontrolle halten; er wußte das aus Erfahrung.

Er kroch auf Händen und Füßen durch das Buschwerk, das den Feldweg säumte, der sich vom Fluß den Hügel hinaufschlängelte. Jedesmal, wenn ein Zweig knackte oder sich ein Stein löste, hielt er inne und wartete darauf, daß der Augenblick sich wieder in die Geräusche des Waldes auflöste. Immer wieder sagte er sich, daß er im Vorteil war; niemand erwartete ihn. Das half ihm, der Angst vor der Dunkelheit entgegenzuwirken und dem Wissen, daß ihm eine physische Konfrontation bevorstand. So wie der vietnamesische Streifensoldat vor Jahren am Huong Khe, besaß der Mann über ihm Dinge, die er brauchte. Der Kampf war nicht zu vermeiden, es war also am besten, nicht darüber nachzudenken. Er mußte alle Gefühle aus seinem Bewußtsein löschen und es einfach tun. Aber auf die richtige Weise, auch das mußte er sich klarmachen. Es durfte kein Zögern geben – kein Eindringen von Gedanken – und keinen Schuß, nur kalten Stahl.

Er sah ihn, eine Silhouette, die sich im fernen Schein einer einzeln stehenden Straßenlampe weit oben abzeichnete. Der Mann stand – lehnte – an einem Baumstamm und blickte nach unten. Er stand so, daß er alles sehen konnte, was sich unter ihm abspielte. Die Wegstücke, die Joel auf Händen und Knien zurücklegte, schrumpften auf wenige Zentimeter zusammen, die Pausen, die er einlegte, wurden häufiger, die Stille immer wichtiger. Langsam arbeitete er sich in einem Bogen an dem Baum und dem Mann vorbei und setzte sich dann wieder nach unten in Bewegung, eine große Katze, die auf ihr Opfer herabsteigt. Das Bewußtsein ausgeschaltet, eine Maschine ohne Gefühle, nur vom Überlebensinstinkt getrieben. Er war wieder zum Raubtier geworden, das er einmal vor langer Zeit gewesen war, und der Wunsch zu fliehen, nach Zugang zu einem Telefon, überlagerte alles andere.

Jetzt war er nur noch anderthalb Meter von dem Mann entfernt; er konnte seinen Atem hören. Unter ihm knackte etwas! Ein Ast! Der Mann drehte sich herum, seine Augen leuchteten in dem schwachen Licht. Converse warf sich nach vorn, den Pistolenlauf fest in der Hand. Er ließ den stählernen Kolben auf die Schläfe des Deutschen herunterkrachen, zog den Arm zurück und schmetterte ihn gegen die Kehle des Mannes. Der Wachposten stürzte nach hinten, benommen, aber nicht bewußtlos. Er setzte zu einem Schrei an. Jetzt schnellte Joel vor, nahm seinen Gegner in den Würgegriff und schmetterte ihm den Kolben der Waffe gegen die Stirn, daß Blut und rote Hautfetzen aufspritzten.

Stille. Keine Bewegung. Wieder war ein Späher, der sich von seiner Streife getrennt hatte, ausgeschaltet. Und so, wie dies auch vor Jahren gewesen war, erlaubte sich Converse keinerlei Gefühle. Es war getan, er mußte weiter.

Die trockenen Kleider des Mannes paßten einigermaßen, auch die dunkle Lederjacke. Die Brieftasche des Deutschen erwies sich als Glücksfall. Sie enthielt eine beträchtliche Geldsumme und einen abgegriffenen Paß mit vielen Stempeln. Offenbar reiste dieser Vertraute Leifhelms ziemlich häufig für Aquitania. Die Schuhe des Mannes paßten nicht. Also benutzte Converse seine durchnäßten Kleider dazu, die eigenen zu säubern. Die trockenen Socken des Deutschen schützten ihn etwas vor der Feuchtigkeit des Leders. Dann deckte er den Mann mit Zweigen zu und ging die Böschung hinauf zur Straße.

Er hielt sich zwischen den Bäumen versteckt, während fünf Wagen vorüberrollten, alles Limousinen, die vielleicht alle Erich Leifhelm gehörten. Dann sah er einen hellgelben

Volkswagen auftauchen, trat vor und hob beide Hände, die Geste eines in Schwierigkeiten geratenen Mannes.

Der Wagen hielt; auf dem Beifahrersitz saß ein blondes Mädchen, der Fahrer war höchstens achtzehn oder zwanzig, und auf dem Rücksitz saß ein weiterer junger Mann, der ebenfalls blond war und aussah, als könnte er der Bruder des Mädchens sein.

»Was is'n los, Opa?« fragte der Fahrer.

»Tut mir leid, ich spreche nicht Deutsch. Sprechen Sie Englisch?«

»Etwas«, sagte der Junge auf dem Rücksitz. »Besser als die zwei! Die haben ja nichts anderes als Bumsen im Sinn. Sehen Sie? Spreche ich Englisch?«

»Allerdings, und sehr gut. Würden Sie den beiden mein Anliegen erklären? Um es offen zu sagen, ich hatte auf einer Party eine Auseinandersetzung mit meiner Frau und möchte nach Bonn zurück. Ich bezahle Sie natürlich.«

»*Ein Streit mit seiner Frau! Er will nach Bonn. Er wird uns bezahlen.*«

»Warum nicht? Sie hat mich heute sowieso schon zuviel *gekostet*«, sagte der Fahrer.

»*Nicht für das, was du kriegst, du Drecksack!*« rief das Mädchen und lachte.

»Steigen Sie ein! Wir sind Ihre Chauffeure. In welchem Hotel wohnen Sie?«

»Eigentlich möchte ich am liebsten nicht dorthin zurück. Ich bin wirklich sehr verärgert. Ich möchte ihr eine Lektion erteilen und heute wegbleiben. Glauben Sie, Sie könnten ein Zimmer für mich finden? Ich bezahle natürlich dafür. Offen gestanden, habe ich selbst ein wenig getrunken.«

»*Ein betrunkener Tourist! Er will ein Hotel. Fahren wir ihn ins Rosencafé?*«

»*Dort gibt es mehr Nutten als der alte Knacker schafft.*«

»Wir machen das schon, Amerikaner«, meinte der junge Mann neben Converse. »Wir sind Studenten von der Universität und werden nicht nur ein Zimmer für Sie finden, sondern Sie haben noch dazu die Chance, sich an Ihrer Frau ein wenig zu rächen. Spendieren Sie uns ein Bier?«

»Soviel Sie wollen. Außerdem würde ich gerne telefonieren. Mit den Vereinigten Staaten – geschäftlich. Wird das dort gehen?«

»Viele Leute in Bonn sprechen Englisch. Wenn die Vermittlung im Rosencafé nicht Bescheid weiß, dann kümmere ich mich darum. Aber sechs Bier für jeden von uns, geht das klar?«

»Zwölf, wenn Sie wollen.«

»Da wird es aber eine Überschwemmung geben!«

In dem billig wirkenden Café – es handelte sich um eine heruntergekommene Bar, die hauptsächlich von Universitätsstudenten besucht wurde – zählte er das Geld, das er den beiden Deutschen abgenommen hatte, und stellte fest, daß es sich um etwa zwölfhundert Mark handelte, wobei mehr als achthundert von dem Mann auf dem Hügel stammten. Ein ungepflegter Angestellter am Empfang erklärte in schwerfälligem Englisch, daß die Vermittlung durchaus imstande wäre, eine Verbindung nach Amerika herzustellen, daß es aber ein paar Minuten dauern würde. Joel gab seinen jugendlichen Samaritern hundert Mark und ging auf sein Zimmer. Eine Stunde später wurde das Gespräch schließlich durchgestellt.

»Larry?«

»Joel?«

»Gott sei Dank, daß Sie da sind!« rief Converse erleichtert. »Sie ahnen gar nicht, wie froh ich bin, Sie zu erreichen. Von hier aus durchzukommen, dauert eine Ewigkeit.«

»Wo sind *Sie* denn, Joel?« fragte Talbot, dessen Stimme plötzlich ruhig und kontrolliert wirkte.

»In einem sogenannten Hotel, etwas außerhalb von Bonn. Ich bin gerade erst angekommen und habe den Namen nicht mitgekriegt.«

»Sie sind in einem Hotel in Bonn und wissen nicht, wie es heißt?«

»Das ist jetzt unwichtig, Larry. Holen Sie Simon an den Apparat. Ich möchte mit Ihnen beiden sprechen. Schnell.«

»Nathan ist bei Gericht. Er wird bis etwa vier Uhr zurück sein – nach unserer Zeit. Das ist in etwa einer Stunde.«

»*Verdammt!*«

»Beruhigen Sie sich, Joel. Sie dürfen sich nicht aufregen.«
»Mich nicht aufregen...? Herrgott, ich war fünf Tage in einer Steinhütte mit Eisenstangen vor den Fenstern eingesperrt. Vor ein paar Stunden bin ich ausgebrochen, wie der Teufel durch den Wald gerannt und hinter mir ein Rudel Hunde und Verrückte mit Pistolen. Dann habe ich eine Stunde im Wasser verbracht und wäre dabei fast ertrunken, ehe ich an Land gehen konnte, ohne daß man mir eine Kugel in den Kopf jagte. Und dann mußte ich – mußte ich...«

»Was mußten Sie, Joel?« fragte Talbot, dessen Stimme immer noch eigenartig passiv klang. »Was mußten Sie tun?«

»Verdammt noch mal, Larry. Vielleicht habe ich einen Menschen *getötet*, um durchzukommen!«

»Sie mußten jemanden töten, Joel? Warum glaubten Sie, das tun zu müssen?«

»Er hat auf mich gewartet! Die suchen nach mir! Am Ufer, in den Wäldern am Flußufer – er war ein Scout, der sich von seiner Streife getrennt hatte. *Scouts, Streifen!* Ich mußte raus, mußte *entkommen*! Und Sie sagen mir, ich soll mich nicht aufregen!«

»Beruhigen Sie sich, Joel. Versuchen Sie doch, sich zusammenzureißen... Sie sind doch schon einmal entkommen, oder? Vor langer Zeit...«

»Was hat das denn damit zu tun?« unterbrach ihn Converse.

»Damals mußten Sie auch Leute töten, nicht wahr? Ich wette, die Erinnerung daran läßt Sie nicht los.«

»Larry, das ist doch Unsinn! Hören Sie mir zu und schreiben Sie alles auf, was ich Ihnen sage – die Namen, die ich nenne, die Fakten –, Sie müssen das alles aufschreiben.«

»Vielleicht sollte ich Janet an das Telefon holen. Sie stenografiert viel...«

»Nein! Nur Sie, sonst niemand! Die können Leute ausfindig machen, jeden, der etwas weiß. Es ist nicht so kompliziert. Sind Sie so weit?«

»Natürlich.«

Joel setzte sich auf das schmale Bett und atmete tief.

»Am besten formuliert man es so – so, wie man es mir gegenüber formuliert hat, aber das brauchen Sie nicht aufzuschreiben, nur verstehen müssen Sie es –, daß sie zurückgekommen sind.«

»Wer?«

»Die Generale... die Feldmarschälle, die Admirale, die Obristen... Verbündete und Feinde, alles Männer von Kommandeursrang und darüber. Sie sind von überall her zusammengekommen, um die Dinge zu verändern, um die Regierungen, die Gesetze und die Außenpolitik zu verändern, und alles soll auf militärischen Entscheidungen beruhen... Es ist verrückt, aber die könnten es schaffen. Wir würden nach ihrem Willen leben müssen, weil sie uns unter Kontrolle hätten, weil die glauben, daß sie recht haben und selbstlos sind – so wie sie das immer geglaubt haben.«

»Wer sind diese Leute, Joel?«

»Ja, schreiben Sie das auf. Die Organisation nennt sich Aquitania. Sie basiert auf einer historischen Theorie, daß die Region in Frankreich, die sich einmal Aquitania nannte, ganz Europa hätte werden können, und dazu – als Kolonie – auch der nordamerikanische Kontinent.«

»Wessen Theorie?«

»Das ist nicht *wichtig*, es ist nur eine Theorie. Die Organisation ist von General George Delavane erdacht worden – man kannte ihn in Vietnam unter dem Namen ›Mad Marcus‹ –, und ich habe nur einen winzigen Bruchteil des Unheils gesehen, das dieser Hurensohn angerichtet hat! Er hat Militärpersonal von überall zusammengezogen, und die sind jetzt ausgeschwärmt und rekrutieren ihresgleichen, Fanatiker, die dasselbe glauben wie sie, nämlich, daß ihr Weg der einzige ist. Im vergangenen Jahr haben sie illegale Waffen an Terroristengruppen verschickt und überall, wo sie konnten, Unruhe angezettelt. Ihr Endziel ist es, daß man sie ruft, um die Ordnung wiederherzustellen, und dann werden sie die Macht übernehmen... Vor fünf Tagen war ich mit Delavanes Schlüsselfiguren aus Frankreich, Deutschland, Israel und Südafrika zusammen – und wahrscheinlich auch mit jemandem aus England.«

»Sie haben sich mit diesen Leuten getroffen, Joel? Die haben Sie zu einer Konferenz eingeladen?«

»Sie dachten, ich sei einer der ihren, ich würde an das glauben, was sie planen. Sehen Sie, Larry, die wußten nicht, wie sehr ich sie hasse. Die haben nicht das erlebt, was ich erlebt habe, haben nicht das gesehen, was ich gesehen habe... wie Sie schon sagten, damals, vor Jahren.«

»Als Sie fliehen *mußten*«, fügte Talbot mitfühlend hinzu. »Als Sie Menschen töten mußten – eine Zeit, die Sie nie vergessen werden. Das muß schrecklich für Sie gewesen sein.«

»Ja, das war es. Verdammt, *ja*! Tut mir leid, bleiben wir bei der Sache. Ich bin so müde – und außerdem habe ich wahrscheinlich immer noch Angst.«

»Sie müssen sich beruhigen, Joel.«

»Sicher. Wo war ich?« Converse rieb sich die Augen. »O ja. Jetzt erinnere ich mich wieder. Sie haben Informationen über mich bekommen, Informationen aus meiner Dienstakte über meine Gefangenschaft. Die haben sie sich irgendwie beschafft und herausgefunden, wer und was ich gewesen bin. Sie haben mich unter Drogen gesetzt, mich ausgequetscht und mich in eine verdammte Steinhütte geworfen, die mitten im Wald irgendwo über dem Rhein stand. Unter dem Einfluß der Chemikalien muß ich ihnen alles gesagt haben, was ich wußte...«

»Chemikalien?« fragte Talbot, der den Begriff offenbar noch nie gehört hatte.

»Amatol, Pentothal, Scopolamin. Ich habe das alles schon einmal mitgemacht, Larry. Vorwärts und rückwärts.«

»*Ja*? Wo?«

»In den Lagern. Das ist jetzt unwichtig.«

»Da bin ich nicht so sicher.«

»Doch. Worauf es ankommt, ist, daß sie herausgefunden haben, was ich weiß. Das bedeutet, daß sie ihren Zeitplan beschleunigen werden.«

»Ihren Zeitplan?«

»Wir befinden uns im Countdown. *Jetzt*! Zwei Wochen, drei, allerhöchstens vier! Niemand weiß, wer oder was die

Ziele sind, aber es wird überall zu Ausbrüchen von Gewalt und Terrorismus kommen, und das liefert ihnen den Vorwand, einzuschreiten. Im Augenblick ziehen in Nordirland – dort ist alles in Stücke geflogen, dort herrscht nichts als Chaos – ganze Panzerdivisionen auf. *Sie* haben das getan, Larry! Das ist ein Test, ein Probelauf für sie!.... Ich nenne Ihnen jetzt die Namen.« Und das tat Converse und war gleichzeitig überrascht und verärgert, daß Talbot auf keinen der Männer von Aquitania reagierte. »Haben Sie sie?«

»Ja.«

»Das sind die wichtigsten Fakten und Namen, für die ich mich verbürgen kann. Es gibt noch eine Menge mehr – Leute im State Department und im Pentagon, aber die Listen sind in meinem Aktenkoffer, und den hat man mir gestohlen oder irgendwo versteckt. Ich werde jetzt etwas ausruhen und dann anfangen, alles aufzuschreiben, was mir einfällt, und Sie dann morgen früh noch einmal anrufen. Ich muß hier raus. Ich werde Hilfe brauchen.«

»Da bin ich Ihrer Ansicht, darf ich jetzt auch einmal reden?« sagte der Anwalt in New York mit jener eigenartig ausdruckslosen Stimme. »Zuerst einmal, wo sind Sie, Joel? Sehen Sie sich das Telefon an oder lesen Sie die Aufschrift auf einem Aschenbecher – oder sehen Sie im Schreibtisch nach, es muß doch Papier dasein.«

»Hier ist kein Schreibtisch, und die Aschenbecher sind aus zersprungenem Glas... Augenblick, ich habe mir an der Bar Streichhölzer mitgenommen, als ich Zigaretten kaufte.« Converse griff in die Tasche der Lederjacke und holte die Streichhölzer heraus. »Da. ›*Riesendrinks*‹.«

»Sehen Sie nach, was darunter steht. Meine deutschen Sprachkenntnisse sind ziemlich beschränkt, aber ich glaube, das heißt ›Große Drinks‹ oder so etwas.«

»Oh? Dann muß es das sein. ›Rosencafé‹.«

»Das klingt eher danach. Buchstabieren Sie, Joel.«

Das tat Converse, wobei ihn ein unerklärliches Gefühl beunruhigte. »Haben Sie's?« fragte er. »Hier ist eine Telefonnummer.« Joel las die Nummer vor, die auf dem Streichholzbriefchen eingedruckt war.

»Gut, ausgezeichnet«, sagte Talbot. »Aber ehe Sie auflegen – und ich weiß, daß Sie dringend ausruhen müssen –, habe ich noch ein paar Fragen.«

»Das will ich hoffen!«

»Als wir das letztemal sprachen, nachdem dieser Mann in Paris verletzt worden war, nach diesem Kampf, den Sie in der Seitenstraße sahen, sagten Sie mir, Sie seien in Amsterdam. Sie sagten, Sie würden nach Paris zurückfliegen und René aufsuchen und alles aufklären. Warum haben Sie das nicht getan, Joel?«

»Herrgott, Larry, ich habe Ihnen doch gerade gesagt, was ich durchgemacht habe! Ich brauchte jede Minute, die mir zur Verfügung stand, um alles vorzubereiten. Ich war hinter diesen Leuten her – diesem gottverdammten Aquitania –, und dafür gab es nur diese eine Möglichkeit. Ich mußte mich bei denen einschleichen, ich durfte keine Zeit vergeuden.«

»Dieser Mann ist gestorben. Hatten Sie etwas mit seinem Tod zu tun?«

»Herrgott, ja, ich habe ihn getötet. Er hat versucht, mich aufzuhalten, alle haben sie versucht, mich aufzuhalten! Sie fanden mich schließlich in Kopenhagen und ließen mich beschatten. Am Flughafen hier haben sie auf mich gewartet. Das war eine Falle!«

»Um Sie daran zu hindern, diese Männer zu erreichen, diese Generale und Feldmarschälle?«

»Ja!«

»Und doch haben Sie mir gerade gesagt, daß eben diese Männer Sie eingeladen hätten, sich mit ihnen zu treffen.«

»Ich werde Ihnen das alles morgen früh erklären«, sagte Converse müde. Die Anspannung der letzten Stunden – Tage – hatte ihn erschöpft. Er hatte unerträgliche Kopfschmerzen. »Bis dahin habe ich alles aufgeschrieben, aber Sie müssen vielleicht herüberkommen, um es zu holen – und mich. Worauf es ankommt, ist, daß wir in Verbindung bleiben. Sie haben die Namen, den allgemeinen Überblick, und Sie wissen, wo ich bin. Sprechen Sie mit Nathan, denken Sie über das nach, was ich Ihnen gesagt habe, dann überlegen wir drei uns, was zu tun ist. Wir haben Verbindungen in

Washington, aber wir werden vorsichtig sein müssen. Wir wissen nicht, wer zu wem gehört. Aber einen Vorteil haben wir. Ein Teil des Materials, das ich habe – das ich *hatte* –, kann nur von Leuten aus Washington gekommen sein. Eine Theorie ist, daß ich von ihnen in Bewegung gesetzt wurde, daß Männer, die ich nicht kenne, jede meiner Bewegungen beobachten, weil ich etwas tue, was sie nicht tun können.«

»Ganz alleine«, sagte Talbot zustimmend. »Ohne Washingtons Hilfe.«

»Richtig. Sie können sich selbst nicht zeigen; sie müssen im Hintergrund bleiben, bis ich etwas Konkretes ans Tageslicht gefördert habe... Das war der Plan. Wenn Sie mit Nathan reden und sich dabei Fragen ergeben, rufen Sie mich an. Ich werde mich ohnehin nur ein oder zwei Stunden hinlegen.«

»Ich hätte jetzt noch eine Frage, wenn es Ihnen nichts ausmacht. Sie wissen, daß Interpol ein internationales Auslieferungsersuchen für Sie herausgegeben hat.«

»Ja.«

»Und die amerikanische Botschaft sucht Sie auch.«

»Auch das weiß ich.«

»Man hat mir gesagt, daß man Sie aufgefordert habe, in die Botschaft zu kommen.«

»Man hat *Ihnen* gesagt...?«

»Warum haben Sie es nicht getan, Joel?«

»Herrgott, ich *kann* doch nicht! Glauben Sie nicht, daß ich das tun würde, wenn ich könnte? Hier wimmelt es von Delavanes Leuten. Nun, das ist übertrieben, aber drei kenne ich schon. Ich habe sie gesehen.«

»Nach meinen Informationen hat Botschafter Peregrine selbst mit Ihnen Verbindung aufgenommen und Ihnen Schutz und vertrauliche Behandlung Ihres Anliegens garantiert. War das nicht genug?«

»Nach Ihren *Informationen*... Die Antwort ist *nein*! Peregrine hat keine Ahnung, was in seiner Botschaft vor sich geht... oder vielleicht weiß er es sogar. Ich sah, wie Leifhelms Wagen durch das Botschaftstor fuhr, als ob er einen Passierschein auf Lebenszeit hätte. Um drei Uhr früh. Leifhelm ist ein Nazi,

Larry, er ist nie etwas anderes gewesen! Was macht das aus Peregrine?«

»Kommen Sie, Joel. Sie schneiden einem Mann, der das nicht verdient, die Ehre ab. Walter Peregrine war einer der Helden der Bastogne. Was er in der Ardennenoffensive geleistet hat, ist beinahe zur Legende geworden. Und er war Reserveoffizier, er gehörte nicht einmal zur regulären Armee. Ich bezweifle, daß Nazis zu seinen Lieblingsgästen gehören.«

»Wieder ein *Offizier*? Dann weiß er vielleicht sogar *genau*, was in seiner Botschaft vor sich geht!«

»Das ist nicht fair. Seine Kritik am Pentagon ist wohlbekannt. Die Zeitungen waren voll davon. Er hat sie Größenwahnsinnige genannt mit zu viel Geld, die auf Kosten der Steuerzahler ihren Ehrgeiz befriedigen. Nein, Sie sind nicht fair, Joel. Ich finde, Sie sollten auf ihn hören. Rufen Sie ihn an, sprechen Sie mit ihm.«

»Nicht fair?« sagte Converse leise. Ein undefinierbares Gefühl begann in ihm Gestalt anzunehmen, begann ihn zu warnen. »Augenblick! Sie sind es, der nicht fair ist. ›Man hat *mir* gesagt‹... ›nach *meinen* Informationen‹? Mit welchem Orakel waren Sie denn in Verbindung? Wer hat Ihnen denn diese Perlen der Weisheit über mich geliefert? Und warum?«

»Schon gut, Joel, schon gut... Beruhigen Sie sich. Ja, ich habe mit Leuten gesprochen – Leuten, die Ihnen helfen wollen. Ein Mann in Paris ist gestorben, und jetzt sagen Sie, in Bonn gibt es auch einen Toten. Sie sprechen von Scouts und Streifen und diesen schrecklichen Chemikalien, und daß Sie durch den Wald geflohen sind und sich im Fluß verstecken mußten. Verstehen Sie denn nicht? Niemand gibt Ihnen die Schuld oder macht Sie auch nur verantwortlich. Irgend etwas ist passiert; Sie durchleben das alles aufs neue.«

»Mein Gott!« unterbrach ihn Converse verblüfft. »Sie glauben kein Wort von dem, was ich gesagt habe.«

»Sie glauben es, und das ist alles, worauf es jetzt ankommt. Ich habe in Nordafrika und Italien meinen Teil gesehen, aber das ist nichts im Vergleich zu dem, was Sie später mitgemacht haben. Sie haben einen tiefgreifenden, verständlichen Haß gegen den Krieg und alles, was mit dem Militär zusammenhängt. Sie wären kein Mensch, wenn das nicht der Fall wäre, nicht bei alldem, was Sie erlitten haben, und den schrecklichen Dingen, die Sie mitmachen mußten.«

»Larry, so hören sie doch, alles, was ich Ihnen gesagt habe, ist die *Wahrheit*!«

»Schön. Fein. Dann nehmen Sie mit Peregrine Verbindung auf, gehen Sie zur Botschaft und sagen Sie es denen. Man wird auf Sie hören. *Er* wird auf Sie hören.«

»Sind Sie denn wirklich dümmer, als ich geglaubt habe?« schrie Joel. »Ich habe Ihnen doch gerade gesagt, daß ich das nicht kann! Ich würde nie an Peregrine herankommen! Eine Kugel würden die mir durch den Kopf jagen.«

»Ich habe mit Ihrer Frau gesprochen – tut mir leid, Ihrer Exfrau. Sie sagt, daß Sie nachts diese Alpträume hatten...«

»Mit *Val* haben Sie gesprochen? *Val* haben Sie da hineingezogen! Herrgott, sind Sie von Sinnen? Wissen Sie nicht, daß die allem nachgehen? Dabei haben Sie es selbst vor der Nase gehabt! *Lucas Anstett*! Halten Sie sich von ihr fern! Halten Sie sich um Gottes willen von ihr fern, oder ich... ich...«

»Was würden Sie tun, junger Mann?« fragte Talbot ruhig. »Mich auch töten?«

»O *Jesus*!«

»Tun Sie, was ich sage, Joel. Rufen Sie Peregrine an. Alles wird wieder gut.«

Plötzlich hörte Converse ein eigenartiges Geräusch in der Leitung, ein Geräusch, das er schon Hunderte von Malen gehört hatte. Es war ein kurzes Summen, fast bedeutungslos, und doch hatte es eine Bedeutung. Es war Lawrence Talbots Signal an seine Sekretärin, eine Aufforderung, in sein Büro zu kommen und einen unterschriebenen Brief, einen korrigierten Schriftsatz oder ein Diktatband abzuholen. Joel wußte, was jetzt weitergegeben werden sollte. Die Adresse eines heruntergekommenen Hotels in Bonn.

»Also gut, Larry«, sagte er und ließ den anderen deutlich seine Erschöpfung hören. »Ich bin *verdammt* müde. Ich werde mich jetzt eine Weile hinlegen, dann rufe ich die Botschaft an. Vielleicht sollte ich wirklich mit Peregrine Verbindung aufnehmen. Alles ist so konfus.«

»So ist's richtig, Junge. Jetzt wird alles wieder gut. Ausgezeichnet.«

»Wiedersehen, Larry.«

»Wiedersehen, Joel. Wir sehen uns in ein paar Tagen.«

Converse knallte den Hörer auf die Gabel und sah sich in dem schwach beleuchteten Zimmer um. Was suchte er? Er war mit nichts gekommen und würde auch nur mit dem wieder gehen, was er auf dem Leib trug – was er gestohlen hatte. Und er mußte hier schnell weg. In wenigen Minuten würden Männer von der Botschaft in schnellen Wagen hier ankommen, und wenigstens einer dieser Männer würde eine Waffe haben und eine Kugel, die für ihn bestimmt war!

Was, zum Teufel, geschah da mit ihm? Die Wahrheit war ein Phantasiegebilde, das mit Lügen ausgeschlagen war, und Lügen waren die einzige Garantie für sein Überleben.

Wahnsinn!

19

Er rannte am Fahrstuhl vorbei, die Treppe hinunter, mit jedem Schritt zwei oder drei Stufen nehmend, die Hand an dem eisernen Geländer, bis er die Tür zur Hotelhalle, drei Stockwerke tiefer, erreichte. Er riß sie auf, hielt sie dann aber am Rahmen und verlangsamte seinen Lauf, um nicht auf sich aufmerksam zu machen. Doch die Sorge war unbegründet. Die wenigen Leute, die sich auf den Bänken an der Wand drängten und durch den Raum schlenderten, kamen vorwiegend aus der Nachbarschaft, und sonst waren nur noch ein paar Betrunkene in dem neonbeleuchteten Raum. *Herrgott!* Sein Verstand war in Aufruhr! Er konnte durch die Nacht wandern, sich in Nebenstraßen verstecken. Aber ein einzelner Mann auf fremden Straßen würde der Polizei oder irgendwelchen inoffiziellen Jägern nur zu leicht auffallen. Er mußte irgendwie ein Dach über den Kopf bekommen. Er mußte verschwinden.

Das Hotelcafé! Seine Samariter! Er klappte sich den Kragen der Lederjacke hoch, lockerte den Hosengurt und schob die Hose etwas weiter herunter, damit man nicht sehen konnte, um wieviel sie ihm zu kurz war. Dann ging er mit ruhigen Schritten auf die Tür zu, taumelte ein wenig, als er sie aufstieß. Dichte Rauchschwaden schlugen ihm entgegen – keineswegs nur Tabak –, und er brauchte eine Weile, bis seine Augen sich den blitzenden Lichtern anpassen konnten, während er versuchte, den Lärm zu überhören – eine Kombination aus Rufen und Diskomusik, die aus mehreren Lautsprechern plärrte. Seine Samariter waren verschwunden; er hielt nach dem jungen blonden Mädchen Ausschau, aber sie war nicht mehr da. Der Tisch, an dem sie gesessen hatten, war jetzt von vier anderen Leuten besetzt – nein, nicht vier *andere* Leute, nur drei –, sie hatten sich zu dem englisch sprechenden Studenten gesetzt, der neben ihm im Wagen gesessen hatte. Drei junge Männer, offensichtlich ebenfalls von der Universität. Joel ging auf sie zu, wobei er an einem leeren Stuhl vorbeikam; er packte ihn an der Lehne und zog ihn hinter sich her zum Tisch. Er setzte sich und lächelte dem blonden Studenten zu.

»Ich wußte nicht, ob das Geld für die zwölf Bier gereicht hat, die ich versprochen habe«, sagte er freundlich.

»*Ach!* Ich habe gerade von Ihnen gesprochen, Herr Amerikaner! Das hier sind meine Freunde – wie ich alle Studenten!« Er stellte die drei Neuankömmlinge vor, aber ihre Namen gingen in der Musik und in dem Rauch unter. Sie nickten; der Amerikaner war willkommen.

»Unsere zwei anderen Freunde sind gegangen?«

»Das sagte ich Ihnen doch«, schrie der blonde junge Mann, um sich in dem Lärm Gehör zu verschaffen. »Die wollten zu unserem Haus fahren und dort miteinander ins Bett gehen. Die haben ja nichts anderes im Sinn. Unsere Eltern sind nach Bayreuth gefahren, zu den Festspielen, also machen die sich ihre eigene Musik im Bett. Ich gehe erst später nach Hause.«

»Nettes Arrangement«, sagte Converse und versuchte sich darüber schlüssig zu werden, wie er das Thema ansprechen sollte, das schnell angesprochen werden mußte. Er hatte nur noch wenig Zeit.

»Sehr *gut*, Sir!« sagte ein dunkelhaariger junger Mann zu seiner Rechten. »Hans hätte das nicht bemerkt; sein Englisch reicht dafür nicht aus. Ich war zwei Jahre Austauschstudent in Massachusetts. ›Arrangement‹ ist zugleich ein Begriff aus der Musikwelt. *Sehr* gut, Sir!«

»Ich geb' mir Mühe«, sagte Joel ein wenig hilflos und sah den Studenten an. »Sie sprechen wirklich Englisch?« fragte er dann.

»Sehr gut sogar, mein Herr. Mein Stipendium hängt davon ab. Meine Freunde hier sind in Ordnung, damit wir uns nicht mißverstehen, aber sie sind reich und kommen nur her, um sich zu amüsieren. Als kleiner Junge habe ich zwei Straßen von hier entfernt gewohnt. Aber man läßt diese Burschen hier in Ruhe, und warum auch nicht? Sollen die doch ihren Spaß haben; es tut niemandem weh, und das Geld kommt unter die Leute.«

»Sie sind nüchtern«, sagte Converse, eine Feststellung, die fast eine Frage war.

Der junge Mann nickte lachend. »Heute schon. Morgen nachmittag habe ich eine schwierige Prüfung und brauche einen klaren Kopf. Die Prüfungen in den Semesterferien sind die schlimmsten. Die Professoren würden lieber Ferien machen.«

»Ich wollte eigentlich mit *ihm* reden«, sagte Joel und deutete mit einer Kopfbewegung auf den blonden Studenten, der in ein offenbar hitziges Gespräch mit seinen zwei Begleitern verwickelt war und mit den Händen in den Rauchschwaden herumfuchtelte. »Aber das hat wohl keinen Sinn. Sie tun's auch.«

»In welchem Sinne meinen Sie das jetzt, Sir, wenn Sie mir die Redundanz meines Ausdrucks verzeihen?«

»›Redundanz‹? Was studieren Sie?«

»Jura, Sir.«

»Das kann ich nicht gebrauchen.«

»Macht das Schwierigkeiten, Sir?«

»Mir nicht... Hören Sie, ich habe nicht viel Zeit und habe

da ein Problem. Ich muß hier weg. Ich brauche eine Unterkunft – nur bis morgen früh. Ich versichere Ihnen, ich habe nichts Unrechtes getan, nichts, was gegen das Gesetz ist – falls meine Kleider oder mein Aussehen Sie daran zweifeln lassen. Das ist eine rein persönliche Angelegenheit. Können Sie mir helfen?«

Der dunkelhaarige junge Deutsche schien zu zögern, als widerstrebte es ihm, darauf zu antworten, aber dann beugte er sich vor. »Da Sie es schon ansprechen, mein Herr, werden Sie sicher verstehen, daß es für einen Jurastudenten etwas unziemlich ist, einem Mann unter zweifelhaften Umständen behilflich zu sein.«

»Aus genau dem Grund habe ich es erwähnt«, sagte Converse schnell nahe am Ohr des Studenten. »Ich bin Anwalt und trotz dieser Kleider ein einigermaßen respektabler. Ich habe nur hier drüben den falschen amerikanischen Klienten übernommen und kann es nicht erwarten, morgen früh wieder in einem Flugzeug nach den Staaten zu sitzen.«

Der junge Mann hörte zu, musterte Joels Gesicht und nickte dann. »Dann ist das hier eine Art von Unterkunft, wie Sie sie normalerweise nicht suchen würden?«

»Ich würde sie, wo immer möglich, meiden. Ich dachte nur, das wäre vielleicht eine gute Idee, um heute nacht nicht aufzufallen.«

»Es gibt sehr wenige Lokale wie dieses hier in Bonn, Sir.«

»Das macht Bonn Ehre.« Converse sah sich in dem Café und unter den vorwiegend jugendlichen Gästen um und hatte plötzlich eine andere Idee. »Es ist Sommer«, sagte er eindringlich zu dem Studenten. »Gibt es hier irgendwelche Jugendherbergen?«

»Die in der Umgebung von Bonn oder Köln sind alle voll, Sir, hauptsächlich mit jungen Amerikanern und Holländern. Die anderen, in denen noch Platz ist, liegen ziemlich weit im Norden. Aber vielleicht gibt es eine andere Lösung.«

»Was?«

»Sommer, Sir. Die Pensionen, in denen viele Studenten

wohnen, haben in den Sommermonaten viele Zimmer frei. In dem Haus, wo ich wohne, gibt es im zweiten Stock zwei leere Zimmer.«

»Ich habe es sehr eilig. Können wir gehen? Ich zahle Ihnen heute abend soviel ich kann, und morgen früh mehr.«

»Ich dachte, Sie wollten morgen früh ein Flugzeug nehmen?«

»Ich muß vorher noch zwei Dinge erledigen. Sie können mitkommen und mir helfen.«

Der junge Mann und Joel entschuldigten sich, wohl wissend, daß man sie nicht vermissen würde. Der Student ging auf die Tür der Hotelhalle zu, aber Converse packte ihn am Ellbogen und deutete auf den Ausgang zur Straße.

»Ihr Gepäck, Sir!« rief der Deutsche, wobei er Mühe hatte, sich in dem Lärm verständlich zu machen.

»Sie können mir ja morgen einen Rasierapparat leihen!« schrie Converse zurück und zog den jungen Mann durch das Gewühl zum Ausgang. Ein paar Tische vor dem Eingang war ein leerer Stuhl, auf dem eine zerdrückte Stoffmütze lag. Joel griff danach und hielt sie sich vors Gesicht, als er die Tür erreichte und gefolgt von dem Studenten ins Freie trat. »Welche Richtung?« fragte er, während er sich die Mütze überstülpte.

»Hier entlang.« Der junge Deutsche deutete unter das schäbige Vordach des danebenliegenden Hoteleingangs.

»Gehen wir«, sagte Joel und trat einen Schritt nach vorn.

Sie blieben stehen – das heißt, Converse blieb zuerst stehen, packte den Studenten an der Schulter und drehte ihn herum, so daß er der Straße den Rücken zuwandte. Eine schwarze Limousine kam die Straße heruntergerast und bremste scharf. Zwei Männer sprangen hinten heraus und rannten auf den Eingang zu. Joel drehte den Kopf herum, während der junge Deutsche ihn anstarrte. Er erkannte beide Männer; beides waren Amerikaner. Vor acht Tagen hatten sie am Kölner Flughafen auf ihn gewartet, in der Hoffnung, ihn in eine Falle zu locken. So wie sie jetzt gekommen waren, um ihn in ihre Gewalt zu bringen. Der schwarze Wagen rollte weiter, aus dem Lichtschein des Hoteleingangs heraus in den

Schatten. Dann hielt er am Randstein an und wartete, ein Leichenwagen, darauf vorbereitet, seine Ladung in Empfang zu nehmen.

»Was ist denn?« fragte der junge Deutsche mit unverhohlener Angst.

»Gar nichts.« Converse löste seinen Griff und klopfte dem Studenten freundlich auf die Schulter. »Lassen Sie sich das eine Lektion sein. Vergewissern Sie sich, wer Ihr Klient ist, ehe Sie zu habgierig werden und einen großen Vorschuß akzeptieren.«

»Ja«, sagte der junge Deutsche und versuchte zu lächeln, allerdings ohne viel Erfolg. Die schwarze Limousine ließ er nicht aus den Augen. Sie gingen schnell an dem geparkten Wagen vorbei und sahen den Fahrer am Steuer. Seine Zigarette glühte im dunklen Wageninneren. Joel zog sich die Mütze in die Stirn und drehte den Kopf etwas zur Seite.

Die Wahrheit war ein Phantasiegebilde, das mit Lügen ausgeschlagen war ... und die einzige Garantie für sein Überleben waren Flucht und ein sicheres Versteck. Wahnsinn!

Die frühen Morgenstunden verliefen barmherzig ruhig, abgesehen von den Gedanken, die in seinem Kopf wüteten. Der Student, der Johann hieß, hatte ihm ein Zimmer in der Pension besorgt, deren Besitzerin entzückt war, von ihm hundert Mark Miete zu bekommen. Das war mehr als großzügig für das Heftpflaster, das Desinfektionsmittel und die Gaze, die sie ihm gab, damit er seine Wunde neu versorgen konnte. Converse hatte tief geschlafen, bis ihn seine Ängste und düsteren Träume geweckt hatten. Nach sieben konnte er nicht mehr einschlafen.

Es gab etwas Dringendes zu erledigen. Er kannte das Risiko, aber er brauchte das Geld, jetzt mehr denn je. Auf Mykonos hatte der gut informierte, wenn auch schlangenhafte Laskaris hunderttausend Dollar auf Banken in Paris, London, Bonn und New York überwiesen und Nummern festgelegt, mit denen die Beträge abgehoben werden konnte. Laskaris hatte ferner vorgeschlagen, daß Joel gar nicht erst versuchen sollte, vier lange und völlig unterschiedliche Zahlengruppen auswendig zu lernen oder bei sich zu tragen. Statt dessen wollte der Bankier an die American-Express-Reisebüros in den vier Städten Mitteilungen senden, die drei Monate für – *für wen, Mr. Converse?* – dort aufbewahrt werden sollten. *Es sollte ein Name sein, der für Sie Bedeutung hat, aber für niemand anderen. Dieser Name wird Ihr Code sein, eine andere Identifikation ist unnötig. Sagen wir Charpentier. J. Charpentier.*

Joel war sich darüber im klaren, daß er diese Vereinbarung möglicherweise unter dem Einfluß der Drogen verraten haben konnte. Aber ebensogut war es möglich, daß er das nicht getan hatte. Seine Gedanken befaßten sich nicht mit Geld. Er besaß davon reichlich, und die Chemikalien neigten dazu, einem vorwiegend Gedanken zu entlocken, die einen stark beschäftigten. Das hatte er in den Lagern gelernt, vor einem ganzen Leben, und dann hatte er ja auch noch jemanden, der ihm helfen konnte.

Der junge Deutsche, Johann, würde sein Mittelsmann sein. Die Risiken waren nicht zu vermeiden, nur zu verringern; auch das hatte er vor einem Leben gelernt. Wenn man den Jungen festnahm, würde das sein Gewissen belasten, aber es gab Schlimmeres. Es hatte keinen Sinn, darüber nachzudenken.

»Gehen Sie hinein und fragen Sie, ob eine Nachricht für J. Charpentier da ist«, sagte Joel dem Studenten. Sie saßen auf dem Rücksitz eines Taxis vor dem Büro von American Express. »Wenn man das bejaht, dann sagen Sie folgendes: ›Es muß ein Telegramm aus Mykonos sein.‹« Das war Laskaris' präzise Anweisung gewesen.

»Ist das notwendig, Sir?« fragte der dunkelhaarige Johann und runzelte die Stirn.

»Ja. Wenn Sie Mykonos nicht erwähnen und die Tatsache, daß es sich um ein Telegramm handelt, gibt man es Ihnen nicht. Außerdem identifiziert Sie dieser Satz. Sie werden nichts unterschreiben müssen.«

»Das ist alles sehr seltsam, mein Herr.«

»Wenn Sie Anwalt werden wollen, müssen Sie sich an

seltsame Formen der Kommunikation gewöhnen. Daran ist nichts Ungesetzliches, es ist einfach ein Mittel, um die Vertraulichkeit Ihres Klienten und Ihrer Firma zu schützen.«

»Ich habe wohl noch viel zu lernen.«

»Sie tun nichts Unrechtes«, fuhr Joel ruhig fort und sah Johann dabei an. »Im Gegenteil, Sie tun etwas sehr Rechtes, und ich werde Sie sehr gut dafür bezahlen.«

»Sehr gut«, sagte der junge Mann.

Converse wartete im Taxi, und seine Augen suchten die Straße ab, konzentrierten sich auf stehende Wagen oder Fußgänger, die zu langsam gingen oder sich überhaupt nicht von der Stelle bewegten, und auf jeden anderen, dessen Blick auch nur kurz zur Fassade von American Express wanderten. Johann ging hinein, und Joel schluckte ein paarmal. Ihm war, als schnürte man ihm die Kehle zu. Das Warten war schrecklich, und das Wissen, daß er den Studenten in eine riskante Lage brachte, machte es noch schlimmer. Dann dachte er kurz an Avery Fowler-Halliday und Connal Fitzpatrick; sie hatten verloren. Der junge Deutsche hatte eine unendlich größere Chance, noch viele Jahre zu erleben.

Die Minuten verstrichen, und Converse spürte, wie ihm der Schweiß den Nacken hinunterrann; es war, als hätte jemand die Zeit angehalten. Schließlich kam Johann wieder heraus, kniff die Augen zusammen, um sie vor der grellen Sonne zu schützen, die Unschuld in Person. Er überquerte die Straße und stieg in das Taxi.

»Was haben die gesagt?« fragte Joel und bemühte sich, gleichgültig zu klingen, während seine Augen noch immer die Straße absuchten.

»Nur, ob ich schon lange auf die Nachricht gewartet hätte. Ich erwiderte, daß es ein Telegramm aus Mykonos sein müßte. Ich wußte nicht, was ich sonst sagen sollte.«

»Das haben Sie gut gemacht.« Joel riß den Umschlag auf und entfaltete das Telegramm. Es enthielt eine lange Reihe ausgeschriebener Zahlen, mehr als zwanzig, schätzte er. Wieder erinnerte er sich an die Instruktionen, die Laskaris ihm gegeben hatte: *Nehmen Sie jede dritte Zahl, angefangen bei der dritten, und endend bei der drittletzten. Sie brauchen nur an die*

Drei zu denken. Es ist ganz einfach – das sind diese Dinge meistens –, und außerdem kann ohnehin niemand für Sie unterschreiben. Das Ganze ist nur eine Vorsichtsmaßnahme.

»Ist alles in Ordnung?« fragte Johann.

»Bis jetzt sind wir einen Schritt im Vorsprung, und Sie sind Ihrer Prämie einen Schritt näher.«

»Meinem Examen auch.«

»Wann ist das denn?«

»Um drei Uhr dreißig heute nachmittag.«

»Ein gutes Omen. Denken Sie nur an die Drei.«

»Wie bitte?«

»Nichts. Jetzt brauchen wir eine Telefonzelle. Sie haben noch eine Sache zu erledigen, und dann können Sie heute abend Ihre Freunde ins teuerste Lokal von Bonn einladen.«

Das Taxi wartete an der Ecke, während Converse und der junge Deutsche vor der Zelle standen. Johann hatte die Nummer der Bank im Telefonbuch nachgeschlagen. Der Student zögerte, weiter mitzumachen. Das, was jetzt von ihm verlangt wurde, schien ihm doch recht sonderbar zu sein. Damit wollte er nichts zu tun haben.

»Sie brauchen doch bloß die Wahrheit zu sagen!« insistierte Joel. »*Nur* die Wahrheit. Sie haben einen amerikanischen Anwalt kennengelernt, der nicht Deutsch spricht, und er hat sie gebeten, ein Gespräch für ihn zu führen. Dieser Anwalt muß für einen Klienten aus einem vertraulichen Konto Mittel abheben und möchte wissen, an wen er sich wenden soll. Das ist alles. Niemand wird nach einem Namen fragen.«

»Und wenn ich das tue, kommt wieder etwas anderes? Nein, ich glaube, Sie sollten selbst anrufen...«

»Ich darf keinen Fehler machen! Ich darf kein Wort mißverstehen. Und es kommt auch nichts mehr anderes. Sie können in der Nähe der Bank warten, wo Sie wollen. Wenn ich herauskomme, gebe ich Ihnen zweitausend Mark, und soweit es mich betrifft – soweit es *irgend jemanden* betrifft –, sind wir uns nie begegnet.«

»So viel für so wenig, Sir. Sie können doch meine Angst begreifen.«

»Die ist gar nichts im Vergleich zu der meinen«, sagte Converse leise, aber eindringlich. »Bitte, tun Sie es. Ich brauche Ihre Hilfe.«

Und so wie er es am Abend vorher in der Bar getan hatte, sah der junge Deutsche wieder Joel scharf an, als versuchte er etwas zu sehen, von dem er nicht sicher war, ob es da war. Schließlich nickte er ohne große Begeisterung. »Gut«, sagte er und betrat mit ein paar Münzen in der Hand die Telefonzelle.

Converse sah durch die Glastür zu, wie der Student wählte und offenbar mit zwei oder drei unterschiedlichen Leuten kurz redete, ehe er an den richtigen kam. Der einseitige Dialog, den Joel beobachtete, schien endlos – viel zu lang und zu kompliziert, wo es doch nur darum ging, einen Namen zu erfahren. Einmal schien Johann, während er etwas auf einen Zettel schrieb, irgendwelche Einwände zu haben, und Converse mußte an sich halten, um nicht die Türe zu öffnen und das Gespräch abzubrechen. Dann legte der junge Mann auf und kam mit etwas verwirrter, fast zorniger Miene heraus.

»Was war denn? Hat es Schwierigkeiten gegeben?«

»Nur wegen der Zeit und wegen der Vorschriften des Instituts, Sir.«

»Was soll das heißen?«

»Solche Konten werden nur nach zwölf Uhr mittags bearbeitet. Ich habe denen klargemacht, daß Sie bis dahin am Flughafen sein müssen, aber der Direktor meinte, das sei nun einmal Vorschrift.« Johann reichte Converse den Zettel. »Sie sollen einen Mann namens Lachmann im ersten Stock aufsuchen.«

»Ich werde eine spätere Maschine nehmen.« Joel sah auf die Armbanduhr des Fahrers. Es war 10.35 Uhr; noch eineinhalb Stunden.

»Ich wollte noch vor Mittag in der Universitätsbibliothek sein.«

»Das geht immer noch«, sagte Converse aufrichtig. »Wir können anhalten, einen Umschlag und Briefmarken besorgen, und Sie können Ihren Namen und Ihre Adresse darauf schreiben. Dann schicke ich Ihnen das Geld.«

Johann blickte zu Boden, sein Zögern war offensichtlich. »Ich denke... die Prüfung ist vielleicht gar nicht so schwierig. Es ist eines meiner besseren Fächer.«

»Natürlich«, nickte Joel. »Sie haben wirklich keinen Grund, mir zu vertrauen.«

»Das sehen Sie jetzt falsch, Sir. Ich glaube schon, daß Sie mir das Geld schicken würden. Ich bin nur nicht so sicher, daß es eine gute Idee ist, wenn ich den Umschlag mit der Post erhalte.«

Converse lächelte. Er verstand. »Fingerabdrücke?« fragte er freundlich. »Indizienbeweise?«

»Das ist auch eines meiner besseren Fächer.«

»Okay, dann haben Sie mich eben noch ein paar Stunden am Hals. Ich habe noch etwa siebenhundert Mark, bis ich zur Bank komme. Kennen Sie ein Konfektionsgeschäft abseits der großen Einkaufsgegend, wo ich eine Hose und ein Jackett kaufen kann?«

»Ja, Sir. Und wenn ich noch einen Vorschlag machen darf. Wenn Sie schon so viel abheben können, daß Sie mir zweitausend Mark geben können, dann sollten Sie sich vielleicht auch ein sauberes Hemd und eine Krawatte kaufen.«

»Ja, das Aussehen seiner Klienten sollte man immer sorgfältig prüfen. Sie werden noch weit kommen, Herr Kollege.«

Das Ritual an der Bonner Sparkasse war ein Beispiel für verwickelte, aber gründliche Effizienz. Joel wurde in das Büro von Herrn Lachmann im ersten Stock komplimentiert, wo ihm weder die Hand gereicht noch versuchsweise Konversation gemacht wurde. Vielmehr kam der Bankbeamte sofort zur Sache.

»Herkunft der Überweisung, bitte?« fragte der etwas korpulente Mann.

»Bank of Rhodos, Zweigstelle Mykonos, Hafenbüro. Der Name des... ›Absender‹ würden Sie ihn wohl nennen... ist Laskaris. An seinen Vornamen erinnere ich mich nicht.«

»Der ist auch nicht erforderlich«, sagte der Deutsche, als wollte er ihn gar nicht hören. Die ganze Transaktion schien ihn irgendwie zu beleidigen.

»Tut mir leid, ich wollte nur helfen. Wie Sie wissen, habe ich es sehr eilig. Ich muß ein Flugzeug erreichen.«

»Alles wird vorschriftsmäßig abgewickelt werden, mein Herr.«

»Natürlich.«

Der Bankangestellte schob ihm ein Blatt Papier über den Schreibtisch. »Bitte hier Ihre Nummernunterschrift, fünfmal nacheinander, während ich Ihnen die Vorschriften der Bonner Sparkasse gemäß der entsprechenden Gesetze der Bundesrepublik Deutschland vorlese. Anschließend müssen Sie eine Erklärung unterzeichnen – wieder mit Ihrer Nummernunterschrift –, daß Sie die Vorschriften verstanden und akzeptiert haben.«

Converse nahm das Telegramm aus der Innentasche seines neu erworbenen Sportjacketts und legte es neben das leere Blatt. Er hatte die korrekten Zahlen unterstrichen und begann zu schreiben.

Converse verließ die Fahrstuhlkabine. Der neu erworbene Geldgurt saß viel schlechter als der, den er in Genf erworben hatte. Aber es hatte keinen Sinn, ihn abzulehnen. Es handelte sich um eine Aufmerksamkeit der Bank, wie Lachmann meinte, während er fast zwölftausend Mark für angebliche Gebühren einbehielt.

Converse ging auf die Bronzetüren des Eingangsportals zu, als er Johann auf einer Marmorbank sitzen sah. Er nickte, als der Student ihn ansah; der Student stand auf und wartete, bis Joel den Eingang erreicht hatte, dann folgte er ihm.

Irgend etwas war geschehen. Draußen vor der Tür hasteten ganze Menschenscharen auf die nächste Straßenecke zu, ein Stimmengewirr war zu hören, laute Fragen, zornige Antworten.

»Was, zum Teufel, ist denn passiert?« fragte Converse.

»Ich weiß nicht«, erwiderte Johann dicht neben ihm. »Irgend etwas Schreckliches. Die Leute laufen zu dem Kiosk an der Ecke. Die Zeitungen.«

»Holen wir uns eine«, sagte Joel und griff nach dem Arm

des jungen Mannes, während sie sich in die Menschentraube einreihten.

»*Attentat! Mord! Amerikanischer Botschafter ermordet!*«

Die Zeitungsverkäufer schrien und reichten die Zeitungen hinaus, während sie Münzen und Geldscheine entgegennahmen, ohne sich um das Wechselgeld zu kümmern. Ein Gefühl der Panik lag in der Luft. Ringsum schnappten sich die Leute Zeitungen und starrten die Schlagzeilen an.

»*Mein Gott!*« rief Johann nach einem Blick auf eine zusammengefaltete Zeitung zu seiner Linken. »Der amerikanische Botschafter ist ermordet worden!«

»Holen Sie eine Zeitung!« Converse warf dem Verkäufer ein paar Münzen hin, während sich der junge Deutsche eine Zeitung nahm. »Verschwinden wir hier!« schrie Joel und packte den Studenten am Arm.

Aber Johann rührte sich nicht von der Stelle. Er stand mitten unter der Menge da und starrte die Zeitung mit geweiteten Augen und zitternden Lippen an. Converse schob zwei Männer zur Seite und zerrte den jungen Mann weiter durch die protestierende Menschenmenge.

»*Sie!*« Die Angst dämpfte Johanns Schrei.

Joel riß dem Studenten die Zeitung aus den Händen. In der rechten oberen Hälfte der Titelseite waren die Fotos von zwei Männern zu sehen. Links der ermordete Walter Peregrine, amerikanischer Botschafter in der Bundesrepublik Deutschland. Rechts war das Gesicht eines amerikanischen *Rechtsanwalts* zu sehen – eines der wenigen deutschen Worte, die Converse kannte. Das Foto zeigte sein Gesicht.

20

»Nein!« brüllte Joel und zerknüllte die Zeitung mit der linken Hand, während seine rechte Johanns Schulter gepackt hielt. »Was auch immer hier steht, es ist eine *Lüge*! Ich habe damit nichts zu tun! Sehen Sie denn nicht, was die vorhaben? Kommen Sie mit!«

»*Nein!*« schrie der junge Deutsche, und sein Blick wanderte gehetzt in die Runde. Er erkannte, daß seine Stimme in dem allgemeinen Lärm unterging.

»*Ja*, habe ich gesagt!« Converse stopfte sich die Zeitung in die Tasche und legte den rechten Arm um Johanns Hals, preßte den Studenten an sich. »Sie können denken und glauben, was Sie wollen, aber zuerst kommen Sie *mit*! Sie werden mir jedes einzelne Wort übersetzen!«

»*Das ist er! Der Attentäter!*« schrie der junge Deutsche und versuchte, einen Mann in der Menge zu packen. Aber der fluchte nur und stieß die Hand des jungen Mannes weg.

Joel riß den Studenten mit sich, während er ihm ins Ohr schrie. Seine Worte verblüfften ihn ebenso wie den jungen Mann. »Wenn Sie es so haben wollen, können Sie es *haben*! Ich habe eine Pistole in der Tasche, und wenn ich sie benutzen muß, dann werde ich es tun! Zwei anständige Männer sind bereits getötet worden – jetzt der dritte –, warum sollten Sie da die Ausnahme sein? Weil Sie *jung* sind? Das ist kein Grund!«

Converse zerrte den jungen Mann aus der Menge heraus. Als er wieder Raum um sich hatte, lockerte er seinen Würgegriff, packte Johann dafür mit der Hand am Kragen und stieß den Studenten vor sich her, suchte die Straße ab, versuchte, einen Ort zu finden, wo sie reden konnten – wo Johann reden konnte, ihm eine Kette von Lügen vorlesen konnte, die die Männer von Aquitania verbreitet hatten. Aber er konnte nicht einfach weitergehen und seinen widerstrebenden Gefangenen vor sich herstoßen; ein paar Leute warfen ihnen bereits Blicke zu, waren neugierig geworden. O Gott! Das Foto – sein *Gesicht*! Jeder konnte ihn erkennen, und indem er den jungen Mann mit sich zerrte, zog er die Aufmerksamkeit auf sich.

Ein Stück vor ihnen, war ein Café mit Tischen unter Sonnenschirmen auf dem Bürgersteig. Einige davon waren leer. Er hätte eine Seitengasse oder eine kopfsteingepflasterte Nebengasse vorgezogen, die für Fahrzeuge zu schmal war, aber so konnte er nicht weitergehen.

»Dort drüben! Der Tisch ganz hinten. Sie setzen sich mit

Blickrichtung zur Straße. Und denken Sie daran – das mit der Pistole war kein Witz; ich werde die Hand in der Tasche halten.«

»*Bitte*, lassen Sie mich *gehen*! Sie haben mir schon genug angetan! Meine Freunde wissen, daß wir gestern abend zusammen weggegangen sind; meine Wirtin weiß, daß ich Ihnen ein Zimmer besorgt habe! Die Polizei wird mir *Fragen* stellen!«

»Da hinein«, sagte Converse und stieß Johann zwischen den Stühlen hindurch zu dem hinteren Tisch. Beide setzten sich, der junge Deutsche zitterte jetzt nicht mehr, aber seine Blicke kreisten hilfesuchend nach allen Seiten. »Sie sollten nicht einmal daran denken«, fuhr Joel fort. »Und wenn ein Kellner kommt, dann sprechen Sie Englisch. *Nur* Englisch!«

»Es gibt hier keine Kellner. Man geht hinein und kauft sich sein Gebäck und den Kaffee.«

»Darauf verzichten wir – Sie können sich später etwas holen. Ich schulde Ihnen Geld, und ich bezahle meine Schulden.«

»Ich will kein Geld von Ihnen«, erwiderte Johann.

»Sie glauben, es sei schmutzig und würde Sie zum Mittäter machen, stimmt das?«

»Sie sind der Anwalt. Ich bin nur Student.«

»Lassen Sie mich das klarstellen. Es ist nicht schmutzig, weil ich das nicht getan habe, was da behauptet wird, und weil es keine Mittäterschaft bei Unschuldigen gibt.«

»Sie sind der Anwalt, Sir.«

Converse schob dem jungen Deutschen die Zeitung hin und griff mit der rechten Hand in die Tasche, in die er vorher zehntausend Deutsche Mark für den sofortigen Gebrauch gesteckt hatte. Er zählte siebentausend davon ab und legte sie Johann hin. »Stecken Sie das weg, ehe ich es Ihnen in den Hals stopfe.«

»Ich nehme Ihr Geld nicht!«

»Sie werden es nehmen und denen sagen, daß ich es Ihnen gegeben habe, wenn Sie das wollen. Die werden es zurückgeben müssen.«

»Wirklich?«

»Immer die Wahrheit sagen. Eines Tages werden Sie herausfinden, daß das der beste Schutz ist, den man haben kann. So, und jetzt lesen Sie vor, was in der Zeitung steht!«

»Der Botschafter ist irgendwann in der vergangenen Nacht getötet worden«, begann der Student langsam, während er verlegen das Geld einsteckte. »...›Die ungefähre Todeszeit ist im Augenblick noch nicht feststellbar‹«, fuhr er fort, indem er stockend den Artikel übersetzte und immer wieder nach dem richtigen Ausdruck suchte. »...Die tödliche Wunde war eine Schädelverletzung, die Leiche hat viele Stunden im Wasser gelegen und ist in Plittersdorf ans Ufer gespült worden, wo sie heute am frühen Morgen gefunden wurde... Nach Angaben des Militärattachés war der Botschafter zuletzt in Gesellschaft eines Amerikaners namens Joel Converse gesehen worden. Als dieser Name auftauchte, kam es zu...«« Der junge Deutsche kniff die Augen zusammen und schüttelte nervös den Kopf. »Wie *sagen* Sie?«

»Ich weiß nicht«, erwiderte Joel mit ausdrucksloser Stimme. »Was soll ich denn sagen?«

»›...gab es sehr erregte – hektische – Gespräche zwischen den Regierungen der Schweiz, Frankreichs und der Bundesrepublik, die alle mit der internationalen Polizeibehörde koordiniert wurden, allgemein als Interpol bekannt, und dann ergab sich aus den einzelnen Fragmenten langsam ein Bild‹ – alles wurde also klarer, heißt das. ›Was Botschafter Peregrine nicht bekannt war, ist, daß der Amerikaner Converse wegen Morden in Genf und Paris und einigen bis jetzt noch nicht aufgeklärten Mordversuchen von Interpol gesucht wurde.‹«

Johann blickte zu Converse auf. Sein Adamsapfel arbeitete.

»Weiter«, befahl Joel. »Sie wissen gar nicht, wie interessant das ist. *Weiter!*«

»»Nach Angaben aus der Botschaft ist auf Ersuchen dieses Converse eine vertrauliche Zusammenkunft einberufen worden. Converse soll behauptet haben, über Informationen zu verfügen, die für Amerika von größtem Interesse seien. Sie erwiesen sich anschließend als falsch. Die beiden

Männer wollten sich gestern abend zwischen halb acht und acht Uhr an der Adenauer-Brücke treffen. Der Militärattaché, der Botschafter Peregrine begleitete, bestätigte, daß die beiden Männer sich um 19.51 Uhr trafen und die Brücke auf dem Fußgängerweg überquerten. Das war das letztemal, daß ein Botschaftsangehöriger den Botschafter lebend gesehen hat.‹« Johann schluckte, seine Hände zitterten. Er atmete einige Male tief durch und fuhr dann fort, wobei seine Augen hastig über das Zeitungsblatt flogen. »›Es folgen nun weitere Einzelheiten, wobei nach Aussagen von Interpol der Verdächtige Joel Converse als ein allem Anschein nach völlig normaler Mann beschrieben wird, der in Wirklichkeit...‹« Der junge Deutsche wurde so leise, daß nur noch ein Flüstern zu hören war. »›...in Wirklichkeit ernsthaft geistesgestört ist. Einige Verhaltensexperten in den Vereinigten Staaten sind der Ansicht, daß er unter schweren psychischen Störungen leidet, die auf fast vier Jahre Kriegsgefangenschaft in Nordvietnam zurückzuführen sind...‹«

Der junge Mann las, vom Klang der eigenen Stimme erschreckt, weiter, ein Stakkato von Worten, in denen es von hastig angesprochenen »Gewährsleuten« und unbekannten, gesichtslosen »Informanten« wimmelte. Das Bild, das sich daraus entwickelte, war das eines geistesgestörten Mannes, dem irgendein schreckliches Ereignis in der Vergangenheit jegliche moralische oder physische Kontrolle über sein Handeln genommen hatte, ohne seine Intelligenz zu stören. Außerdem wurde die Suchaktion der Interpol nur in höchst nebelhaften Begriffen erwähnt, was auf eine geheime Jagd deutete, die schon Tage, wenn nicht Wochen, im Gange war.

»›... Seine Mordinstinkte richten sich‹«, fuhr der jetzt völlig in Panik geratene Student fort, »›... gegen ehemalige oder gegenwärtige hochrangige Militärs, für die er pathologischen Haß empfindet, ganz besonders gegen solche Persönlichkeiten, die in der Öffentlichkeit ein gewisses Ansehen genießen... Botschafter Peregrine war während des Zweiten Weltkriegs ein hochdekorierter Bataillonskommandeur und hat an der Ardennenoffensive teilgenommen, während der viele amerikanische Soldaten ihr Leben verloren... Gewährsleute in Washington vermuten, daß der Geistesgestörte, der vor Jahren mit schrecklichen Erlebnissen aus einem streng bewachten Kriegsgefangenenlager in Nordvietnam fliehen konnte und mehr als hundert Kilometer durch feindliches Dschungelgebiet zurücklegte, jetzt seine Erlebnisse aus jener Zeit noch einmal durchlebt.‹«

Es war eine brillant aufgebaute Falle, im wesentlichen durch Wahrheiten, Halbwahrheiten, Verzerrungen und völlige Lügen gestützt. Selbst der präzise Zeitablauf des Abends war in Betracht gezogen worden. Der Militärattaché erklärte eindeutig, er hätte Joel um »19.51 Uhr« an der Adenauer-Brücke gesehen, etwa fünfundzwanzig Minuten, nachdem er aus seinem Gefängnis auf Leifhelms Anwesen ausgebrochen war, und weniger als zehn Minuten, nachdem er sich in den Rhein gestürzt hatte. Daß er »offiziell« um »19.51 Uhr« auf der Brücke gesehen worden war, nahm seiner Geschichte von Gefangenschaft und Flucht jede Glaubwürdigkeit.

Das Geschehen in Genf – der Tod A. Preston Hallidays – wurde als möglicher Auslöser für die Gewalttat angeführt. Die Tat habe ihn wahrscheinlich in die Vergangenheit zurückgeschleudert und sein irres Verhalten ausgelöst.».... Wie wir inzwischen in Erfahrung bringen konnten, war der ermordete Anwalt ein bekannter Führer der amerikanischen Protestbewegung der sechziger Jahre...« Der verschleierte Schluß, der daraus gezogen wurde, war, daß möglicherweise Converse die Mörder bezahlt haben könnte. Selbst der Tod des Mannes in Paris erhielt eine völlig andere und viel wichtigere Dimension – die eigenartigerweise sogar auf Realität fußte. ».... Ursprünglich ist die wahre Identität des Opfers geheimgehalten worden, in der Hoffnung, daß dies den Ermittlungen nützen möge. In einem Gespräch, das die *Sûreté* mit einem französischen Anwalt führte, der den Verdächtigen seit einigen Jahren kennt, hatten sich nämlich diesbezügliche Verdachtsmomente ergeben. Der Anwalt, der an jenem Tag mit dem Verdächtigen zu Mittag gegessen hatte, deutete an, sein amerikanischer Freund habe ›ernsthafte Schwierigkeiten‹ und brauche ›ärztliche Hilfe‹...« Der Tote in Paris war natürlich ein mehrfach dekorierter Oberst der französischen Armee und hatte nacheinander mehreren »prominenten Generälen« als Adjutant gedient.

Schließlich folgten, wie um immer noch Zweifelnde durch »gut informierte Journalisten« zu überzeugen, Hinweise nicht nur auf Joels Verhalten, sondern auch auf Bemerkungen, die er bei seinem Ausscheiden aus dem Militärdienst vor mehr als fünfzehn Jahren gemacht hatte. Diese Hinweise entstammten einer Erklärung des United States Navy Department, Fünfter Marine-Distrikt, unter Hinweis auf die damals abgegebene Empfehlung, daß Lieutenant Converse sich freiwillig in psychiatrische Behandlung begeben solle, was dieser aber abgelehnt habe. Sein Verhalten gegenüber dem Offiziersausschuß, der ihm nur helfen wollte, war damals in höchstem Maße beleidigend gewesen, und seine Bemerkungen enthielten nichts als Gewaltandrohungen gegen verschiedene Militärpersonen hohen Ranges, die er als Pilot auf einem Flugzeugträger unmöglich gekannt haben konnte.

Das alles vervollständigte das Porträt, wie es die Künstler von Aquitania gezeichnet hatten. Johann beendete den Artikel. Er hielt die Zeitung jetzt mit schweißnassen Händen, seine Augen waren geweitet. Angst leuchtete in ihnen. »Das ist alles ... Sir.«

»Ich würde auch ungern glauben, daß es noch mehr gibt«, sagte Joel. »Glauben Sie es?«

»Ich kann nicht denken. Ich habe zuviel Angst.«

»Das ist eine ehrliche Antwort. Ganz oben in Ihrem Bewußtsein ist jetzt die Furcht, ich könnte Sie töten, und deshalb können Sie Ihren Gedanken nicht ins Auge sehen. Das ist es, was Sie jetzt wirklich sagen. Sie haben Angst, ein falsches Wort oder ein falscher Blick könnten mich beleidigen und ich würde abdrücken.«

»*Bitte*, Sir, ich bin dem nicht gewachsen!«

»Das war ich auch nicht.«

»Lassen Sie mich *gehen*.«

»*Johann*. Meine Hände liegen auf dem Tisch. Da waren sie, seit wir uns gesetzt haben.«

»*Was*...?« Der junge Deutsche blinzelte und sah auf Converses Unterarme, die beide vor ihm auf dem Tisch lagen, die

Hände auf dem weißen Blech des Tisches gefaltet. »Sie haben keine Pistole?«

»O doch, die habe ich schon. Ich habe sie einem Mann weggenommen, der mich getötet hätte, wenn er Gelegenheit dazu gehabt hätte.« Joel griff in die Tasche, und Johann erstarrte. »Zigaretten«, sagte Converse und holte ein Päckchen und Streichhölzer heraus. »Eine schreckliche Angewohnheit. Fangen Sie gar nicht damit an, wenn es nicht sein muß.«

»Es ist sehr teuer.«

»Unter anderem... Wir haben seit gestern abend viel miteinander geredet.« Joel riß ein Streichholz an, zündete sich die Zigarette an und ließ dabei den Studenten nicht aus den Augen. »Abgesehen von den paar Augenblicken in der Menge, als Sie die Möglichkeit gehabt hätten, mich festhalten zu lassen – sehe ich aus oder klinge ich wie der Mann, der in diesem Bericht geschildert ist?«

»Ich bin ebensowenig Arzt wie Rechtsanwalt.«

»Zwei Punkte für die Opposition. Die Beweislast für meine Zurechnungsfähigkeit liegt bei mir. Außerdem heißt es in dem Artikel ja, daß ich völlig normal wirke.«

»Es heißt auch, daß Sie viel durchgemacht haben.«

»Das liegt ein paar hundert Jahre zurück und war auch nicht mehr, als Tausende andere durchgemacht haben, und viel, viel weniger als runde achtundfünfzigtausend, die nie wieder zurückgekehrt sind. Ich glaube nicht, daß ein Unzurechnungsfähiger unter diesen Umständen eine rationale Bemerkung machen kann, oder?«

»Ich weiß nicht, wovon Sie reden.«

»Ich versuche, Ihnen klarzumachen, daß alles, was Sie mir gerade vorgelesen haben, ein Exempel für die Verurteilung eines Mannes durch negativen Journalismus ist. Wahrheiten, gemischt mit Halbwahrheiten, Verzerrungen und Schlüssen, die nicht plausibel sind – und das alles so aufgebaut, um die Lügen zu unterstützen, die mich verurteilen sollen. Es gibt kein Gericht in irgendeinem zivilisierten Land, das gestatten würde, daß die Geschworenen diese Art von Zeugenaussage anhören.«

»Menschen sind getötet worden«, sagte Johann wieder im Flüsterton. »Der Botschafter ist ermordet worden.«

»Aber nicht von mir. Ich war um acht Uhr gestern abend nicht an der Adenauer-Brücke. Ich weiß nicht einmal, wo die ist.«

»Wo waren Sie dann?«

»An einem Ort, wo niemand mich gesehen hat, wenn Sie das meinen, und diejenigen, die wissen, daß ich nicht an der Brücke sein konnte, wären die letzten auf der Welt, die das sagen würden.«

»Es muß doch irgendwelche Beweise dafür geben, wo Sie waren?« Der junge Deutsche deutete mit einer Kopfbewegung auf die Zigarette, die Converse in der Hand hielt. »Vielleicht eine von denen. Vielleicht haben Sie eine Zigarette geraucht und den Stummel weggeworfen.«

»Fingerabdrücke, Fußabdrücke? Stücke von meiner Kleidung? Alles das gibt es, aber daraus kann man nicht die Zeit ableiten.«

»Es gibt Methoden«, verbesserte ihn Johann. »Die Fortschritte, die die Technik in dieser Beziehung gemacht hat, sind ungeheuer.«

»Lassen Sie mich das für Sie zu Ende bringen. Ich bin kein Kriminalanwalt, aber ich weiß, was Sie sagen. Theoretisch könnte man zum Beispiel einen Fußabdruck von mir mit Bodenproben vergleichen, die man von meinen Schuhen abkratzt, und daraus auf die Stunde genau feststellen, wo ich war.«

»*Ja!*«

»Nein. Ich wäre tot, ehe auch nur ein Fetzen Beweismaterial ins Labor käme.«

»*Warum?*«

»Das kann ich Ihnen nicht sagen. Ich wünschte, ich könnte es, aber es geht nicht.«

»Jetzt muß ich wieder fragen, warum?« In die Angst, die aus den Augen des jungen Mannes leuchtete, mischte sich Enttäuschung. Joels Weigerung nahm ihm den letzten Rest von Glaubwürdigkeit.

»Weil es nicht geht. Sie sagten vor ein paar Minuten, daß

ich Ihnen schon genug angetan hätte, und, ohne es zu wollen, habe ich das auch. Aber das werde ich jetzt nicht weiter tun. Das einzige, was dann geschehen könnte, ist, daß man Sie tötet. Offener kann ich es nicht ausdrücken, Johann.«

»Ich verstehe.«

»Nein, das tun Sie nicht. Aber ich wünschte, es gäbe eine Möglichkeit, Sie davon zu überzeugen, daß ich andere Leute erreichen muß, Leute, die etwas tun *können*. Sie sind nicht hier, nicht in Bonn, aber wenn ich hier wegkomme, kann ich sie erreichen.«

»Ist da noch etwas? Wollen Sie, daß ich *noch* etwas tue?« Der junge Deutsche wurde wieder starr, und seine Hände fingen erneut zu zittern an.

»Nein, ich will nicht, daß Sie noch etwas tun. Ich bitte Sie, *nichts* zu tun – wenigstens eine Weile. Geben Sie mir eine Chance, hier wegzukommen und irgendwie mit Leuten in Verbindung zu treten, die mir helfen können – uns allen helfen können?«

»Uns allen?«

»Ja, genau das, und mehr sage ich nicht.«

»Und in Ihrer eigenen Botschaft können Sie diese Leute nicht erreichen?«

Converse sah Johann durchdringend an. »Botschafter Walter Peregrine ist von Leuten in seiner eigenen Botschaft getötet worden. Sie sind letzte Nacht in das Hotel gekommen, um mich zu töten.«

Johann atmete tief ein und wandte den Blick von Joel ab.

»Ich werde jetzt aufstehen und hier weggehen. Wenn Sie zu schreien anfangen, dann werde ich laufen und versuchen, mich irgendwo zu verstecken, bevor man mich erkennt. Und dann werde ich tun, was ich kann. Wenn Sie nicht Alarm schlagen, habe ich eine bessere Chance, und das wäre meiner Ansicht nach das Beste. Für uns alle. Sie könnten in die Universitätsbibliothek gehen und vielleicht in einer Stunde wieder herauskommen, sich eine Zeitung kaufen und zur Polizei gehen. Ich würde erwarten, daß Sie das tun, wenn Ihnen danach ist. Das ist meine Ansicht. Die Ihre kenne ich nicht. *Goodbye*, Johann.«

Joel stand auf, drehte sich um und ging zwischen den Tischen davon. Dann bog er rechts ein und hielt auf die nächste Kreuzung zu. Er atmete kaum, obwohl seine Lungen zu bersten drohten, aber er wagte es nicht, seinen Gehörsinn durch den Atem zu beeinträchtigen. Mit jedem Schritt wartete er; sein Puls beschleunigte sich und seine Ohren waren so aufmerksam, daß auch der leiseste ungewöhnliche Ton ihnen nicht entgangen wäre.

Doch er hörte nur die üblichen Straßengeräusche. Gesprächsfetzen, das Hupen der Taxis – doch das war nicht das, was er erwartete. Das würde kommen, wenn eine junge Männerstimme anfing, Alarm zu schlagen. Aber nichts kam. Joel beschleunigte seine Schritte, mischte sich unter die Fußgänger, die den Platz überquerten – schneller, *schneller* –, überholte Passanten, die es nicht eilig hatten. Er erreichte den gegenüberliegenden Bürgersteig und verlangsamte seinen Schritt – wenn man schnell ging, zog man Aufmerksamkeit auf sich. Und doch war der Drang zu laufen fast unüberwindlich.

Converse blieb an der Straßenecke stehen und blickte über den Platz zu dem kleinen Café zurück. Der Student Johann saß noch auf seinem Stuhl, den Kopf auf beide Hände gestützt, die Zeitung lesend. Dann stand er auf und ging in das Café. War drinnen ein *Telefon*? Würde er mit jemandem *sprechen*?

Wie lange kann ich warten? dachte Converse, darauf vorbereitet, wegzurennen, während sein Instinkt ihn zurückhielt.

Johann kam mit einem Tablett mit Kaffee und Kuchen aus dem Laden zurück. Er setzte sich, nahm bedächtig die Teller vom Tablett und starrte wieder die Zeitung an. Dann blickte er auf, sah ins Leere – so als wüßte er, daß ihn unsichtbare Augen beobachteten –, und nickte einmal.

Wieder jemand, der bereit war, ein Risiko auf sich zu nehmen, dachte Joel, während er sich umdrehte und die für ihn nicht vertrauten Geräusche und Bilder seiner Umgebung in sich aufnahm. Ihm waren jetzt ein paar Stunden geschenkt worden. Er wünschte zu wissen, wie er sie nutzen sollte – er wünschte zu wissen, was er *tun* sollte.

Valerie eilte ans Telefon. Wenn es wieder ein Reporter war, würde sie ihm dasselbe sagen, was sie den letzten fünf gesagt hatte. *Ich glaube kein Wort davon, und mehr habe ich nicht zu sagen!* Und wenn es wieder jemand aus Washington war – vom FBI oder dem CIA oder von irgendeiner anderen schrecklichen Abkürzung –, würde sie schreien! Sie war an diesem Tag bereits drei Stunden verhört worden, bis sie die Quälgeister buchstäblich aus dem Haus geworfen hatte. Es waren Lügner, die sie zu zwingen versuchten, ihre Lügen zu unterstützen. Viel leichter würde es sein, den Telefonhörer abzuhängen, aber das konnte sie nicht. Sie hatte zweimal Lawrence Talbot in New York angerufen und sein Büro gebeten, ihn ausfindig zu machen, wo immer er auch sein mochte, und ihn zu veranlassen, sie zurückzurufen. Alles war Wahnsinn.

»Hallo?«

»*Valley?* Hier ist Roger.«

»*Dad!*« Nur ein einziger Mensch hatte sie je mit diesem Namen angesprochen, und das war ihr ehemaliger Schwiegervater. Die Tatsache, daß sie nicht mehr mit seinem Sohn verheiratet war, hatte an ihrer Beziehung nichts geändert. Sie mochte den alten Piloten und wußte, daß er für sie dasselbe empfand. »Wo *bist* du? Ginny hat es nicht gewußt, und sie ist zutiefst erschüttert. Du hast vergessen, deinen Anrufbeantworter einzuschalten.«

»Das habe ich nicht vergessen, Valley. Zu viele Leute wollen, daß ich zurückrufe. Ich bin gerade aus Hongkong zurück, und als ich die Maschine verließ, sind fünfzig oder sechzig Reporter über mich hergefallen.«

»Dann hat irgendein geschäftstüchtiger Angestellter durchsickern lassen, daß du an Bord bist. Der ißt die nächste Woche bestimmt in den teuersten Restaurants auf Spesen. Wo bist du?«

»Immer noch auf dem Flughafen – im Büro des Flugleiters. Valley, ich habe gerade die Zeitung gelesen. Die haben mir die letzten Ausgaben gebracht. Was, zum Teufel, geht eigentlich vor?«

»Ich weiß es nicht, Dad, ich weiß nur, daß es eine Lüge ist.«

»Joel ist die vernünftigste Person, die ich je erlebt habe! Die verdrehen alles, machen aus dem Guten, das er getan hat, irgend etwas... ich weiß nicht, etwas Bösartiges. Er ist zu verdammt *gradlinig*, um verrückt zu sein!«

»Roger, er ist nicht verrückt, die wollen ihn fertigmachen.

»Aber *warum* denn?«

»Ich weiß nicht. Aber Larry Talbot weiß es, glaube ich – zumindest weiß er mehr, als er mir gesagt hat.«

»Was *hat* er dir denn gesagt?«

»Nicht jetzt, Dad, später.«

»Warum?«

»Ich weiß nicht genau... Irgend etwas, das ich fühle, vielleicht.«

»Was du sagst, gibt keinen Sinn, Valley.«

»Tut mir leid.«

»Was hat Ginny gesagt? Ich werd' sie natürlich anrufen.«

»Die ist völlig hysterisch.«

»Das war sie immer – ein wenig.«

»Nein, nicht so. Sie gibt sich die Schuld. Sie glaubt, die Leute würden ihren Bruder jetzt für etwas bestrafen, was *sie* in den sechziger Jahren getan hat. Ich habe versucht, ihr klarzumachen, daß das Unsinn ist, aber ich fürchte, das hat es nur noch schlimmer gemacht. Sie fragte mich ganz ruhig, ob ich das glaubte, was man von Joel sagt. Darauf habe ich natürlich mit Nein geantwortet.«

»Der alte Verfolgungswahn. Drei Kinder und einen Buchhalter als Ehemann. Und trotzdem hört es nicht auf. Ich bin mit diesem Mädchen nie zurechtgekommen. Aber eine verdammt gute Pilotin ist sie. Ist vor Joel solo geflogen, dabei war sie zwei Jahre jünger. Ich werde sie anrufen.«

»Du wirst sie vielleicht nicht erreichen.«

»Oh?«

»Sie läßt ihre Nummer ändern, und ich glaube, das solltest du auch tun. Ich weiß, daß ich das in dem Augenblick tun werde, wo Larry mich angerufen hat.«

»Valley...«, Roger Converse machte eine Pause, »...tu das nicht.«

»Warum nicht? Hast du überhaupt eine Ahnung, was hier los ist?«

»Schau mal, du weißt, daß ich dich nie gefragt habe, was zwischen dir und Joel passiert ist, aber wenn ich in der Stadt bin, esse ich gewöhnlich einmal die Woche mit diesem Herrn Anwalt zu Abend. Er hält das wahrscheinlich für eine Art Sohnespflicht. Aber ich würde sofort damit aufhören, wenn ich ihn nicht leiden könnte. Ich meine, er ist ein netter Bursche, wenn er auch manchmal ein wenig komisch ist.«

»Das weiß ich alles, Roger. Was willst du denn damit sagen?«

»*Die* sagen, daß er verschwunden sei, daß niemand ihn finden kann.«

»Und?«

»Es könnte sein, daß er dich anruft. Ich wüßte sonst niemanden, den er anrufen würde.«

Valerie schloß die Augen; die Nachmittagssonne, die durch die Atelierfenster hereinbrannte, blendete sie. »Hast du das aus euren wöchentlichen Gesprächen beim Abendessen?«

»Intuition ist es nicht. So was habe ich noch nie gehabt. Nur in der Luft... Natürlich habe ich es daher. Es ist nie direkt ausgesprochen worden, aber es war immer dicht unter der Wolkendecke.«

»Du bist unmöglich, Dad.«

»Fehler, die Piloten machen, sind wie die von anderen Leuten. Manchmal kann man sie sich nicht leisten... Laß deine Telefonnummer nicht ändern, Valley.«

»Gut.«

»Und was ist jetzt mit mir?«

»Ginnys Mann hatte eine gute Idee. Die verweisen alle Anfragen an ihren Anwalt. Vielleicht solltest du es auch so machen. Hast du einen?«

»Sicher«, sagte Roger Converse. »Drei sogar. Talbot, Brooks and Simon. Nate ist der beste, falls es dich interessiert. Wußtest du, daß dieser alte Hurensohn im Alter von siebenundsechzig Jahren noch zu fliegen angefangen hat? Kannst du dir das vorstellen?«

»*Dad!*« unterbrach ihn Valerie plötzlich. »Bist du am Flughafen?«

»Das sagte ich doch. Kennedy.«

»Fahr nicht nach Hause. Geh nicht in deine Wohnung. Nimm die erste Maschine, die du bekommst, nach Boston. Benutze einen anderen Namen. Ruf mich zurück und sag mir Bescheid, welchen Flug du nimmst. Ich hol dich ab.«

»*Warum?*«

»Tu einfach, was ich dir sage! *Bitte!*«

»Wozu?«

»Du wirst hierbleiben. Ich muß weg.«

21

Converse eilte aus dem Konfektionsgeschäft an der überfüllten Bornheimer Straße und studierte im Schaufenster sein Spiegelbild. Er prüfte den Eindruck, den seine Erwerbungen machten; nicht so, wie er das vor dem Ankleidespiegel getan hatte, um Paßform und Aussehen zu beurteilen, sondern so, wie es einer der Fußgänger auf dem Bürgersteig tun würde. Er war zufrieden. An den Kleidern war nichts, das die Aufmerksamkeit auf ihn lenkte. Das Foto in den Zeitungen – das einzige aus den letzten fünfzehn Jahren, das man im Archiv einer Zeitung oder einer Nachrichtenagentur hatte finden können – war vor etwa einem Jahr aufgenommen worden, als Reuters ihn mit einigen anderen Berufskollegen interviewt hatte. Es war ein Brustbild in der typischen Kleidung eines Anwalts – dunkler Anzug, Weste, weißes Hemd, gestreifte Krawatte. Das war auch dasselbe Bild, das die Leser der Zeitungen von ihm hatten, und da sich das Bild nicht ändern würde, war er es, der sich ändern mußte.

Das Aussehen, das er bei der Auswahl der Sachen im Sinn gehabt hatte, gehörte zu einem Geschichtsprofessor auf seiner ehemaligen Universität. Solche Leute trugen stets Tweedjacken in gedeckten Farben mit Lederflecken an den Ellbogen. Graue Hosen – schweres oder leichtes Flanell, nie etwas anderes – und Hemden aus blauem Oxfordstoff mit Button-down-Kragen, auch das wieder ohne Ausnahme.

Über seiner dicken Hornbrille saß ein weicher irischer Hut mit vorn und hinten heruntergezogener Krempe. Anstelle der Hornbrille trug Converse eine Sonnenbrille, aber nur auf kurze Zeit. Er war an einem Billigkaufhaus vorbeigekommen und wußte, daß es dort einen Verkaufsstand mit den verschiedensten Brillentypen geben mußte, einige sogar mit leichtem Vergrößerungsfaktor.

Aus Gründen, die er erst langsam verstand, war diese Brille plötzlich lebenswichtig für ihn. Er war mit etwas beschäftigt, das er ganz beherrschen konnte – er mußte sein Aussehen ändern. Anderes dagegen schob er hinaus, er war unsicher, was er als nächstes tun sollte, und nicht sicher, ob er überhaupt noch etwas tun konnte.

Er musterte sein Gesicht in dem ovalen Spiegel des Warenhauses und war mit dem, was er sah, zufrieden. Er war nicht länger der Mann aus der Zeitung, und was ebensowichtig war, die Konzentration, die er der Veränderung seines Aussehens gewidmet hatte, hatte ihm geholfen, seine Gedanken zu klären. Er konnte sich jetzt irgendwohin setzen und die Dinge sortieren. Außerdem brauchte er etwas zu essen und zu trinken.

Das Café war überfüllt, und die leicht eingefärbten Fenster dämpften das Licht der Sommersonne. Man führte ihn zu einem Tisch vor einer ledergepolsterten Bank und drückte ihm eine Speisekarte in englischer Sprache in die Hand. Die einzelnen Speisen darauf waren numeriert. Whisky wurde auf dem Kontinent ganz allgemein als Scotch serviert; er bestellte sich einen doppelten und holte Block und Kugelschreiber heraus, die er in dem Warenhaus gekauft hatte. Sein Drink kam, und er begann zu schreiben.

Connal Fitzpatrick?
Aktentasche?
$ 93 000
Botschaft streichen
Larry Talbot etc. streichen
Beale streichen
Anstett streichen
Niemand in San Francisco

Männer in Washington. Wer?
Caleb Dowling? Nein.
Hickman, Navy, San Diego? Möglich.
...Mattilon?

René! Weshalb hatte er nicht schon früher an Mattilon gedacht? Jetzt begriff er, weshalb der Franzose die ihm anonym zugeschriebenen Bemerkungen gemacht hatte. René versuchte, ihn zu schützen. Wenn es keine Verteidigung gab, oder wenn sie so schwach war, daß sie ihm nichts nützte, dann war der nächste logische Schritt, auf kurzzeitige Unzurechnungsfähigkeit zu plädieren. Joel malte einen Kreis um Mattilons Namen und schrieb links davon eine Eins hin und zog ebenfalls einen Kreis um sie. Er würde sich auf ein Postamt begeben, sich dort eine Telefonzelle zuweisen lassen und René in Paris anrufen. Er trank zwei Schluck Whisky und spürte, wie die von dem Alkohol ausgehende Wärme ihn entspannte. Dann wandte er sich wieder seiner Liste zu und fing ganz oben an.

Connal...? Die Annahme, daß er getötet worden war, lag nahe, aber sie war nicht schlüssig. Wenn er lebte, dann hielt man ihn ohne Zweifel fest, in der Absicht, ihm irgendwelche Informationen abzupressen. Als leitender Anwalt der größten Marinebasis an der Westküste, als ein Mann, der häufig mit dem Munitionsbüro des State Department und den entsprechenden Stellen im Pentagon zu tun gehabt hatte, würde Fitzpatrick den Männern von Aquitania nützlich sein können. Und doch – Aufmerksamkeit auf ihn zu lenken, hieß, seine Exekution zu riskieren, falls man ihn nicht bereits getötet hatte. Wenn er noch lebte, so lag die einzige Chance seiner Rettung darin, ihn zu finden. Plötzlich sah Joel einen Mann in amerikanischer Uniform, der an der Bar des Lokals mit zwei Zivilisten redete. Er kannte den Mann nicht, die Uniform war es, die seine Aufmerksamkeit erregt hatte. Sie erinnerte ihn an den Militärattaché in der Botschaft, jenen so aufmerksamen und präzisen Offizier, der fähig war, einen Mann in genau dem Augenblick an einer Brücke zu sehen, wo er gar nicht dort war. Ein Lügner für Aquitania, jemand, dessen Lügen ihn identifizierten. Wenn jener Lügner nicht wußte, wo Fitzpatrick war, so konnte man ihn dazu bringen, das herauszufinden. Vielleicht gab es doch eine Möglichkeit. Converse zog auf der rechten Seite einen Strich, der Connal Fitzpatrick mit Admiral Hickman in San Diego verband. Eine Ziffer schrieb er nicht hin, es gab noch viel zu überlegen.

Aktentasche? Er war immer noch überzeugt, daß Leifhelms Leute sie nicht gefunden hatten. Wenn sie im Besitz der Generale von Aquitania gewesen wäre, dann hätte man ihn das wissen lassen. Es paßte nicht zu diesen Männern, einen solchen Fund zu verbergen, nicht vor einem Gefangenen, der sich eingebildet hatte, ihnen gewachsen zu sein. Nein, sie hätten es ihm auf die eine oder andere Art gesagt, und wenn nur, um ihm klarzumachen, wie vollkommen er gescheitert war. Wenn er sich nicht täuschte, hatte Connal sie versteckt. In dem Gasthof, der sich *Das Rektorat* nannte? Einen Versuch war es wert. Joel malte einen Kreis um das Wort *Aktentasche* und schrieb davor die Ziffer *Zwei*.

»Möchten Sie bestellen, mein Herr?« fragte ein Kellner, der von Converse unbemerkt an den Tisch getreten war.

»Englisch, bitte?«

»Certainly, Sir. Would you like to order? Die heutige Spezialität ist Wiener Schnitzel – ich weiß nicht, wie man dazu auf englisch sagt.«

»Genauso. Ja, das nehme ich.«

»*Thank you.*«

Der Mann entschwand, ehe Joel einen zweiten Drink bestellen konnte. Vielleicht war das ganz gut so, dachte er.

$93000. Mehr gab es dazu nicht zu sagen; die lästige Ausbuchtung um seine Taille sagte alles. Er hatte das Geld; nun mußte es eingesetzt werden.

Botschaft streichen... Larry Talbot etc. streichen... Anstett streichen... Niemand in San Francisco... Während des Essens befaßte er sich mit diesen Punkten und überlegte, wie alles geschehen sein mochte. Jeder Schritt war sorgfältig bedacht worden. Er hatte die Fakten studiert, die Dossiers fast auswendig gelernt und war äußerst vorsichtig gewesen. Und dann war alles einfach weggeblasen worden von Verwicklungen, die weit über das hinausgegangen waren, was Preston Halliday ihm in Genf erklärt hatte.

Du brauchst nur zwei oder drei Fälle aufzubauen, die mit Delavane in Verbindung stehen – das genügt.

Wo waren jene Männer in Washington, die die Kühnheit besaßen, eine halbe Million Dollar für ein unglaubliches Pokerspiel einzusetzen, und die gleichzeitig zu viel Angst hatten, um jetzt ans Licht zu treten? Welche Art von Männern *waren* sie? Ihr erster Späher war getötet worden, und der zweite stand unter Anklage, ein psychopathischer Meuchelmörder zu sein. Wie lange konnten sie noch *warten*?

Die Fragen machten Converse wütend, so sehr, daß sie seine Vernunft blendeten. Und Vernunft brauchte er, und mehr als alles andere den Schutz, der aus dem Wissen kam. Jetzt war die Zeit gekommen, ein Postamt aufzusuchen und mit Mattilon in Paris zu telefonieren. René würde ihm glauben, René würde ihm helfen. Es war undenkbar, daß sein alter Freund etwas anderes tat.

Der Zivilist ging stumm an das Hotelfenster, wissend, daß man von ihm erwartete, daß er etwas verkündete, woraus sich ein Wunder erschaffen ließe – nicht eine Lösung, sondern ein Wunder. Aber in dem Gewerbe, das er so gut kannte, gab es so etwas nicht. Peter Stone war ein Relikt, Strandgut, jemand, der alles gesehen hatte und in den letzten Jahren des Sehens zusammengebrochen war. Der Alkohol hatte in ihm den Platz wahren Wagemuts eingenommen.

Trotzdem, einmal war er einer der Besten gewesen – das konnte er nicht vergessen. Und als er wußte, daß für ihn alles vorbei war, hatte er sich endlich klargemacht, daß er im Begriff war, sich mit einer Mischung aus Whisky und Selbstmitleid selbst zu töten. Da war er ausgestiegen. Aber nicht bevor er sich die Feindschaft seiner ehemaligen Arbeitgeber in der Central Intelligence Agency zugezogen hatte, nicht, weil er an die Öffentlichkeit getreten war, sondern weil er ihnen unter vier Augen gesagt hatte, was er von ihnen hielt. Zum Glück lernte er dann, als sich wieder Nüchternheit einstellte, daß seine ehemaligen Arbeitgeber auch andere

Feinde in Washington hatten, Feinde, die nichts mit ausländischen Verwicklungen oder der Konkurrenz zu tun hatten. Einfach Männer und Frauen, die dem Land dienten und die wissen wollten, was zum Teufel vor sich ging und was die CIA ihnen vorenthielt. Er hatte überlebt – überlebt. Während er über diese Dinge nachdachte, wußte er, daß die zwei Männer im Raum glaubten, er konzentriere sich auf seine augenblickliche Aufgabe.

Dabei gab es eine solche gar nicht. Die Akte war abgeschlossen, mit einem schwarzen Rand. Sie waren so jung – Herrgott, so *verdammt* jung! –, daß es ihnen schrecklich schwerfallen würde, es zu akzeptieren. Er erinnerte sich – ganz vage –, wann ihn ein solcher Schluß zum erstenmal erschüttert hatte. Aber das lag beinahe vierzig Jahre zurück.

»Wir können *gar nichts tun*«, sagte er mit leiser Autorität. Der Army-Captain und der Navy Lieutenant waren sichtlich erregt. Peter Stone fuhr fort: »Ich habe dreiundzwanzig Jahre mit diesem Grabenkampf verbracht, darunter auch ein Jahrzehnt mit Angleton, und ich sage Ihnen, es gibt absolut nichts, was wir tun können. Wir müssen ihn weitermachen lassen, wir können nicht an ihn heran.«

»Weil wir es uns nicht *leisten* können?« fragte der Marineoffizier mit schneidender Stimme. »Das sagten Sie auch, als Halliday in Genf getötet wurde. Daß wir es uns nicht *leisten* können!«

»Das können wir auch nicht. Man hat uns ausgetrickst.«

»Es ist ein *Mensch*«, beharrte der Lieutenant. »*Wir* sind es, die ihn *ausgeschickt* haben...«

»Und die haben ihn sich zurechtgesetzt«, unterbrach ihn der Zivilist mit ruhiger Stimme. In seinen Augen stand das ganze traurige Wissen seiner Erfahrung geschrieben. »Er ist so gut wie tot. Wir müssen anfangen, uns nach einem anderen umzusehen.«

»Warum ist das so?« fragte der Army-Captain. »Warum ist er so gut wie tot?«

»Die haben zu viele Kontrollen, das kann man jetzt deutlich sehen. Wenn sie ihn nicht irgendwo in einem Keller hinter Schloß und Riegel halten, dann wissen sie immerhin ziemlich genau, wo er ist. Wer immer ihn findet, wird ihn töten. Die von Kugeln durchlöcherte Leiche eines verrückten Killers wird geliefert, und ein kollektives Aufseufzen der Erleichterung geht durch das Land. Das ist das Szenario.«

»Und das war die kaltblütigste Analyse eines Mordes, die ich je gehört habe!«

»Hören Sie, Lieutenant«, sagte Stone und entfernte sich vom Fenster. »Sie haben mich gebeten, zu kommen, weil Sie jemanden mit Erfahrung unter sich haben wollten. Und dank dieser Erfahrung kennt man den Augenblick, in dem man einsehen muß, daß man verloren hat. Das heißt nicht, daß man erledigt ist. Es heißt nur, daß diese Runde an den Gegner geht. So ist es, und ich habe das Gefühl, daß die Schläge noch nicht aufgehört haben.«

»Vielleicht«, begann der Captain stockend. »Vielleicht sollten wir zur Agency gehen und denen alles sagen, was wir wissen – alles, was wir zu wissen *glauben* – und was wir getan haben. Auf die Weise könnten wir Converse vielleicht lebend rausbekommen.«

»Tut mir leid«, erwiderte der ehemalige CIA-Mann. »Die wollen seinen Kopf, und sie werden ihn kriegen. Die hätten sich nicht all die Mühe gemacht, wenn das nicht so wäre. Er hat irgend etwas herausgefunden, oder die haben etwas über ihn herausgefunden. So läuft das.«

»Was für eine Welt ist das denn, in der Sie leben?« fragte der Marineoffizier leise und schüttelte den Kopf.

»Ich lebe nicht mehr in ihr, das wissen Sie. Ich glaube, das ist einer der Gründe, weshalb Sie zu mir gekommen sind. Ich habe das getan, was Sie beide – und wer sonst noch bei Ihnen ist – jetzt tun. Ich habe Krach geschlagen, nur daß ich das mit zwei Monaten Bourbon in den Adern und zehn Jahren Ekel im Kopf getan habe. Sie sagen, Sie wollen zur Company gehen? Gut, tun Sie es, aber ohne mich. Niemand in Langley, der auch nur einen Cent wert ist, will mit mir etwas zu tun haben.«

»Zu G-2 oder zur Marineabwehr können wir auch nicht gehen«, sagte der Army-Offizier. »Das wissen wir, darüber sind wir uns alle einig. Dort sind Delavanes Leute; die würden uns einfach abknallen.«

»Gut formuliert, Captain. Würden Sie meinen, daß die das mit richtigen Kugeln tun?«

»*Jetzt* schon«, sagte der Mann von der Navy und nickte Stone zu. »Der Bericht aus San Diego lautet, daß der Mann aus der Rechtsabteilung, dieser Remington, bei einem Autounfall in La Jolla ums Leben gekommen sei. Er ist derjenige, der als letzter mit Fitzpatrick gesprochen hat, und bevor er den Stützpunkt verließ, hat er einen Kollegen nach dem Weg zu einem Restaurant in den Bergen gefragt. Er war vorher nie dort gewesen ... Und ich glaube nicht, daß es ein Unfall war.«

»Ich auch nicht«, pflichtete ihm der Zivilist bei. »Aber das führt uns vielleicht zu einem anderen Ansatzpunkt, einer Stelle, wo wir nachhaken könnten.«

»Was meinen Sie?« fragte der Army-Captain.

»Fitzpatrick. SAND PAC kann ihn nicht finden, stimmt das?«

»Er ist auf Urlaub«, warf der Marineoffizier ein. »Er hat noch zwanzig Tage. Man hatte ihn nicht angewiesen, seinen Reiseplan zu hinterlassen.«

»Trotzdem haben die versucht, ihn zu finden, aber sie schaffen es nicht.«

»Ich verstehe immer noch nicht«, wandte der Captain ein.

»Wir heften uns auf Fitzpatricks Spur«, sagte Stone. »Über San Diego, nicht Washington. Wir lassen uns einen Grund einfallen, weshalb wir ihn *wirklich* wieder hier haben wollen. Irgendein Notfall mit streng vertraulichen Papieren, ein Problem auf dem Stützpunkt – das sonst keinen angeht.«

»Ich wiederhole mich ungern«, sagte der Mann von der Army, »aber ich komme da nicht mehr mit. Wo fangen wir an? Bei wem?«

»Bei jemandem von Ihrem Verein, Captain. Im Augenblick ist er ein sehr wichtiger Mann. Der Militärattaché in dem Mehlemer Haus.«

»Dem was?«

»Der amerikanischen Botschaft in Bonn. Er ist einer von ihnen. Er hat an einem sehr wichtigen Punkt gelogen«, sagte Stone. »Sein Name ist Washburn. Major Norman Anthony Washburn.«

Der Postbeamte, dem Joel den Namen von Mattilons Anwaltskanzlei in Paris auf ein Blatt schrieb, erfragte die Nummer bei der Auskunft und forderte Converse auf, Kabine Sieben aufzusuchen und dort auf das Klingeln zu warten. Joel zog die Tür der kleinen Zelle hinter sich zu, ohne dabei den Hut, dessen Krempe ihm fast die Stirn bedeckte, abzunehmen. Jeder Raum, ob es nun eine Toilettenkabine oder eine Telefonzelle war, bot Vorteile gegenüber dem Aufenthalt im Freien. Joel spürte, wie sein Puls sich beschleunigte. Als endlich die Klingel ertönte, hatte er das Gefühl, der Schädel müsse ihm zerspringen.

»*Saint Pierre, Nelli et Mattilon*«, sagte die Frauenstimme in Paris.

»Monsieur Mattilon, bitte – *s'il vous plaît.*«

»*Votre*...« Die Frau hielt inne, erkannte offenbar den Amerikaner an dem kläglichen Versuch, Französisch zu sprechen. »Wen darf ich bitte melden?«

»Sein Freund aus New York. Er weiß dann schon Bescheid. Ich bin ein Klient.«

René wußte Bescheid. Nach einem Klicken erklang seine Stimme im Hörer. »Joel?« flüsterte er. »Ich kann es nicht *glauben*!«

»Das sollst du auch nicht«, sagte Converse. »Es stimmt nicht – nicht das, was sie über Genf oder Bonn sagen, nicht einmal das, was *du* gesagt hast. Ich hatte nichts mit diesen Morden zu tun, und das in Paris war ein Unfall. Ich hatte allen Anlaß zu glauben – *glaubte* das auch –, daß der Mann nach einer Waffe griff.«

»Warum bist du dann nicht geblieben, wo du *warst*, mein Freund?«

»Weil die mich daran hindern wollten weiterzureisen. Das glaubte ich ehrlich, und ich konnte nicht zulassen, daß sie mich aufhielten. Laß mich reden... Im Georges V. hast du mir Fragen gestellt, und ich habe darauf ausweichend geantwortet. Und ich glaube, du hast mich durchschaut. Aber du warst so freundlich und hast dir nichts anmerken lassen. Doch da ist nichts, was dir leid tun muß, darauf gebe ich dir mein Wort – das Wort eines völlig *zurechnungsfähigen* Mannes. Bertholdier ist an jenem Abend auf mein Zimmer gekommen; wir haben miteinander gesprochen, und dann geriet er in Panik. Vor sechs Tagen habe ich ihn wiedergesehen, hier in Bonn – nur daß es diesmal anders war. Man hatte ihn dorthin befohlen, ihn und drei andere sehr mächtige Männer, zwei Generale und ein ehemaliger Feldmarschall. Das Ganze ist eine internationale Verschwörung, René, und die sind imstande, sie durchzuziehen. Alles ist geheim und entwickelt sich mit ungeheurer Schnelligkeit. Sie haben Spitzenmilitärs in ganz Europa in ihre Kreise gezogen, im Mittelmeerraum, in Kanada und den Vereinigten Staaten ebenfalls. Es ist unmöglich, festzustellen, wer zu ihnen gehört und wer nicht – und es bleibt nicht mehr genug Zeit, daß man sich noch einen Fehler leisten kann. Sie haben Millionen zur Verfügung, Lagerhäuser auf der ganzen Welt voll Munition, die an ihre Leute verschickt werden wird, wenn der Augenblick gekommen ist.«

»Der Augenblick?« unterbrach Mattilon. »Welcher Augenblick?«

»Bitte«, beharrte Joel und erzählte hastig weiter. »Sie haben Waffen und Munition an Terroristen auf der ganzen Welt gesandt, mit einem einzigen Ziel: Störung der rechtlichen Ordnung durch Gewalt. Das ist ihr Vorwand, um nach der Macht zu greifen. Im Augenblick sind sie dabei, Nordirland in die Luft zu jagen.«

»Der Wahnsinn in *Ulster*?« unterbrach ihn der Franzose erneut. »Das Schreckliche, was dort...«

»Das sind *sie*! Das Ganze ist ein Probelauf. Sie haben es mit einer Riesensendung aus den Staaten in Gang gesetzt – um zu beweisen, daß sie dazu *imstande* sind! Aber Irland ist nur ein Test, eine kleinere Übung. Die große Explosion kommt in ein paar Tagen, höchstens ein paar Wochen. Ich muß an die Leute herankommen, die sie aufhalten können, und das kann ich nicht, wenn ich tot bin!« Converse hielt inne, aber nur, um Atem zu schöpfen. Er ließ Mattilon keine Chance, ihn zu unterbrechen. »Das sind die Männer, hinter denen ich her war, René – auf *legalem* Wege war ich hinter ihnen her, um Material für eine Anklage gegen sie zu sammeln, um sie vor Gericht zu bringen und sie dort bloßzustellen, ehe sie hätten weitermachen können. Aber dann mußte ich erfahren, daß sie ihr Ziel schon erreicht hatten. Ich war zu spät gekommen.«

»Aber warum *du*?«

»Es fing in Genf an – mit Halliday, dem Mann, der damals erschossen wurde. Er ist von ihren Leuten getötet worden, aber vorher hat er mich einweihen können. Du hast mich über Genf befragt, und ich habe dich belogen, aber das ist jetzt die Wahrheit... Und jetzt wirst du mir entweder helfen oder versuchen, mir zu helfen, oder es nicht tun. Nicht für mich – ich bin unwichtig –, aber das, wo man mich hineingezogen hat, ist es nicht. Man *hat* mich hineingezogen, das weiß ich jetzt. Aber ich habe sie gesehen, habe mit ihnen *gesprochen*, und sie sind so verdammt logisch, so überzeugend, daß sie ganz Europa dem Faschismus in die Arme treiben werden; sie werden eine Militärföderation errichten, und mein Land wird die Keimzelle sein. Weil es in meinem Land angefangen hat; in San Francisco hat es angefangen, bei einem Mann namens Delavane.«

»Saigon? Mad Marcus aus *Saigon*?«

»Er lebt in Palo Alto und hat alle Fäden in der Hand. Er ist immer noch ein Magnet, und die fühlen sich zu ihm hingezogen, so wie Fliegen zu einem Schwein.«

»Joel, bist du... bist du auch ganz sicher... ich meine...?«

»Wir wollen es einmal so ausdrücken, René. Ich habe einem Mann, der mich einmal bewacht hat, seine lausige Uhr abgenommen. Die Uhr hat einen Sekundenzeiger, und du hast jetzt dreißig Sekunden Zeit, um über das nachzudenken, was ich dir gesagt habe, dann werde ich auflegen. *Jetzt*, alter Freund, neunundzwanzig Sekunden.«

Zehn Sekunden verstrichen, dann sagte Mattilon: »Ein Unzurechnungsfähiger gibt keine so präzisen Erklärungen in so präziser Weise. Er gebraucht auch nicht Worte wie ›Keimzelle‹; so etwas gibt es in seinem Vokabular nicht... Nun gut, vielleicht bin ich auch verrückt, aber das, was du gesagt hast – es paßt alles zusammen, was kann ich sonst sagen? *Alles* ist verrückt!«

»Ich muß in die Staaten zurück, und zwar lebend. Ich muß Washington erreichen. Dort kenne ich Leute. Wenn ich an sie herankomme, werden sie auf mich hören. Kannst du mir helfen?«

»Ich habe Kontakte zum Quai d'Orsay. Laß mich die ansprechen.«

»Nein«, widersprach Converse heftig. »Sie wissen, daß wir befreundet sind. Ein Wort an der falschen Stelle, und du bist ein toter Mann. Verzeih mir, aber was noch wichtiger ist, du könntest damit einen Alarm auslösen. Das können wir uns nicht leisten.«

»Nun gut«, sagte Mattilon. »Es gibt da einen Mann in Amsterdam – frag mich nicht, woher ich ihn kenne –, der solche Dinge arrangieren kann. Ich nehme an, du hast keinen Paß.«

»Ich habe einen, aber es ist nicht meiner. Es ist ein deutscher Paß. Ich habe ihn einem Wächter abgenommen, der mir eine Kugel durch den Kopf jagen wollte.«

»Dann bin ich sicher, daß er sich nicht an die Behörden wenden wird, um den Diebstahl zu melden.«

»Sicher nicht.«

»In Gedanken bist du doch wirklich in die Vergangenheit zurückgekehrt, nicht wahr, mein Freund?«

»Wir wollen nicht darüber sprechen, okay?«

»*Bien*. Behalte den Paß; er wird dir nützlich sein.«

»Amsterdam. Wie komme ich dorthin?«

»Du bist doch in Bonn, ja?«

»Richtig.«

»Von Bonn geht ein Zug nach Emmerich an der holländischen Grenze. In Emmerich benutzt du die örtlichen Verkehrsmittel. Die Zollüberwachung ist da ziemlich lasch, besonders während des Stoßverkehrs, wenn die Arbeiter die Grenze nach beiden Seiten überschreiten. Niemand sieht genau hin, du brauchst also nur deinen Paß schnell zu zeigen und das Foto dabei teilweise abdecken. Gut, daß es ein deutscher Paß ist. Du wirst dort überhaupt keine Schwierigkeiten haben.«

»Und wenn doch?«

»Dann kann ich dir nicht helfen, mein Freund. Ich bin ehrlich. Dann *muß* ich mich an den Quai d'Orsay wenden.«

»Also gut. Ich gehe über die Grenze – was dann?«

»Du fährst nach Arnhem. Und von dort aus nimmst du den Zug nach Amsterdam.«

»Und dann?«

»Der Mann. Sein Name steht auf einer Karte in meiner untersten Schublade. Hast du etwas zu schreiben?«

»Ja«, sagte Converse und griff nach dem Block und dem Kugelschreiber neben dem Telefon.

»Da ist sie. Thorbecke. Cort Thorbecke. Sein Apartmenthaus steht an der Kreuzung der Utrechtsestraat und der Kerkstraat. Die Telefonnummer ist Null-zwo-null, vier-eins-eins-drei-null. Wenn du ihn anrufst, um ein Zusammentreffen mit ihm zu verabreden, dann sag ihm, du würdest der Tatiana-Familie angehören. Hast du das? *Tatiana.*«

»René...?« sagte Joel, während er notierte. »Ich hätte das nie geahnt. Wie kommt es, daß du so jemanden kennst?«

»Ich habe dir doch gesagt, daß du keine Fragen stellen sollst. Andererseits könnte er vielleicht neugierig sein, und dann solltest du wenigstens vage Antworten für ihn haben – alles war immer vage. Tatiana ist ein russischer Name, sie war eine der Töchter des Zaren. Es heißt, sie sei 1918 in Jekaterinenburg hingerichtet worden. Ich sage angeblich, weil viele glauben, daß sie gemeinsam mit ihrer Schwester Anastasia verschont wurde und daß man sie mit einer Kinderschwester und einem Vermögen an Juwelen aus dem Land geschmuggelt hat. Die Pflegeschwester hat Tatiana favorisiert und, sobald sie in Freiheit waren, dem Kind alles und ihrer Schwester nichts gegeben. Es heißt, sie hätte in großem Wohlstand gelebt – lebt vielleicht heute noch, aber niemand weiß, wo.«

»Ist es das, was ich wissen muß?« fragte Converse.

»Nein, es ist nur der Ursprung des Namens. Hier ist er ein Symbol des Vertrauens. Man hat ihn in letzter Zeit nur wenigen Leuten genannt, Leuten, denen die argwöhnischsten Menschen der Welt vertrauen, Menschen, die es sich nicht leisten können, Fehler zu machen.«

»Du lieber Gott, wer denn?«

»Russen, mächtige Sowjetkommissare, die das westliche Bankensystem lieben und Geld aus Moskau ins Ausland kanalisieren, um es im Westen zu investieren. Du kannst verstehen, weshalb der Kreis klein ist. Wenige sind berufen und noch wenigere auserwählt. Thorbecke ist einer von ihnen, er führt ein umfangreiches Geschäft mit Pässen. Ich werde mit ihm Verbindung aufnehmen und ihm sagen, daß er auf deinen Anruf warten soll. Und denk daran, keine Namen, nur Tatiana. Er wird dafür sorgen, daß du einen Platz auf einer KLM-Maschine nach Washington bekommst. Aber du wirst Geld brauchen, wir müssen also überlegen, wie ich...«

»Geld ist so ziemlich das einzige, was ich nicht brauche«, unterbrach Converse. »Nur einen Paß und ein Ticket zum Dulles-Airport.«

»Thorbecke in Amsterdam wird dir beides verschaffen.«

»Danke, René. Du hast mich nicht enttäuscht. Das bedeutet mir sehr viel. Das bedeutet mir mein Leben.«

»Du bist noch nicht in Washington, mein Freund. Aber ruf mich an, wenn du dort bist, ganz gleich, um welche Zeit.«

»Das werde ich tun. Nochmals vielen Dank.«

Joel legte auf und steckte Block und Kugelschreiber in die Tasche und ging zum Schalter. Während er auf seine Rechnung wartete, erinnerte er sich an das, was er unter Nummer 2 auf seiner Liste notiert hatte. Sein Aktenkoffer mit den Dossiers und den Namen der Entscheidungsträger im Pentagon und im State Department. Hatte Connal es geschafft, den Koffer irgendwo zu verstecken? War es möglich, daß ihn vielleicht ein Angestellter im Hotel gefunden hatte? Converse wandte sich an den Postbeamten, der ihm die Rechnung reichte. Der Mann sprach zum Glück ein ganz passables Englisch.

»Es gibt da ein kleines Hotel. Es liegt irgendwo vor der Stadt – ich bin nicht ganz sicher, wo, aber ich würde gerne dort anrufen und mit dem Geschäftsführer sprechen. Er soll Englisch sprechen.«

»Ja, Sir. Ein ausgezeichnetes Haus.«

»Ich suche keine Unterkunft. Ein Freund von mir hat letzte Woche dort gewohnt und glaubt, er hätte vielleicht etwas Wertvolles in seinem Zimmer liegengelassen. Er hat mich angerufen und gebeten, für ihn nachzusehen oder mit dem Geschäftsführer zu sprechen. Wenn ich die Nummer finde, würden Sie dann bitte die Verbindung herstellen und ihn an den Apparat holen? Es tut mir leid, aber ich spreche nicht Deutsch und würde wahrscheinlich nur den Koch erreichen.«

»Aber selbstverständlich, Sir«, erwiderte der Mann und lächelte. »Ich besorge Ihnen die Nummer. Gehen Sie noch einmal in Zelle Sieben, dann klingle ich. Sie können die beiden Gespräche nachher zahlen.«

In der engen Kabine zündete Joel sich eine Zigarette an und überlegte, was er sagen sollte. Er hatte kaum Zeit, seine Worte zu formulieren, da klingelte es schon.

»Das ist der Geschäftsführer – der Manager – des Hotels, Sir«, sagte der Beamte. »Und er spricht Englisch.«

»Vielen Dank.« Der Beamte ging aus der Leitung. »Hallo?«

»Ja, was kann ich für Sie tun, Sir?«

»Ich hoffe, daß Sie etwas für mich tun können. Ich bin ein Freund von Commander Connal Fitzpatrick. Wie ich höre, hat er letzte Woche bei Ihnen gewohnt.«

»Ja, das hat er tatsächlich, Sir. Es hat uns sehr leid getan, daß er nicht länger bleiben konnte, aber das Zimmer war für den nächsten Tag für jemand anderen reserviert.«

»Oh? Er ist unerwartet abgereist?«

»So würde ich es nicht formulieren. Wir haben am Morgen miteinander gesprochen. Ich glaube, daß er Verständnis für unsere Lage hatte. Ich habe ihm persönlich ein Taxi bestellt.«

»War er alleine, als er wegfuhr?«

»Ja, Sir.«

»Oh. Wenn Sie mir dann sagen würden, in welches Hotel er gefahren ist, könnte ich dort auch nachfragen.«

»Nachfragen, Sir?«

»Der Commander hat einen seiner Aktenkoffer verlegt,

einen schmalen Lederkoffer mit zwei Kombinationsschlössern. Der Inhalt ist an sich wertlos, aber der Commander hätte gern den Aktenkoffer zurück. Es war ein Geschenk seiner Frau, glaube ich. Sie haben ihn nicht zufällig gefunden?«

»Nein, mein Herr.«

»Sind Sie *sicher*? Der Commander hat die Angewohnheit, seine juristischen Papiere zu verstecken, manchmal unter dem Bett oder hinten in einem Schrank.«

»Er hat nichts zurückgelassen, Sir. Das Zimmer ist von unseren Angestellten überprüft und gesäubert worden.«

»Vielleicht hat ihn jemand besucht und hat den falschen Koffer mitgenommen?« Converse wußte, daß er den Mann bedrängte, aber er hatte keinen Grund, es nicht zu tun.

»Er hatte keine Besucher...« Der Deutsche hielt inne. »Einen Augenblick, jetzt erinnere ich mich.«

»Ja?«

»Sie sagen, einen schmalen Aktenkoffer, das, was man gewöhnlich als Attachékoffer bezeichnet?«

»*Ja!*«

»Er hat ihn mitgenommen. Er trug ihn in der Hand, als er das Hotel verließ.«

»Oh...« Joel versuchte, sich nichts anmerken zu lassen. »Dann können Sie mir vielleicht sagen, ob er eine Adresse hinterlassen hat oder welches Hotel er aufgesucht hat.«

»Es tut mir leid, Sir. Solche Anweisungen liegen uns nicht vor.«

»Jemand mußte doch ein Zimmer für ihn reservieren! Zimmer sind in Bonn knapp!«

»Bitte, mein Herr. Ich hatte mich selbst erboten, das für ihn zu erledigen, aber er hat meine Hilfe abgelehnt. Etwas unfreundlich, darf ich vielleicht sagen.«

»Tut mir leid.« Joel war verstimmt, daß er die Kontrolle über sich verloren hatte. »Diese Papiere waren sehr wichtig. Sie haben also keine Idee, wohin er gegangen ist?«

»Doch, das schon, falls man es mit Humor nimmt. Ich habe ihn ausdrücklich gefragt. Er sagte, er würde zum Bahnhof fahren. Wenn jemand nach ihm fragte, sollte ich sagen, er würde dort in einem Schließfach schlafen. Ich fürchte, das sollte eine Spitze sein.«

Der *Bahnhof*? Ein Schließfach! Das war eine *Nachricht*! Fitzpatrick hatte ihm damit sagen wollen, wo er suchen sollte! Ohne ein weiteres Wort legte Converse auf, verließ die Zelle und ging zum Schalter. Er zahlte für die beiden Gespräche und dankte dem Beamten. »Sie waren sehr liebenswürdig. Darf ich Sie noch um eine Gefälligkeit bitten?«

»Sir?«

»Wo ist der Bahnhof?«

»Sie können ihn gar nicht verfehlen. Gehen Sie nach rechts, wenn Sie das Gebäude verlassen, dann laufen sie direkt darauf zu. Ein Gebäude, auf das Bonn wirklich nicht stolz sein kann.«

»Sehr liebenswürdig.«

Joel eilte den Bürgersteig entlang und ermahnte sich die ganze Zeit selbst, nicht zu schnell zu gehen. Alles hing jetzt davon ab, daß er die Kontrolle behielt. *Alles*. Jede Bewegung, die er machte, mußte normal sein, unauffällig. Er durfte nichts tun, was irgend jemanden dazu veranlassen könnte, auch nur einen zweiten Blick auf ihn zu werfen.

Mattilon hatte ihm gesagt, er solle den Zug nehmen; Fitzpatrick hatte gesagt, er solle zum Bahnhof gehen. Ein Schließfach!

Er trat durch das weite Eingangsportal und bog nach rechts zu den Schließfächern, wo er den Aktenkoffer untergebracht hatte, bevor er sich mit »Avery Fowler« getroffen hatte. Jetzt sah er das Fach, in der Tür steckte ein Schlüssel. Das Fach war leer. Er begann die anderen Fächer zu mustern. Er wußte zwar nicht, wonach er suchte, aber wußte, daß es *etwas* geben mußte. Und dann fand er es! Zwei Reihen über dem ersten Fach links! Die Initialen waren klein, aber deutlich, präzise in das Metall geritzt. C.F. Connal Fitzpatrick!

Der Marineanwalt hatte es geschafft! Er hatte die wertvollen Papiere an einem Ort untergebracht, wo nur sie beide sie finden konnten. Aber konnte er sie jetzt herausholen? Er sah sich auf dem Bahnhof um, versuchte, sich zwischen den

Menschenmassen zu orientieren. Die riesige Uhr zeigte halb drei an; in zweieinhalb Stunden würden die Büros schließen und die Menschentrauben noch dichter sein. Mattilon hatte ihm gesagt, er solle die Grenze im Stoßverkehr überqueren, wenn die Arbeiter in beiden Richtungen durch die Grenzkontrollen gingen. Bis Emmerich waren es fast zwei Stunden, *falls* es einen Zug gab. Er hatte weniger als eine halbe Stunde Zeit, um sich Zugang zu dem Schließfach zu verschaffen.

Am anderen Ende der Bahnhofshalle war ein Informationsstand. Er ging darauf zu, und wieder jagten sich die Gedanken in seinem Kopf. Das Gewicht des Geldes an seiner Hüfte ließ ihn hoffen.

»Gott sei Dank«, sagte er zu dem Angestellten, die dicke Brille auf der Nase, den weichen Hut in die Stirn gezogen. Er hatte einen englisch sprechenden Auskunftsbeamten mit tief eingegrabenen Falten um den Mund und gelangweiltem Ausdruck gefunden. »Um es ganz einfach zu sagen, ich habe den Schlüssel für das Schließfach verloren, in dem mein Gepäck untergebracht ist, und muß einen Zug nach Emmerich erreichen. Übrigens, wann fährt der nächste?«

»Ach, das ist immer dasselbe«, erwiderte der mürrische Angestellte und blätterte in einem dicken Folianten. »Immer der gleiche Ärger. Der eine verliert dies, der andere jenes, und alle sollen dann helfen! Der Zug nach Emmerich ist vor siebenundzwanzig Minuten abgefahren. In neunzehn Minuten fährt der nächste, und dann eine Stunde keiner.«

»Danke. Ich muß den nächsten erreichen. Was ist jetzt mit dem Schließfach?« Joel zog einen Hundertmarkschein heraus und schob ihn langsam über den Tresen. »Es ist sehr wichtig, daß ich diesen Zug erwische. Darf ich Ihnen dafür danken, daß Sie mir helfen?«

»Wird erledigt!« sagte der Angestellte, ohne seine Stimme zu erheben und sah nach rechts und links, während er das Geld ergriff. Er nahm den Hörer vom Telefon und wählte. »Schnell! Wir müssen ein Schließfach öffnen. Hier ist die Auskunftsstelle.« Er legte den Hörer auf die Gabel und blickte zu Joel, wobei ein Lächeln um seine Lippen spielte.

»Es kommt gleich jemand, mein Herr. Wir geben uns immer große Mühe mit unseren Reisenden.«

Der Mann kam, er sah aus, als müßte er jeden Augenblick aus seiner Uniform platzen, und seine Augen blickten stumpf. »Was ist?«

Der Angestellte erklärte es ihm in deutscher Sprache und sah dann wieder Converse an. »Er spricht etwas Englisch, nicht sehr gut, aber ausreichend, und wird Ihnen jetzt helfen.«

»Da sind Vorschriften zu beachten«, sagte der offizielle Hüter der Schließfachschlüssel. »Kommen Sie, zeigen Sie es mir.«

Der Beamte öffnete das Schließfach mit seinem Hauptschlüssel. »Sie müssen eine Unterschrift leisten.«

Da war er! Sein Aktenkoffer lag flach in dem Fach, offenbar auch unbeschädigt. Joel griff in die Tasche und holte sein Geld heraus. »Ich habe es sehr eilig«, sagte er, während er zunächst einen und dann etwas zögernd einen zweiten Hundertmarkschein herauszog. »Mein Zug fährt in wenigen Minuten ab.« Er schüttelte dem Deutschen die Hand, wobei das Geld den Besitzer wechselte. »Könnten Sie nicht sagen, daß es ein Fehler war?«

»Es *war* ein Fehler!« antwortete der Uniformierte voller Überzeugung. »Sie müssen Ihren Zug erreichen!«

»Vielen Dank. Sie sind sehr nett.«

Vorsichtig um sich blickend ging Joel zu einer nicht besetzten Holzbank, setzte sich und öffnete den Aktenkoffer. Alles war noch da. Aber er durfte die Unterlagen nicht bei sich behalten. Wieder sah er sich im Bahnhofsgelände um, wußte, was er finden mußte. Ein Andenkengeschäft. Dort würde es vielleicht Briefumschläge geben. Er klappte den Aktenkoffer zu, stand auf und ging auf das Geschäft zu, in der Hoffnung, daß auch dort jemand Englisch sprach.

»Wir sprechen fast alle Englisch, mein Herr«, sagte die matronenhafte Frau hinter der Theke. »Die verlangen das, ehe sie einen einstellen, besonders im Sommer. Was brauchen Sie denn?«

»Ich muß einen Geschäftsbericht in die Vereinigten Staaten schicken«, antwortete Converse mit einem großen, dikken Umschlag und Klebeband in der rechten Hand und dem Aktenkoffer in der linken. »Aber mein Zug fährt in ein paar Minuten ab und ich habe nicht Zeit, auf ein Postamt zu gehen.«

»Im Bahnhof sind ein paar Briefkästen, Sir.«

»Ich brauche Briefmarken und weiß nicht, wieviel«, sagte Joel hilflos.

»Wenn Sie die Papiere in den Umschlag stecken, zukleben und die Adresse draufschreiben, dann wiege ich das Päckchen und sage Ihnen, wieviel Marken Sie aufkleben müssen. Wir haben welche hier.«

»Das ist sehr liebenswürdig. Ich möchte das Päckchen per Luftpost schicken, kleben Sie lieber etwas mehr drauf.« Fünf Minuten später reichte Converse der Frau das fest verklebte Päckchen, damit sie es wiegen konnte. Er hatte auf den Umschlag des ersten Dossiers ein paar Zeilen geschrieben und die Adresse deutlich mit Druckbuchstaben auf den Briefumschlag. Die Frau reichte ihm die Marken, worauf er bezahlte und den Umschlag vor sich auf den Tresen legte.

»Danke«, sagte er und sah auf die Uhr, während er begann, die Briefmarken zu befeuchten und festzukleben. »Sie wissen nicht zufällig, wo ich eine Fahrkarte nach... Emmerich kaufen kann oder Arnhem?«

»Emmerich ist deutsch und Arnhem holländisch. An jedem Schalter, Sir.«

»Ich habe vielleicht nicht mehr genug Zeit«, sagte Joel, der gerade mit den letzten drei Marken beschäftigt war. »Ich werde ja wohl auch im Zug eine Karte kaufen können.«

»Ja, sicher, wenn Sie genügend Geld haben.«

Er war jetzt fertig. »Wo ist der nächste Briefkasten?«

»Am anderen Ende des Bahnhofs, mein Herr.«

Wieder sah Joel auf die Uhr. Er spürte ein heftiges Pochen in seiner Brust, als er losstürzte, sich sofort wieder zügelte und sich in der Menge umsah, ob ihn jemand beobachtet hatte. Es blieben ihm weniger als acht Minuten, um den Umschlag einzustecken, sich eine Fahrkarte zu kaufen und den Zug zu finden. Wenn es Komplikationen gab, konnte er vielleicht auf den zweiten Schritt verzichten. Aber um im Zug eine Fahrkarte zu kaufen, brauchte er jemanden, der für ihn übersetzte – die Konsequenzen, die sich daraus ergeben konnten, waren beängstigend.

Während er sich fieberhaft nach einem Briefkasten umsah, wiederholte er in Gedanken die Worte, die er auf den Umschlag der ersten Akte gekritzelt hatte. *Laß niemanden – ich wiederhole: niemanden – wissen, daß du das hast. Wenn du von mir nicht binnen fünf Tagen hörst, dann schicke es an Nathan S. weiter. Wenn ich kann, rufe ich ihn an. Dein ehemaliger gehorsamer Ehemann. Alles Liebe, J.* Dann blickte er auf den Namen und die Adresse, die er auf den Umschlag geschrieben hatte und verspürte eine stumpfe, Übelkeit erregende Sorge.

Ms. Valerie Charpentier
R.F.D. 16
Dunes Ridge
600 Cap Ann, Massachusetts
U.S.A.

Drei Minuten später fand er den Briefkasten, schob den Umschlag durch den Schlitz und überzeugte sich davon, daß das Päckchen auch im Inneren des gelben Kastens nach unten gefallen war. Er sah sich um und suchte etwas verwirrt von den vielen Menschen nach einem Schalter. Er kam sich so verdammt *hilflos* vor, wollte Fragen stellen, hatte aber Angst davor, jemanden aufzuhalten, Angst, jemand würde sein Gesicht studieren.

Da war ein Schalter, vor dem nur wenige Menschen standen, auf der anderen Seite; zwei Paare hatten es sich offenbar im letzten Augenblick anders überlegt, die kleine Schlange verlassen, die sich dort gebildet hatte. Jetzt stand nur noch ein Mann vor dem Fenster. Converse bahnte sich seinen Weg durch die Menge, versuchte wieder, seine Schritte zu zügeln.

»Emmerich, bitte«, sagte er zu dem Beamten hinter dem Schalter, als der Mann vor ihm sein Wechselgeld eingesteckt hatte. »Niederlande«, fügte er hinzu, jede Silbe deutlich aussprechend.

Der Beamte drehte sich kurz um und blickte auf die Uhr, die hinter der Wand hing. Dann sagte er etwas in deutscher Sprache. »Verstehen?« fragte er dann.

»*Nein*... Hier!« Converse legte zwei Hundertmarkscheine auf den Zahlteller und schüttelte den Kopf, zuckte die Schultern. »Bitte, eine Fahrkarte! Ich weiß, ich habe nur noch ein paar Minuten Zeit bis zur Abfahrt.«

Der Mann nahm einen der Scheine und schob den anderen zurück. Er wechselte und drückte ein paar Knöpfe neben sich; eine Fahrkarte wurde ausgedruckt, er reichte sie Joel. »Danke. Zwei Minuten!«

»Gleis eins.« Der Mann hielt den Daumen der linken Hand in die Höhe. »Eins«, wiederholte er und deutete links von Joel auf das entsprechende Gleis.

»Eins! Vielen Dank.« Converse griff nach seinem Aktenkoffer und eilte mit schnellen Schritten zu dem Gleis, das man ihm gezeigt hatte. Er sah den Zug stehen; ein uniformierter Bahnbeamter stand vor der Anzeigetafel und sah auf die Uhr.

Eine Frau, die etliche Päckchen trug, stieß mit ihm zusammen. Die Päckchen fielen zu Boden. Joel versuchte, sich zu entschuldigen, während sie ihn beschimpfte; laute Worte, die die umstehenden Reisenden veranlaßten, stehenzubleiben und sie anzustarren. Er hob ein paar Päckchen auf, während ihre Stimme zu einem Crescendo anschwoll.

»Sie können mich mal, Lady«, murmelte er. Joel ließ die Päckchen wieder fallen, drehte sich um und eilte weiter. Er erreichte den Zug, klinkte die Türe auf und stieg ein.

Er suchte sich schwer atmend einen Platz und versuchte, sich zu beruhigen. Den weichen Hut hatte er in die Stirn gezogen. Die Wunde an seinem linken Arm schmerzte höllisch. Möglicherweise war sie bei dem Zusammenprall wieder aufgerissen. Er tastete unter das Jackett, berührte den Kolben der Waffe, die er Leifhelms Chauffeur abgenommen hatte, und strich über sein Hemd. Kein Blut, er schloß erleichtert die Augen.

Den Mann auf der anderen Seite des Abteils, der ihn anstarrte, bemerkte er nicht.

In Paris saß die Sekretärin am Schreibtisch, den Telefonhörer am Ohr, und sprach mit leiser, aber eindringlicher Stimme, wobei sie die Hand über die Sprechmuschel hielt. Ihr Französisch klang kultiviert, wenn nicht aristokratisch.

»Das ist alles«, sagte sie leise. »Hast du es?«

»Ja«, sagte der Mann am anderen Ende der Leitung. »Das ist außergewöhnlich.«

»Warum? Deshalb bin ich hergekommen.«

»Natürlich. Ich sollte sagen, *du* bist außergewöhnlich.«

»Natürlich. Was hast du für Instruktionen?«

»Sehr ernste. Es tut mir leid.«

»Das dachte ich. Du hast keine Wahl.«

»Kannst du?«

»Geht klar. Ich sehe dich bei Taillevent. Acht Uhr?«

»Trag dein schwarzes Galanos. Das liebe ich so.«

»Schmeichler.«

»Was sagst du, meine Liebste. Acht Uhr.«

Die Sekretärin legte den Hörer auf, erhob sich und glättete ihr Kleid. Sie zog eine Schublade auf und holte eine Handtasche mit langem Schulterband heraus, hängte sie sich über und ging zur geschlossenen Tür ihres Chefs. Sie klopfte.

»Ja?« fragte Mattilon drinnen.

»Ich bin's, Suzanne, Monsieur.«

»Herein, *herein*«, sagte René und lehnte sich in seinem Sessel zurück, während die Frau eintrat. »Dieser letzte Brief ist völlig unverständlich, nicht wahr?«

»Überhaupt nicht, Monsieur. Es ist nur, daß ich... nun, ich weiß nicht, ob es sich gehört, daß ich das sage.«

»Warum sollte es sich nicht gehören? Und wenn, dann wäre ich in meinem Alter wahrscheinlich so geschmeichelt, daß ich es meiner Frau sagen würde.«

»Oh, Monsieur...«

»Nein, wirklich, Suzanne, Sie sind jetzt wie lange hier, eine Woche, zehn Tage? Man würde meinen, daß es schon Monate sind. Ihre Arbeit ist ganz hervorragend, und ich bin Ihnen wirklich dankbar, daß Sie mir helfen.«

»Ihre Sekretärin ist eine liebe Freundin von mir, Monsieur. Ich schulde es ihr.«

»Nun, ich danke Ihnen jedenfalls. Ich kann nur hoffen, daß unser Herrgott ihr hilft und sie durchkommt. Die jungen Leute heute, sie fahren so schnell, so schrecklich schnell und so gefährlich. Es tut mir leid. Was ist, Suzanne?«

»Ich war noch nicht zu Mittag essen, Monsieur. Ich dachte...«

»Mein *Gott*, wie unaufmerksam ich bin! Das kommt wahrscheinlich davon, wenn man zwei Partner hat, die den August ernst nehmen und Ferien machen! Bitte, bleiben Sie, solange Sie wollen, und ich bestehe darauf, daß Sie mir die Rechnung bringen.«

»Das ist wirklich nicht notwendig, aber vielen Dank für das freundliche Angebot.«

»Das ist kein Angebot, sondern das ist eine Anweisung. Trinken Sie nur möglichst viel Wein, und dann wollen wir sehen, was aus den Klienten meiner Partner wird. Und jetzt verschwinden Sie.«

»Vielen Dank, Monsieur.« Suzanne wandte sich zur Türe, öffnete sie einen Spalt und blieb dann stehen. Sie drehte den Kopf herum und sah, daß Mattilon wieder in seine Lektüre vertieft war. Sie schloß lautlos die Tür, griff in ihre Handtasche und zog eine große Pistole heraus, an deren Lauf der perforierte Zylinder eines Schalldämpfers steckte. Sie drehte sich langsam um und ging mit ruhigen Schritten auf den Schreibtisch zu.

Der Anwalt blickte auf, als sie vor ihm stand. »*Was*?«

Suzanne feuerte viermal schnell hintereinander. René wurde im Sessel zurückgeschleudert, sein Schädel platzte vom rechten Auge bis zur linken Stirn auf. Blut strömte über sein Gesicht und sein weißes Hemd.

22

»Wo in aller Welt sind Sie gewesen?« schrie Valerie ins Telefon. »Ich versuche Sie seit dem frühen Morgen zu erreichen!«

»Am frühen Morgen«, sagte Lawrence Talbot, »als die Nachricht durchkam, wußte ich, daß ich die erste Maschine nach Washington nehmen mußte.«

»Das glauben Sie doch selbst nicht! Nein, das ist nicht wahr!«

»Doch. Und was noch schlimmer ist, ich fühle mich verantwortlich. Mir ist, als hätte ich, ohne es zu wollen, selbst den Abzug betätigt, und in gewisser Weise ist genau das geschehen.«

»Verdammt noch mal, Larry, erklären Sie mir das.«

»Joel hat mich von einem Hotel in Bonn aus angerufen, nur daß er nicht wußte, wie es hieß. Er klang völlig wirr, Val. Einen Augenblick lang war er ruhig, im nächsten schrie er, und schließlich gab er zu, daß er verwirrt sei und Angst hätte. Dann redete er alles mögliche dumme Zeug – irgendeine unglaubliche Geschichte, daß man ihn gefangengenommen und in ein Haus im Wald gesteckt hätte, und wie er entkommen sei, sich im Fluß verborgen hätte, den Wachen und Streifen entkommen und einen Mann getötet hätte, den er einen ›Scout‹ nannte. Er schrie immer wieder, er müßte entkommen, Männer seien hinter ihm her, im Wald, am Ufer... Irgend etwas ist mit ihm passiert. Er durchlebt diese schrecklichen Tage noch einmal, in denen er Kriegsgefangener war. Alles, was er sagt, alles, was er beschreibt, ist eine Variation jener Erlebnisse. Der Schmerz, die Anspannung, die Flucht durch den Dschungel und die Flüsse. Er ist krank, meine Liebe. Und das, was heute morgen geschah, ist der schreckliche Beweis dafür.«

Valerie spürte, wie ihr die Kehle austrocknete. Sie war unfähig zu denken; konnte nur auf Worte reagieren. »Warum haben Sie gesagt, Sie seien verantwortlich, hätten in gewisser Weise den Abzug betätigt?«

»Ich habe ihm gesagt, daß er zu Peregrine gehen solle. Ich habe ihn überzeugt, daß Peregrine auf ihn hören würde, daß er nicht der Mann war, für den Joel ihn hielt.«

»... ›ihn hielt‹? Was hat Joel gesagt?«

»Sehr wenig, was einen Sinn gehabt hätte. Er faselte von Generalen und Feldmarschällen und irgendeiner obskuren historischen Theorie, die alle Kommandeure aus verschiedenen Kriegen und Armeen zusammengeführt hätte in einem gemeinsamen Versuch, die Kontrolle über die Regierungen zu übernehmen. Es gab einfach keinen Sinn. Jedesmal, wenn ich irgend etwas anzweifelte, was er sagte, wurde er wütend und sagte, das sei alles nicht wichtig, oder ich würde nicht zuhören oder ich sei zu beschränkt, um ihn zu verstehen. Aber am Ende gab er dann zu, daß er schrecklich müde und konfus sei und dringend Schlaf brauchte. Da habe ich ihm den Vorschlag gemacht, Peregrine aufzusuchen, aber Joel vertraute ihm nicht. Er lehnte ihn sogar ab, denn er sagte, er hätte den Wagen eines ehemaligen deutschen Generals durch die Einfahrt der Gesandtschaft fahren sehen. Ich weiß nicht, ob Sie das wissen, aber Peregrine war ein hochdekorierter Offizier im Zweiten Weltkrieg. Ich erklärte ihm so geduldig und so entschieden, wie ich das konnte, daß Peregrine keiner von ›ihnen‹ sein könne, daß er kein Freund des Militärs sei... Offensichtlich konnte ich ihn nicht überzeugen. Joel nahm Verbindung mit ihm auf, vereinbarte ein Zusammentreffen und tötete ihn. Ich hatte keine *Ahnung*, daß er so krank war.«

»Larry«, begann Valerie langsam und mit schwacher Stimme. »Ich habe zwar alles, was Sie sagen, gehört, aber es klingt einfach nicht so, als ob es wahr wäre. Nicht, daß ich Ihnen nicht glaube – Joel hat einmal gesagt, Sie seien ein geradezu peinlich ehrlicher Mann –, aber irgend etwas fehlt da. Der Converse, den ich kenne und mit dem ich vier Jahre zusammengelebt habe, hat nie die Tatsachen verdreht, um irgend etwas zu stützen, das er einfach glauben wollte. Selbst wenn er noch so wütend war, wäre er dazu nicht imstande gewesen. Ich habe ihm einmal gesagt, daß er einen lausigen Maler abgeben würde, weil er einfach nicht imstande sei, eine Form einfach so zu verändern, daß sie in ein Konzept paßt. Aber dazu war er einfach nicht fähig, und ich glaube, er hat mir das einmal erklärt. Bei fünfhundert Meilen in der Stunde, sagte er, kann man einen Schatten auf dem Ozean für einen Flugzeugträger halten, wenn einem die Instrumente ausgefallen sind.«

»Sie sagen also, daß er nicht lügt.«

»Ich bin sicher, daß er das manchmal tut – auch daß er es früher getan hat –, aber nie, wenn es um wichtige Dinge geht. Er ist dazu einfach nicht fähig.«

»Das war, bevor er so ernsthaft krank wurde... Er hat diesen Mann in Paris getötet, das hat er selbst zugegeben.«

Valerie stöhnte. »*Nein!*«

»Doch, leider schon. Ebenso wie er Walter Peregrine getötet hat.«

»Wegen irgendeiner obskuren historischen *Theorie*? Das paßt einfach alles nicht zusammen, Larry!«

»Das einzige, was ich will, ist helfen, und ich dachte, Sie würden das wissen.«

»Das weiß ich auch, wirklich. Dann bis bald, Larry.«

»Ich rufe Sie sofort an, wenn ich etwas erfahre.«

»Tun Sie das. Wiederhören.« Valerie legte auf und sah auf die Uhr. Es war Zeit, zum Logan-Airport von Boston zu fahren und Roger Converse abzuholen.

»Achtung, in zehn Minuten sind wir in Köln«, verkündete die Stimme im Lautsprecher.

Converse saß am Fenster und sah auf die vorüberhuschende Landschaft hinaus. Der Zug war gut besetzt, auf jeder Sitzbank saß wenigstens ein Passagier, auf vielen auch zwei. Als sie aus dem Bahnhof gefahren waren, hatte eine Frau auf dem Platz gesessen, den er jetzt besetzt hielt, eine gut gekleidete Dame aus der Vorstadt. Einige Plätze dahinter saß eine andere Frau – offensichtlich eine Bekannte – und sprach Joels Gegenüber an. Dann sagte die Frau etwas zu Joel. Da er nicht verstand und nicht antworten konnte, hatte er das Gefühl, die Aufmerksamkeit der anderen Passagiere auf sich zu lenken, und das beunruhigte ihn. Er hatte die Schultern gezuckt und den Kopf geschüttelt. Die Dame hatte ihn indigniert angesehen, war aufgestanden und hatte sich zu ihrer Bekannten gesetzt.

Sie hatte eine Zeitung auf dem Sitz liegengelassen, die Zeitung mit seinem Gesicht auf der Titelseite. Er hatte das Blatt angestarrt, bis ihm klar wurde, was er tat. Dann wechselte er die Plätze, nahm sich die Zeitung und faltete sie zusammen, so daß das Bild nicht mehr zu sehen war. Er sah sich vorsichtig um, hielt sich die Hand über die Lippen, runzelte nachdenklich die Stirn und versuchte, den Eindruck eines in Gedanken versunkenen Mannes zu erwecken, dessen Augen ins Leere blickten. Aber er hatte ein anderes Augenpaar gesehen, das ihn studierte – ihn anstarrte, während ihr Besitzer in eine lebhafte Diskussion mit einer älteren Dame vertieft schien, die neben ihm saß. Der Mann hatte den Blick abgewandt, und Converse hatte vielleicht eine halbe Sekunde Zeit gehabt, das Gesicht zu mustern, ehe er sich dem Fenster zuwandte. Er kannte dieses Gesicht; er hatte mit dem Mann schon gesprochen, konnte sich aber nicht mehr erinnern, wo oder wann das gewesen war. Nur daß sie miteinander gesprochen hatten, wußte er. Diese Erkenntnis war ebenso beunruhigend wie irritierend. *Wo* war es gewesen? *Wann*. Kannte der Mann ihn, kannte er seinen Namen?

Wenn das der Fall war, so hatte der Mann sich jedenfalls nichts anmerken lassen. Joel versuchte, sich den Mann stehend vorzustellen; vielleicht würde das seiner Erinnerung helfen. Er war kräftig gebaut und wirkte jovial, aber Converse spürte etwas Böses an ihm. Seit dem Blickwechsel waren gut fünf Minuten vergangen, und Joel war nicht weitergekommen, hatte sich nicht erinnern können. Er kam nicht weiter, und das machte ihm Angst.

»Wir kommen in zwei Minuten in Köln an. Bitte, achten Sie auf Ihr Gepäck.«

»*Entschuldigen Sie bitte. Ist dieser Platz frei?*«

Ein etwa gleichaltriger Mann, der einen Aktenkoffer in der Hand trug, sagte die für ihn unverständlichen Worte.

Joel nickte, das Gesprochene instinktiv richtig verstehend.

»Danke«, sagte der Mann und setzte sich, wobei er den

Aktenkoffer vor sich auf den Boden stellte. Er holte eine Zeitung unter dem linken Arm hervor und faltete sie auseinander. Converses Muskeln strafften sich, als er sein Foto sah, sein eigenes ernstes Gesicht, das ihn anstarrte. Er wandte sich wieder zum Fenster, zog sich die Hutkrempe tiefer ins Gesicht und hoffte, das Bild eines erschöpften Reisenden zu vermitteln, der sich ein paar Minuten Schlaf gönnt. Augenblicke später, als der Zug sich bereits wieder in Bewegung gesetzt hatte, glaubte er, sein Ziel erreicht zu haben.

»*Verrückt, nicht wahr?*« sagte der Mann mit dem Aktenkoffer, ohne den Blick von der Zeitung zu wenden.

Joel regte sich, blinzelte und brummte »Hmm.«

»Verzeihung«, murmelte der Mann und hob entschuldigend die Hand.

Converse ließ sich wieder gegen das Fenster sinken. Die kühle Glasscheibe wirkte wie ein Ort der Zuflucht. Er schloß die Augen, und die Dunkelheit war ihm willkommener, als er sich je erinnern konnte.

»*Wir treffen in fünf Minuten in Düsseldorf ein.*«

Joel ruckte hoch; sein Hals war schmerzhaft steif, sein Kopf kalt. Er mußte eine beträchtliche Zeit geschlafen haben. Der Mann neben ihm las in einem Bericht und versah ihn mit Randnotizen. Den Aktenkoffer hatte er auf dem Schoß, die Zeitung ordentlich zwischen sich und Converse gefaltet, so daß Joels Foto deutlich zu sehen war und zur Waggondecke starrte. Der Mann klappte seinen Koffer auf, legte den Bericht hinein und verschloß ihn wieder. Er wandte sich Converse zu.

»*Der Zug ist pünktlich*«, sagte er und nickte dabei mit dem Kopf.

Joel erwiderte das Nicken. Dann nahm er plötzlich wahr, daß der Mann auf der anderen Seite des Mittelgangs gemeinsam mit der älteren Frau aufgestanden war und den Kopf schüttelte, offenbar als Antwort auf etwas, das die Frau gesagt hatte. Aber er sah sie dabei nicht an; seine Augen waren auf Converse gerichtet. Joel ließ sich wieder ans Fenster sinken und nahm erneut die Pose des müden

Reisenden ein, die weiche Hutkrempe fast bis zur Brille ins Gesicht gezogen. Wer *war* dieser Mann? Wenn sie einander kannten, wie konnte er dann unter den vorliegenden Umständen schweigen? Wie konnte er einfach hin und wieder herüberblicken und sich dann ganz beiläufig wieder der Frau zuwenden?

Der Zug begann seine Fahrt zu verlangsamen. Das metallische Mahlen der Bremsscheiben an den Rädern schwoll an; bald würden sie in Düsseldorf einrollen. Converse fragte sich, ob der Deutsche neben ihm wohl aussteigen würde. Er hatte seinen Aktenkoffer geschlossen, machte aber keine Anstalten aufzustehen und sich der Schlange anzuschließen, die sich an der vorderen Gangtür gebildet hatte. Statt dessen griff er wieder nach seiner Zeitung, schlug sie aber barmherzigerweise auf einer der inneren Seiten auf.

Der Zug hielt an; Reisende stiegen aus, neue ein – hauptsächlich Frauen mit Einkaufstüten und Plastiktaschen, die die Schriftzüge teurer Boutiquen und bekannter Namen der Modewelt trugen. Der Zug nach Emmerich war eine »Nerzlinie«, wie Val die Nachmittagszüge von New York nach Westchester und Connecticut zu nennen pflegte. Joel sah, daß der Mann von der anderen Seite des Mittelgangs die ältere Dame ans Ende der Schlange geführt hatte und ihr noch einmal beflissen die Hand schüttelte, ehe er zu seinem Platz zurückging. Converse wandte das Gesicht wieder dem Fenster zu und schloß die Augen.

»*Bitte, könnten wir den Platz tauschen? Dieser Herr ist ein Bekannter von mir. Ich sitze in der nächsten Reihe.*«

»*Sicher, aber er schläft ja doch nur!*«

»*Ich wecke ihn*«, sagte der Deutsche neben Converse und stand lachend auf. Der Mann von der anderen Seite des Mittelgangs hatte die Plätze getauscht. Er setzte sich neben Joel.

Converse streckte sich, gähnte und hielt sich die linke Hand vor den Mund, während seine Rechte unter sein Jackett nach dem Pistolenkolben griff. Wenn es notwendig sein sollte, würde er diese Waffe seinem neuen und doch irgendwie vertrauten Sitzgefährten zeigen. Der Zug fuhr an, das Fahrgeräusch wurde wieder lauter; das war der Augenblick. Joel drehte sich zu dem Mann herum.

»Ich habe mir schon *gedacht*, daß Sie das sind«, sagte der Mann, offensichtlich ein Amerikaner, und grinste breit.

Converse hatte recht gehabt, an dem korpulenten Mann war irgendein gemeiner Zug; er hörte das in der Stimme, so wie er es schon einmal gehört hatte – nur daß er sich nicht erinnerte, wo das gewesen war. »Sind Sie sicher?« fragte Joel.

»Sicher bin ich sicher. Aber ich wette, Sie sind es nicht, oder?«

»Offen gestanden, nein.«

»Ich helfe Ihnen. Ich kann immer einen alten Yankee entdecken! In all den Jahren, in denen ich jetzt mit meinen Imitationen herumreise, habe ich nur wenige Fehler gemacht.«

»Kopenhagen«, sagte Converse mit einem Anflug von Ekel. Er erinnerte sich, daß er mit dem Mann auf sein Gepäck gewartet hatte. »Und einer Ihrer Fehler war in Rom, als sie einen Italiener für einen Kubaner aus Florida hielten.«

»Sie haben's *erfaßt*! Der Typ hat mich wirklich durcheinandergebracht. Ich hielt ihn für einen Hispano mit 'ner Menge Kies – wahrscheinlich vom Rauschgifthandel. Sie wissen, was ich meine? Sie wissen schon, wie die sich den ganzen Markt von den Keys aufwärts unter den Nagel gerissen haben... Sagen Sie, wie war doch gleich der Name?«

»Rogers«, erwiderte Joel, einfach weil er vor einer Weile an seinen Vater gedacht hatte. »Sie sprechen Deutsch«, fügte er dann hinzu, aber nicht als Frage, sondern als Feststellung.

»Shit, muß ich ja wohl. Westdeutschland ist so ziemlich unser größter Markt. Mein alter Herr war ein Kraut; das war die einzige Sprache, die der beherrscht hat.«

»Was verkaufen Sie denn?«

»Die besten Imitationen auf der Seventh Avenue, aber damit wir uns nicht mißverstehen, ich bin keiner von diesen Judenboys. Nehmen Sie zum Beispiel einen Balenciaga, okay? Ändern Sie ein paar Knöpfe und ein paar Falten und setzen Sie eine Rüsche an, wo der Latino keine hat, und dann verteilen Sie die Muster über die Bronx und Jersey, die untere

Hälfte von Miami und Pennsylvania, wo die ein Etikett wie ›Valenciana‹ hineinnähen. Dann verscheuern Sie den ganzen Mist en gros um ein Drittel des Preises, und alle sind glücklich – mit Ausnahme des Latino natürlich. Aber der kann nichts machen, weil das Ganze zum größten Teil völlig legal ist.«

»Da wäre ich nicht so sicher.«

»*Wir kommen in fünf Minuten in Duisburg an.*«

In Duisburg geschah es.

Zuerst der Tumult, und auch der kam keineswegs plötzlich. Er wuchs an, so wie eine riesige, sich dahinwälzende Woge an Kraft zunimmt, während sie sich einer zerklüfteten Küste nähert, ein getragenes Crescendo, das krachend auf die Felsen niederschmettert. Die Reisenden, die den Zug bestiegen, fingen alle gleichzeitig zu reden an, in erregten Stimmen und mit gestreckten Hälsen, um die Worte eines Fremden zu hören. Einige trugen kleine Transistorradios, die sich manche sogar ans Ohr hielten. Andere hatten ihre Geräte auf volle Lautstärke gedreht, damit die Umgebung mithören konnte. Je überfüllter der Zug wurde, desto lauter wurden die Gespräche, in die sich die schrillen Töne aus den Radios mischten. Ein schmales junges Mädchen, das seine Schulbücher in einer Leinentasche und ein plärrendes Radio in der linken Hand hielt, nahm vor Joel und dem Vertreter Platz. Andere Reisende drängten sich um sie, redeten auf sie ein, forderten sie offenbar auf, das Radio lauter zu stellen.

»Was soll der ganze Lärm?« fragte Converse seinen Nachbarn.

»Augenblick!« erwiderte der Vertreter und lehnte sich mit einiger Mühe vor, erhob sich dann unter noch größerer Mühe von seinem Sitz und sagte: »Lassen Sie mich hören.«

Converse packte den Vertreter am Jackett. »Was soll das – sagen Sie mir doch, was passiert ist?« fragte er eindringlich.

»Dieser Verrückte hat wieder zugeschlagen!... Warten Sie, lassen Sie mich hören.« Wieder waren Störgeräusche zu hören und dann wieder die Stimme des deutschen Senders. Ein Gefühl schrecklicher Angst erfüllte Joel, als wieder deutsche Worte aus dem kleinen Radio hallten, in atemloser Hast gesprochen und ihm völlig unverständlich. Schließlich endete der Sprecher.

»Würden Sie mir *bitte* sagen, was das alles soll?« fragte Converse, darauf bedacht, seine Angst unter Kontrolle zu halten.

»Ja, sicher«, sagte der Dicke und holte ein Taschentuch aus der Brusttasche, mit dem er sich die Stirn abtupfte. »Dieser Militärtyp, der das Hauptquartier in Brüssel unter sich hat...«

»Der Oberste Befehlshaber der NATO«, sagte Joel, dessen Furcht jetzt keine Grenzen mehr kannte.

»Ja, der. Man hat ihn erschossen, ihm mitten auf der Straße eine Kugel durch den Kopf gejagt, als er gerade ein kleines Restaurant in der Altstadt verließ. Er hat übrigens Zivil getragen.«

»Wann?«

»Vor ein paar Stunden.«

»Und wer soll es getan haben?«

»Derselbe Spinner, der diesen Botschafter in Bonn umgelegt hat, der *Verrückte*!«

»Woher wissen die das denn?«

»Die haben seine Pistole.«

»Die was?«

»Die Pistole. Deshalb ist die Nachricht nicht gleich freigegeben worden; sie wollten die Fingerabdrücke in Washington überprüfen. Aber es sind seine, und man nimmt an, daß die ballistische Prüfung ergeben wird, daß es dieselbe Pistole war, mit der dieser, wie heißt er denn gleich, erschossen wurde.«

»Peregrine«, sagte Converse leise, der jetzt ahnte, daß ihm das Schlimmste noch bevorstand.

»Wie haben die denn die Pistole bekommen?«

»Ja, die haben dem Dreckskerl eins verpaßt. Der NATO-Typ hatte einen Leibwächter bei sich, der auf den Spinner geschossen und ihn getroffen hat – man nimmt an, am linken Arm. Als der Spinner sich an den Arm griff, fiel ihm die Pistole aus der Hand. Sämtliche Krankenhäuser und Ärzte sind alarmiert worden und alle Grenzen werden überwacht.

Jeder Amerikaner muß die Ärmel hochkrempeln, und jeder, der ihm auch nur entfernt ähnelt, wird unter die Lupe genommen.«

»Die sind aber gründlich«, sagte Joel, der nicht wußte, was er sonst sagen sollte und nur den Schmerz seiner Wunde spürte.

»Das muß man dem Spinner ja lassen«, fuhr der Vertreter fort und nickte in einer obszön wirkenden Geste des Respekts. »Der hält die von der Nordsee bis zum Mittelmeer auf Trab. Die haben Berichte, wonach man ihn in Flugzeugen in Antwerpen, Rotterdam und hier in Düsseldorf gesehen hat. Von Düsseldorf nach Brüssel sind es nur fünfundvierzig Minuten. Ich habe einen Freund in München, der ein paarmal die Woche nach Venedig fliegt, bloß um dort zu Mittag zu essen. Von einer Stadt zur anderen ist es hier ja nur ein kleiner Sprung. Manchmal vergessen wir das, verstehen Sie.«

»Ja. Kurze Flüge... Haben Sie sonst noch etwas gehört?«

»Die sagten, er könnte nach Paris oder London unterwegs sein, oder vielleicht sogar Moskau. Er könnte ja ein Kommunist sein, wissen Sie? Die überwachen auch die privaten Flugplätze, er könnte ja Freunde haben, die ihm helfen – die richtigen Freunde, hm? Eine richtig vergnügte Gruppe von Spinnern. Die vergleichen ihn sogar mit diesem Carlos, mit dem, den sie den Schakal nennen. Was sagen Sie dazu? Die sagen, wenn er nach Paris fliegt, dann könnten die zwei sich ja zusammentun, dann könnten sie ein richtiges Schützenfest veranstalten. Aber dieser Converse hat sein eigenes Markenzeichen. Er jagt ihnen die Kugeln immer in den Kopf.«

Joels Muskeln spannten sich, und er spürte einen stechenden Schmerz in der Brust. Das war das erstemal, daß ein Fremder seinen Namen so beiläufig ausgesprochen und ihn zum psychopathischen Killer erklärt hatte. Die Generale von Aquitania hatten ihre Arbeit perfekt getan, bis zu seinen Fingerabdrücken auf einer Pistole und einer Fleischwunde am Arm. Aber das *Timing* – wie konnten sie es *wagen*? Woher wußten sie, daß er nicht irgendwo in einer Gesandtschaft um befristetes Asyl bat, bis er seine Verteidigung vorbringen konnte? Wie konnten sie das *Risiko* eingehen?

Und dann begriff er plötzlich, und er mußte die Finger der rechten Hand um sein Handgelenk krampfen, um sich unter Kontrolle zu halten, um seine Panik zu unterdrücken. Sein Anruf bei *Mattilon*! Wie leicht war es möglich, daß Renés Telefon angezapft war, entweder von der Sûreté oder von Interpol. Und wie schnell würden die Informanten von Aquitania die Nachricht verbreiten! O *Gott*! Weder er noch René hatten daran gedacht! Sie *wußten*, wo er war, und wohin er auch ging, die Falle würde zuschnappen! Wie der widerliche Vertreter es so klar formuliert hatte, »von einer Stadt zur nächsten ist es nur ein kurzer Sprung«. Man konnte von München nach Venedig fliegen, um dort Mittag zu essen, und am Nachmittag bereits wieder im Büro sein. Und ebensogut konnte man in Brüssel einen Menschen töten und fünfundvierzig Minuten später im Zug nach Düsseldorf sitzen. Entfernungen wurden hier in halben Stunden gemessen. Von Brüssel aus gesehen, bedeuteten »vor ein paar Stunden« einen weiten Kreis von Städten und etliche Grenzen. Waren die, die ihn jagten, im Zug? Es war möglich. Aber sie konnten unmöglich wissen, welchen Zug er genommen hatte. Leichter und viel weniger zeitraubend würde es sein, in Emmerich auf ihn zu warten. Er mußte nachdenken, mußte sich *bewegen*.

»Entschuldigen Sie mich bitte«, sagte Converse und stand auf. »Ich muß auf die Toilette.«

»Sie haben es gut.« Der Vertreter bewegte seine massigen Beine und hielt seine Hosen dabei fest, während er Joel vorbeiließ. »Ich kann mich kaum in diese engen Schachteln zwängen. Ich gehe immer pinkeln, bevor ich...«

Joel ging müde den Mittelgang hinauf, ein erschöpfter Passagier. Aber der weiße Schlitz unter der Türklinke des WCs zeigte das Wort *Besetzt*. Er wandte sich der Tür zum nächsten Waggon zu, zog sie auf und trat hinaus, ging über die schmale, vibrierende Verbindung zur gegenüberliegenden Türe. Er stieß sie auf, betrat das Abteil aber nicht, sondern machte nur einen Schritt nach vorn, bückte sich dann, drehte sich dabei um und zog sich wieder in den Schatten zurück. Jetzt richtete er sich auf, lehnte sich mit dem Rücken gegen die Wand und schob sich vorsichtig an die Fensterscheibe. In seinem Blick hatte er jetzt den Innenraum des letzten Waggons des Zuges, und wenn er sich umdrehte, konnte er auch den Waggon davor übersehen. Er wartete, beobachtete, drehte sich wieder um und rechnete jeden Augenblick damit, daß jemand seine Zeitung sinken ließ oder ein Gespräch unterbrach und auf seinen leeren Sitz sah.

Doch niemand tat das. Die Aufregung über den Mord in Brüssel hatte sich rasch wieder gelegt, ebenso wie die Erregung, die in Bonn entstanden war, als man in den Straßen erfahren hatte, daß ein Botschafter getötet worden war. Schließlich betraf es diese Menschen eigentlich auch nicht. Ein Amerikaner hatte Amerikaner getötet.

»*Wir kommen in drei Minuten in Wesel an.*«

Mehrere Passagiere in beiden Waggons standen auf, griffen nach ihren Aktenkoffern oder Einkaufstüten und setzten sich in Bewegung. Das Mahlen der Räder auf den Gleisen ließ erkennen, daß sie sich der Station näherten. *Jetzt*.

Joel wandte sich dem Ausgang zu, fand den oberen Riegel, löste ihn, zog die obere Türhälfte zurück; das Brausen des Luftstroms war betäubend. Er fand den Griff des unteren Riegels und packte ihn, bereitete sich darauf vor, ihn zu öffnen, sobald ihre Fahrt genügend langsam geworden war. Nur noch Sekunden. Die Geräusche wurden lauter – da drängten sich die mit scharfer Stimme gesprochenen Worte in sein Bewußtsein, und er erstarrte.

»*Sehr gut* ausgedacht, Herr Converse! Manche gewinnen, manche verlieren. Sie haben *verloren*.«

Joel wirbelte herum. Der Mann, der ihm in dem beengten Raum gegenüberstand, war der Passagier, der in Düsseldorf zugestiegen war, der Mann, der neben ihm gesessen hatte, bis der korpulente Geschäftsmann ihn gebeten hatte, die Plätze zu tauschen. In der linken Hand hielt er in Hüfthöhe eine Pistole, in der rechten seinen Aktenkoffer.

»Sie überraschen mich«, sagte Converse.

»Das will ich hoffen. Ich habe den Zug in Düsseldorf kaum

geschafft. Ach, wie ein Verrückter bin ich durch drei Waggons gelaufen – aber nicht so verrückt wie Sie, ja?«

»Was passiert jetzt? Sie schießen und retten die Welt vor einem Verrückten?«

»Nichts, was so einfach wäre, Pilot.«

»Pilot.«

»Namen sind unwichtig, aber ich bin Oberst in der deutschen Luftwaffe. Piloten töten einander nur in der Luft. Auf dem Boden ist das unwürdig.«

»Sie beruhigen mich.«

»Ich übertreibe auch. Eine falsche Bewegung, und ich bin ein Held des Vaterlandes, der einen verrückten Meuchelmörder in die Enge getrieben und ihn getötet hat, ehe der mich töten konnte.«

Joel bewegte sich vorsichtig rückwärts, bis er die Waggonwand im Rücken spürte. Seine Gedanken arbeiteten fieberhaft. Er hatte keine Wahl, nur die, jetzt zu sterben oder in einigen Stunden. »Ich nehme an, Sie haben sich einen Zeitplan für mich ausgedacht«, sagte er und ließ dabei seinen linken Arm nach vorn fahren, wie um seine Frage zu unterstreichen.

»Ganz sicher haben wir das, Pilot. Wir verlassen den Zug in Wesel, und dann werden wir beide gemeinsam in eine Telefonzelle gehen, wobei ich Ihnen die Pistole gegen die Brust halte. Dann wird uns ein Wagen abholen, und man wird Sie...«

Converse stieß mit dem rechten Ellbogen, den der andere nicht sehen konnte, gegen die Wand. Sein linker Arm blieb offen sichtbar. Aufgeschreckt blickte der Deutsche zur Tür des vorderen Waggons. *Jetzt!*

Joel stürzte sich auf die Waffe, beide Hände griffen nach dem schwarzen Lauf, während er dem Mann das rechte Knie mit aller Kraft in den Unterleib rammte. Als der Deutsche nach hinten fiel, packte er ihn am Haar und schmetterte den Kopf seines Gegners gegen das vorstehende Scharnier der gegenüberliegenden Tür.

Der Kampf war vorüber. Die Augen des Deutschen waren geweitet, erschreckt, glasig. Wieder ein Feind, der tot war, aber dieser Mann war kein unwissender Söldner einer unpersönlichen Regierung gewesen, er war ein Soldat von Aquitania.

Eine korpulente Frau schrie hinter dem Gangfenster, das Gesicht hysterisch verzerrt, den Mund weit aufgerissen.

»Wesel...!«

Der Zug hatte seine Fahrt verlangsamt, und andere erregte Gesichter erschienen am Fenster, versperrten denen, die aussteigen wollten, den Weg.

Converse warf sich gegen die Tür, packte den Riegel und riß ihn auf, schmetterte die Tür gegen die Waggonwand. Unter ihm waren die Stufen, dahinter Kies und Teer. Er holte tief Luft und stürzte sich hinaus. Im Fallen krümmte er sich zusammen, um den Aufprall zu mildern. Dann überschlug er sich wieder und wieder...

23

Er prallte von einem Steinbrocken zurück in ein Gebüsch. Nesseln und Äste strichen ihm über das Gesicht und verbrannten ihm die Hände. Sein Körper fühlte sich wie ein einziger Bluterguß an, die Wunde an seinem linken Arm brannte und war feucht, aber jetzt war nicht die Zeit, um an den Schmerz zu denken. Er mußte hier weg; in wenigen Minuten würde es hier von Männern wimmeln, die ihn suchten, die den Mörder eines Offiziers der deutschen Luftwaffe suchten. Es bedurfte keiner besonderen Phantasie, um sich auszumalen, was als nächstes geschehen würde. Man würde die Passagiere verhören – darunter auch einen Geschäftsmann, und plötzlich würde jemand eine Zeitung in der Hand halten. Man würde ein bestimmtes Foto genauer betrachten und die entscheidende Verbindung herstellen. Ein verrückter Mörder, den man zuletzt in einer Seitengasse in Brüssel gesehen hatte, war nicht nach Paris, London oder Moskau unterwegs. Er befand sich in einem Zug, den er in Bonn bestiegen hatte und der durch Köln, Düsseldorf und

Duisburg gerollt war – und jetzt hatte der Wahnsinnige wieder getötet in einer Stadt, die Wesel hieß...

Plötzlich hörte er den schrillen Ton eines Zugsignals. Er sah den kleinen Hügel zu den Gleisen hinauf; ein Zug, der in südlicher Richtung fuhr, rollte mit wachsender Geschwindigkeit aus der ein paar hundert Meter entfernten Station. Sein *Hut*. Er lag umgedreht, etwas weiter den Hügel hinauf. Joel kroch aus dem Gebüsch heraus, richtete sich taumelnd auf und lief los. Den Teil seines Bewußtseins, der ihm sagte, daß er sich nicht bewegen konnte, beachtete er einfach nicht. Er schnappte sich den Hut und begann, nach rechts zu rennen. Der Zug raste vorbei; er rannte den Abhang hinauf, quer über die Gleise, auf ein altes Gebäude zu, das allem Anschein nach verlassen war. Die meisten Fensterscheiben des Hauses waren zerschlagen. Dort würde er ein paar Augenblicke Ruhe finden, aber nicht länger; dazu war das Gebäude ein zu auffälliges Versteck. In zehn oder fünfzehn Minuten war es vielleicht schon umstellt, von Männern mit Schußwaffen an jedem Ausgang.

Er versuchte verzweifelt sich zu erinnern. Wie hatte er es das letztemal geschafft? Wie war er den Streifen in den Dschungeln von Phu Loc entkommen?... Aussichtspunkte! Man mußte sich einen Ortsvorteil verschaffen, an einen Platz gelangen, wo man sie sehen konnte, aber selbst nicht gesehen wurde! Aber im Dschungel hatte es hohe Bäume gegeben, und er war damals jünger und kräftiger gewesen, hatte klettern können und sich hinter dem grünen Laubwerk versteckt. Aber hier, am Rand eines Bahnhofs gab es nichts dergleichen... Oder vielleicht doch! Rechts von dem Gebäude war eine Mülldeponie, wo Erde und Abfälle aufgehäuft waren; das war seine einzige Wahl.

Mit schmerzenden Armen und Beinen lief er stöhnend auf den letzten Abfallberg zu. Als er ihn erreichte hatte, lief er um ihn herum, um von hinten hinaufzuklettern. Immer wieder glitten seine Füße in der weichen Erde und den Abfällen aus; dafür lenkte der übelkeitserregende Gestank seine Gedanken von seinen Schmerzen ab. Unermüdlich kroch er weiter und arbeitete sich mit Händen und Füßen in die Höhe. Wenn es sein mußte, wollte er sich sogar in der stinkenden Masse eingraben. Für das Überleben gab es keine Regeln, und wenn er sich auf diese Weise vor dem Kugelhagel bewahren konnte, der seinem Leben ein Ende setzen sollte, war der Abfallhaufen das beste Versteck.

Jetzt hatte er den höchsten Punkt des Müllberges erreicht und preßte sich gegen den Boden. Schweiß rann ihm über das Gesicht und brannte in den Abschürfungen, die er sich zugezogen hatte. Sein Atem ging unregelmäßig, und er zitterte von der ungewohnten Anstrengung seiner Muskeln und vor Furcht. Er blickte auf die Rangierstrecke hinunter, dann hinüber zum Bahnhof. Der Zug hatte angehalten, und der Bahnsteig war mit Leuten gefüllt, die verwirrt durcheinanderliefen. Ein paar uniformierte Männer riefen Befehle und versuchten, etwas Ordnung in die Reisenden zu bringen. Offenbar wollte man die Leute aus den zwei Waggons, zwischen denen sich der Mord ereignet hatte, von den anderen trennen. Auf dem Parkplatz vor dem Bahnhofsgebäude war ein grün-weiß gestreifter Polizeiwagen mit kreisendem Blaulicht zu erkennen. In der Ferne war eine Sirene zu hören, und Sekunden später schoß eine weiße Ambulanz auf den Parkplatz, machte mit kreischenden Reifen kehrt und raste rückwärts auf den Bahnsteig zu. Die beiden hinteren Türen öffneten sich, zwei Sanitäter sprangen mit einer Trage heraus, ein Polizeibeamter rief ihnen etwas zu und gestikulierte wild. Die Sanitäter rannten die Treppe hinauf und folgten ihm.

Ein zweiter Streifenwagen schoß heran und bremste scharf neben der Ambulanz. Zwei Polizeibeamte stiegen aus und gingen die Treppen hinauf; der Offizier, der die Sanitäter eingewiesen hatte, begrüßte die Polizisten; er hatte zwei Zivilisten neben sich, einen Mann und eine Frau. Die fünf sprachen miteinander, und kurz darauf kehrten die zwei Streifenbeamten zu ihrem Fahrzeug zurück. Der Fahrer setzte zurück und bog nach links, ließ den Motor aufheulen und raste auf die Südecke des Parkplatzes zu, direkt auf die Stelle, wo Converse sich verbarg. Wieder hielten sie an und stiegen aus, jetzt mit gezogenen Waffen; sie rannten über die Gleise, den Schotterabhang hinunter. In wenigen Minuten würden sie zurück sein, dachte Joel und preßte sich noch tiefer in den stinkenden Unrat. Jetzt würden sie gleich das verlassene Gebäude durchsuchen, vielleicht Hilfe herbeirufen. Aber über kurz oder lang würden sie sich auch für die Müllkippe interessieren.

Converse sah sich um; da war eine Zufahrt mit schweren Radspuren, die zu einem hohen Drahtzaun führte, und ein Tor, das mit einer dicken Kette versperrt war. Jemand, der über die Zufahrt rannte und an dem Zaun hochkletterte, würde auffallen; er mußte bleiben, wo er war. Der Müllberg war immer noch seine beste Zuflucht.

Ein Geräusch riß ihn aus seinen Überlegungen... ein Geräusch, wie er es erst kurz zuvor gehört hatte. Zu seiner Rechten, auf dem Parkplatz. Ein dritter Streifenwagen kam mit heulender Sirene herangerast, aber er steuerte nicht auf die Ambulanz und den ersten Polizeiwagen am Bahnsteig zu, sondern bog nach links in Richtung auf den grün-weißen Wagen am Südende des Parkplatzes. Die zwei Beamten hatten über Funk Hilfe angefordert. Joel spürte ein betäubendes Gefühl der Verzweiflung. Dort warteten seine Henker. In dem dritten Wagen war nur ein Mann... oder war da noch jemand? Drehte der Polizist sich nach hinten, um etwas zu sagen? Nein, offenbar löste er nur seinen Sicherheitsgurt.

Ein grauhaariger uniformierter Mann stieg aus, sah sich um und ging dann mit schnellen Schritten auf die Gleise zu. Er überquerte sie, blieb oben am Abhang stehen und rief den Beamten über das braune, von der Sonne verbrannte Gras etwas zu. Converse hatte keine Ahnung, was der Mann sagte, aber die Szene wirkte merkwürdig.

Die zwei Polizisten kamen zurückgelaufen, ihre Waffen hatten sie wieder in die Gürtelhalfter gesteckt. Es kam zu einem kurzen, hitzigen Wortwechsel. Der Ältere wies auf eine Stelle im Süden der Müllkippe; seiner Lautstärke nach zu schließen, erteilte er Befehle.

Die jüngeren Polizisten liefen über die Gleise zurück zu ihrem Wagen, ihr Vorgesetzter folgte ihnen langsam. Sie rissen die Türen auf, sprangen hinein und schossen aus dem

Parkplatz heraus. Der ältere Mann stand jetzt neben seinem Wagen, machte aber keine Anstalten, einzusteigen. Statt dessen schien er zu sprechen; zumindest bewegten sich seine Lippen, und fünf Sekunden später öffneten sich die hinteren Wagentüren, und zwei Männer stiegen aus. Einen davon kannte Converse gut, seine Waffe steckte in seiner Tasche. Es war Leifhelms Chauffeur. Er trug einen Verband am Kopf und ein Pflaster auf der Nase. Er zog eine Waffe und erteilte dem anderen Mann einen Befehl. Seine Stimme war die eines verletzten, wütenden Frontsoldaten.

Peter Stone verließ das Hotel in Washington. Er hatte dem jungen Lieutenant von der Navy und dem älteren Captain von der Army gesagt, daß er am Morgen mit ihnen Verbindung aufnehmen würde. *Kinder*, dachte er. Idealistische Amateure waren das schlimmste, weil ihre Selbstgerechtigkeit meist nur von ihrer Ungeschicklichkeit übertroffen wurde. Die kindische Abneigung, die sie für jegliche Art von Täuschungsmanöver empfanden, ließ sie meist einfach nicht erkennen, daß man kompromißlos und konsequent handeln mußte, wenn man überhaupt eine Chance haben wollte.

Stone stieg in ein Taxi – seinen eigenen Wagen ließ er in der Tiefgarage – und gab dem Fahrer die Adresse eines Apartmenthauses an der Nebraska Avenue.

Die *Kinder. Herrgott!* Sie hatten so recht. Das, was sie empfanden, war genau richtig, aber was sie nicht begriffen, war, daß sie, wenn sie die George Marcus Delavanes von heute angriffen, einen Krieg in allen Schattierungen der Brutalität führen mußten, weil diese Männer nur so zu kämpfen verstanden. Rechtschaffenheit allein genügte nicht, es mußte die Bereitschaft dazukommen, auch in die Gosse hinabzusteigen, wenn dies notwendig war, und keine Gnade zu suchen, weil niemand Gnade erweisen würde. Dies war das letzte Fünftel des zwanzigsten Jahrhunderts, und die Generale setzten alles auf eine Karte, ihr Verfolgungswahn ließ ihnen keine andere Wahl mehr.

Stone hatte das seit Jahren kommen sehen, und es gab Zeiten, wo er nahe daran gewesen war zu applaudieren und seine Seele zu verkaufen. Strategien waren gescheitert – Männer getötet worden –, und alles nur wegen unsinniger bürokratischer Hemmnisse, die ihren Grund in Gesetzen und einer Verfassung hatten, die zu einer Zeit erlassen worden waren, als noch niemand an etwas wie Moskau gedacht hatte. Die verrückten Delavanes dieses Planeten – dieses Teils des Planeten – hatten eine Reihe ganz plausibler Gründe auf ihrer Seite. Vor Jahren hatte es in der Firma genügend Leute gegeben, die daraus kein Hehl machten. Sie sagten: Laßt uns doch die Atomanlagen in Taschkent und Tselinograd *bombardieren*! Jagen wir doch Chengdu und Shenyang in die Luft! Geben wir ihnen keine Chance zum ersten Schlag! Wir haben Verantwortungsbewußtsein, die *nicht*!

Ob es besser für die Welt gewesen wäre?

Doch morgens war Peter dann jedesmal wieder aufgewacht, und jener Teil seiner Seele, den er nicht verkauft hatte, sagte ihm, nein, das können wir nicht tun, das dürfen wir nicht tun. Es mußte einen anderen Weg geben, einen Weg ohne Konfrontation, ohne den Tod Tausender. Und an jene Alternative klammerte er sich immer noch, wenn er heute die Delavanes nicht mehr einfach abtun konnte, nicht mehr wußte, wo die Reise hinging.

Wo *seine* Reise hinging, wußte er – seit Jahren –, deshalb hatte er sich diesen *Kindern* angeschlossen. Ihre Selbstgerechtigkeit war in Ordnung, ebenso wie ihr Widerwille. Er hatte das alles schon oft genug und an zu vielen Orten erlebt – immer an den Extremen des politischen Spektrums. Die Delavanes des Planeten wollten jeden in einen Roboter verwandeln. Und in vieler Hinsicht war der Tod dem vorzuziehen.

Stone sperrte die Wohnungstüre auf, schloß sie hinter sich wieder, zog sein Jackett aus und bereitete sich den einzigen Drink, den er sich an diesem Abend gestatten würde. Er ging zu dem Ledersessel neben dem Telefon und setzte sich. Dann trank er und stellte das Glas neben die Lampe auf den Tisch. Er hob den Hörer ab und wählte sieben Zahlen, dann noch drei und eine weitere. Ein ganz schwacher Wählton trat an die Stelle des üblichen Wählgeräusches, und er wählte noch einmal. Alles war in Ordnung. Das Gespräch wurde über ein diplomatisches Zerhackerkabel des KGB auf einer Insel in der Meerenge von Cabot, südöstlich von Neufundland, geleitet. Nur der Dscherschinsky-Platz würde verwirrt sein. Peter hatte sechs Negative für diesen Kanal bezahlt. Es klingelte fünfmal, ehe sich eine Männerstimme in Bern meldete.

»Allo?«

»Ihr alter Freund von Bahrain spricht, der Verkäufer in Lissabon und Käufer auf den Dardanellen. Muß ich *Dixie* singen?«

»Das ist ja *niiicht zu glauuben*«, sagte der Mann in Bern und dehnte seine Worte, wie man im tiefen Süden Amerikas spricht. Den Versuch, französisch zu klingen, gab er sofort auf. »Das reicht ja weit zurück, wie?«

»Allerdings.«

»Ich höre, daß Sie jetzt einer von den Bösen sind.«

»Ungeliebt, ohne Vertrauen, aber immer noch geschätzt«, sagte Stone. »Das ist exakter. Die Firma würde mich um nichts in der Welt mehr anfassen, hat aber genügend unfreundliche Typen in der Stadt, die mir ziemlich regelmäßig eine Beratung zukommen lassen. Ich war nicht so schlau wie Sie. Keine Depots vom großen Bruder auf einem Schweizer Konto.«

»Wie ich hörte, hatten Sie ein Problem mit dem Alkohol.«

»Ein ziemlich großes sogar, aber das ist vorbei.«

»Man sollte nie mit Leuten, die schlimmer sind als man selbst, über die eigene Freigabe verhandeln, wenn man nicht ins Röhrchen pusten kann. Man muß denen Angst machen, nicht sie zum Lachen bringen.«

»Das habe ich auch festgestellt. Ich höre, Sie befassen sich auch mit Beratungen.«

»Nur in ziemlich beschränktem Maße und nur mit Klienten, die vor dem großen Bruder bestehen könnten. Das ist die Vereinbarung, und daran halte ich mich. Wenn nicht, dann wird irgendein Typ mit Revolver eingeflogen, und schon liege ich unter der Erde.«

»Wo Ihnen die Drohungen nichts mehr nützen«, führte der Zivilist den Satz für ihn zu Ende.

»So sieht's aus, lieber Freund. Das ist unsere kleine *détente*.«

»Würde ich den Test bestehen? Ich gebe Ihnen mein Wort, daß ich mit guten Leuten arbeite. Sie sind jung, einer interessanten Sache auf der Spur und denken sich nichts Böses, was unter den vorliegenden Umständen nicht gerade eine Empfehlung ist. Aber deutlicher kann ich nicht werden. Um Ihretwillen ebensowenig wie um meiner selbst willen und wegen dieser Leute. Reicht das?«

»Wenn die Beratung nicht draußen im Weltraum stattfindet, dann ist das mehr als genug. Das wissen Sie auch. Sie haben mich gerettet, bloß daß Sie vorhin die Reihenfolge verdreht haben. In den Dardanellen und in Lissabon haben Sie mich rausgeholt, ehe die mit ihren Revolvern kamen. Und in Bahrain haben Sie einen Bericht wegen eines verschwundenen Honorarfonds neu geschrieben – sonst hätten die mich wahrscheinlich fünf Jahre in Leavenworth eingebuchtet.«

»Sie waren zu wertvoll, als daß wir uns leisten konnten, Sie wegen einer kleinen Indiskretion zu verlieren. Außerdem waren Sie nicht der einzige, man hat Sie nur erwischt – oder beinahe erwischt.«

»Wie dem auch sei, ›Johnny Reb‹ steht in Ihrer Schuld. Worum geht es?«

Stone griff nach seinem Glas und trank einen Schluck. Als er weitersprach, wählte er seine Worte mit aller Sorgfalt. »Einer unserer Kommandeure ist verschwunden. Ein Problem von Navy und SAND PAC. Die Leute, mit denen ich zusammen bin, möchten, daß nichts davon herauskommt. Washington soll nichts erfahren.«

»Und das gehört zu dem, was Sie mir nicht sagen können«, sagte der Südstaatler. »Okay, SAND PAC – das ist San Diego und ein gutes Stück westlich davon bis zur Datumsgrenze, stimmt's?«

»Ja, aber das hat nichts zu sagen. Er ist der leitende Anwalt dort draußen – oder vielleicht muß man jetzt schon sagen, er *war* es. Wenn das nicht der Fall ist, wenn es ihn noch gibt, ist er näher bei Ihnen als bei mir. Nur, wenn ich ein Flugzeug besteige, dann bringt mein Paß die Computer zum Durchglühen, und das geht natürlich nicht.«

»Und das gehört auch zu dem, was Sie mir nicht sagen können.«

»Richtig.«

»Was *können* Sie mir denn sagen?«

»Kennen Sie die Botschaft in Bonn?«

»Ich weiß, daß sie Schwierigkeiten hat. Ebenso wie die Sicherheitseinheiten in Brüssel. Dieser Spinner legt ja eine ganz schöne Spur. Was ist mit Bonn?«

»Unser Mann ist zuletzt dort gesehen worden.«

»Er hat etwas mit diesem *Converse* zu tun?«

Steve machte eine Pause. »Sie können sich wahrscheinlich mehr zusammenreimen als für irgendeinen von uns gut ist, aber im Prinzip läuft das Szenario auf folgendes hinaus: Unser Marineoffizier hat sich sehr aufgeregt. Sein Schwager – der übrigens auch sein nächster Freund war – ist in Genf ermordet worden...«

»Gar nicht so weit von mir«, unterbrach ihn der Verbannte in Bern. »Der amerikanische Anwalt, dessen Tod auch auf das Konto dieses Converse geht. Zumindest habe ich das so gelesen.«

»Das hat unser Offizier auch geglaubt. Wie oder von wem er die Information bekam, weiß niemand, aber offenbar hat er in Erfahrung gebracht, daß Converse nach Bonn unterwegs war. Er ließ sich Urlaub geben, um sich auf seine Spur zu setzen.«

»Lobenswert, aber dumm«, sagte der Südstaatler. »Ein Lynchkommando, das aus einem einzigen Mann besteht?«

»Das nicht. Wir haben Grund zu der Annahme, daß er die Botschaft aufsuchte, zumindest traf er sich mit jemandem *von* der Botschaft, um zu erklären, was er wolle. Vielleicht sogar, um sie zu warnen, wer weiß? Der Rest spricht für sich selbst. Dieser Converse hat zugeschlagen, und unser Offizier ist verschwunden. Wir würden gerne herausfinden, ob er noch lebt oder ob er bereits tot ist.«

Diesmal machte der Südstaatler eine Pause, aber seine Atemzüge waren deutlich durch die Leitung zu hören.

Schließlich antwortete er: »Lieber Freund, Sie müssen mir einfach ein wenig mehr verraten.«

»Ich bin gerade im Begriff, das zu tun, General Lee.«

»Sehr aufmerksam.«

»Es gibt da ebenfalls eine Verbindung. Wenn Sie Lieutenant Commander in der Navy wären und jemanden in der Botschaft in Bonn erreichen wollten, jemanden, der Ihnen die Aufmerksamkeit widmen würde, die Ihrem Rang zukommt, wen würden Sie da anrufen?«

»Den Militärattaché, wen sonst?«

»Genau das ist der Mann. Er ist unter anderem auch ein Lügner, aber das hat hier jetzt nichts zu sagen. Unserer Ansicht nach hat der Offizier mit ihm gesprochen, und der Attaché hat ihn abgewimmelt, ihm nicht einmal einen Gesprächstermin mit Botschafter Peregrine verschafft. Und als es dann passierte, hat er, um seinen Arsch zu retten... Nun, die Menschen tun manchmal seltsame Dinge.«

»Was Sie da andeuten, klingt verdammt seltsam.«

»Trotzdem bleibe ich dabei«, sagte der Zivilist.

»Okay, wie heißt er?«

»Washburn. Er ist...«

»*Norman* Washburn?! Major Norman Anthony Washburn?«

»Das ist er.«

»Jetzt weichen Sie mir bloß nicht aus. Washburn war in Beirut, dann in Athen und anschließend in Madrid. Und überall hat er sich bei der Firma unbeliebt gemacht! Für eine gute Beurteilung würde der seine Frau Mama an die Wand nageln. Er ist überzeugt, daß er mit fünfundvierzig zu den Vereinigten Stabschefs gehören wird – und darauf arbeitet er hin.«

»Mit fünfundvierzig?«

»Ich hatte die letzten Jahre keine Verbindung mehr mit ihm gehabt, aber er ist bestimmt nicht älter als sechsunddreißig, siebenunddreißig. Das letzte, was ich hörte, war, daß er wieder befördert werden sollte. Alle *lieben* ihn!«

»Er ist ein Lügner«, antwortete der Zivilist in der schwach beleuchteten Wohnung an der Nebraska Avenue und trank wieder einen Schluck Bourbon.

»Sie wissen also mehr?«

»Richtig.«

»Und dürfen auch darüber nichts sagen.« Das war eine Feststellung, keine Frage.

»Auch richtig.«

»Sind Sie ganz sicher?«

»Ein Irrtum ist unmöglich. Er muß wissen, wo der SAND PAC-Anwalt ist – falls er noch lebt.«

»Herrgott! Worauf habt ihr Nordstaatler euch da wieder eingelassen?«

»Wollen Sie die Spur aufnehmen? Angefangen mit gestern?«

»Mit dem größten Vergnügen. Wie wollen Sie's denn haben?«

»In der Grauzone. Nur Worte, die wie Nadeln stechen – das ist wichtig. Er muß aufwachen und glauben, daß er sich den Magen verdorben hat.«

»Frauen?«

»Ich weiß nicht. Da können Sie wahrscheinlich mehr herausbekommen als ich. Würde er sein Image riskieren?«

»Bei den zwei oder drei *Fräuleins*, die ich in Bonn habe, würden selbst Jesuiten ihren Ordenseid aufs Spiel setzen. Wie heißt der Gesuchte bitte?«

»Fitzpatrick, Lieutenant Commander Connal Fitzpatrick... Und, Onkel Remus, was auch immer Sie hören, geben Sie es nur mir weiter. Sonst niemandem. *Niemandem.*«

»Und das ist das letzte Stück von dem, was Sie mir nicht sagen dürfen, stimmt's?«

»Richtig.«

»Ich habe mich schon darauf eingestellt. Ein Ziel und nur eine Person. Keine Neugierde und keine Abschweifungen, nur ein Tonbandgerät in meinem Kopf oder in der Hand.«

Wieder machte Stone eine Pause und pfiff nur leise vor sich hin, um das Schweigen zu füllen. »*Tonband...?*« Dann sprach er weiter. »Das ist gar keine schlechte Idee. Ein Minigerät natürlich.«

»Natürlich. Diese kleinen Biester sind heute so winzig,

daß man sie an den verrücktesten Stellen verstecken kann. Wo kann ich Sie erreichen? Mein Federkiel wartet.«

»Die Vorwahl ist Acht-null-vier.« Der ehemalige CIA-Mann gab dem Mann in Bern eine Telefonnummer in Charlotte, North Carolina. »Eine Frau wird sich melden. Sagen Sie ihr, Sie gehörten zur Tatiana-Familie, und hinterlassen Sie eine Nummer.«

Merkwürdig, dachte Peter Stone. Seit Jahren hatte er die *Tatiana-Familie* nicht mehr benutzt.

Joel beobachtete aus seinem Versteck auf dem Müllberg, wie Leifhelms Chauffeur und sein Begleiter sich dem leerstehenden Bau näherten. Sie waren unübersehbar erfahrene Leute. Abwechselnd übernahm einer die Spitze und wartete dann hinter ein paar Fässern, bis der andere ihm gefolgt war. Fast gleichzeitig erreichten sie die zwei Türen des Gebäudes, die beide nur lose in den Angeln hingen. Der Chauffeur machte ein Zeichen mit seiner Waffe, und beide Männer verschwanden im Haus.

Wieder sah Converse hinter sich. Der Zaun war vielleicht zweihundert Meter entfernt. Konnte er die stinkende Abfallhalde hinunterrutschen, zu dem Drahtzaun laufen und ihn überklettern, bevor die beiden wieder aus der Ruine herauskamen? *Warum nicht? Versuchen* konnte er es! Er stemmte sich hoch, spürte, wie seine Hände in den Unrat einsanken, drehte sich nach rechts und warf sich nach unten.

Plötzlich war in der Ferne ein Krachen zu hören, dann ein Schrei. Joel hielt sofort inne und kroch die drei Meter wieder zurück, die er auf dem Weg nach unten bereits zurückgelegt hatte. Der Chauffeur kam aus der Türe geeilt und hetzte auf die Ecke zu, wo sein Begleiter das Haus betreten hatte. Seine Waffe hielt er schußbereit in der Hand. Vorsichtig näherte er sich der Tür, sah dann anscheinend etwas im Schatten und stieß einen Fluch aus. Sekunden darauf kam er wieder aus dem Haus und stützte den anderen Mann. Offenbar war eine Treppe eingestürzt. Der zweite Mann hielt sich ein Bein und hinkte.

Vom Bahnhof ertönten zwei laute Huptöne. Der Bahnsteig

war leer, die Passagiere hatten den Zug wieder bestiegen; die Panik hatte sich gelegt. Der Zug würde seine Reise fortsetzen und versuchen, die Verspätung aufzuholen. Der letzte Polizeiwagen und der Krankenwagen waren verschwunden.

Vor der Ruine schlug der Chauffeur ein paarmal wütend auf seinen Begleiter ein und stieß ihn zu Boden. Der Mann richtete sich mühsam wieder auf, gestikulierte wild und flehte den anderen offenbar an, ihn in Ruhe zu lassen. Der Chauffeur ließ auch von ihm ab und wies ihn offenbar an, zwischen dem Gebäude, der Müllhalde und dem Zaun Position zu beziehen. Als der Mann dort angelangt war, drehte sich der Chauffeur um und betrat erneut die Ruine.

Es verstrich eine halbe Stunde. Tiefhängende Wolken schoben sich im Westen vor die Sonne und warfen lange Schatten über das Bahnhofsgelände. Schließlich tauchte der Chauffeur wieder auf. Einen Augenblick lang stand er vor der Ruine und blickte in westlicher Richtung über die Gleise zu der Grasfläche dahinter. Dann drehte er sich um und starrte die Müllberge an. Jetzt schien er eine Entscheidung getroffen zu haben.

»Rechts über Ihnen«, schrie er seinen Begleiter an und wies auf den zweiten Müllberg. »Hinter Ihnen!«

Joel arbeitete sich seitwärts wie eine in Panik geratene Sandkrabbe die Müllhalde herunter. Auf halbem Weg blieb er mit der linken Hand hängen. Er zerrte an dem, was ihn festhielt, bekam die Hand frei und wollte das, was ihn behindert hatte, schon wegwerfen, als er bemerkte, daß es ein Stück Elektrokabel war. Er wickelte es zusammen, behielt es in der Hand und rutschte weiter hangabwärts. Zwei Meter über dem Boden fing er an, wie ein Hund zu graben, stieß mit den Füßen ein paarmal in den Unrat und die lockere Erde und wühlte sich in die eklige Masse hinein. Schließlich bedeckte er auch noch seinen Kopf mit Müll. Der Gestank war überwältigend, und er spürte, wie kleine Insekten in seine Kleider eindrangen und über seine Haut krochen. Aber das Versteck verbarg ihn vollständig, dessen war er sicher. Er begann zu begreifen, was sein fieberhaft arbeitender Verstand ihm klarzumachen versuchte. Er war wieder im

Dschungel: er bereitete sich darauf vor, von einem unsichtbaren Ort aus einen Gegner anzugreifen.

Minuten verstrichen. Die Schatten wurden länger und lösten sich schließlich ganz in der Dunkelheit auf, als die Sonne hinter dem Horizont versank. Converse blieb reglos liegen, wo er war. Jeder Muskel war angespannt, und er biß die Zähne zusammen, um sich davon abzuhalten, mit den Armen um sich zu schlagen und sich zu kratzen. Aber er wußte, daß er sich nicht bewegen durfte. Jeden Augenblick konnte es jetzt soweit sein. Jede Sekunde.

Das Vorspiel kam. Der hinkende Mann tauchte auf, musterte den Hügel aus Abfall und Dreck, kniff die Augen zusammen und hielt dabei die Waffe schußbereit vor sich. Langsam trat er zur Seite, vorsichtig, kein Risiko eingehend. Jetzt ging er direkt vor Joel vorbei, die ausgestreckte Pistole höchstens einen Meter von Joels Gesicht entfernt. Noch ein Schritt... *Jetzt!* Joel machte einen Satz, packte die Waffe am Lauf, drehte sie herum und riß sie nach unten. Während der Deutsche nach vorne stürzte, schlug Converse ihm das Knie gegen das Nasenbein. Der Mann war starr vor Entsetzen und Schrecken, daß ihm der Schrei in der Kehle steckenblieb. Die Waffe wirbelte davon. Der Mann taumelte und setzte erneut zu einem Schrei an, als Joel sich wieder auf ihn stürzte, das Kabel in beiden Händen. Er streifte es dem Deutschen über den Kopf und zog es ihm straff um den Hals. Der Feind mußte sterben, weil der Feind ihn töten wollte! So einfach war das. Nein, so einfach war das *nicht*. Dies war ein Soldat von Aquitania, *Abschaum* von Aquitania. Er tötete auf Befehl – er befolgte *Befehle*! Er würde nie wieder töten.

Der Mann erschlaffte. Converse beugte sich über ihn und wollte ihn schon mit Unrat bedecken. Doch es mußte eine andere Möglichkeit geben, eine Möglichkeit, die er auch schon vor hundert Jahren gewählt hatte, damals im Dschungel mit einem anderen Gegner. Er sah sich um; vielleicht dreißig Meter zu seiner Rechten war ein Stapel alter Eisenbahnschwellen, einige zerbrochen... sie bildeten eine niedrige Wand. Eine *Wand*.

Es war riskant. Wenn Leifhelms Chauffeur die erste Müllhalde inzwischen überprüft hatte und jetzt aus welcher Richtung auch immer auf die zweite zuging, mußte er Joel sofort sehen. Der Mann war aus zwei Gründen zu dem Zug geschickt worden, einmal, weil er den Gesuchten vom Ansehen kannte, und zum anderen, weil der, den sie suchten, ihn entehrt hatte. Joels Leiche würde seine Ehre wiederherstellen. Ein solcher Mann war vermutlich ein Experte im Umgang mit Waffen... was der, den sie jagten, nicht war. Doch warum sich den Kopf zerbrechen! Seit Genf war *alles* riskant, ein Spiel gegen den Tod.

Er packte die Leiche des Deutschen unter den Achseln und zerrte sie schwer atmend hinter sich her.

Hinter den Eisenbahnschwellen ließ er den Toten fallen. Und ohne nachzudenken, tat Converse das, was er schon seit einer Ewigkeit hatte tun wollen. Im Schutz der Schwellen riß er seine Jacke und sein Hemd herunter und wälzte sich wie ein Hund auf dem Boden, um sich von den Insekten zu befreien. Dann kroch er zwischen die Eisenbahnschwellen und fand zwischen zwei Stapeln ein Versteck.

»*Werner, wo sind Sie?*«

Leifhelms Chauffeur tauchte auf. Vorsichtig, die Waffe im Anschlag, erschien er hinter dem zweiten Müllhaufen. Ein Soldat, der den Streifendienst gewöhnt war. Converse überlegte, wieviel besser es doch für die Welt wäre, wenn er selbst ein Meisterschütze wäre. Aber das war er nicht. Bei der Pilotenausbildung hatte er nur den üblichen Kurs für Handfeuerwaffen gemacht. Der zweite Soldat von Aquitania mußte also viel näher herangelockt werden.

»*Werner! Antworten Sie doch!*«

Schweigen.

Der Chauffeur war beunruhigt; er ging ein paar Schritte zurück, duckte sich jetzt, suchte den Müllhaufen ab und drehte immer wieder den Kopf. Joel wußte, was er tun mußte; er hatte es schon einmal getan. Er mußte die Aufmerksamkeit des Killers ablenken, ihn näher heranlocken und sich dann entfernen.

»*Auuuu...!*« Converse gab ein Stöhnen von sich. Und dann, ganz deutlich, in englischer Sprache: »Oh, my *God!*«

Und dann huschte er geduckt ans Ende der künstlichen Mauer aus Holzschwellen. Er spähte um die Barriere herum, hielt dabei den Kopf aber in Deckung.

»*Werner, wo ist...!*« Der Deutsche stand jetzt aufrecht da und ließ seinen Blick schweifen. Plötzlich fing er zu laufen an, die Waffe ausgestreckt und scheinbar erleichtert, daß sein Opfer ihm selbst den Weg gewiesen hatte.

Der Chauffeur sprang über die Schwellen, die Waffe schußbereit. Dann feuerte er auf die Leiche, die im Dunkeln lag, und stieß dabei einen Schrei befriedigter Rachsucht aus.

Joel richtete sich auf, zielte mit seiner Automatik und drückte einmal ab. Der Deutsche wirbelte herum, und ein Blutfaden rann über seine Brust.

»Manche gewinnen«, flüsterte Converse und richtete sich auf. Er erinnerte sich an den Mann im Zug nach Emmerich.

Das Grün hatte sich in einen Sumpf verwandelt. Converse hielt seine Kleider in den Armen. Er war über die Gleise gestolpert, dann durch das wilde Gras in die schlammige Feuchtigkeit. Es war Wasser, und das war alles, was er brauchte. Wasser würde ihn säubern, ihm eine Fluchtmöglichkeit bieten und zugleich Linderung – auch das waren Lektionen, die er vor Jahren gelernt hatte. Er saß nackt auf einem Landvorsprung, nahm den hinderlichen Geldgurt ab und fragte sich, ob die Banknoten wohl naß geworden waren. Doch so sehr, daß er nachgesehen hätte, interessierte ihn das nicht.

Was ihn hingegen interessierte, waren die Sachen, die er den beiden Männern abgenommen hatte. Er war nicht sicher, was Wert hatte und was nicht. Das Geld war belanglos, mit Ausnahme der kleinen Scheine. Dann fand er ein gefährlich aussehendes Messer, dessen lange Klinge vorschnappte, wenn man einen Knopf am Griff drückte. Er behielt es. Ebenso ein billiges Gasfeuerzeug, einen Kamm und zwei Pastillen gegen schlechten Atem. Der Rest waren persönliche Habseligkeiten – Schlüssel, ein goldenes Amulett in Form eines vierblättrigen Klees... Fotografien in den Brieftaschen – er wollte sie nicht sehen. Der Tod machte Freund und Feind gleich. Das einzige, was ihn interessierte, waren die Kleider. *Sie* waren seine Möglichkeit, eine, die er schon vor einem ganzen Leben im Dschungel genutzt hatte. Damals hatte er sich in die zerfetzte Uniform eines Feindes gezwängt, und man hatte zweimal nicht auf ihn geschossen, als er entdeckt worden war. Statt dessen hatte man ihm zugewinkt.

Er wählte die Kleidungsstücke aus, die am besten paßten, und zog sie an; den Rest warf er in den Sumpf. Wie auch immer er aussehen mochte, er hatte nur noch wenig Ähnlichkeit mit dem Akademiker, den er in Bonn gespielt hatte. Eher würde man ihn jetzt für einen Mann halten, der sich seinen Lebensunterhalt auf dem Fluß verdiente; vielleicht als Maat auf einem Flußschlepper. Er hatte das Jackett des Chauffeurs gewählt, eine Jacke aus grobem Stoff, die ihm bis zu den Hüften reichte. Darunter trug er dessen blaues Baumwollhemd – das Einschußloch hatte er vom Blut reingewaschen. Die Hosen hatten dem anderen Mann gehört, braune Cordhosen ohne Bügelfalten, die an den Knöcheln etwas weiter wurden. Keiner der beiden Männer hatte einen Hut getragen, und sein eigener lag irgendwo auf der Müllkippe. Er würde einen neuen finden oder kaufen oder stehlen. Das mußte er, ohne einen Hut oder eine Mütze, die sein Gesicht wenigstens teilweise bedeckte, kam er sich ebenso nackt vor wie ohne Kleider.

Dann legte er sich in das trockene wilde Gras und starrte zum Himmel hinauf.

24

»Also, da soll doch...!« rief der distinguiert aussehende Mann mit der wallenden weißen Mähne, und seine fast weißen Augenbrauen schoben sich erstaunt in die Höhe. »Sind Sie nicht Molly Washburns Junge?«

»Wie bitte?« sagte der Army-Offizier am Nebentisch im Bonner Restaurant *Am Tulpenfeld*. »Kennen wir uns, Sir?«

»Nicht so, daß Sie sich erinnern müßten, Major... Bitte

entschuldigen Sie die Störung.« Mit dem letzten Satz wandte sich der Südstaatler an den Tischgenossen des Offiziers, einen Mann in mittleren Jahren mit bereits schütterem Haar, der mit ausgeprägt deutschem Akzent Englisch gesprochen hatte. »Aber Molly würde es einem Landsmann aus Georgia nie vergeben, wenn er ihren Sohn nicht begrüßt und ihn zu einem Drink eingeladen hätte.«

»Es tut mir leid, aber ich weiß wirklich nicht, wo ich Sie hintun soll«, sagte Washburn freundlich, aber ohne besondere Begeisterung.

»Das würde mir genauso gehen, junger Mann. Ich weiß, es klingt ein wenig abgedroschen, aber Sie trugen damals wahrscheinlich noch nicht einmal lange Hosen. Als ich Sie das letztemal sah, hatten Sie einen blauen Blazer an und waren verdammt wütend, weil Ihr Team ein Fußballspiel verloren hatte. Ich glaube, Sie haben Ihrem linken Flügel die Schuld gegeben. Wie heute ist das wohl der Mannschaftsteil, dem man für *alles* die Schuld geben kann.«

Der Major und sein Begleiter lachten. »Du lieber Gott, das ist lange her – damals war ich noch in Dalton.«

»Und Kapitän des Teams, wenn ich mich richtig entsinne.«

»Wie haben Sie mich denn erkannt?«

»Ich hab' neulich Ihre Mama in ihrem Haus in Southampton besucht. Sie ist richtig stolz auf Sie, und im Wohnzimmer standen ein paar hübsche Fotos von Ihnen.«

»Natürlich, auf dem Piano.«

»Genau dort habe ich sie gesehen. Und natürlich alle silbern gerahmt.«

»Ich fürchte, ich habe Ihren Namen vergessen.«

»Thayer. Thomas Thayer, oder einfach nur ›T.T.‹, wie Ihre Mama mich nennt.« Die beiden schüttelten sich die Hände.

»Sehr erfreut, Sie wiederzusehen«, sagte Washburn und wies mit einer Handbewegung auf seinen Begleiter. »Das ist Herr Schindler. Er ist unser Verbindungsmann zu den westdeutschen Medien.«

»Erfreut, Sie kennenzulernen, Mr. Schindler.«

»Ganz meinerseits, Herr Thayer.«

»Weil wir gerade von der Botschaft sprechen, die haben Sie ja vermutlich gemeint – ich hatte Molly versprochen, Sie anzurufen, wenn ich hierher komme. Auf mein Wort, genau das hatte ich morgen vor – heute macht mir noch die Zeitverschiebung zu schaffen. Wenn das kein Zufall ist, wie? Daß Sie hier sind und ich auch, an zwei Tischen nebeneinander!«

Wieder lachten die Männer. Dann hob der Südstaatler sein Glas den anderen entgegen, damit sie anstoßen konnten. Die Gläser begegneten sich, und wie ein leiser Glockenton hallte es durch den Saal.

Converse wartete. Er hatte sich in eine dunkle Ladennische in einer schäbigen Straße in Emmerich gedrückt und beobachtete. Auf der anderen Straßenseite waren die schwachen Lichter eines billigen Hotels zu sehen, dessen Eingang alles andere als einladend wirkte. Und doch würde er mit etwas Glück dort in den nächsten paar Minuten ein Bett haben. Ein Bett und ein Waschbecken in der Zimmerecke, und mit noch mehr Glück heißes Wasser, mit dem er seine Wunde auswaschen konnte, wenn er den Verband wechselte. In den letzten zwei Nächten hatte er lernen müssen, daß Orte wie dieser seine einzige Zuflucht waren. Man stellte keine Fragen und erwartete geradezu, daß der Name auf der Meldekarte falsch war.

Um von der Straße zu kommen, mußte er sich mit dem menschlichen Treibgut bewegen, und deshalb war ein heruntergekommenes Hotel wie das auf der anderen Straßenseite für ihn wesentlich einladender als das Waldorf Astoria. Und er *mußte* von der Straße weg, denn draußen gab es zu viele Fallen.

Aber heute abend ist es anders als in den vorigen Nächten auf deutschen Straßen, dachte Joel, während er auf das heruntergekommene Hotel gegenüber sah. Noch heute wollte er versuchen, die Grenze nach Holland zu überqueren. Sein Ziel war Cort Thorbecke und ein Flugzeug nach Washington. Der Mann, den er in seine Dienste genommen hatte, war etwas älter als der Student in Bonn. Es war ein Matrose der Handelsmarine aus Bremerhaven, der in Emmerich einen Pflichtbesuch bei seiner Familie gemacht hatte, mit der er sich nicht besonders gut verstand. Wie üblich war er von seiner Mutter und seinem Vater unfreundlich behandelt worden und dann zu den Leuten gegangen, bei denen er sich am wohlsten fühlte – in eine Kneipe am Flußufer.

Ein Lied hatte Joel veranlaßt, sich den jungen Seemann, der mit einer Gitarre in den Armen an der Bar stand, genauer anzusehen. Der Matrose sang in englischer Sprache, wenn auch mit leichtem deutschen Akzent, und die Melodie war eine seltsame, unter die Haut gehende Mischung aus langsamem Rock und einem melancholischen Madrigal.

»...*When you finally came down, when your feet hit the ground, did you know where you were? When you finally were real, could you touch what you feel, were you there in the know*...«

Die Männer an der Theke lauschten schweigend dem Rhythmus, und als der Seemann schließlich geendet hatte, gab es respektvollen Applaus, und dann wurden die Gläser wieder gefüllt. Wenige Minuten später stand Converse neben dem Troubadour, der sich die Gitarre über die Schulter gehängt hatte, so daß sie an ihrem Riemen wie eine Waffe wirkte. Joel fragte sich, ob der Mann wirklich Englisch sprach oder nur sein Lied auswendig gelernt hatte. Aber das würde er gleich erfahren. Der Seemann lachte über die Bemerkung eines anderen Gastes, und als er verstummte, sprach Converse ihn an.

»Ich würde Sie gern zu einem Drink einladen«, begann er. »Dafür, daß Sie mich an zu Hause erinnert haben. Das war ein schönes Lied.«

Der Mann musterte ihn verständnislos. Joel wurde unsicher. Vielleicht hatte der Seemann keine Ahnung, wovon er redete. Doch dann begann der Deutsche zu Joels Erleichterung zu sprechen.

»Danke. Es ist wirklich ein gutes Lied. Traurig, aber gut. Sind Sie Amerikaner?«

»Ja. Und Sie sprechen ausgezeichnet Englisch.«

»Okay. Ich kann es nicht lesen oder schreiben, aber sprechen. Ich arbeite auf einem Handelsschiff. Wir fahren nach Boston, New York, Baltimore – manchmal Florida.«

»Was trinken Sie?«
»Ein Bier«, sagte der Matrose.
»Warum nicht Whisky?«
»Wenn Sie wirklich zahlen?«
»Sicher.«
»Dann ja.«

Wenige Minuten später saßen sie an einem Tisch. Joel erfand eine Geschichte von einer Prostituierten und ihrem Zuhälter. Er erzählte sie langsam, nicht, weil er das Gefühl gehabt hätte, auf die beschränkten Sprachkenntnisse seines Zuhörers Rücksicht nehmen zu müssen, sondern weil ihm plötzlich eine andere Möglichkeit in den Sinn kam. Der musikalische Handelsmatrose war zwar noch jung, hatte aber schon eine Art von Patina an sich, die darauf hindeutete, daß er die Docks und die Häfen und die verschiedenen Geschäfte, die in dieser ganz besonderen Welt blühten, sehr gut kannte.

»Sie sollten zur Polizei gehen«, empfahl der junge Mann, als Converse geendet hatte. »Die kennen die Nutten und sorgen schon dafür, daß Ihr Name nicht in die Zeitungen kommt.« Der Deutsche lächelte. »Schließlich sollen Sie ja wiederkommen und Ihr Geld bei uns ausgeben.«

»Das Risiko kann ich nicht eingehen. Ich sehe im Moment vielleicht nicht so aus, aber ich habe mit einer ganzen Menge wichtiger Leute zu tun – hier und in Amerika.«

»Also sind Sie auch ziemlich wichtig, oder?«

»Und sehr dumm. Wenn ich nach Holland hinüber könnte, dann wüßte ich, wie ich alles anpacken muß.«

»Holland? Das ist doch nicht schwierig.«

»Ich sagte Ihnen ja, man hat mir den Paß gestohlen. Und dummerweise sehen die sich im Augenblick jeden Amerikaner, der über die Grenze will, sehr sorgfältig an. Sie wissen schon, dieser verrückte Idiot, der den Botschafter in Bonn und den NATO-Befehlshaber getötet hat.«

»Ja, und in Wesel hat er auch einen vor drei Tagen umgebracht«, ergänzte der Deutsche. »Es heißt, daß er nach Paris will.«

»Ich fürchte, das hilft mir nicht viel... Schauen Sie, Sie

kennen die Leute am Fluß, die Männer, die auf den Schiffen fahren. Ich sagte Ihnen ja, daß ich hundert Dollar für ein Hotel zahlen würde...«

»Ja, das wird ja auch besorgt, mein Herr. Sie sind sehr großzügig.«

»Ich zahle Ihnen eine ganze Menge mehr, wenn Sie es irgendwie fertigbringen, daß ich nach Holland komme. Sehen Sie, meine Firma hat ein Büro in Amsterdam. Wollen Sie mir helfen?«

Der Deutsche schnitt ein Gesicht und sah auf die Uhr. »Heute abend ist es für so etwas zu spät, und ich fahre mit dem Frühzug nach Bremerhaven. Mein Schiff legt um fünfzehn Uhr ab.«

»Das war die Zahl, die ich im Sinn hatte. Fünfzehnhundert.«

»Mark?«

»Dollar.«

»Sie sind noch verrückter als Ihr Landsmann, der Soldaten tötet. Wenn Sie die Sprache könnten, würde es Sie keine fünfzig kosten.«

»Ich kenne sie aber nicht. Fünfzehnhundert amerikanische Dollar – für Sie, wenn Sie es arrangieren.«

Der junge Mann sah Converse scharf an und schob dann seinen Stuhl zurück. »Warten Sie hier. Ich muß telefonieren.«

»Lassen Sie uns noch einen Whisky bringen.«

»In Ordnung.«

Die Zeit des Wartens verbrachte Joel in einem Vakuum der Angst. Er blickte auf die abgegriffene Gitarre, die auf dem Stuhl neben ihm lag. Wie hatte es in dem Lied geheißen? »...*When you finally came down, when your feet hit the ground... did you know where you were? When... you were real, could you touch... what you feel, were you there in the know...*«

»Ich hole Sie morgen früh um fünf Uhr ab.« Joel hatte gar nicht bemerkt, daß der Matrose mit zwei Gläsern Whisky in der Hand wieder an den Tisch gekommen war. »Der Kapitän bekommt zweihundert Dollar, aber nur, wenn Sie kein Rauschgift haben. Wenn es um Rauschgift geht, dürfen Sie nicht an Bord.«

»Ich besitze kein Rauschgift«, sagte Converse lächelnd und bemühte sich, seine Befriedigung nicht nach außen dringen zu lassen. »Sie haben sich Ihr Geld verdient. Ich bezahle Sie am Dock oder am Pier oder wo auch immer wir uns treffen.«

»Geht in Ordnung.«

Das alles ist vor weniger als einer Stunde geschehen, dachte Joel. der immer noch den Hoteleingang auf der anderen Straßenseite beobachtete. Diese Nacht *war* anders. Um fünf Uhr morgen früh würde er nach Holland unterwegs sein, nach Amsterdam, zu einem Mann namens Cort Thorbecke, Mattilons Kontakt für falsche Pässe. Sämtliche Passagierlisten aller Flugzeuge, die in die Vereinigten Staaten flogen, würden von Aquitania überwacht werden, aber vor hundert Jahren hatte er gelernt, daß es Mittel und Wege gab, die Beobachter zu täuschen. Er hatte das schon einmal getan, damals war er in einem tiefen, kalten Erdloch gesessen, hinter einem Stacheldrahtzaun.

Eine Gestalt trat unter dem schwach beleuchteten Vordach des Hotels hervor. Es war der junge Seemann. Grinsend winkte er Converse zu.

»Verdammt noch mal, was ist denn *los*, Norman?« rief der Mann aus den Südstaaten, als Washburn plötzlich zu zucken begann und mit zitternden Lippen nach Luft schnappte.

»Ich... weiß... nicht...« Die Augen des Majors weiteten sich, und seine Pupillen schienen völlig außer Kontrolle geraten zu sein, sie kreisten wie wild.

Der Geschäftsführer kam gerannt und wollte helfen. »Ist der Major krank, mein Herr?« fragte er in englischer Sprache. »Soll ich fragen, ob ein...«

»Kein Arzt, den ich nicht kenne, vielen Dank«, unterbrach ihn Thayer und beugte sich über den Botschaftsattaché, der jetzt mit halb geschlossenen Augen schwer atmete und dessen Kopf immer noch hin und her pendelte. »Das hier ist Molly Washburns Junge, und ich werde dafür sorgen, daß man sich um ihn kümmert! Mein Wagen steht draußen. Wenn mir vielleicht zwei von Ihren Kellnern helfen könnten, dann bringen wir ihn hinaus, ich fahre ihn zu meinem Arzt. Der ist Spezialist. Wenn man so alt ist wie ich, braucht man überall einen.«

»Ganz sicher!« Der Geschäftsführer schnippte mit den Fingern, und drei Kellner reagierten sofort.

»Die Botschaft... Die *Botschaft*!« würgte Washburn heraus, als die drei Männer den Offizier zur Tür trugen.

»Keine Sorge, Norman, mein Junge!« sagte der Südstaatler, der mit dem Geschäftsführer hinter ihm ging. »Die rufe ich aus dem Wagen an und sage ihnen, daß sie zu Rudi kommen sollen.« Thayer wandte sich zu dem Deutschen, der neben ihm ging.

»Wissen Sie, was ich glaube? Ich glaube, daß dieser Soldat einfach ausgepumpt ist. Der hat jetzt rund um die Uhr gearbeitet, ohne die geringste Pause. Ich meine, können Sie sich vorstellen, was der in den letzten zwei Tagen alles um die Ohren hatte? Dieser verrückte Hund, der da durchs Land zieht und zuerst den Botschafter und dann den Befehlshaber in Brüssel abknallt! Wissen Sie, Mollys Junge hier ist der Militärattaché.«

»Ja, der Major ist häufig unser Gast – ein hochgeschätzter Gast.«

»Nun, hochgeschätzt oder nicht, jeder hat einmal das Recht zu sagen: ›Zum Teufel damit, jetzt mache ich Pause.‹«

»Ich weiß nicht, ob ich richtig verstehe?«

»Ich hab' so das Gefühl, daß dieser nette junge Mann, den ich schon kannte, als er noch in die Windeln gemacht hat, noch nie die Auswirkungen des Dämons Whisky kennengelernt hat.«

»Oh?« Der Geschäftsführer des Restaurants bekam einen Blick wie ein Gesellschaftsreporter, der plötzlich ein neues Gerücht gehört hat.

»Er hatte einfach ein paar Schluck zuviel, sonst gar nichts – und *das* bleibt unter uns.«

»Seine Augen...«

»Er hat angefangen, an der Flasche zu riechen, noch bevor die Sonne das westliche Scheunendach berührt hat.« Sie waren inzwischen an der Tür, und die Kellner manövrierten

Washburn hinaus. »Und wer hätte dazu ein größeres Recht gehabt? Das sage ich immer.« Thayer zog die Brieftasche.

»Ja, ganz Ihrer Meinung.«

»Hier«, sagte der Südstaatler und zog ein paar Scheine heraus. »Ich hatte keine Zeit, Geld zu wechseln. Also gebe ich Ihnen hundert Dollar – das sollte reichen, und der Rest ist für Ihre Boys hier... Und hier sind noch hundert für Sie – dafür, daß Sie die Angelegenheit für sich behalten, *understand*?«

»Aber selbstverständlich, mein Herr!« Der Deutsche steckte die zwei Hundertdollarscheine ein, lächelte und nickte beflissen. »Über meine Lippen kommt kein Wort.«

»Nun, so weit würde ich gar nicht gehen. Es wäre vielleicht gar nicht so übel, wenn Mollys Junge erfahren würde, daß es nicht gleich das Ende der Welt ist, wenn ein paar Leute wissen, daß er ein oder zwei Drinks genommen hat. Das könnte ihn ein wenig auflockern, und nach meiner altmodischen Ansicht braucht er ein wenig Auflockerung. Vielleicht könnten Sie ihm zuzwinkern, wenn er das nächstemal hereinkommt.«

»Zuzwinkern?«

»Nun, ihm einfach freundlich zulächeln, so als wüßten Sie Bescheid. *Understand*?«

»Ja, da bin ich ganz Ihrer Ansicht! Dazu hatte er wirklich das Recht!«

Draußen instruierte der Südstaatler die Kellner, wie sie Major Norman Anthony Washburn auf dem Rücksitz verstauen sollten. Ausgestreckt, mit dem Gesicht nach oben liegend. Dann gab er jedem einen Zwanzigdollarschein und entließ die freundlichen Helfer. Anschließend drückte er einen Knopf in einer Konsole der langgestreckten amerikanischen Limousine, damit die zwei Männer auf den Vordersitzen ihn trotz der Trennscheibe hören konnten.

»Der ist völlig hinüber. Kommen Sie zu mir, Hexendoktor. Und Sie, Klaus, machen uns das Vergnügen einer langen Fahrt durch Ihr schönes Land.«

Minuten später rollte die Limousine über eine schmale Landstraße, während der Arzt Washburn den Gürtel löste, ihm die Hosen herunterzog und ihn auf dem Sitz herumdrehte. Er fand eine Stelle an Washburns Lendenwirbeln und machte die Spritze fertig.

»Sind Sie bereit?« fragte der dunkelhäutige Palästinenser und riß dem Bewußtlosen die Unterhosen herunter.

»Hervorragend, Pookie«, antwortete Johnny Reb und hielt ein kleines Tonbandgerät über den Sitz. »Genau die Stelle, die er bestimmt eine Woche lang nicht findet, wenn überhaupt. Los geht's, Araber. Ich will, daß er *fliegt*.«

Der Arzt schob die Nadel der Spritze unter die Haut des Amerikaners und drückte langsam den Zylinder im Glaskolben herunter. »Das geht jetzt schnell«, sagte er. »Es ist eine kräftige Dosis.«

»Ich bin bereit.«

»Setzen Sie ihn sofort auf die Spur. Stellen Sie direkte Fragen, damit er sich sofort konzentriert.«

»Oh, genau das werde ich. Das ist ein übler Typ. Ein häßlicher, kleiner Junge, der große Geschichten erzählt, die überhaupt nichts mit einem großen Fisch zu tun haben, der sich vom Haken losgerissen hat.« Der Südstaatler packte den bewußtlosen Washburn an der linken Schulter und riß ihn hoch. »Jetzt wollen wir beide uns mal unterhalten. Wieso haben Sie die *Frechheit* besessen, sich an einem Offizier der Navy der Vereinigten Staaten zu vergreifen? Der Mann heißt Fitzpatrick – Junge! Fitzpatrick, Fitzpatrick, *Fitzpatrick*! Komm schon, Baby, sprich mit Daddy. Du hast nämlich *außer* Daddy keinen. Jeder, von dem du glaubst, daß er dir hilft, ist weg! Die haben dich reingelegt, Söhnchen! Die haben das so hingekriegt, daß du lügst und jeder es abdruckt, damit die ganze Welt *weiß*, daß du gelogen hast! Aber Daddy kann das in Ordnung bringen. Daddy kann das alles wieder hinkriegen und dafür sorgen, daß du ganz groß rauskommst. Ganz *groß*! Die Vereinigten Stabschefs – der *große* Chef! Daddy ist für dich Mamas Titte, Boy! Die kannst du dir jetzt schnappen, oder Luft schlucken! Wo habt ihr Fitzpatrick hingesteckt? Fitzpatrick, *Fitzpatrick*!«

Washburn wand sich auf dem Sitz, flüsterte, dann drang ihm Speichel aus den Mundwinkeln, und mühsam stieß er hervor: »Scharhörn, die Insel Scharhörn... in der Bucht von Helgoland.«

Caleb Dowling war nicht nur zornig, sondern auch verwirrt. Trotz tausend Zweifeln konnte er es einfach nicht abtun. Zu viele Dinge ergaben keinen Sinn, und davon war nicht das geringste die Tatsache, daß er es seit drei Tagen nicht schaffte, einen Termin bei dem neuen Botschafter zu bekommen. Der für seinen Terminkalender zuständige Attaché behauptete, die Ermordung Walter Peregrines hätte zu viel Verwirrung gestiftet, als daß im Augenblick eine Audienz möglich sei. Vielleicht in einer Woche... mit anderen Worten, *verschwinde, Schauspieler, wir haben Wichtigeres zu tun. Und Sie sind nicht wichtig.*

Und aus genau dem Grund saß er jetzt an einem etwas abseits gelegenen Tisch in der schwach beleuchteten Bar des Königshof-Hotels. Er hatte den Namen von Peregrines ehemaliger Sekretärin in Erfahrung gebracht, eine gewisse Enid Heathley, und hatte den Stuntman Moose Rosenberg mit einem versiegelten Brief in die Botschaft geschickt, der angeblich von einem Freund Miß Heathleys aus den Staaten kam. Moose hatte Anweisung gehabt, den Umschlag persönlich zu übergeben, und angesichts der eindrucksvollen Leibesfülle Rosenbergs hatte niemand am Empfang Einwände dagegen gehabt. Die Mitteilung war kurz und präzise gewesen.

Liebe Miß Heathley:
ich halte es für äußerst wichtig, daß wir sobald wie möglich miteinander reden können. Ich werde heute abend um halb acht Uhr in der Bar des Königshofs warten. Wir können dort, wenn es Ihnen paßt, einen Drink miteinander nehmen. Bitte, erwähnen Sie aber unser Zusammentreffen gegenüber niemandem. Bitte, gegenüber niemandem.
Mit freundlichem Gruß
C. Dowling

Da kam sie. Eine Frau in mittleren Jahren trat durch die Tür und kniff die Augen zusammen, um sich trotz der schummrigen Beleuchtung orientieren zu können. Der Geschäftsführer ging auf sie zu und führte sie zu Dowlings Tisch.

»Danke, daß Sie gekommen sind«, sagte Caleb und stand auf, während Enid Heathley sich setzte. »Ich hätte Sie wirklich nicht hierher gebeten, wenn es nicht wichtig wäre«, fügte er dann hinzu, während sie sich setzten.

»Das habe ich aus Ihrem Brief geschlossen«, erwiderte die Frau. Sie hatte intelligente Augen und im Haar schon die ersten grauen Fäden. Dann plauderten sie unverbindlich, bis die Getränke gebracht wurden.

»Ich kann mir vorstellen, daß es für Sie sehr schwierig gewesen ist«, sagte Dowling.

»Leicht war es nicht«, pflichtete ihm Miß Heathley bei. »Ich war fast zwanzig Jahre Mr. Peregrines Sekretärin. Er hat uns immer als Team bezeichnet, und Jane – Mrs. Peregrine – und ich stehen einander sehr nahe. Eigentlich sollte ich jetzt bei ihr sein, aber ich habe ihr gesagt, daß ich noch etwas im Büro zu erledigen hätte. Warum haben Sie mich denn nun hergebeten?«

»Weil ich nicht wußte, an wen ich mich sonst hätte wenden sollen. Also, ich weiß es schon, aber ich komme nicht an ihn heran.«

»An wen?«

»Den neuen Botschafter, der gerade aus Washington herübergekommen ist.«

»Der steckt bis...«

»Man sollte es ihm sagen«, unterbrach Caleb sie. »Ihn warnen.«

»Warnen?« Die Augen der Frau weiteten sich. »Ein Attentat? Noch ein Mord – dieser Verrückte – dieser Converse?«

»Miß Heathley«, begann der Schauspieler mit starrer Miene und leiser Stimme. »Was ich Ihnen jetzt sagen werde, wird Sie möglicherweise erschrecken, aber wie ich schon sagte, ich kenne sonst niemanden in der Botschaft, an den ich herankomme. Und ich *weiß*, daß es dort auch Leute gibt, zu denen ich nicht gehen *darf*.«

»Wovon reden Sie?«

»Ich bin weder davon überzeugt, daß Converse ein Verrückter ist, noch daß er Walter Peregrine ermordet hat.«

»Was? Das kann nicht Ihr Ernst sein! Sie haben gehört, was man von ihm sagt, daß er krank ist. Er war der letzte, mit dem Mr. Peregrine zusammen war. Das hat Major Washburn bestätigt!«

»Major Washburn ist einer von den Leuten, die ich lieber nicht aufsuchen würde.«

»Er gilt als einer der besten Offiziere der Army«, wandte die Sekretärin ein.

»Dann hat er gerade als Offizier eine seltsame Vorstellung davon, wie man Befehle eines Vorgesetzten ausführt. Letzte Woche habe ich Peregrine mitgenommen, um ihm jemanden vorzustellen. Der Mann rannte weg, und Walter forderte den Major auf, ihn aufzuhalten. Statt dessen hat Washburn versucht, ihn zu töten.«

»Oh, *jetzt* verstehe ich«, sagte Enid Heathley, und ihre Stimme klang plötzlich nicht mehr freundlich. »Das war der Abend, an dem Sie das Zusammentreffen mit Converse arrangiert haben – *Sie* waren das, jetzt erinnere ich mich! Mr. Peregrine hat es mir gesagt. Was soll das eigentlich hier, Mr. Dowling? Wollen Sie Ihr Image retten? Haben Sie Angst, man könnte Sie zur Verantwortung ziehen, und daß das nachteilig für Ihre Einschaltquoten sein könnte? Das ist ja widerlich.« Die Frau schob ihren Stuhl zurück, als wollte sie jeden Augenblick aufstehen.

»Walter Peregrine war ein Mann, der sein Wort zu halten pflegte, Miß Heathley«, sagte Caleb unbewegt und ohne die Sekretärin aus den Augen zu lassen. »Ich glaube, darin werden Sie mir beipflichten.«

»*Und?*«

»Er hatte mir ein Versprechen gegeben. Er sagte mir, falls Converse ihn sprechen wolle, würde er mitkommen. *Er*, Miß Heathley. Und *nicht* Major Washburn, dessen Verhalten in jener Nacht vor dem Universitätsgebäude ihn ebenso verblüffte, wie es mich verblüfft hat.«

Die Frau war sitzen geblieben. Ihre Augen wurden schmal

und blickten sorgenvoll. »Der Botschafter *war* am nächsten Morgen verärgert«, sagte sie leise.

»Verdammt zornig, beschreibt seinen Zustand wahrscheinlich besser, glaube ich. Der Mann, der an jenem Abend weglief, war nicht Converse – und er war außerdem nicht verrückt. Das, was er sagte, klang verdammt ernst, und die Art, wie er es vorbrachte, hat mich beeindruckt. Es hat da eine vertrauliche Untersuchung gegeben – oder gibt es noch –, die die Botschaft betrifft. Peregrine wußte nichts davon, wollte sich aber näher informieren. Peregrine sagte, daß er Washington über eine sichere Leitung anrufen würde. Ich kenne mich zwar in den technischen Einzelheiten nicht aus, aber ich glaube nicht, daß man so etwas sagt, wenn man nicht fürchtet, abgehört zu werden.«

Die Frau erwiderte eine Zeitlang schweigend Dowlings Blick und runzelte dann die Stirn, ohne die Augen von ihm zu wenden. »Ich werde jetzt gehen. Doch ich möchte Sie bitten, noch eine Weile hierzubleiben, wenn es Ihnen nichts ausmacht. Ich werde jemanden anrufen, den Sie, glaube ich, sehen sollten. Sie werden das gleich verstehen. Er wird hier mit Ihnen Verbindung aufnehmen – aber Sie natürlich nicht ausrufen lassen. Tun Sie, was er sagt. Gehen Sie hin, wo er Sie hinbittet.«

»Kann ich ihm vertrauen?«

»Mr. Peregrine hat ihm vertraut«, sagte Enid Heathley und nickte. »Dabei hat er ihn nicht einmal besonders gemocht.«

»Das ist Vertrauen«, sagte der Schauspieler.

Der Anruf kam, und Caleb schrieb sich die Adresse auf. Der Portier beschaffte ihm ein Taxi, und acht Minuten später stieg er vor einem prunkvollen Haus aus der Gründerzeit am Stadtrand von Bonn aus. Er ging zur Tür und klingelte.

Zwei Minuten später führte man ihn in einen großen Salon – früher vielleicht einmal eine Bibliothek –, dessen Wände von riesigen Vorhängen bedeckt waren. Vorhänge, die detaillierte Karten von Ost- und Westdeutschland zeigten. Ein Mann mit Brille erhob sich hinter einem Schreibtisch, nickte kurz und sagte: »Mr. Dowling?«

»Ja.«

»Ich bin Ihnen sehr dankbar, daß Sie zu mir gekommen sind. Mein Name ist nicht wichtig – vielleicht nennen Sie mich George?«

»Also gut, George.«

»Zu Ihrer vertraulichen Information – und ich betone vertraulich – möchte ich noch sagen, ich bin der Leiter der Central Intelligence Agency hier in Bonn.«

»All right, George.«

»Was machen Sie, Mr. Dowling? Was tun Sie beruflich?«

»*Ciao*, Baby«, sagte der Schauspieler und schüttelte den Kopf.

25

Das erste trübe Licht der Morgendämmerung kroch am östlichen Himmel empor; auf dem Fluß dümpelten die Boote an ihren Anlegestellen, zerrten an den Tauen und erzeugten eine gespenstische Symphonie aus ächzenden, lauten und dumpfen Schlägen. Joel ging neben dem jungen Handelsmatrosen. Seine rechte Hand fuhr immer wieder unbewußt über das Kinn und das weiche Barthaar, zu dem sich die Stoppeln entwickelt hatten. Die letzten vier Tage seit Bonn hatte er sich nicht mehr rasiert. Noch einen Tag, und er mußte anfangen, den Bart zu stutzen und in Form zu bringen, und dann hatte er sich einen weiteren Schritt von dem Foto in den Zeitungen entfernt.

Und noch einmal einen Tag später mußte er sich entscheiden, ob er Val in Cap Ann anrufen sollte oder nicht. Doch war die Entscheidung längst gefallen – er würde es nicht tun. Seine Anweisungen waren klar und eindeutig gewesen, und die Gefahr, daß ihr Telefon inzwischen abgehört wurde, war einfach zu groß. Und doch drängte es ihn fast unwiderstehlich, ihre Stimme zu hören und sie um Hilfe zu bitten. Er wußte, daß sie ihm helfen würde. Aber er würde nicht anrufen. *Nein!*

»Das letzte Boot rechts«, sagte der Seemann und verlangsamte seinen Schritt. »Ich muß Sie noch einmal fragen, weil ich es versprochen habe, Sie haben keine Drogen bei sich?«

»Nein.«

»Er wird Sie vielleicht durchsuchen wollen.«

»Das kann ich nicht zulassen«, erwiderte Converse, der an seinen Geldgurt dachte. Das, was man für ein Drogenversteck halten konnte, enthielt ein Vielfaches von dem, wofür man auf dem Fluß den Tod finden konnte.

»Er wird vielleicht den Grund erfahren wollen. Auf Drogenbesitz stehen schwere Strafen. Gefängnis.«

»Das werde ich ihm unter vier Augen erklären«, sagte Joel und überlegte. Er würde das mit der Pistole in der einen Hand und einem zusätzlichen Fünfhundertdollarschein in der anderen tun. »Aber ich gebe Ihnen mein Wort, keine Drogen.«

»Es ist nicht mein Boot.«

»Aber Sie haben alles arrangiert und wissen genug über mich, um sich auf meine Spur zu setzen, falls die sich auf Ihre setzen sollten.«

»Ja, ich weiß Bescheid. Connecticut – ich habe Freunde in Bridgeport besucht. Sie sind Direktor in einer Maklerfirma. Wenn es sein muß, werde ich Sie finden.«

»Aber das will ich nicht. Sie sind ein netter Bursche und helfen mir aus einer Patsche, und ich bin Ihnen dankbar. Ich werde Ihnen keinen Ärger machen.«

»Ja«, sagte der junge Deutsche und nickte. »Ich glaube Ihnen. Ich habe Ihnen auch gestern abend geglaubt. So wie Sie reden, sind Sie etwas Besseres, aber Sie waren dumm. Sie haben etwas Dummes getan, und Ihr Gesicht ist rot. Ein rotes Gesicht kostet mehr als Sie zahlen wollen, also zahlen Sie viel mehr, damit es verschwindet.«

»Ihre Schmeicheleien fangen an zu wirken.«

»*Was?*«

»Nichts. Sie haben recht. Hier.« Joel hatte die Geldscheine in der linken Tasche und zog sie heraus. »Ich habe Ihnen fünfzehnhundert Dollar versprochen. Sie können nachzählen, wenn Sie wollen.«

»Warum? Wenn es nicht stimmt, wird meine Stimme lauter, und Sie müssen hierbleiben. Sie haben zu viel Angst, um das zu riskieren.«

»Sie sind der geborene Anwalt.«

»Kommen Sie, ich bringe Sie zum Kapitän. Mehr brauchen Sie nicht zu wissen – für Sie ist er nur der ›Kapitän‹. Er wird Sie absetzen... Und ein Rat noch. Passen Sie auf die anderen Männer auf dem Boot auf. Die werden vermuten, daß Sie Geld haben.«

»Deshalb will ich ja nicht, daß man mich durchsucht«, gab Converse zu.

»Ich weiß. Ich tue, was ich kann.«

Aber das reichte nicht. Der Kapitän des Flußschleppers, ein kleiner, breitschultriger Mann mit schwarzen Zähnen, brachte Joel ins Steuerhaus, wo er ihm in gebrochenem, aber durchaus verständlichem Englisch klarmachte, daß er sein Jackett ausziehen solle.

»Ich habe meinem Freund auf dem Dock erklärt, daß ich das nicht kann.«

»Zweihundert Dollar, Amerikaner«, sagte der Kapitän.

Converse hatte das Geld in der rechten Tasche. Er griff danach, und sein Blick wanderte kurz zum Backbordfenster, durch das er zwei weitere Männer im schwachen Licht an Bord klettern sah.

Der Schlag kam plötzlich, ohne jede Warnung, aber mit solcher Wucht, daß Joel zusammenknickte, keuchend ausatmete und sich an den Leib griff. Vor ihm schüttelte der Kapitän die rechte Hand und schnitt dabei eine Grimasse, die erkennen ließ, daß er sich selber wehgetan hatte. Die Faust des Deutschen hatte die Pistole getroffen, die in Joels Gürtel steckte. Joel taumelte zurück, ließ sich mit dem Rücken gegen die Wand fallen und duckte sich etwas, während er die Waffe unter dem Jackett hervorzog. Dann zielte er mit der Automatik auf den mächtigen Brustkasten des Kapitäns.

»Das war ziemlich hinterhältig«, sagte Converse schwer atmend und hielt sich immer noch den Leib. »Und jetzt, Sie Dreckskerl, *Ihr* Jackett!«

»Was...?«

»Sie haben gehört, was ich sage! Ziehen Sie es aus, halten Sie es vor sich und schütteln Sie das verdammte Ding!«

Der Deutsche schlüpfte langsam aus seiner hüftlangen Jacke, wobei seine Augen kurz an Joel vorbei zur Tür huschten. »Ich suche nur Drogen.«

»Ich habe keine bei mir, und wenn ich welche hätte, wüßte der, der Sie mir verkauft haben müßte, bestimmt einen besseren Weg, um sie über den Fluß zu schaffen, als mit Ihrem Kahn. Umdrehen, habe ich gesagt! *Schütteln!*«

Der Kapitän hielt seine Jacke am unteren Saum und bewegte sie zögernd hin und her. Ein kurzläufiger, häßlicher Revolver schlug dumpf auf den Holzplanken auf und im nächsten Moment folgte ein etwas helleres Geräusch von einem langen Messer.

»Wir sind auf dem Fluß«, sagte der Deutsche ohne weitere Erklärungen.

»Und ich will ihn nur ohne jeden Ärger überqueren. Und Ärger bedeutet für jemanden, der so nervös ist wie ich, jeder, der durch diese Tür kommt.« Converse deutete mit dem Kopf auf die Tür zu seiner Linken. »Bei meiner gegenwärtigen Verfassung werde ich sofort schießen. Das heißt dann, daß Sie und wer auch immer hereinkommt, sterben müssen. Ich bin vielleicht nicht so stark wie Sie, Captain, aber ich habe Angst, und das macht mich viel gefährlicher. Können Sie das verstehen?«

»Ja! Ich hab' Ihnen nicht wehgetan. Ich suche Drogen.«

»Und ob Sie mir wehgetan haben«, korrigierte Joel ihn. »Und das macht mir Angst.«

»*Nein. Bitte*... bitte.«

»Wann legen Sie ab?«

»Wenn ich es sage.«

»Wieviel Leute haben Sie an Bord?«

»Einen Mann, sonst niemanden.«

»*Lügner!*« flüsterte Converse drohend und stieß die Waffe vor.

»*Zwei.* Zwei Männer... *heute.* Wir laden in Elten schwere Kisten. Auf mein Wort, normalerweise ist es nur ein Mann. Ich kann nicht mehr bezahlen.«

»Lassen Sie die Maschinen an«, befahl Joel.

»*Die Mannschaft!* Ich muß Befehl zum Ablegen geben.«

»Also gut«, sagte Joel und zog den Hammer der Automatik zurück. »Öffnen Sie die Tür und geben Sie Ihre Befehle. Und wenn einer von diesen beiden Männern dort unten etwas anderes tut, als die Taue zu lösen, töte ich Sie. Können Sie das verstehen?«

Joel lehnte sich gegen die Wand, während der Kapitän seine Anweisungen rief. Die Maschinen sprangen an, und die Taue wurden von den Pollern genommen. Es ist alles verrückt, dachte er. Feindselige, bösartige Männer, die im Zorn zuschlugen, waren im Grunde gar keine Feinde, während angenehme, scheinbar freundliche Leute ihn töten wollten. Vor hundert Jahren, in den Lagern und Dschungeln, hatte es keine solchen Grauzonen gegeben. Man wußte, wer der Feind war; alles lag offen vor einem. Aber in den letzten vier Tagen hatte er gelernt, daß es diesmal keine Offenheit gab. Er befand sich in einem Labyrinth, mußte Spießruten laufen, und die täuschenden Mauern des Labyrinths waren von Leuten gesäumt, die er nicht verstehen konnte. Converse starrte zum Fenster hinaus, auf die Nebel, die über dem Wasser lagen und in denen sich das Morgenlicht fing. Seine Anspannung löste sich. Er wollte eine Weile gar nichts denken.

»Noch fünf Minuten, vielleicht sechs«, sagte der Kapitän plötzlich und drehte das Steuerrad nach links.

Joel blinzelte; er hatte sich in einer friedlichen, von Ruhe erfüllten Leere befunden und wußte nicht einmal wie lange. »Was geschieht jetzt?« fragte er und blickte auf die aufsteigende orangerote Sonne hinaus, die den Dunst über dem Fluß rot färbte. »Ich meine, was soll ich machen?«

»So wenig wie möglich«, antwortete der Deutsche. »Sie gehen einfach so, als würden Sie jeden Morgen über die Pier gehen, durch den Reparaturhof auf die Straße hinaus. Dann befinden Sie sich im südlichen Teil der Stadt Lobith. Und von Lobith fahren Busse in sämtliche Himmelsrichtungen. Sie sind dann in den Niederlanden, und wir haben uns nie gesehen.«

»Das ist mir klar, aber wie komme ich an Land?«

»Sehen Sie den Bootshafen dort?« sagte der Kapitän und wies auf eine Ansammlung von Docks mit schweren Winden und Kränen auf dem anderen Ufer.

»Eine *Marina*.«

»Ja, Marina. Mein zweiter Treibstofftank ist leer. Ich lasse jetzt die Motoren absaufen und mich weitertreiben. Dann werde ich über den Preis schimpfen, den der Holländer verlangt, aber ich zahle, weil ich von dem deutschen Dieb hier unten am Fluß nichts kaufe. Sie gehen mit einem von meiner Mannschaft von Bord, rauchen eine Zigarette und lachen über ihren dummen Kapitän – und dann gehen Sie weg.«

»Einfach so?«

»*Ja.*«

»So einfach ist das?«

»Ja. Niemand hat gesagt, daß es schwierig sei. Sie brauchen bloß die Augen offenzuhalten.«

»Wegen der Polizei?«

»Nein«, erwiderte der Kapitän mit einem Schulterzucken. »Wenn Polizei da ist, kommen sie zum Boot zurück und bleiben an Bord.«

»Weshalb soll ich dann die Augen offenhalten?«

»Nach Männern, die Sie beobachten, die Ihnen nachschauen.«

»Was für Männer?«

»Gesindel, Gauner – die kommen jeden Morgen an den Pier und suchen Arbeit. Meistens sind sie noch betrunken. Vor solchen Männern müssen Sie sich in acht nehmen. Die glauben nämlich sofort, daß Sie Rauschgift oder Geld besitzen. Und dafür würden die Ihnen den Schädel einschlagen.«

Mit einem sanften Stoß rammte das Boot die Anlegestelle der Tankstation. Die Taue wurden um die Poller gelegt, und Minuten später war Converse aus dem Hafengelände verschwunden.

Joel suchte sich einen Platz im letzten Waggon des Zuges. Noch immer beobachtete er seine Umgebung argwöhnisch, doch war er mit den Fortschritten, die er gemacht hatte, mehr als zufrieden. Er hatte alles sehr vorsichtig getan, aber ohne einen einzigen überflüssigen Schritt. Er hatte sich konzentriert und war sich der vielen Gefahren bewußt gewesen – Augen, die ihn vielleicht zu lange anstarrten, Personen, denen er zu kurz hintereinander zweimal hätte begegnen können, ein Verkäufer, der ihn möglicherweise dadurch aufhalten wollte, daß er hilfsbereiter war als normal. Diese einkalkulierten Möglichkeiten waren seine Richtwerte und leiteten ihn wie Fluginstrumente. Wenn er eine falsche Anzeige bekommen sollte, würde er seine Vorwärtsbewegung sofort stoppen, den Start abbrechen, den Notausstieg aufsprengen und in den Straßen Sicherheit suchen. Doch hatte er diesmal kein Flugzeug, das wie eine Erweiterung seiner Person war. Er hatte nur sich *selbst*, und noch nie in seinem ganzen Leben war er mit solcher Präzision geflogen.

English Spoken hatte auf der Tafel am Dach des kleinen Zeitungskiosks in Lobith gestanden. Joel hatte sich nach dem Omnibus nach Arnhem erkundigt, dabei eine Landkarte und eine Zeitung gegriffen und sich beides vors Gesicht gehalten. Doch der Kioskbesitzer war viel zusehr mit seinen anderen Kunden beschäftigt, um überhaupt auf ihn zu achten. Er rief Joel eilig zu, wie er gehen müsse, wobei seine Finger mehr erklärten als seine Worte. Joel fand die Busstation vier Straßen weiter. Er setzte sich in einen überfüllten Wagen, vergrub sein Gesicht hinter der Zeitung, die er nicht lesen konnte, und stieg vierzig Minuten später vor dem Bahnhof von Arnhem aus.

Der erste Punkt auf seiner Checkliste hatte den Besuch des Waschraums einer Herrentoilette verlangt, wo er sich säubern konnte. Er hatte sich, so gut es ging, den Schmutz von den Kleidern geschlagen und musterte sich jetzt im Spiegel. Er sah zwar immer noch ziemlich ramponiert aus, wirkte aber jetzt mehr wie ein Mann, der einen Unfall gehabt hatte, als wie einer, den man zusammengeschlagen hatte.

Das war ein entscheidender Unterschied.

Als nächstes wechselte er draußen im Bahnhofsgebäude sein deutsches Geld und zusätzlich fünfhundert amerikanische Dollar in Gulden um. Dann kaufte er sich, ein paar Türen weiter, eine dunkle Sonnenbrille. Als er sich in die Schlange vor der Kasse einreihte und dabei die Spuren der letzten Tage in seinem Gesicht mit der Hand zu bedecken versuchte, fiel sein Blick auf ein Regal mit Kosmetikartikeln im nächsten Gang. Der Anblick weckte eine Erinnerung in ihm. Er verließ die Schlange und ging zu dem Regal mit den Cremes, Shampoos und Nagellackfläschchen.

Er erinnerte sich ganz deutlich. Kurz nach ihrer Heirat war Valerie auf dem Teppich im Korridor ausgeglitten, und im Fallen hatte sie sich den Kopf an einer Tischkante verletzt. Am Abend hatte sie ein »wunderschönes Veilchen« gehabt. Das waren damals seine Worte gewesen. Ihr blaues Auge bildete ein fast perfektes Oval von der Nasenwurzel bis zur linken Schläfe – und dabei sollte sie am nächsten Morgen in der Agentur eine Präsentation für Kunden aus Übersee durchführen. Sie hatte ihn in die Drogerie nach einer kleinen Flasche flüssigen Make-ups geschickt, das die Verletzung, wenn man nicht ganz nahe hinsah, erstaunlich gut kaschierte.

»Ich will ja schließlich nicht, daß die Leute glauben, mein nagelneuer Ehemann hätte mich verprügelt, weil ich seine wüsten sexuellen Wünsche nicht erfülle.«

»Welcher hat dir denn noch gefehlt?« war seine Gegenfrage gewesen.

Er erkannte die Flasche wieder, wählte einen dunkleren Farbton und reihte sich wieder in die Schlange vor der Kasse ein.

Der zweite Aufenthalt in der Herrentoilette hatte zehn Minuten gedauert, aber das Resultat rechtfertigte die Mühe. Er hatte das Make-up sorgfältig aufgelegt, und die Kratzer und Schürfwunden waren verschwunden. Man mußte jetzt schon ganz genau hinsehen, um noch etwas zu bemerken.

Dann fuhr er fort, seine Checkliste abzuarbeiten.

Und am Ende hatte er sich den Platz gesucht, auf dem er jetzt saß, im letzten Wagen des Zuges von Arnhem nach Amsterdam.

Nachdem er sich seine Fahrkarte gekauft hatte, war er zum Bahnsteig gegangen, jeden Moment bereit, auf das geringste

Anzeichen hin, daß man ihn beobachtete, zu flüchten. Aber er sah nur eine Gruppe von Männern und Frauen, Ehepaare etwa seines Alters, die miteinander redeten und lachten, Freunde vielleicht, die miteinander einen Ausflug machten und ans Meer wollten. Die Männer trugen abgewetzte, zerbeulte Koffer, die von Schnüren zusammengehalten wurden, während einige der Frauen Körbe am Arm trugen. Joel war hinter ihnen hergegangen, hatte leise gelacht, wenn sie lachten, und war eingestiegen, als gehörte er zu der Gruppe. Dann hatte er seinen Gangplatz eingenommen, gegenüber einem vierschrötigen Mann, in dessen Begleitung sich eine schlanke Frau befand, deren ganze Körperhaltung ihren Stolz auf ihren auffallend großen Busen verriet. Joel konnte kaum den Blick von ihr lösen, und der Mann grinste ihm zu, keineswegs unfreundlich, während er eine Flasche Bier zum Munde führte.

In rascher Folge flogen die Stationen vorüber. An jeder stiegen Passagiere aus, neue stiegen ein, lachend und vergnügt. Einige Männer trugen T-Shirts mit Namen von Städten oder Fußballteams darauf, wie Converse annahm. Und das führte offensichtlich zu neuem Gelächter und gespieltem Streit über die Vorzüge der einzelnen Mannschaften. Und dabei wurde es immer lauter.

»*Amstel!*« rief der Schaffner und öffnete die vordere Tür zu dem Waggon. »Amst...!« Der arme Kerl konnte seinen Ruf nicht zu Ende bringen, sondern ging rasch hinter der Tür in Deckung, um den zusammengerollten Zeitungen zu entgehen, die man auf ihn warf.

Ferienstimmung in Holland.

Der Zug rollte in die Station ein, und eine weitere Gruppe von Männern und Frauen in T-Shirts verkündete ihre Ankunft mit großem Hallo. Fünf oder sechs Reisende in Joels Waggon sprangen auf, um ihre Freunde zu begrüßen. Wieder wurden Flaschen und Bierdosen gehoben, und das allgemeine Gelächter hallte von den Waggonwänden so laut wider, daß man das Pfeifen des Stationsschaffners draußen kaum hören konnte. Man umarmte sich, schlug sich auf die Schultern – es herrschte allgemeine Verbrüderung.

Und hinter den Neuankömmlingen, wie um den Gegensatz zu deren kindlichem Gehabe zu betonen, schwankte eine alte, offensichtlich betrunkene Frau durch den Gang. Sie trug einen wallenden, schon etwas mitgenommenen Mantel und in der linken Hand eine zerfranste Segeltuchtasche. Mit der rechten hielt sie sich an einem Sitz fest, um beim Anfahren des Zuges nicht umgeworfen zu werden. Grinsend ließ sie sich eine Flasche Bier reichen, während eine weitere in ihre Tasche gesteckt wurde, und dazu noch ein paar belegte Brote in Pergamentpapier. Zwei Männer im Mittelgang verbeugten sich tief, als wollten sie eine Königin begrüßen. Ein dritter schlug der Frau klatschend auf den Hintern und pfiff. Das alles dauerte ein paar Minuten. Die alte Frau trank, machte ein paar Tanzschritte und gestikulierte dann verspielt herum, streckte jemandem die Zunge heraus und hüpfte mit grotesken Schritten herum, als wolle sie ein Ballett tanzen. Die Holländer sind vergnügte Leute, dachte Joel. Sie sorgen auch für die, denen es weniger gutgeht und die man in einem anderen Land vielleicht überhaupt nicht in den Zug lassen würde. Jetzt kam die Frau auf ihn zu, die Tasche weit geöffnet, als wollte sie von allen Seiten Almosen entgegennehmen. Joel holte ein paar Gulden hervor und ließ sie in die Tasche fallen.

»*Goedemorgen*«, sagte die alte Frau schwankend. »*Dank wel, beste man, vriendeligk von u!*«

Joel nickte und beugte sich wieder über die Karte in seiner Hand. Doch die Frau mit der Tasche blieb neben ihm stehen.

»*Uw hoofd! Ach, heb je een ongeluk gehad, jongen?*«

Wieder nickte Converse, griff noch einmal in die Tasche und gab der betrunkenen alten Vettel noch einmal Geld. Er wies auf seine Karte und gab ihr durch Gesten zu verstehen, daß sie weitergehen solle. Rings um ihn wurde das Geschrei wieder lauter.

»*Spreekt u Engels?*« rief die Frau mit der Tasche und beugte sich schwankend über ihn.

Joel zuckte die Achseln, sank in seinen Sitz zurück und starrte auf die Karte.

»Ich denke *doch*.« Die alte Frau sprach jetzt heiser, aber klar und nüchtern. Ihre rechte Hand hielt sich plötzlich nicht mehr am Sitzrand fest, sondern war in der Segeltuchtasche versunken. »Wir suchen Sie schon seit Tagen auf jedem Zug. Keine *Bewegung!* Die Waffe hat einen Schalldämpfer. Bei dem Lärm hier würde keiner etwas bemerken, wenn ich abdrücke, auch nicht der Mann neben Ihnen. Ich glaube, wir sollten jetzt gehen. Wir *haben* Sie, *Menheer* Converse!«

Mit einem Schlag war er von der fröhlichen Stimmung ausgeschlossen. Der Tod hatte ihn eingeholt. Minuten vor Amsterdam.

26

»*Mag ik u even lastig vallen?*« rief die alte Frau, die scheinbar wieder unsicher schwankte, dem Passagier neben Converse zu. Der Mann wandte seinen Blick von dem munteren Treiben im Mittelgang ab und sah zu der alten Vettel hinauf. Wieder rief sie, die rechte Hand noch immer in der Tasche, das graue Haar wirr, und deutete mit dem Kopf zum vorderen Teil des Wagens. »*Zou ik op uw plaats mogen zitten?*«

»*Mij best!*« Der Mann stand grinsend auf. Joel zog die Beine zur Seite, um ihn passieren zu lassen. »*Dank u wel*«, fügte der Mann hinzu und ging zu einem leeren Sitz hinter zwei jungen Leuten, die im Gang tanzten.

»Rutschen Sie rüber!« befahl die alte Frau schroff.

Wenn es überhaupt noch eine Möglichkeit zur Gegenwehr gibt, überlegte Converse, dann sofort. Er schickte sich an, aufzustehen, die Augen geradeaus, den rechten Ellbogen auf der Armstütze, nur wenige Zentimeter von der riesigen Segeltuchtasche der Frau entfernt. Plötzlich schoß seine Hand in die offene Tasche und packte das wulstige Gelenk der Hand, die die unsichtbare Waffe hielt. Er ließ die Hand tiefer sinken, umklammerte Fleisch und Metall und riß die Frau nach links durch den schmalen Raum zwischen den Sitzreihen und preßte sie auf den Platz neben dem Fenster. Ein scharfes, klatschendes Geräusch ertönte, als sich ein

Schuß löste und ein Loch in das schwere Tuch brannte. Etwas Rauch kräuselte in die Höhe, die Kugel bohrte sich irgendwo weiter unten in die Wand. Die alte Frau hatte Kräfte wie ein Berserker, damit hatte er nicht gerechnet. Sie kämpfte verzweifelt, krallte nach seinem Gesicht, bis er ihr den Arm auf den Rücken drehte und festhielt, während ihre Hände in der Tasche noch immer miteinander kämpften. Die Alte wollte die Waffe nicht freiwillig loslassen, und er schaffte es nicht, sie ihr zu entreißen.

Das muntere Treiben im Waggon wurde unterdessen immer lauter. Gelächter, Gesang und trunkene Schreie überschlugen sich. Und niemand achtete auch nur im geringsten auf den verzweifelten Kampf, der sich auf der schmalen Sitzreihe abspielte. Und dann bemerkte Joel plötzlich, daß der Zug seine Fahrt verlangsamte, wenn auch erst kaum spürbar. Die Landung, signalisierte ihm sein Piloteninstinkt. Er drückte der alten Frau den Ellbogen in die Brust, in der Hoffnung, der Schmerz könne sie veranlassen, die Waffe loszulassen. Aber sie hielt fest und preßte sich nur noch fester gegen den Sitz. »Loslassen!« flüsterte er heiser. »Ich tue Ihnen nicht weh, ich töte Sie nicht. Was auch immer man Ihnen gezahlt hat, ich zahle mehr!«

»*Nee!* Dann findet man mich am Ende auf dem Grund eines Kanals! Sie können nicht entkommen, *Menheer*! Die warten in Amsterdam auf Sie, die warten auf den *Zug*!« Mit verzerrtem Gesicht trat die Frau plötzlich nach ihm und bekam einen Augenblick den linken Arm frei. Ihre Hand fuhr herum, schlug nach seinem Gesicht, und ihre Nägel glitten durch seinen Bart, bis er sie wieder am Handgelenk packte, ihren Arm über den Sitz zog und ihn gegen ihr Knie preßte. Er drehte ihr die Hand herum und zwang sie, sich ruhig zu verhalten, doch das reichte nicht. In der rechten Hand hatte sie noch immer die Kraft einer Löwin, die ihre Jungen beschützt. Sie ließ die Waffe in der Tasche nicht los.

»Sie lügen!« schrie Converse. »Niemand weiß, daß ich in diesem Zug bin! Sie selbst sind erst vor zwanzig Minuten eingestiegen!«

»Irrtum, *Amerikaan*! Ich bin schon seit Arnhem im Zug.

Von vorn bis hinten bin ich durch die Waggons gegangen, und in Utrecht habe ich Sie gefunden. Das ist nach Amsterdam durchtelefoniert worden.«

»*Lüge!*«

»Sie werden ja sehen.«

»Wer hat Sie bezahlt?«

»Männer.«

»*Wer?*«

»Das werden Sie ja sehen.«

»*Verdammt*, Sie gehören doch nicht zu denen! Das *kann* doch nicht sein!«

»Die zahlen. Überall in den Zügen zahlen die. Auf den Piers, auf den Flughäfen. Die sagen, Sie sprechen nur Englisch.«

»Was noch?«

»Warum sollte ich Ihnen das verraten? Sie sollten *mich* loslassen. Das würde es leichter machen für Sie.«

»Wie denn? Eine schnelle Kugel in den Kopf, statt der Folter in Hanoi?«

»Was auch immer, die Kugel könnte besser sein. Sie sind zu jung, um das zu wissen, Menheer. Sie haben nie eine Besatzung erlebt.«

»Und Sie sind eigentlich zu alt, um noch solche Kraft zu haben, das muß ich Ihnen lassen.«

»Ja, auch das habe ich gelernt.«

»Loslassen!«

Der Zug bremste weiter ab, und die betrunkene Menge im Waggon schrie vergnügt. Die Männer griffen nach ihren Koffern in den Gepäcknetzen. Auch der Passagier, der neben Joel gesessen hatte, zerrte seinen heraus und stieß Joel dabei gegen die Schulter. Joel tat, als sei er ganz in die Unterhaltung mit seiner Grimassen schneidenden »Gefangenen« versunken. Der Mann grinste und ging mit dem Koffer in der Hand davon.

Dann ruckte die alte Frau nach vorn, und ihre Zähne erwischten Joels Oberarm nur Millimeter von der alten Wunde entfernt. Sie biß so heftig zu, daß sofort Blut hervorquoll und der Frau über das graue Kinn rann.

Der Schmerz ließ Joel zurückzucken. Die Alte befreite ihre Hand aus seinem Griff. Jetzt gehörte die Waffe wieder ihr! Sie feuerte; auf das klatschende Geräusch des schallgedämpften Schusses folgte unmittelbar das Splittern einer Bodenplanke wenige Zentimeter neben Joels Füßen. Er packte den unsichtbaren Lauf, drehte ihn herum und versuchte mit aller Kraft, ihr die Waffe zu entreißen. Wieder feuerte sie.

Ihre Augen weiteten sich, während sie rückwärts gegen den Sitz prallte. Sie blieben starr, als sie gegen das Fenster sackte, und dann breitete sich über ihrem Bauch ein großer Blutfleck im dünnen Stoff ihres Kleides aus. Sie war tot. Joel wurde übel – und das so schnell, daß er schlucken mußte, um sich nicht zu übergeben. Noch zitternd fragte er sich, wer diese alte Frau war, was sie erlebt hatte, was sie zu dem gemacht hatte, was sie war. *Sie sind zu jung, um das zu wissen... Sie haben nie eine Besatzung erlebt.*

Aber jetzt war nicht die Zeit, darüber nachzudenken. Sie hatte ihn töten wollen. Das genügte im Moment. Und nur wenige Minuten entfernt warteten Männer auf ihn. Er mußte überlegen, was zu tun war. Er mußte in Bewegung bleiben.

Joel entwand den starren Fingern der Alten die Waffe und schob sie sich unter den Gürtel. Er spürte das Gewicht der anderen Waffe in seiner Hosentasche. Dann beugte er sich vor, zog das Kleid der Frau in Falten, schob ihr den Schal über den Blutfleck und strich ihr das wirre graue Haar über die rechte Wange, so daß man die geweiteten toten Augen nicht sofort sehen konnte. Dann holte er noch eine Dose Bier aus ihrer Tasche, öffnete sie und stellte sie ihr auf den Schoß. Das Bier schwappte heraus und durchnäßte das Kleid.

»*Amsterdam! De volgende halte is Amsterdam-Centraal!*«

Die Betrunkenen drängten sich zur Tür. O *Gott!* dachte Converse. Was sollte er jetzt tun? Die alte Frau hatte gesagt, ein Telefongespräch *sei geführt worden*. Das deutete darauf hin, daß sie nicht selbst gesprochen hatte. Dafür wäre auch zu wenig Zeit gewesen. Ohne Zweifel hatte sie in Utrecht jemandem, der vielleicht am Bahnsteig wartete, den Auftrag gegeben, das Gespräch zu führen. Daraus ließ sich schließen, daß nur wenig übermittelt worden war. Sie war eine Sonderbeauftragte, eine, wie sie nur Aquitania besaß. Eine alte Frau, die stark war und eine Waffe benutzen konnte und die auch nicht davor zurückschreckte, jemanden zu töten – eine Frau, die zu niemandem viel sagen würde. Sie würde einfach eine Telefonnummer nennen und den oder die Betreffende anweisen, die Ankunftszeit des Zuges durchzugeben. Und deshalb... hatte er wieder eine Chance. Jeder männliche Passagier würde gemustert werden, jedes Gesicht mit dem in den Zeitungen verglichen. Das Gesicht war das seine und doch auch wieder nicht. Und er sprach außer Englisch keine andere Sprache, auch das war weitergegeben worden. Er mußte *denken*!

»*Ze is dronken!*« Der vierschrötige Mann mit der attraktiven Frau rief das, während er auf die Tote deutete. Sie lachten beide, und Joel brauchte keinen Dolmetscher, um sie zu verstehen. Sie hielten die alte Frau für betrunken. Er nickte und grinste und zuckte die Schultern. Plötzlich wußte er, wie er es schaffen konnte, den Bahnsteig in Amsterdam zu verlassen.

Converse begriff, daß es eine universelle Sprache gab, die man dann einsetzte, wenn der Lärm so laut war, daß man nichts mehr hören konnte. Dieselbe Sprache, die man auch auf Cocktailpartys gebrauchte, wenn man sich langweilte, oder wenn man sich ein Fußballspiel ansah und einen Clown neben sich hatte, der sich einbildete, mehr als der Trainer oder Schiedsrichter zu verstehen, oder auch dann, wenn man mit den »beautiful people« von New York einen Abend verbringen mußte – in solchen Situationen nickte oder lächelte man, legte jemandem gelegentlich freundlich die Hand auf die Schulter und deutete damit seine Kommunikationsbereitschaft an – aber man sagte kein Wort.

All dies tat Joel, als er sich mit dem vierschrötigen Mann und seiner Frau aus dem Zug schob. Und er spielte die Rolle wie einer, der wußte, daß zwischen Leben und Tod nur noch ein kleines bißchen vorgetäuschter Verrücktheit stand.

Während sie am Zug entlanggingen, wanderte Joels aufmerksamer Blick zu einem Mann, der hinter einem Bogen am Ende des Bahnsteigs stand. Er fiel Joel auf, weil sein Gesicht –

im Gegensatz zu seiner Umgebung, wo alles strahlte – ernst und angestrengt wirkte. Der Mann war aufmerksam, er studierte die Ankömmlinge, aber da war niemand, den er willkommen heißen konnte. Und dann wußte Converse plötzlich, weshalb ihm der Mann aufgefallen war. Er erkannte das Gesicht, und im selben Augenblick wußte er auch, wo er es schon einmal gesehen hatte. Der Mann vor ihm war einer der Wächter aus Erich Leifhelms Anwesen über dem Rhein.

Sie näherten sich jetzt dem Torbogen, und Joel lachte etwas lauter, schlug dem vierschrötigen Holländer etwas kräftiger auf die Schulter. Die Mütze hatte er sich wieder tief in die Stirn gezogen. Er nickte ein paarmal, zuckte dann wieder die Schultern, schüttelte freundlich den Kopf, die Stirn gefurcht, wobei seine Lippen sich dauernd bewegten, dem Anschein nach im angeregten Gespräch. Aus halb zusammengekniffenen Augen sah Converse, daß Leifhelms Wächter ihn anstarrte; dann sah der Mann weg. Sie passierten den Bogen, und Joel bemerkte aus dem Augenwinkel, wie ein Kopf herumfuhr, wie eine Gestalt andere Gestalten aus dem Wege schob, außen am Rande der Menschenmenge blieb, sich aber weiter vorarbeitete. Converse drehte sich um und sah dem Holländer über die Schulter. Da geschah es. Seine Augen blickten in die von Leifhelms Wächter. Der Augenblick des Erkennens war da. Der Deutsche schrak zusammen und warf den Kopf herum. Er wollte schreien, hielt dann aber inne. Jetzt griff seine Hand unter das Jackett, seine Schritte wurden schneller.

Joel löste sich von den zwei Holländern und fing an zu laufen. Er bahnte sich einen Weg durch die Mauer aus Leibern und hielt auf eine Reihe bogenähnlicher Ausgänge zu, durch die das helle Sonnenlicht in die Bahnhofshalle fiel. Zweimal sah er sich um. Das erstemal konnte er den Mann nicht sehen, aber beim zweitenmal. Leifhelms Wächter schrie irgend jemandem etwas zu, reckte sich höher, um besser sehen zu können, und auch, um gesehen zu werden. Dann zeigte er wild fuchtelnd zu den Ausgängen. Converse lief noch schneller und wurde rücksichtsloser gegen jeden, der ihm den Weg zum Ausgang versperrte. Jetzt hatte er die Treppe erreicht und hastete sie hinauf. Dabei hielt er sich aber im gleichen Rhythmus wie die anderen gehetzten Passagiere, darauf bedacht, in ihrer Mitte zu bleiben und so wenig Aufmerksamkeit wie möglich auf sich zu ziehen.

Dann stürzte er in völliger Verwirrung ins Freie. Er sah Wasser und Piers und glasbedeckte Boote, die leicht in der Strömung dümpelten, Menschen, die an den Schiffen vorbeieilten, während andere unter den wachsamen Blicken von Männern in weiß-blauen Uniformen an Bord komplimentiert wurden. Da hatte er den Bahnhof hinter sich gelassen, nur um sich in einer Art Hafen wiederzufinden. Und dann erinnerte er sich: Der Hauptbahnhof von Amsterdam stand auf einer Insel mit Blick auf die Stadtmitte; deshalb nannte man ihn auch Centraal-Station. Und doch war da eine Straße, zwei Straßen, *drei* Straßen, die wie Brücken zu anderen Straßen und Bäumen und Gebäuden führten... Aber ihm blieb *keine Zeit*! Er war im Freien, und jene Straßen in der Ferne waren die Höhlen, die ihm das Überleben garantierten; sie waren die Schluchten und Büsche und Sümpfe, die ihn vor dem Feind verbergen konnten! Er rannte, so schnell er konnte, den vom Wasser gesäumten breiten Boulevard hinunter, bis er an eine noch breitere Straße kam, auf der sich der Verkehr staute. Busse, Straßenbahnen, Autos, alle bereit, sich beim Umschalten der Verkehrsampel wieder in Bewegung zu setzen. Er sah eine immer kürzer werdende Schlange an der Tür einer Straßenbahn, sah, wie die zwei letzten Passagiere einstiegen. Er hetzte zu dem Wagen und schob sich noch hinein, bevor die Tür zuklappte.

In der letzten Reihe entdeckte er einen freien Platz und setzte sich schwer atmend. Der Schweiß stand ihm in dicken Tropfen am Haaransatz und an den Schläfen, er rann ihm über das Gesicht, und auch sein Hemd war naß. Erst jetzt wurde ihm bewußt, wie erschöpft er war, wie heftig sein Herz schlug und wie verwirrt sein Blick und seine Gedanken waren. Furcht und Schmerz hatten sich zu einer Art Hysterie verbündet. Der Wunsch zu überleben und der Haß, den er für Aquitania empfand, hatten ihn in Gang gehalten.

Schmerz? Erst jetzt wurde ihm das Stechen über seiner Armwunde bewußt, die letzte Rachetat einer alten Frau. Rache wofür? Einen Feind? Oder war sie bezahlt worden? *Keine Zeit!*

Die Straßenbahn setzte sich in Bewegung, und er drehte sich um, weil er durch das Rückfenster sehen wollte. Er sah, was er erwartet hatte. Leifhelms Wächter lief gerade über die Kreuzung, ein zweiter Mann kam vom Kai auf ihn zugerannt. Jetzt trafen sie sich, und man konnte ihren Gesten ansehen, daß sie in heller Aufregung waren. Ein weiterer Mann stand plötzlich bei ihnen. Joel hatte nicht gesehen, woher er gekommen war. Die drei Männer redeten aufeinander ein, wobei anscheinend Leifhelms Wächter die Befehle gab. Er deutete in mehrere Richtungen, erteilte Anweisungen. Ein Mann eilte auf die Straße, warf prüfende Blicke in das halbe Dutzend Taxis, das im Verkehrsgewühl feststeckte. Ein zweiter blieb auf dem Bürgersteig und ging langsam an den Tischen eines Straßencafés vorbei und dann ins Innere des Lokals. Schließlich lief Leifhelms Wächter quer über die Kreuzung, immer dem Verkehr ausweichend, und gab, als er die gegenüberliegende Seite erreicht hatte, Handzeichen. Eine Frau kam aus einem Laden und trat zu ihm.

An die Straßenbahn hatte keiner gedacht. Joel lehnte sich zurück und versuchte, seine Gedanken zu sammeln. Er wußte, daß ihm Schwieriges bevorstand. Aquitania würde jeden Winkel in Amsterdam absuchen, um ihn zu finden. Gab es überhaupt eine Möglichkeit, Thorbecke zu erreichen? Nein, er durfte jetzt an überhaupt nichts denken. Er mußte sich sammeln und sich ausruhen. Und wenn er sogar Schlaf finden sollte, konnte er nur hoffen, daß nicht zugleich die Alpträume kommen würden. Er sah zum Fenster hinaus und entdeckte eine Tafel. Auf ihr stand *Damrak*.

Er blieb mehr als eine Stunde in dem Straßenbahnwagen. Das lebhafte Geschehen in den Straßen, die schöne Architektur der jahrhundertealten Gebäude und die endlosen Kanäle beruhigten ihn. Sein Arm schmerzte immer noch vom Biß der alten Frau, aber die Wunde tat nicht sehr weh, und langsam verblaßte der Gedanke, daß er die Verletzung dringend säubern mußte. Und wenn er auch nicht um die alte Frau weinen konnte, so wünschte er sich doch, wie ihm das gelegentlich bei fremden Zeugen vor Gericht erging, daß er ihre Geschichte gekannt hätte.

Die Straßenbahn hatte die letzte Station erreicht und würde jetzt umkehren. Er war der letzte Fahrgast. Joel ging den Mittelgang hinauf, stieg aus und sah eine andere Straßenbahn. Er stieg ein. Eine neue Zuflucht.

Hundert Straßen und ein Dutzend sich kreuzender Kanäle später sah er zum Fenster hinaus. Die heruntergekommene Umgebung, die er sah, ermutigte ihn. Es gab eine Reihe von Pornoshops, deren Ware vor den Läden ausgelegt war. Darüber standen in offenen Fenstern grell bemalte Mädchen in provozierenden Posen und zogen sich lethargisch die Büstenhalter herunter, dabei blickten sie gelangweilt und ließen die Hüften kreisen. Die Menschen auf den Straßen wirkten angeregt, einige neugierig, während sich andere schockiert gaben und wieder andere Interesse zeigten. Über dem Ganzen lag eine Jahrmarktsatmosphäre. Eine Atmosphäre, in der man untertauchen konnte, dachte Joel, als er von seinem Sitz aufstand und zur Tür ging.

Auf der anderen Straßenseite war ein Café mit Tischen auf dem Bürgersteig, während es drinnen dunkel war. Ihn verblüfften die Menschen, die kurz am Eingang stehenblieben, hineinsahen und weitergingen, als hätte irgend etwas Eigenartiges sie angezogen, das sich drinnen abspielte. Er überquerte die Straße, bahnte sich einen Weg durch die Menge und betrat das Café. Wenn es für ihn schon keine Möglichkeit zum Schlafen gab, so brauchte er doch wenigstens etwas zu essen. Seit fast drei Tagen hatte er keine richtige Mahlzeit mehr zu sich genommen. Ganz hinten in dem Raum fand er einen kleinen Tisch, der frei war, und er wunderte sich darüber, daß rechts von ihm an der Wand ein Fernsehgerät seine nachmittäglichen Banalitäten in englischer Sprache von sich gab. Dann sah er auf dem Tisch eine Speisekarte in vier Sprachen, von denen Englisch die erste war.

Für unsere ausländischen Besucher bieten wir Video-Aufzeichnungen unseres Fernsehprogramms.

Damit wollte das Lokal Touristen anlocken. Und der amerikanische Dollar galt viel in Amsterdam.

Whisky pur half, aber die Beruhigung, die vom Alkohol ausging, würde nicht lang anhalten. Die Angst des Gejagten stellte sich wieder ein und zwang ihn, den Kopf immer wieder zum Eingang zu drehen, wo er jeden Augenblick einen der Männer von Aquitania erwartete, einen der Söldner, der aus dem hellen Licht ins Halbdunkel seiner Höhle treten und ihn finden würde. Er ging zur Herrentoilette, zog das Jackett aus, steckte die Waffe mit dem Schalldämpfer in die Innentasche und riß den linken Hemdsärmel auf. Er füllte eines der beiden Becken mit kaltem Wasser, tauchte das Gesicht hinein, goß sich das Wasser ins Haar und über den Hals. Er spürte ein Vibrieren, ein Geräusch! Sein Kopf ruckte erschreckt hoch, seine Hand griff instinktiv nach dem Jakkett, das er an einen Haken gehängt hatte. Ein behäbig wirkender Mann in mittleren Jahren nickte ihm zu und trat an ein Urinbecken. Joel warf einen Blick auf die Zahnspuren an seinem Arm; sie sahen wie ein Hundebiß aus. Er drehte den Heißwasserhahn auf und bearbeitete die schmerzende Stelle mit einem Papierhandtuch, bis das Blut hervortrat. Mehr konnte er nicht tun; vor einem ganzen Leben hatte er dasselbe getan, als sich Wasserratten durch die Gitterstangen seines Bambuskäfigs gezwängt und ihn angegriffen hatten. Und dann hatte er gelernt, daß man Ratten Angst machen konnte. Und sie töten. Der Fremde trat von dem Urinbecken zurück, ging zur Tür und warf Converse dabei einen unsicheren Blick zu.

Joel legte ein Papierhandtuch auf die Wunde, zog sein Jackett wieder an und kämmte sich das Haar. Dann kehrte er an seinen Tisch zurück und ärgerte sich wieder über den lärmenden Fernseher an der Wand.

Eine Zeitlang war er versucht, das größte Stück Fleisch zu bestellen, das auf der Karte zu finden war, aber die Vernunft riet ihm davon ab. Er hatte seit Tagen nicht mehr geschlafen, seit seiner Gefangenschaft in Leifhelms Anwesen, wo ihm reichliches, gutes Essen zu Schlaf verholfen hatte. Ein kräftiges Mahl würde ihn also nur müde machen, und das war nicht die richtige Verfassung für einen Mann auf der Flucht. Also bestellte er Seezungenfilet mit Reis. Wenn nötig, konnte er ja immer noch eine zweite Portion nachbestellen. Und noch einen Whisky.

Die Stimme! Herrgott, die *Stimme*! Er mußte unter Halluzinationen leiden! Er war dabei, den Verstand zu verlieren! Er hörte eine Stimme – das Echo einer Stimme – die er *unmöglich* hören konnte!

»...Ich bin tatsächlich der Ansicht, daß das eine nationale Schande ist, aber ich muß gestehen, daß ich wie die meisten anderen nur Englisch spreche.«

»Frau Converse –«

»Miß... Fräulein... Ich glaube, so stimmt es. Charpentier, wenn es Ihnen nichts ausmacht.«

»*Dames en heren*...«, schaltete sich eine dritte Stimme leise in holländischer Sprache ein.

Converse schnappte wie ein Erstickender nach Luft, griff sich ans Handgelenk, schloß die Augen und drückte sie so fest zu, daß jeder Muskel in seinem Gesicht schmerzte. Dann wandte er das Gesicht von der Quelle dieser schrecklichen, furchtbaren Halluzination ab.

»Ich bin geschäftlich in Berlin... Ich bin beratend für eine Firma in New York tätig...«

»*Mevrouw Converse, o juffrouw Charpentier, zoals we...*«

Joel war jetzt sicher, daß er tatsächlich verrückt war, daß er wirklich den Verstand verloren hatte. Er hörte das Unmögliche. *Hörte es!* Er fuhr herum und blickte nach oben. Der Fernsehschirm. Es war *Valerie*! Sie war auf dem *Bildschirm*!

»Was immer Sie sagen, Fräulein Charpentier, wird exakt übersetzt werden, das kann ich Ihnen versichern.«

»*Zoals juffrouw Charpentier zojuist zei...*« Das war wieder die dritte Stimme, die Stimme des Holländers.

»Ich habe meinen ehemaligen Mann seit mehreren Jahren nicht mehr gesehen – drei oder vier, würde ich sagen. Tatsächlich sind wir inzwischen Fremde. Ich kann nur der

Erschütterung Ausdruck geben, die mein ganzes Land empfindet...«

»Juffrouw Charpentier, de vroegere mevrouw Converse...«

»Er war ein sehr verstörter Mann, der unter starken Depressionen litt, aber ich habe nie geahnt, daß so etwas...«

»Hij moet mentaal gestoord zijn...«

»Es gibt keinerlei Verbindung zwischen uns, und es überrascht mich, daß Sie von meiner Reise nach Berlin erfahren haben. Trotzdem bin ich dankbar dafür, daß ich Gelegenheit habe, einiges klarzustellen...«

»Mevrouw Converse gelooft...«

»Trotz der schrecklichen Umstände freut es mich, in Ihrer schönen Stadt zu sein, Stadthälfte, muß ich wohl sagen. Aber Ihre Hälfte ist die schönere. Und wie ich höre, ist das Kempinski... Tut mir leid, bei uns nennt man so etwas ›Schleichwerbung‹ und ich sollte nicht...«

»Das macht nichts, Fräulein Charpentier. Das ist hier nicht verboten. Fühlen Sie sich bedroht?«

»Mevrouw Converse, voelt u zich bedreigd?«

»Nein, eigentlich nicht. Wir hatten ja so lange Zeit keine Verbindung mehr miteinander.«

Mein *Gott*! Val war nach Europa gekommen, um ihn zu *finden*! Sie sandte ihm Signale! Sie sprach genausogut Deutsch wie der Mann, der sie interviewte! Und sie waren immer in Verbindung geblieben. Erst vor sechs Wochen hatten sie zusammen in Boston zu Mittag gegessen! Alles, was sie sagte, war gelogen, und in diesen Lügen steckte der Code. *Ihr* Code! *Nimm Verbindung mit mir auf!*

3. BUCH

27

Benommen versuchte er, den verborgenen Sinn in den Worten und Sätzen zu begreifen. In ihnen steckte Vals Botschaft. Das Kempinski war ein Hotel in West-Berlin, soviel wußte er. Es mußte etwas anderes gewesen sein, etwas, das eine Erinnerung auslösen sollte – eine ihrer *gemeinsamen* Erinnerungen. Aber was?

Ich habe meinen ehemaligen Mann mehrere Jahre nicht mehr gesehen... Nein, das war nur eine der Lügen. *Er war ein sehr verstörter Mann*. Nicht ganz falsch, aber nicht das, was sie ihm zu sagen versuchte. *Tatsächlich sind wir inzwischen Fremde... Es gibt keinerlei Verbindung zwischen uns*... Wieder eine Lüge, aber im Zusammenhang richtig... *Halt*, etwas, das sie vorher gesagt hatte... *Ich bin beratend tätig*... Das war es!

»Kann ich bitte Miß Charpentier sprechen? Mein Name ist Mr. Whistletoe, Bruce Whistletoe. Ich bin der vertrauliche Berater für Springtime Anti-Perspirant; Ihre Agentur hat ein paar Entwürfe für uns gemacht, und es ist *dringend!*« *Con molta forza*.

Vals Sekretärin war sehr geschwätzig gewesen, berühmt für ihre Klatschgeschichten, und immer, wenn Joel und Valerie sich eine zusätzliche Stunde zum Mittagessen oder auch einen gemeinsamen Tag hatten verschaffen wollen, dann hatte er ein solches Gespräch geführt. Es verfehlte seine Wirkung nie. Wenn irgendein wichtigtuerischer Vorgesetzter – und davon gab es Dutzende – wissen wollte, wo sie war, hatte die leicht zu beeindruckende Sekretärin von einem dringenden Anruf eines sehr wichtigen Kunden erzählt. Das hatte gewöhnlich ausgereicht, und den Rest besorgte Valeries professionelles Selbstbewußtsein. Sie würde dann einfach sagen, daß »die Dinge« unter Kontrolle waren, und damit pflegte sich dann der betreffende Vorgesetzte zufriedenzugeben.

Das mußte der verborgene Hinweis sein. Er sollte sich dieser Taktik bedienen, für den Fall, daß die Polizei ihre Gespräche abhörte.

Das Interview war jetzt beendet, die letzten paar Minuten stellten offensichtlich eine Zusammenfassung in holländischer Sprache dar, während die Kamera ein Foto von Valerie zeigte. Plötzlich hörte er seinen Namen.

»*De Amerikaanse moordenaar Converse is advocaat en een expiloot mit de Vietnamese oorlog. Een ander advocaat, een Fransman en een vriend van Converse...*«

Joel blickte verwirrt auf den Bildschirm, erschreckt und gelähmt. Es folgte ein kurzer Filmstreifen. Eine Kamera bewegte sich durch eine Bürotür und erfaßte einen Körper, der über einem Schreibtisch zusammengesunken war. Blutströme, die wie eine häßliche Medusenperücke vom Schädel auf eine glänzende Tischplatte geflossen waren. O Gott! Das war René!

Im Augenblick des Erkennens wurde in der linken oberen Bildhälfte ein weiteres Foto eingeblendet. Ein Bild von Mattilon – und dann zur Rechten noch eine Aufnahme. Das war er, Joel Converse. Die Bilder bedurften keiner weiteren Erklärung. René war ermordet worden, und man hatte ihn als Täter bezeichnet. Das beantwortete die Frage; das war der Grund, weshalb Aquitania verbreitet hatte, daß der Mörder nach Paris unterwegs wäre.

Er war ein Todesbote; das war er für neue und alte Freunde geworden. Für René Mattilon, Edward Beale... Avery Fowler. Und auch Feinden, die er nicht kannte, brachte er den Tod. Er war zurückgekehrt, zurück in die Lager und Dschungel, in die nie wieder zurückzukehren er geschworen hatte. Dabei wäre er am liebsten einfach untergetaucht und verschwunden – sollte doch jemand anderer den Auftrag übernehmen, von dem niemand wußte, daß er ihm in Genf übertragen worden war.

Herrgott! Die Aufzeichnung. Wenn sie auch nur zwölf oder vierundzwanzig Stunden alt war, dann hatte Val wahrscheinlich den Umschlag nicht erhalten, den er ihr aus Bonn geschickt hatte! Sie konnte ihn gar nicht erhalten haben. Sonst wäre sie nicht nach Europa geflogen!

O mein Gott, dachte Joel und leerte sein Glas. Mit der anderen Hand rieb er sich die Stirn. Er war vollkommen verwirrt. Wenn Nathan Simon den Umschlag nicht in Händen hielt, hatte es auch keinen Sinn, ihn um Hilfe zu bitten! Ein Anruf bei ihm würde nur zu der Forderung führen, daß Joel sich den Behörden stellen solle. Nate würde sich gegen das Gesetz stellen; er würde mit allen Kräften für seinen Klienten kämpfen, aber erst wenn der Klient sich den Gesetzen unterwarf. Das war Nates Religion.

»Ihr Seezungenfilet, *Menheer*.«

»Mein was?«

»Ihre Seezunge«, wiederholte der Kellner.

»Sie sprechen Englisch?«

»Aber selbstverständlich«, sagte der hagere, kahlköpfige Mann höflich. »Wir haben vorhin doch auch Englisch gesprochen, nur waren Sie sehr erregt. Aber ich verstehe schon, das kann einem in diesem Viertel leicht passieren.«

»Hören Sie.« Converse betonte jedes einzelne Wort. »Ich bezahle Sie gut, wenn Sie eine Telefonverbindung für mich herstellen. Ich spreche weder Holländisch noch Französisch oder Deutsch, sondern nur Englisch. Können Sie das verstehen?«

»Ich verstehe.«

»Ein Gespräch mit West-Berlin.«

»Das ist gar nicht schwer, Sir.«

»Würden Sie das für mich tun?«

»Aber selbstverständlich, mein Herr. Meine Schicht ist in ein paar Minuten zu Ende. Dann hole ich Sie. Wir führen Ihr Gespräch vom Büro aus.«

»Sehr schön.«

»Und ›viel Geld‹, ja? Fünfzig Gulden, ja?«

»Geht in Ordnung. Ja.«

Zwanzig Minuten später saß Converse hinter einem kleinen Schreibtisch in einem sehr kleinen Büro. Der Kellner reichte ihm das Telefon. »Die sprechen Englisch, *Menheer*.«

»Miß Charpentier, bitte«, sagte Joel mit halb erstickter Stimme. Er fühlte sich wie gelähmt und war nicht mehr sicher, ob er die Beherrschung verlieren würde, wenn er ihre Stimme hörte. Einen Augenblick spielte er mit dem Gedanken, einfach aufzulegen. Er durfte sie da nicht *hineinziehen*!

»Hallo?«

Sie war es. Tausend Bilder zogen an seinem inneren Auge vorbei, Erinnerungen an Glück und Zorn, an Liebe und Haß. Er konnte nicht sprechen.

»Hallo? Wer ist da?«

»Oh... da bist du ja. Tut mir leid, die Verbindung ist ziemlich schlecht. Hier spricht Jack Talbot von... Boston Graphics. Wie geht's, Val?«

»Sehr gut... Jack. Und dir? Das ist jetzt ja schon ein paar Monate her. Seit dem Mittagessen im Four Seasons, wenn ich mich richtig erinnere.«

»Stimmt. Wann bist du angekommen?«

»Gestern abend.«

»Bleibst du lange?«

»Nur einen Tag. Wir hatten den ganzen Morgen eine Krisensitzung, heute nachmittag geht es weiter. Wenn ich dann nicht zu erledigt bin, nehme ich noch am Abend die Maschine. Wann bist du nach Berlin gekommen?«

»Ich bin gar nicht dort. Ich hab' dich im Fernsehen gesehen, in Belgien. Ich bin in... Antwerpen, aber heute nachmittag fahre ich nach Amsterdam. Herrgott, schlimm, daß du so viel mitmachen mußtest. Wer hätte das je geahnt? Das mit Joel, meine ich.«

»Eigentlich hätte ich es ahnen müssen, Jack. Das ist alles so schrecklich. Er ist so krank. Ich hoffe nur, daß die ihn bald erwischen. Das wäre für alle gut. Er braucht Hilfe.«

»Er braucht ein Erschießungskommando, wenn ich das einfach mal so offen sagen darf.«

»Ich möchte lieber nicht darüber sprechen.«

»Hast du die Skizzen bekommen, die ich dir geschickt habe, nachdem wir den Gilette-Auftrag verloren hatten? Ich hatte gehofft, dich damit vielleicht ins Bett zu kriegen.«

»Skizzen?... Nein, Jack, die sind nie angekommen. Vielen Dank, daß du an mich gedacht hast; von der kleinen Unverschämtheit einmal abgesehen.«

»Oh? Ich dachte, du schaust regelmäßig deine Post an.«

»Das habe ich auch... bis vorgestern. Aber es war nichts dabei – wie lange wirst du in Amsterdam sein?«

»Eine Woche. Ich dachte, du würdest vielleicht ein paar Agenturkunden besuchen, bevor du nach New York zurückfliegst.«
»Das sollte ich wahrscheinlich, aber es wird wohl nicht gehen. Ich habe keine Zeit. Wenn doch, dann bin ich im Amstel-Hotel. Wenn nicht, dann sehen wir uns in New York wieder. Du kannst mich ja zum Mittagessen einladen, dann tauschen wir Klatschgeschichten.«
»Ja, davon habe ich genug auf Lager. Da wirst schon du die Rechnung übernehmen müssen. Mach's gut, Kleines.«
»Mach's gut... Jack.«
Sie war *großartig*. Und sie hatte den Umschlag aus Bonn nicht erhalten.

Er schlenderte durch die Straßen, besorgt, er könnte zu schnell gehen, verängstigt, er könnte zu lange an einem Ort verweilen, und immer mit dem Gedanken, daß er in Bewegung bleiben mußte, seine Umgebung beobachten, die Schatten suchen und sich von ihnen einhüllen lassen. Sie würde am Abend in Amsterdam sein, und sie hatte gesagt, daß er im Amstel-Hotel Verbindung mit ihr aufnehmen sollte. *Warum?* Warum war sie gekommen? Was hatte sie vor? Plötzlich schob sich das Gesicht von René Mattilon in sein Bewußtsein. Ganz deutlich war es zu erkennen, umgeben von Sonnenlicht. Es war eine Maske – eine Totenmaske. René war von Aquitania getötet worden, weil er Jack nach Amsterdam geschickt hatte. Und Valerie würde nicht geschont werden, wenn die Gefolgsleute von George Marcus Delavane glaubten, daß sie herübergeflogen war, um ihn zu finden, um ihm zu helfen.

Es war jetzt halb vier; bis etwa acht würde es dunkel sein. Er hatte noch knapp fünf Stunden, in denen er unsichtbar und am Leben bleiben mußte. Und irgendeinen Wagen finden.

Er blieb auf dem Bürgersteig stehen und blickte zu einer übermäßig herausgeputzten, äußerst gelangweilten Hure in einem Fenster im zweiten Stock eines Backsteinhauses hinauf. Ihre Augen begegneten sich, und sie lächelte ein gelangweiltes Lächeln. Daumen und Zeigefinger ihrer rechten Hand begegneten sich, die folgende Handbewegung verlangte zu ihrer Deutung nicht viel Phantasie.

Warum nicht? dachte Converse. Das einzig Sichere in einer sehr unsicheren Welt war die Tatsache, daß hinter jenem Fenster ein Bett wartete.

Der Hausverwalter war ein Mann Mitte der Fünfzig. Er erklärte Joel in fließendem Englisch, daß für Zwanzig-Minuten-Sitzungen zu bezahlen sei, und zwar für zwei »Sitzungen« im voraus, wobei der Betrag für die zweite zurückerstattet würde, sollte der Gast während der letzten fünf Minuten der ersten Periode wieder herunterkommen. Der Traum eines jeden Kredithais, dachte Converse nach einem Blick auf die verschiedenen Uhren auf der Theke, die auf numerierten Feldern standen. Gerade kam ein älterer Mann die Treppe herunter. Der Angestellte schnappte sich hastig eine der Uhren und schob den Zeiger nach vorne. Joel kalkulierte schnell und rechnete Gulden in Dollar um, kam zu dem Ergebnis, daß jede »Sitzung« etwa dreißig Dollar kostete, und gab dem erstaunten Verwalter den Gegenwert von 275 Dollar. Dann nahm er seine Nummer entgegen und ging auf die Treppe zu.

»Ihre Freundin, Sir?« fragte der verblüffte Hüter der Freuden, während Converse die erste Treppenstufe betrat. »Eine alte Liebe vielleicht?«

»Eine Cousine, die ich seit Jahren nicht mehr gesehen habe«, erwiderte Joel traurig. »Wir müssen ein langes Gespräch führen.« Mit hängenden Schultern stieg er die Treppe hinauf.

»*Slapen?*« rief die Frau mit den viel zu dick geschminkten Wangen und dem aufgetürmten Haar. Sie war ebenso verblüfft wie ihr Behüter unten. »Sie wollen *slapen?*«

»Das läßt sich schwer übersetzen, aber so ist es«, sagte Converse, nahm Brille und Mütze ab und setzte sich aufs Bett. »Ich bin sehr müde, und es wäre herrlich, wenn ich schlafen könnte, aber wahrscheinlich werde ich nur etwas ausruhen. Sie können ja inzwischen eine Zeitung lesen. Ich will Sie nicht belästigen.«

»Was ist denn? Finden Sie mich nicht hübsch? Nicht sauber? Sie sehen ja auch nicht gerade gut aus, *Menheer*! Das Gesicht zerschunden, die Augen rot. Vielleicht sind *Sie* nicht sauber!«

»Ich bin gestürzt. Kommen Sie schon. Ich finde, Sie sehen großartig aus, aber ich will wirklich ausruhen.«

»Warum hier?«

»Ich will nicht ins Hotel zurück. Der Liebhaber meiner Frau ist dort. Er ist mein Chef. Wie heißen Sie?«

»Emma«, erwiderte die Hure.

»Sie sind nett, Emma.«

»Nein, *Menheer*, das bin ich nicht.«

Er erwachte von einer Berührung und schreckte im Bett hoch. Seine Hand fuhr instinktiv an seine Hüfte, um sich zu vergewissern, daß der Geldgurt noch an seinem Platz war. Er hatte so tief geschlafen, daß er einen Augenblick lang nicht wußte, wo er war. Und dann sah er die grell geschminkte Frau neben sich stehen. Ihre Hand lag auf seiner Schulter.

»*Menheer*, verstecken Sie sich vor jemandem?« fragte sie leise.

»Was?«

»Auf dem Leidseplein wird geredet. Männer stellen Fragen.«

»Was?« Converse riß die Decke zur Seite und setzte sich auf. »Welche Männer? *Wo*?«

»*Het Leidseplein* – dieses Viertel. Männer stellen Fragen. Sie suchen einen Amerikaner.«

»Warum *hier*?« Joels Hand löste sich von dem Geldgurt und tastete nach der Waffe darüber.

»Leute, die nicht gesehen werden wollen, kommen oft auf den Leidseplein.«

Warum nicht? dachte Converse. Wenn er darauf gekommen war, warum dann nicht auch der Feind? »Haben sie eine Beschreibung?«

»Sie sind es«, antwortete die Hure offen.

»*Und*?« Joel sah der Frau in die Augen.

»Man hat nichts gesagt.«

»Ich kann nicht glauben, daß unser Freund unten mir gegenüber so wohltätige Gefühle hat. Ich bin sicher, daß die Geld angeboten haben.«

»Man hat ihm Geld gegeben«, verbesserte die Hure ihn. »Und ihm mehr für weitere Informationen versprochen. Ein Mann ist in der Nähe geblieben und wartet in einem Café am Telefon. Man soll ihn anrufen, dann bringt er die anderen. Unser... Freund unten dachte, Sie könnten vielleicht in das Angebot einsteigen.«

»Ich verstehe. Eine Auktion. Ein Kopf auf dem Auktionstisch.«

»Ich verstehe nicht.«

»Nichts. Fragen Sie nach, ob unser Freund amerikanisches Geld nimmt.«

»Natürlich tut er das.«

»Dann steige ich in das Angebot ein und verdopple es.«

Die Hure zögerte. »Jetzt bin ich an der Reihe, *Menheer*.«

»Wie bitte?«

»*En*? Wie Sie sagen – ›und‹?«

»Oh. Sie?«

»Ja.«

»Ich habe etwas Besonderes für Sie. Können Sie einen Wagen fahren oder kennen Sie jemanden, der das kann?«

»*Natuurlijk* kann ich fahren. Bei schlechtem Wetter bringe ich meine Kinder zur Schule.«

»O Gott... ich meine, das ist gut.«

»Mein Gesicht ist dann natürlich nicht *zo*.«

»Ich möchte, daß Sie einen Wagen mieten und ihn hier zum Eingang bringen. Dann steigen Sie aus und lassen die Schlüssel stecken. Können Sie das tun?«

»Ja, aber für nichts gibt es nichts.«

»Dreihundert Dollar – das sind rund achthundert Gulden.«

»Fünfhundert – das sind rund vierzehnhundert Gulden«, konterte die Frau. »Und das Geld für die Wagenmiete.«

Joel nickte, während er sein Jackett aufknöpfte und das Hemd herauszog. Unter dem breiten Segeltuchgurt war der Griff der Waffe mit dem kurzen Lauf und dem daraufgesteckten Schalldämpfer deutlich zu erkennen. Die Frau sah die Waffe und stöhnte erschrocken auf. »Die gehört nicht mir«, sagte Converse schnell. »Ob Sie das nun glauben oder nicht, ist mir gleichgültig, aber ich hab' sie jemandem weggenommen, der versucht hat, mich zu töten.« Er zog den Reißverschluß an seinem Geldgurt auf und zählte mit dem Daumen die Scheine ab. Dann zog er sie heraus und schloß die Tasche wieder. »Da, das ist für unseren Freund unten und der Rest ist für Sie. Bringen Sie mir einfach den Wagen und eine von den Touristenkarten von Amsterdam, auf denen alle größeren Geschäfte und Hotels und Restaurants eingetragen sind.«

»Ich werde den Wagen später als gestohlen melden. Ein paar Straßen von hier ist ein Autoverleih, wo man mich kennt. Dort habe ich schon ein paarmal einen Wagen gemietet, wenn mein Peugeot defekt war und ich einen Ersatz brauchte. Seien Sie in zwanzig Minuten unten und machen Sie sich etwas frisch.« Die Hure schloß eilig die Tür hinter sich.

Joel ging ohne große Begeisterung zu dem Waschbecken an der Wand, sah dann aber, daß es sauber war. Auf dem Boden stand eine Dose mit Reinigungsmittel und eine Flasche Wasserstoffsuperoxyd neben einer Rolle mit Papiertüchern. Er sah in den Spiegel; die Frau hatte recht gehabt, er war kein schöner Anblick. Aber man mußte ihm schon ziemlich nahe kommen, um zu sehen, wie tief die Wunden gingen. Vorsichtig wusch er sich das Gesicht, trocknete sich dann wieder ab, setzte die Sonnenbrille auf und machte sich so gut zurecht, wie er konnte.

Es war geschehen. Val war gekommen, um ihn zu finden. Und er wünschte nichts so sehr, als sie zu sehen, sie zu berühren, ihre Stimme ganz nahe zu hören – und gleichzeitig wußte er, daß die Gründe dafür nicht die richtigen waren. Er war der Gejagte, verletzbar, von Schmerzen gepeinigt, alles Dinge, die es nicht gegeben hatte, als sie früher zusammen waren. Und nur weil all das aus ihm geworden war, gestattete er ihr, ihn zu finden. Bewundernswert war das kaum. Es paßte nicht zu seinem Teil ihrer gemeinsamen Vergangen-

heit, dem *de suite*, wie René Mattilon es formuliert hatte...
René. Ein Telefonanruf hatte sein Todesurteil besiegelt. *Aquitania*.

Zwölf Minuten waren verstrichen. Er wollte unten an der Tür sein, wenn Emma, die Hure aus der Vorstadt, auf der überfüllten Straße vorfuhr. Er verließ das kleine Zimmer, begann die Treppe hinabzusteigen und hörte die vorgetäuschten ekstatischen Laute hinter ein paar verschlossenen Türen. Einen Augenblick lang überlegte er, ob die Mädchen schon einmal daran gedacht hatten, Kassettenrecorder zu benutzen; dann könnten sie Knöpfe drücken und dabei Zeitschriften lesen. Er hatte jetzt den ersten Treppenabsatz erreicht und sah unter sich den engelsgesichtigen Hüter des Etablissements hinter seiner Theke. Der Mann telefonierte gerade. Joel ging weiter, in der Hand eine Hundertdollarnote, die er dem Verwalter geben wollte. Ein zusätzlicher Bonus.

Doch als er den Fuß in die Lobby setzte, war er plötzlich gar nicht mehr sicher, ob er dem Hausverwalter mehr als einen Käfig im Mekong schenken sollte. Der Mann sah Converse an, seine Augen waren geweitet und seine Engelsbäckchen bleich geworden. Er zitterte, als er den Hörer auflegte, und lächelte verkrampft.

»Probleme! Immer gibt es Probleme, *Menheer*. Das ist alles so schwierig – ich sollte mir einen Computer kaufen.«

Dieser Schweinehund hatte es getan! Er hatte den Mann angerufen, der in der Nähe in einem Café wartete!

»Lassen Sie die Hände auf der Theke!« schrie Joel.

Der Befehl kam zu spät. Der Holländer hob bereits eine Pistole, die er unter dem Tresen hervorgeholt hatte. Converse machte einen Satz, warf sich nach rechts, riß das Jackett auf und fand den Kolben der Pistole, die in seinem Gürtel steckte. Der Verwalter feuerte blindlings um sich, während Joel sich mit der linken Schulter gegen die zerbrechliche Theke warf. Sie stürzte ein, und Converse sah den ausgestreckten Arm, sah die Hand, die die Pistole hielt. Er ließ den Lauf der eigenen Waffe auf das Handgelenk des Holländers niederschmettern; die Waffe flog davon und fiel klirrend auf den Boden.

»Du Schwein!« schrie Joel. Er packte den Mann an der

Hemdbrust und zog ihn in die Höhe. »Du *Schwein*! Ich habe *dich bezahlt*!«

»Töten Sie mich nicht! *Bitte*, ich bin ein armer Mann mit vielen Schulden! Die haben gesagt, daß sie nur mit Ihnen reden wollen! Was macht das schon? *Bitte*, tun Sie es nicht!«

»Du bist es gar nicht wert, du Hurensohn!« Converse schlug dem Holländer mit dem Pistolenkolben auf den Kopf und lief zur Tür. Auf der Straße standen die Fahrzeuge ineinander verkeilt – dann kam plötzlich Bewegung in sie, die Wagen und Busse ruckten an. Wo war sie? Wo war Emma, die Hure?

In den oberen Stockwerken wurden Türen geschlagen. Er hörte Geschrei, zornige Rufe. Dann drängte sich plötzlich der schrille Klang einer Hupe dazwischen. Er stürzte zum Ausgang und hielt sich mit der rechten Hand am Türrahmen fest, so daß man die Waffe nicht sehen konnte.

Es war Emma mit dem Wagen. Sie stand mitten auf der Straße, der Weg zum Straßenrand war versperrt. Er schob sich die Waffe in den Gürtel und lief hinaus. Sie begriff seine Gesten und stieg aus. Er hetzte um die Motorhaube herum. »Danke.«

»Viel Glück, *Menheer*. Ich glaube, Sie werden es brauchen, aber das ist nicht mein Problem.«

Er zwängte sich hinter das Steuer und studierte das Armaturenbrett, so als näherte er sich Mach Eins und müßte jede Skala vor sich verstehen. Aber die Armaturen waren einfach. Zum Glück hatte der Wagen Automatikgetriebe, und so zog er den Ganghebel auf D und setzte sich gleichzeitig mit dem wieder in Fluß kommenden Verkehr in Bewegung.

Plötzlich warf sich eine hünenhafte Männergestalt gegen das rechte Seitenfenster. Joel zuckte zusammen, drückte die Türsperre nieder und nützte eine Lücke im Verkehr, um zu beschleunigen. Aber der Killer hielt sich am Türgriff fest und hatte plötzlich eine Pistole in der Hand. Converse prallte gegen einen Wagen, der am Randstein parkte, aber der Mann hielt sich immer noch fest. Joel griff hastig unter sein Jackett, während der Killer schon seine Waffe hob und auf Converse zielte. Joel duckte sich und stieß gegen den Fensterrahmen, als die Explosion das Glas zersplittern ließ. Ein paar winzige Splitter bohrten sich über seinen Augen in die Stirn. Aber jetzt hatte er seine Waffe freibekommen; er richtete sie auf die fremde Gestalt und drückte ab. Zweimal.

Zweimal hallte ein dumpfes Knacken durch das Wageninnere, und die rechte Seitenscheibe hatte zwei Löcher. Schreiend und beide Hände an den Hals gepreßt, fiel der Mann herunter und rollte zwischen zwei Lastwagen an den Randstein. Converse bog in eine breite, leere Seitenstraße. *Ein Mann ist in der Nähe geblieben... Er wird die anderen holen.* Erst einmal bin ich wieder frei, dachte Joel. Ein Toter konnte seinen Wagen nicht identifizieren. Er parkte in einer dunklen Seitenstraße und zog eine Zigarette heraus. Dann versuchte er, seine Hände zu beruhigen und das Streichholz anzureißen. Er inhalierte tief, tastete seine Stirn ab und zog vorsichtig die Glassplitter heraus.

Wie ein gejagtes Tier folgte er den Wegen, vorsichtig auf jede Bewegung achtend, die Nase geweitet wie ein Spürhund und alle Sinne gespannt. Viermal war er jetzt vom Amstel-Hotel am Tulpplein über Straßen und Kanäle zum amerikanischen Konsulat gefahren, das an einem Platz, dem Museumplein, lag. Er hatte jede mögliche Route ausgekundschaftet und kannte inzwischen alle Nebenstraßen, die ihn wieder zur Hauptstraße zurückbringen konnten. Schließlich fuhr er in östlicher Richtung über die Schellingwouder Brug zum IJ-Kanal und dann die Küste entlang, bis er zu den ersten freien Feldern kam. Das würde gehen; die Gegend war einsam genug. Er wendete und fuhr zurück nach Amsterdam.

Es war halb neun, der Himmel hatte sich bereits dunkel gefärbt. Er war bereit. Er hatte die Touristenkarte studiert und in ihr auch Hinweise zur Benützung der öffentlichen Telefone gefunden. Er parkte den Wagen gegenüber dem Amstel-Hotel und betrat eine Telefonzelle.

»Miß Charpentier, bitte.«

»*Dank u*«, sagte die Frau in der Telefonzentrale und schaltete dann sofort auf Englisch um. »Einen Augenblick bitte... O ja, *Missen* Charpentier ist erst vor einer Stunde eingetroffen. Ich habe jetzt ihr Zimmer.«

»Danke.«

»Hallo?«

Sollte er wirklich mit ihr sprechen? *Aquitania.* »Val, hier ist Jack Talbot. Ich bin froh, daß du gekommen bist. Wie geht's denn, meine Liebe?«

»Völlig erschöpft, mein Bester. Ich habe heute nachmittag mit New York telefoniert und unsere Kunden in Amsterdam erwähnt, so wie es mir ein gewisser Jack Talbot empfohlen hat. Darauf hat man mir aufgetragen, dieses Venedig des Nordens zu besuchen und den morgigen Tag mit Händchenhalten zu verbringen.«

»Wie wär's mit meinen?«

»Die sind so kalt. Aber du könntest mich zum Abendessen einladen.«

»Mit dem größten Vergnügen, aber zuerst mußt du mir einen Gefallen tun. Kannst du dir ein Taxi schnappen und mich am Konsulat am Museumplein abholen?«

»*Was...?*« Angst füllte die Pause. »Warum, Jack?« Die Stimme war nur noch ein Flüstern.

Converse senkte die Stimme. »Ich bin schon seit ein paar Stunden hier und habe mir eine Menge Unsinn anhören müssen. Und dabei ist mir wohl die Sicherung durchgebrannt.«

»Was ist denn passiert?«

»Ich war dumm. Mein Paß ist heute abgelaufen, und ich brauchte eine Verlängerung. Statt dessen mußte ich mir ein halbes Dutzend Vorträge anhören, und dann hat man mir gesagt, ich soll morgen wiederkommen. Ich bin ziemlich laut geworden und war wohl auch nicht besonders höflich.«

»Und jetzt wäre es dir peinlich, wenn du sie bitten müßtest, dir ein Taxi zu rufen, ist es das?«

»Das ist es. Wenn ich mich hier auskennen würde, könnte ich versuchen, mir selbst eines zu holen, aber ich bin noch nie hier drüben gewesen.«

»Dann will ich mir mein Gesicht ein wenig herrichten und dich abholen. Sagen wir in zwanzig Minuten?«

»Danke, ich werde draußen warten. Wenn nicht, dann warte im Taxi; es dauert dann nur ein paar Minuten. Du sollst ein gutes Abendessen haben, junge Frau.« Joel legte auf, verließ die Zelle und ging zu dem Mietwagen zurück. Das Warten hatte angefangen, und dem würde die Beobachtungsphase folgen.

Zehn Minuten darauf sah er sie, und sein Herzschlag beschleunigte sich. Ein Nebel legte sich über seine Augen. Sie trat durch die Glastür des Amstel-Hotels, eine große, dunkle Tuchtasche in der Hand, die Haltung aufrecht, die Schritte lang und elegant und selbstbewußt. So hatte er sie einmal geliebt – nicht genug. Sie war ihm entglitten, weil er sich nicht genug um sie bemüht hatte. So viel Liebe war nicht in ihm gewesen. Du bist *ausgebrannt!* hatte sie geschrien. *Emotional ausgebrannt.*

Das Warten war vorüber, das Beobachten begann. Der Portier des Amstel rief ihr ein Taxi. Sie stieg ein, beugte sich sofort im Sitz nach vorn und erteilte ihre Anweisungen. Zwanzig gespannte Sekunden später, in denen seine Augen die Straße und die Bürgersteige nach allen Richtungen absuchten, ließ Joel seinen Wagen an und schaltete die Scheinwerfer ein. Kein anderes Auto hatte sich hinter dem Taxi vom Bürgersteig gelöst. Aber er mußte absolut sicher sein. Er bog in eine Seitenstraße ein und fuhr einen anderen Weg zum Konsulat. Eine Minute später sah er, wie Vals Taxi über eine Kanalbrücke fuhr. Hinter ihr waren zwei Wagen. Er konzentrierte sich auf die Silhouetten, folgte ihnen aber nicht. Drei Minuten später bog er auf den Museumplein. Das Taxi war direkt vor ihm, die beiden anderen Wagen waren nicht mehr zu sehen. Seine Strategie hatte funktioniert. Die Wahrscheinlichkeit, daß man Vals Telefongespräche abhörte, war groß – Renés Telefon war auch angezapft gewesen, und das hatte seinen Tod bedeutet. Joel mußte also auch im Falle Vals mit dem Schlimmsten rechnen. Doch wenn berichtet wurde, daß Frau Charpentier zum amerikanischen Konsulat unterwegs war, um einen Geschäftskollegen abzuholen, würde man nicht an Joel Converse denken. Das Konsulat war kein geeigneter Ort für den flüchtigen Mörder.

Das Taxi hielt vor Nummer 19 Museumplein, dem prunkvollen Backsteingebäude des Konsulats. Converse blieb einen halben Block dahinter stehen, wartete wieder und beobachtete. Ein paar Wagen fuhren an dem Taxi vorbei, aber keiner hielt an oder verlangsamte auch nur die Fahrt. Dann kam ein einsamer Radfahrer die Straße herunter, ein alter Mann, der abbremste und in entgegengesetzter Richtung verschwand. Seine Taktik *hatte* funktioniert. Val war allein im Taxi, nur dreißig Meter entfernt, und niemand war ihr vom Amstel-Hotel gefolgt. Er konnte jetzt den letzten Schritt tun und zu ihr gehen. Verborgen unter dem Jackett würde seine rechte Hand die Waffe mit dem Schalldämpfer halten.

Er stieg aus und ging mit langsamen Schritten den Bürgersteig hinunter, ein Mann, der einen kleinen Spaziergang machte. Vielleicht ein Dutzend Leute waren unterwegs, hauptsächlich Paare, die ebenfalls in beiden Richtungen dahinschlenderten. Er studierte sie, wie eine wachsame Katze frische Maulwurfshügel auf einem Feld studiert; keiner der Passanten zeigte das geringste Interesse an dem stehenden Taxi. Er ging auf die hintere Tür zu und klopfte einmal ans Fenster. Val kurbelte es herunter.

Einen kurzen Augenblick lang starrten sie sich an, dann fuhr Vals Hand an ihre Lippen. »O mein Gott«, flüsterte sie.

»Bezahl ihn und geh dann zu dem grauen Wagen hinter uns. Die letzten drei Ziffern auf dem Nummernschild sind eins-drei-sechs. Ich werde in ein paar Minuten dort sein.« Er tippte sich an den Hut, als hätte er einer etwas verwirrten Touristin gerade eine Frage beantwortet, und ging weiter. Als er das Taxi zehn Meter hinter sich gelassen hatte, am Ende des Blocks, bog er ab und überquerte den Museumplein. Er erreichte die andere Seite, bog den Kopf nach links, ein Fußgänger, der auf den Verkehr achtete – während seine ganze Aufmerksamkeit einer Frau galt, die auf einen grauen Wagen zuging. Er trat in eine dunkle Türnische und wartete heftig atmend. Scharf musterte er die gegenüberliegende Straßenseite. Nichts. Niemand. Jetzt verließ er die Nische wieder, beherrschte sich, einfach loszulaufen, und schlenderte die Straße hinunter, bis er dem Mietwagen genau gegenüberstand. Wieder blieb er stehen, zündete sich eine Zigarette an, hielt schützend die Hand vor die Flamme, wartete, beobachtete... niemand. Er warf die Zigarette weg und konnte sich nicht im Zaum halten. Er hetzte über die Straße, riß die Tür auf und ließ sich hinter das Lenkrad fallen.

Val war nur Zentimeter von ihm entfernt. Ihr langes dunkles Haar umrahmte ihr schönes Gesicht; ein Gesicht, in dem jetzt die Angst stand, die Augen geweitet und ein brennender Blick, der sich in seine Augen bohrte. »*Warum* Val? Warum hast du es *getan*?« fragte er, und die Frage war wie ein Schrei.

»Ich hatte keine Wahl«, antwortete sie leise und rätselhaft. »Bitte, fahr hier weg.«

28

Ein paar Minuten lang fuhren sie, ohne daß ein Wort fiel. Joel konzentrierte sich ganz auf die Straße. Er wußte, wo er abbiegen mußte – und mehr als alles andere wollte er sie in seine Arme nehmen, sein Gesicht an ihres legen, ihr danken und ihr sagen, wie leid es ihm täte – wie so viel ihm leid täte und ganz besonders das, was jetzt geschah.

»Weißt du überhaupt, wo du hinfährst?« fragte Val und brach das Schweigen.

»Ich habe den Wagen schon seit sechs Uhr. Und auch eine Karte. Und meine Zeit habe ich damit verbracht, herumzufahren und das zu lernen, was ich glaubte, lernen zu müssen.«

»Ja, das paßt zu dir. Du warst immer methodisch.«

»Ich dachte, ich *müßte* das sein«, sagte er, wie um sich zu verteidigen. »Ich bin dir vom Hotel hierher gefolgt, nur für den Fall, daß auch jemand anderer das tun sollte. Außerdem bin ich in einem Wagen geschützter als auf den Straßen.«

»Ich wollte dich nicht beleidigen.«

Converse sah zu ihr hinüber; sie studierte ihn, in dem Wechselspiel von Licht und Schatten tasteten ihre Augen sein Gesicht ab. »Tut mir leid, ich glaube, ich bin in letzter Zeit ein wenig empfindlich geworden. Dabei kann ich mir gar nicht vorstellen, warum.«

»Ich auch nicht. Schließlich sucht man dich doch bloß auf zwei Kontinenten und in etwa acht Ländern. Es heißt, du seist der talentierteste Mörder seit diesem Wahnsinnigen, den sie Carlos nennen.«

»Muß ich dir sagen, daß das alles eine Lüge ist? Eine gigantische Lüge mit einem ganz klaren Motiv – Zweck wäre vielleicht besser.«

»Nein«, erwiderte Valerie einfach. »Das brauchst du mir nicht zu sagen, weil ich es weiß. Aber alles andere mußt du mir sagen. *Alles*. Denn jetzt brauchst du zum erstenmal *mich*, und das ist für dich etwas völlig Neues, nicht wahr?«

»Ja, das ist es wirklich«, sagte Joel. Sie fuhren immer noch auf der Küstenstraße, die zu den freien Feldern führte. »Aber wir können nur ein paar Minuten zusammenbleiben«, fügte er hinzu. »Ich darf mich in der Stadt nicht sehen lassen, und du auch nicht – und ganz bestimmt nicht mit mir.«

»Darüber würde ich mir an deiner Stelle keine zu großen Sorgen machen. Wir werden von Freunden beobachtet.«

»*Was*? Was für... ›Freunde‹?«

»Laß die Augen auf der Straße. Vor dem Amstel waren Leute, hast du sie nicht gesehen?«

»Ich denke schon. Aber niemand ist in einen Wagen gestiegen und hinter dir hergefahren?«

»Warum sollten sie? Dafür waren andere auf den Straßen und auf der anderen Seite des Kanals vor dem Konsulat.«

»Wovon, zum Teufel, redest du?«

»Und ein alter Mann auf einem Fahrrad am Museumplein.«

»*Den* habe ich gesehen. War er –...?«

»Später«, sagte Valerie und schob die Tasche, die vor ihr auf dem Boden stand, etwas zur Seite und streckte ihre Beine aus. »Vielleicht folgen sie uns auch hier draußen, aber sie werden sich nicht sehen lassen.«

»Wer *sind* Sie, Lady?«

»Die Nichte von Hermione Geyner, der Schwester meiner

Mutter. Meinen Vater hast du nicht mehr kennengelernt, aber wenn du ihn gekannt hättest, dann hättest du dir unzählige Geschichten über Mom im Krieg anhören müssen. Aber wenn er meine Tante erwähnt hätte, dann wäre er daran wahrscheinlich erstickt. Selbst die Franzosen meinen, daß sie zu weit gegangen ist. Die Untergrundbewegung der Holländer und die der Deutschen haben zusammengearbeitet. Ich werde dir das alles später erzählen.«

»*Später* wirst du es mir erzählen? Und die *folgen* uns?«

»Du bist in diesem Geschäft neu. Du wirst sie nicht sehen.«

»*Schöner Mist.*«

»So kann man es auch ausdrücken.«

»Schon gut, schon gut!... Was ist mit Dad?«

»Der wartet jetzt alles in Ruhe ab. Er ist bei mir.«

»In Cap Ann?«

»Ja.«

»Da habe ich den Brief hingeschickt! Die ›Skizzen‹, die ich am Telefon erwähnt habe. Sie sind sehr wichtig! Das ist *alles* für mich! Darin ist alles erklärt, was passiert ist. Es werden Namen genannt, Gründe, alles!«

»Ich bin vor drei Tagen abgereist. Da war der Brief noch nicht eingetroffen. Aber Roger ist dort.« Valeries Gesicht wurde bleich. »O mein Gott!«

»Was?«

»Ich habe versucht, ihn anzurufen – vor zwei Tagen, und dann gestern und heute noch einmal!«

»*Verdammt!*« In der Ferne waren die Lichter eines Strandcafés zu sehen. Joel sprach schnell, erteilte eine Anweisung, die keinen Widerspruch duldete. »Mir ist egal, wie du das machst, aber du mußt Cap Ann anrufen! Und dann kommst du hierher zurück und sagst mir, daß mit meinem Vater alles in Ordnung ist. Verstehst du das?«

»Ja. Weil ich es auch hören möchte.«

Converse bremste mit kreischenden Reifen vor dem Café und wußte gleichzeitig, daß er es nicht hätte tun sollen. Aber das war ihm im Augenblick egal. Valerie sprang aus dem Wagen, riß dabei schon die Geldbörse auf und begann nach

Münzen zu suchen. Joel zündete sich eine Zigarette an; der Rauch schmeckte scharf und brannte ihm in der Kehle. Er starrte auf das dunkle Wasser hinaus, auf die Lichter, die in der Ferne eine Brücke überspannten, und versuchte, nicht zu denken. Doch es hatte keinen Sinn. Was hatte er *getan*? Sein Vater kannte seine Handschrift und würde den Brief öffnen, sobald er sie erkannt hatte.... Wo war Val? Sie brauchte viel zu lange.

Joel konnte sich nicht länger beherrschen. Er klinkte die Tür auf, sprang aus dem Wagen und lief um den Wagen herum auf den Eingang des Cafés zu. Auf dem Kiesweg blieb er wie angewurzelt stehen. Valerie trat ins Freie heraus und gab ihm durch Gesten zu verstehen, daß er umkehren solle. Er konnte die Tränen sehen, die ihr über die Wangen liefen.

»Steig ein«, sagte sie, als sie vor ihm stand.

»Nein. Sag mir, was passiert ist. *Jetzt*.«

»Bitte, Joel, steig wieder ein. Zwei Männer in dem Café haben mich beobachtet, während ich telefonierte. Ich glaube nicht, daß sie verstanden haben, was ich gesagt habe, aber ich mußte zuerst Geld wechseln, um genügend Münzen zu haben. Und außerdem haben sie gesehen, daß ich aufgeregt war. Ich glaube sogar, daß sie mich erkannt haben. Wir müssen weg hier.«

»Sag mir, was *passiert* ist!«

»Im Wagen.« Valerie warf den Kopf zur Seite, und ihr dunkles Haar flog ihr über die Schulter, während sie sich die Tränen aus den Augen wischte. Dann ging sie an Converse vorbei zum Wagen. Sie öffnete die Tür und setzte sich schweigend auf den Beifahrersitz.

»*Verdammt!*« Zitternd vor Erregung lief Converse zurück zum Wagen, sprang hinter das Steuer und ließ den Motor an. Dann riß er die Tür zu und legte den Gang ein. Er setzte ein paar Meter zurück und schoß so schnell auf die Straße hinaus, daß die Reifen auf dem Kies durchdrehten. Doch er ließ den Fuß auf dem Gaspedal, bis die Umgebung wie ein einziger Schatten an ihnen vorüberflog.

»Langsam«, sagte Val ausdruckslos. »So fallen wir nur auf.«

In seiner Panik konnte er sie kaum hören, aber er begriff die Warnung. Er nahm den Fuß etwas zurück. »Er ist tot, nicht wahr?«

»Ja.«

»*Herrgott*! Was ist passiert? Was haben die dir gesagt? Mit wem hast du gesprochen?«

»Mit einer Nachbarin, der Name ist jetzt nicht wichtig. Wir geben uns immer gegenseitig die Schlüssel. Sie hat sich angeboten, die Zeitungen wegzunehmen und ein wenig aufzupassen, bis die Polizei mich erreicht hätte. Sie war zufällig da, als ich anrief. Ich habe sie gefragt, ob unter der Post ein großer Umschlag aus Deutschland wäre. Sie hat nein gesagt.«

»Die Polizei? Was ist *passiert*?«

»Sie sagen, er muß gestern abend einen Spaziergang gemacht haben und dabei wohl auf den feuchten Steinen ausgerutscht und ins Meer gestürzt sein. Er hatte eine große Schramme am Kopf. Seine Leiche ist heute morgen angespült und gefunden worden.«

»Lügen! *Lügen*! Die haben ihn abgehört! Sie haben ihn sich geschnappt!«

»Mein Telefon? Ich hab' im Flugzeug darüber nachgedacht.«

»Du tust so was, aber er *nicht*. Ich habe ihn getötet. Verdammt, ich bin schuld an seinem Tod!«

»Nicht mehr als ich, Joel«, sagte Valerie leise und griff nach seinem Arm. Sie zuckte zusammen, als sie die Tränen in seinen Augen sah. »Auch ich habe ihn sehr geliebt. Du und ich, wir sind auseinandergegangen; aber er war immer noch ein enger Freund für mich, der beste, den ich hatte.«

»Diese Schweine! Diese *Schweine*!« brachte Joel mit halb erstickter Stimme hervor.

»Möchtest du, daß ich fahre?«

»*Nein!*«

»Das Telefon. Ich muß dich fragen – ich dachte, die Polizei oder das FBI oder solche Leute könnten vielleicht eine gerichtliche Anordnung besorgen.«

»Natürlich würden sie das tun! Deshalb wußte ich ja, daß

ich dich nicht anrufen konnte. Ich wollte Nate Simon anrufen.«

»Aber du meinst doch jetzt nicht die Polizei oder das FBI. Du meinst jemand anderen, *etwas* anderes, oder?«

»Ja. Niemand weiß, wer sie sind – wo sie sind. Aber es gibt sie. Und sie sind zu allem imstande, was sie tun wollen. Herrgott! Selbst *Dad!*«

»Und das ist es, wovon du mir erzählen wolltest, nicht wahr?« sagte Valerie und packte seinen Arm.

»Ja. Vor ein paar Minuten wollte ich das noch für mich behalten, dir *nicht* alles sagen; ich wollte dich vielmehr dahinbringen, daß du Nate überredest, hierher zu fliegen, damit wir uns hätten treffen und er sich aus erster Hand hätte vergewissern können, daß ich nicht verrückt bin. Aber dafür ist jetzt keine Zeit mehr. Die kreisen mich immer mehr ein. Jetzt haben sie den Brief – das war alles, was ich *hatte!*... Es tut mir leid, Val, aber ich *werde* dir jetzt alles sagen. Ich wünschte, ich brauchte das nicht – um deinetwillen –, aber ich habe jetzt ebenso keine Wahl mehr wie du keine hattest.«

»Ich bin nicht hierhergekommen, um dir eine Wahl zu lassen.«

Joel lenkte den Wagen auf ein Feld am Rande des Wassers und hielt an. Das Gras war hoch, und der Mond hing als strahlende Sichel über der Bucht. In der Ferne glitzerten die Lichter von Amsterdam. Sie stiegen aus, und er führte sie zu der dunkelsten Stelle, die er finden konnte, hielt sie dabei an der Hand und erkannte plötzlich, daß er sie seit Jahren nicht mehr so gehalten hatte – und die Berührung tat gut, sie war etwas, das zu ihnen gehörte. Doch dann verdrängte er den Gedanken; er war ein Todesbote geworden.

»Hier, denke ich«, sagte er und ließ ihre Hand los.

Er erzählte ihr alles; ja, er ließ seine Gedanken sogar abschweifen, um jede Einzelheit vorzubringen, an die er sich noch erinnern konnte. Der Countdown hatte begonnen. Tage noch, bestenfalls eine Woche, dann würde es auf der ganzen Welt zu Ausbrüchen von Gewalt kommen, so wie das gerade in Nordirland geschah. Nur daß niemand wußte, wer oder was oder wo genau die Ziele waren. George Marcus

Delavane war der Verrückte, der das alles ausgegrübelt hatte, und andere mächtige Verrückte hörten auf ihn, befolgten seine Befehle, bezogen Positionen, von denen aus sie nach den Schalthebeln der Macht greifen konnten. *Überall.*

Und dann war schließlich alles gesagt, aber die Angst ließ ihn nicht los. Wenn die Soldaten von Aquitania Val gefangennahmen, würde ihr das Serum, das man ihr spritzen würde, alle Informationen entlocken – und das wäre ihr Todesurteil. Er sprach das auch aus, und es drängte ihn, sie an sich zu ziehen, sie festzuhalten und ihr zu sagen, wie sehr er sich dafür haßte, was er gerade getan hatte, aber daß er es hatte tun müssen. Doch er blieb unbewegt stehen. Ihre Augen sagten ihm, daß sie das jetzt nicht wollte. Sie war dabei, das Gehörte zu überdenken und sich ein eigenes Urteil zu bilden.

»Manchmal«, begann sie schließlich leise, »wenn die Träume kamen oder du zuviel getrunken hattest, hast du von diesem Delavane gesprochen. Du bist dann so in Panik geraten, daß du gezittert hast und die Augen geschlossen, und hin und wieder hast du sogar im Schlaf geschrien. So sehr hast du diesen Mann gehaßt. Du hattest tödliche Angst vor ihm.«

»Er hat den Tod vieler *verursacht*, einen unnötigen Tod. Von Kindern... kleinen Kindern in Uniformen von Erwachsenen, die gar nicht wußten, daß *gung-ho* kein Spiel war, sondern ein gnadenloser Krieg Mann gegen Mann.«

»Und es ist nicht möglich, daß du – wie nennen die das? – deine Gefühle auf das falsche Objekt übertragen hast?«

»Wenn du das glaubst, dann fahre ich dich jetzt zum Amstel zurück. Du kannst morgen nach Hause fliegen und dich wieder an deine Staffelei stellen. Ich bin nicht verrückt, Val. Ich bin hier, und es geschieht.«

»Schon gut. Ich mußte fragen. Du hast die Nächte nicht so erlebt, wie ich sie erlebt habe.«

»Das ist nicht so oft passiert.«

»Das gebe ich zu, aber wenn es passiert ist, dann hast du darunter gelitten.«

»Und genau das ist der Grund, weshalb man mich in Genf angeworben hat – mich in Genf rekrutiert hat.«

»Und dieser Fowler oder Halliday wußte, welche Worte er gebrauchen mußte. Deine eigenen.«

»Fitzpatrick hat ihm das alles beschafft. Auch er war der Meinung, das Richtige zu tun.«

»Ja, ich weiß, du hast es mir gesagt. Was meinst du, ist mit ihm passiert? Diesem Fitzpatrick, meine ich?«

»Ich habe tagelang versucht, mir Gründe auszudenken, die die veranlassen könnten, ihn am Leben zu lassen. Aber ich habe keinen gefunden. Im Grunde ist er für sie gefährlicher als ich. Er hat auf den Straßen gearbeitet, die sie jetzt unterminieren. Er kennt sich im Pentagon und im militärischen Beschaffungswesen so gut aus, daß er sie mit der Hälfte der Beweise festnageln könnte. Die haben ihn umgebracht.«

»Du hast ihn gemocht, nicht wahr?«

»Ja, und was genauso wichtig ist, ich habe seinen Verstand bewundert. Er war schnell und hatte Phantasie und keine Angst davor, sie einzusetzen.«

»Dann ähnelt er jemandem, mit dem ich einmal verheiratet war«, sagte Val sanft.

Converse sah sie einen Augenblick lang an und blickte dann wieder aufs Wasser hinaus. »Wenn ich das hier lebend überstehe – und ich glaube nicht, daß ich das tue –, dann werde ich auf die Jagd gehen. Ich werde herausfinden, wer es getan hat, wer abgedrückt hat. Und dann wird es keinen Prozeß geben, keine Zeugen, weder für die Anklage noch für die Verteidigung. Und keine mildernden Umstände und auch sonst nichts. Nur mich – und eine Waffe.«

»Es tut mir weh, das zu hören, Joel. Ich habe an dir immer deine Prinzipien bewundert. Sie waren ein Teil von dir, ebenso wie deine Art, an das Gesetz zu glauben. Das war nicht alles nur Ehrgeiz und Überspanntheit, das habe ich gewußt. Das waren die einzigen Wurzeln, die du je hattest. Du bist der Anwalt, Joel Converse. Um Himmels willen, du mußt aufstehen und dich verteidigen!«

»Ich würde nie auch nur in die Nähe eines Gerichtssaals kommen, kannst du das nicht begreifen? Wo und wann immer ich auch auftauche, es wird bereits jemand zur Stelle sein, jemand, der Befehl hat, mich zu töten, selbst wenn es bedeutet, daß er selbst dabei das Leben verliert. Meine Absicht war, den Brief zu benutzen – die Akten, all die Informationen, die darin enthalten sind, die Informationen, die nur aus Regierungsquellen stammen können, was wiederum bedeutet, daß ich irgendwo in Washington Männer auf meiner Seite habe. Mit alldem hätte ich an Leute herankommen können, die ich einmal kannte – die die Firma kennt –, und ich hätte sie mit Nathans Hilfe dazu bewegen können, zuzuhören und zu begreifen, daß ich nicht verrückt bin. Aber ohne diesen Brief könnte selbst Nate mir nicht helfen. Außerdem würde er darauf bestehen, daß ich zu ihm käme, und er würde mir sogar sagen, daß es Garantien für meinen Schutz gibt. Aber es *gibt* keinen Schutz, nicht vor ihnen. Sie sind in den Botschaften, in den Marinestützpunkten und in denen der Army; im Pentagon, in den Polizeibehörden, bei Interpol und im Department of State. Und sie können es sich einfach nicht leisten, mich am Leben zu lassen. Ich habe ihr allmächtiges Glaubensbekenntnis aus erster Hand gehört.«

»Schachmatt«, sagte Val leise.

»Schach«, nickte Converse.

»Dann müssen wir jemand anderen finden.«

»Was?«

»Jemanden, auf den die Leute hören würden, an die du herantreten willst. Jemanden, der jene Männer in Washington, die dich in Genf in ihren Dienst gestellt haben, dazu zwingen könnte, sich zu erkennen zu geben.«

»An wen denkst du? An Johannes den Täufer?«

»Nicht Johannes. An Sam. Sam Abbott.«

»*Sam*? Mein Gott, ich habe in jener Nacht in Paris an ihn gedacht! Wie bist du...?«

»Ich hatte, wie du, viel Zeit zum Nachdenken. In New York, im Flugzeug, letzte Nacht, nachdem ich meine Tante in Berlin besucht hatte.«

»Deine Tante?«

»Darauf komme ich noch... Ich wußte, daß es, wenn du noch am Leben warst, einen Grund geben müßte, weshalb du dich versteckst, weshalb du nicht an die Öffentlichkeit trittst und all die verrückten Dinge leugnest, die man dir nachsagt. Es gab einfach keinen Sinn; das warst nicht *du*. Und wenn man dich getötet oder gefangengenommen hätte, dann hätte das überall auf den Titelseiten gestanden. Radio und Fernsehen wären voll davon gewesen. Da es keine solche Story gab, nahm ich an, daß du noch am Leben sein müßtest. Aber weshalb fuhrst du fort, wegzulaufen, dich zu verstecken? Und dann dachte ich, ›mein Gott, wenn Larry Talbot ihm nicht glaubt, wer dann?‹ Und wenn Larry dir nicht glaubte, dann bedeutete das, daß man die Leute in seiner Umgebung, Männer wie er, alles deine Freunde und deine sogenannten Kontakte, bereits angesprochen und überzeugt hatte, daß du tatsächlich dieser Wahnsinnige seist, von dem ganz Europa redete. Niemand würde mit dir zu tun haben wollen, und du brauchtest jemanden. Nicht mich, weiß der Himmel. Ich bin deine Exfrau und habe keine Verbindungen, kein Gewicht. Und du brauchtest jemanden, der eben das hatte... Also dachte ich über all die Leute nach, von denen du je gesprochen hast, all die Leute, die wir kannten. Und dabei kam mir immer wieder ein Name in den Sinn. Sam Abbott, inzwischen Brigadegeneral Abbott, wie es vor sechs Monaten in den Zeitungen zu lesen war.«

»›Sam the Man‹«, sagte Joel und nickte langsam. »Er ist drei Tage nach mir abgeschossen worden, und man hat uns beide von einem Lager ins andere verschoben. Einmal war er in der Zelle neben mir, und wir haben uns mit Morsezeichen verständigt, bis sie mich verlegt haben. Er ist aus den richtigen Gründen bei der Air Force geblieben. Er wußte, daß er dort am meisten ausrichten konnte.«

»Er hat sehr viel von dir gehalten«, sagte Val. In ihrer Stimme mischten sich Überzeugung und Begeisterung. »Er sagte, du hättest in den Lagern mehr für die Moral der Gefangenen getan als sonst irgend jemand, und deine letzte Flucht hätte allen Hoffnung gegeben.«

»Das ist Unsinn. Ich war ein Unruhestifter – so haben sie mich bezeichnet –, der es sich leisten konnte, Risiken einzugehen. Sam hatte es am schwersten. Er hätte dasselbe tun können wie ich, aber er war der ranghöchste Offizier. Er wußte, daß es Vergeltungsmaßnahmen geben würde, wenn er es auch versuchte. Er war es, der die anderen zusammengehalten hat, nicht ich.«

»Er hat es anders erzählt. Ich glaube, er ist der Grund, daß du nie viel von dem Mann deiner Schwester gehalten hast. Erinnerst du dich noch, wie Sam nach New York geflogen kam und du versucht hast, ihn mit Ginny zu verkuppeln? Wir haben damals in einem Restaurant gegessen, das wir uns überhaupt nicht leisten konnten.«

»Ginny hat ihm eine Heidenangst eingejagt. Später einmal hat er zu mir gesagt, wenn man sie eingezogen und ihr das Kommando in Saigon gegeben hätte, wäre die Stadt nie gefallen. Er hatte keine Lust, diesen Krieg den Rest seines Lebens weiterzuführen.«

»Auf die Weise hast du den bestmöglichen Schwager verloren.« Valerie lächelte; dann verblaßte ihr Lächeln, und sie beugte sich vor. »Ich kann ihn erreichen, Joel. Ich werde ihn finden, mit ihm reden und ihm alles sagen, was du mir gesagt hast. Und ganz besonders, daß du ebensowenig verrückt bist wie ich oder wie *er*, daß du von Leuten in die Sache hineingezogen worden bist, die du nicht kennst, von Männern, die dich belogen haben, damit du die Arbeit tun kannst, die sie entweder nicht tun konnten oder vor der sie Angst hatten.«

»Das ist unfair«, erwiderte Joel. »Wenn die anfingen, im Außenministerium oder im Pentagon herumzustochern, könnte das zu einer Epidemie von Unfällen führen – es würde eine Menge Tote geben... Nein, die hatten recht. Es mußte mit mir anfangen. Einen anderen Weg gab es nicht.«

»Wenn du das nach alldem sagen kannst, was du durchgemacht hast, dann bist du zurechnungsfähiger als irgendeiner von uns. Sam wird das wissen. Er wird helfen.«

»Das *könnte* er«, sagte Joel nachdenklich. »Er würde vorsichtig sein müssen – dürfte nicht die üblichen Kanäle benutzen –, aber er könnte es schaffen. Vor drei oder vier Jahren – nachdem wir beide uns getrennt hatten – hat er einmal in Erfahrung gebracht, daß ich auf ein paar Tage nach Washington kommen würde. Er hat mich sofort angerufen.

Wir haben damals miteinander zu Abend gegessen und anschließend viel zuviel getrunken. Am Ende hat er die Nacht auf dem Sofa in meinem Hotelzimmer verbracht. Wir haben damals auch beide viel zuviel geredet – ich über mich – und dich – und Sam über seine neueste monumentale Enttäuschung.«

»Dann steht ihr euch immer noch nahe. So lange ist das noch nicht her.«

»Das ist es aber nicht, worauf ich hinaus will. Ich will auf das hinaus, was er damals machte. Er hat sich krummgelegt, um in das NASA-Programm hineinzukommen, aber sie haben ihn abgelehnt. Sie sagten, er sei dort, wo er tätig ist, zu wichtig. Dabei konnte ihm keiner das Wasser reichen, wenn es um Manöver im Überschallbereich ging. Der brauchte ein Flugzeug bloß anzuschauen – ohne einen Blick auf den Typ – und konnte einem sagen, wozu es imstande war.«

»Jetzt komm ich nicht mehr mit.«

»Oh, tut mir leid. Man hatte ihn als Berater für den Nationalen Sicherheitsrat nach Washington geholt, für einen Sonderauftrag in Zusammenarbeit mit der CIA. Er sollte die Fähigkeiten der neuen sowjetischen und chinesischen Geräte einschätzen.«

»Was?«

»Flugzeuge, Val. Er hat in Langley gearbeitet und in verschiedenen Safe-Houses in Virginia und Maryland, wo er sich von Agenten mitgebrachte Fotografien ansah und Überläufer verhörte – besonders Piloten, Mechaniker und Techniker. Er kennt die Leute, an die ich heran muß, er hat mit ihnen gearbeitet.«

»Ich fliege morgen zurück und finde ihn«, erklärte Valerie.

»Nein«, erwiderte Converse. »Ich möchte, daß du noch heute abend fliegst. Du trägst noch immer deinen Paß bei dir...?«

»Natürlich. Aber ich habe...«

»Ich möchte nicht, daß du zum Amstel zurückfährst. Du mußt Amsterdam verlassen. Heute nacht um elf Uhr fünfundvierzig geht ein KLM-Flug nach New York.«

»Aber meine Sachen.«

»Ruf das Hotel an, wenn du ankommst. Überweise ihnen das Geld telegrafisch und sage ihnen, es sei eine dringende Angelegenheit gewesen. Die werden dir alles schicken.«

»Das ist dein Ernst, nicht wahr?«

»Mir ist mein ganzes Leben noch nie etwas wichtiger gewesen. Ich glaube, du solltest die Wahrheit über René erfahren. Er ist nicht deshalb getötet worden, weil wir uns in Paris begegnet sind. Damals war nichts geschehen. Aber dann habe ich ihn von Bonn aus angerufen. Und er hat mir geglaubt. Man hat ihn erschossen, weil er mich nach Amsterdam geschickt hat – damit ich hier mit einem Mann Verbindung aufnehme, der mir die Möglichkeit verschaffen sollte, ein Flugzeug nach Washington zu besteigen. Das geht jetzt nicht mehr, und es ist auch nicht wichtig. Du bist wichtig. Du bist hierher gekommen und hast mich gefunden, und die Leute, die mich in der ganzen Stadt suchen, werden es bald wissen. Wenn sie es nicht jetzt schon wissen.«

»Ich habe nie gesagt, daß ich nach Amsterdam kommen würde«, unterbrach ihn Valerie. »Ich habe im Kempinski ausdrücklich erklärt, daß ich auf direktem Weg nach Hause fliegen würde, daß man irgendwelche Leute, die anrufen sollten, an meine New Yorker Adresse verweisen sollte.«

»Hattest du einen Flug in die Staaten gebucht?«

»Natürlich. Ich bin nur nicht hingegangen.«

»Gut, aber nicht gut genug. Delavanes Leute sind gerissen. Leifhelm hat Verbindungen auf jedem Flughafen und an jeder Paßkontrolle in Deutschland. Die werden erfahren, daß du nicht nach New York geflogen bist. Mag sein, daß wir sie heute abend einmal getäuscht haben, aber zweimal gelingt uns das nicht. Ich vermute, daß jetzt bereits ein Deutscher im Amstel auf dich wartet, wahrscheinlich in deinem Zimmer. Ich möchte, daß er glaubt, daß du zurückkommst, daß du noch hier bist.«

»Wenn so jemand mein Zimmer betritt, dann steht ihm ein Schock bevor.«

»Wieso?«

»Jemand anderer ist dort. Ein alter Mann mit einem guten

Gedächtnis. Ein Mann mit Instruktionen, die ich lieber nicht wiederholen möchte.«

»Von deiner Tante veranlaßt?«

»Sie sieht die Dinge in Schwarzweiß, ohne graue Zwischentöne. Dort *ist* der Feind, und dort ist er *nicht*. Und jeder, der beabsichtigt, der Tochter ihrer Schwester ein Leid zuzufügen, ist ganz entschieden der Feind. Du kennst diese Leute nicht, Joel. Sie leben in der Vergangenheit; sie vergessen nie etwas. Sie sind jetzt alt und nicht mehr das, was sie einmal waren, aber sie erinnern sich an das, was sie waren und weshalb sie damals das getan haben, was sie taten. Es war so einfach für sie, so klar. Gut und böse. Sie leben mit diesen Erinnerungen – offengestanden, es kann einem ein wenig Angst machen. *Sie* können einem ein wenig Angst machen, um die Wahrheit zu sagen. Seitdem ist nichts in ihrem Leben für sie so lebendig, so wichtig gewesen. Ich glaube ehrlich, daß sie alle vorziehen würden, in jene Tage zurückzukehren, trotz all des Schrecklichen.«

»Was ist denn mit deiner Tante? Nach alldem, was über mich in den Zeitungen stand und im Fernsehen zu sehen war, hat sie sich bereit erklärt, dir zu helfen? Keine Fragen gestellt? Es hat ihr *ausgereicht*? Daß du die Tochter ihrer Schwester warst?«

»O nein. Sie hat eine ganz eindeutige Frage gestellt, und die habe ich beantwortet. *Das* hat gereicht. Aber ich muß es dir sagen. Sie ist eigenartig – sehr eigenartig –, aber sie kann das tun, was notwendig ist, und das ist alles, worauf es jetzt ankommt.«

»Okay... Du fliegst also noch heute nacht zurück?«

»Ja«, sagte Val und nickte. »Es ist vernünftig, und ich kann morgen früh in New York mehr ausrichten als hier. Nach allem, was du mir gesagt hast, kommt es wirklich auf jede Stunde an.«

»Unbedingt. Danke... Vielleicht wirst du Schwierigkeiten haben, an Sam heranzukommen. Ich habe keine Ahnung, wo er ist, und die Behörden sind nicht sehr kooperativ, wenn eine Frau versucht, einen Offizier ausfindig zu machen – ganz besonders einen mit hohem Rang.«

»Dann werde ich sie eben nicht darum bitten, mir seinen Aufenthaltsort bekanntzugeben. Ich werde sagen, ich sei eine Verwandte, die *er* erreichen wollte, daß ich viel reise, und wenn er mich anrufen möchte, könnte man mich in den nächsten vierundzwanzig Stunden im Soundso-Hotel erreichen. Eine Nachricht dieser Art müssen die doch ganz bestimmt an einen General weitergeben.«

»Sicher«, pflichtete Joel ihr bei. »Aber wenn du deinen Namen hinterläßt, riskierst du zuviel. Für dich *und* Sam.«

»Dann werde ich den Namen eben etwas abändern, aber so, daß er ihn noch erkennt.« Valerie blinzelte ein paarmal und starrte zu Boden. »Wie Parkett – nur daß ich eine weibliche Form daraus mache – Parquette – Boden, Holz, etwas, das an Charpentier erinnert (Tischler, Anm. d. Übersetzers) und dazu Virginia – er wird sich an Ginny erinnern wegen der Verbindung zu dir. Virginia Parquette, er kommt bestimmt darauf.«

»Ja, wahrscheinlich, aber andere vielleicht auch. Wenn du heute abend nicht im Hotel erscheinst, wird Leifhelm die Flughäfen überwachen lassen. Und dann könnten sie schon am Kennedy-Airport auf dich warten.«

»Dann werde ich sie in La Guardia wieder abhängen. Ich werde in ein Motel gehen, das ich immer nehme, wenn ich nach Boston fliege. Und das werde ich wieder verlassen, ohne daß die es bemerken.«

»Du bist sehr schnell.«

»Ich sage dir doch, meine Wurzeln reichen in die Vergangenheit, ich habe die Geschichten gehört... Und was ist mit dir?«

»Ich werde mich versteckt halten. Langsam lerne ich das, und ich habe genug Geld, um alles Notwendige zu bezahlen.«

»Um mit deinen Worten zu antworten, Converse: Das reicht nicht. Je mehr du mit Geld um dich wirfst, desto offener wird deine Spur. Sie werden dich finden. Du mußt Amsterdam ebenfalls verlassen.«

»Nun, ich könnte mich über ein paar Grenzen schleichen und wieder in meine alte Suite im Georges V. in Paris ziehen.

Das könnte natürlich ein wenig auffällig sein, aber wenn das Trinkgeld hoch genug ist – es sind immerhin Franzosen.«

»Versuch bitte nicht, komisch zu sein. Ich habe heute nachmittag mit Tante Hermione gesprochen, nachdem du angerufen hattest – von einem öffentlichen Telefon aus. Sie war bei einer Freundin. Sie hat sofort damit angefangen, Vorbereitungen zu treffen, und als ich vor ein paar Stunden hier ankam, hat mich ein alter Mann am Flughafen abgeholt. Der Mann, bei dem du die Nacht verbringen wirst. Du kennst ihn nicht, aber du hast ihn schon einmal gesehen. Er war der Radfahrer am Museumplein. Man hat mich zu einem Haus an der Lindengracht gebracht, von dem aus ich meine Tante anrufen sollte; das Telefon war ›sauber‹.«

»Mein Gott, die leben ja noch immer in den vierziger Jahren.«

»Es hat sich doch auch nicht viel verändert, oder?«

»Nein, wahrscheinlich nicht. Was hat sie denn gesagt?«

»Sie hat mir nur die Anweisungen für dich durchgegeben. Morgen, am späten Nachmittag, wenn Hochbetrieb ist, sollst du hier in Amsterdam zum Hauptbahnhof gehen und dort zur Auskunft. Eine Frau wird dich dort ansprechen und sagen, daß sie dich aus Los Angeles kennt. Geh auf sie ein, dann wird sie dir einen Umschlag übergeben. In dem Umschlag wird ein Paß, ein Brief und eine Fahrkarte sein.«

»Ein Paß? Wie geht das?«

»Das einzige, was sie dazu brauchten, war ein Foto. Das wußte ich, als ich deinen Vater in Cap Ann verlassen habe.«

»Das *wußtest* du?«

»Ich sagte dir doch, ich habe mein ganzes Leben solche Geschichten gehört, wie sie Juden und Zigeuner und all die Männer, die mit Fallschirmen abgesprungen waren, aus Deutschland heraus in neutrale oder besetzte Länder geschafft haben. Die falschen Papiere, die Fotos, das ist reinste Kunst gewesen.«

»Und du hast ein Foto mitgebracht?«

»Das schien mir logisch.«

»Logisch... ein Foto.«

»Ja. Ich hab eines in einem Album gefunden. Erinnerst du

dich daran, wie wir auf den Virgin Islands Urlaub gemacht haben und du dir am ersten Tag einen Sonnenbrand geholt hast?«

»Sicher. Du hast damals verlangt, daß ich zum Abendessen eine Krawatte trage, und mir hat mein Hals höllisch weh getan.«

»Ich wollte dir eine Lektion erteilen. Das Bild ist eine Nahaufnahme. Ich wollte den Sonnenbrand verewigt haben.«

»Trotzdem ist es mein *Gesicht*, Val.«

»Das Foto ist vor acht Jahren aufgenommen, und der Sonnenbrand hat damals deine Züge leicht verändert. Es wird schon reichen.«

»Muß ich denn gar nichts *wissen*?«

»Wenn man dich für diese Art von Verhör festhält, dann ist wahrscheinlich ohnehin alles verloren. Aber meine Tante glaubt nicht, daß es dazu kommen wird.«

»Warum ist sie so zuversichtlich?«

»Der Brief. In ihm steht genau, was du tust.«

»Und was ist das?«

»Eine Pilgerreise nach Bergen-Belsen und dann nach Auschwitz in Polen. Der Brief ist in Deutsch, und du sollst ihn vorzeigen, wenn man dich aufhält und dich befragt. Du sprichst nämlich nur Englisch.«

»Und warum sollte das...?«

»Du bist Priester«, unterbrach Valerie ihn. »Die Pilgerreise ist von einer Organisation in Los Angeles finanziert, die sich ›Christlich-jüdische Koalition für Weltfrieden und Buße‹ nennt. Ein Deutscher müßte sich seiner Sache schon sehr sicher sein, um auf dich aufmerksam zu machen. Ich habe einen dunklen Anzug in deiner Größe mit, einen schwarzen Hut, Schuhe und einen Priesterkragen. Nähere Anweisungen bekommst du mit deiner Fahrkarte. Du nimmst den Zug nach Hannover, steigst dort nach Celle um und wirst am Morgen nach Bergen-Belsen gefahren, natürlich nicht in Wirklichkeit. Du steigst in Osnabrück aus. Meine Tante wird dort auf ihren Priester warten, und bis dahin bin ich zurück in New York und bemühe mich, mit Sam Verbindung zu bekommen.«

Converse schüttelte den Kopf. »Val, das ist alles sehr beeindruckend, aber du hast mir nicht zugehört. Leifhelms Männer haben mich gesehen – übrigens auf dem Bahnhof. Sie wissen, wie ich aussehe.«

»Sie haben einen blassen Mann mit Bart und einigen Schrammen im Gesicht gesehen. Du mußt den Bart heute abend eben abrasieren.«

»Und mich um eine Schönheitsoperation bemühen?«

»Nein, du brauchst dich nur reichlich mit Bräunungscreme einzureiben – davon habe ich auch etwas zu den Kleidern gelegt, die ich mitgebracht habe. Auf die Weise wird dein Gesicht dunkler werden und dem Paßbild ähnlicher, und dabei verschwinden auch die Schrammen. Zumindest sind sie dann nicht mehr so auffällig. Den Rest besorgen der schwarze Hut und der Priesterkragen.«

»Warum habe ich dich je gehenlassen,« flüsterte Joel, aber mehr zu sich selbst als zu ihr.

»Hör schon auf, Converse. Das ist vorbei.«

Er sah vom Parkplatz des Amsterdamer Schiphol-Flughafens aus zu, wie die Maschine den Runway hinunterjagte und in den Nachthimmel hinaufstieg. Vor dem Eingangsportal, als sie ausgestiegen war, hatte Val ihm den Zettel mit der Adresse gegeben, die seine Zuflucht für die Nacht sein sollte.

Er sah zu, wie der mächtige silberne Vogel nach links abdrehte und dann schließlich am dunklen Himmel zu einem kleinen Punkt wurde und ganz verschwand.

Joel stand nackt vor dem Spiegel im Badezimmer des Hauses an der Lindengracht. Den Wagen hatte er knapp zehn Meter entfernt geparkt. Der alte Mann, dem die Wohnung gehörte, war freundlich und sprach ein stockendes, aber klares Englisch. Doch sein Blick war abwesend, und die Augen stellten nie Kontakt zu Joel her. Seine Gedanken weilten, so schien es, in einer anderen Zeit.

Joel hatte sich sorgfältig rasiert, viel länger geduscht, als ein Gast das eigentlich sollte, und am Ende die dunkelrote

Lotion an Gesicht, Hals und Händen aufgetragen. Wenige Augenblicke später sah seine Haut bronzefarben aus. Das Ganze wirkte viel echter, als er sich von früher erinnerte – damals war das Resultat ein fast krankhaft wirkendes Braun gewesen, viel zu kosmetisch, um irgend etwas anderes als unnatürlich zu sein. Die neue Tönung der Haut trug noch mehr dazu bei, die Schrammen in seinem Gesicht zu verbergen. Dann wusch er sich ein paarmal die Hände und achtete sorgsam darauf, daß keine Flecken an den Fingerspitzen zurückblieben.

Plötzlich erstarrte er. Von irgendwoher aus dem Haus war ein Klingeln zu hören. Er drehte schnell das Wasser ab, lauschte und hielt den Atem an. Sein Blick wanderte zu der Pistole, die er auf den schmalen Fenstersims gelegt hatte. Jetzt hörte er das Geräusch wieder, dann war eine Stimme zu hören, ein Mann am Telefon. Er trocknete sich die Hände ab und schlüpfte in den kurzen Bademantel, den er auf seinem Bett in einem kleinen, aber makellos sauberen Zimmer gefunden hatte. Er schob die Pistole in die Tasche und ging zur Tür hinaus, den dunklen, schmalen Gang hinunter, der in das »Arbeitszimmer« des alten Mannes führte. Es war ein ehemaliges Schlafzimmer, das mit alten Zeitschriften, ein paar Büchern und Zeitungen gefüllt war, die auf Tischen und Stühlen offen herumlagen und mit Rotstift markiert waren, um bestimmte Artikel und Bilder hervorzuheben. An den Wänden hingen Drucke und Fotografien von lange zurückliegenden Kriegshandlungen, darunter auch Bilder von Leichen in verschiedenen Stadien des Verfalls.

»Ah, *Menheer*«, sagte der alte Mann und beugte sich in dem mächtigen Ledersessel vor, der seinen ganzen zerbrechlichen Körper umschloß. Das Telefon stand neben ihm. »Sie sind hier sicher, *ganz* sicher! Das war Kabel – Codename Kabel *natuurlijk*. Er hat das Hotel verlassen und Bericht erstattet.« Der Holländer, zerbrechlich, Mitte Siebzig, quälte sich aus dem Sessel und stand jetzt aufrecht, die dünnen Schultern nach hinten gedrückt, starr – ein närrischer alter Mann, der Soldat spielte. »Operation Osnabrück läuft!« sagte er, als berichte er einem vorgesetzten Offizier. »Wie von der

Abwehr vermutet, hatte der Feind das Areal infiltriert, aber er ist enttarnt worden.«

»Er ist was worden?«

»Exekutiert, *Menheer*. Eine Drahtschlinge um den Hals, von hinten. Das Blut bleibt in den Kleidern, wenn der Hals nach hinten gezerrt wird, und auf die Weise gibt es keine Kampfspuren.«

»*Was* haben Sie gesagt?«

»Für einen Mann seines Alters ist Kabel kräftig«, fuhr der Alte grinsend fort. Sein verwittertes Gesicht zeigte plötzlich tausend Fältchen, und seine Haltung wirkte entspannt. »Er hat die Leiche aus dem Raum entfernt, sie zum Notausgang gezerrt und von dort in eine Seitengasse. Von dort hat er sich Zugang zum Keller verschafft und die Leiche neben der Heizung abgelegt. Es ist Sommer; vielleicht findet man den Mann ein paar Tage nicht – es sei denn, der Gestank wird zu kräftig.«

29

Die Hände in Handschellen, den verwundeten rechten Unterarm in schmutzige Bandagen gehüllt, klammerte sich Connal Fitzpatrick an den Sims des winzigen Fensters und spähte durch die Gitterstangen auf die seltsamen Aktivitäten hinaus, die draußen auf dem riesigen asphaltierten Exerzierplatz abliefen. Daß es sich um einen Exerzierplatz handelte, war ihm bereits am zweiten Morgen nach seiner Gefangennahme klargeworden, als man ihm zusammen mit den anderen Gefangenen eine Stunde Bewegung außerhalb der Betonkaserne erlaubt hatte – und um Kasernen handelte es sich. Wahrscheinlich gehörten sie zu einer früheren Versorgungsstation für Unterseeboote. Für die modernen atomgetriebenen Schiffe, die jetzt im Einsatz waren, schienen die Anlegestellen und Winden viel zu klein und auch zu veraltet, aber er vermutete, daß der Stützpunkt einmal der deutschen Marine gute Dienste geleistet hatte.

Heute allerdings wurde er gegen die Bundesrepublik Deutschland und die anderen freien Regierungen der Welt eingesetzt. Denn hier war die Ausbildungszentrale von Aquitania, der Ort, an dem die Strategien verfeinert, die Manöver bis zur Perfektion eingeübt und die letzten Vorbereitungen für den großen Schlag getroffen wurden, der Delavanes Militärkommandeure an die Macht bringen sollte. Hier ging es nur noch ums Töten – schnell und brutal, und der Schock, der davon ausgehen würde, war Teil der Strategie.

Unter dem Fenster liefen Gruppen, die aus vier oder fünf Männern bestanden, einzeln oder hintereinander zwischen einer Menge von vielleicht hundert anderen Personen herum und wechselten sich in einer Übelkeit erregenden Übung ab. Am Ende des Exerzierplatzes stand eine Betonmauer, zwei Meter hoch und vielleicht zehn Meter lang, vor der in einer Reihe Figuren aufgebaut waren – einige standen, andere saßen auf Stühlen –, leblos und starr, ihre gläsernen Augen starrten blind in die Ferne. Sie waren die Ziele. Jede der Figuren, ob männlich oder weiblich, hatte in Brustmitte ein engmaschiges Geflecht aus kugelsicherem Draht, hinter dem ein grell oranges Licht brannte, das man auch in der Mittagssonne deutlich erkennen konnte. Und dieses Licht blitzte jedesmal auf, wenn der Ausbildungsleiter den entsprechenden Schalter betätigte. Dies war das Signal, daß diese Figur oder diese Figuren – falls mehr Lichter eingeschaltet waren – das Ziel der jeweiligen Einheit waren. Die Treffer wurden elektronisch auf der Mauer über den einzelnen Gestalten angezeigt. Rot bedeutete getötet, blau lediglich verletzt. Rot war akzeptabel, blau nicht.

Die über Lautsprecher an die Kampfgruppen gebrüllten Ermahnungen änderten sich nicht, nur die genannten Zahlen – und die Zeit. Sie wurden in neun Sprachen über den Platz geschrien, von denen Connal vier verstand.

Dreizehn Tage bis Basis Null! Genauigkeit ist das höchste Ziel! Die Flucht erfordert als Ablenkungsmanöver eine Tötung! Sonst bleibt nur der eigene Tod!

Elf Tage bis Basis Null! Genauigkeit ist das höchste ...!

Acht Tage bis Basis Null! Genauigkeit ist ...!

Die Angehörigen der Killerteams feuerten auf ihre Ziele, brachten ausgestopfte Schädel zur Explosion und pulverisierten Leiber – manchmal allein, manchmal gemeinsam mit ihren Kameraden. Und jeder »Kill« wurde mit lautstarkem Überschwang begrüßt, während die Männer durch die Menge hetzten und schließlich, wenn ihr Manöver abgeschlossen war, wieder Teil von ihr wurden. Dann wurde sofort wieder ein neues Team aus der Gruppe der Zuschauer gebildet, und eine weitere Mordübung setzte ein und lief mit minutiöser Perfektion ab. Und so ging es Stunde um Stunde, und die Menge reagierte auf die »Kills« mit begeistertem Geschrei, während die Waffen für weitere Angriffe auf die gespenstisch markierten Puppen nachgeladen wurden. Etwa alle zwanzig Minuten mußten den leblosen Gestalten vor der Mauer neue Köpfe und Leiber angebracht werden, weil dann die alten vollkommen zerschossen waren. Das einzige, was fehlte, waren Ströme von Blut und Massenhysterie.

Von Zorn und Enttäuschung erfüllt, zerrte Connal an der Kette, mit der seine Handgelenke gefesselt waren. Er riß mit ganzer Kraft, nur um wieder zu spüren, daß sich die verrosteten Glieder in sein Fleisch preßten und ihm weitere rote Schürfwunden zufügten. Es gab nichts, was er tun konnte, keinen Weg in die Freiheit! Und er kannte das Geheimnis von Aquitania! Das Rätsel der Strategie offenbarte sich hier, direkt vor seinen Augen! Morde! Die Massentötung bedeutender Politiker in neun verschiedenen Ländern! Etwas würde in acht Tagen geschehen, etwas, das er nicht genau kannte, aber das provozierend genug sein würde, um auf der ganzen Welt das Auftreten von entschiedenen Staatsmännern zu fordern. Und was ihn geradezu zerriß, war die einfache Wahrheit, daß es nichts gab, was er tun konnte – *absolut nichts!*

Er wandte sich vom Fenster ab. Seine Arme und seine Wunde schmerzten, seine Handgelenke stachen. Er sah sich in dem mit Gefangenen gefüllten Raum um. Unter dreiundvierzig Männern, die sich die größte Mühe gaben, sich nicht aufzugeben, und es doch schon getan hatten. Einige Männer lagen lethargisch auf ihren Pritschen, andere starrten verloren zu den Fenstern hinaus; andere redeten leise miteinander vor den blanken Wänden. Sie alle trugen Handschellen. Die jämmerlich knappen Essenszuteilungen und die brutalen Perioden der »Übungen« waren darauf abgestimmt, sie geistig wie körperlich zu schwächen. Miteinander flüsternd, soweit sie sich untereinander verständigen konnten, hatten sie einige Schlüsse gezogen, aber ihre Gefangenschaft gab keinen Sinn. Sie waren Teil einer Strategie, die keiner begreifen konnte, und nur Connal wußte, wer die Strategen waren. Wenn er sich unbeobachtet glaubte, versuchte er zu erklären, aber zur Antwort bekam er nur verständnislose und verwirrte Blicke. Wie sollte man auch Wahnsinn erklären...

Einige Punkte waren feststellbar – was auch immer sie bedeuten mochten. Zunächst einmal waren sie alle Offziere mit mittleren bis höheren Diensträngen. Zweitens waren sie alle Junggesellen oder geschieden, alle ohne Kinder und ohne feste Beziehungen. Drittens hatten sie alle gerade Urlaub zwischen dreißig und fünfundvierzig Tagen genommen, darunter nur ein weiterer im Notstatus wie Connal. Es gab ein Schema, aber was bedeutete es?

Auch in dem Punkt gab es einen Hinweis, nur daß auch der sich jedem Verständnis entzog. Etwa jeden zweiten Tag brachte man den Gefangenen Postkarten aus verschiedenen Gegenden – Urlaubsgebieten in Europa und Nordamerika –, und dann erhielten sie Anweisung, ganz spezielle Nachrichten an bestimmte Personen zu schreiben, die sie alle als Offizierskollegen von den Stützpunkten oder Basen kannten, auf denen sie beheimatet waren. Dabei handelte es sich immer um Nachrichten von der Art wie *Mir-geht-es-hier-gut; ich-wünschte-du-wärst-auch-hier; morgen-geht's-nach...*

Eine Weigerung, diese Grüße mit eigener Hand zu schreiben, bedeutete den Entzug der knappen Essensration, oder daß man den Betreffenden brutal auf den Exerzierplatz hinaustrieb, wo er, so schnell er konnte, laufen mußte, um dem Gewehrfeuer zu entgehen – bis er schließlich stürzte.

Sie waren sich alle einig, daß hinter den Hungerrationen ein bestimmter Zweck lag. Sie waren alle gut ausgebildete, fähige Offiziere. Solche Männer in normalem physischem und geistigem Zustand waren zu Fluchtversuchen fähig oder zumindest zu ernsthafter Gegenwehr. Aber das war auch alles, was sie begriffen. Alle, mit Ausnahme von Connal, waren jetzt mindestens zweiundzwanzig oder höchstens vierunddreißig Tage hier. Sie befanden sich in einem Konzentrationslager, irgendwo an einer nicht näher bekannten Küste, und sie wußten nicht einmal, worin ihr Verbrechen bestand.

»*Que pasa?*« fragte ein Gefangener namens Enrique, der aus Madrid stammte.

»*Esto lo mismo auera en el campo de maniobras*«, erwiderte Fitzpatrick und deutete mit einer Kopfbewegung zum Fenster. Dann fuhr er in spanischer Sprache fort. »Die töten dort ausgestopfte Puppen und bilden sich ein, daß sie dadurch zu Helden oder zu Märtyrern oder zu beidem werden.«

»Das ist doch verrückt!« schrie der Spanier. »Es ist verrückt! Was wollen die denn damit? Warum dieser Wahnsinn?«

»Die werden in acht Tagen eine Menge wichtiger Leute töten. Sie werden während irgendeiner internationalen Feier oder dergleichen töten. Was, *zum Teufel*, ist denn in acht Tagen? Haben Sie eine Idee?«

»Ich bin nur Major in der Garnison von Saragossa. Ich berichte über die Basken und lese meine Bücher. Was weiß ich von solchen Dingen? Was es auch immer sein mag, es würde bestimmt nicht bis nach Saragossa dringen – ein barbarisches Land. Aber ich würde sogar Korporalstreifen tragen, wenn mich das dorthin zurückbrächte.«

30

Joel trat aus dem hellen Nachmittagslicht in die Katakomben des Hauptbahnhofes. Der dunkle Anzug und der Hut paßten bequem; der Priesterkragen und die schwarzen Schuhe beengten ihn, aber nicht unerträglich; und der kleine Koffer war zwar hinderlich, doch im Notfall konnte er ihn einfach fallen lassen. Diesmal war das Gefühl, das alles schon einmal gesehen zu haben, keine Illusion. Er ging vorsichtig, beobachtete jede plötzliche Bewegung – ganz gleich, wie belanglos sie auch war – und studierte prüfend die fremden Gesichter. Jeden Augenblick rechnete er damit, daß Männer auf ihn zugestürzt kommen könnten, mit dem einzigen Befehl und Willen, ihn zu töten.

Es kam niemand. Doch selbst im schlimmsten Fall hätte ihn das Wissen beruhigt, sein Bestes getan zu haben. Während der letzten Nacht hatte er den vollständigsten Bericht seiner juristischen Laufbahn geschrieben; ihn mühsam in deutlicher Handschrift abgefaßt, das Material organisiert, die Fakten zusammengeholt, um seine Schlüsse und Annahmen zu unterstützen. Er hatte die wichtigsten Punkte eines jeden Dossiers hervorgehoben, um seinen eigenen Folgerungen Glaubwürdigkeit zu verleihen. Jede Aussage wog er vor dem Hintergrund der eigenen schrecklichen Erlebnisse ab und tat alles beiseite, was ihm zu emotional erschien. Den Rest formte er neu, um die kalte Objektivität eines ausgebildeten, *vernünftigen* juristischen Verstandes widerzuspiegeln. Stundenlang hatte er in der Nacht wachgelegen, die Bausteine Stück für Stück geordnet und dann am frühen Morgen zu schreiben begonnen. Er war eine belanglose Spielfigur gewesen, die von verängstigten, unsichtbaren Männern manipuliert worden war, welche die Werkzeuge geliefert und genau gewußt hatten, was sie taten. Trotz allem, was geschehen war, begriff er und konnte sich durchaus vorstellen, daß es vielleicht gar keine andere Möglichkeit gegeben hatte, das zu tun, was zu tun war. Er hatte alles vor einer Stunde abgeschlossen und die Blätter in einen großen Umschlag getan, den der alte Mann ihm gegeben hatte, mit dem Versprechen, zuerst Converse am Bahnhof abzusetzen und dann den Umschlag zur Post zu bringen. Joel hatte ihn an Nathan Simon adressiert.

»*Pastoor* Wilcrist! Das sind Sie doch, oder nicht?«

Converse fuhr herum, als er eine Berührung am Arm spürte. Der schrille Gruß kam von einer hageren, etwas gebeugten Frau von etwa Siebzig. Ihr faltenreiches Gesicht wurde von zwei ernsten Augen beherrscht und von dem weißen Schleier einer Nonne umrahmt. Ihr schlanker Körper war von einem schwarzen Ordenskleid verhüllt. »Ja, Schwester?« sagte er erschreckt.

»Man merkt, daß Sie sich nicht an mich erinnern, *Pastoor*«, rief die Frau. »Nein, schwindeln Sie nicht, ich sehe ganz deutlich, Sie haben keine Ahnung, wer ich bin!«

»Vielleicht würde ich das doch, wenn Sie Ihre Stimme etwas mäßigten, Schwester.« Joel sprach leise, beugte sich vor und versuchte zu lächeln. »Sie machen die Leute auf uns aufmerksam.«

»Religiöse Menschen begrüßen einander immer so«, sagte die alte Frau vertraulich, die Augen weit und starrend auf ihn gerichtet. »Sie möchten wie normale Menschen wirken.«

»Wollen wir hier hinübergehen, damit wir ruhig reden können?« Converse griff nach dem Arm der Frau und führte sie an den Aufgang zu einem Bahnsteig. »Sie haben etwas für mich?«

»Woher sind Sie?«

»Woher ich bin? Was meinen Sie?«

»Sie kennen die Regeln. Ich muß sicher sein.«

»*Bitte*«, sagte Joel und blickte auf den schmalen Umschlag, den die Frau in der Hand hielt. Er wußte, daß sie schreien würde, wenn er ihn ihr mit Gewalt wegnahm. »Ich muß nach Osnabrück, das wissen Sie!«

»Sie sind aus *Osnabrück*?« Die Nonne preßte den Umschlag gegen ihre Brust, beugte sich noch weiter vor, so als beschütze sie einen heiligen Gegenstand.

»Nein, nicht Osnabrück!« Converse versuchte, sich an Vals Worte zu erinnern. Er war ein Priester auf Pilgerreise... nach Auschwitz und Bergen-Belsen... aus... aus... »Los Angeles!« flüsterte er heiser.

»*Ja, goed*. Welches Land?«

»Jesus!«

»*Wat*?«

»Die Vereinigten Staaten von Amerika.«

»*Goed! Hier* bitte, *Menheer*.« Die alte Frau reichte ihm den Umschlag und lächelte jetzt süßlich. »Wir müssen alle unsere

Arbeit tun, nicht wahr? Gehen Sie mit Gott, Sie Diener des Herrn... Mir gefällt dieses Kostüm. Ich habe einmal auf der Bühne gestanden, müssen Sie wissen. Ich glaube nicht, daß ich es zurückgeben werde. Alle lächeln, und ein Herr, der aus einem dieser schmutzigen Häuser kam, ist stehengeblieben und hat mir fünfzig Gulden gegeben.«

Die alte Frau ging weiter, drehte sich einmal um und lächelte, wobei sie ihm diskret eine Whiskyflasche zeigte, die sie unter dem Ordenskleid hervorgeholt hatte.

Vielleicht war es sogar derselbe Bahnsteig, das konnte er nicht sagen, aber seine Ängste waren dieselben wie vor vierundzwanzig Stunden, als er in Amsterdam angekommen war. Er war als ein unschuldig wirkender Arbeiter mit Bart und bleichem, verschrammtem Gesicht in die Stadt gekommen. Jetzt verließ er sie als ein Priester, aufrecht, glattrasiert, von der Sonne verbrannt, ein ordentlich gekleideter Diener des Herrn auf einer Pilgerreise der Buße. Der empörte Anwalt in Genf, der manipulierende Bittsteller in Paris und der gefangene Tölpel in Bonn gehörten der Vergangenheit an. Zurückgeblieben war der gejagte Mann, und um zu überleben, mußte er imstande sein, die Jäger zu beschleichen, ehe sie ihn beschleichen konnten. Das bedeutete, daß er sie entdecken mußte, ehe sie ihn entdeckten. Das war eine Lektion, die er vor achtzehn Jahren gelernt hatte, als seine Augen noch schärfer und sein Körper noch widerstandsfähiger gewesen waren. Um das auszugleichen, mußte er die anderen Talente einsetzen, die er inzwischen entwickelt hatte; alles kam darauf an, sich zu konzentrieren. Und so gelang es Joel, den Mann zu entdecken.

Er stand an einer Betonsäule auf dem Bahnsteig und las im schwachen Licht einen Fahrplan, den er auseinandergefaltet hatte. Converse sah ihn an – so wie er fast alle Leute angesehen hatte, die in Sichtweite standen. Und dann, Sekunden später, sah er noch einmal hin. Irgend etwas an dem Mann war seltsam, stimmte nicht in das Bild. Es konnte verschiedene Gründe geben, bei dieser schlechten Beleuchtung einen Fahrplan zu lesen und nicht im hell beleuchteten Waggon – eine letzte Zigarette im Freien oder weil man auf jemanden wartete. Aber der kleine Druck war unmöglich zu entziffern, wenn man den Fahrplan fast vor der Brust hielt, und nicht einmal die Augen zusammenkniff. Und das tat der Mann nicht.

Converse ging den Bahnsteig hinunter, näherte sich zwei offenen Türen, die das Ende eines Waggons und den Anfang des nächsten bildeten. Mit voller Absicht ließ er den Koffer an einem hervorstehenden Fensterriegel hängenbleiben, so daß er zur Seite gedrückt wurde. Er entschuldigte sich bei den Reisenden, die ihm nachfolgten, und ließ sie höflich vorbeigehen. Aber während er zu ihnen umgewandt blieb, schweiften seine Augen zu dem Mann hinüber, der links an der Säule stand. Er hielt den Fahrplan immer noch in der Hand – wie eine vergessene Requisite. Der Mann konzentrierte sich jetzt auf Joel. Das reichte.

Converse ging durch die zweite Türe, jetzt wieder mit unbekümmert wirkenden Schritten, aber das änderte sich sofort, als er im Inneren des Waggons war und der Mann an der Säule ihn nicht länger sehen konnte. Er eilte den Gang hinunter und stürzte beim ersten Sitz zu Boden. Wieder entschuldigte er sich bei den Leuten hinter ihm – ein Diener des Herrn, der mit profanem Gepäck nicht zurechtkam. Dann sah er zum Fenster hinaus, an den zwei Passagieren vorbei, die dort saßen. Der Mann an der Säule hatte den Fahrplan fallen lassen und winkte jetzt mit heftigen Gesten. Wenige Sekunden darauf stand ein zweiter Mann bei ihm. Beide sprachen kurz miteinander und trennten sich rasch wieder. Der eine ging auf die vordere Tür des Waggons zu, der andere auf die, durch die Joel gerade gekommen war.

Sie hatten ihn. Er steckte in der Falle.

Valerie bezahlte den Fahrer und stieg aus dem Taxi, ließ sich von dem Türsteher helfen. Es war das zweite Hotel, in dem sie sich im Verlauf von zwei Stunden ein Zimmer besorgt hatte. Auf die Weise hatte sie für den Fall, daß man sie verfolgte, eine tote Spur hinterlassen. Sie hatte sich ein Taxi vom Kennedy-Flughafen nach La Guardia genommen, sich dort ein Ticket nach Boston gekauft und sich anschließend in einem Motel am Flughafen eingetragen unter dem Namen Charpentier. Dreißig Minuten später hatte sie das Motel verlassen, nachdem sie vorher das Hotel in Manhattan angerufen hatte, um sich zu vergewissern, daß ein Zimmer für sie frei war. Das war der Fall gewesen. Das St. Regis würde Mrs. DePinna gerne aufnehmen, die überraschend aus Tulsa, Oklahoma, angekommen war und eine Unterkunft brauchte.

Val hatte im Flugzeug nicht geschlafen, nur etwas gedöst, und war immer wieder von Alpträumen hochgeschreckt worden. Die Turbulenzen über dem Nordatlantik hatten ebensowenig dazu beigetragen, sie in den Schlaf zu lullen. Und Schlaf brauchte sie jetzt ... und Joel. Ersterer stellte sich ein; letzterer war außer Reichweite.

Ein schriller Ton, begleitet von greller Sonne, die sie blendete, als sie die Augen aufriß, ließ sie vom Bett hochfahren, das Laken von sich treten und aufspringen. Es war das Telefon. Das Telefon? Sie sah auf die Uhr; es war sieben Uhr fünfundzwanzig. Die Sonne fiel durch die Fenster, und wieder klingelte das Telefon. Das Telefon? Wie ...? *Wieso?* Sie griff nach dem Hörer, faßte ihn mit aller Kraft und versuchte, zu sich zu finden, bevor sie zu sprechen begann. »Hallo?«

»Mrs. DePinna?« erkundigte sich eine Männerstimme.

»Ja?«

»Hoffentlich ist alles in Ordnung.«

»Ist es bei Ihnen üblich, Ihre Gäste um sieben Uhr früh aufzuwecken und sie zu fragen, ob alles in Ordnung ist?«

»Es tut mir schrecklich leid, aber wir haben uns Sorgen um Sie gemacht. Sie sind doch die Mrs. DePinna aus Tulsa, Oklahoma, nicht wahr?«

»Ja.«

»Wir haben Sie die ganze Nacht gesucht ... seit der Flug aus Amsterdam um ein Uhr dreißig heute morgen eintraf.«

»Wer sind Sie?« fragte Val wie vom Blitz getroffen.

»Jemand, der Ihnen helfen möchte, Mrs. Converse«, sagte die Stimme, jetzt entspannt und freundlich. »Sie haben uns ganz schön herumgejagt. Wir haben ganz bestimmt hundertfünfzig Frauen geweckt, die seit zwei Uhr morgens in irgendwelchen Hotels eingetroffen sind. Die ›Maschine aus Amsterdam‹ war es dann. Glauben Sie mir, Mrs. Converse, wir wollen Ihnen helfen. Wir haben beide dasselbe Ziel.«

«Wer *sind* Sie?«

»Wir wollen einmal sagen, daß ich im Auftrag der Regierung der Vereinigten Staaten handle. Bleiben Sie, wo Sie sind. Ich bin in fünfzehn Minuten bei Ihnen.«

Zum Teufel mit der Regierung der Vereinigten Staaten! dachte Val zitternd, während sie den Hörer auflegte. Die Regierung der Vereinigten Staaten hatte überzeugendere Möglichkeiten, sich zu erkennen zu geben... Sie mußte hier *weg*! Was bedeuteten die fünfzehn Minuten? War es eine Falle? Warteten unten Männer auf sie – warteten, ob sie fliehen würde? Sie hatte keine *Wahl*!

Sie rannte ins Badezimmer, schnappte sich ihren Bordkoffer und warf ihre Toilettensachen hinein. In wenigen Sekunden hatte sie sich angezogen, dann stopfte sie die restlichen Kleider auch noch in den Koffer, schnappte sich den Zimmerschlüssel von der Kommode und lief zur Tür. Sie blieb stehen. O Gott, der Briefbogen mit der Air-Force-Nummer! Sie rannte zum Schreibtisch zurück, riß das Blatt unter dem offenen Telefonbuch weg und stopfte es in ihre Handtasche. Sie sah sich verstört um. War da noch etwas? Nein. Sie verließ das Zimmer und eilte den Gang zu den Lifts hinunter.

Die Straße erwachte gerade erst zum Leben. Valerie ging schnell den Bürgersteig hinunter, blieb dann vor einem kleinen, eleganten Buchladen stehen und beschloß, hier im Türeingang zu warten. Die Geschichten, die sie ihr ganzes Leben lang gehört hatte, erzählten nicht nur davon, daß es galt, falsche Informationen zu hinterlassen. Es hatte auch Lektionen dafür gegeben, daß man wissen mußte, wie der Feind aussah. Oft war genau das entscheidend.

Ein Taxi fuhr vor dem St. Regis vor, und die hintere Tür öffnete sich, noch bevor der Wagen ausgerollt war. Sie konnte den Passagier ganz deutlich sehen, er hatte die Hand über den Vordersitz gestreckt und zahlte, ohne an sein Wechselgeld zu denken. Er stieg schnell aus und lief auf die Glastüren des Hoteleingangs zu. Er trug keinen Hut und hatte ungekämmtes, fast blondes Haar. Er trug eine leichte Jacke und hellblaue Sommerjeans. Er war der Feind, das wußte Valerie. Er war in den Zwanzigern, kaum mehr als ein Junge, aber das Gesicht war hart und von Zorn verzerrt, die Augen kalt – ferne Stahlblitze in der Sonne. Val verließ die Türnische des Buchladens.

Ein Wagen schoß an ihr vorbei in westlicher Richtung auf das Hotel zu. Sekunden später hörte sie quietschende Reifen und erwartete, jeden Moment Blech krachen zu hören. Sie drehte sich um wie die anderen Fußgänger. Fünfzehn Meter entfernt stand ein brauner Wagen, dessen Tür und Kofferraumdeckel klar und deutlich in schwarzen Buchstaben die Aufschrift *U.S. Army* trugen. Ein Offizier in Uniform stieg hastig aus. Er starrte sie an. Val rannte los.

Converse saß auf einem Gangplatz, etwa in der Mitte des Waggons. Seine Hände, die das schwarze Gebetbuch hielten, waren schweißnaß. Er hatte es mit dem Paß, dem Pilgerbrief und einem maschinengeschriebenen Blatt mit Anweisungen und ein paar Daten über Pater William Wilcrist in dem Umschlag gefunden. Ganz unten auf dem Blatt stand die letzte Anweisung: *Auswendig lernen, zerreißen und vor der Grenzstation Oldenzaal in die Toilette werfen.*

Der Zug fuhr erst nach Norden, dann nach Osten. Vor Oldenzaal gab es zwei Stationen, und anschließend würden sie, wie er vermutete, den Rhein überqueren und Westdeutschland erreichen. Den Bahnhof von Deventer hatten sie bereits hinter sich, blieb also nur noch ein Aufenthalt, eine Stadt namens Hengelo. Die Ansage kam, und Joel erhob sich von seinem Platz, ehe die anderen Reisenden, die nach Hengelo wollten, das taten. Im Gang drehte er sich um und ging zum hinteren Teil des Wagens. Als er an dem Mann vorbeikam, der an der Säule gestanden hatte, bemerkte er, daß der Jäger von Aquitania mit so starrem Körper geradeaus starrte, daß er kaum die Bewegungen des Zuges mitmachte. Converse hatte eine solche Haltung schon oft gesehen, bei Verhandlungen und vor Gericht. Sie deutete immer auf unsichere Zeugen oder Verhandler. Der Mann war angespannt, vielleicht hatte er Angst, seinen Auftrag zu verpatzen, oder Angst vor den Leuten, die ihn nach Amsterdam geschickt hatten – was auch immer, seine Angst war deutlich zu erkennen, und Joel würde sie nutzen. *Er kroch aus einem tiefen Schacht in der Erde, arbeitete sich mühsam nach oben, über Stufen, die er in vielen Nächten gegraben hatte. Der Drahtzaun war in der Ferne, der Regen fiel, die Streifen waren unruhig – von jedem Geräusch verängstigt, das sie nicht schnell identifizieren konnten. Er brauchte nur einen, um zu fliehen, und den hatte er . . . er konnte den Zaun erreichen!*

Er konnte Osnabrück allein erreichen.

Die Toilette war frei; er öffnete die Tür, ging hinein und nahm das Blatt mit den Instruktionen heraus. Er faltete es zusammen, zerriß es in kleine Fetzen, warf die Papierfetzen in die Kloschüssel und trat auf den Wasserknopf. Die Fetzen verschwanden. Dann drehte er sich zur Tür um und wartete.

Eine zweite Ansage plärrte draußen aus den Lautsprechern, der Zug verlangsamte seine Fahrt. Vor der Tür war das Scharren von Füßen zu hören. Der Zug kam zum Stillstand. Joel fühlte, wie der Boden unter den vielen Schritten vibrierte, Schritten von Menschen, die jetzt an zu Hause dachten und ohne Zweifel an das holländische Äquivalent eines Martini. Das Vibrieren hörte auf, die Schritte verhallten. Joel öffnete die Tür eine Handbreit. Der Jäger mit der starren Haltung war nicht mehr an seinem Platz. *Jetzt.*

Joel zwängte sich hinaus und trat schnell in den engen Raum zwischen den Waggons. Er schob sich zwischen den Nachzüglern hindurch, die aus dem nächsten Waggon aussteigen wollten, betrat den Waggon und lief den Mittelgang hinunter. Als er sich den letzten Reihen näherte, sah er einen freien Platz, zwei Sitze mit Blick auf den Bahnsteig. Er setzte sich ans Fenster, die Hand vor dem Gesicht, und spähte zwischen den Fingern hindurch.

Der Mann von Aquitania hetzte hin und her, hielt drei Männer auf, die gehen wollten und ihm den Rücken zuwandten, schnell entschuldigte er sich bei ihnen. Jetzt wandte der Jäger sich wieder dem Zug zu. Sein Opfer konnte also nicht ausgestiegen sein. Er stieg wieder ein, sein Gesicht wie eine zerknitterte Karte, die auseinanderfiel – Täler der Angst.

Mehr, dachte Converse. *Ich will mehr. Ich will eure Nerven zum Zerreißen gespannt, wie es schon einmal bei meinen Wächtern war. Bis ihr es nicht mehr ertragen könnt!*

Oldenzaal kam und blieb hinter ihnen. Der Zug überquerte den Rhein, und das Klappern der Brücke unter ihnen klang wie ein leiser Trommelwirbel – der Jäger hatte die vordere Tür aufgerissen, zu verstört, um mehr zu tun, als sich schnell umzusehen und wieder zu seinem Begleiter zurückzukehren oder vielleicht zu einem einsamen Koffer. Joels Kopf war verborgen unter der Rückenlehne. Minuten später kam die Grenzpolizei. Sie musterten jeden Mann, Dutzende Uniformierter, die durch die Waggons gingen. Sie waren höflich, daran war kein Zweifel. Trotzdem erinnerten sie in häßlicher Weise an die Vergangenheit. Joel zeigte seinen Paß und den Brief, den man für das Gewissen von Deutschen in deutscher Sprache geschrieben hatte. Ein Grenzpolizist schnitt eine traurige Grimasse, nickte dann und ging weiter. Die Uniformierten verließen den Waggon; die Minuten dehnten sich zu Viertelstunden. Er konnte durch die Fenster in den vorderen Waggon sehen. Die zwei Jäger begegneten sich, einige Reihen hinter dem Platz, wo er gesessen hatte. Wieder trennten sie sich, einer ging nach vorn, der andere nach hinten. *Jetzt.*

Joel erhob sich von seinem Platz und trat in den Mittelgang, warf einen Blick auf seinen Fahrplan und beugte sich vor, um zum Fenster hinauszusehen, bedeutungslose Bewegungen. Aber er mußte ausharren, bis einer der Jäger ihn entdeckte. Es dauerte nicht einmal zehn Sekunden. Als Converse sich nach vorn beugte, scheinbar um eine draußen vorbeihuschende Tafel abzulesen, erhaschte er einen Blick auf eine Gestalt, die sich vor die obere Glasscheibe an der vorderen Tür schob. Er stand auf. Der Mann hinter der Glasscheibe duckte sich sofort weg. Das war das Signal, auf das er gewartet hatte, der Augenblick, um schnell zu handeln.

Er drehte sich um und ging im Waggon nach hinten, ging

zur Tür hinaus über die dunkle, klappernde Brücke, die zum nächsten Waggon führte. Er trat ein, eilte schnell den Mittelgang hinunter, wieder nach hinten und wieder zum nächsten Waggon. Dann drehte er sich um. Der Mann folgte ihm. *Ein Wächter verließ im Regen seinen Posten. Nur Sekunden noch, dann konnte er den Stacheldraht erreichen.*

»*Nächster Halt Bad Bentheim; Bad Bentheim!*«

Wieder verlangsamte der Zug seine Fahrt, die erste von zwei Stationen vor Osnabrück. Joel trat ins Dunkel und schob vorsichtig den Kopf vor. Was er sah, erschreckte ihn. Der Jäger machte keine Anstalten, zur Tür zu gehen. Statt dessen setzte er sich – setzte sich mit dem Blick nach vorn, ein Fahrgast, der einen bequemeren Platz gefunden hatte und nichts weiter im Sinn hatte. Der Zug hielt an, und die aussteigenden Passagiere bildeten vorn eine Schlange. *Vorn.*

Über der letzten Tür war eine Schrift gewesen, aber da er sie nicht lesen konnte, war er einfach weitergegangen. Jetzt sah er auf die Ausgänge; sie hatten keine Klinken. Wenn er sich vorher wie in einer Falle gefühlt hatte, so befand er sich jetzt in einem Käfig, einem stählernen Käfig, der sich gerade wieder in Bewegung setzte. Ein dahinrasendes Gefängnis, aus dem es keine Flucht gab. Converse griff in die Hemdtasche und holte seine Zigaretten heraus. *Er war dem Stacheldraht so nahe; er mußte überlegen!*

Ein Klappern? Ein Schlüssel... ein *Riegel*. Die massive Holztür mit dem Wort *FRACHT* darauf öffnete sich, und die Gestalt eines korpulenten Mannes kam heraus.

»Eine Zigarette für Sie, während ich zum Pinkeln gehe«, sagte der Bahnbeamte lachend, während er durch den dunklen Korridor zur Tür ging. »Und dann ein Bier, ja?«

Der Deutsche ging hinaus, um etwas zu trinken, und obwohl er die Tür hinter sich fast zugezogen hatte, war sie nicht ganz geschlossen. Er war ein Mann, der sich keine Sorgen machte, ein Bahnbeamter mit nichts, das er für bewachenswert hielt. Joel schob die schwere Tür auf und ging hinein. Er wußte, was geschehen würde; es *mußte* in dem Augenblick geschehen, wenn der Mann an dem Jäger vorbeiging, auf dem Weg zu seinem Bier.

Er sah sich einem halben Dutzend Kisten und vielleicht zehn Käfigen mit Tieren gegenüber, hauptsächlich Hunde und ein paar Katzen, die sich in die Ecken ihrer Behausungen drückten. Das einzige Licht kam von einer nackten Glühbirne, die an einem dicken Draht von der Decke hing. Converse versteckte sich hinter einer Kiste in der Nähe der Tür. Er griff unter seinen Priestermantel und zog die Pistole mit dem Schalldämpfer heraus.

Vorsichtig wurde die Tür aufgedrückt – Millimeter um Millimeter –, dann erschien die Waffe, dann eine Hand, dann ein Arm. Schließlich war der Mann zu sehen, der Jäger, der Soldat von Aquitania.

Joel feuerte zweimal, um ganz sicherzugehen. Der Arm schlug gegen die halb geöffnete Tür, die Pistole fiel aus der Hand des Jägers, aus seinem Handgelenk spritzte Blut. Converse sprang hinter der Kiste vor – *die Streife gehörte ihm und ebenso der Stacheldrahtzaun! Er konnte ihn überklettern! Der Felsbrocken hatte das Fenster der Kaserne zerschmettert! Die Maschinengewehrsalve traf eine Stelle, wo er nicht war! Sekunden, nur Sekunden, und er war frei!*

Joel preßte den Mann gegen den Boden, hielt die Kehle des Jägers umklammert und preßte ihm das Knie gegen die Brust – er brauchte jetzt nur zuzudrücken, und der Mann von Aquitania würde sterben. Er drückte dem Mann den Pistolenlauf gegen die Schläfe.

»Sprechen Sie Englisch?«

»Ja«, preßte der Deutsche heraus. »*Ich spreche Englisch!*«

»Was?«

»I... speak English.«

»Wie lauteten Ihre Anweisungen?«

»Ich sollte Ihnen folgen. Nur folgen. Nicht schießen! Ich bin nur ein Angestellter! Ich weiß nichts!«

»Ein was?«

»Man hat mich bezahlt...«

»*Aquitania!*«

»*Was...?*«

Der Mann log nicht, dafür war zu viel Panik in seinen Augen. Converse hob die Pistole und preßte sie dem Deutschen gegen das linke Auge, drückte den Schalldämpfer dagegen.

»Sie sagen mir ganz genau, was man Ihnen aufgetragen hat! Die Wahrheit – und ich merke sofort, wenn Sie lügen –, und wenn Sie lügen, dann ist Ihr Gehirn hier über die ganze Wand verteilt! Reden Sie!«

»Ich soll Ihnen folgen!«

»Und?«

»Wenn Sie den Zug verlassen, sollen wir die Polizei anrufen. Wo auch immer es ist. Aber ich hätte das nicht getan! Ich schwöre es bei *Gott*, daß ich das nie getan hätte! Ich bin ein guter Christ. Ich mag sogar die Juden! Ich bin arbeitslos, mein Herr!«

Joel schmetterte dem Mann die Pistole gegen den Schädel – *die Streife war ausgeschaltet! Er konnte jetzt über den Zaun klettern!* Er zerrte den Deutschen hinter eine Kiste und wartete. Es war unmöglich zu sagen, wie lange; sein Herzschlag war zu schnell, um an Zeit zu denken. Jetzt kam der Bahnbeamte zurück, mehr betrunken als nüchtern, und nahm an seinem Arbeitsplatz mit der einsamen Glühbirne Zuflucht.

In den Käfigen war es nicht länger ruhig. Der Geruch von Menschenblut und Schweiß war mehr, als die Hunde ertragen konnten; sie wurden bösartig. Binnen Minuten wurde der Eisenbahnwaggon mit der Aufschrift *FRACHT* zu einem Tollhaus, die Tiere waren wie gereizt – die Hunde knurrten, bellten und warfen sich gegen ihre Käfige, die Katzen schrien und fauchten, von den Hunden herausgefordert. Der Bahnbeamte war verstört und verängstigt und wagte es nicht, seinen Stuhl zu verlassen. Er trank aus einer Flasche Bier. Zweimal wanderte sein starrer Blick von den Tieren zu einem roten Griff an der Wand, nur wenige Zentimeter über seinem Arbeitstisch. Er brauchte nur die Scheibe einzuschlagen und daran zu ziehen.

»Nächster Halt Rheine. Rheine!«

Die letzte Station vor Osnabrück. Bald würde der Deutsche wieder aus seiner Bewußtlosigkeit erwachen, und wenn Joel ihn in diesem Augenblick nicht bedrohte, würde der Mann schreien und die Notbremse ziehen. Außerdem wartete nur wenige Waggons weiter ein zweiter Mann, der Geld dafür bekommen hatte, ihm zu folgen und ihn zu töten. Länger zu bleiben, wo er jetzt war, hieß zuzulassen, daß die Falle zuschnappte. Er mußte den Zug verlassen.

Der Zug hielt. Converse sprang zur Tür und veranlaßte damit ein Dutzend Tiere, in ihren Käfigen noch wilder zu werden. Er zog den Riegel zurück, öffnete die schwere Tür und stürzte hinaus. Dann hetzte er den Mittelgang hinunter, schob sich, Entschuldigungen murmelnd, an wartenden Reisenden vorbei, nur darauf bedacht, ins Freie zu kommen, ehe man den Bewußtlosen fand, ehe ein Hebel gezogen und Alarm geschlagen wurde. Er erreichte den Ausgang und sprang von der zweiten Stufe auf den Bahnsteig. Noch einmal sah er sich um, dann eilte er davon, ins Innere des Bahnhofs.

Er war frei. Er lebte. Aber er war Meilen von einer alten Frau entfernt, die auf ihren Priester wartete.

31

Valerie lief immer noch. Sie hatte Angst, sich umzusehen, aber sie war nicht dumm. Also tat sie es doch und sah, daß der Offizier eine heftige Auseinandersetzung mit dem Fahrer des Militärwagens hatte. Ein paar Sekunden später, als sie gerade die Ecke der Madison Avenue erreicht hatte, sah sie sich erneut um. Sie versuchte ruhig zu bleiben. Der Offizier folgte ihr jetzt und verkürzte seinen Abstand mit jedem Schritt. Sie rannte quer über die Straße, als die Ampel umschaltete; ein Hupkonzert ließ erkennen, daß sie damit den Zorn einiger Fahrer herausgefordert hatte.

Zehn Meter entfernt hielt ein Taxi an dem Randstein, und ein grauhaariger Mann machte sich daran auszusteigen, müde und noch nicht bereit, den Morgen hinzunehmen. Val rannte zurück auf die Straße, mitten in den Verkehr hinein. Sie riß die linke Tür des Taxis auf und stieg ein, während der erschreckte grauhaarige Mann noch sein Wechselgeld entgegennahm.

»Hey, Lady, sind Sie *verrückt*?« schrie der schwarze Fahrer. »Sie müssen von der anderen Seite einsteigen! Hier könnte Sie ein Bus plattquetschen!«

»Tut mir leid!« schrie Val, die jetzt die Beherrschung verlor, und ließ sich in den Sitz sinken. »Mein Mann kommt hinter mir hergerannt, und ich laß mich nicht noch einmal schlagen! Das tut *weh*. Er ist... Offizier bei der Army.«

Der grauhaarige Mann sprang jetzt wach wie ein Sprinter aus dem Taxi und schlug die Tür hinter sich zu. Der Fahrer drehte sich um und sah sie an. Sein breites schwarzes Gesicht wirkte neugierig.

»Ist das die Wahrheit?«

»Ja! Würden Sie mich jetzt bitte hier wegbringen?« Val sank noch tiefer in die Polster. »Er ist jetzt an der Ecke! Er wird über die Straße kommen – und mich sehen!«

»Keine Sorge, Mam«, sagte der Fahrer, griff ruhig nach hinten und drückte die Knöpfe der beiden Türen herunter. »Oh, da kommt er wie ein Verrückter gerannt. Und all die Orden! Man möchte ja nicht glauben – entschuldigen Sie. Er ist ziemlich hager, nicht wahr? Die meisten unangenehmen Typen waren so hager.«

»Fahren Sie hier weg!«

»Das Gesetz ist da ganz genau, Mam. Es ist die Pflicht eines jeden Fahrers eines öffentlichen Taxis, seinen Fahrgast zu beschützen... Und ich war bei der Infanterie, Mam, und warte jetzt schon seit Ewigkeiten auf diese Chance.« Der Fahrer stieg aus dem Taxi. Er war hünenhaft gebaut. Val sah mit erschrecktem Staunen zu, wie er um die Motorhaube herumging und schrie:

»Hey, Captain! Sie dort drüben! Suchen Sie eine sehr hübsche Lady? Ihre Frau vielleicht?«

»*Was?*« Der Offizier rannte auf den riesigen Schwarzen zu.

»Nun, Captain, Baby, ich fürchte, ich schaffe jetzt keine Ehrenbezeigung, weil meine Uniform auf dem Dachboden ist, aber Sie sollen wissen, daß Ihr Auftrag erfolgreich abgeschlossen ist. Würden Sie bitte zu meinem Jeep kommen, Sir?«

Der Offizier setzte sich in Richtung auf das Taxi in Bewegung. Doch der Schwarze packte ihn plötzlich, riß ihn herum und schlug ihm die Faust in den Magen, trieb ihm dann das Knie in den Unterleib und »vollendete seinen gesetzlichen Auftrag« schließlich, indem er dem Offizier noch einmal die Faust ins Gesicht schlug. Val schnappte keuchend nach Luft. Als der Mann zu Boden fiel, war sein Gesicht über und über mit Blut besudelt. Der Fahrer lief zu seinem Wagen zurück, stieg ein, schloß die Tür und legte den Gang ein. Mit einem Satz reihte sich das Taxi in den Verkehr ein.

»Mann o Mann!« sagte der Schwarze. »Das hat vielleicht gutgetan! Gibt es eine Adresse, Mam? Die Uhr läuft.«

»Ich... ich weiß nicht genau.«

»Fangen wir noch einmal von vorn an. Wo wollen Sie hin?«

»Zu einem Telefon... Warum haben Sie *das getan*?«

»Das ist meine Angelegenheit, nicht die Ihre.«

»Sie sind ja *krank*! Man hätte Sie verhaften können!«

»Wofür denn? Daß ich meinen Fahrgast beschütze? Dieser Kerl ist doch tatsächlich auf mein Taxi zugerannt, und das hat ganz übel ausgesehen, ganz übel. Außerdem war da nirgends ein Bulle. Die Adresse bitte, Missis. Die Uhr läuft.«

»Ich weiß nicht... ein Telefon. Ich muß zu einem Telefon. Würden Sie warten?«

»Haben Sie Geld? Oder hat Ihnen das der Captain alles weggenommen. Mein Mitgefühl hat Grenzen, Lady. Ich bekomm für gute Taten nichts bezahlt.«

»Ich habe Geld. Sie werden gut bezahlt werden.«

»Zeigen Sie mir einen Schein.«

Valerie griff in ihre Handtasche und zog hundert Dollar heraus. »Reicht das?«

»Geht in Ordnung, aber Sie sollten das nicht mit jedem Taxifahrer machen. Auf die Weise könnten Sie verdammt schnell in irgendeiner Leichenhalle landen.«

Sie hielten an einer Telefonzelle an der Ecke der Madison Avenue und der 78. Straße. Valerie stieg aus, klappte die Handtasche auf und nahm den Briefbogen des St.-Regis-Hotels mit der Telefonnummer heraus. Sie schob eine Münze in den Schlitz und wählte.

»Air Force, Personalbüro, Denver«, meldete sich eine Frauenstimme am anderen Ende.

»Ich würde gern wissen, ob Sie mir helfen können, Miß«, sagte Val, und ihre Augen hielten nach allen Seiten hin Ausschau nach einer braunen Limousine mit der Aufschrift *U.S.Army*. »Ich versuche da, einen Offizier ausfindig zu machen. Es handelt sich um einen Verwandten von mir.«

»Einen Augenblick, bitte. Ich verbinde weiter.«

»Personalabteilung, Denver-Einheiten«, kam eine zweite Stimme, diesmal männlich. »Sergeant Porter.«

»Sergeant, ich versuche, einen Offizier ausfindig zu machen«, wiederholte Valerie. »Einen Verwandten von mir, der meiner Tante gesagt hat, er würde mich sprechen wollen.«

»Wo in Colorado, Mam?«

»Nun, das weiß ich nicht genau.«

»The Springs? The Academy? Lowry Field oder vielleicht Cheyenne Mountain?«

»Ich weiß nicht, ob er in Colorado ist, Sergeant.«

»Warum haben Sie dann Denver angerufen?«

»Weil Sie im Telefonbuch standen.«

»Verstehe.« Der Soldat machte eine Pause und fuhr dann mit mechanisch klingender Stimme fort. »Und dieser Offizier hat hinterlassen, daß er Sie sprechen möchte?«

»Ja.«

»Aber er hat keine Adresse und keine Telefonnummer hinterlassen?«

»Wenn er das getan hat, dann hat sie meine Tante verloren. Sie ist schon ziemlich alt.«

»Der Ablauf ist folgendermaßen, Miß. Wenn Sie einen Brief an das M.P.C. – Military Personnel Center – auf dem Randolph-Luftwaffenstützpunkt San Antonio, Texas, schreiben würden und dort Ihr Anliegen und Namen und Rang des Offiziers angeben, wird der Brief bearbeitet.«

»Dafür habe ich keine Zeit, Sergeant! Ich bin viel unterwegs... ich rufe Sie vom Flughafen aus an.«

»Es tut mir leid, Miß, aber so ist die Vorschrift.«

»Ich bin keine Miß, und mein Vetter ist General, und er

will mich wirklich sprechen! Ich will bloß wissen, wo er ist, und wenn Sie es mir nicht sagen können, dann können Sie ihn doch ganz sicher anrufen und ihm meinen Namen durchgeben. Ich rufe *Sie* dann zurück und gebe Ihnen eine Nummer durch, wo er mich erreichen kann. Das ist doch vernünftig, nicht wahr, Sergeant. Offen gestanden, es ist sehr wichtig.«

»Ein General, Mam?«

»Ja, Sergeant Potter. General Abbott.«

»Sam Abbott? Ich meine, Brigadegeneral Samuel Abbott?«

»Genau der, Sergeant Potter.«

»Porter, Mam.«

»Ich werd's mir merken.«

»Nun, ich kann mir nicht vorstellen, daß das ein Sicherheitsbruch wäre, Miß – Mam. Jeder weiß, wo General Abbott stationiert ist. Er ist ein sehr populärer Offizier und steht oft in der Zeitung.«

»Und wo ist das, Sergeant? Ich werde ihm persönlich sagen, daß Sie sehr hilfsbereit waren.«

»Nellis Air Force Base in Nevada, Mam, ganz dicht bei Las Vegas. Er hat dort den Befehl über die taktischen Geschwader. Alle Geschwaderkommandanten erhalten ihre Abschlußausbildung in Nellis. Würden Sie mir bitte Ihren Namen sagen?«

»Oh, du lieber Gott! Jetzt wird mein Flug zum letztenmal aufgerufen. Vielen Dank, Sergeant.« Valerie legte den Hörer auf, wobei sie immer noch die Straße im Auge behielt und zu entscheiden versuchte, was sie als nächstes tun sollte – ob sie Sam jetzt gleich anrufen sollte oder noch warten. Plötzlich wurde ihr klar, daß sie *nicht* anrufen konnte; sie würde dazu ihre Kreditkarte benützen müssen, und das bedeutete, daß man das Gespräch registrierte. Sie verließ die Zelle und kehrte zu ihrem Taxi zurück.

»Lady, ich glaube, wir sollten jetzt hier verschwinden, wenn es Ihnen nichts ausmacht«, sagte der Fahrer mit ruhiger Eindringlichkeit in der Stimme.

»Was ist denn?«

»Ich kann den Polizeifunk empfangen, nur für alle Fälle, falls es Ärger in der Umgebung gibt, und habe denen gerade zugehört. Ein Captain von der Army ist an der Fünfundfünfzigsten und Madison von dem schwarzen Fahrer eines Taxis niedergeschlagen worden, das in nördlicher Richtung wegfuhr. Zu meinem Glück haben sie weder die Nummer noch die Taxigesellschaft, aber die Beschreibung ist recht gut. ›Ein großer schwarzer Hurensohn mit einer Faust Größe zwölf.‹ So haben diese Drecksäcke es ausgedrückt.«

»Fahren wir«, sagte Val. »Ich sage das ungern, und das meine ich auch ganz ehrlich, aber ich darf da nicht hineingezogen werden.« Das Taxi machte einen Satz, und dann bog der Fahrer an der Einundachtzigsten Straße in östlicher Richtung ein. »Hat... wird mein Mann Anklage erheben?« fragte sie plötzlich verwirrt.

»Nein, in dem Punkt werde ich keinen Ärger bekommen«, erwiderte der Fahrer. »Der muß Sie ganz schön vertrimmt haben. Er ist einfach weggerannt und hatte nichts zu sagen. Gesegnet soll er sein. Wohin?«

»Lassen Sie mich nachdenken.«

»Die Uhr läuft.«

Sie mußte nach Las Vegas, aber der Gedanke, nach Kennedy oder zum La-Guardia-Flughafen zurückzukehren, machte ihr Angst. Das war zu leicht vorauszusehen. Dann erinnerte sie sich. Vor fünf oder sechs Jahren hatten sie und Joel das Wochenende mit Freunden in Short Hills, New Jersey, verbracht. Joel hatte damals einen Anruf von Nathan Simon bekommen, noch am Sonntag nach Los Angeles zu fliegen, um am Montagmorgen dort Gespräche zu führen. Die Unterlagen würden per Luftexpreß zum Beverly-Hills-Hotel geschickt werden. Joel hatte eine Maschine vom Newark-Flughafen aus genommen.

»Können Sie mich nach Newark fahren?«

»Ich kann Sie nach Alaska fahren, Lady, aber *Newark*?«

»Der Flughafen.«

»Das ist besser. Einer der besten. Newark ist auch in Ordnung. Ich habe einen Bruder dort, und, zum Teufel, er lebt immer noch. Ich fahre an der Sechsundsechzigsten durch den Park und nehme den Lincoln-Tunnel.«

Es herrschte dichter Verkehr, denn Kurzurlauber waren schon auf dem Weg an die Küsten von Jersey. Am Flughafen war es noch schlimmer. Schließlich fanden sie einen Parkplatz, und Valerie stieg aus. Sie zahlte den Fahrer, gab ihm hundert Dollar extra und dankte. »Sie sind wirklich mehr als nur hilfsbereit gewesen.«

Dann betrat sie das Flughafengebäude. Die Schlangen vor den einzelnen Schaltern waren erschreckend, und bevor sie sich überhaupt anstellen konnte, mußte sie erst einmal wissen, wo man für sie zuständig war. Zwanzig Minuten später stand sie in der richtigen Reihe, und fast eine Stunde darauf war sie im Besitz eines Tickets für den 12.35-Flug der American Airlines nach Las Vegas. Bis zum ersten Aufruf war noch eine Stunde Zeit. Jetzt war Gelegenheit, um zu überprüfen, ob alles, was sie bisher getan hatte, auch vernünftig war. Ob es vernünftig war, Sam Abbott aufzusuchen, oder ob sie sich nur verzweifelt an einen Mann klammerte, der vielleicht gar nicht mehr der war, den sie einmal gekannt hatte. Sie hatte zwanzig Dollar in Münzen eingetauscht und hoffte, es würde reichen. Sie fuhr mit der Rolltreppe ins Obergeschoß und ging zu einer Telefonzelle hinter den Geschäften am anderen Ende des breiten Korridors. Die Auskunft von Nevada gab ihr die Nummer der Telefonzentrale der Nellis Air Force Base. Sie wählte und bat, mit Brigadier Samuel Abbott verbunden zu werden.

»Ich weiß nicht, ob er schon auf dem Stützpunkt ist«, sagte die Vermittlung.

»Oh?« Das hatte sie *vergessen*. Der Zeitunterschied betrug drei Stunden.

»Augenblick, er hat sich bereits gemeldet. Ein früher Flugtermin.«

»Büro von General Abbott.«

»Kann ich bitte den General sprechen? Mein Name ist Parquette, Mrs. Virginia Parquette.«

»Darf ich fragen, in welcher Angelegenheit?« fragte die Sekretärin. »Der General ist sehr beschäftigt und ist bereits im Begriff, aufs Flugfeld zu gehen.«

»Ich bin eine Cousine, die er seit langem nicht mehr gesehen hat. Es geht um einen Unglücksfall in der Familie.«

»Oh, das tut mir leid.«

»Bitte sagen Sie ihm, daß ich am Apparat bin. Er wird sich vielleicht nicht an meinen Namen erinnern; es ist so viele Jahre her. Aber Sie könnten ihn erinnern, daß wir in den alten Tagen einige wunderbare Dinners in New York gehabt haben. Es ist wirklich äußerst dringend. Ich wünschte, jemand anderer könnte dieses Gespräch führen, aber leider hat man mich ausgewählt.«

»Ja... ja, natürlich.«

Das Warten war für Valerie wie der letzte Kreis der Hölle. Schließlich ertönte ein Klicken, und dann die Stimme, an die sie sich erinnerte.

»Virginia... Parquette?«

»Ja.«

»*Ginny* – aus New York? *Dinner* in New York?«

»Ja.«

»Sie sind die Frau, nicht die Schwester.«

»*Ja!*«

»Geben Sie mir eine Nummer. Ich rufe Sie in zehn Minuten zurück.«

»Ich bin in einer Telefonzelle.«

»*Bleiben* Sie dort. Die Nummer.«

Sie gab sie ihm und legte auf. Sie wartete in dem Plastiksessel neben dem Telefon, beobachtete die Rolltreppen und die Leute, die in Läden und den Schnellimbiß gingen. Sie versuchte, nicht auf die Uhr zu sehen. Zwölf Minuten vergingen. Dann klingelte das Telefon.

»Ja?«

»Valerie...?«

»*Ja!*«

»Ich wollte nicht vom Büro aus sprechen – zu viele Störungen. Wo sind Sie? Der Vorwahl nach in New Jersey.«

»Auf dem Flughafen von Newark. Ich nehme den 12.30-Flug nach Las Vegas. Ich muß Sie sprechen!«

»Ich habe versucht, *Sie* anzurufen. Talbots Sekretärin hat mir Ihre Nummer gegeben.«

»*Wann?*«

»Vor zwei Tagen. Davor war ich in der Mojave bei Manövern und zu ausgepumpt, um ein Radio einzuschalten – und

Zeitungen hatten wir keine. Ein Mann hat sich gemeldet, und als er sagte, daß Sie nicht zu Hause seien, habe ich aufgelegt.«

»Das war Roger, Joels Vater. Er ist tot.«

»Ich weiß. Die sagen, es könnte Selbstmord gewesen sein.«

»*Nein!* ... Ich habe ihn gesehen, Sam. Ich habe Joel gesehen! Das sind alles Lügen!«

»Genau darüber müssen wir reden«, sagte der General. »Rufen Sie mich an, wenn Sie ankommen. Unter demselben Namen. Ich will Sie nicht am Flughafen abholen; da kennen mich zu viele Leute. Ich werd' mir einen Ort überlegen, wo wir uns treffen können.«

»Vielen Dank!« sagte Valerie. »Sie sind der einzige, der uns geblieben ist.«

»Uns?«

»Für den Augenblick ja. Ich bin alles, was *ihm* geblieben ist.«

Converse beobachtete aus einem dunklen Winkel des Bahnhofs, wie der Zug nach Osnabrück sich in Bewegung setzte. Er rechnete jeden Augenblick damit, Pfiffe zu hören, die die Stille der Nacht durchdringen würden, erwartete, daß der Zug anhielt, daß ein verwirrter, halb betrunkener Bahnbeamter schreiend aus dem Frachtwaggon gerannt käme. Doch nichts davon. Warum? War der Mann mehr als nur angetrunken? Hatte der Lärm der Tiere ihn angetrieben, noch schneller zu trinken, seinen Entschluß bestärkt, die sichere Zuflucht seines Waggons nicht zu verlassen? Hatte er im schwachen Licht nur einen undeutlichen Schatten zur Tür stürzen sehen oder den Bewußtlosen vielleicht überhaupt nicht entdeckt? Und dann sah Joel, daß es noch eine andere Möglichkeit gab. Eine, mit der er nie gerechnet hätte. Er konnte eine Gestalt durch den zweiten zum letzten Waggon rennen sehen, eine Gestalt, die sich zweimal zwischen die Sitzreihen schob und das Gesicht gegen die Scheiben preßte. Augenblicke später lehnte sich der Mann aus dem Fenster einer Wagentür hinaus. Er hielt eine Pistole in der Hand, während er die Augen zusammenkniff, um nicht von der Bahnhofsbeleuchtung geblendet zu werden, und spähte in die Schatten.

Plötzlich traf der Jäger eine Entscheidung. Er öffnete die Tür und sprang. Als der Mann auf dem Boden aufschlug, wälzte er sich schnell zur Seite, weg von dem Zug. Der Jäger von Aquitania befand sich in Panik. Er wagte es nicht, sein Opfer zu verlieren, wagte nicht, unverrichteterdinge zu seinen Herren zurückzukehren.

Converse hastete an der Bahnhofsfassade entlang zu einem Parkplatz. Fast alle Reisenden, die aus dem Zug gestiegen waren, waren schon in ihren Fahrzeugen. Zwei Paare plauderten noch am Bahnsteig und warteten offenbar darauf, daß sie abgeholt wurden. Ein Wagen bog von der Straße her ein, die beiden Männer winkten, und im nächsten Augenblick hatten alle vier Platz genommen. Man konnte durch die offenen Fenster noch ihr Lachen hören, während der Wagen davonjagte. Jetzt war der Parkplatz verlassen, der Bahnhof für die Nacht verschlossen. Ein einzelner Scheinwerfer vom Dach beleuchtete die Leere, und eine Reihe hoher Bäume hinter dem jetzt leeren Kiesplatz schien sich in eine riesige, undurchdringliche Mauer zu verwandeln.

Sich im Dunkeln haltend, flüchtete Joel von einem Schatten zum nächsten. Unter einem massiven Bogen am Ende des Gebäudes blieb er stehen und preßte den Rücken gegen die Ziegelmauer. Er wartete. Seine Hand hielt die Waffe. Ob man ihn zwingen würde, sie zu benutzen – ob sich ihm dafür überhaupt eine Chance bieten würde? Im Zug hatte er Glück gehabt. Professionellen Killern war er nicht gewachsen. Und wie sehr er sich auch zu überzeugen versuchte, er war nicht in dem Dschungel, der ein ganzes Leben entfernt in seiner Vergangenheit lag, war auch nicht mehr der jüngere Angreifer, der er damals gewesen war. Aber wenn er daran dachte – so wie jetzt –, dann waren jene Erinnerungen das einzige, was ihn lenkte. Er schob sich aus dem Schutz des Bogens heraus und lief zur nächsten Ecke.

Ein Schuß fiel und zersplitterte den Stein links von seinem Kopf! Er warf sich nach rechts, rollte sich über den Kiesboden, sprang wieder auf und rannte aus dem Scheinwerferbündel heraus. Drei weitere Explosionen fetzten Steinsplitter von der Wand und rissen den Boden neben seinen Füßen auf. Jetzt hatte er eine dunkle Buschreihe erreicht und warf sich hinein. Und plötzlich wußte er ganz genau, was er tun mußte!

»Auu! Auuuu...« Sein letzter Schrei riß ab, so als versagte ihm die Stimme. Dann kroch er durch das Gehölz, so schnell er konnte. Jetzt war er einige Meter von der Stelle entfernt, wo er geschrien hatte. Er hielt an, drehte sich auf den Knien herum, bewegte sich nicht mehr und spähte zu der erleuchteten Fläche jenseits der Büsche hinüber.

Es geschah so, wie es schon einmal geschehen war, als drei Kinder in Uniformen rücksichtslos ein anderes Kind im Dschungel getötet hatten. Verängstigte Männer fühlten sich immer von den letzten Geräuschen angezogen, die sie gehört hatten – so wie jetzt dieser Jäger von Aquitania. Der Mann trat vorsichtig aus der Dunkelheit des letzten Bahnsteigs, die Waffe in beiden ausgestreckten Händen haltend. Er ging vorsichtig auf die Stelle im Gebüsch zu, von der die zwei Schreie gekommen waren.

Converse suchte lautlos am Boden herum, bis er einen Steinbrocken gefunden hatte, der etwas größer als seine Faust war. Jetzt hielt er ihn gepackt, wartete, starrte hinüber. In der Kehle konnte er das Trommeln seines Herzens spüren. Der Killer war jetzt nur noch zwei Meter von den Büschen entfernt. Joel warf den Steinbrocken.

Das knirschende Geräusch war laut, und der Soldat von Aquitania duckte sich, gab einen Schuß nach dem anderen ab – *zwei, drei, vier!* Converse hob die eigene Waffe und betätigte zweimal den Abzug. Der Mann fuhr nach links herum, stöhnte, wollte schreien, aber der Schrei erstickte ihm auf den Lippen, während er sich an den Leib faßte und zu Boden stürzte.

Joel kroch auf den Kiesstreifen hinaus, rannte auf den Gestürzten zu, packte ihn an den Armen und zerrte ihn in die Büsche. Er kniete nieder und drückte dem Mann die Hand gegen den Hals. Er war tot, ein weiterer Soldat, der in Aquitanias Krieg, dem Militärbund des George Marcus Delavane, den Tod gefunden hatte.

Sonst war niemand in der Nähe – andernfalls hätten die Schüsse Rufe ausgelöst, man hätte Schritte hören müssen, jemand hätte die Polizei gerufen. Wie weit entfernt war Osnabrück? Er hatte sich den Fahrplan angesehen und versucht, das in Erfahrung zu bringen, aber alles war so schnell abgelaufen, daß er das Gelesene nicht in sich aufgenommen hatte. Aber weniger als eine Stunde war es, soviel wußte er. Irgendwie mußte er eine Nachricht zum Bahnhof von Osnabrück bekommen. Mein Gott, aber *wie*?

Er ging zum Bahnsteig zurück und blickte zu der Tafel mit dem Namen der Station hinauf: *Rheine*. Das war ein Anfang; er hatte nur die Stationen gezählt, nicht die Namen gewußt. Und dann sah er es – ein Lichtschein? Da war etwas in der Ferne, über dem Boden – ganz hoch – mit Lichtern innen, ein Turm! Er hatte sie Dutzende Male in der Schweiz und in Frankreich gesehen... Stellwerke! Er rannte an den Gleisen entlang und fragte sich plötzlich, wie er wohl aussehen mochte? Sein Hut war verschwunden, die Kleider beschmutzt, aber sein Priesterkragen war immer noch da – er war immer noch ein Priester. Er würde ein Priester *sein*.

Jetzt hatte er den Stellwerksturm erreicht, schlug sich die Kleider ab und versuchte, sein Haar zu glätten. Ruhiger geworden, begann er, die stählernen Stufen hinaufzusteigen. Oben angelangt, sah er, daß die Stahltür, die ins Innere des Turms führte, versperrt war, und die Fenster bestanden offenbar aus dickem Glas. Er ging auf die Tür zu, klopfte. Drinnen waren drei über Schalttafeln gebeugte Männer zu sehen; ein älterer wandte sich von den grünen Lämpchen ab und kam zur Tür. Er spähte durch das Glas und bekreuzigte sich, aber seine Religiosität reichte nicht dazu aus, ihn zum Öffnen der Tür zu veranlassen. Statt dessen hallte die Stimme des Mannes plötzlich aus einem Lautsprecher.

»*Was ist, Hochwürden?*«
»Ich spreche nicht Deutsch. Sprechen Sie Englisch?«
»*Engländer?*«

»*Yes – ja.*«

Der alte Mann drehte sich zu den beiden anderen um und rief etwas. Sie schüttelten den Kopf, aber einer hob die Hand und kam zur Tür.

»*Ich spreche*... ein wenig, Mister *Engländer*. Nicht hier hereinkommen, *verstehen*?«

»Ich muß Osnabrück anrufen! Eine Frau wartet dort auf mich!«

»Oh? Hochwürden, eine Frau?«

»Nein, nein! Sie verstehen nicht! Spricht denn hier niemand Englisch?«

»*Sprechen Sie Deutsch?*«

»Nein!«

»*Warten Sie*«, sagte der dritte Mann an der Schalttafel. Es folgte ein kurzer Wortwechsel zwischen den Männern. Der, der »ein wenig« Englisch sprach, wandte sich wieder Joel zu.

»Eine Kirche«, sagte der Mann, nach Worten tastend. »Kirche! Ein Pfarrer – Priester! Er spricht Englisch. Drei Straßen... dort!« Der Deutsche wies nach links; Joel blickte nach unten. In der Ferne war eine Straße zu sehen. Er begriff; drei Straßen weiter war eine Kirche und ein Pfarrer, der Englisch sprach und wahrscheinlich auch ein Telefon hatte, und Converse lief die Treppe hinunter, so schnell er konnte, auf die Straßenlaternen in der Ferne zu. Sie lag auf der rechten Straßenseite. Eine kleine Kirche mit einem unscheinbaren Türmchen, die wie eine dekorierte Wellblechbaracke aussah. Joel ging zur Tür eines kleinen Nebengebäudes und klopfte. Augenblicke später öffnete ein älterer, behäbig wirkender Mann mit sehr wenigen, aber wohlgekämmten weißen Haaren.

»*Ah, guten Tag, Herr Kollege.*«

»Verzeihen Sie mir«, sagte Converse, immer noch außer Atem. »Ich spreche nicht Deutsch. Man hat mir gesagt, Sie sprächen Englisch.«

»Ah ja, freilich, das sollte ich wohl. Ich habe mein Noviziat im Mutterland verbracht – im Gegensatz zum Vaterland –, Sie verstehen natürlich den Unterschied im Artikel. Kommen Sie herein, bitte nur herein! Der Besuch eines Priesterkollegen verlangt nach einem *Schnaps*. Nach einem Schluck Wein klingt vielleicht besser, nicht wahr?«

Joel mußte zehn Minuten auf ihn einreden, bis der Priester schließlich den Telefonhörer abhob. Augenblicke später hörte Joel die Worte, die seinen Atem wieder ruhiger gehen ließen.

»*Frau Geyner? Es tut mir leid*...« Der alte Priester und die alte Frau redeten ein paar Minuten miteinander, und dann nickte der Priester eine Zeitlang nur noch. Schließlich legte er auf und wandte sich an Converse. »Sie hat auf Sie gewartet«, sagte er und runzelte verwirrt die Stirn. »Sie dachte, Sie könnten vielleicht am Frachtbahnhof ausgestiegen sein... Welcher Frachtbahnhof?«

»Ich verstehe.«

»Ich nicht. Aber sie kennt den Weg hierher und wird Sie in etwa einer halben Stunde abholen.«

Frau Hermione Geyner traf ein und nahm Converse in ihre Obhut, übernahm sozusagen das Kommando über ihn. Sie war eine kleine Frau, viel älter als Joel angenommen hatte, mit einem verwitterten Gesicht, das ihn an die Frau im Bahnhof von Amsterdam erinnerte... ein Gesicht, das von großen, ernsten Augen beherrscht wurde, die Blitze zu schleudern schienen. Er stieg in den Wagen, worauf sie die Türe hinter ihm schloß und den Schließknopf drückte. Sie selbst setzte sich hinters Steuer. »Ich bin Ihnen für alles, was Sie für mich getan haben, sehr dankbar«, sagte Converse.

»Das ist *nichts*!« übertönte die alte Frau den Lärm des Motors. »Ich habe schon Offiziere aus abgestürzten Flugzeugen in Bremerhaven, Stuttgart und Mannheim geholt! Ich habe Soldaten in die Augen gespuckt und Barrikaden niedergerissen! Ich habe nie versagt! Diese Schweine sind nie an mich herangekommen!«

»Ich meinte nur, daß Sie mir das Leben retten, und Sie sollen wissen, daß ich Ihnen dankbar bin. Mir ist bekannt, daß Valerie – ihre Nichte und meine... meine ehemalige Frau – Ihnen gesagt hat, daß ich das, was man mir vorwirft, nicht getan habe, und damit hatte sie recht. Ich habe das nicht getan.«

»Ach, Valerie! Ein reizendes Kind, aber nicht sehr verläßlich, *ja*? Sie sind sie losgeworden, ja?«

»Nun, so ist es eigentlich nicht ganz abgelaufen.«

»Wie *konnte* sie auch?« fuhr Hermione Geyner fort, als hätte er gar nichts gesagt. »Sie ist eine Künstlerin, und wir wissen alle, wie wenig stabil solche Leute sind. Und ihr Vater war natürlich Franzose. Ich frage Sie, mein Herr, könnte es einen größeren Nachteil für sie geben? Franzose! Die Würmer Europas! Ebensowenig vertrauenswürdig wie ihre Weine, die sie die ganze Zeit trinken. Trunkenbolde sind das, wissen Sie. Das liegt denen im Blut.«

»Aber in bezug auf meine Person haben Sie ihr doch geglaubt. Sie helfen mir, Sie sind dabei, mir das Leben zu retten.«

»Weil wir es *konnten*, mein Herr! Wir *wußten*, daß wir es konnten, mein Herr!«

Benommen starrte Joel auf die Straße, auf die heranfliegenden Kurven, die sie mit quietschenden Reifen nahm. Hermione Geyner war ganz anders als er erwartet hatte. Aber das galt so ziemlich für alles, was er in diesen Tagen erlebt hatte. Sie war schon alt, und es war spätnachts, und sie hatte in den letzten zwei Tagen bestimmt eine ganze Menge durchgemacht. Das mußte sie belastet haben. Und wenn alte Leute müde waren, kamen alte Vorurteile zum Vorschein. Vielleicht würden sie am Morgen ein ruhiges Gespräch führen können. Am Morgen – das war der zweite Tag, und Valerie hatte versprochen, ihn in Osnabrück anzurufen und ihm zu sagen, welche Fortschritte sie mit Sam Abbott machte. Sie *mußte* anrufen. *Val, ruf mich an. Um Himmels willen, ruf mich an!*

Converse sah zum Fenster hinaus. Die Minuten strichen dahin, die Landschaft draußen wirkte friedlich, das Schweigen fast sonderbar.

»Da wären wir, mein Herr!« rief Hermione Geyner und bog scharf in eine Einfahrt, die zu einem alten, dreistöckigen Haus etwas abseits der Landstraße führte. Nach allem, was Converse sehen konnte, war es ein Haus, das einmal etwas Majestätisches besessen haben mußte, allein schon wegen seiner Größe und den zahlreichen überdachten Fenstern und Erkern. Aber ebenso wie seine Besitzerin war auch das Haus sehr alt, und die alte Größe wirkte abgewetzt und schäbig.

Sie gingen die ausgetretenen Stufen hinauf und traten an die Tür. Frau Geyner klopfte schnell und eindringlich und nach wenigen Sekunden öffnete eine andere alte Frau und nickte ihnen ernst zu, als sie eintraten.

»Es ist sehr hübsch«, begann Joel. »Ich möchte...«

»Sch!« Hermione Geyner ließ die Wagenschlüssel in eine rotlackierte Schüssel auf einem Tisch im Korridor fallen und hob die Hand. »Diese Richtung!«

Converse folgte ihr zu einer Doppeltüre; sie öffnete sie, und Joel trat hinter ihr ein. Er blieb stehen, und Verwirrung und Staunen erfaßten ihn. Vor ihnen, in dem großen Raum mit dem gedämpften Licht, war eine Reihe von Sesseln mit hohen Rückenlehnen zu sehen, und auf jedem einzelnen davon saß eine alte Frau – neun alte Frauen! Wie hypnotisiert musterte er sie. Einige lächelten schwach, einige zitterten vor Alter und Schwäche; ein paar musterten ihn streng und eindringlich, und eine schien vor sich hinzusummen.

Gedämpfter Applaus war zu hören – dünne Hände mit hervortretenden blauen Adern, andere angeschwollen, und alle klatschten. Zwei Stühle waren vor den Frauen aufgebaut; Valeries Tante bedeutete ihm, daß diese Stühle für Joel und sie selbst bestimmt waren. Sie setzten sich, und der Applaus verstummte.

»*Meine Schwestern, Soldaten*«, rief Hermione Geyner und erhob sich. »Heute nacht...«

Die alte Frau sprach fast zehn Minuten lang, gelegentlich von Applaus und Ausrufen des Erstaunens unterbrochen. Schließlich setzte sie sich nach einer kurzen Verbeugung, wie um sich für den Applaus zu bedanken. »Jetzt bitte Fragen!«

Wie um darauf zu antworten, begannen die Frauen, eine nach der anderen, zu reden – brüchige, stockende Stimmen größtenteils, und einige davon doch eindringlich, fast feindselig. Und dann wurde Converse bewußt, daß die meisten ihn beobachteten. Sie stellten ihm Fragen, und eine oder zwei bekreuzigten sich beim Sprechen, so als wäre der

Flüchtling, den sie gerettet hatten, tatsächlich ein Priester. Was ging hier eigentlich vor?

»Kommen Sie, mein Herr!« rief Hermione Geyner. »Antworten Sie den Damen. Das sind Sie ihnen schuldig.«

»Ich kann keine Antwort auf etwas geben, was ich nicht verstehe«, protestierte Joel ruhig.

Plötzlich stand Valeries Tante auf, drehte sich blitzschnell zu ihm herum und schlug ihm ins Gesicht. »Mit solchen Ausweichmanövern kommen Sie *hier* nicht weiter!« schrie sie und schlug ein zweites Mal zu, wobei der Ring an ihrem Finger seine Haut aufriß. »Wir wissen, daß Sie jedes Wort verstehen, das hier gesprochen wird! Warum glaubt ihr Tschechen und Polen immer, ihr könntet uns täuschen? Sie haben *kollaboriert*! Wir haben *Beweise*!«

Die alten Frauen begannen zu schreien, und ihre faltigen, verzerrten Gesichter blickten jetzt haßerfüllt. Joel stand auf; er begriff. Hermione Geyner und alle im Raum Anwesenden waren entweder verrückt oder senil oder beides. In Gedanken lebten sie immer noch in jenen gefährlichen Zeiten, die vierzig Jahre zurück in der dunklen Vergangenheit lagen.

Und dann, wie auf ein Stichwort, öffnete sich auf der anderen Seite des Raums eine Tür, und zwei Männer kamen heraus, der eine mit einem Regenmantel bekleidet, die rechte Hand in der Tasche, während die linke ein Paket hielt. Der zweite Mann hielt über seinem ausgestreckten Arm einen Mantel, unter dem ohne Zweifel eine Waffe verborgen war. Und dann erschien ein dritter Mann, und Joel schloß die Augen, preßte sie zusammen, bis der Schmerz in seiner Brust unerträglich wurde. Der dritte Mann hatte einen Verband um die Stirn und trug den Arm in einer Schlinge. Converse hatte jene Wunden verursacht; zuletzt hatte er den Mann in einem Gepäckwagen gesehen, in dem Käfige mit halbtollen Haustieren gestanden hatten.

Der erste Mann kam auf ihn zu und streckte ihm das Päckchen hin. Ein dicker Umschlag, ohne Briefmarken, den er an Nathan Simon in New York geschickt hatte.

»General Leifhelm sendet seine besten Empfehlungen und entbietet Ihnen seinen Respekt«, sagte der Mann.

32

Peter Stone sah zu, wie der CIA-Arzt den letzten Stich am Mundwinkel des Army-Offiziers vernähte, der sich mit beiden Händen an den Armlehnen seines Sessels festklammerte.

»Die Zahnbrücke kann man reparieren«, sagte der Arzt. »Ich habe einen Mann im Labor, der das in ein paar Stunden macht, und einen Dentisten an der Zweiundsiebzigsten Straße, der erledigt den Rest. Ich rufe Sie später an, wenn ich das alles arrangiert habe.«

»Dieser *Hurensohn*!« stieß der Captain, so laut er mit dem halbseitig narkotisierten Mund konnte, hervor. »Ein richtiger Tank war das, ein beschissener schwarzer *Tank*! Dabei hat der ganz bestimmt nicht für sie gearbeitet; der war bloß ein verdammter Taxifahrer! Warum, zum Teufel noch einmal, hat er das getan?«

»Vielleicht haben Sie ihn dazu angestachelt«, sagte der Zivilist und ging mit einem Blatt Papier auf die Seite. »Das kommt vor.«

»*Was* kommt vor?« brüllte der Offizier.

»Lassen Sie das, Captain. Auf die Weise reißen Sie bloß die Nähte auf.« Der Arzt hob eine Spritze, die Geste wirkte wie eine Drohung.

»Okay, okay.« Die Stimme des Offiziers klang jetzt leiser. »Was heißt ›angestachelt‹ in Ihrer verdrehten Sprache?«

»Das ist ganz gewöhnliches Englisch.« Stone wandte sich wieder dem Arzt zu. »Sie wissen, daß ich nicht mehr zur Firma gehöre, Sie sollten mir also eine Rechnung geben.«

»Eine Einladung zum Abendessen genügt schon, wenn Sie das nächstemal in der Stadt sind. Mit dem Labor und dem Zahnarzt ist das natürlich anders. In beiden Fällen würde ich Bargeld vorschlagen. Und holen Sie ihn aus der Uniform raus.«

»Wird gemacht.«

»Was wird gemacht...?« Der Captain verstummte, als er die Hand des Zivilisten sah, die dieser unauffällig vor seine Brust hielt.

Der Arzt verstaute seine Instrumente in seiner Arzttasche und ging zur Tür. »Übrigens, Stone«, sagte er zu dem ehemaligen CIA-Agenten, »danke für den Albanier. Seine Frau gibt ihre Rubel wie eine Verrückte aus, und zwar für jeden Schmerz, für den ich einen Namen finde.«

»Der Schmerz ist ihr Mann. Er hat ein Apartment in Washington, von dem sie nichts weiß, und einige sehr eigenartige Sexgewohnheiten.«

»Von mir erfährt keiner etwas.«

Der Arzt ging hinaus, und Stone wandte sich wieder dem Captain zu. »Wenn Sie mit solchen Männern zusammen sind, dann sagen Sie nicht mehr als Sie unbedingt müssen, und das schließt auch Fragen ein. Die wollen nichts hören und wollen nichts wissen.«

»Tut mir leid. Was haben Sie damit gemeint – *ich* hätte diesen Fleischberg angestachelt?«

»Kommen Sie schon. Da wird eine attraktive Frau von einem mit Orden behängten Offizier auf der Straße verfolgt. Wie viele Erinnerungen – schwarze Erinnerungen – glauben Sie denn, laufen dort draußen herum, die Ihresgleichen nicht gerade Leben?«

»Meinesgleichen? Darüber habe ich nie nachgedacht, aber ich glaube, ich verstehe... Sie haben telefoniert, als ich herkam, und dann waren da noch zwei Gespräche. Was ist denn? Irgend etwas Neues über diese Lady Converse?«

»Nein.« Stone sah wieder auf seine Notizen und ordnete die Papiere. »Wir können annehmen, daß sie zurückgekommen ist, um mit jemandem Verbindung aufzunehmen – mit jemandem, dem sie und ihr Exmann vertrauen.«

»Er kennt sich in Washington aus. Vielleicht jemand auf dem Hill oder sogar in der Administration oder im Außenministerium.«

»Das glaube ich nicht. Wenn er so jemanden kennen würde und glaubte, seine Story würde ankommen, bevor ihm einer eine Kugel in den Kopf jagen kann, dann wäre er schon vor Tagen aufgetaucht. Vergessen Sie nicht, man hat ihn schuldig gesprochen und verurteilt. Können Sie sich irgend jemanden in Washington vorstellen, der das – der mit *ihm* – nicht genau nach den Regeln spielen würde? Er ist verseucht, ansteckend. Das ist von zu vielen ›Gewährsleuten‹ bestätigt worden, ja es gibt sogar eine Diagnose für seine Krankheit.«

»Und inzwischen hat er erfahren, was wir vor Monaten herausgefunden haben. Sie wissen nicht, wer sie sind oder mit wem sie sprechen.«

»Oder wen sie angeheuert haben«, fügte Stone hinzu. »Oder wen sie dazu erpreßt haben, das zu tun, was sie wollen, ohne dabei irgendwelche Geheimnisse preiszugeben.« Der Zivilist setzte sich dem Offizier gegenüber. »Aber dafür haben sich inzwischen ein paar andere Dinge ergeben. Langsam kristallisierten sich ein Schema heraus und ein paar zusätzliche Namen. Wenn wir Converse herausziehen und das, was er erfahren hat, mit dem kombinieren könnten, was wir haben... dann könnte das möglicherweise genügen.«

»*Was?*« Der Captain schoß in seinem Sessel nach vorn.

»Ganz ruhig. Ich habe nur gesagt, möglicherweise. Ich war damit beschäftigt, ein paar alte Schulden einzutreiben, und wenn wir das alles zusammenfügen, sind da immer noch ein paar, denen ich vertrauen kann.«

»Deshalb haben wir *Sie* ja geholt«, sagte der Offizier ruhig. »Weil Sie wissen, was man tun muß, und wir wissen das nicht. Was haben Sie denn?«

»Zunächst einmal – haben Sie je von einem Schauspieler namens Caleb Dowling gehört – tatsächlich heißt er Calvin mit Vornamen, aber das ist nicht wichtig; nur für die Computer.«

»Ich weiß, wer er ist. Er spielt den Vater in einer Fernsehserie. Sie brauchen es ja nicht gleich herumzuerzählen, aber meine Frau und ich sehen uns das gelegentlich an. Was ist denn mit ihm?«

Stone sah auf die Uhr. »Er wird in ein paar Minuten hier sein.«

»Wirklich? Da bin ich aber sehr beeindruckt.«

»Vielleicht sind Sie noch mehr beeindruckt, wenn wir mit ihm gesprochen haben.«

»Herrgott, sagen Sie mir doch schon, was da läuft!«

»Das ist einer dieser seltsamen Zufälle, auf die wir alle warten und die plötzlich passieren. Dowling war zu Dreharbeiten in Bonn und hat sich dort mit Peregrine angefreundet. Wie das bei Schaupielern eben häufig so ist. Außerdem hat er Converse im Flugzeug kennengelernt und ihm ein Hotelzimmer beschafft. Doch was das Wichtigste ist, Dowling war es, der ursprünglich den Kontakt zwischen Peregrine und Converse hergestellt hat – was dann nicht funktionierte, weil sich Fitzpatrick einmischte.«

»Und?«

»Als Peregrine getötet wurde, hat Dowling ein paarmal in der Botschaft angerufen und versucht, einen Termin mit dem diensttuenden Botschafter zu bekommen, aber man hat ihn abgewimmelt. Schließlich hat er Peregrines Sekretärin einen Brief geschickt und gesagt, er müsse sie sehen, es sei wichtig. Die Sekretärin hat sich mit ihm getroffen, und dieser Dowling hat ihr eine Bombe in den Schoß geworfen. Offenbar hatten er und Peregrine vereinbart, daß Dowling mitgehen würde, falls Converse die Botschaft anrufen und es zu einem Kontakt kommen sollte. Er hatte nicht damit gerechnet, daß Peregrine sein Wort brechen würde. Zum zweiten hat Peregrine Dowling gesagt, daß etwas in der Botschaft nicht in Ordnung sei, daß die Leute sich sehr seltsam verhielten. Einen solchen Zwischenfall hat Dowling selbst miterlebt. Er sagte, da seien zu viele Dinge gewesen, die keinen Sinn ergäben. Angefangen mit der völlig vernünftigen und klaren Art und Weise, in der Converse sich mit ihm unterhalten hätte, bis hin zu der Tatsache, daß man ihn, Dowling, nicht offiziell verhört hätte, obwohl er doch einer der letzten Personen gewesen ist, mit denen Converse zusammen war. Es lief darauf hinaus, daß er nicht glaubte, daß Converse etwas mit der Ermordung Peregrines zu tun gehabt hatte. Die Sekretärin fiel beinahe in Ohnmacht, sagte ihm aber, daß man mit ihm Verbindung aufnehmen würde. Sie kannte den Chef der Agency in Bonn und rief ihn an... Und das habe ich vor zwei Tagen auch getan und gesagt, daß das Außenministerium mich in den Fall eingeschaltet hätte.«

»Und er hat das alles bestätigt?«

»Ja. Er hat Dowling zu sich gerufen, ihn sich angehört und inzwischen selbst angefangen herumzubohren. Inzwischen hat er ein paar Namen geliefert; einen davon kennen wir, aber es werden noch andere kommen. Ich habe gerade mit ihm telefoniert, als Sie hierher kamen. Dowling ist gestern herübergeflogen; er wohnt im Pierre und ist um halb zwölf Uhr hier.«

»Jetzt rührt sich etwas«, sagte der Captain und nickte. »Noch etwas?«

»Zwei Dinge noch. Sie wußten ja selbst, wie erschrocken wir waren, als Richter Anstett sterben mußte, und darüber, daß man das Ganze so hingestellt hat, als handle es sich um einen Mafiamord. Zum Teufel, wir waren ja nicht einmal sicher, weshalb Halliday Anstett ursprünglich überhaupt eingesetzt hatte. Nun, die Computerleute in den Datenbänken der Army haben uns die Antwort geliefert. Es reicht bis in den Oktober neunzehnhundertvierundvierzig zurück. Anstett war juristischer Offizier in Bradleys Erster Armee, wo Delavane Bataillonskommandeur war. Delavane hat damals einen Sergeant fertiggemacht und vors Kriegsgericht gebracht. Die Anklage lautete auf Fahnenflucht, und Colonel Delavane wollte ein Exempel statuieren, sowohl für seine eigenen Truppen als auch für die Deutschen, damit erstere wußten, daß sie von einem harten Burschen geführt wurden, und letztere, daß sie es mit einem solchen zu tun hatten. Der Spruch des Gerichts lautete auf schuldig, das Urteil auf Erschießen.«

»Schrecklich«, rief der Offizier.

»Ja, nur daß ein unbedeutender Lieutenant namens Anstett davon hörte und mit rauchenden Kanonen ins Feld zog. Er setzte psychiatrische Auswertungen ein und erreichte nicht nur, daß man den Sergeant zur Behandlung nach Hause schickte, sondern drehte die ganze Verhandlung buchstäblich um und stellte praktisch Delavane vor Gericht. Unter Einsatz derselben psychiatrischen Auswertung – hauptsächlich Streß – zog er Delavanes Eignung als Befehlshaber in Frage. Damit hätte er beinahe eine eindrucksvolle militärische Laufbahn ruiniert und das wahrscheinlich auch geschafft, wenn der Colonel nicht Freunde im Kriegsministerium gehabt hätte. Die haben den Bericht so nachhaltig versteckt, daß er unter dem Namen eines anderen Delavane verschwand und erst wieder zum Vorschein kam, als alle Akten in den sechziger Jahren auf Computer übernommen wurden.«

»Verdammt!«

»Das ist noch nicht alles«, sagte der Zivilist und schüttelte den Kopf. »Das erklärt noch nicht den Mord an Anstett. Und damit wir uns ja nicht falsch verstehen, es war wirklich die Mafia, bis hin zu dem Mann mit der Kanone.« Stone machte eine Pause und blätterte um. »Also mußte es irgendwo eine Verbindung geben, die wahrscheinlich Jahre zurückreichte. Die Boys mit ihren Computern machten sich wieder ans Werk, und ich glaube, jetzt haben wir die Verbindung. Raten Sie mal, wer Colonel Delavanes Chefadjutant bei der First Army war? Nein, sparen Sie sich die Mühe, Sie würden es doch nicht schaffen. Das war ein Captain Parelli, Mario Alberto Parelli!«

»Du lieber Gott! Der Senator?«

»Der fünfmalige Senator, dreißig Jahre Angehöriger jener erhabenen Körperschaft. Mario, der sich am eigenen Zopf in die Höhe gezogen hat, mit leichter Unterstützung einiger Wohltäter und ein paar lukrativer Anwaltsaufträge.«

»Mann...«, sagte der Captain leise und ohne besondere Betonung und lehnte sich im Sessel zurück. »Nicht übel, was?«

»Paßt alles zusammen, und ich kann Ihnen auch ruhig noch sagen, daß zweiundsechzig, dreiundsechzig, während der Tage, als alles auf Kuba schielte, Parelli ein häufiger Besucher im Weißen Haus war, wo die Kennedy-Boys große Stücke auf ihn hielten.«

»Selbst im Senat. Er ist einer der größten Kanonen auf dem Hill.«

»Weil Sie schon so große Augen machen, noch eines. Wir haben Commander Fitzpatrick gefunden.«

»*Was?*«

»Wir wissen zumindest, wo er ist«, fuhr Stone fort. »Ob

wir ihn herausholen können oder es auch nur versuchen sollten – das ist eine andere Frage.«

Valerie stieg am McCarran-Flughafen in Las Vegas in ein Taxi und nannte dem Fahrer die Adresse eines Restaurants an der Route 93, die Sam Abbott ihr am Telefon zweimal wiederholt hatte. Der Fahrer musterte sie im Rückspiegel und runzelte die Stirn. Val war es gewöhnt, daß Männer sie musterten; sie hatte aufgehört, sich davon geschmeichelt zu fühlen oder darüber zu ärgern. Sie langweilten diese Phantasien erwachsener Kinder, die sich mit den Augen amüsierten.

»Sind Sie sicher, Miß?« fragte der Fahrer.
»Wie bitte?«
»Das ist kein Restaurant – Sie wissen schon, kein richtiges *Restaurant*. Das ist ein Schnellimbiß, für Trucker.«
»Dort will ich hin«, sagte Val kühl. Sam hatte ihr gesagt, daß er in einer der Nischen des Speisesaales auf sie warten würde. Das tat er auch, ganz hinten im zweiten Gang. Als Valerie auf ihn zuging, musterte sie den Mann, den sie fast sieben Jahre nicht mehr gesehen hatte. Er hatte sich nicht sehr verändert; sein braunes Haar war an den Schläfen etwas weiß geworden, aber das kräftige, entspannte Gesicht hatte sich nicht sehr verändert – die Augen lagen vielleicht ein wenig tiefer, in ihren Winkeln waren ein paar zusätzliche Falten, und die Wangenknochen wirkten noch ausgeprägter.

»*Val.*« Abbott umarmte sie nur kurz, offensichtlich wollte er keine Aufmerksamkeit auf sie lenken.

»Sie sehen gut aus, Sam«, sagte sie, nahm ihm gegenüber Platz und stellte ihren Koffer neben sich.

»Und Sie einsame Klasse, aber das gilt in militärischer Kürze für all das andere, was ich sagen könnte.« Abbott lächelte. »Komisch, aber ich komme oft hierher, weil mich hier keiner beachtet, und deshalb dachte ich, verdammt, das ist der perfekte Treffpunkt. Ich hätte daran denken müssen – Sie brauchen bloß in der Tür aufzutauchen, dann fallen schon sämtlichen Männern die Löffel aus der Hand.«

»Danke. Ich kann etwas Vertrauen gebrauchen.«
»Und ich wahrscheinlich ein kräftiges Alibi. Wenn mich

hier einer erkennt, dann spricht es sich sofort herum, daß der General fremdgeht.«

»Sind Sie *verheiratet*, Sam?«

»Seit fünf Jahren. Ziemlich spät, aber mit allem, was dazugehört. Eine reizende Frau und zwei bezaubernde Töchter.«

»Das freut mich für Sie. Hoffentlich bekomme ich einmal Gelegenheit, Ihre Familie kennenzulernen. Diesmal geht es mit Sicherheit nicht.«

Abbott wartete einen Augenblick und sah ihr in die Augen. Sein Blick wirkte traurig. »Danke, daß Sie es verstehen«, sagte er.

»Da gibt es nichts zu verstehen, oder besser gesagt, sehr viel zu verstehen. Daß Sie bereit sind, sich nach allem, was geschehen ist, mit mir zu treffen, ist mehr als wir erwarten durften. Joel und ich wissen beide, welches Risiko Sie eingehen, und wenn es eine andere Möglichkeit gegeben hätte, hätten wir Sie nicht in die Sache hineingezogen. Wir kennen nur niemand anderen, und wenn Sie sich angehört haben, was ich zu sagen habe, werden Sie verstehen, weshalb wir nicht länger warten können, weshalb Joel einverstanden war, daß ich versuche, Sie zu finden... Sie waren meine Idee, Sam, aber Joel hätte bestimmt nicht zugestimmt, wenn er nicht das Gefühl gehabt hätte, daß er keine andere Wahl hat – nicht im eigenen Interesse. Er rechnet nicht damit, daß er das überlebt. Das hat er wörtlich gesagt, und das glaubt er auch.«

Eine Bedienung brachte Kaffee, und Abbott dankte. »Wir bestellen erst später«, sagte er und starrte dabei Valerie an. »Sie werden auf mein Urteil vertrauen müssen, das verstehen Sie doch?«

»Ja. Weil ich Ihnen vertraue.«

»Als ich Sie nicht erreichen konnte, habe ich ein paar Leute angerufen, mit denen ich vor ein paar Jahren in Washington zusammengearbeitet habe. Das sind Männer, die sich auf diese Dinge verstehen, und die, lange bevor die meisten von uns die Fragen kennen, schon die Antworten wissen.«

»Genau an die Leute sollten Sie herantreten, meint Joel!« unterbrach Val ihn. »Sie haben ihn damals gesehen; eine

Nacht in seinem Hotel verbracht. Erinnern Sie sich? Er sagte, Sie hätten beide zuviel getrunken.«

»Das haben wir«, nickte Sam. »Und zuviel geredet.«

»Sie haben damals fremde Flugzeuge bewertet, gemeinsam mit Spezialisten von verschiedenen Abwehreinheiten.«

»Stimmt.«

»Das sind die Leute, zu denen er Verbindung braucht! Er muß sie sprechen, muß ihnen alles erklären, was er weiß! Ich greife meinem Bericht an Sie jetzt vor, Sam, aber Joel ist der Ansicht, daß man diese Leute von Anfang an hätte einschalten sollen – an dem Punkt, den er als Anfang bezeichnet. Er hat verstanden, weshalb man ihn ausgewählt hat, und – ob Sie es glauben oder nicht – er findet diese Entscheidung auch heute noch ganz richtig! Aber *diese Leute* hätten eingeschaltet werden müssen!«

»Sie greifen wirklich vor.«

»Ich komme gleich auf alles zu sprechen.«

»Lassen Sie mich noch ausreden. Ich habe mit diesen Leuten gesprochen, ihnen gesagt, daß ich das nicht glaubte, was man liest und hört. Das war einfach nicht der Converse, den ich kannte – und die haben alle gesagt, ich solle die Finger von der Sache lassen, es sei hoffnungslos, und ich könnte auf diese Weise selbst etwas abbekommen. Das sei wirklich nicht der Converse, den ich kannte, sagten sie. Er hätte einen Knacks abbekommen – psychisch –, er sei einfach ein anderer Mensch geworden, es gäbe dafür zu viel Beweismaterial.«

»Aber *meinen* Anruf haben Sie angenommen. Warum?«

»Dafür gibt es zwei Gründe. Der erste liegt auf der Hand – ich habe Joel gekannt. Wir haben miteinander eine ganze Menge erlebt, und all das gibt für mich einfach keinen Sinn, vielleicht will ich ihn auch nicht sehen. Der zweite Grund ist weniger subjektiv. Ich weiß einfach, wann ich mit einer Lüge zu tun habe, und angelogen hat man mich, genau wie man die Leute angelogen hat, die die Lüge ausgesprochen haben.« Abbott nippte an seinem Kaffee, als wollte er sich selbst auffordern, deutlicher zu werden. »Ich habe mit drei Männern gesprochen, die ich kenne – Männern, zu denen ich

Vertrauen habe. Jeder einzelne hat bei seinen Gewährsleuten nachgefragt. Dann haben sie mir alle im wesentlichen dasselbe gesagt, nur mit verschiedenen Worten, von verschiedenen Standpunkten aus, – so läuft das bei solchen Leuten. Aber in einem Punkt gab es nicht den geringsten Unterschied – in keiner Silbe – und das war die Lüge. Das Wort war Rauschgift.«

»Das ist doch verrückt! Das ist *Wahnsinn*!« rief Valerie, und Abbott griff nach ihrer Hand und brachte sie zum Schweigen. »Tut mir leid, aber das ist eine so *schreckliche* Lüge«, flüsterte sie. »Sie wissen nicht...«

»Doch, Val, ich weiß schon. Man hat Joel im Lager fünf- oder sechsmal Substanzen gespritzt, die man aus Hanoi geschickt hatte, und keiner hat heftiger dagegen angekämpft oder das mehr gehaßt als er. Wenn ich später, nach einer unserer langen Nächte, mit Aspirin oder Alka-Seltzer angekommen bin, hat er das Zeug nie angefaßt.«

»Jedesmal, wenn er sich impfen lassen mußte, hat er vier Martinis getrunken, bevor er zum Arzt ging«, sagte Valerie. »Du lieber Gott, wer kann denn ein Interesse daran haben, so etwas zu verbreiten?«

»Als ich versuchte, das herauszufinden, hat man mir gesagt, daß selbst ich das nicht wissen dürfe.«

Jetzt starrte die ehemalige Mrs. Converse den General erstaunt an. »Sie *müssen* es herausfinden, Sam, das wissen Sie doch, oder?«

»Sagen Sie mir, warum, Val. Stellen Sie für mich den Zusammenhang her.«

»Es hat in Genf angefangen, und für Joel war der Name, der alles ausgelöst hat – *alles* – George Marcus Delavane.«

Abbott schloß die Augen, preßte sie förmlich zu. Sein Gesicht wirkte plötzlich um Jahre gealtert.

Der Mann schrie verzweifelt auf, als er aus dem Rollstuhl kippte und zu Boden fiel. Die beiden Beinstümpfe schlugen wie wild, aber ohne Halt zu finden, hin und her, und seine kräftigen Arme stemmten seinen Oberkörper vom Teppich hoch.

»Adjutant! *Adjutant*!« brüllte General George Marcus Delavane, während das Telefon auf dem Schreibtisch unter der seltsamen Landkarte unablässig klingelte.

Ein großer, muskulöser Mann in mittleren Jahren, der Uniform trug, kam hereingerannt und eilte zu seinem Vorgesetzten. »Lassen Sie sich von mir helfen, Sir«, sagte er erregt und zog den Rollstuhl zu sich heran.

»Nicht ich!« schrie Delavane. »Das *Telefon*! Nehmen Sie ab! Sagen Sie, ich komme gleich!« Der alte Soldat begann auf den Schreibtisch zuzukriechen.

»Einen Augenblick bitte«, sagte der Adjutant in die Sprechmuschel. »Der General kommt sofort.« Der Lieutenant-Colonel legte den Hörer des roten Telefons auf den Schreibtisch und lief zuerst zu dem Rollstuhl und dann zu Delavane. »Bitte, Sir, lassen Sie mich *helfen*.«

Mit verzerrtem Gesicht ließ sich der Krüppel in den Rollstuhl heben. Er schob sich vor. »Geben Sie mir das Telefon!« befahl er. Er bekam es. »Palo Alto International. Wie lautet der heutige Code?«

»Charing Cross«, kam die Antwort in britischem Akzent.
»Was ist, England?«
»Funkmeldung aus Osnabrück. Wir haben ihn.«
»Sofort *töten*!«

Chaim Abrahms saß in seiner Küche, trommelte mit den Fingern auf die Tischplatte und versuchte, den Blick vom Telefon und der Uhr an der Wand loszureißen. Noch immer keine Nachricht aus New York. Die Anweisungen waren klar und eindeutig gewesen; die Anrufe sollten alle sechs Stunden innerhalb einer Frist von dreißig Minuten erfolgen, und zwar seit vierundzwanzig Stunden, der geschätzten Ankunftszeit der Maschine aus Amsterdam. Vierundzwanzig Stunden, und immer noch nichts! Das erstemal hatte es ihn nicht beunruhigt. Transatlantische Flüge kamen selten pünktlich an. Das zweitemal hatte er sich zurechtgelegt, daß die Frau vielleicht mit einer anderen Maschine oder mit einem Wagen weitergereist war, die Überwacher es daher schwer gehabt hatten, ein Überseegespräch nach Israel zu führen. Aber als dann auch beim drittenmal nichts kam, war das schon beunruhigend gewesen, und dieses viertemal war unerträglich! Die dreißig Minuten waren fast um; nur noch sechs Minuten. Wann, in Gottes Namen, würde es *klingeln*?

Es klingelte. Abrahms sprang auf und nahm ab.

»Ja?«

»Wir haben sie verloren«, kam die Meldung.

»Sie haben *was*?«

»Sie hat ein Taxi zum La-Guardia-Flughafen genommen und dort ein Ticket für eine Frühmaschine nach Boston gekauft. Dann fuhr sie in ein Motel, muß es aber wenige Minuten später wieder verlassen haben.«

»Und wo waren unsere *Leute*?«

»Einer parkte draußen in einem Wagen, der andere hatte sich ein Zimmer auf demselben Korridor genommen. Es gab keinen Anlaß zu der Annahme, daß sie wieder weggehen würde. Sie hatte ein Ticket nach Boston.«

»Idioten! *Stümper*!«

»Man wird sie zur Rechenschaft ziehen... unsere Männer in Boston haben jeden Flug und jede Bahnverbindung überprüft. Sie ist nicht aufgetaucht.«

»Was veranlaßt Sie denn zu glauben, daß sie je erscheinen wird?«

»Das Ticket. Sonst nichts.«

»*Schwachköpfe!*«

Valerie hatte geendet. Es gab nichts mehr zu sagen. Sie sah Sam Abbott an, der ihr jetzt viel älter erschien als noch vor einer Stunde.

»Da sind jetzt so viele Fragen«, sagte der General, »so viel, was ich Joel fragen möchte. Das Scheußliche ist, daß ich nicht dazu qualifiziert bin; aber ich kenne jemanden, der es ist. Ich werde heute abend mit ihm sprechen, und dann fliegen wir morgen alle drei nach Washington. Ich habe wie heute morgen Geschwaderübung, aber bis zehn bin ich fertig. Ich werde mir den Rest des Tages freinehmen – eines der Kinder ist krank, aber nichts Ernstes. Alan wird wissen, zu wem wir gehen sollen, wem wir vertrauen können.«

»Können Sie ihm vertrauen?«

»Metcalf? Mein Leben würde ich ihm anvertrauen.«

»Joel sagte, Sie sollten vorsichtig sein. Er warnt Sie. Die können überall sein – auch dort, wo man sie am allerwenigsten vermutet.«

»Aber irgendwo muß es doch eine Liste geben. *Irgendwo*.«

»Delavane? San Francisco?«

»Wahrscheinlich nicht. Das ist zu einfach, zu gefährlich. Dort würde jeder am ehesten nachsehen; und das zieht er ganz bestimmt in Betracht... dieser Count-down? Joel meint, daß das mit Unruhen in Verbindung steht, die in verschiedenen Städten ausbrechen sollen!«

»In riesigem Ausmaß, heftiger und massiver als alles, was wir uns vorstellen können. Völlige Destabilisierung, und das Ganze soll sich von einem Ort zum anderen ausbreiten, von denselben Leuten angefacht und geschürt, die man anschließend rufen wird, um wieder Ordnung herzustellen.«

Abbott schüttelte den Kopf. »Das klingt nicht logisch. Es ist zu kompliziert, und es gibt so viele eingebaute Kontrollen. Polizei, Truppen der Nationalgarde; die unterstehen verschiedenen Kommandos. Die Kette würde irgendwo reißen.«

»Das ist es jedenfalls, was Joel glaubt. Er sagt, er könne sich nichts anderes vorstellen, und die wären dazu imstande. Er ist überzeugt, daß sie überall Waffenlager haben und gepanzerte Fahrzeuge und möglicherweise sogar Flugzeuge auf abgelegenen Flugplätzen.«

»Val, das ist *verrückt* – Entschuldigung, das war das falsche Wort. Die Logistik des Ganzen ist einfach zu überwältigend.«

»Newark, Watts, Miami. Das war auch überwältigend.«

»Das war etwas anderes. Damals ging es im wesentlichen um Rassenfragen und Wirtschaftsprobleme.«

»Die Städte brannten, Sam. Leute sind getötet worden, und dann kam die Ordnung mit Gewehren. Nehmen Sie einmal an, daß da mehr Gewehre wären, als wir beide zählen könnten? Auf beiden Seiten. So wie das, was gerade in Nordirland abläuft.«

»Irland? Das Massaker in Belfast? Das ist ein Krieg, den keiner aufhalten kann.«

»Das ist *ihr* Krieg! *Sie* haben das getan! Joel hat es einen Test genannt, einen Probelauf!«

»Das ist *verrückt*«, sagte der Soldat.

Valerie nahm sich ein Zimmer im MGM-Grand-Hotel und gab dem verwirrten Angestellten am Empfang eine Vorauszahlung für drei Tage, anstatt ihm ihre Kreditkarte vorzulegen. Mit dem Schlüssel in der Hand fuhr sie mit dem Aufzug in den achten Stock und sah sich einem etwas vulgären Luxus gegenüber, wie man ihn nur in Las Vegas findet. Sie stand kurz auf dem Balkon ihres Zimmers und blickte auf die untergehende orangerote Sonne und dachte darüber nach, wie verrückt doch alles war. Sie würde Joel gleich am nächsten Morgen anrufen – in Osnabrück würde es dann etwa Mittag sein.

Sie bestellte sich ein Essen aufs Zimmer, sah etwa eine Stunde lang fern und legte sich schließlich ins Bett. Sie hatte sich in Sam Abbott nicht getäuscht. Der liebe Sam, der geradlinige Sam, direkt und unkompliziert. Wenn jemand wußte, was zu tun war, dann würde Sam das sein, und wenn er es nicht wußte, würde er es in Erfahrung bringen. Zum erstenmal seit Tagen empfand Val so etwas wie Erleichterung. Der Schlaf stellte sich ein, und diesmal gab es keine schrecklichen Träume.

Sie erwachte, als die frühe Morgensonne die fernen Berge vor ihrem Balkonfenster in feurigen Glanz hüllte. Ein paar Augenblicke lang, während sie aus den Tiefen des Schlafes emportauchte, glaubte sie, sie sei wieder in Cap Ann, und die Sonne fiele vom Balkon in ihr Schlafzimmer, ein ferner Alptraum, an den sie sich undeutlich erinnerte. Dann sah sie die kräftig gemusterten, geblümten Vorhänge und Berge und roch den etwas abgestandenen Geruch von dicken Hotelteppichen und wußte, daß der Alptraum noch nicht aufgehört hatte.

Sie stieg aus dem übergroßen Bett und ging zum Badezimmer. Unterwegs hielt sie am Fernsehapparat an, um die Nachrichten einzuschalten. Sie erreichte die Tür, blieb plötzlich stehen, krallte sich am Türrahmen fest und hatte das

Gefühl, der Kopf müßte ihr zerspringen. Sie konnte nur schreien. Und wieder und wieder schreien, während ihr der Boden entgegengerast kam.

Peter Stone drehte das Radio in seinem New Yorker Apartment lauter und ging dann schnell zu dem Tisch, auf dem ein offenes Telefonbuch lag, eines mit blauen Seiten, das man in »Mrs. DePinnas« Zimmer im St.-Regis-Hotel gefunden hatte. Stone hörte sich die Nachrichten an, während er die Seiten mit Regierungsstellen überflog..

»...Inzwischen ist die erste Meldung bestätigt worden, daß ein F-18-Düsenjäger vom Nellis-Air-Force-Stützpunkt in Nevada abgestürzt ist. Das Unglück ereignete sich heute morgen um sieben Uhr zweiundvierzig Pazifikzeit, während eines Manövers über der Wüste. Der Pilot, Brigadegeneral Samuel Abbott, war der Chef der taktischen Einsatzgeschwader und galt als einer der besten Piloten der Air Force und als hervorragender Taktiker. Der Presseoffizier in Nellis hat erklärt, daß eine ausführliche Untersuchung eingeleitet werden wird, und er erklärte weiter, daß nach Aussagen der anderen Piloten das Führungsflugzeug des Geschwaders, das von General Abbott geflogen wurde, nach einem Manöver in relativ niedriger Höhe abgestürzt sei. Die Explosion war auch noch in Las Vegas zu hören. Die Aussage des Presseoffiziers klang sehr erregt, als er sich zu dem verunglückten Piloten äußerte. ›Der Tod General Abbotts ist ein tragischer Verlust für die Air Force und die ganze Nation‹, sagte er zu Reportern. Vor einigen Minuten hat der Präsident...«

»Das ist es«, sagte Stone und wandte sich zu dem Army-Captain, der mit ihm im Zimmer war. »Das war ihr Ziel... Schalten Sie das verdammte Ding ab, ja? Ich habe Abbott gekannt; ich habe vor ein paar Jahren in Langley mit ihm zusammengearbeitet.«

Der Army-Offizier starrte den Zivilisten an, während er das Radiogerät ausschaltete. »Wissen Sie, was Sie da sagen?« fragte er.

»Hier ist es«, erwiderte Stone mit ausgestreckter rechter Hand, deren Zeigefinger auf die linke untere Ecke einer Seite in dem dicken Telefonbuch deutete. »Blau dreizehn, drei Seiten vor dem Ende des Buches. ›Regierungsbüros‹. ›Air Force Department –‹«

»Dort sind auch Dutzende anderer Eintragungen, darunter auch Ihre ehemalige Dienststelle. ›Central Intelligence – Außenbüro New York‹. Warum nicht das? Die? Das paßt besser.«

»Den Weg kann er nicht einschlagen, und das weiß er.«

»Das hat er ja auch nicht«, verbesserte ihn der Captain. »Er hat sie geschickt.«

»Und *das* paßt nicht – paßt nicht zu allem anderen, was wir über ihn wissen. Nach Virginia hätte er sie schicken müssen, und dort wäre alles erledigt worden. Nein, sie ist hierher zurückgekommen, um eine ganz bestimmte Person zu finden, nicht eine gesichtslose Abteilung oder ein Büro. Eine Person, die sie beide kannten und der sie vertrauten... Sie hat ihn gefunden, hat ihm alles gesagt, was Converse ihr gesagt hat, und er hat mit anderen gesprochen – mit den falschen. *Verdammt!*«

»Wie können Sie das so sicher wissen?« drängte der Mann von der Army.

»*Herrgott*! Was wollen Sie eigentlich? Eine *Skizze*? Sam Abbott ist über der Küste des Golfs von Tonkin abgeschossen worden. Er war Kriegsgefangener in Vietnam, und ebenso Converse. Ich kann mir gut vorstellen, wenn wir das durch die Computer jagen würden, dann würden wir herausfinden, daß sie einander kannten. Ich bin so sicher, daß ich darauf verzichte. *Scheiße!*«

»Wissen Sie«, sagte der Army-Offizier, »ich habe noch nie gesehen, daß Ihnen das Temperament durchgeht. Auch kalte Typen können einmal in Hitze geraten, nicht wahr, Stone? Ich glaube Ihnen.«

Der ehemalige Abwehroffizier sah den Captain scharf an, und als er dann sprach, war seine Stimme ausdruckslos – und kalt. »Abbott war ein guter Mann – für jemanden in Uniform sogar ein außergewöhnlicher Mann –, aber, damit Sie mich ja nicht falsch verstehen, Captain: Er ist ermordet worden – das *war* Mord, weil das, was diese Frau ihm gesagt hat, so eindeutig war.«

»Eindeutig?«

»Zerbrechen Sie sich den Kopf darüber... Ich bin zornig über Sams Tod. Ja, da haben Sie verdammt recht. Aber noch viel zorniger bin ich darüber, daß wir die Frau nicht haben. Unter anderem deshalb, weil sie, wenn sie mit uns zusammenarbeitet, eine Chance hat, und ohne uns kaum eine. Und ich will sie nicht auch noch auf dem Gewissen haben – dem kleinen Rest davon, den ich noch habe. Außerdem müssen wir sie finden, um Converse herauszuholen. Einen anderen Weg gibt es nicht.«

»Aber wenn Sie recht haben, dann ist sie irgendwo in der Nähe von Nellis, wahrscheinlich in Las Vegas.«

»Ohne Zweifel in Las Vegas. Und bis wir jemanden erreicht haben, der sich dort umsehen könnte, ist sie garantiert schon wieder unterwegs... Wissen Sie, ich möchte im Augenblick wirklich nicht in ihrer Haut stecken. Der einzige Weg, der ihr noch offenstand, ist jetzt neutralisiert. An wen kann sie sich wenden, wo kann sie hingehen? Es ist das, was Dowling gestern über Converse gesagt hat, das, was er Peregrines Sekretärin nicht gesagt hat. Unser Mann ist systematisch isoliert worden und hatte größere Angst vor dem Personal von US-Botschaften als sonst jemand. Er hätte sich nie zu einem Zusammentreffen mit Peregrine bereit erklärt, weil er wußte, daß das eine Falle sein würde. Und deshalb kann er ihn unmöglich getötet haben. Man hatte ihn aufgebaut, und wo er auch hinsah, war eine Falle, damit er dauernd in Trab blieb und sich versteckt halten mußte.« Der Zivilist machte eine Pause und fuhr dann mit fester Stimme fort. »Die Frau ist erledigt, Captain. Sie ist am Ende einer schlechten Straße – ihrer Straße. Und das ist möglicherweise noch das beste für uns. Wenn sie in Panik gerät, könnten wir sie finden. Aber wir werden ein paar Risiken eingehen müssen. Wie steht's? Haben Sie Ihr Testament gemacht?«

Valerie weinte, still an die Glastür gelehnt, von der aus sie auf den grellen, neonübersäten Strip von Las Vegas hinunterblicken konnte. Ihre Tränen galten nicht nur Sam Abbott und seiner Frau und seinen Kindern, sondern auch ihr selbst und

Joel. Sie hatte keine Vorstellung mehr, was sie noch tun konnte. Gleichgültig, zu wem sie auch ging, die Antwort würde immer dieselbe sein. *Sagen Sie ihm, er soll sein Versteck verlassen und zu uns kommen, dann hören wir ihn an.* Und in dem Augenblick, in dem er das tat, würde Joel tot sein und damit seine eigene Prophezeiung erfüllen.

Das Telefon klingelte und paralysierte sie einen Augenblick lang. Sie starrte es an, erschrocken, und zwang sich doch, jetzt nicht die Beherrschung zu verlieren. Sam Abbott war tot, und nur er hatte gesagt, daß er anrufen würde – nur er. Mein Gott, dachte Val, sie haben mich *gefunden*. Genauso wie sie sie in New York gefunden hatten. Aber sie würde den Fehler, den sie in New York gemacht hatte, nicht wiederholen. Sie mußte ganz ruhig bleiben und denken – besser und richtiger denken als die anderen. Das Klingeln hörte auf, und sie trat an das Telefon, nahm den Hörer ab und drückte den Knopf mit der *Null*.

»Vermittlung, hier ist Zimmer Acht-vierzehn. Bitte schicken Sie sofort die Sicherheitspolizei. Es ist sehr dringend.«

Sie mußte schnell handeln, mußte bereit sein, das Zimmer in dem Augenblick zu verlassen, in dem die Leute von der Sicherheit kamen. Sie mußte hinaus, mußte ein Telefon finden, das... *sauber* war. Sie mußte Joel in Osnabrück erreichen.

Colonel Alan Metcalf, Abwehrchef des Air-Force-Stützpunkts Nellis, verließ die Telefonzelle und sah sich in dem Shopping-Center um, die Hand in der Tasche seines Sportjacketts am Kolben des kleinen Revolvers. Er sah auf die Uhr; seine Frau und die drei Kinder würden bald in Los Angeles sein und am späten Nachmittag in Cleveland eintreffen. Sie würden alle vier bei ihren Eltern bleiben, bis er ihnen sagte, daß sie abreisen sollten. So war es besser – da er keine Ahnung hatte, wie dieses »es« aussehen würde.

Er wußte nur, daß Sam Abbott dieses Überschallmanöver schon tausendmal geflogen war. Abbott kannte jede Schraube an seinem Flugzeug und flog nie einen Düsenjäger, der nicht elektronisch überprüft worden war. Diesen Absturz auf einen Fehler des Piloten zu schieben, war lächerlich; nein, jemand hatte jenen Piloten belogen, hier lag Sabotage vor. Sam war getötet worden, weil sein Freund Metcalf einen schrecklichen Fehler gemacht hatte. Nachdem er fast fünf Stunden mit Abbott gesprochen hatte, hatte Metcalf einen Mann in Washington angerufen und ihn gebeten, für den folgenden Nachmittag eine Konferenz vorzubereiten, an der je zwei Mitglieder des Nationalen Sicherheitsrates, der Marineabwehr und von G-Zwo teilnehmen sollten. Vorgegebener Grund: Brigadegeneral Samuel Abbott verfügte über sachdienliche Informationen über den flüchtigen Joel Converse.

Und wenn sie den Mann, der diese Information besaß, so schnell, so effizient töten konnten, so waren sie ebensogut imstande, auch den Boten, den Abwehroffizier, der ihn nach Washington bringen sollte, aus dem Weg zu räumen. Es war besser, wenn Doris und die Kinder in Cleveland waren. Er hatte eine ganze Menge zu tun und eine schreckliche Schuld zurückzuzahlen.

Valerie Converse! O Gott, warum hatte sie es *getan*, warum war sie so schnell geflohen? Er hatte natürlich damit gerechnet, hatte aber dennoch gehofft, daß es ihm gelingen würde, sie noch rechtzeitig zu erreichen. Aber zuerst kamen Doris und die Kinder und die Tickets für das Flugzeug und der Anruf bei ihren Eltern; sie mußten hier weg. Er konnte der Nächste sein. Dann die rasende Fahrt zum Flugplatz, den Revolver neben sich im Wagen, die Durchsuchung von Sams Büro – als Abwehroffizier von Nellis eine besonders widerwärtige Pflicht, aber in diesem Fall wichtig – und das Verhör von Abbotts verwirrter Sekretärin. Ein Name war dabei zum Vorschein gekommen: Parquette.

»Ich werd' sie holen«, hatte Sam letzte Nacht gesagt. »Sie ist im Grand abgestiegen, und ich habe ihr lediglich versprochen, daß ich sie anrufen werde. Sie ist ganz cool, aber das in New York war verdammt knapp. Sie will eine Stimme hören, die sie kennt, und ich kann ihr das nicht verübeln.«

Cool Lady, dachte Alan Metcalf, als er in seinen Wagen stieg, *Sie haben den größten Fehler in Ihrem kurz gewordenen Leben gemacht. Mit mir hatten Sie eine Chance zu überleben – vielleicht –, aber jetzt, wie man hier in Nevada sagt, stehen die Chancen mächtig gegen Sie.*

Trotzdem würde sie auf seinem Gewissen lasten, überlegte der Abwehroffizier, während er auf die Abzweigung zur Route 15 und weiter nach Süden raste.

Gewissen. Er fragte sich, ob diese stummen Bastarde in Washington Joel Converse auf ihrem kollektiven Gewissen hatten. Sie hatten einen Mann ausgeschickt und ihn fallenlassen, hatten nicht einmal so viel Anstand gehabt, sicherzustellen, daß man ihn schnell und barmherzig tötete. Die Programmierer der Kamikazepiloten waren im Vergleich zu solchen Leuten Heilige.

Converse. Wo *war* er?

33

Joel stand schweigend da, während Leifhelms Mann ihm die Waffe wegnahm und sich an die versammelten alten Frauen in den hochlehnigen Sesseln wandte. Er sprach nicht ganz eine Minute, packte dann Converse am Arm – seine und auch ihre Trophäe – und zwang Joel, Hermione Geyner ins Gesicht zu sehen, deren Gefangener er in Wahrheit gewesen war. Es war ein mystisches Ritual des Triumphs aus einer fernen Vergangenheit.

»Ich habe diesen tapferen Frauen aus der Untergrundbewegung gerade gesagt«, erklärte der Deutsche und sah Joel dabei an, »daß sie einen Verräter an unserer Sache entlarvt haben. Frau Geyner wird das bestätigen, ja, meine Dame?«

»*Ja!*« stieß die alte Frau heraus und ihr Gesicht flammte im Glanz ihres Sieges. »Verrat!« schrie sie.

»Die Telefongespräche sind geführt, und wir haben unsere Instruktionen«, fuhr Leifhelms Soldat fort. »Wir werden jetzt hier weggehen, Amerikaner. Sie können nichts tun, also lassen Sie uns leise weggehen.«

»Wenn Sie diese ganze Sache so gut organisiert hatten,

warum dann die zwei Männer im Zug, darunter dieser hier?« fragte Joel und deutete mit einer Kopfbewegung auf den Mann mit dem Arm in der Schlinge. Er versuchte instinktiv, Zeit zu gewinnen – ein Anwalt, der es dem Gegner ermöglichte, sich selbst zu loben.

»Observiert, nichts organisiert«, antwortete der Deutsche. »Wir mußten sichergehen, daß Sie alles taten, was man von Ihnen erwartete. Alle hier schließen sich dieser Meinung an, stimmt das, Frau Geyner?«

»Ja!« rief Valeries Tante.

»Der andere ist tot«, sagte Joel.

»Er ist für unsere Sache gefallen, und wir werden ihn betrauern. Kommen Sie jetzt!« Der Deutsche verbeugte sich vor den Frauen, ebenso wie seine beiden Begleiter, und führte Joel dann zur Tür. Draußen gab Leifhelms Soldat dem Mann mit der Schlinge den dicken Umschlag und erteilte einige Befehle. Die beiden anderen nickten eifrig und gingen schnell die Treppe hinunter, wobei sich der Verwundete am Geländer stützte. Unten angekommen, eilten sie nach rechts, wo Joel in der Nähe des Ausgangs die Silhouette eines langen, schweren Wagens erkennen konnte.

Die drei Gefangenenwärter führten ihn hinaus. Es war mitten in der Nacht, und er wurde jetzt entweder in ein anderes Lager verlegt, oder man würde ihn zur Hinrichtung führen, zu einem Erschießungsplatz, irgendwo im dichten Dschungel, wo man seine Schreie nicht hören würde. Der Anführer gab einen Befehl, worauf sich seine beiden Untergebenen verbeugten und zu dem erbeuteten amerikanischen Jeep rannten, der ein paar hundert Meter entfernt in der Dunkelheit stand. Er war mit dem Mann allein, und Converse wußte, daß eine solche Gelegenheit nicht wiederkommen würde. Wenn er etwas unternehmen wollte, mußte es jetzt geschehen. Er bewegte leicht den Kopf und ließ den Blick auf den dunklen Umriß der Pistole sinken, die der Wärter in der Hand hielt ...

Die Hand des Deutschen war unbewegt, die Waffe auf Joels Brust gerichtet. Im Inneren des alten Hauses hatten die alten Frauen zu singen begonnen, mit brüchigen Stimmen, die allmählich lauter wurden, irgendeine pathetische Siegeshymne, die durch die offenen Fenster ins Freie hallte. Con-

verse tastete mit dem rechten Fuß über die Dielenbretter der
Veranda, fand eines, das schwächer war als die anderen. Er
verlegte sein ganzes Gewicht darauf; laut ertönte ein ächzendes Geräusch. Der Deutsche fuhr erschrocken herum.

Jetzt. Joel packte die Waffe am Lauf, drehte Hand und Stahl
herum, schmetterte den Mann gegen die Mauer, packte die
Waffe mit ganzer Kraft, drehte noch einmal, trieb sie dem
Mann in den Leib.

Die Explosion des Schusses wurde vom Jackett des Deutschen und von seinem Körper so gedämpft, daß ein gerade
anspringender Motor und die Stimmen der alten Frauen das
Geräusch übertönten. Der Deutsche brach zusammen, sein
Kopf fiel zur Seite, die Augen traten hervor, und ein Gestank
von verbranntem Stoff und Eingeweiden breitete sich aus.
Der Feind war tot. Converse duckte sich, wandte sich um
und blickte zur Einfahrt. Er rechnete damit, die beiden anderen Männer mit gehobenen Waffen auf sich zulaufen zu
sehen. Aber er sah nur die Scheinwerfer des Wagens, der von
der Landstraße in die Zufahrt des alten Hauses einbog. In
wenigen Augenblicken würde er hier sein.

Er entwand dem Deutschen die Waffe, zerrte die Leiche
über die Dielenbretter in den Schatten rechts von der Treppe.
Sekunden noch.

*Du mußt dir den Jeep verschaffen. Den Jeep. Der nächste Checkpoint war fünf Meilen weiter unten an der Straße – sie hatten ihn
gesehen, wenn sie draußen arbeiteten. Du mußt dir den Jeep
verschaffen! Schnell jetzt! Den Jeep!*

Der schwere Wagen hielt vor der Veranda, und der Mann
mit dem Arm in der Schlinge stieg auf der rechten Seite aus.
Converse beobachtete ihn verborgen hinter einer dicken
Ecksäule, wie er ins Dunkel spähte.

»König?« rief der Deutsche leise. »König, *wo sind Sie?*« Er
ging die Treppe hinauf, und seine linke Hand griff unsicher
tastend in die Jackentasche.

Joel sprang hinter der Säule hervor, lief die alte Treppe zur
Auffahrt hinunter und packte den Verwundeten an der
Armschlinge. Dann trieb er ihm die Pistole in den Hals,
drehte ihn herum und schmetterte seinen Schädel gegen das

Wagendach. Sofort kauerte er sich nieder und stieß die Waffe durch das offene vordere Seitenfenster des Wagens.

Der erstaunte Fahrer war schneller als der Verwundete, riß eine Pistole aus einem unsichtbaren Halfter und feuerte blindlings um sich, wobei die Windschutzscheibe zertrümmert wurde. Converse schoß zurück und traf den Mann am Kopf. Ein Stück der Schädeldecke flog durch das offene Fenster.

Du mußt die Leichen in den Dschungel bringen! Du darfst sie nicht hier beim Lager lassen! Jede Sekunde zählt jetzt, jede Minute!

Joel sprang auf und zerrte den verwundeten Deutschen hoch, während er die vordere Wagentür aufriß. »Sie werden mir jetzt helfen, Sie guter Christ!« flüsterte er und erinnerte sich an das jammernde Flehen des Killers in einem Packwagen. »Sie tun jetzt, was ich Ihnen sage, sonst schicke ich Sie zu Ihren Freunden. Dieser lausige Hurensohn auf der Veranda! Holen Sie ihn her! Hinten hinein!«

Vielleicht eine Minute später saß der Verwundete hinter dem Steuer des Wagens und fuhr unter einigen Schwierigkeiten los. Die beiden Leichen lagen auf dem Rücksitz, ein Bild des Schreckens, und Converse glaubte sich jeden Augenblick übergeben zu müssen. Aber dann blickte er starr aus dem Fenster hinaus und instruierte den Fahrer, wie er fahren sollte. Schließlich erreichten sie einen flachen Wiesengrund vor einer kleinen Bodenerhebung, und Converse befahl dem Deutschen, die Straße zu verlassen. Sie holperten ein paar hundert Meter über das unebene Terrain, bis der Boden schließlich abfiel und man auf ein kleines Wäldchen in einiger Entfernung sehen konnte. Joel befahl dem Fahrer auszusteigen.

Dem letzten Wächter hatte er eine Chance gegeben. Er war noch ein Junge in einer schlecht sitzenden Uniform, mit ernsten Augen und einem Gesicht, das eine einzige Frage war. Wieviel von dem, was er tat, erwuchs aus eigenen Empfindungen, wieviel hatte man ihm eingetrichtert? Er hatte dem Jungen – dem Kind – eine einfache Prüfung abgenommen – und ein Gläubiger hatte die Prüfung nicht bestanden.

»Hören Sie mir zu«, sagte Joel. »In dem Zug haben Sie mir

gesagt, daß Sie nur *bezahlt* wären – das deutsche Wort habe ich nicht verstanden –, aber daß Sie niemanden töten wollen. Stimmt das?«

»Ja, mein Herr! Ich *niemanden* töten! Ich habe nur beobachtet, bin Ihnen gefolgt!«

»Also gut. Ich stecke jetzt die Waffe weg und werde weggehen. Sie gehen, wohin Sie wollen, okay?«

»*Ich verstehe*! Ja, natürlich!«

Joel schob sich die Waffe in den Gürtel und drehte sich um, ohne dabei den Kolben loszulassen. Dann stieg er den Abhang hinab. Ein *Scharren*! Das Geräusch von rollenden Steinen! Er fuhr herum und ließ sich auf die Knie fallen, der Deutsche warf sich auf ihn.

Er feuerte einmal. Der Soldat stieß einen Schrei aus, knickte in der Hüfte zusammen und rollte den Abhang hinunter, wo er stumm liegenblieb. *Ein Gläubiger hatte das Examen nicht bestanden.*

Joel ging den Abhang wieder hinauf. Er holte seinen an Nathan Simon adressierten Umschlag aus dem Wagen und ging zur Straße zurück. Er hatte sich das Terrain genau eingeprägt. Er war wieder der Pilot, dem kein Fehler unterlief. Er wußte, was er zu tun hatte.

Er hatte sich in den Büschen vor Hermione Geyners Grundstück versteckt, dreißig Meter vor dem alten Haus, zwanzig von der Auffahrt entfernt, deren Ränder von der Hitze ausgedörrtes Unkraut überwuchert hatte. Er mußte wachbleiben, denn wenn es passieren würde, dann bald. Die menschliche Natur konnte nur ein bestimmtes Maß an Angst ertragen, darauf hatte er sich als Anwalt nur zu oft verlassen. Männer, die Angst hatten, brauchten Sicherheit. Die Sonne war aufgegangen, und die Vögel zwischerten im Morgenlicht, Myriaden von Geräuschen hatten das nächtliche Schweigen abgelöst. Aber das Haus war noch stumm, die breiten Fenster, durch die erst vor Stunden die Stimmen der verrückten alten Frauen ins Freie gedrungen waren, blieben verschlossen. Und er trug immer noch seinen Priesterkragen, besaß immer noch seinen Priesterausweis und den

Pilgerbrief. Die nächsten paar Stunden würden ihm sagen, was sie noch wert waren.

Zuerst war das Dröhnen eines Motors zu hören, dann bog ein schwarzer Mercedes von der Landstraße in die Auffahrt. Er schoß auf die Veranda zu und wurde dann scharf abgebremst. Zwei Männer stiegen aus. Der Fahrer lief sofort um das Wagenheck und stellte sich neben seinen Beifahrer. Einen Augenblick blieben sie stehen und musterten das Haus und seine zersprungenen Fenster. Dann drehten sie sich um, suchten das Terrain ab, gingen zu Hermione Geyners Wagen und spähten hinein. Der Fahrer nickte, griff unter sein Jackett und zog eine Pistole heraus. Sie gingen zu den Stufen zurück, sprangen sie hinauf, überquerten die Veranda und suchten eine Glocke. Aber sie fanden keine. Der unbewaffnete Mann klopfte erst, schließlich hämmerte er mit der Faust gegen die Tür und versuchte sie zu öffnen.

Im Haus war jetzt eine Stimme zu hören, dann wurde die Tür aufgezogen, und Frau Geyner stand in einem abgewetzten Morgenrock im Morgenlicht. Ihre Stimme klang wie die einer altjüngferlichen Lehrerin, die zwei unbotmäßige Schüler tadelt. Jedesmal, wenn einer der beiden Männer etwas sagen wollte, wurde ihre Stimme lauter und schriller. Schließlich steckte der Fahrer die Waffe weg. Sein Begleiter allerdings, der offenbar von mehr Angst geplagt wurde, packte Valeries Tante an den Schultern und redete erregt auf sie ein.

Aber Hermione Geyner schien sich nicht einschüchtern zu lassen, ihre Antworten klangen nicht weniger unfreundlich. Sie deutete auf die Einfahrt und schilderte offenbar das, was sie in den frühen Morgenstunden miterlebt hatte – das, was sie selbst geleistet hatte. Die beiden Männer sahen einander an, fragend und besorgt zugleich. Sie liefen die Treppe hinunter zurück zu ihrem Wagen. Der Fahrer ließ den Motor so unsanft an, daß das Getriebe krachend protestierte. Dann machte der Mercedes einen Satz, fegte an Frau Geyners Wagen vorbei und raste hinunter zum Tor. Dort bog er nach links ab und schoß die Landstraße hinunter, während Hermione Geyner die Tür zuschlug.

Jetzt war das Risiko nicht mehr zu umgehen, überlegte Joel, als er aus den Büschen kroch. Aber es war auch kalkulierbarer geworden. Aquitania hatte Frau Geyner fallengelassen; von ihr war nichts mehr zu erfahren. Zu einer Verrückten zurückzukehren, war das größere Risiko für Delavanes Leute. Den Umschlag in der Hand ging Joel über die Auffahrt und die Treppenstufen hinauf zur Tür. Er klopfte. Zehn Sekunden später öffnete Hermione Geyner kreischend. Und dann tat er etwas so völlig Unvorhersehbares, etwas, das überhaupt nicht zu ihm paßte, so daß er es kaum selbst glauben konnte, während er dem plötzlichen Impuls nachgab.

Er schlug der alten Frau die Faust ans Kinn. Und damit begannen die längsten acht Stunden seines Lebens.

Die verwirrten Sicherheitsleute des MGM-Grand-Hotels lehnten widerstrebend Valeries Trinkgeld ab, besonders nachdem sie es von fünfzig auf hundert Dollar angehoben hatte, in der Meinung, die Gepflogenheiten in Las Vegas seien etwas anders als die in New York und ganz bestimmt als die in Cap Ann. Sie waren fast eine Dreiviertelstunde durch die Straßen der Stadt gefahren, bis beide Männer ihr versicherten, daß ihnen wirklich niemand folgte. Sie versprachen auch, einen Posten ins achte Stockwerk zu entsenden, um den Mann ausfindig zu machen, der sie belästigt und versucht hatte, sich Zugang zu ihrem Zimmer zu verschaffen. Darüber hinaus waren sie natürlich verstimmt, daß sich Valerie ein Zimmer auf der anderen Seite des Boulevards im Caesar's Palace genommen hatte.

Val gab dem Pagen ein Trinkgeld, nahm ihm den kleinen Koffer ab und schloß die Tür. Dann stürzte sie an das Telefon neben dem Bett.

»Ich *muß* auf die Toilette!« schrie Hermione Geyner, die sich einen Eisbeutel gegen das Kinn drückte.

»Schon wieder?« fragte Converse, der die Augen kaum geöffnet hatte und mit dem Umschlag und einer Pistole im Schoß ihr gegenüber saß.

»Sie machen mich nervös. Sie haben mich geschlagen.«

»Sie haben gestern abend dasselbe getan und noch viel mehr«, erwiderte Joel, stand auf und schob sich die Waffe in den Gürtel. Den Umschlag ließ er nicht los.

»Ich will Sie hängen sehen! *Verräter!* Wie viele Stunden sind es jetzt? Glauben Sie, unsere Leute im *Untergrund* werden mich nicht *vermissen*?«

»Ich denke, die füttern Tauben im Park und gurren mit ihnen. Kommen Sie schon, ich begleite Sie.«

Das Telefon klingelte; plötzlich waren die Stunden ohne Bedeutung. Converse packte die alte Frau am Genick und schob sie zu dem alten Schreibtisch. »Machen Sie es so, wie wir es geübt haben«, flüsterte er, ohne sie loszulassen. »Los!«

»Ja?« sprach Hermione Geyner in die Sprechmuschel, während Joel sein Ohr dicht neben ihres hielt.

»*Tante!* Ich bin's, Valerie!«

»*Val!*« schrie Converse und stieß die alte Frau zur Seite. »*Ich* bin's! Ich bin nicht sicher, daß das Telefon sauber ist. Man hat deine Tante! Schnell! Hast du mit Sam gesprochen?«

»Ja, Joel!« schrie Valerie. »Aber er ist *tot*! Sie haben ihn *umgebracht!*«

»*Herrgott!* Wir haben keine Zeit mehr, Val, keine *Zeit!* Das *Telefon!*«

»Triff dich mit mir!« schrie Val ins Telefon.

»Wo? Sag mir, *wo*?«

Das Schweigen dauerte weniger als ein paar Sekunden und dehnte sich doch für beide zu einer Ewigkeit. »Wo es angefangen hat, Darling!« rief Valerie. »Wo es angefangen hat, aber *nicht* wo es angefangen hat... Die Wolken, Darling. Das Stoffstück und die Wolken!«

Wo es angefangen hat. Genf. Aber nicht Genf. Wolken, ein Stück Stoff.

»Ja, ich *weiß!*«

»Morgen! Ich werde dort sein!«

»Ich muß hier weg... Val... Ich liebe dich sehr!«

»Die Wolken, my Darling – my only Darling – o *Gott*, rette dich!«

Joel riß die Telefonschnur aus der Wand. Im nächsten

Moment ging Hermione Geyner mit einem schweren Schürhaken, den sie vom Kamin gerissen hatte, auf ihn los. Der eiserne Haken verfehlte knapp seine Wange. Joel packte die Alte und schrie sie an.

»Für Sie habe ich jetzt keine Zeit, Sie verrücktes Weib!« Er riß sie herum, stieß sie vor sich her und griff sich den Umschlag vom Tisch. »Sie wollten doch ins Bad, haben Sie das vergessen?«

Das Bad war den Gang hinunter, und Converse sah in der roten Lackschale auf dem Tischchen an der Wand das, war er zu sehen gehofft hatte. Die alte Frau hatte sie gestern nacht hineinfallen lassen – die Schlüssel für ihren Wagen. Die Tür zum Badezimmer ging nach außen auf – und das war die Lösung. Als die Alte drinnen war, zerrte Joel einen schweren Sessel von der Wand und schob ihn unter die Klinke. Valeries Tante hörte den Lärm und versuchte, die Tür zu öffnen. Aber sie ging nicht auf.

»Wir haben heute abend wieder eine Versammlung!« schrie die Alte. »Wir werden unsere besten Leute schicken! Die *Besten*!«

Joel verließ das Haus, zog die Tür hinter sich zu, aber ließ sie unverschlossen. Dann lief er zu Hermione Geyners Wagen. Er ließ den Motor an; der Tank war halbvoll. Das war ausreichend, um Osnabrück hinter sich zu haben, wenn er wieder tanken mußte. Bis er sich eine Karte beschaffen konnte, würde er sich einfach an der Sonne orientieren und nach Süden fahren.

Valerie traf die nötigen Arrangements in dem Reisebüro von Caesar's Palace. Sie bezahlte bar und benutzte den Mädchennamen ihrer Mutter, wobei sie gleichzeitg hoffte, daß sie sich einige Fähigkeiten dieser im Krieg erfahrenen Frau angeeignet hatte. Um 18.00 Uhr gab es einen Flug der Air France von Los Angeles nach Paris. Sie würde eine Chartermaschine nach Los Angeles nehmen und sich mit einer Limousine zum Flughafen bringen lassen. Auf die Weise konnte sie den Terminal im McCarran-Airport umgehen. Solche Bequemlichkeiten waren stets zu haben, wenn auch gewöhnlich nur für Prominente und Leute, die im Casino gewonnen haben. Der falsche Name würde bei der Air France keine Schwierigkeiten machen, höchstens etwas peinlich sein, sich aber in ihrem Fall leicht erklären lassen. Ihr ehemaliger Mann, zu dem sie jede Verbindung gelöst hatte, war inzwischen berüchtigt, ein Gejagter. Sie zog die Anonymität vor. Ihren Paß würde sie erst bei der Einwanderungsbehörde in Paris vorzeigen müssen, und danach konnte sie überall hin reisen, unter jedem Namen, den sie angab, denn die Grenzen Frankreichs würde sie nicht überschreiten. Das war der Grund, weshalb sie an Chamonix gedacht hatte.

Sie saß in ihrem Sessel, blickte zum Fenster hinaus und dachte an jene Tage zurück – in Chamonix. Sie war mit Joel nach Genf geflogen, wo er eine dreitägige Besprechung hatte. Anschließend wollten sie fünf Tage am Mont Blanc Ski laufen. Sie verdankten die Reise John Brooks, dem bekannten internationalen Anwalt von Talbot, Brooks and Simon, der sich schlicht geweigert hatte, auf eine Familienfeier zu verzichten wegen eines »dummen Gesprächs mit irgendwelchen Idioten«, wie er es ausdrückte. »Das kann unser junger Mann erledigen. Der wird sie schon einwickeln und ihnen dabei die Taschen leeren.« Es war das erstemal gewesen, wo Joel wirklich gewußt hatte, daß er es in dieser Firma zu etwas bringen würde, und doch hatte ihn seltsamerweise die Aussicht auf die gemeinsamen Urlaubstage nicht weniger erregt.

Aber Joel hatte auf dieser Reise keine Freude am Skilaufen gehabt. Am zweiten Tag war er gestürzt und hatte sich den Knöchel verrenkt. Die Schwellung war riesig gewesen und äußerst schmerzhaft. Val hatte ihn »Sir Muffig« getauft. Jeden Morgen verlangte er seine Herald Tribune, lehnte es mit geradezu kindischer Hartnäckigkeit ab zu frühstücken, ehe die Zeitung kam, und spielte den Märtyrer, wenn seine Frau auf die Piste ging. Als sie angedeutet hatte, daß sie ohne ihn überhaupt nicht Ski laufen wolle, wurde es noch schlimmer. Er hatte ihr vorgeworfen, sie wolle die Heilige spielen. Er würde schon zurechtkommen – schließlich hätte er etwas zu lesen, aber dafür hätten Künstler natürlich kein Verständnis.

Was er doch für ein kleiner Junge gewesen war, dachte

Val. Aber in den Nächten war er so ganz anders gewesen. Er wurde wieder der Mann, liebevoll und zart, gleichzeitig der großzügige Löwe und das empfindsame Lamm. Sie liebten sich stundenlang. Das Mondlicht schien draußen auf die Schneefelder, bis schließlich die ersten Strahlen der Morgensonne die Berge rot färbten und sie – gemeinsam – erschöpft in den Schlaf sanken.

An ihrem letzten gemeinsamen Tag, ehe sie nach Genf zurückkehrten, um dort die Nachtmaschine nach New York zu nehmen, hatte sie ihn überrascht. Statt noch einmal auf die Piste zu gehen, um ein paar Stunden Ski zu laufen, war sie in die Hotelboutique gegangen und hatte ihm einen Pullover gekauft, auf dessen Ärmel sie ein großes Stück Stoff genäht hatte, auf dem stand: *Downhill Racer – Chamonix*. Sie hatte ihm das Geschenk präsentiert, während draußen vor der Tür der Träger mit einem Rollstuhl wartete – das hatte sie über die Hoteldirektion arrangiert. Man hatte sie ins Zentrum von Chamonix gebracht zu der Seilbahn, die 3900 Meter hinauf zum Gipfel des Mont Blanc führte – durch die Wolken zum Gipfel der Welt, wie es schien. Und als sie schließlich oben angekommen waren und den atemberaubenden Ausblick genossen, hatte sich Joel herumgedreht mit seinem jungenhaften Blick in den Augen. »Genug von diesem albernen Ausblick«, hatte er gesagt. »Zieh dich aus. So kalt ist es wirklich nicht.«

Sie hatten heißen Kaffee getrunken, waren draußen auf einer Bank gesessen, umgeben von der majestätischen Szenerie der Bergwelt. Sie fühlte diese Liebe jetzt wieder und stand auf. Für solche Gedanken war jetzt keine Zeit – sie brauchte jetzt einen klaren Kopf. Sie mußte um die halbe Welt reisen und dabei wer weiß wie vielen Leuten, die nach ihr Ausschau hielten, aus dem Weg gehen.

Er hatte gesagt, er liebe sie – *sehr*. War es Liebe, oder brauchte er sie nur... ihre Unterstützung? Sie hatte mit *my darling* darauf geantwortet – nein, sie hatte mehr als das gesagt. Viel deutlicher war sie gewesen. Sie hatte gesagt *my only darling*. War das eine Antwort, die nur aus der Panik geboren war?

Das Schlimmste war, nichts zu wissen, dachte Converse, während er die Straßentafeln im Licht seiner Scheinwerfer studierte. Er war jetzt seit fast sieben Stunden unterwegs und hatte sich in Hagen an einer Tankstelle eine Landkarte besorgt, während der Wagen frisch aufgetankt wurde – sieben Stunden, und nach der Karte zu schließen war er noch weit von dem Grenzübergang entfernt, den er sich ausgewählt hatte. Der Grund lag darin, daß er nicht wußte, ob man in den ersten Stunden, seit er Osnabrück verlassen hatte, nach Hermione Geyners Wagen gesucht hatte. Jetzt war das eindeutig der Fall. Aber in jenen ersten Stunden hätte er auf den Bundesstraßen schneller von der Stelle kommen können, nur daß er es nicht gewagt hatte, sie zu benutzen, für den Fall, daß Leute von Aquitania auf Vals Anruf hin zu dem alten Haus gerast waren. Er war auf verschlungenen Nebenstraßen gefahren, immer die Sonne im Auge behaltend, immer wieder nach Süden steuernd, bis er Hagen erreichte. Inzwischen waren Hermione Geyner und ihre Schar Verrückter ohne Zweifel zur Polizei gegangen, um den Diebstahl des Wagens zu melden. Joel hatte keine Ahnung, womit sie die Polizei überzeugen würden, daß Valeries Tante Anlaß zur Klage hatte, aber ein gestohlener Wagen war ein gestohlener Wagen. Ob ihn nun der heilige Franz von Assisi oder Jack the Ripper fuhr. Er mußte also auf den Nebenstraßen bleiben.

Er würde mindestens noch drei oder vier Stunden zu fahren haben, aber irgendwo unterwegs wollte er haltmachen und eine Weile schlafen. Er war erschöpft; er hatte so lange nicht mehr geschlafen, daß er sich überhaupt nicht an das letztemal erinnern konnte. Chamonix und Val erwarteten ihn. Er hatte ihr gesagt, daß er sie liebe – er hatte es *gesagt*. Nach so vielen Jahren hatte er es ausgesprochen, und die Erleichterung war unglaublich. Und die Antwort war noch unglaublicher. *My darling – my only darling*. Meinte sie das wirklich?

Aquitania! Du mußt alles andere aus deinen Gedanken verdrängen und nach Frankreich fahren!

Der Flug von Los Angeles nach Paris verlief ereignislos. Während Val durch das Fenster der Maschine nach unten blickte, schien nichts für sie mehr Bedeutung zu haben, aber jegliche Ruhe, die der Flug in ihr erzeugt hatte, endete wieder in Paris.

»Sind Sie geschäftlich oder auf Urlaub in Paris, Madame?« fragte der Beamte am Einwanderungsschalter, während er Valeries Paß entgegennahm und ihren Namen in den Computer tippte.

»*Un peu de l'un et de l'autre.*«

»*Vouz parlez français?*«

»*C'est ma langue préférée. Mes parents étaient parisiens*«, erklärte Val, immer noch in französischer Sprache. »Ich bin Künstlerin und habe mit einigen Galerien zu sprechen. Natürlich will ich auch reisen...« Sie hielt inne, als sie sah, wie die Augen des Beamten vom Bildschirm nach oben wanderten und sie studierten. »Ist etwas?« fragte sie.

»Nichts von Bedeutung, Madame«, sagte der Mann, griff nach dem Telefon und sprach mit leiser Stimme, so daß sie im Lärm der großen Ankunftshalle nichts verstehen konnte. »Da ist jemand, der Sie gerne sprechen möchte.«

»Für *mich* ist das schon von Bedeutung«, wandte Valerie, plötzlich beunruhigt ein. »Ich reise aus sehr gutem Grund nicht unter meinem Namen – was Ihnen Ihre Maschine ohne Zweifel verraten hat, und ich werde mich *nicht* irgendwelchen Verhören oder sonstigen Belästigungen durch die Presse aussetzen! Ich habe alles gesagt, was ich zu sagen hatte. Bitte, setzen Sie sich mit der amerikanischen Botschaft in Verbindung.«

»Das ist nicht nötig, Madame«, sagte der Mann und legte den Hörer auf. »Es handelt sich um kein Verhör, und von der Presse wird niemand erfahren, daß Sie in Paris sind, sofern Sie es ihr nicht selbst sagen. Außerdem ist in dieser Maschine nichts außer dem Namen in Ihrem Paß.«

Ein zweiter uniformierter Beamter trat aus einem nahe gelegenen Büro in die Kabine des Einwanderungsbeamten. Er verbeugte sich höflich. »Wenn Sie bitte mitkommen wollen, Madame«, sagte er leise in englischer Sprache. Die Angst in ihren Augen war ihm nicht entgangen, und so fuhr er fort: »Sie können das natürlich ablehnen, da es sich keineswegs um eine amtliche Aufforderung handelt. Aber ich hoffe, daß Sie das nicht tun werden. Es handelt sich um eine Gefälligkeit zwischen alten Freunden.«

»Wer sind Sie?«

»Chefinspektor der Einwanderungsbehörde, Madame.«

»Und wer möchte mich sprechen?«

»Das müßte er Ihnen selbst sagen. Aber ich soll Ihnen einen anderen Namen nennen. Mattilon. Mein Bekannter sagt, Sie seien alte Freunde gewesen, und auch er hätte großen Respekt vor ihm gehabt.«

»*Mattilon?*«

»Wenn Sie liebenswürdigerweise in meinem Büro warten würden, werde ich persönlich dafür sorgen, daß Ihr Gepäck gebracht wird.«

»Das hier ist mein Gepäck«, sagte Val und überlegte, wer wohl Renés Namen erwähnen würde. »Ich möchte einen Polizeibeamten in der Nähe haben, jemanden, der uns durch eine Glastür beobachten kann.«

»*Pourquoi?* . . . Warum, Madame?«

»*Une mesure de sûreté*«, erwiderte Valerie.

»*Oui, bien sur, mais ce n'est pas necessaire.*«

»*J'insiste ou je pars.*«

»*D'accord.*«

Man erklärte ihr, daß die Person, die sie zu sprechen wünschte, aus der Innenstadt zum Charles-de-Gaulle-Flughafen kommen müßte. Das würde fünfunddreißig Minuten in Anspruch nehmen, unterdessen trank sie Kaffee und ein kleines Glas Calvados. Dann trat der Mann durch die Tür. Er mochte Anfang Fünfzig sein. Seine Kleidung war zerdrückt, als hätte er aufgehört, auf sein Äußeres zu achten. Sein Gesicht wirkte müde und alt, und als er sprach, war seine Stimme ebenfalls müde, aber nichtsdestoweniger präzise.

»Ich werde Ihre Zeit nur ein paar Minuten in Anspruch nehmen, Madame. Ich bin sicher, daß Sie viel zu erledigen haben und viele Leute aufsuchen möchten.«

»Wie ich schon erklärte«, sagte Val und sah den Franzosen

scharf an. »Ich bin in Paris, um mit einigen Galerien zu sprechen.«

»Das interessiert mich nicht«, unterbrach der Mann und hob die Hände. »Verzeihen Sie, ich will das nicht hören, ich will gar nichts hören, sofern Madame nicht, nachdem ich mich erklärt habe, *mit mir* sprechen möchte.«

»Warum haben Sie den Namen Mattilon benutzt?«

»Als Empfehlung. Sie waren Freunde. Darf ich darauf zurückkommen?«

»Bitte tun Sie das.«

»Mein Name ist Prudhomme. Ich gehöre der Sûreté an. Ein Mann ist vor einigen Wochen hier in Paris in einem Krankenhaus gestorben. Es heißt, Ihr ehemaliger Mann, Monsieur Converse, sei dafür verantwortlich.«

»Das ist mir bekannt.«

»Aber es kann nicht stimmen«, sagte der Franzose ruhig, während er sich setzte und sich eine Zigarette herausholte. »Haben Sie keine Sorge. Dieses Büro ist nicht ›verwanzt‹. Der Chefinspektor und ich waren gemeinsam bei der *Résistance*.«

»Jener Mann ist nach einem heftigen Kampf mit meinem ehemaligen Mann gestorben«, sagte Val vorsichtig. »Ich habe das in der Zeitung gelesen und im Radio gehört, und doch sagen Sie mir, er sei nicht für seinen Tod verantwortlich. Wie können Sie das sagen?«

»Dieser Mann ist nicht im Krankenhaus *gestorben*, man hat ihn getötet. Zwischen zwei Uhr fünfzehn und zwei Uhr fünfundvierzig morgens. Ihr Mann befand sich zu dieser Zeit in einem Flugzeug zwischen Kopenhagen und Hamburg. Das ist inzwischen festgestellt worden.«

»Sie *wissen* das?«

»Nicht offiziell, Madame. Man hat mich von dem Fall abgezogen. Ein Mitarbeiter von mir, ein Mann mit wenig Polizeierfahrung, dafür aber Erfahrung bei der Armee – bei der Fremdenlegion – hat den Fall übertragen bekommen, während man mich auf ›wichtigere‹ Angelegenheiten angesetzt hat. Ich habe Fragen gestellt; ich werde Sie nicht mit Einzelheiten langweilen, aber die Lungen des Mannes sind zusammengebrochen – ein plötzliches Trauma, das mit seinen Wunden nichts zu tun hat. Der Mann ist erstickt worden. Das stand nicht im Bericht. Man hat es herausgelassen.«

Valerie gab sich große Mühe, ganz ruhig und distanziert zu bleiben, und verdrängte ihre Angst. »Und was ist mit Mattilon?« fragte sie. »Meinem *Freund* Mattilon.«

»Fingerabdrücke«, erwiderte der Franzose müde. »Man entdeckte sie plötzlich, zwölf Stunden nachdem die *Arrondissement*-Polizei – die *sehr* gut ist – sein Büro untersucht hat. Und doch hat es am selben Tag in Wesel in Westdeutschland auch einen Mord gegeben. Man hat das Gesicht Ihres ehemaligen Mannes beschrieben, seine Identität praktisch bestätigt. Und dann eine alte Frau in einem Zug nach Amsterdam – dieselbe Route –, sie wird mit einer Pistole in der Hand aufgefunden. Und wieder die Beschreibung. Hat dieser Converse Flügel? Kann er Grenzen überfliegen? Wiederum nicht möglich.«

»Was versuchen Sie mir zu sagen, Monsieur Prudhomme?«

Der Mann von der Sûreté sog den Rauch seiner Zigarette tief ein, riß ein Blatt Papier aus seinem Notizbuch und schrieb etwas darauf. »Ich bin nicht sicher, Madame, da ich in diese Angelegenheiten schließlich nicht mehr offiziell eingeschaltet bin. Aber wenn Ihr ehemaliger Mann den Tod des Mannes in Paris nicht verursacht hat und auch Ihren alten Freund, Monsieur Mattilon, nicht erschossen haben kann... wie viele andere hat er dann *nicht* getötet, einschließlich des amerikanischen Botschafters in Bonn und des Oberkommandeurs der NATO? Und wer sind diese Leute, die Regierungsstellen dazu veranlassen können, dies und jenes zu bestätigen, Einsatzpläne leitender Polizeibeamter willkürlich abzuändern, die medizinische Berichte ändern können und Beweismaterial entfernen?... Es gibt da Dinge, die ich nicht verstehe, Madame. Aber ich bin sicher, daß das genau die Dinge sind, die ich auch nicht verstehen *soll*. Und deshalb gebe ich Ihnen diese Telefonnummer. Das ist nicht meine Büronummer; das ist meine Wohnung in Paris – meine Frau weiß, wo sie mich erreichen kann. Merken Sie sich das gut, sagen Sie, wenn Sie in Schwierigkeiten geraten, daß Sie der *Tatiana*-Familie angehören.«

Stone saß am Schreibtisch, den Telefonhörer in der Hand. Er war allein – war allein gewesen, als der Anruf aus Charlotte, North Carolina, kam von einer Frau, die er einmal vor vielen Jahren sehr geliebt hatte. Sie war aus dem »schrecklichen Spiel«, wie sie es genannt hatte, ausgestiegen. Er war dabeigeblieben und ihre Liebe war nicht stark genug gewesen.

Die Verbindung wurde in Cuxhaven in Westdeutschland hergestellt über eine Leitung, von der der Zivilist wußte, daß sie sauber war. Diese Gewißheit gehörte zu den Freuden, wenn man mit Johnny Reb zu tun hatte.

»Bobbie-Jo's Hühnerbraterei«, kam der Gruß über die Leitung. »Wir liefern ins Haus.«

»Das hab' ich mir gedacht. Hier ist Stone.«

»Auf mein Wort, die Tatiana-Clique!« rief der Südstaatler aus. »Sie müssen mir einmal von dieser faszinierenden Familie erzählen, Freund Hase.«

»Das werde ich eines Tages tun.«

»Ich glaube, ich habe den Namen einmal Ende der sechziger Jahre gehört, aber ich wußte damals nicht, was er bedeutete.«

»Vertrauen Sie jedem, der ihn gebraucht.«

»Warum sollte ich das?«

»Weil auch die galgenfreundlichsten Richter der Welt demjenigen, der ihn benutzte, vertraut haben.«

»Und wer könnte das sein?«

»Der Gegner, der *Rebel*.«

»Wenn das eine Parabel sein soll, Yankee, dann komm ich nicht mehr mit.«

»Irgendwann einmal, Johnny, nicht jetzt. Was haben Sie?«

»Nun, das muß ich Ihnen sagen. Ich hab' hier drüben die verdammteste kleine Insel gefunden, die Sie sich denken können. Keine zwanzig Meilen vor der Küste, in der Nähe der Elbmündung, genau dort, wo sie hingehört. In der Bucht vor Helgoland, wie sie das nennen, und das gehört zur Nordsee.«

»Scharhörn«, sagte der Zivilist, eine Feststellung, keine Frage. »Sie haben sie gefunden.«

»War nicht schwer. Jeder scheint Bescheid zu wissen –

aber da gibt es im Südwesten eine Küste, wo keiner hingeht. Im Zweiten Weltkrieg war das eine Bunkerstation für U-Boote. Und die Sicherheitsvorkehrungen waren damals so scharf, daß nur ein paar Leute im Oberkommando der Wehrmacht informiert waren, die Alliierten sind sogar nie dahintergekommen. Die alten Stahlbetonbauten sind immer noch da, angeblich verlassen, abgesehen von ein paar Leuten, die aufpassen, daß nicht irgendwelche Boote mit den alten Winden kollidieren, die immer noch dastehen.« Johnny Reb machte eine Pause und fuhr dann leise fort: »Ich bin gestern nacht dort gewesen und habe Lichter gesehen, zu viele Lichter an zu vielen Orten. Auf diesem alten Stützpunkt sind Leute, nicht nur ein paar Wächter, und ich wette mit Ihnen, daß Ihr Lieutenant Commander einer davon ist. Und außerdem ist um zwei Uhr früh, nachdem die Lichter ausgegangen waren, eine Riesenantenne, so groß wie es sie sonst bloß in Houston gibt, in die Höhe geschossen wie eine Bohnenstange, und dann ist sie aufgeblüht wie eine richtige Blume. Eine Scheibe war das, so wie man sie für Satellitensendungen benützt. Wollen Sie, daß ich ein Team aufstelle? Das könnte ich tun; heutzutage gibt es eine ganze Menge Arbeitsloser. Außerdem kostet es nicht viel. Denn je mehr ich darüber nachdenke, desto mehr bin ich Ihnen dankbar dafür, daß Sie mich damals aus den Dardanellen rausgeholt haben. Das war wirklich wichtiger als diese andere Geschichte damals in Bahrain mit dem Spesenkonto.«

»Vielen Dank, aber jetzt noch nicht. Wenn Sie ihn jetzt holen, decken wir die Karten auf, die wir noch nicht zeigen dürfen.«

»Wie lange können Sie warten? Vergessen Sie nicht, daß ich diesen Washburn auf Band habe.«

»Wieviel haben Sie denn beisammen?«

»Mehr als dieser alte Schädel aufnehmen kann, um ehrlich zu sein. Aber nicht mehr, als ich akzeptieren kann. Das Ganze braut sich schon ziemlich lange zusammen, nicht wahr? Die Adler glauben, sie würden die verdammten Spatzen doch noch fangen, nicht wahr? Weil sie alle zu Spatzen machen wollen... Wissen Sie, Stone, ich sollte das wohl nicht sagen, weil Sie auf Ihre alten Jahre schon ein wenig weicher geworden sind als ich, aber wenn die das je in Gang setzen, dann könnte es durchaus sein, daß eine Menge Leute überall sich einfach bloß in ihre Sessel zurücklehnen oder fischen gehen und sagen, zum Teufel damit – sollen doch die großen Daddys in ihren Uniformen das machen. Laßt sie doch die Dinge in Ordnung bringen – auf die Weise holen wir wenigstens die Fixer mit ihren Knarren und Messern von der Straße und aus den Parks. Die könnten endlich den Russkis und den Ölscheichs in ihren Bademänteln zeigen, daß sie uns nicht länger auf der Nase herumtanzen können. Zeigen wir doch Jesus, daß wir die braven Boys sind und die besseren Muskeln haben. Diese Soldaten, die haben den Mumm und die Kanonen, die Firmen und die Konglomerate, was juckt mich das also? Was ändert sich denn für *mich*? sagt der Normalverbraucher in seinem Lehnsessel – höchstens, daß alles besser wird?«

»Nicht besser«, sagte Stone eisig. »Diese Leute werden zu Robotern, wir alle werden zu Robotern gemacht, wenn wir noch leben. Verstehen Sie das denn nicht?«

»Yeah, *ich* schon«, antwortete Johnny Reb. »Ich schätze, das habe ich immer. Mir geht's hier gut in Bern, während Sie sich in Washington abstrampeln. Ja, alter Freund, ich verstehe das. Vielleicht besser als Sie... Vergessen Sie's, ich mach schon mit. Aber was, zum Teufel, werden Sie wegen dieses Converse machen? Ich glaube nicht, daß der rauskommt.«

»Das *muß* er. Wir glauben, daß er die Antworten hat – die Antworten aus *erster Hand* –, die uns die Beweise liefern.«

»Meiner Ansicht nach ist er tot«, sagte der Südstaatler. »Vielleicht jetzt noch nicht, aber bald. Sobald die ihn finden.«

»Wir müssen ihn vorher finden. Können Sie helfen?«

»Ich hab' an dem Abend angefangen, als ich Major Norman Anthony Washburn eine Spritze verpaßt habe. Sie haben die Computer – die, zu denen Sie Zugang haben –, und ich hab' die Straßen, wo die Dinge verkauft werden, die Sie nicht kaufen sollen. Also bis jetzt ist alles negativ.«

»Sie müssen versuchen, etwas zu finden. Sie hatten nämlich recht – wir haben nicht viel Zeit. Und, Johnny, haben Sie dasselbe Gefühl wie ich bezüglich dieser Insel, bezüglich Scharhörn?«

»Das sitzt mir tief im Magen. Ich kann schon die Galle schmecken, Freund Hase, und deshalb werde ich mich hier ein paar Tage lang dünnmachen. Wir haben einen Bienenstock gefunden, Junge, und die Drohnen sind unruhig, das spüre ich.«

34

Joel legte die Landkarte und den dicken Umschlag ins Gras und begann, von dem kleinen Baum, der im Feld stand, Zweige abzubrechen, um damit Hermione Geyners Wagen zuzudecken. Schließlich riß er noch büschelweise Gras aus und warf es über die Tarnung. Das Resultat im Mondlicht war ein ungeheurer Heuberg unter einem unschuldig wirkenden Baum in einem Obstgarten. Dann folgte er der Straße zu Fuß und zog sich jedesmal ins hohe Gras zurück, wenn er aus der einen oder anderen Richtung Autoscheinwerfer sah. Er hatte vielleicht acht, neun Kilometer zurückgelegt, als er nicht mehr weiter konnte.

Im Dschungel hatte er sich ausgeruht, weil er wußte, daß Ruhe ebenso eine Waffe war wie eine Pistole, daß die Augen und das Bewußtsein sehr viel mehr Sicherheit gaben, wenn sie wach und aufmerksam waren, als ein Dutzend stählerner Waffen.

Er fand eine kleine Bodensenke, durch die ein Bach floß. Geschützt von der Böschung legte er sich ins Grün und schlief ein.

Valerie verließ den Charles-de-Gaulle-Flughafen am Arm des Sûreté-Beamten Prudhomme. Sie hatte den Papierfetzen mit seiner Telefonnummer entgegengenommen, ihrerseits aber keine Auskünfte gegeben. Sie gingen zu dem Taxistand vor dem Flughafengebäude, während Prudhomme noch immer auf sie einredete.

»Ich will mich ganz klar ausdrücken, Madame. Sie können sich hier ein Taxi nehmen, und ich werde Ihnen *adieu* sagen, oder Sie können mir erlauben, Sie, wohin Sie wollen, zu fahren – vielleicht zu einem anderen Taxistand in der Stadt, von dem aus Sie Ihre Reise fortsetzen können –, und ich werde dann wissen, ob Ihnen jemand folgt.«

»Das werden Sie?«

»In zweiunddreißig Jahren bei der Polizei lernt selbst ein Narr etwas. Meine Frau sagt mir immer wieder, daß sie sich nur deshalb keine Liebhaber genommen hat, weil ich die Grundzüge meines Berufes gelernt habe.«

»Ich nehme Ihr Angebot an«, unterbrach Val ihn lächelnd. »Ich bin schrecklich müde. Ein kleines Hotel vielleicht. *Le Pont Royale*, das kenne ich.«

»Eine ausgezeichnete Wahl, aber ich muß Ihnen sagen, daß meine Frau Sie gern aufnehmen würde, ohne irgendwelche Fragen zu stellen.«

»Meine Zeit muß ganz mir gehören, Monsieur«, erklärte Valerie und stieg in den Wagen.

»*D'accord*.«

»*Warum* tun Sie das?« fragte sie, während Prudhomme sich hinter das Steuer setzte. »Mein Mann war Rechtsanwalt – *ist* Rechtsanwalt. So sehr können sich die Regeln nicht unterscheiden. Sind Sie nicht eine Art Mittäter – indem Sie glauben, was Sie glauben?«

»Ich wünsche nur, daß Sie mich anrufen werden und sagen, daß Sie von der Tatiana-Familie kommen. Das ist mein Risiko und das ist auch mein Lohn.«

Joel sah auf die Uhr – eine Uhr, die er vor langer Zeit einer Leiche abgenommen hatte. Es war 5.45 Uhr morgens. Sonnenlicht fiel in seine Bodensenke. Er mußte weiter; bis zur Grenze waren es, soweit er sich erinnerte, noch über sieben Kilometer.

Seine Erinnerung stimmte. Er erreichte Kehl und kaufte sich einen Rasierapparat. Er ging davon aus, daß ein Priester selbst unter schwierigen Reisebedingungen für ein standesgemäßes Aussehen sorgen würde. Er rasierte sich in der

Fährstation und fuhr dann mit der Fähre über den Rhein nach Straßburg. Die Zollbeamten erwiesen ihm den Respekt, der seinem Berufsstand zukam, und schrieben sein etwas schäbiges Äußeres ohne Zweifel seinem Armutsgelübde zu. Und plötzlich ertappte er sich dabei, wie er einer Gruppe Männer und ihren Familien den Segen erteilte, während er das Gebäude passierte.

Draußen auf der überfüllten Straße wurde ihm klar, daß er sich als allererstes ein Hotelzimmer besorgen und dort zwei Tage der Angst abspülen und seine Kleider säubern oder ersetzen mußte. Ein verarmt wirkender Priester reiste nicht zu den teuren Wundern von Chamonix; das würde sich nicht geziemen. Ein normal gekleideter Priester war durchaus akzeptabel, ja sogar eine wünschenswerte, eine respekteinflößende Gestalt in der Menge. Und er würde Priester bleiben, das hatte Joel beschlossen – eine Entscheidung, die wieder auf seiner juristischen Erfahrung beruhte. Es galt vorauszusehen, was der Gegner von einem erwartete, und dann etwas anderes zu tun, sofern das einen Vorteil brachte. Die Jäger von Aquitania würden erwarten, daß er den priesterlichen Habitus ablegte, da er als seine letzte Tarnung bekannt war. Genau das wollte er aber nicht tun; es gab viele Priester in Frankreich, und darin lag ein zu großer Vorteil.

Er trug sich im Sofitel an der Place St. Pierre-le-Jeune ein und erklärte dem *Concierge*, ohne auf Einzelheiten einzugehen, daß er drei schreckliche Reisetage hinter sich hätte, und ob der Mann wohl freundlicherweise einige Dinge besorgen würde, die er dringend brauche. Er stamme aus einer wohlhabenden Pfarrei in Los Angeles und – den Rest besorgte eine amerikanische Hundert-Dollar-Note. Sein Anzug wurde binnen einer Stunde gereinigt und gebügelt, seine schlammbespritzten Schuhe poliert und in einem Geschäft, das unglücklicherweise ziemlich weit entfernt am Quai Kellermann lag, wurden zwei neue Hemden mit Priesterkragen gekauft – was eine zusätzliche Summe erforderte. Die Trinkgelder, die Spesen und die Expreßzuschläge – sie alle waren der Traum eines Hotelbediensteten. Der von der Sonne gebräunte Priester mit den ein oder zwei Narben im Gesicht und den seltsamen Wünschen kam offensichtlich wirklich aus einer wohlhabenden Pfarrei. Das Geld war gut angelegt. Er hatte das Hotel um 8.30 Uhr morgens betreten und war um 9.45 bereit, die letzten Vorkehrungen für Chamonix zu treffen.

Das Risiko, zu fliegen oder mit der Bahn zu fahren, konnte er nicht eingehen; dafür war ihm auf Flughäfen schon zuviel widerfahren. Und über kurz oder lang würde man Hermione Geyners Wagen entdecken und daraus Schlüsse auf die von ihm eingeschlagene Richtung, wenn nicht gar sein Ziel ziehen können. Der Alarm Aquitanias würde die drei Grenzen Deutschlands, Frankreichs und der Schweiz erreichen. Das sicherste Fortbewegungsmittel war daher ein Wagen. Der beflissene *Concierge* wurde gerufen, ein passender Mietwagen für den jungen Abbé wurde beschafft und die Route nach Genf ausgearbeitet.

Valerie kleidete sich an, als das erste Morgenlicht die Häuser vor ihrem Fenster am Boulevard Raspail mit orangefarbenem Licht überzog. Sie hatte nicht geschlafen, hatte es auch gar nicht vorgehabt. Sie hatte wachgelegen und über die Worte des eigenartigen Franzosen von der Sûreté nachgedacht, der nicht offiziell sprechen konnte. Sie war versucht gewesen, die Wahrheit zu sagen, wußte aber, daß sie das nicht tun würde. Noch nicht, vielleicht überhaupt nicht, da die Wahrscheinlichkeit groß war, daß es sich doch um eine Falle handelte. Trotzdem hatten seine eindringlichen Worte ehrlich geklungen... *Rufen Sie an und sagen Sie, Sie kämen von der Tatiana-Familie. Das ist mein Wunsch und mein Lohn.*

Joel würde eine Entscheidung treffen. Wenn der Mann nicht einfach nur ein Köder war, den Aquitania ausgelegt hatte, dann war das ein Riß in ihrer Strategie, eine Lücke, von der die Generäle nichts wußten. Mit ganzem Herzen hoffte sie, daß es so war, aber dem Mann schon an diesem Punkt zu vertrauen, war unmöglich.

Das Taxi traf ein, und Val ging hinaus, durch das Seitenfenster von einem mürrisch blickenden, schläfrigen Fahrer begrüßt, der keine Anstalten machte, seinen Wagen zu verlassen und nur wenig Interesse an seiner Kundschaft zeigte.

»*Orly, s'il vous plaît.*«

Der Fahrer fuhr an, erreichte die Straßenecke und riß das Steuer nach links. Er schlug einen halsbrecherischen Bogen, um wieder in den Boulevard Raspail einzubiegen, der zur Schnellstraße zum Flughafen führte. Die Kreuzung wirkte verlassen. Doch das war sie nicht.

Das Krachen hinter ihnen klang ganz nahe – Metall, das gegen Metall schlug, zersplitterndes Glas, quietschende Reifen. Der Fahrer trat auf die Bremse, schrie erschreckt und verängstigt auf, während sein Wagen gegen den Randstein schoß. Val wurde gegen den Vordersitz geschleudert und schürfte sich die Knie auf. Schwerfällig zog sie sich wieder auf den Sitz zurück, während der Fahrer aus dem Wagen sprang und den Fahrer dahinter beschimpfte.

Plötzlich öffnete sich die rechte Türe, und sie erkannte das faltige, müde Gesicht Prudhommes. Ein dünner Blutfaden rann ihm aus einer Platzwunde an der Stirn. Er redete schnell und leise auf sie ein.

»Gehen Sie, Madame – wohin auch immer Sie wollen. Niemand wird Ihnen jetzt folgen.«

»*Sie?* ... Sie sind die ganze Nacht hier gewesen! Sie haben auf mich gewartet, mich beobachtet. Sie haben den Unfall verursacht!«

»Dafür ist jetzt keine Zeit! Ich werde Ihren Fahrer zurückschicken. Ich muß einen umfangreichen Bericht machen und unterdessen ein paar Dinge im Wagen des Mannes verteilen. Und Sie müssen jetzt weg. Jetzt – ehe andere etwas bemerken.«

»Dieser Name!« schrie Val. »Er hieß doch *Tatiana*?«

»Ja.«

»Danke!«

»*Bonjour. Bonne chance.*« Der Mann von der Sûreté duckte sich, schloß die Tür und rannte zu den beiden Franzosen, die einander hinter dem Taxi beschimpften.

Es war zwanzig Minuten nach drei Uhr nachmittags, als Converse die Tafel sah: *St. Julien en Genevois* – 15 km. Er hatte die Schweizer Grenze umrundet, und die Autostraße nach Chamonix lag direkt vor ihm. In etwas mehr als einer Stunde würde er den Mont Blanc erreicht haben; er hatte es geschafft! Einmal hatte er in Pontarlier gehalten, um zu tanken und sich einen heißen Tee aus einem Automaten zu kaufen. Eine Stunde noch. *Sei dort, Val. Sei dort, meine Geliebte!*

Valerie sah wütend auf die Uhr und hätte am liebsten geschrien – so wie sie um sechs Uhr dreißig morgens in Orly hätte schreien wollen. Es war jetzt zehn Minuten nach vier am Nachmittag, und der ganze Tag war von Problemen erfüllt gewesen, angefangen mit dem Zusammenstoß auf dem Boulevard Raspail und Prudhommes Erklärung, daß jemand sie verfolge, bis zu ihrer Ankunft in Annecy mit der Ein-Uhr-Maschine aus Paris – die sich wegen eines Defekts an der Tür des Frachtraums verzögert hatte. Ihre Nerven waren zum Zerreißen gespannt, und doch wußte sie – hatte es den ganzen Tag gewußt –, daß sie unter keinen Umständen die Beherrschung verlieren durfte.

Die Verstimmung jetzt hatte ihren Grund in etwas, an das sie sich aber hätte erinnern sollen. Es gab einen Punkt in der Theaterkulisse des pittoresken »Dorfes« Chamonix, den Privatfahrzeuge nicht passieren durften, nur kleine, der Stadt gehörende Wagen und Touristenbusse. Sie stieg aus der Limousine und ging eilig den breiten, überfüllten Boulevard hinunter. Sie konnte die große rote Talstation der Seilbahn in der Ferne sehen. Irgendwo dort oben, über den Wolken, war Joel. Ihr Joel. Sie begann zu laufen, schneller, schneller! *Sei dort oben, darling, sei am Leben, my darling, my only darling!*

Es war zehn Minuten vor fünf, als Converse buchstäblich mit quietschenden Reifen auf den Parkplatz schoß, dann auf die Bremsen trat und fast gleichzeitig aus dem Wagen sprang. Der Verkehr auf der Montblanc-Straße war dicht gewesen, und an einer Baustelle war es sogar zu einem Stau gekommen. Jeder Muskel in seinem rechten Bein hatte sich verkrampft, er hatte keine Gelegenheit ausgelassen, langsamere Fahrzeuge zu überholen. Und jetzt war er *hier*! Er war in Chamonix, vor sich die majestätische Pracht der Alpen, unter sich das Dorf. Er fing an zu laufen, sog die klare Bergluft in tiefen Zügen ein und vergaß den Schmerz – sie *mußte* dasein. *Bitte, Val, du mußt es schaffen! Ich liebe dich so... verdammt, ich brauche dich so! Sei da!*

Sie stand vor der Liftkabine. Die Wolken unter ihr bildeten eine Barriere, eine Nebelwand, die alle Sorgen der Erde von ihr abschloß. Sie schauderte in der kalten Bergluft, konnte aber nicht weggehen. Sie stand an dem Steingeländer neben einem dicken Bergteleskop, durch das die Touristen für ein paar Francs die Wunder der Alpenwelt betrachten konnten. Sie empfand Todesangst, daß er nicht kommen würde – nicht kommen konnte. Weil er vielleicht tot war.

Es war die letzte Kabine; sobald die Sonne hinter dem westlichen Gipfel versank, fuhr keine mehr. Mit Ausnahme des Barkeepers und ein paar Gästen hinter den Glastüren der Bar war sie der einzige Mensch hier. *Joel! Ich habe gesagt, du sollst am Leben bleiben! Bitte, tu was ich gesagt habe, my darling, my only darling! Meine einzige Liebe!*

Die Liftkabine kam ächzend zum Stillstand. *Niemand*! Sie war leer! Er war tot.

Und dann sah sie ihn, ein hochgewachsener Mann in einem Priesterkragen, und die Welt hatte plötzlich wieder einen Sinn. Er stieg aus der Kabine, und sie lief auf ihn zu, während er auf sie zulief. Sie umarmten sich, hielten einander fest, wie sie sich als Mann und Frau nie gehalten hatten.

»Ich liebe dich!« flüsterte er. »O *Gott*, ich liebe dich!«

Sie beugte sich zurück, hielt seine Schultern fest, und Tränen füllten ihre Augen. »Du lebst, du bist hier! Du hast getan, worum ich dich gebeten hatte.«

»Was ich tun mußte«, sagte er. »Weil du es warst.«

35

Sie schliefen nackt, die Arme umeinander gelegt, und verdrängten eine Weile die Welt, der sie sich am Morgen wieder stellen würden. Aber eine Zeitlang mußte es etwas für sie geben, nur für sie, wertvolle Stunden des Alleinseins, in denen sie im Flüsterton miteinander sprachen und das zu verstehen suchten, was sie verloren hatten und warum, Stunden, in denen sie einander sagten, daß es nie wieder verlorengehen würde.

Als der Morgen kam, wollten sie beide seine Ankunft leugnen – was sie nicht konnten. Da *war* die Welt, wie sie sie liebten, und da war noch eine andere Welt, eine Welt, wie die Generale von Aquitania sie haben wollten.

Während Val sich das Haar kämmte, ging Joel ans Fenster und blickte auf Chamonix hinunter. Überall schienen Wasserschläuche zu sein, mit denen die Straßen gesäubert wurden. Die Ladenfassaden wurden abgespritzt, bis sie glänzten. Chamonix bereitete sich auf den Ansturm der Sommertouristen vor – und wenn man das bedachte, hatten sie Glück gehabt, Zimmer zu finden, überlegte Joel.

»Ich werde dir später Kleidung besorgen«, sagte Val, die hinter ihn getreten war und jetzt den Kopf auf seine Schulter legte.

»Das hat mir gefehlt«, sagte er und drehte sich um und legte die Arme um sie. »Du hast mir gefehlt. So sehr.«

»Wir haben einander gefunden, Darling. Das ist alles, worauf es jetzt ankommt.« Es klopfte an der Türe, das höfliche Klopfen eines Kellners. »Das wird der Kaffee sein. Du kannst meine Zahnbürste benutzen.«

Sie saßen sich an dem kleinen Marmortisch vor dem Fenster gegenüber. Die Zeit war da, sie wußten es beide. Joel legte ein Blatt vom Briefpapier des Hotels neben seinen Kaffee und einen Stift darauf.

»Ich komme immer noch nicht über die Geschichte mit meiner Tante weg!« sagte Val plötzlich. »Wie konnte ich das nur *tun*? Wie konnte ich das nicht *wissen*?«

»Die Frage habe ich mir selbst auch ein paarmal gestellt.« Joel lächelte sanft. »In bezug auf dich, meine ich.«

»Ich bin überrascht, daß du mich nicht aus der Seilbahnkabine geworfen hast.«

»Das ist mir nur zweimal kurz in den Sinn gekommen.«

»Herrgott, war ich *dumm*!«

»Nein, verzweifelt warst du«, korrigierte Joel. »Ebenso, wie sie verzweifelt war. Du hast dich an Möglichkeiten geklammert, Hilfe gesucht. Und sie hat verzweifelt versucht, Anschluß an die einzig vernünftige, sinnvolle Zeit in ihrem Leben zu finden. Wenn man so empfindet, kann man schrecklich überzeugend wirken. Du hast ihr geglaubt. Ich hätte ihr auch geglaubt.«

»Wenn du freundlich bist, bist du umwerfend, Darling. Mach mir's nicht schwer, es ist Morgen.«

»Erzähl mir von Sam Abbott«, sagte er.

»Ja, natürlich, aber bevor ich das tue, sollst du wissen, daß wir nicht allein sind. Es gibt da einen Mann in Paris, einen Inspektor der Sûreté, der weiß, daß du René nicht getötet hast und auch den am Georges V. nicht getötet haben kannst, der als Chauffeur bezeichnet worden ist.«

Erschreckt zuckte Joel zurück. »Aber ich habe den Mann getötet. Das war, weiß Gott, nicht meine Absicht – ich glaubte, er würde nach einer Waffe greifen und nicht nach einem Funkgerät –, aber ich habe mit ihm gekämpft, seinen Kopf gegen die Wand geschlagen. Er ist an der Schädelverletzung gestorben.«

»Nein, das ist er nicht. Er ist im Krankenhaus getötet worden. Man hat ihn erstickt. Das hatte nichts mit seinen anderen Verletzungen zu tun. So hat es mir Prudhomme gesagt. Er glaubt, daß das Beweismaterial gegen dich gefälscht worden ist. Er weiß aber nicht warum, wie er auch nicht begreifen kann, weshalb man Beweismaterial unterdrückt oder es plötzlich gefunden hat, wo man es doch schon früher gefunden haben müßte, wenn es wirklich existiert hätte – in diesem Fall deine Fingerabdrücke in Mattilons Büro. Er will uns helfen; er hat mir eine Telefonnummer gegeben, unter der wir ihn erreichen können.«

»Können wir ihm vertrauen?« fragte Joel und machte sich eine Notiz auf dem Briefbogen.

»Ich glaube schon. Er hat gestern morgen etwas Bemerkenswertes getan, aber darauf komme ich noch.«

»Der Mann im George V.«, sagte Converse leise. »Bertholdiers Adjutant. Dort fing die Flucht an. Es ist, als hätte jemand diesen Augenblick genutzt, als hätte jemand plötzlich eine mögliche Strategie erkannt. ›Wir können ihn jetzt als Killer abstempeln, vielleicht können wir das später benutzen, darauf aufbauen. Und das einzige, was es kostet, ist ein Leben.‹ Herrgott!« Joel riß ein Streichholz an und zündete sich eine Zigarette an. »Weiter«, fuhr er fort. »Was war mit Sam?«

Sie erzählte ihm alles, angefangen mit der Aufregung im St. Regis in New York – der Telefonanruf, der junge Mann, der die Treppen hinaufrannte, und der Offizier, der sie auf der Straße verfolgt hatte.

»Das Seltsame daran«, unterbrach Joel, »ist, daß diese Männer und der Anruf vielleicht in Ordnung waren.«

»*Was*? Wie? Der erste sah wie ein Hitlerjunge aus und der andere trug Uniform!«

»Die meisten Leute in Uniform würden die Generale von Aquitania am liebsten in die Wüste schicken. Erinnere dich daran, daß Fitzpatrick gesagt hat, jene vier Dossiers müßten aus amtlichen Archiven kommen. Connal hat aus dem Material den Schluß gezogen, daß das Militär eine ganze Menge dazu beigetragen haben muß. Vielleicht beginnen meine stummen Partner in Washington inzwischen, aus ihren Verstecken zu kriechen. Aber fahr fort.«

Sie berichtete ihm von dem Treffen mit Sam in dem Schnellimbiß in Las Vegas.

»Ihr *drei* wolltet nach Washington fliegen?«

»Ja.«

»Du und Sam und dieser dritte Mann, den er aufsuchen, mit dem er sprechen wollte – der, von dem er sagte, daß er wissen würde, was zu tun sei.«

»Ja. Der Mann, der Sam töten ließ. Er war der einzige, mit dem Sam gesprochen hat.«

»Aber Abbott hat doch gesagt, daß er ihm vertraue. ›Sein Leben‹, hast du, glaube ich, gesagt.«

»Das hat Sam gesagt«, korrigierte Valerie. »Er hatte unrecht.«

»Nicht unbedingt. Sam war nicht der Mensch, sich leicht täuschen zu lassen. Er hat sich seine Freunde sorgfältig ausgewählt; er hatte nicht viele, weil er wußte, daß sein Rang ihn verletzbar machte.«

»Aber er hat doch sonst mit niemandem gesprochen...«

»Ich bin sicher, daß er das nicht getan hat. Aber dieser andere Mann mußte es tun. Ich weiß etwas über Krisenkonferenzen in Washington – und genau das ist es, was Sam gemeint hat, als er sagte, ihr würdet dort hingehen. Solche Konferenzen passieren nicht einfach. Man muß einigen Druck ausüben, um sich einen Weg durch den bürokratischen Sumpf zu bahnen. Ganz sicher würde Sam als erster erwähnt werden und möglicherweise auch mein Name oder deiner oder sogar Delavane.« Converse griff nach seinem Stift. »Wie hieß der Mann?«

»O Gott«, sagte Val, schloß die Augen und massierte sich die Stirn. »Laß mich nachdenken... Alan, der Vorname war Alan... Alan Metzger? Metland...?«

»Hat Sam einen Rang erwähnt, irgendeinen Titel?«

»Nein. *Metcalf!* Alan Metcalf.«

Joel schrieb den Namen auf. »Okay, und jetzt Paris, der Mann von der Sûreté.«

Sie begann bei dem eigenartigen Verhalten der Grenzbeamten und erzählte alles, bis hin zu den verblüffenden Enthüllungen des Franzosen.

»Die *Tatiana*-Familie?« fragte Joel ungläubig. »Bist du sicher?«

»Absolut. Ich habe ihn gestern morgen noch einmal gefragt.«

»Gestern morgen? Ach ja, du hast gesagt, er hätte gestern morgen etwas Bemerkenswertes getan. Was ist passiert?«

»Er hat die ganze Nacht in seinem Wagen vor dem Hotel gewartet. Und als ich kurz nach Sonnenaufgang mit einem Taxi wegfuhr, hat er den Wagen hinter uns gerammt –

wirklich gerammt. Ich wurde verfolgt. Er sagte mir, ich solle mich beeilen und verschwinden, und ich habe ihn gebeten, den Namen zu wiederholen.«

»Das war der Name, den René mir genannt hat, den ich bei Cort Thorbecke in Amsterdam benutzen sollte. ›Sag, du seist ein Mitglied der Tatiana-Familie.‹ Das war seine Anweisung.«

»Was hat das zu bedeuten?«

»Anständige Männer, die sich aus dem einen oder anderen Grund in einer Welt wiederfanden, die sie wahrscheinlich haßten, Männer, die nie wußten, wem sie vertrauen konnten, haben sich einen Code ausgedacht. Ich wette, daß es ein verdammt kleiner Kreis ist. René und dieser Prudhomme haben dazugehört. Und für uns ist das ein Schlüssel, wir können ihm vertrauen.«

»Du bist wieder vor Gericht, nicht wahr?« sagte Valerie.

»Ich kann nicht anders. Fakten, Namen, Taktiken; irgendwo gibt es eine Lücke, einen Weg, den wir einschlagen können – den wir einschlagen *müssen*. Und zwar schnell.«

»Ich würde mit Prudhomme anfangen«, sagte Val.

»Wir werden ihn auffordern, seine Karten offenzulegen, aber vielleicht nicht als ersten Schritt. Wir wollen die Dinge doch der Reihe nach angehen. Gibt es hier noch ein zweites Telefon? Eine bestimmte Frau hat mich heute nacht zu sehr abgelenkt.«

»Kusch. Ja, da ist noch ein zweites Telefon. Im Badezimmer.«

»Ich möchte, daß du diesen Metcalf, Alan Metcalf, in Las Vegas anrufst. Wir lassen uns die Nummer von der Information geben. Ich werde zuhören.«

»Was soll ich sagen?«

»Welchen Namen hast du bei Sam benutzt?«

»Den, den ich dir genannt habe. Parquette.«

»So meldest du dich. Soll er den ersten Schritt tun. Wenn er falsch ist, werde ich es wissen, dann lege ich auf. Wenn du es hörst, legst du ebenfalls auf.«

»Und wenn er nicht da ist? Wenn ich nur seine Frau oder seine Freundin oder ein Kind erreiche?«

»Dann nennst du schnell deinen Namen und sagst, du würdest in einer Stunde wieder anrufen.«

Der Zivilist saß auf dem Sofa, die Füße auf dem Tisch. Ihm gegenüber saßen auf zwei Polstersesseln der Army-Captain – in Zivil – und der junge Lieutenant von der Navy, ebenfalls in Straßenkleidung.

»Dann sind wir uns also einig«, sagte Stone. »Wir versuchen es mit diesem Metcalf und hoffen, daß es klappt. Wenn wir unrecht haben – wenn *ich* unrecht habe –, könnte man uns ausfindig machen. Und machen Sie sich nichts vor, man hat Sie hier gesehen, man könnte Sie identifizieren. Aber wie ich schon einmal gesagt habe, einmal kommt die Zeit, wo man ein Risiko eingehen muß, das man vielleicht lieber nicht eingehen würde. Sie befinden sich jetzt nicht mehr auf sicherem Territorium und können nur hoffen, daß bald alles vorbei ist. Versprechen kann ich es Ihnen nicht. Dieses Telefon ist mit einer anderen Nummer verbunden, einem Hotel auf der anderen Seite der Stadt, das verschafft uns etwas Zeit, etwa so lange, bis dort jeder einzelne Gast und jedes Zimmer überprüft worden sind. Wenn die das hinter sich haben, könnte jeder erfahrene Telefonmechaniker in den Keller gehen und die Schaltung finden.«

»Wieviel Zeit verschafft uns das?« fragte der Army-Offizier.

»Es ist eines der größten Hotels in New York«, erwiderte der Zivilist. »Wenn wir Glück haben, zwanzig bis sechsunddreißig Stunden.«

»Dann machen wir's!« Das war der Mann von der Navy.

»Ja, auf jeden Fall«, sagte der Captain und fuhr sich mit der Hand durchs Haar. »Ja, natürlich, versuchen Sie es, versuchen Sie es mit *ihm*. Aber ich bin immer noch nicht sicher, *warum*?«

»Weil es logisch ist. Abbott hat sich jeden Tag seine Verabredungen aufgeschrieben und war da sehr präzise. Es gab da eine ganze Menge Mittagessen allein mit Metcalf oder Abendessen, wo sich beide Familien trafen. Ich glaube, er hat dem Mann vertraut, und als langjähriger Abwehroffizier war

Metcalf auch der logische Kontakt. Und dann ist da noch etwas. Sie waren alle drei Kriegsgefangene in Vietnam, Converse, Abbott und Metcalf.«

»Da ist ein Anrufbeantworter!« schrie Val, den Hörer in der Hand.

Joel kam aus dem Badezimmer. »Eine Stunde«, flüsterte er. »Eine Stunde«, sagte sie. »Miß Parquette ruft in einer Stunde wieder an.« Sie legte auf.

»Und jede Stunde wieder«, fügte Converse hinzu und sah das Telefon an. »Mir gefällt das nicht. Dort drüben ist es ein Uhr morgens, und wenn er Frau oder Kinder hat, hätte jemand dort sein sollen.«

»Sam hat keine Familie erwähnt. Laß mich Prudhomme anrufen«, sagte Valerie. »Laß uns diesen Tatiana-Code benutzen.«

»Noch nicht.«

»Warum *nicht*?«

»Wir brauchen etwas anderes – *er* braucht etwas anderes.«

Plötzlich fiel Joels Blick auf den dicken, an Nathan Simon adressierten Umschlag. Er lag auf der Kommode und darauf sein falscher Paß. »Mein Gott, vielleicht *haben* wir es schon«, sagte er leise. »Er war die ganze Zeit da, und ich habe es nicht gesehen.«

Val folgte seinen Augen. »Die Analyse, die du für Nathan geschrieben hast?«

»Ich habe das den besten Bericht genannt, den ich je geschrieben habe, aber natürlich ist er das gar nicht. Das Schriftstück geht überhaupt nicht auf juristische Punkte ein, nur im weitesten Sinne. Es ist ohne Beweismaterial, das die Anklagen untermauern könnte. Worauf es eingeht, sind die pervertierten Ambitionen mächtiger Männer, die die Gesetze *ändern* wollen, Regierungen ändern, an ihre Stelle Militärdiktaturen setzen wollen, und alles mit dem angeblichen Ziel, das *Gesetz* aufrechtzuerhalten und die Ordnung zu bewahren.«

»Worauf willst du hinaus, Joel?«

»Wenn ich hier einen Fall aufbauen soll, dann sollte ich das am besten auf die Art und Weise tun, die ich gelernt habe – von der Prämisse zu Schlüssen, die auf Aussagen basieren –, angefangen mit meiner eigenen und endend mit Untersuchungen, die vor dem Prozeß angestellt werden.«

»Wovon, zum Teufel, redest du?«

»Vom Gesetz, Mrs. Converse«, sagte Joel und griff nach dem Umschlag. »Und davon, wofür es gedacht ist. Ich kann den größten Teil von dem, was hier ist, gebrauchen – nur in anderer Form. Natürlich werde ich weitere bestätigende Aussagen brauchen. Und an dem Punkt wirst du diesen Prudhomme anrufen und den Tatiana-Code benutzen. Und dann werden wir hoffentlich Sams Freund erreichen, diesen Metcalf – verdammt, irgend etwas muß er haben, was er uns geben kann... Am Ende werde ich wenigstens zwei der mutmaßlichen Angeklagten mündlich verhören – Leifhelm zum einen und wahrscheinlich Abrahms, vielleicht auch Delavane selbst.«

»Du bist *verrückt*!« rief Valerie.

»Nein, das bin ich nicht«, erwiderte Joel. »Ich werde Hilfe brauchen, das weiß ich. Aber ich habe genug Geld, um ein paar Kompanien anzuheuern – Leute, die es mit dem Gesetz nicht so genau nehmen. Und sobald Prudhomme einmal begriffen hat, daß ich eine gute Idee habe, wird er wahrscheinlich auch wissen, wo man solche Typen findet. Wir haben eine Menge Arbeit, Val. Alle Gerichte haben gerne makellose Schriftsätze.«

»Bitte, Joel, sprich so, daß man dich verstehen kann.«

»Wir brauchen eine Stenografin – eine Anwaltssekretärin, wenn du eine finden kannst. Jemand, der bereit ist, den ganzen Tag und die halbe Nacht hier zu bleiben, wenn es notwendig sein sollte. Biete das Dreifache des üblichen Honorars.«

»Angenommen, ich finde eine«, sagte Val. »Was, um Himmels willen, willst du ihr diktieren?«

Joel runzelte die Stirn und ging hinüber zum Fenster. »Einen Roman«, sagte er und drehte sich um. »Wir schreiben einen Roman. Die ersten zwanzig oder dreißig Seiten werden sich mit einem Fall vor Gericht, einem Prozeß befassen.«

»Der von Menschen handelt, die jeder kennt?«

»Es ist eine neue Art von Roman, Polit-Fiction könnte man das nennen, aber nur ein Roman. Mehr nicht.«

Es wurde Morgen in New York, und Stone war wieder allein. Der Navy-Leutnant und der Army-Captain waren zurückgekehrt an ihre Schreibtische in Washington. So war es besser; sie konnten ihm nicht helfen, und je weniger man sie in der Nähe des Apartments sah, desto geringer war die Wahrscheinlichkeit, daß sie entdeckt wurden. Und dazu mußte es kommen, das wußte Stone. Das war ebenso klar wie die Tatsache, daß Colonel Alan Metcalf der Akkord war, mit dem sie ihr Stück einleiten mußten. »Ohne ihn«, so hätte Johnny Reb es in den alten Tagen wahrscheinlich formuliert, »kommt die Melodie nicht aus der Geige.« Aber würde er kommen? fragte sich der ehemalige Beamte der Central Intelligence Agency. Metcalf war verschwunden, das war die Nachricht aus Nellis, und die Leute, die dort nachgeforscht hatten, konnten sich seine Abwesenheit nicht erklären.

Aber Stone begriff. Metcalf wußte jetzt alles, und er würde nicht mehr nach den Regeln spielen, wie sie im Buch standen, nicht, wenn er sein Handwerk verstand, nicht wenn er noch lebte. Und dann war da noch etwas, womit Stone rechnete. Metcalf würde seinen Anrufbeantworter aus der Ferne programmieren und abhören, würde löschen, was er löschen wollte, und gewisse Informationen hinterlassen, vermutlich irreführende. Außerdem würde es einen Code geben, wahrscheinlich einen, der täglich wechselte und dazu führte, daß das Band binnen zehn Sekunden von einem Mikrowellenimpuls zerstört wurde, wenn der Code nicht richtig eingegeben wurde – all das war üblich. Wenn Metcalf gut war. Wenn er noch lebte.

Stone baute auf beides – daß der Colonel gut war und noch am Leben. Und das war der Grund, weshalb Stone vor einer Stunde, um sechs Uhr fünfunddreißig, eine Nachricht auf Metcalfs Telefonbeantworter hinterlassen hatte. Er hatte einen Namen gewählt, den die Frau von Joel Converse – seine ehemalige Frau – wahrscheinlich an den toten Samuel Abbott weitergegeben hatte. *Marcus Aurelius steigt auf. Antworten und löschen, bitte.* Dann hatte Stone die Telefonnummer seines Apartments angegeben, die, wenn man sie verfolgte, zum Hilton-Hotel an der Zweiundfünfzigsten Straße führen würde.

Es gab nur noch eine weitere Person auf der Welt, von der Stone wünschte, sie erreichen zu können. Aber dieser Mann war »in Urlaub – wir haben keine Möglichkeit, ihn zu erreichen«. Das war offensichtlich eine Lüge, aber um die Lüge aufzudecken, hätte Peter mehr sagen müssen, als er sagen wollte. Der Mann war Derek Belamy, Chef der Geheimoperationen für Großbritanniens M. I. 6, und einer der wenigen Freunde, die Stone in all seinen Jahren bei der Central Intelligence Agency gehabt hatte. Belamy war ein so guter Freund, daß er Peter, als dieser noch Stationschef in London gewesen war, in aller Offenheit gesagt hatte, er solle aussteigen, ehe der Whisky ihn fertigmache.

Ich habe einen Arzt, der dir eine Bestätigung schreibt, Peter. Und ein kleines Gästehäuschen in Kent. Dort kannst du bleiben und dich erholen, alter Junge.

Stone hatte abgelehnt, und das war die vernichtendste Entscheidung gewesen, die er je getroffen hatte. Der Rest war der alkoholisierte Alptraum gewesen, den Belamy ihm prophezeit hatte.

Aber nicht Dereks Sorge um einen Freund war es, die Peter jetzt suchte. Er suchte Belamys Brillanz, seinen scharfen Blick und seine Klugheit, die sich hinter einem freundlichen Äußeren verbargen. Und die Tatsache, daß Derek Belamy am Pulsschlag Europas lauschen konnte, eine Delavane-Operation riechen konnte, wenn man ihm die Fakten lieferte. Und wahrscheinlich, dachte Stone, war er im Augenblick damit beschäftigt, in Irland nach genau dem zu suchen – ganz sicher war er jetzt dort. Über kurz oder lang – besser bald – mußte Belamy seinen Anruf beantworten. Und dann würde er ihm in allen Einzelheiten eine Munitionssendung aus Beloit, Wisconsin, schildern. Derek Belamy verabscheute die Delavanes dieser Welt. Sein alter Freund würde zu einem Verbündeten gegen die Generale werden.

Das Telefon klingelte; der Zivilist blickte es an und ließ es noch einmal klingeln. *Metcalf?* Er griff nach dem Hörer, hob ab.

»Ja?«

»*Aurelius?*«

»Irgendwie habe ich gewußt, daß Sie sich melden würden, Colonel.«

»Wer, zum Teufel, sind Sie?«

»Ich heiße Stone, und wir stehen auf derselben Seite, zumindest glaube ich das. Aber Sie tragen Uniform und ich nicht. Also brauche ich etwas mehr Vertrauen zu Ihnen, können Sie das verstehen?«

»Sie sind einer von diesen *Bastarden* in Washington, die ihn ausgeschickt haben!«

»Fast richtig, Colonel. Ich bin später dazugekommen, aber ja, ich bin einer von diesen Bastarden. Was ist mit General Abbott passiert?«

»Man hat ihn umgebracht, Sie Hurensohn! ... Ich nehme an, dieses Telefon ist sauber.«

»Für wenigstens vierundzwanzig Stunden. Dann verschwinden wir alle, so wie Sie verschwunden sind.«

»Keine Reue? Kein Gewissen? Wissen Sie, was Sie *getan* haben?«

»Dafür haben wir keine Zeit, Colonel. Vielleicht später, wenn es ein Später gibt... Hören Sie auf damit, Soldat! Wo können wir uns treffen? Wo sind Sie?«

»Okay, okay«, sagte der offenbar erschöpfte Air-Force-Offizier. »Ich habe ein halbes dutzendmal die Maschine gewechselt. Ich bin in – wo, zum Teufel, bin ich? – in Knoxville, Tennessee. In zwanzig Minuten fliege ich nach Washington.«

»Warum?«

»Um diese ganze Sache hochgehen zu lassen, warum sonst?«

»Vergessen Sie es, Sie sind ein toter Mann. Ich hatte geglaubt, das hätten Sie inzwischen kapiert. Sie haben auf die Information hin, die Abbott Ihnen gegeben hat, etwas vorbereitet, stimmt das?«

»Ja.«

»Und dann hat man *ihn* hochgehen lassen, stimmt's?«

»Verdammt noch mal, halten Sie den Mund!«

»Daraus hätten Sie lernen sollen. Die stecken an Orten, wo Sie sie nicht sehen und auch nicht finden können. Aber das falsche Wort zu der falschen Person, und dann finden *die* Sie.«

»Das *weiß* ich!« schrie Metcalf. »Aber ich bin jetzt seit zwanzig Jahren in diesem Geschäft. Es muß doch *irgend jemanden* geben, dem ich vertrauen kann!«

»Und darüber wollen wir reden, Colonel. Streichen Sie Washington und kommen Sie nach New York. Ich besorge Ihnen ein Zimmer im Algonquin – ich habe bereits eines reservieren lassen.«

»Unter welchem Namen?«

»Marcus. Was denn sonst?«

»Geht klar, aber wenn wir schon so tief drinstecken, sollte ich Ihnen eines sagen. Die Frau versucht mich seit ein Uhr heute morgen zu erreichen.«

»Die Frau von Converse?«

»Ja.«

»Wir brauchen sie. Wir brauchen *ihn*!«

»Ich werde den Anrufbeantworter neu programmieren. Das Algonquin?«

»Richtig.«

»Er ist aus New York, nicht wahr? Ich meine, er ist ein New Yorker.«

»Was immer das bedeutet, ja. Er hat jahrelang dort gelebt.«

»Ich hoffe, daß er schlau ist – daß sie beide schlau sind.«

»Sie würden nicht mehr leben, wenn sie nicht schlau wären.«

»Bis in ein paar Stunden, Stone.«

Der Zivilist legte auf, seine Hände zitterten und seine Augen wanderten zu einer Flasche Bourbon auf der anderen Seite des Zimmers. *Nein!* Er würde keinen Drink nehmen, das Versprechen hatte er sich abgenommen! Er stand auf, verließ das Zimmer und ging zu den Lifts am Ende des Korridors.

Ich, Joel Harrison Converse, Anwalt, zugelassen vor den Gerichten des Staates New York und in Diensten der Kanzlei Talbot, Brooks and Simon, 666 Fourth Avenue, New York City, New York, kam am 9. August in Genf, Schweiz, an, um im Auftrag unseres Klienten, der Comm Tech Corporation, Gespräche mit dem Ziel eines lange geplanten Firmenzusammenschlusses zu führen. Im folgenden werde ich dies als die Comm Tech-Bern-Fusion bezeichnen. Am Morgen des 10. August um etwa acht Uhr wurde ich von dem Chefberater der Berner Gruppe, Mr. Avery Preston Halliday, aus San Francisco, Kalifornien, kontaktiert. Da er Amerikaner war und erst kürzlich in die Dienste der Schweizer Firma getreten war, erklärte ich mich einverstanden, mich mit ihm zu treffen, um die anstehenden Punkte und unsere diesbezüglichen Positionen abzuklären. Als ich an unserem Treffpunkt, einem Café am Quai du Mont Blanc, eintraf, erkannte ich Mr. Halliday als Studenten und Freund wieder, den ich vor Jahren an der Taft-School in Watertown, Connecticut, kennengelernt hatte. Er hieß damals Avery P. Fowler. Mr. Halliday bestätigte diese Tatsache und erklärte, sein Familienname sei nach dem Tod seines Vaters und der darauffolgenden Wiederverehelichung seiner Mutter mit einem John Halliday in San Francisco geändert worden. Die Erklärung war für mich ausreichend, die Umstände allerdings nicht. Mr. Halliday hatte reichlich Zeit und Gelegenheit gehabt, mich über seine Identität zu informieren, hatte das aber nicht getan. Dafür gab es einen Grund. An jenem Morgen des 10. August suchte Mr. Halliday ein vertrauliches Gespräch mit dem Unterzeichneten bezüglich einer Angelegenheit, die in keinerlei Beziehung zu der Comm Tech-Bern-Fusion stand. Dieses Gespräch war der eigentliche Grund für seine Anwesenheit in Genf. Dies war die erste von vielen beunruhigenden Enthüllungen...

Wenn die sehr ordentliche und distanzierte britische Stenografin das geringste Interesse an dem Material hatte, das sie vom Stenoblock auf Schreibmaschinenpapier übertrug, so ließ sie sich das nicht anmerken. Die dünnen Lippen zusammengekniffen, das graue Haar zu einem ehrfurchtgebietenden Knoten zusammengesteckt, arbeitete sie wie eine Maschine. Valeries etwas vorsichtig vorgebrachte Erklärung, ihr Mann sei ein amerikanischer Romanschriftsteller, der sich für die jüngsten Ereignisse in Europa interessierte, führte nur zu einem kühlen Blick und der unverlangt vorgebrachten Erklärung, daß die Sekretärin niemals fernsah und nur selten Zeitung las. Sie war Mitglied des französisch-italienischen Alpenvereins, was ihre ganze Zeit und Energie in Anspruch nahm, um die Naturschönheit vor den Menschen zu schützen – wenn sie nicht damit beschäftigt war, ihren Lebensunterhalt zu verdienen. Sie war wie ein Automat. Man hätte ihr aus der Bibel diktieren können, und Val bezweifelte, ob die Frau gemerkt hätte, was sie tippt.

Alan Metcalf aus Las Vegas hatte immer noch nicht geantwortet. Jedesmal meldete sich nur der Anrufbeantworter. Es war Zeit, es zum achtenmal zu versuchen.

»Wenn wir ihn jetzt nicht erreichen«, sagte Joel grimmig, begleitet vom leisen Klappern der Schreibmaschine auf der anderen Seite des Zimmers, »dann rufst du Prudhomme an. Ich wollte zuerst mit diesem Metcalf reden, aber möglicherweise – möglicherweise geht das nicht.«

»Welchen Unterschied macht das schon? Du brauchst schnell Hilfe, und Prudhomme ist bereit, uns zu helfen.«

»Der Unterschied ist, daß ich weiß, woher Prudhomme kommt, das hast du mir gesagt. Ich kann mir vorstellen, was er tun kann und was nicht, aber über Metcalf weiß ich überhaupt nichts – nur daß Sam ihm vertraut hat. Wen auch immer ich zuerst anrufe, ich muß ihm einiges erklären, muß Anklagen und Beobachtungen vorbringen. Versuch es noch einmal mit Metcalf.« Joel drehte sich um und ging an das Telefon, während Valerie die Nummer in Las Vegas, Nevada, wählte.

»*Anrufer C, Botschaft erhalten. Bitte identifizieren Sie sich zweimal hintereinander, und zählen Sie langsam bis zehn. Bleiben Sie in der Leitung.*«

Joel legte das Telefon neben das Waschbecken und lief ins Schlafzimmer hinüber. Er ging zu Val und hob die Hand, während er nach dem Bleistift griff. Dann schrieb er auf ein Blatt Hotelpapier.

»Weiter. Ruhig bleiben. P. S. E.«

»Hier spricht Miß Parquette«, sagte Valerie und runzelte verwirrt die Stirn. »Hier spricht Miß Parquette. Eins, zwei, drei, vier...«

Converse ging ins Badezimmer zurück, nahm den Hörer und lauschte.

»...acht, neun, zehn.«

Schweigen. Schließlich ein scharfes Klicken, ein zweites, und dann wieder die metallische Stimme.

»Bestätigt. Danke. Dies ist das zweite Band, das anschließend gelöscht wird. Hören Sie gut zu. Es gibt einen Ort auf einer Insel, die für ihre Stammesnächte bekannt ist. Der König wird auf seinem Stuhl sein. Das ist alles. Wir brennen.«

Joel legte den Hörer auf und studierte die nur schwer lesbaren Worte, die er hastig mit Seife auf den Badezimmerspiegel gekritzelt hatte. Die Tür öffnete sich, und Valerie kam mit einem Blatt Papier herein.

»Ich hab' es aufgeschrieben«, sagte sie und reichte ihm das Blatt.

»Ich auch – aber so ist es besser. Herrgott, ein *Rätsel*!«

»Auch kein größeres als das, was du mir aufgegeben hat. Was, um Himmels willen, heißt P. S. E?«

»›Psychologischer Streß-Evaluator‹«, antwortete Converse, lehnte sich gegen die Wand und las die Worte von Metcalfs Botschaft. Er blickte zu ihr auf. »Das ist ein Stimmscanner, den man an ein Telefon oder ein Tonbandgerät anschließen kann, und der einem angeblich verrät, ob die Person, mit der man spricht, lügt oder nicht. Larry Talbot hat eine Weile mit einem von den Dingern gespielt, aber dann hat er behauptet, er könnte niemanden finden, der die Wahrheit sagt, und das schließe seine zweiundneunzigjährige Mutter ein. Er hat es weggeworfen.«

»Funktioniert das?«

»Angeblich besser als ein Lügendetektor. In diesem Fall hat es funktioniert. Man hat deine Stimme mit deinen anderen Anrufen verglichen, und das bedeutet, daß dieser Metcalf technisch verdammt gut ausgerüstet ist. Dieser Scanner hat das zweite Band eingeschaltet, und das Ganze ist durch

Fernsteuerung von einem anderen Telefon aus gelaufen, sonst hätte er nach der Probe selbst geantwortet.«

»Aber wenn ich sie bestanden habe, warum dann das Rätsel? Warum eine Insel mit Stammesnächten.«

»Weil man jede Maschine dieser Art schlagen kann. Deshalb sind sie vor Gericht nicht zulässig. Vor Jahren hat man Willie Sutton an einen Lügendetektor angeschlossen, und nach dem, was dabei rauskam, hat er niemals ein Sparschwein aufgebrochen, geschweige denn die Chase-Manhattan-Bank. Metcalf war bereit, ein Risiko einzugehen, aber er wollte sich nicht ganz darauf verlassen. Er ist ebenfalls auf der Flucht.« Converse wandte sich wieder dem Blatt Papier zu.

»Eine Insel.« Val sprach mit leiser Stimme und las die mit Seife auf den Spiegel gekritzelten Worte. »Stämme... die karibischen Stämme; die gab es überall auf den Antillen. Oder Jamaica – Stammesnächte, Obeah-Rituale, Voodoo-Riten auf Haiti. Selbst die Bahamas – die Lucayan-Indianer –, die haben Pubertätsriten.«

»Du beeindruckst mich«, sagte Joel und blickte von dem Blatt auf. »Woher weißt du das?«

»Kunstkurse«, antwortete sie. »Aber das paßt nicht, das ist alles zu weit hergeholt.«

»Warum? Er könnte irgendeinen Ort in der Karibik meinen, einen Urlaubsort, für den viel geworben wird. Der König ist ein Kaiser. Das muß Delavane bedeuten. Mad Marcus wie in Marcus Aurelius. Und dann fallen mir die Fernsehcommercials ein, die Anzeigen in den Zeitungen – Bilder von Leuten, Limbotänzer unter Fackeln, kostümierte Neger, die freundlich grinsen und dabei die Dollars zählen.«

»Zu abgelegen«, wiederholte Val. »Das sind keine repräsentativen Bilder.«

»Wovon, zum Teufel, redest *du* jetzt?« wandte Converse ein.

»Das ist zu weit hergeholt, Joel, zu viele Orte, aus denen man wählen kann. Orte, die du vielleicht nicht kennst. Es muß näher sein, dir und mir vertrauter, etwas, das wir erkennen können.«

Valerie nahm ihm das Blatt weg. »*Manhattan* ist eine Insel«, sagte sie leise, las und runzelte dann wieder die Stirn.

»Wenn es dort Fackeln und Stammesriten gibt, dann ist das nicht mein Teil der Stadt.«

»Nicht Stammesriten, Stammesnächte«, verbesserte Val. »Stammes-, vielleicht nicht Schwarze, sondern Rote? ›Der König wird auf seinem Stuhl – Stuhl... Tisch. Sein *Tisch*. Stammes... Nächte. Nächte! Das haben wir falsch gelesen. *Nights*!«

»Wie kann man es sonst noch lesen?«

»Nicht ›nights‹, sondern ›knights‹! Mit *K*!«*

»Und ein Tisch«, unterbrach Converse. »Die Ritter der Runden Tafel.«

»Aber *nicht* die Artus-Legende, nicht Camelot. Viel näher. Stammes – *Amerikanische* Eingeborene. Amerikanische *Indianer*.«

»Algonquins. Die Runde Tafel!«

»Das Algonquin-Hotel«, rief Valerie. »Das ist es, das hat er gemeint!«

»Das wissen wir in ein paar Minuten«, sagte Joel. »Geh hinein und rufe an.«

Das Warten war unerträglich und endlos. Converse musterte sein Gesicht im Spiegel. Der Schweiß quoll ihm aus allen Poren, und das Salz brannte in seinen Wunden. Und was viel beunruhigender war, seine Hand zitterte. Die Vermittlung des Algonquin meldete sich, und Val verlangte einen Mr. Marcus. Einen Augenblick herrschte Schweigen, und als die Vermittlung sich wieder meldete, dachte Joel, er müsse den Telefonhörer gegen den Spiegel schmettern.

»Hier sind zwei Marcus registriert, Mam. Welchen wollen Sie sprechen?«

»*Verdammt*!« schimpfte Val plötzlich am Telefon und erschreckte Converse damit. »Mein Boß, dieser Verrückte, hat mir gesagt, ich sollte sofort Mr. Marcus im Algonquin anrufen und ihm sagen, wo sie sich zum Lunch treffen. Jetzt ist er irgendwohin verschwunden, und ich weiß nicht weiter.«

* nights und knights wird gleich ausgesprochen, das K ist stimmlos. Das eine bedeutet Nächte, das andere Ritter. (Anmerkung des Übersetzers)

»Schon in Ordnung, solche Leute gibt's.«
»Vielleicht können Sie mir helfen. Welcher Marcus es ist, meine ich. Vielleicht erkenne ich ihn am Vornamen oder der Firma.«
»Aber sicher, wird gemacht. Schließlich müssen wir Mädchen doch zusammenhalten bei solchen Chefs, stimmt's?... Okay, da sind sie. Marcus, Myron. Sugarman's Original Replikate, Los Angeles. Und Marcus, Peter... hilft auch nicht weiter, wie? Da steht bloß Georgetown, Washington, D. C.«
»Das ist der richtige. Peter. Jetzt weiß ich es. Vielen Dank.«
»Aber gerne. Ich stelle durch.«

Die *New York Times* auf den Knien, setzte Stone die letzten zwei Worte ins Kreuzworträtsel ein und sah auf die Uhr. Er hatte neun Minuten dazu gebraucht, neun Minuten der Entspannung; er wünschte, es hätte länger gedauert. Eine der Freuden seiner Stellung in London als Stationschef war das Kreuzworträtsel in der *London Times* gewesen. Das war immer mindestens eine halbe Stunde gewesen, in der er auf der Suche nach Worten und Bedeutungen seine Probleme vergessen hatte.

Das Telefon klingelte. Stones Kopf fuhr herum. Er starrte den Apparat an, sein Puls ging schneller, seine Kehle war plötzlich ausgetrocknet. Niemand wußte, daß er sich unter dem Namen Marcus im Algonquin eingetragen hatte. *Niemand!*... Ja doch, da war jemand, aber der war jetzt in der Luft, war von Knoxville, Tennessee, nach New York unterwegs. Was war *schiefgegangen*? Oder hatte er sich in Metcalf geirrt? War der scheinbar zornige, predigende Abwehroffizier von der Air Force einer von denen? Hatten ihn seine eigenen Instinkte, geschult und geschärft in unzähligen Jahren, hatten seine Instinkte ihn verlassen, weil er so verzweifelt nach einer Öffnung suchte, einem Fluchtweg aus einem stählernen Netz, das sich über ihn herabsenkte? Er stand auf und ging langsam, voll Angst an den Tisch und hob den Hörer des hartnäckig klingelnden Telefons ab.
»Ja?«

»Alan Metcalf?« sagte die weiche, feste Stimme einer Frau.
»*Wer?*« Stone verblüffte der Name so, daß er sich kaum konzentrieren, kaum denken konnte!
»Ich bitte um Entschuldigung, ich muß das falsche Zimmer haben.«
»*Warten* Sie! Legen Sie nicht auf. Metcalf ist hierher unterwegs.«
»Es tut mir leid.«
»Bitte! Herrgott, *bitte*! Ich war müde, ich habe *geschlafen*. Wir waren Tag und Nacht auf... Metcalf. Ich habe vor zwei Stunden mit ihm gesprochen. Er sagte, er würde seinen Anrufbeantworter neu programmieren, jemand versuchte, ihn seit ein Uhr früh zu erreichen. Er mußte *dort* weg. Ein Mann ist getötet worden, ein Pilot. Es war *kein* Unfall! Sagt Ihnen das etwas?«
»Warum sollte ich mit Ihnen reden?« fragte die Frau.
»Damit Sie herausbekommen, woher ich anrufe?«
»*Hören* Sie mir zu«, sagte Stone, der seine Stimme jetzt wieder völlig unter Kontrolle hatte. »Selbst wenn ich das wollte – und das will ich nicht –, das ist ein Hotel, keine private Leitung, und um das zu tun, was Sie andeuten, würde ich wenigstens drei Männer brauchen und einen weiteren in der Zentrale. Und selbst mit einer solchen Einheit würde ich wenigstens vier Minuten brauchen, ehe man das Suchsignal aussenden könnte – und selbst dann würden wir nur die allgemeine Gegend erfahren, nicht den Standort des Apparates, von dem aus Sie sprechen. *Und* falls Sie aus Übersee anrufen, würden wir einen weiteren Mann brauchen, einen Experten, und zwar an *Ihrem* Ort, um die Suche auf einen Umkreis von *vielleicht* zwanzig Meilen einschränken zu können. Und auch das nur, wenn Sie wenigstens acht Minuten an *Ihrem* Telefon blieben. Und jetzt geben Sie mir um Gottes willen wenigstens *zwei*!«
»Weiter. Schnell!«
»Ich werde etwas unterstellen. Vielleicht sollte ich das nicht, aber Sie sind eine sehr kluge Frau, Mrs. DePinna, und Sie könnten es tun.«
»*Depinna?*«

»Ja. Sie haben ein Telefonbuch offen liegengelassen, so daß die blauen Seiten, die mit den Regierungsstellen, aufgeklappt waren. Als der *Unfall* in Nevada passierte, habe ich eine einfache Kombination in bezug auf eine Eintragung in dem Buch angestellt und zwei Stunden später erfahren, daß ich recht hatte. Metcalf hat meinen Anruf erwidert – aus einer Telefonzelle auf einem Flughafen. Ein Pilot, ein General, hatte ausführlich mit ihm gesprochen. Er schließt sich uns an... Sie sind vor den falschen Leuten geflohen, Mrs. DePinna. Aber ich glaube, daß der Mann, den wir finden wollen, dieses Gespräch ebenfalls mit anhört.«

»Hier ist sonst niemand!«

»Bitte, unterbrechen Sie mich nicht. Ich muß jede Sekunde nutzen.« Stones Stimme wurde plötzlich kräftiger. »*Leifhelm, Bertholdier, Van Headmer, Abrahms.* Und ein fünfter Mann, den wir nicht identifizieren können, ein Engländer, der so gut getarnt ist, daß Burgess, MacClean und Blunt im Vergleich zu ihm wie Amateure wirken. Wir wissen nicht, wer er ist, aber es gibt ihn, und er nutzt Lagerhäuser in Irland, Frachtschiffe und lang vergessene Flugplätze, um Material zu transportieren, das überhaupt nicht abgesandt werden dürfte. Diese Akten sind von *uns* gekommen, Converse! Wir haben sie Ihnen geschickt! Sie sind Rechtsanwalt, und Sie wissen, daß ich mich selbst belaste, indem ich Ihren Namen benutze, *oder* Selbstmord begehe, wenn jemand dieses Gespräch aufzeichnet. Ich gehe noch weiter. Wir haben Sie über Preston Halliday in Genf ausgeschickt. Wir haben Sie ausgeschickt, um eine Anklage aufzubauen – damit wir diese Geschichte mit einem Minimum an Fallout hochgehen lassen können, damit wir alle diese verdammten Idioten wieder zurück auf den Boden der Realität holen können. Aber wir haben uns geirrt. Die waren schon viel weiter, als wir je angenommen hatten. Als *wir* je angenommen hatten – aber nicht Beale auf Mykonos. Er hatte verdammt recht, und jetzt ist er tot. Übrigens, er war der ›Mann aus San Francisco‹. Die fünfhunderttausend Dollar waren von ihm. Er stammte aus einer reichen Familie, die ihm unter anderem auch ein Gewissen hinterlassen hat. Erinnern Sie sich an Mykonos! An das, was er gesagt hat – was sein Leben war. Vom gefeierten Soldaten zum Gelehrten – zu einem Mord, den er begehen mußte, und bei dem ein Stück von ihm gestorben sein muß. Er sagte, Sie hätten ihn fast bei ein paar Dingen ertappt, die er nicht sagen wollte. Er sagte, Sie seien ein guter Anwalt, eine gute Wahl. Preston Halliday war einer seiner Studenten in Berkeley, und als das vor eineinhalb Jahren anfing, als Halliday erkannte, was Delavane tat und wie er selbst mißbraucht wurde, ging er zu Beale, der damals gerade im Begriff war, in den Ruhestand zu gehen. Den Rest können Sie sich selbst zusammenreimen.«

Die Stimme der Frau unterbrach ihn. »Sagen Sie das, was ich von Ihnen hören will. *Sagen* Sie es!«

»Natürlich tue ich das. Converse hat Peregrine nicht getötet, und er hat auch den NATO-Oberbefehlshaber nicht getötet. Beide wurden auf Befehl von Delavane ermordet – George Marcus Delavane –, weil beide Männer ihn und seinesgleichen auf die Matte gelegt hätten! Sie waren bequeme, *sehr* bequeme Ziele. Über die anderen weiß ich nichts – ich weiß nicht, was Sie durchgemacht haben –, aber einen Lügner haben wir in Bad Godesberg zerbrochen, den Major von der Botschaft, der *Sie*, *Converse*, an der Adenauer-Brücke gesehen haben will! Er weiß es nicht, aber wir haben ihn zerbrochen und dabei etwas erfahren. Wir glauben zu wissen, wo Connal Fitzpatrick ist, wir glauben, er lebt!«

Eine Männerstimme mischte sich ein. »Ihr Dreckskerle«, entfuhr es Joel Converse.

»Dem Himmel sei *Dank*!« sagte der Zivilist und setzte sich auf das Hotelbett. »Jetzt können wir sprechen. Wir müssen sprechen. Sagen Sie mir alles, was Sie können. Dieses Telefon ist sauber.«

Zwanzig Minuten später legte Peter Stone mit zitternden Händen den Hörer auf.

36

General Jacques Louis Bertholdier hielt in den kreisenden, stoßenden Hüftbewegungen ein und löste sich von der stöhnenden dunkelhaarigen Frau, rollte sich zur Seite und griff nach dem Telefon.

»Ja?« rief er zornig, und dann lauschte er. Sein von der Erregung gerötetes Gesicht wurde aschfahl. »Wo ist das passiert?« flüsterte er, aber es war kein vertrauliches Flüstern, sondern eines der plötzlichen Angst. »Boulevard Raspail? Die Anklage?... *Rauschgift? Unmöglich*!«

Ohne das Telefon loszulassen, schwang der General die Beine über die Bettkante, lauschte konzentriert und starrte die Wand an. Die nackte Frau erhob sich auf die Knie, lehnte sich an ihn, preßte ihre Brüste gegen seinen Rücken, und ihr offener Mund liebkoste sein Ohr, ihre Zähne knabberten an seinem Ohrläppchen.

Bertholdier schlug plötzlich wild mit dem Arm nach hinten, schmetterte der Frau den Telefonhörer ins Gesicht und stieß sie auf die andere Bettseite. Blut schoß aus ihrer aufgeplatzten Unterlippe.

»Wiederholen Sie das, bitte«, rief er ins Telefon. »Dann ist das ja wohl offensichtlich, oder? Man darf den Mann nicht weiter verhören, oder? Es gilt immer, die größere Strategie im Auge zu behalten, man muß im Feld mit Verlusten rechnen, non? Ich fürchte, das ist wieder die gleiche Geschichte wie mit dem Krankenhaus. Dann kümmern Sie sich also darum, als guter Offizier, der Sie sind. Der Verlust der Legion war ein immenser Gewinn für uns... Oh? Wie war das? Der Beamte, der die Verhaftung durchgeführt hat, war *Prudhomme*?« Bertholdier hielt inne, sein Atem ging jetzt wieder regelmäßig. Und dann traf er eine Kommandoentscheidung. »Ein hartnäckiger Bürokrat von der Sûreté, der nicht lockerlassen will? Er ist Ihr zweiter Auftrag, den Sie mit Ihrem üblichen Geschick durchführen werden, ehe der Tag um ist. Rufen Sie mich an, wenn beide Fälle abgeschlossen sind, und betrachten Sie sich als Adjutant von General Jacques Bertholdier.«

Der General legte auf und wandte sich der dunkelhaarigen Frau zu, die sich mit einem Bettlaken die Lippen abwischte und in deren Blick sich Zorn, Verlegenheit und Angst mischten.

»Ich bitte um Entschuldigung, meine Liebe«, sagte er höflich. »Aber du mußt jetzt gehen. Ich muß telefonieren und ein paar geschäftliche Dinge erledigen.«

»Ich werde nicht zurückkommen!« rief die Frau empört.

»Du wirst wiederkommen«, sagte die Legende Frankreichs, hoch aufgerichtet. »Wenn man dich dazu auffordert.«

Erich Leifhelm trat mit schnellen Schritten in sein Arbeitszimmer und an den großen Schreibtisch, wo er einem Angestellten im weißen Jackett das Telefon abnahm und den Mann mit einem kurzen Kopfnicken entließ. Als die Tür geschlossen war, fragte er. »Was ist?«

»Man hat den Geyner-Wagen gefunden, Herr General.«

»*Wo?*«

»Appenweier.«

»Und wo ist *das*?«

»Ein Städtchen in der Nähe von Kehl. Im Elsaß.«

»Straßburg! Er hat die Grenze nach Frankreich überschritten! Als Priester!«

»Ich verstehe nicht, Herr...«

»Schon gut! Wen haben Sie in dem Sektor?«

»Nur einen Mann, Herr General. Den Mann bei der Polizei.«

»Sagen Sie ihm, er soll andere rekrutieren. Schicken Sie sie nach Straßburg! Suchen Sie dort nach einem Priester!«

»Verschwinde hier!« brüllte Chaim Abrahms, als seine Frau in die Küche kam. »Hier ist jetzt kein Platz für dich!«

»Bei den Propheten steht es anders, mein Ehemann«, sagte die gebrechliche, schwarz gekleidete Frau mit den sanften, von weißem Haar gerahmten Zügen, deren dunkle Augen wie tiefe Spiegel wirkten. »Willst du die Bibel leugnen, die du so häufig zitierst, wenn es dir paßt? Sie spricht nicht nur von Donner und Rache. Muß ich sie dir vorlesen?«

»*Nichts* mußt du lesen! *Sage* nichts! Dies sind Dinge, die nur Männer angehen!«

»Männer, die töten? Männer, die die Grausamkeit der Schrift benutzen, um Blutvergießen an Kindern zu rechtfertigen? Wie das Blut meines *Sohnes*? Ich frage mich, was die Mütter der Massada gesagt hätten, wenn man es ihnen erlaubt hätte, das zu sagen, was ihr Herz ihnen gebot. Nun, ich spreche jetzt, *General*. Du wirst nicht mehr töten. Du wirst nicht dieses Haus dazu benutzen, deine Todesarmeen in Marsch zu setzen und deine Mordtaktiken zu schmieden – immer deine heiligen Taktiken, Chaim, deine heilige Rache.«

Abrahms stand langsam auf. »Wovon redest du?«

»Glaubst du, ich habe dich nicht gehört? Telefongespräche mitten in der Nacht, Anrufe von Männern, die klingen wie du, die vom Tod reden...«

»Du hast *gelauscht*!«

»Einige Male. Dein Atem ging so laut, daß du außer deiner eigenen Stimme nichts gehört hast, deinen eigenen Befehlen zum Mord. Was auch immer ihr tut, wird jetzt ohne dich geschehen, mein Ehemann, der du schon lange nicht mehr bist. Für dich ist das Morden vorbei. Es hat schon vor Jahren seinen Sinn verloren. Aber du konntest nicht aufhören. Du hast neue Gründe erfunden, bis in dir selbst keine Vernunft mehr zurückblieb.«

Die Frau des Alten zog die rechte Hand unter den Falten ihres schwarzen Kleides hervor. Sie hielt Abrahms' Dienstpistole. Der Soldat schlug ungläubig gegen sein Halfter, machte dann eine hastige Bewegung und warf sich plötzlich auf die Frau, mit der er achtunddreißig Jahre zusammengelebt hatte. Er packte sie am Handgelenk und riß sie herum. Aber sie ließ die Waffe nicht los! Sie sträubte sich gegen ihn, kratzte über sein Gesicht, als er sie gegen die Wand drückte, ihr die Hand verdrehte und versuchte, sie zu entwaffnen.

Die Explosion des Schusses hallte in der Küche, und die Frau, die ihm vier Kinder geboren hatte, am Ende einen Sohn, stürzte vor ihm zu Boden. Von Schrecken erfüllt, blickte Chaim Abrahms auf sie hinunter. Ihre dunklen Augen waren geweitet und leer.

Plötzlich klingelte das Telefon. Abrahms lief zur Wand, packte den Hörer und schrie hinein: »Die Kinder Abrahams werden sich nicht nehmen lassen, was ihnen gehört! Ein Blutbad wird folgen – wir werden das Land besitzen, das Gott uns verheißen hat! Judäa, Samaria – sie sind *unser*!«

»Aufhören!« brüllte die Stimme am anderen Ende. »Hören Sie auf, *Jude*!«

»Wer mich *Jude* nennt, nennt mich auch *rechtschaffen*!« schrie Chaim Abrahms, dem die Tränen über das Gesicht liefen, während er auf seine tote Frau hinunterblickte. »Ich habe wie *Abraham* geopfert! Keiner könnte *mehr* verlangen!«

»*Ich* verlange mehr!« kam die Antwort. »Ich verlange *immer* mehr!«

»*Marcus?*« flüsterte der Alte, schloß die Augen und lehnte sich gegen die Wand, um nicht zusammenzubrechen. Er wandte sich von der Leiche ab, die zu seinen Füßen lag. »Sind Sie das... mein Führer, mein *Gewissen*? Sind Sie es?«

»Ich bin es, Chaim, mein Freund. Wir müssen schnell handeln. Sind die Einheiten bereit?«

»Ja. Scharhörn. Zwölf Einheiten in Bereitschaft, alle ausgebildet und bereit. Der Tod hat für sie keinen Schrecken.«

»Das ist es, was ich wissen mußte«, sagte Delavane.

»Sie erwarten Ihren Code, mein General.« Abrahms stöhnte auf und weinte dann ungehemmt.

»Was ist denn, Chaim? Reißen Sie sich zusammen!«

»Sie ist tot. Meine Frau liegt tot zu meinen Füßen!«

»Mein Gott, was ist *passiert*?«

»Sie hat alles mit angehört, gelauscht... Sie hat versucht, mich zu töten. Es kam zu einem Kampf, und sie ist tot.«

»Ein schrecklicher, ein furchtbarer Verlust, mein lieber Freund. Sie haben mein tiefstes Mitgefühl, und ich betrauere den schweren Verlust, den Sie erlitten haben.«

»Danke, Marcus.«

»Sie wissen, was Sie tun müssen, nicht wahr, Chaim?«

»Ja, Marcus, ich weiß.«

Es klopfte an der Tür. Stone erhob sich aus seinem Sessel und griff nach der Pistole auf dem Tisch. In all den Jahren hatte er nur einmal eine Waffe benutzt. Er hatte in Istanbul einem Informanten des KGB den Fuß zerschossen, und zwar aus dem einfachen Grund, weil der Mann betrunken und mit einem Messer auf ihn losgegangen war. Dieser eine Zwischenfall genügte. Stone mochte keine Pistolen.

»Ja?« sagte er, die Automatik in der Hand.

»Aurelius«, erwiderte die Stimme hinter der Tür.

Stone öffnete und begrüßte seinen Besucher. »Metcalf?«

»Ja. Stone?«

»Kommen Sie herein. Und dann sollten wir wohl besser den Code ändern?«

»Ich denke, ich könnte ›Aquitania‹ benutzen«, sagte der Abwehroffizier und trat ins Zimmer.

»Irgendwie wäre mir lieber, wenn Sie das nicht täten.«

»Irgendwie glaube ich auch nicht, daß ich es tun werde. Haben Sie Kaffee?«

»Ich werde welchen bestellen. Sie sehen erschöpft aus.«

»Am Strand von Hawaii habe ich besser ausgesehen«, sagte der schlanke, muskulöse Offizier. Er trug Sommerhosen und ein weißes Jackett. Die dunklen Ringe unter seinen klaren Augen traten deutlich hervor. »Gestern morgen bin ich um neun Uhr von Las Vegas nach Halloran gefahren und habe von dort eine Reihe von Flügen quer durchs Land begonnen. Ein Computer könnte denen nicht folgen, denn ich bin unter mehr Namen, als ich mich selbst noch erinnern kann, von einem Flughafen zum andern gejettet.«

»Sie sind ein verängstigter Mann«, sagte der Zivilist.

»Wenn Sie das nicht auch sind, dann spreche ich hier mit dem falschen Menschen.«

»Ich bin nicht nur verängstigt, Colonel, ich bin fast starr vor Angst.« Stone ging ans Telefon, bestellte Kaffee und wandte sich, ehe er auflegte, Metcalf zu. »Hätten Sie gern einen Drink?«

»Ja. Canadian on the rocks, bitte.«

»Ich beneide Sie.« Der Zivilist erteilte die Bestellung, und dann setzten sich die beiden Männer. Einige Augenblicke lang waren die Geräusche von der Straße draußen das einzige, was man hören konnte. Sie sahen sich an, und keiner machte ein Hehl aus der Tatsache, daß er den anderen einzuschätzen versuchte.

»Sie wissen, wer und was ich bin«, sagte der Colonel und brach damit das Schweigen. »Aber wer sind Sie? Und was?«

»CIA, und zwar neunundzwanzig Jahre lang. Stationschef in London, Athen, Istanbul und anderen Orten im Osten und Norden. Ein ehemaliger Jünger von Angleton und Koordinator von Geheimoperationen, bis man mich gefeuert hat. Sonst noch etwas?«

»Nein.«

»Was immer Sie mit Ihrem Anrufbeantworter gemacht haben, es war genau richtig. Die Converse hat angerufen.«

Metcalf schoß im Sessel hoch. »*Und?*«

»Eine Weile stand alles auf Messers Schneide – ich war nicht besonders gut –, aber schließlich kam er an den Apparat, oder ich sollte vielleicht sagen, schließlich hat er gesprochen. Am Apparat war er die ganze Zeit.«

»Nicht besonders gut, muß bei Ihnen immer noch sehr gut sein.«

»Alles, was er hören wollte, war die Wahrheit. Das war nicht schwierig.«

»Wo ist er? Wo sind *sie*?«

»In den Alpen. Mehr wollte er nicht sagen.«

»Verdammt!«

»Für den Augenblick«, ergänzte der Zivilist. »Er will zuerst etwas von mir haben.«

»Was?«

»Eine eidesstattliche Erklärung.«

»*Was?*«

»Sie haben ganz richtig gehört. Erklärungen von mir und den Leuten, mit denen ich zusammenarbeite – genauer gesagt, *für* die ich arbeite –, in denen das steht, was wir wissen und was wir getan haben.«

»Der will Sie hängen sehen, und ich kann es ihm nicht verübeln.«

»Das vielleicht auch, und ich verüble es ihm auch nicht. Aber er sagt, das sei zweitrangig, und das glaube ich. Er ist hinter Aquitania her. Er will, daß man Delavane und seine

Verrückten festnagelt, ehe das ganze Ding hochgeht – ehe das Morden beginnt.«

»So hat es Sam Abbott auch eingeschätzt. Das Morden – eine Anzahl von Morden hier und in ganz Europa. Der schnellste und sicherste Weg ins internationale Chaos.«

Es klopfte an der Tür. Diesmal deckte Stone seine Automatik mit einer zusammengefalteten *New York Times* zu. Er stand auf, ging zur Tür und ließ den Kellner ein, der einen Tisch mit einer Kanne Kaffee, zwei Tassen, einer Flasche Canadian Whisky, Eis und Gläser brachte. Er unterzeichnete die Rechnung, und der Mann ging wieder.

Metcalf füllte sein Glas und hielt es sich an die heiße Wange. »Ich muß immer noch an das denken, was Sam gesagt hat. ›Es muß eine Liste geben, eine Liste mit allen, die zu diesem Aquitania gehören.‹ An den üblichen Orten sei sie seiner Meinung nach nicht zu finden – diese Liste kann nicht in einem Safe, nicht einfach auf Papier geschrieben sein –, wahrscheinlich ist sie elektronisch gespeichert und wird über Codes abgerufen. An einem Ort, an den keiner je denkt, abseits von allem Offiziellen und ohne jede Verbindung mit dem Militär. ›Eine Liste, es *muß* eine Liste geben!‹ hat er immer wieder gesagt. Für einen Piloten hatte er verdammt viel Phantasie. Ich schätze, deshalb verstand er sich so gut auf dieses taktische Zeug in vierzigtausend Fuß Höhe. Du mußt aus der Sonne kommen, wo die nicht mit dir rechnen, oder aus dem dunklen Horizont, wo das Radar dich nicht erfaßt. Er wußte das alles. Er war ein taktisches Genie.«

Während Metcalf sprach, beugte Stone sich im Sessel vor, und seine Augen erfaßten jede Bewegung im Gesicht des Air-Force-Offiziers, seine Ohren lauschten auf jeden Ton.

»Scharhörn«, sagte er so leise, daß es kaum zu hören war. »Es ist *Scharhörn*.«

Die zweimotorige Riems 406 kreiste über dem Privatflughafen St. Gervais, östlich von Chamonix, und die bernsteinfarbenen Lichter der beiden Landebahnen strahlten hell in die Nacht. Prudhomme überprüfte seinen Sitzgurt, während der Pilot die Freigabe für den Anflug auf den Nord-Süd-Streifen bekam.

Mon Dieu, was für ein unglaublicher Tag! dachte der Mann von der Sûreté, während er im schwachen Schein der Instrumentenbeleuchtung auf seine rechte Hand sah. Die dunklen Schrammen an seinen Fingern waren wenigstens nicht so auffällig wie das Blut, das noch vor wenigen Stunden seine ganze Hand bedeckt hatte. *Formidable!* Der Mann, der den Auftrag gehabt hatte, ihn zu töten, hatte sich nicht einmal die Mühe gemacht, diesen Auftrag zu tarnen, so arrogant war er – ohne Zweifel ein Produkt der *Fremdenlegion*! Und das Todesurteil war ihm in dem Wagen am äußersten Ende des Parkplatzes am *Bois de Boulogne* übergeben worden! Der Mann hatte ihn im Büro angerufen, und Prudhomme hatte in Wahrheit sogar damit gerechnet, daß dieser Anruf kommen würde. So war es keine Überraschung gewesen – und er war vorbereitet. Der Mann hatte seinen ehemaligen Vorgesetzten gebeten, sich mit ihm im Bois de Boulogne auf dem Parkplatz zu treffen. Er hätte überraschende Nachrichten. Er würde seinen Dienst-Peugeot fahren, und da er sich nicht vom Funkgerät entfernen durfte – ob es dem Inspektor etwas ausmache, zu ihm zu kommen? Natürlich nicht.

Aber da waren keine überraschenden Nachrichten gewesen. Nur Fragen, sehr arrogant gestellte Fragen.

Warum haben Sie das getan, was Sie heute morgen getan haben?

Rasieren? Zur Toilette gehen? Frühstücken? Meiner Frau einen Abschiedskuß geben? Wovon reden Sie?

Sie wissen genau, was ich meine! Vorher! Der Mann am Boulevard Raspail. Sie haben seinen Wagen gerammt, ihn aufgehalten. Sie haben Rauschgift hineingeworfen. Sie haben ihn zu Unrecht verhaftet!

Ich war nicht mit dem einverstanden, was er getan hat. Ebensowenig wie ich mit diesem Gespräch einverstanden bin.

Prudhomme hatte mit der linken Hand nach der Türklinke gegriffen, weil seine rechte anderweitig beschäftigt war.

Halt! schrie sein Untergebener und packte ihn an der Schulter. *Sie haben die Frau beschützt!*

Lesen Sie meinen Bericht. Lassen Sie mich gehen.

Zur Hölle lasse ich Sie gehen! Ich werde Sie töten, weil Sie sich eingemischt haben! Sie unwichtiger Bürokrat!

Der ehemalige Untergebene hatte eine Pistole aus dem Jackenhalfter gerissen, aber er kam zu spät. Prudhomme hatte zweimal geschossen, die kleine Waffe in der rechten Hand unter dem Jackett. Unglücklicherweise war sie kleinkalibrig, und der ehemalige Colonel der Fremdenlegion war ein sehr großer Mann; er hatte sich bereits auf Prudhomme geworfen. Aber der Veteran der *Résistance* hatte sich einer alten Gewohnheit aus dem Krieg erinnert – nur für alle Fälle. Im Revers seines Jacketts war ein langer Draht verborgen – ein Draht mit zwei verstärkten Schlingen an den Enden. Er hatte ihn herausgerissen, ihn seinem ehemaligen Untergebenen über den Kopf geworfen, die Handgelenke überkreuzt und die Schlinge ruckartig straffgezogen, bis das Fleisch am Hals des Mannes aufplatzte und die Hände des zum Tode Verurteilten mit Blut besudelte – verurteilt, aber noch sehr lebendig.

»Wir haben Landeerlaubnis, Inspektor«, sagte der Pilot und grinste. »Ich schwöre bei Gott, das würde keiner *glauben*! Natürlich habe ich nicht die Absicht, davon ein Sterbenswörtchen zu sagen, das schwöre ich beim Grab meiner Mutter!«

»Die trinkt wahrscheinlich in diesem Augenblick am Montmartre einen Cognac«, meinte Prudhomme trocken. »Sagen Sie nichts, dann haben Sie vielleicht weitere sechs Monate, um Ihren albernen Tabak aus Malta einzufliegen.«

»Ganz bestimmt. *Nie wieder*, Inspektor. Ich bin ein Familienvater!«

»Sehr lobenswert. Sechs Monate, dann steigen Sie aus.«

»Beim Grab meines Vaters, ich schwöre es!«

»Der ist sehr lebendig und sitzt im Gefängnis – in sechzig Tagen kommt er raus. Sagen Sie ihm, er soll sich andere Arbeit für seine Druckpressen suchen – Schuldverschreibungen der Regierung, ich muß schon sagen.«

Joel und Valerie hörten schweigend zu, wie der Mann von der Sûreté ihnen seine Geschichte erzählte. Jetzt hatte er geendet; es gab nichts mehr zu sagen. Interpol war infiltriert worden, die *Arrondissement*-Polizei manipuliert, die Sûreté selbst korrumpiert, und offizielle Kommuniqués der Regierung waren hinausgegangen, die auf Lügen basierten – alles Lügen. Warum?

»Das werde ich Ihnen sagen, weil ich Ihre Hilfe brauche – viel mehr Hilfe«, sagte Converse, stand auf und ging zum Schreibtisch, wo die maschinengeschriebenen Blätter seiner eidesstattlichen Erklärung lagen. »Noch besser, Sie können es selbst lesen, aber Sie werden das hier tun müssen. Morgen lasse ich Kopien anfertigen. Bis dahin möchte ich nicht, daß diese Papiere über die Schwelle dieses Raumes getragen werden. Übrigens, Val hat Ihnen ein Zimmer besorgt, ein Einzelzimmer – fragen Sie mich nicht, wie, aber ein Angestellter am Empfang wird sich morgen wohl ein neues Haus kaufen können.«

Prudhomme schenkte sich eine Tasse Kaffee ein und kehrte zu seinem Stuhl zurück. Valerie saß ihm gegenüber, während Converse am Fenster stand und zu dem Mann von der Sûreté hinübersah.

»Weitere Fragen fallen mir nicht ein«, sagte der Franzose. Sein Gesicht und die unruhigen Augen wirkten noch müder als vorher. »Obwohl ich möglicherweise immer noch zu erschrocken bin, um klar denken zu können. Zu sagen, es sei unglaublich, bringt nichts und wäre auch nicht die Wahrheit. Es ist alles *zu* glaubwürdig. Die Welt ist so verängstigt, daß sie nach Ordnung schreit, nach Schutz von den Straßen, Schutz vor dem Nächsten. Ich glaube, die Zeit ist da, daß die Welt sich machtvoller Stärke beugen würde, ganz gleich, was es kostet.«

»›Machtvoll‹ haben Sie gesagt, und das ist richtig«, sagte Joel. »Macht. Eine Konföderation von Militärregierungen, die einander gegenseitig stärken, ihre Politik abstimmen und die Gesetze ändern, alles im Namen der Ordnung – bis jeder einzelne, der eine andere Meinung vertritt, als Störfaktor zum Schweigen gebracht ist. Alles, was sie brauchen, ist diese erste Welle des Terrors, eine *Flutwelle* des Mordes und der Verwirrung. Einflußreiche Männer, die beim Ausbruch der Unruhen in einem halben Dutzend Hauptstädten getötet werden. Dann marschieren die Generale mit ihren Kommandeuren ein. Das ist das Szenario.«

»Das ist auch das Problem, Monsieur. Es sind nur Worte, Worte, die Sie nur an sehr wenige Leute weitergeben können, weil es die falschen Leute sein könnten. Sie könnten damit ungewollt diesen Count-down, wie Sie ihn nennen, beschleunigen, den Holocaust selbst auslösen.«

»Der Count-down läuft bereits, machen Sie da keinen Fehler«, unterbrach Converse ihn. »Aber, Sie haben recht. Ich kann noch nicht an die Öffentlichkeit treten, noch nicht. Ich kann mich nicht zeigen. Es gibt keinen Schutz, den irgendein Gericht, irgendeine Regierung oder die Polizei mir garantieren könnte, und der sie wirklich daran hindern könnte, mich zu töten. Und dann, sobald ich tot bin, könnten sie, was immer ich gesagt habe, als die irren Worte eines Psychopathen bezeichnen. Verstehen Sie mich nicht falsch, es geht mir nicht um mich. Aber ich bin der einzige, der mit Delavanes vier Cäsaren gesprochen hat, und wahrscheinlich auch mit dem fünften, dem Engländer.«

»Und diese *déclarations* – diese eidesstattlichen Aussagen, von denen Sie sprechen, die können alles ändern?«

»Sie können die Dinge wenden, vielleicht in ausreichendem Maß.«

»Warum?«

»Weil das eine wirkliche Welt dort draußen ist. Man muß an Leute herantreten, denen man vertrauen kann, Leute, die etwas tun können. Sehr schnell. Ich wollte das schon vor ein paar Wochen tun, habe es aber falsch angepackt. Ich wollte alles, was ich wußte, zu jemandem schaffen, den ich gut kenne, Nathan Simon, dem besten Anwalt, der mir jemals begegnet ist. Ich habe alles niedergeschrieben, und dabei nicht erkannt, daß ich ihm damit nur die Hände binden konnte, wenn nicht gar umbringen.« Joel trat vom Fenster zurück, ein Anwalt beim Plädoyer. »Zu wem konnte er schon ohne mich gehen, ohne die Gegenwart eines Mannes, der offensichtlich im Vollbesitz seiner geistigen Kräfte war, nur mit den Worten eines ›psychopathischen Killers‹? Und wenn ich mich zeigte, wie er das zu Recht verlangt hätte, wäre das das Todesurteil für uns beide gewesen. Und dann erzählte mir Val von dem Mann in New York, der sie angerufen hatte, und dem anderen, der ihr auf der Straße gefolgt war, und ich vermutete das Richtige. Das sind nicht die Methoden von Menschen, die jemanden töten wollen. Die melden sich nicht an. Das waren Männer aus Washington, die mich ausgeschickt hatten und jetzt versuchten, mit mir Kontakt aufzunehmen. Dann schilderte sie mir ihr Zusammentreffen mit Sam Abbott, daß er diesen Metcalf erwähnt hatte, einen Mann, dem er vertraute, und der ihm sehr wichtig sein mußte. Und schließlich waren da Sie in Paris – was Sie gesagt und was Sie getan haben und wie Sie Ihre Hilfe angeboten hatten unter Verwendung desselben Codes wie René Mattilon, die Tatiana-Familie. Tatiana – ein Name oder ein Wort, von dem ich glaube, daß es Vertrauen bedeutet, selbst unter Haien.«

»Sehr richtig, Monsieur.«

»Und da fügte sich für mich alles zueinander. Wenn es mir irgendwo gelingen konnte, Kommunikationslinien herzustellen, und sie alle zu erreichen, dann gab es eine Möglichkeit. Sie und ein paar andere kannten die Wahrheit. Einige von Ihnen kannten sie ganz, andere, wie Sie, nur Teile, aber dennoch begriffen Sie das Ungeheuerliche, die Realität der Generale und ihres Aquitania und dessen, was sie zu tun im Begriffe sind. Selbst Sie, Prudhomme. Was sagten Sie doch? Interpol ist infiltriert, die Polizei manipuliert, die Sûreté korrumpiert – offizielle Berichte, die nur aus Lügen bestehen? Fügen Sie dazu Anstett in New York, Peregrine, den Oberbefehlshaber der NATO, Mattilon, Beale, Sam Abbott... Connal Fitzpatrick – das einzige Fragezeichen – und weiß Gott wie viele andere noch. Alle tot. Die Generale marschieren – vergessen Sie die Theorie, sie *töten* bereits! Wenn ich Sie alle davon überzeugen könnte, daß Sie eidesstattliche Erklärungen schreiben – oder Aussagen machen – und sie zu Nathan Simon schicken, dann hätte er die Munition, die er braucht. Stone in New York habe ich juristischen

Hokuspokus vorgemacht – ein Teil davon stimmt, der größte Teil nicht, aber er wird das Seine tun, und die anderen zwingen, sich ihm anzuschließen – er hat keine Wahl. Das Wichtige, das *einzig* Wichtige ist, daß dieses Material zu Simon kommt. Sobald er schriftliche Zeugenaussagen hat, die eine Serie von Ereignissen erklären, alle von verschiedenen erfahrenen Männern beeidet, hat er einen *Fall*. Glauben Sie mir, er wird diese Schriftstücke wie die Pläne für eine Neutronenbombe behandeln. Er wird das alles morgen haben und an die richtigen Leute herantreten. Und wenn er bis zum Präsidenten gehen muß, was er könnte, aber vielleicht nicht tun wird.« Joel hielt inne, sah den Mann von der Sûreté an und deutete mit einer Kopfbewegung auf die Seiten seiner eigenen Aussage, die neben dem Franzosen auf dem Tisch lagen. »Ich habe veranlaßt, daß das morgen nach New York geflogen wird. Ich hätte gerne etwas Ähnliches von Ihnen.«

»Sie sollen es haben. Aber können Sie dem Kurier vertrauen?«

»Die Welt könnte in Stücke fliegen und sie würde immer noch in ihrem Haus in den Bergen sitzen und es nicht wissen. Oder sich darum scheren. Wie gut ist Ihr Englisch?«

»Ausreichend, glaube ich. Wir haben schließlich ein paar Stunden miteinander gesprochen.«

»Ich meine schriftlich. Es würde Zeit sparen, wenn Sie das noch heute nacht schreiben würden.«

»Meine Orthographie ist wahrscheinlich nicht besser als die Ihre in Französisch.«

»Sagen wir seine englische«, verbesserte Valerie. »Ich bringe das in Ordnung, und wenn Sie etwas nicht sicher wissen – schreiben Sie es einfach in Französisch hin.«

»Merci. Heute nacht?«

»Die Sekretärin kommt morgen früh zurück«, erklärte Converse. »Sie wird es mit der Maschine abtippen. Und sie wird morgen nachmittag von Genf nach New York fliegen.«

»Damit hat sie sich einverstanden erklärt?«

»Sie hat sich einverstanden erklärt, eine größere Spende für eine Naturschutzorganisation anzunehmen, die offenbar ihr ganzer Lebensinhalt ist.«

»Sehr bequem.«

»Da ist noch etwas«, sagte Joel, der auf der Armlehne von Valeries Sessel saß und sich jetzt vorbeugte. »Sie kennen jetzt die Wahrheit. Abgesehen von dem Material, das in Simons Hände gelangen soll, ist da noch eine letzte Sache, die ich erledigen muß. Ich habe eine Menge Geld und einen Bankier in Mykonos, der bestätigen wird, daß ich Zugang zu einer noch wesentlich größeren Summe habe – aber das haben Sie ja alles gelesen. Wenn ich genügend Zeit hätte und das Personal, um die Ausrüstung zu finden, könnte ich es selbst schaffen. Aber die Zeit haben wir nicht. Ich brauche Ihre Hilfe, ich brauche die Hilfsmittel, die Ihnen zur Verfügung stehen.«

»Wofür, Monsieur?«

»Die letzten Aussagen. Der letzte Teil der Beweise. Ich möchte drei Männer kidnappen.«

37

Ich, Peter Charles Stone, 58 Jahre alt, wohnhaft in Washington, D.C., war 29 Jahre Angestellter der Central Intelligence Agency und habe in dieser Zeit den Rang eines Stationschefs in verschiedenen europäischen Städten ausgefüllt und schließlich den des Zweiten Direktors für Geheimoperationen in Langley, Virginia. Meine Personalakte befindet sich in der Central Intelligence Agency und kann gemäß den dafür vorgeschriebenen Regeln eingesehen werden. Seit meinem Ausscheiden aus der CIA war ich als Berater und Analytiker für verschiedene Abwehrabteilungen tätig. Einzelheiten über diese Tätigkeit sind in dieser Erklärung nicht enthalten.

Um den 15. März letzten Jahres herum hat ein Captain Andrew Packard, United States Army, mit mir Verbindung aufgenommen und mir die Frage gestellt, ob er mich in meiner Wohnung aufsuchen dürfte, um dort eine vertrauliche Angelegenheit mit mir zu besprechen. Bei seiner Ankunft erklärte er, er spräche für eine kleine Gruppe von Männern im State Department und in den verschiedenen Waffengattungen der Militärbehörden, war aber nicht bereit, Näheres über Zahl und Identität dieser Personen zu erklären. Er sagte ferner, daß sie an professioneller Beratung seitens eines erfahrenen Abwehroffiziers interessiert seien, der nicht mehr (permanent) mit irgendeinem Zweig der Abwehr verbunden sei. Er sagte, ihm stünden gewisse Mittel zur Verfügung, die er für ausreichend hielt, und fragte mich, ob ich an einer derartigen Zusammenarbeit interessiert sei. An dieser Stelle sollte vielleicht erwähnt werden, daß Captain Packard und seine Kollegen gründliche, wenn nicht erschöpfende Recherchen über mich angestellt hatten – über meine Warzen, den Alkohol, eben alles, wie man sagt...

Ich, Captain Howard NMI Packard, U.S. Army, 507538, 31 Jahre alt, augenblicklich wohnhaft in Oxon Hill, Maryland, Dienstort: Sektion 27, Department of Technological Controls des Pentagon in Arlington, Virginia. Im Dezember letzten Jahres bat mich Mr. A. Preston Halliday, ein Rechtsanwalt aus San Francisco, mit dem ich infolge seiner zahlreichen Anträge in unserer Abteilung, die er im Auftrag seiner Klienten (alles erfolgreiche und untadelige Personen) vorgebracht hatte, Freundschaft geschlossen hatte, mit ihm in einem kleinen Restaurant in Clinton, etwa zehn Meilen von meinem Haus entfernt, zu Abend zu essen. Er entschuldigte sich dafür, daß er meine Frau nicht ebenfalls einladen könne, und erklärte, das, was er zu sagen habe, würde sie nur beunruhigen, ebenso wie mich. Aber in diesem Falle gehöre es zu meiner Pflicht, beunruhigt zu sein. Er fügte hinzu, daß unsere Zusammenkunft zu keinerlei Interessenkonflikten führen könne, da er im Augenblick keine schwebenden Geschäfte hätte, nur Geschäfte, die untersucht und verhindert werden sollten.

Ich, Lieutenant (J. G.) William Michael Landis, U.S. Navy, unverheiratet, 28 Jahre; augenblickliche Adresse The Somerset Garden Apartments, Vienna, Virginia, bin Computerprogrammierer für das Department of the Navy, Beschaffungsabteilung für Meereswaffen, stationiert im Pentagon, Arlington, Virginia. Ohne bereits den Dienstrang zu besitzen (der soll mir in den nächsten 60 Tagen zuerkannt werden), habe ich den Befehl über den größten Teil der Programmiertätigkeit des Pentagon im Navy-Bereich. Ich besitze den Doktortitel für Computertechnik von der University of Michigan, College of Engineering... Ich formuliere das wahrscheinlich nicht richtig, Sir.

Nur weiter, junger Mann.

Ich gebe diese Erklärung ab, weil ich mit Hilfe der mir zur Verfügung stehenden modernen Geräte und den klassifizierten Mikroumwandlungscodes imstande bin, eine große Zahl von Computern anzuzapfen.

Im vergangenen Februar suchten mich Captain Howard Pakkard, United States Army, und drei weitere Männer – zwei aus dem Department of State, Amt für Munitionskontrolle, und der dritte ein Offizier des Marinekorps, den ich aus der Beschaffungsabteilung für Amphibische Dienste kannte – an einem Sonntagmorgen auf. Sie sagten, sie seien wegen einer Anzahl von Waffen- und Technologietransfers beunruhigt, die mutmaßlich gegen Vorschriften des Verteidigungsministeriums und des State Department verstießen. Sie übergaben mir die in ihrem Besitz befindlichen Daten bezüglich neun solcher Vorgänge und schärften mir ein, die Anfrage streng vertraulich zu behandeln.

Am nächsten Nachmittag ging ich zu den Maximum Security Computern und gab die Daten für die neun Transfers mit Hilfe der Übersetzungscodes ein. Sechs jener neun Transfers ließen sich mittels der Eintragungen zu einer Firma mit der Bezeichnung Palo Alto International zurückverfolgen, die sich im Besitz eines pensionierten Army-Generals namens Delavane befindet. Dies war mein erster Kontakt, Sir.

Wer waren die drei anderen Männer, Lieutenant?

Es würde nichts nützen, wenn ich ihre Namen angeben würde, Sir. Das könnte nur ihren Familien schaden.

Ich bin nicht sicher, daß ich das verstehe – daß ich das verstehen kann.

Sie sind tot. Sie haben Fragen gestellt und sind tot, Sir. Zwei sind angeblich in Autounfälle mit Trucks verwickelt gewesen – auf Seitenstraßen, die sie auf dem Wege nach Hause sonst nie benutzten – und der dritte ist von einem geistesgestörten Schützen erschossen worden, während er im Rock Creek Park joggte. So viele Jogger, und ihn hat es erwischt.

Als Captain der Army mit voller Sicherheitsfreigabe und häufig mit Top-Secret-Vorgängen befaßt, war ich imstande, ein sauberes Telefon einzurichten (das heißt, eines, das dauernd auf etwaiges Anzapfen abgescannt wird), so daß Mr. Halliday mich zu jeder Tages- und Nachtzeit erreichen konnte, ohne befürchten zu müssen, daß jemand mithörte. Außerdem haben wir gemeinsam mit Mr. Stone und Lieutenant Landis unsere Gewährsleute abgefragt und uns ausführliche Abwehrdossiers über die prominenten Namen verschafft, die Halliday in General Delavanes Notizen gefunden hatte. Im einzelnen waren das die Generale Bertholdier, Leifhelm, Abrahms und Van Headmer. Mit Hilfe von Mitteln, die uns Dr. Edward Beale zur Verfügung stellte, versicherten wir uns der Dienste privater Firmen in Paris, Bonn, Tel Aviv und Johannesburg, um die Dossiers mit allen verfügbaren Informationen über diese Personen auf neuesten Stand zu bringen.

Inzwischen hatten wir 97 Computerlöschungen ausfindig gemacht, die in unmittelbarer Verbindung mit Exportlizenzen und militärischen Transfers im Gesamtvolumen von schätzungsweise 45 Millionen Dollar standen. Eine große Zahl davon ging auf Palo Alto International zurück. Aber in Ermangelung weiterer Daten war nichts mehr festzustellen. Es war wie eine Serie von Blips, die von einem Radarschirm verschwinden...

Während meiner Zeit bei der CIA habe ich gelernt, daß jene Bereiche mit der größten Konzentration von Aktivität regelmäßig auch durch intensivste Sicherheitsvorkehrungen geschützt waren. Das ist keineswegs besonders originell, aber gewöhnlich übersieht man, daß man diese Erkenntnis auch umdrehen kann. Da Washington die Clearing-Stelle für illegale Exporte im Wert von Millionen und Abermillionen war, mußte man vernünftigerweise annehmen, daß es Dutzende von Informanten Delavanes in den Regierungsstellen und -abteilungen geben mußte, die mit den Aktivitäten von Palo Alto International zu tun hatten – solchen, die eingeweiht waren und auch andere, die man einfach bezahlt oder erpreßt hatte. Ohne auf Einzelheiten einzugehen, konnte Captain Packard diese Ansicht bestätigen, indem er mir von einem Vorgang erzählte, der sich kurz davor ereignet und drei Männern das Leben gekostet hatte. Sie hatten versucht, eine Anzahl von Computerlöschungen zu verfolgen. Wir waren also aus dem Bereich der ideologischen Extremisten in einen der Fanatiker und der Killer gelangt. Ich behauptete daher – und übernehme hiermit die volle Verantwortung für diese Entscheidung –, daß man sicherer und schneller würde fortschreiten können, wenn man einen Mann in die Randbereiche von Delavanes Operation entsenden und ihm genügend Information zur Verfügung stellen würde, um die Verbindungen zu Palo Alto International zurückzuverfolgen. Als Ansatzpunkt schienen mir die vier Generale, deren Namen wir in Delavanes Notizen gefunden hatten, am besten geeignet. Ich hatte keinen Kandidaten mit der Erfahrung, die ich für diesen Auftrag für notwendig hielt...

Um der 10. Juli herum rief mich Mr. Halliday über die saubere Leitung an, die ich ihm eingerichtet hatte, und sagte, er glaube, den geeigneten Kandidaten für den von Mr. Stone geschilderten Einsatz gefunden zu haben. Es war ein Rechtsanwalt, der sich auf internationales Gesetz spezialisiert hatte, ein Mann, den er seit Jahren kannte, ein ehemaliger Kriegsgefangener in Vietnam, der vermutlich über die Motivation verfügte, um auf jemanden wie General Delavane angesetzt werden zu können. Sein Name war Joel Converse.

Ich, Alan Bruce Metcalf, 48 Jahre alt, bin Offizier in der United States Air Force. Mein Rang ist der eines Colonel, und ich bin augenblicklich auf dem Nellis-Air-Force-Stützpunkt, Clark County, Nevada, als Leitender Abwehroffizier stationiert. Vor sechsunddreißig Stunden, ich diktiere diese Aussage am 25. August um 4 Uhr nachmittags, erhielt ich einen Telefonanruf von General Samuel Abbott, dem Kommandoleiter für taktische Einsätze, Nellis A. F. B. Der General sagte, es sei äußerst dringend, daß wir uns träfen, vorzugsweise außerhalb des Stützpunktes, und zwar so bald wie möglich. Er verfüge über neue und ungewöhnliche Informationen in bezug auf die Ermordung des Oberkommandeurs der NATO und des amerikanischen Botschafters in Bonn. Er bestand darauf, daß wir Zivilkleidung tragen sollten und schlug als Treffpunkt die Bücherei der Universität von Nevada vor. Wir trafen uns gegen 17.30 Uhr und sprachen fünf Stunden miteinander. Ich werde unser Gespräch so genau wie möglich schildern. Die Unterhaltung ist mir noch in allen Einzelheiten gegenwärtig und durch den tragischen Tod von General Abbott meinem Gedächtnis besonders gut eingeprägt. Er war mir über viele Jahre ein enger Freund, ein Mann, den ich in hohem Maße bewundert habe...

...Obiges sind die Ereignisse, wie sie die ehemalige Mrs. Converse General Abbott geschildert hat und wie er sie dann mir berichtet hat und die darauffolgenden Maßnahmen, die ich ergriff, um eine Notsitzung von Abwehrpersonal der höchsten Dienstränge in Washington herbeizuführen. Nach meiner Ansicht ist General Abbott vorsätzlich ermordet worden, weil er über neue und außergewöhnliche Informationen über einen Mitgefangenen in Vietnam, einen gewissen Joel Converse, verfügte.

Nathan Simon saß behäbig in seinem Sessel zurückgelehnt, nahm die schwere Schildpattbrille von der Nase und zupfte an seinem kleinen Kinnbart, der die Narbe eines Schrapnellsplitters verbarg, der sich vor Jahren in Anzio dort eingegraben hatte. Seine dichten Augenbrauen hatten sich über den nußbraunen Augen und der scharfen, geraden Nase sorgenvoll gehoben. Die einzige andere Person im Raum war Peter Stone. Der Stenograf war entlassen worden; Metcalf hatte sich erschöpft auf sein Zimmer zurückgezogen, und die zwei anderen Offiziere, Packard und Landis, hatten vorgezogen, nach Washington zurückzukehren – in zwei verschiedenen Flugzeugen. Simon legte die maschinengeschriebenen Erklärungen sorgsam auf den Tisch neben seinem Stuhl.

»Sonst war *niemand* dabei, Mr. Stone?« fragte er, und seine Stimme klang sanfter als seine Augen blickten.

»Niemand, soweit mir bekannt ist, Mr. Simon«, erwiderte der ehemalige Abwehroffizier. »Jeder, den ich seitdem eingesetzt habe, war von niedrigem Rang und hatte zwar Zugang zu Einrichtungen höheren Niveaus, war aber ohne Entscheidungsbefugnis. Bitte vergessen Sie nicht, daß drei Männer schon getötet wurden, als diese Sache gerade erst angefangen hatte.«

»Ja, ich weiß.«

»Können Sie das tun, was Converse gesagt hat? Können Sie Berge bewegen, die wir nicht bewegen können?«

»Das hat er Ihnen gesagt?«

»Ja. Deshalb habe ich mich mit allem einverstanden erklärt.«

»Er wird seine Gründe gehabt haben. Aber ich muß nachdenken.«

»Zum *Nachdenken* ist keine Zeit; wir müssen handeln, etwas *tun*! Die Zeit verrinnt!«

»Sicher, aber wir dürfen doch nicht das Falsche tun, oder?«

»Converse hat gesagt, Sie hätten Zugang zu einflußreichen Leuten in Washington. Ich könnte darauf vertrauen, daß Sie an diese Leute herantreten werden.«

»Aber Sie haben mir doch gerade gesagt, daß ich nicht sicher sein könne, wem ich überhaupt vertrauen kann, stimmt das nicht?«

»Oh, *Christus*?«

»Ein begnadeter Prophet.« Simon sah auf die Uhr, sammelte seine Papiere ein und stand auf. »Es ist jetzt halb drei Uhr morgens, Mr. Stone, und mein Körper hat das Ende seiner Leistungsfähigkeit erreicht. Ich werde mich im Laufe des Tages mit Ihnen in Verbindung setzen. Versuchen Sie nicht, mich zu erreichen. Ich melde mich.«

»Sie *melden* sich? Das Paket von Converse ist hierher unterwegs. Ich hole es um zwei Uhr fünfundvierzig heute nachmittag am Kennedy-Flughafen von der Maschine aus Genf ab. Er möchte, daß Sie es sofort bekommen. *Ich* möchte, daß Sie es bekommen!«

»Sie werden am Flughafen sein?« fragte der Anwalt.

»Ja, ich treffe mich dort mit unserem Kurier. Ich werde

gegen vier oder halb fünf zurück sein, je nachdem, wann die Maschine ankommt und natürlich je nach Verkehr.«

»Nein, tun Sie das nicht, Mr. Stone. Bleiben Sie am Flughafen. Ich möchte natürlich, daß alles, was Joel für uns gesammelt hat, so bald wie möglich in meinen Händen ist. So wie es einen Kurier aus Genf gibt, könnten Sie der Kurier aus New York sein.«

»Wo wollen Sie hin? Nach Washington?«

»Vielleicht, vielleicht auch nicht. Jetzt gehe ich nach Hause in meine Wohnung, um nachzudenken. Außerdem hoffe ich, schlafen zu können, was ich aber bezweifle. Geben Sie mir einen Namen, unter dem ich Sie auf dem Flughafen ausrufen lassen kann.«

Johnny Reb saß geduckt in dem kleinen Boot, den Motor im Leerlauf, während die Wellen in der Dunkelheit gegen den flachen Rumpf klatschten. Er trug schwarze Hosen, einen schwarzen Rollkragenpullover und eine schwarze Strickmütze, und er hatte sich so nahe an die Südwestküste Scharhörns herantreiben lassen, wie er es wagen konnte. Schon in der ersten Nacht hatte er die grünen Lichter der im Wasser auf und ab tanzenden Bojen entdeckt. Das waren Lichtschranken, Strahlen, die sich über dem Wasser trafen und die Zufahrt zu dem alten U-Boot-Stützpunkt sicherten. Sie bildeten eine undurchdringliche unsichtbare Mauer. Sie zu durchbrechen, würde Alarm auslösen. Dies war die dritte Nacht, und er begann unruhig zu werden.

Vertrau deinem Körper. Die alten Huren von der Abwehr spürten es im Magen, wann etwas passieren würde – teils aus Angst und teils, weil da eine Zielmarke war, die dafür sorgen würde, daß ein Konto in Bern wieder ein Stückchen wuchs. Diesmal wartete natürlich kein Konto, nur eine Folge von Auslagen, die dazu dienten, eine beträchtliche Schuld zu tilgen, aber eine Zielmarke gab es. Es ging gegen die Delavanes und gegen die Washburns und jene deutschen, französischen und jüdischen Raubfische, die durch die Wasser zogen und es Gentlemen wie Johnny Reb unmöglich machten, auf ihre Art zu leben. Über den Südafrikaner wußte er nicht viel, nur daß dieser Niggerhasser besser daran tun würde, endlich einmal klug zu werden. Die Farbigen kamen gut voran, und Johnny war das recht; seine gegenwärtige Freundin war eine reizende schwarze Sängerin aus Tallahassee, die zufälligerweise gerade in der Schweiz war, aus albernen Gründen, die mit ein wenig Kokain zu tun hatten – und einem fetten Konto in Bern.

Aber die anderen Raubfische waren *schlimm*. *Wirklich* schlimm. Johnny Reb hielt nichts von Männern, die andere dafür ins Gefängnis stecken wollten, bloß weil sie sich nicht vorschreiben ließen, was sie dachten. *No, Sir*, diese Leute gehörten weg!

Johnny Reb war dazu fest entschlossen.

Jetzt! Er richtete sein Infrarotglas auf die alten Betonpiers des U-Boot-Stützpunktes. Das war doch *verrückt*! Die Motorbarkasse hatte sich in ein Dock geschoben, und jetzt bewegte sich eine lange Doppelreihe von Männern auf dem Pier – vierzig, sechzig, achtzig... fast einhundert – und schickten sich an, an Bord zu gehen. Das Verrückte war die Art und Weise, wie sie gekleidet waren. Dunkle Anzüge und konservativ geschnittene Sommerjacketts und Krawatten. Einige von ihnen trugen Hüte, und jeder einzelne von ihnen hatte Gepäck bei sich und zusätzlich einen *Aktenkoffer*. Wie eine Bankiersversammlung sahen die aus oder eine Paradeformation des Diplomatischen Corps *oder*, dachte der *Rebel*, während er die Reihe von Passagieren mit dem Feldstecher absuchte, ganz gewöhnliche Geschäftsleute aus dem mittleren bis oberen Management – eigentlich nichts Ungewöhnliches –, wie man sie jeden Tag auf Bahnhöfen und Flugplätzen zu sehen bekam. Gerade das Gewöhnliche, das Alltägliche ihres Aussehens im Vergleich mit den exotisch makabren Umrissen des alten U-Boot-Stützpunktes war es, das an Johnnys Phantasie nagte. Diese Männer würden fast nirgends Aufsehen erregen, und doch *kamen* sie nicht von irgendwo. Sie kamen von Scharhörn, aus einer ohne Zweifel höchst komplizierten Zelle dieser multinationalen Militärverschwörung, die am Ende möglicherweise dafür sorgen konnte, daß die verdammten Raubfischgenerale auf die Stühle kamen, die sie sich wünschten. Gewöhnliche Leute, die überall dort hingingen, wohin ein Befehl sie schickte – Menschen, die aussahen wie jeder andere, die sich wie jeder andere benahmen, mit offenen Aktenkoffern in Flugzeugen und Zügen saßen und Firmenberichte lasen, an Drinks nippten, aber nicht an zu vielen, gelegentlich in einem Krimi blätterten, um sich zu entspannen... *Männer, die dort hingingen, wohin ein Befehl sie schickte!*

Das war es, dachte der *Rebel*, während er sein Glas senkte. *Das war es!* Das waren die Killerteams! Sein Magen log nie; er hatte guten Grund, ihm die Galle hochkommen zu lassen, und ihr beißender, Übelkeit erregender Geschmack war ein häßlicher Alarm für alle, die das Privileg genossen, bisher überlebt zu haben. Johnny Reb wandte sich um und machte sich am Motor zu schaffen. Er schob vorsichtig das Ruder nach rechts und den Fahrthebel nach vorn. Das kleine Boot drehte im Wasser, und der ehemalige Abwehroffizier hielt wieder auf seinen Liegeplatz in Cuxhaven zu.

Fünfundzwanzig Minuten später hatte er die Anlegestelle erreicht, vertäute sein Boot, griff sich seinen wasserdichten Koffer und kletterte eilig auf die Pier. Er mußte schnell handeln, aber sehr vorsichtig. Er kannte sich einigermaßen in der Hafenzone von Cuxhaven aus, wohin die Motorbarkasse zurückkehren würde, denn er hatte die Lichter des Bootes beobachtet, als es langsam aus dem Hafen heraus und zu der Insel gefahren war. Sobald er an der richtigen Stelle angelangt war, würde er das richtige Dock wiedererkennen, während das Boot erst in den Hafen einlief. Und dann hatte er nur noch wenige Minuten Zeit, um die Gegend abzusuchen und Position zu beziehen. Den kleinen wasserdichten Koffer in der Hand, eilte er durch die Schatten auf die Stelle zu, wo die Barkasse seiner Meinung nach abgelegt hatte. Er kam an einer Lagerhalle vorbei und erreichte einen freien Punkt dahinter; es gab dort fünf kurze Piers, eine hinter der anderen, die höchstens sechzig Meter ins Wasser hinausreichten. Kleine und mittelgroße Fahrzeuge konnten dort anlegen. Ein paar Trawler und einige Motorboote, die schon bessere Zeiten gesehen hatten, waren an den Pollern der einzelnen Piers, mit Ausnahme einer einzigen, vertäut. Die riesige Motorbarkasse schob sich wie ein Killerwal an die Pier. Die Leinen wurden gesichert, und während die Passagiere von Bord gingen, schoß Johnny Reb seine Aufnahmen.

»Süße, hier ist Tatiana. Ich muß meinen Jungen sprechen.«

»Er ist im Algonquin-Hotel in New York City«, sagte die ruhige Frauenstimme. »Die Telefonnummer ist Vorwahl zwo-eins-zwo, acht-vier-null, sechs-acht-null-null. Verlangen Sie Peter Marcus.«

»Das ist vielleicht ein raffinierter Hurensohn, wie?« sagte Johnny Reb. »Entschuldigen Sie bitte meine Sprache, Ma'am.«

»Die hör ich nicht das erstemal, *Rebel*. Hier ist Anne.«

»*Verdammt* noch mal, warum hast du das denn nicht *gleich* gesagt. Wie geht's denn, Süße?«

»Gar nicht schlecht für meine alten Tage, Johnny. Ich bin raus, weißt du. Das ist nur eine Gefälligkeit für einen alten Freund.«

»Einen alten *Freund*? Süße, wenn Pete nicht wäre, hätte ich mich jetzt an dich rangemacht!«

»Das hättest du tun sollen, Reb. Ich stand nicht in seinen Karten, seinen schrecklich wichtigen Karten. Und du warst einer von den Nettesten. Wie hieß das damals? ›Gentleman Johnny Reb‹?«

»Ich hab' immer viel auf das Äußere gegeben, Annie. Darf ich dich einmal anrufen, wenn wir aus diesem Schlamassel raus sind?«

»Ich weiß nicht, was für ein Schlamassel, Reb, aber ich weiß ganz genau, daß du meine Telefonnummer hast.«

»Du gehst mir ans Herz, schönes Mädchen!«

»Wir sind jetzt älter, Johnny, aber ich schätze, das würdest du nicht begreifen.«

»Niemals, Kind. Niemals.«

»Halt dich. Es wäre schade, wenn wir dich verlieren.«

Die Vermittlung im Algonquin-Hotel blieb hartnäckig. »Tut mir leid, Sir, Mr. Marcus ist nicht in seinem Zimmer und meldet sich auch nicht.«

»Ich rufe wieder an«, sagte der *Rebel*.

»Tut mir leid, Sir. In Mr. Marcus' Zimmer meldet sich niemand.«

»Ich glaube, wir haben schon vor ein paar Stunden miteinander gesprochen, Sir. In Mr. Marcus' Zimmer meldet sich immer noch niemand, also habe ich mich an der Rezeption erkundigt. Er hat sich noch nicht abgemeldet und auch keine Nummer hinterlassen. Wollen Sie, daß ich eine Nachricht für ihn aufnehme?«

»Ja, ich denke schon. Folgendes bitte: ›Gehen Sie nicht weg, bis ich Sie oder Sie mich erreicht haben. Wichtig. Unterschrift Z. Tatiana.‹ Geschrieben T-A-T-I-A ...«

»Ja, Sir. Vielen Dank, Sir, ›Z‹, Sir?«

»So wie in Zero, Miß.« Johnny Reb legte in Cuxhaven den Hörer auf. Der Geschmack in seinem Mund war überwältigend sauer.

Erich Leifhelm bewirtete seine Mittagsgäste an seinem Lieblingstisch im Ambassador-Restaurant im achtzehnten Stock des Steigenberger-Hotels in Bonn. Der großzügige, elegante Raum bot einen herrlichen Ausblick auf die Stadt und den Fluß, und Leifhelms Tisch stand so, daß alle diesen Ausblick genießen konnten. Es war ein klarer, heller, wolkenloser Nachmittag, und die Schönheit der Landschaft berührte jeden Glücklichen, der sie genießen konnte.

»Dieser Ausblick wird mir nie zuviel«, sagte der ehemalige Feldmarschall zu den drei Männern an seinem Tisch und deutete auf das riesige Fenster hinter sich. »Ich wollte, daß Sie das sehen, ehe Sie nach Buenos Aires zurückkehren – was übrigens wahrhaftig eine der schönsten Städte der Welt ist.«

Der *Maître d'hôtel* trat höflich neben Leifhelm und sprach ihn mit leiser Stimme an. »Herr General, ein Telefongespräch für Sie.«

»Ein Adjutant speist an Tisch fünfundfünfzig«, sagte Leifhelm beiläufig, obwohl sein Puls jetzt raste. Vielleicht war das eine Nachricht über einen Priester in Straßburg! »Er kann das übernehmen.«

»Der Herr hat ausdrücklich darum gebeten, daß ich Sie persönlich anspreche. Er läßt ausrichten, daß er aus Kalifornien anruft.«

»Aha. Also gut.« Leifhelm stand auf und entschuldigte sich bei seinen Gästen. »Die Geschäfte lassen einen nie in Ruhe, nicht wahr? Verzeihen Sie mir, es dauert nur ein paar Sekunden. Bitte, lassen Sie Wein nachschenken.«

Der Restaurantdirektor nickte und fügte hinzu: »Ich habe das Gespräch in mein Büro legen lassen, Herr General. Es ist gleich hinter dem Foyer.«

»Sehr liebenswürdig. Vielen Dank.«

Erich Leifhelm schüttelte kaum merklich den Kopf, als er Tisch fünfundfünfzig in der Nähe des Eingangs passierte. Der Mann dort registrierte die Geste mit einem leichten Kopfnicken. In all den Jahren seiner militärischen und politischen Strategien und Taktiken war diese Geste einer der größten Fehler des Feldmarschalls.

Im Foyer standen zwei Männer, einer sah auf die Uhr, der andere blickte verstimmt. Ihrer teuren Kleidung nach zu schließen, waren sie Gäste des Ambassador und warteten offensichtlich auf Bekannte, die sich ihnen anschließen sollten, vielleicht auch auf ihre Frauen. Ein dritter Mann stand im Korridor vor einer Glastür; er trug einen Overall des Hotels und beobachtete die zwei Männer.

Leifhelm dankte dem Restaurantdirektor, als dieser dem General die Tür zu seinem Büro aufhielt. Dann schloß er die Tür wieder und kehrte in den Speisesaal zurück. Die zwei Männer liefen plötzlich ebenfalls zu dem Büro, in dem der alte Soldat gerade den Telefonhörer abnahm.

»*Was geht hier vor? Wer ist...!*«

Der erste Mann stürzte sich über den Schreibtisch, packte Leifhelm am Kopf und preßte den Mund des Generals mit kräftigen Händen zu. Der zweite zog eine Injektionsspritze aus der Tasche und zog die Gummikappe herunter, während er Leifhelm das Jackett herunterzerrte und ihm dann den Hemdkragen aufriß. Er trieb dem General die Nadel in den Halsansatz, zog die Spritze heraus und begann Leifhelm zu massieren, während er ihm den Kragen richtete und das Jackett wieder in Ordnung brachte.

»Er wird sich noch etwa fünf Minuten bewegen können«, sagte der Arzt in deutscher Sprache. »Aber er kann weder sprechen noch klar denken. Seine motorischen Kontrollen sind jetzt mechanisch und müssen gelenkt werden.«

»Und nach fünf Minuten?« fragte der erste Mann.

»Wird er zusammenbrechen und sich übergeben.«

»Eine schöne Aussicht. Schnell! Richten Sie ihn auf und *führen* Sie ihn, um Himmels willen! Ich werde draußen nachsehen und einmal klopfen.«

Sekunden später war das Klopfen zu hören, worauf der Arzt den General aus dem Büro und durch die Glastüren in den Hotelkorridor bugsierte.

Unter den Gästen in der mit Teppichen ausgelegten Hotelhalle erkannten einige den zur Legende gewordenen alten Soldaten und starrten in sein bleiches Gesicht mit den zitternden Lippen, die zu sprechen versuchten oder zu schreien.

Sie kamen an einen Personalaufzug, der auf *Halt* geschaltet war, und gingen hinein. An der gepolsterten Rückwand stand eine Bahre mit Rädern. Der dritte Mann holte einen Schlüssel aus der Tasche, schob ihn in das Schloß des Fahrstuhls und drückte den Knopf für das Kellergeschoß. Die zwei anderen hoben Leifhelm auf die Bahre und bedeckten ihn mit einem Laken.

»Der Krankenwagen wartet unten an der Lifttür«, sagte der Mann im Overall. »Das Flugzeug steht bereit.«

Der ehemals große Feldmarschall des Dritten Reichs mußte sich unter dem Laken übergeben.

Jacques Louis Bertholdier sperrte die Tür seines Apartments am Boulevard Montaigne auf, trat ein, zog sein Seidenjackett aus und warf es auf einen Sessel. Er trat an die verspiegelte Bar an der Wand, schenkte sich einen Wodka ein, warf zwei Eiswürfel aus einem silbernen Gefäß in sein Glas und schlenderte an das Fenster neben der elegant gepolsterten Couch. Der von Bäumen gesäumte Boulevard Montaigne wirkte an diesem frühen Nachmittag so friedlich, so makellos sauber und beschaulich, obwohl er doch zu den bedeutendsten Straßen der Stadt zählte. Manchmal dachte er, der Boulevard sei die Essenz des Paris, das er liebte, des Paris der Einflußreichen und des Wohlstands, dessen Bewohner sich nie die Hände schmutzig zu machen brauchten. Dies war der Grund, weshalb er die extravagante Wohnung gekauft und dort seine begehrenswerteste Geliebte untergebracht hatte. Er brauchte sie jetzt. Mein *Gott*, wie sehr er sie doch in diesem Augenblick brauchte, sie und die Entspannung, die sie ihm bot!

Der Legionär im eigenen Wagen erschossen und garottiert! Auf dem Parkplatz des Bois de Bologne! Und Prudhomme, der schmutzige Bürokrat, mutmaßlich in Calais! Keine Fingerabdrücke! *Nichts!* Der bedeutendste ehemalige General Frankreichs brauchte eine Stunde der Ruhe.

»*Elise!* Wo *bist* du? Komm heraus, meine Ägypterin! Ich hoffe, du trägst, was ich verlangt habe. Falls ich dich erinnern muß, das kurze schwarze Givenchy, und nichts darunter, verstehst du! Absolut *nichts.*«

Die Tür öffnete sich, und das Mädchen mit dem rabenschwarzen Haar trat ein. Das schmale, perfekt proportionierte Gesicht erwartungsvoll, die braunen Augen geweitet. Vielleicht hat sie Marihuana geraucht, dachte Bertholdier. Sie trug ein kurzes, schwarzes Spitzennegligé, ihre Brüste von grauer Spitze umgeben wie von Diademen. Mit provozierend wiegenden Hüften schritt sie auf die Couch zu.

»Exquisit, du Hure vom Nil. Setz dich. Es war ein schlimmer Tag, ein *schrecklicher* Tag.« Er griff nach ihren Brüsten, zog sich ihren Kopf auf den Schoß.

Ein blendender Blitz erfüllte den Raum, als zwei Männer aus dem Schlafzimmer traten. Das Mädchen sprang von der Couch zurück, während Bertholdier erschreckt aufsah. Der vorn stehende Mann steckte die Kamera ein, während sein Begleiter, ein kleiner, vierschrötiger Kerl in mittleren Jahren mit einer Pistole in der Hand, langsam auf die Legende Frankreichs zuging.

»Ich bewundere Ihren Geschmack, General«, sagte er mit schroffer Stimme. »Aber wahrscheinlich habe ich Sie immer bewundert, selbst als ich anderer Meinung war als Sie. Sie erinnern sich nicht an mich, aber in Algerien haben Sie mich vor ein Kriegsgericht gestellt und mich für sechsunddreißig Monate in den Bau geschickt, weil ich einen Offizier geschlagen habe. Ich war Sergeant-Major, und er hatte meine Männer wegen Belanglosigkeiten mit übertriebenen Strafen brutal schikaniert. Drei Jahre, weil ich ein Schwein aus Paris geschlagen hatte, drei Jahre in diesem dreckigen Bau, weil ich mich um meine Männer gekümmert habe.«

»Sergeant-Major Lefèvre«, sagte Bertholdier voll Autorität. »Ich erinnere mich. Ich vergesse nie etwas. Sie hatten sich hochverräterischer Handlungen schuldig gemacht: Hand an einen Offizier gelegt. Ich hätte Sie erschießen lassen sollen.«

»In jenen drei Jahren hat es Augenblicke gegeben, in denen mir das willkommen gewesen wäre, Monsieur. Aber ich bin nicht hier, um über Algerien zu sprechen. Ich bin hier, um Ihnen zu sagen, daß Sie mit uns kommen werden. Man wird Sie in ein paar Tagen unversehrt nach Paris zurückbringen.«

»Lächerlich!« stieß der General hervor. »Glauben Sie, Ihre Waffe macht mir Angst?«

»Nein, die dient nur dazu, mich vor Ihnen zu schützen, vor der letzten Geste eines tapferen und berühmten Soldaten. Ich kenne Sie zu gut und weiß, daß man bei Ihnen mit Drohungen bis hin zum Tod nichts ausrichten kann. Aber ich habe mir etwas anderes überlegt, und der Gedanke ist unwiderstehlich.« Der Exsoldat holte eine zweite, seltsam geformte Pistole aus der Tasche. »Diese Waffe enthält keine Kugeln; sie feuert Bolzen mit einer chemischen Substanz ab, die den Herzschlag so beschleunigt, daß der Herzmuskel platzt. Ich hatte daran gedacht, Ihnen damit zu drohen, daß wir das Foto nach Ihrem Tod verbreiten und zeigen, daß der große General schmählich bei dem starb, was er am besten konnte. Aber vielleicht gibt es noch eine andere Möglichkeit. Der Winkel war günstig für eine geschickte Retusche – nicht daß man Ihre Haltung oder Ihren Gesichtsausdruck retuschieren würde, aber aus Ihrer Gespielin könnte man leicht einen Mann machen, einen kleinen Jungen statt eines Mädchens. Schon einmal hat es Gerüchte über Ihre Exzesse gegeben und eine hastig arrangierte Ehe, die nur wenige verstehen konnten. War das das Geheimnis, vor dem der große General ein Leben lang geflohen ist? War das die Drohung, mit der der große de Gaulle seinen populären, aber viel zu ehrgeizigen und aufrührerischen Colonel in Schach gehalten hat? War der Appetit dieses Möchtegern-Nachfolgers so groß, daß er nichts ausließ, was er in die Hände bekommen konnte, gleichgültig, welchen Geschlechts? Kleine Jungen, wenn es keine Frauen gab. Die Gerüchte um junge Offiziere, von Vergewaltigungen, die man bequemerweise dann Verhöre nannte–.«

»Genug!« schrie Bertholdier und sprang auf. »Weitere Reden sind sinnlos, gleichgültig wie absurd und unbegründet Ihre Anklagen auch sind, ich werde nicht zulassen, daß man meinen Namen in den Dreck zieht! Ich will den Film haben!«

»Mein Gott, es ist wahr«, sagte der ehemalige Sergeant. »Alles wahr.«

»Den Film!« schrie der General. »Geben Sie ihn mir!«

»Sie sollen ihn haben«, erwiderte Lefèvre. »Im Flugzeug.«

Chaim Abrahms ging mit gebeugtem Haupt aus der *Ihud Shivat Zion*-Synagoge an der Ben-Yehuda-Straße in Tel Aviv Die würdige Menge draußen bildete zwei tief gestaffelte Reihen ergebener Gefolgsleute, Männer und Frauen, die offen über das schreckliche Leid dieses großen Mannes weinten, dieses Patrioten und Soldaten Israels, das er von seiner Frau hatte erdulden müssen. *Hitabdut*, flüsterten sie.

Ebude atzmo, sagten sie zueinander, so leise, daß Chaim es nicht hören konnte. Die Rabbis kannten keine Gnade; die Sünden einer verachtenswerten Frau wurden an diesem Sohn heimgesucht, diesem wilden Kind Abrahams, diesem biblischen Krieger, der das Land und den Talmud mit gleicher Inbrunst liebte. Man hatte der Frau das Begräbnis in heiliger Erde versagt. Sie mußte vor den Toren des *beth hakvahroht* ruhen, und ihre Seele würde dereinst mit dem Zorn des allmächtigen Gottes kämpfen müssen. Und der Schmerz jenes Wissens war eine unerträgliche Bürde für den Zurückgebliebenen.

Es hieß, sie hätte es aus Rache getan und aus einem kranken Geist heraus. Sie hatte ihre Töchter gehaßt. Aber der Sohn des Vaters war es – stets der Sohn des *Vaters* –, der auf dem Schlachtfeld des Vaters gefallen war. Wer würde mehr weinen, wer *konnte* mehr weinen, größeres Leid empfinden als der Vater? Und jetzt dies, die weitere Qual zu wissen, daß die Frau, der er sein Leben gegeben hatte, auf scheußliche Weise Gottes Talmud verletzt hatte. Die Schande, die *Schande*! O Chaim, unser Bruder, Vater, Sohn und Führer, wir weinen mit dir. Für dich! Sag uns, was wir tun sollen, und wir werden es tun. Du bist unser *König*! König von *Eretz Israel*, von Judäa und Samaria und all den Landen, die du zu unserem Schutze suchst! Zeige uns den Weg, und wir werden dir folgen!

»Danke, mein Sohn«, sagte die Legende Israels, während er einstieg und sich in den Sitz zurücksinken ließ. Die Tür schloß sich, und als er dann mit zugepreßten Augen sprach, klang seine harte Stimme alles andere als bekümmert. »Ich will *weg* von hier! In mein Landhaus. Dort trinken wir alle Whisky und vergessen diesen *Dreck*. Heilige rabbinische Bastarde! Die haben tatsächlich die Frechheit besessen, mich zu *belehren*! Im nächsten Krieg werde ich die Rabbis einberufen und diese talmudischen Hosenscheißer in die vordersten Linien stellen! Dann sollen sie Vorträge halten, während ihnen die Schrapnells die Ärsche zerfetzen!«

Keiner sagte ein Wort, als der Wagen langsam schneller wurde und schließlich die Menschenmenge hinter sich ließ. Augenblicke später öffnete Chaim wieder die Augen und richtete sich auf. Er streckte sich und lehnte sich dann bequemer wieder zurück. Dann blickte er langsam auf zwei Soldaten neben sich, als bemerkte er sie erst in diesem Moment. Sein Kopf zuckte hin und her.

»Wer *sind* Sie?« schrie er. »Sie sind nicht meine Männer, nicht meine *Adjutanten*!«

»Die werden in etwa einer Stunde aufwachen«, sagte der Mann, der vorn neben dem Fahrer saß. Er drehte sich herum und sah Abrahms an. »Good afternoon, General.«

»*Sie!*«

»Ja, ich bin es, Chaim. Ihre Speichellecker konnten mich nicht daran hindern, vor dem Tribunal im Libanon auszusagen, und nichts auf der Welt konnte mich von dem abhalten, was ich heute tue. Ich habe von dem Massaker an Frauen und Kindern und zitternden alten Männern erzählt, als die um ihr Leben bettelten, und habe Sie lachen sehen. Sie nennen sich einen Juden? Sie werden das nie begreifen. Sie sind nur ein Mann voll Haß, und mir paßt es nicht, daß Sie behaupten, zu dem zu gehören, was ich bin oder was ich glaube. Dreck sind Sie, Abrahms. Aber man wird Sie in ein paar Tagen nach Tel Aviv zurückbringen.«

Eine nach der anderen landeten die Maschinen, die Propellerflugzeuge aus Bonn und Paris, die Düsenmaschine aus Israel, eine Dassault-Breguet Mystère 10/100, die schnell aus einer Höhe von 28000 Fuß auf den Privatflugplatz von St. Gervais herunterstieß. Und während jede einzelne am Ende der Piste ausrollte, wartete dieselbe dunkelblaue Limousine, um den jeweiligen »Gast« und seinen Begleiter zu einem Chateau in den Alpen zu bringen, das östlich des Flughafens in den Bergen lag. Es war auf zwei Wochen von einer Immobilienfirma in Chamonix gemietet worden.

Die Ankunft der einzelnen Maschinen war sorgfältig geplant worden, da keiner der drei Gäste wissen durfte, daß die anderen auch dort waren. Die Maschinen aus Bonn und Paris landeten um 4.30 Uhr bzw. 5.45 Uhr, der Jet aus Israel fast drei Stunden später, um 8.27 Uhr. Und zu jedem der verblüfften Gäste sagte Joel Converse dieselben Worte:

»So wie man mir in Bonn Gastfreundschaft angeboten hat, entbiete ich Ihnen hier meine. Ihre Unterkunft wird besser sein als die, die man mir gegeben hat, obwohl ich bezweifle, daß das Essen so gut sein wird. Aber eines weiß ich – Ihre Abreise wird wesentlich weniger dramatisch sein als meine.«

Aber nicht Ihr Aufenthalt, dachte Converse, während er zu

den einzelnen Männern sprach. *Nicht Ihr Aufenthalt.* Das gehörte zu seinem Plan.

38

Über den Bäumen im Central Park zeigte sich das erste Licht an einem dunklen Himmel. Nathan Simon saß in seinem Arbeitszimmer und beobachtete die Ankunft des neuen Tages von dem weichen Ledersessel an dem großen Fenster aus. Es war sein Denkplatz, wie er ihn nannte.

Trotz der Behauptungen, die Joel gegenüber Peter Stone aufgestellt hatte, war es nicht einfach, an einflußreiche Personen in der Regierung heranzukommen. Ebensowenig war es logisch zu glauben, einen Richter dazu veranlassen zu können, eine gerichtliche Anordnung zu erlassen, die auf wunderbare Weise für eben diese Leute außergewöhnlichen Schutz garantierte, ohne zugleich den ganzen Sicherheitsapparat zu informieren, weshalb dieser Schutz für notwendig gehalten wurde. Lächerlich! Solche gerichtlichen Anordnungen gaben einen Sinn, wo es um eingeschüchterte Zeugen vor einem Strafprozeß ging. Aber für das Weiße Haus, den Kongreß oder das Justizministerium galt das natürlich nie. Joel hatte ein juristisches Manöver aufgegriffen, es in unwahrscheinlichem Maße aufgebläht – und dafür natürlich Gründe gehabt. Stone und seine Kollegen hatten ihre Aussagen gemacht.

Und doch lag in Joels Übertreibung eine seltsame Logik, dachte Simon. Nicht in dem Sinne, wie Joel das überlegt hatte, aber als Mittel, um an diese Männer heranzukommen. »Ein Gericht, ein einziger Richter...«, hatte Converse zu Stone gesagt. Das war die Logik, der Rest war Unsinn. Der *Oberste Gerichtshof,* ein Richter jenes Gerichts, nicht die Bitte eines gewissen Nathan Simon, den man würde überprüfen müssen, wenn auch nur in bezug auf seine Absichten, nicht in bezug auf seinen Leumund, sondern eine dringende Botschaft an den Präsidenten, die von einem ehrwürdigen Richter des *Obersten Gerichts* ausging! Niemand würde es wagen, sich einem solchen Mann in den Weg zu stellen, wenn er erklärte, seine Angelegenheit beträfe nur den Präsidenten und ihn selbst. Präsidenten waren viel besorgter um den Obersten Gerichtshof als um den Kongreß, und das aus gutem Grund. Letzterer war ein politisches Schlachtfeld, ersteres eine Arena des moralischen Urteils, und niemand lebte sein Leben in tiefgekühltem Zustand, nicht einmal – vielleicht sogar ganz besonders nicht – Präsidenten. Und Nathan Simon kannte den Mann, den er anrufen *und* aufsuchen würde, einen Richter Ende der Siebzig. Das Gericht tagte zur Zeit nicht, bis zum Oktober war noch ein Monat. Er war irgendwo in New England, und seine Privatnummer befand sich in Simons Büro.

Nathan blinzelte und hob dann die Hand, um die Augen abzuschirmen. Einen kurzen Augenblick lang hatte der Feuerball der frühen Morgensonne einen blendenden Strahl durch ein geometrisches Labyrinth aus Glas und Stahl auf der anderen Seite des Parkes geschickt, der sein Fenster erreichte. Und plötzlich, in diesem Augenblick der Blendung, hatte er die Antwort auf die erschreckende Frage des *Wo* und *Wann* für die Unruhe, für das Vorspiel des großen Gewaltausbruchs. Im freien Teil Europas, in Kanada und in den Vereinigten Staaten war eine international abgestimmte Protestaktion gegen Atomwaffen geplant, die eine Woche lang dauern sollte. Millionen besorgter, verängstigter Leute, die sich an den Händen hielten und den Verkehr auf den Straßen der wichtigen Städte und Hauptstädte zum Erliegen bringen würden, und ihren Stimmen zu Lasten der Öffentlichkeit Gehör verschaffen wollten. In Parks, auf Plätzen und vor den Regierungsgebäuden sollten Kundgebungen stattfinden. Politiker und Staatsmänner, die wie stets die Macht von Basisbewegungen erkannt hatten, hatten sich überall bereit erklärt, zu den Massen zu sprechen – in Paris und Bonn, Rom und Madrid, in Brüssel und London – in Toronto, Ottawa, New York und in Washington. Und wiederum, wie stets, würden diese Macher und Wohltäter, diese ehrlichen Advokaten und diese Heuchler der Politik das Fehlen vernünftiger Abrüstungsmaßnahmen auf die Hartnäckigkeit ihrer bösen Widersacher schieben, niemals auf die eigenen Fehler. Die Ehrlichen und die Falschen gingen Hand in Hand über die Podien, und keiner konnte den anderen richtig erkennen.

Niemand rechnete damit, daß diese Demonstrationen ohne Zwischenfälle ablaufen würden... aber wie weit konnten diese kleinen Konfrontationen eskalieren? Anonym finanzierte Einheiten fanatischer Terroristen, die man davon überzeugt hatte, daß sie die Demonstrationen infiltrieren und sie stören mußten, um ihrer eigenen Botschaft Gehör zu verschaffen, einer Botschaft, die überhaupt nichts mit den ehrlichen Protesten zu tun hatte, Radikale, die nur deshalb Chaos erzeugten, weil die Menschenmassen nicht ihrer Überzeugung angehörten. Menschen – überall. *Das* waren die Massen, die man mit plötzlicher Gewalttätigkeit elektrisierte und zum politischen Wahnsinn treiben konnte! Das war das Vorspiel. Überall.

Die Demonstrationen sollten in drei Tagen beginnen.

Peter Stone ging den breiten Weg hinter dem Haus zum See hinunter. Irgendwo in New Hampshire – er wußte nicht genau wo, nur daß das Haus zwanzig Minuten vom Flughafen entfernt war. Es begann bereits zu dämmern, das Ende eines Tages voller Überraschungen und offenbar noch nicht vorbei – die Überraschungen waren noch nicht vorbei. Vor zehn Stunden hatte er von seinem Zimmer im Algonquin aus die Swissair angerufen, um sich zu erkundigen, ob die Maschine aus Genf pünktlich eintreffen würde, nur um zu hören, daß sie bereits vierunddreißig Minuten früher landen sollte. Das war die erste Überraschung – und ohne Belang. Die zweite war das nicht. Er war kurz vor 14 Uhr am Kennedy-Flughafen eingetroffen und hatte nach wenigen Augenblicken gehört, wie ein »Mr. Lackland« über die Lautsprecher ausgerufen wurde. Das war der Name, den er Nathan Simon genannt hatte.

»Nehmen Sie die Pilgrim Airlines nach Manchester, New Hampshire«, hatte der Anwalt gesagt. »Auf der Maschine um 15.15 Uhr ist ein Platz für Mr. Lackland reserviert. Schaffen Sie das?«

»Leicht. Der Flug aus Genf kommt früher.«

»In Manchester wird ein rothaariger Mann auf Sie warten. Ich habe Sie ihm beschrieben. Wir sehen uns dann gegen halb sechs.«

Manchester, New Hampshire? Stone war so überzeugt davon gewesen, daß Simon ihn bitten würde, nach Washington zu fliegen, daß er sich nicht einmal eine Zahnbürste mitgenommen hatte. Überraschung Nummer zwei.

Überraschung Nummer drei war der Kurier aus Genf. Eine hagere, adrette Engländerin mit einem Gesicht wie blasser Granit und den verschlossensten Augen, die er je außerhalb des Dscherschinskii-Platzes gesehen hatte. Wie verabredet, hatte sie sich mit ihm vor der Swissair-VIP-Lounge getroffen, eine Ausgabe von *The Economist* in der linken Hand. Nachdem sie die falsche Seite seines schon lange abgelaufenen Regierungsausweises studiert hatte, hatte sie ihm den Aktenkoffer gegeben und folgendes mit ausgeprägtem britischen Akzent erklärt:

»Ich mag New York nicht, habe es noch nie gemocht. Ich fliege auch nicht gern, aber alle waren so nett, und es ist ja schließlich besser, das Ganze hinter sich zu bringen, oder? Man hat arrangiert, daß ich mit der nächsten Maschine nach Genf zurückfliegen kann. Meine Berge fehlen mir. Die brauchen mich, und ich gebe mir die größte Mühe, ihnen *alles* zu geben.«

Nach dieser etwas verworrenen Information hatte sie ein schwaches Lächeln aufgesetzt, sich ein wenig seltsam umgedreht und war wieder zur Rolltreppe zurückgegangen. Und erst jetzt begann Stone zu begreifen. Nicht die Augen der Frau waren verschlossen gewesen, nein, die ganze Person. Sie war betrunken – oder vielleicht auch nur angeheitert –, sie hatte ihre Angst vor dem Fliegen mit einem flüssigen Mutmacher überwunden. Converse hat eine seltsame Vorstellung von Kurieren, hatte Stone gedacht und es sich dann gleich wieder anders überlegt. Wer würde schon weniger verdächtig sein?

Die vierte Überraschung erwartete ihn am Flughafen von Manchester. Ein überschwenglicher rothaariger Mann in mittleren Jahren hatte ihn begrüßt, als wären sie uralte Studienfreunde. Er war wirklich überschäumend, so daß es Stone nicht nur peinlich war, sondern er sich wirklich ernsthaft Sorgen machte, man könnte auf sie aufmerksam werden. Aber als sie den Parkplatz erreicht hatten, hatte ihn der Rotschopf plötzlich gegen die Tür seines Wagens gedrückt und ihm den Lauf seiner Pistole gegen den Hals gepreßt, während die andere Hand des Mannes seine Kleidung nach einer Waffe abtastete.

»Ich würde es doch nicht riskieren, mit einer Pistole durch die Metalldetektoren zu gehen, *verdammt*!« protestierte der ehemalige CIA-Agent.

»Ich vergewissere mich ja auch nur. Ich hab' genug mit euch Arschlöchern zu tun gehabt, ihr bildet euch ein, ihr seid etwas Besonderes. Sie fahren.«

»Ist das eine Frage oder ein Befehl?«

»Ein Befehl«, erwiderte der Rotschopf. Überraschung Nummer fünf kam im Wagen, als Stone, den Anweisungen des rothaarigen Mannes folgend, eine Kurve nach der anderen nahm, während dieser gleichgültig seine Pistole in das Halfter zurücksteckte.

»Tut mir leid, daß ich so dick aufgetragen habe«, hatte er mit einer Stimme gesagt, die bei weitem nicht so feindselig wirkte wie noch auf dem Parkplatz, aber auch von der falschen Freundlichkeit im Flughafengebäude weit entfernt war. »Ich mußte vorsichtig sein, Sie zornig machen, sehen, wo Sie stehen, begreifen Sie? Ich war Cop in Cleveland, Gary Frazier heiße ich. Wie geht's Ihnen?«

»Jetzt fühle ich mich etwas besser«, hatte Stone gesagt. »Wo fahren wir hin?«

»Tut mir leid, Kumpel. Wenn er will, daß Sie das erfahren, wird er es Ihnen sagen.«

Überraschung Nummer sechs erwartete Stone, als er den Wagen durch die Hügel von New Hampshire zu einem einsam stehenden Haus aus Holz und Glas steuerte, das von Wäldern umgeben war. Das Haus war wie ein umgedrehtes

V gebaut, zwei sich nach oben verjüngende Stockwerke, die nach allen Richtungen auf Wald und Wasser blickten. Nathan Simon war ihnen auf der Steintreppe vor der Haustüre entgegengekommen.

»Haben Sie es mitgebracht?« fragte er.

»Da ist es«, sagte Stone und reichte dem Anwalt durch das offene Fenster den Aktenkoffer. »Wo sind wir? Wen werden Sie sprechen?«

»Das ist ein sehr wenig bekanntes Haus, aber wenn alles in Ordnung ist, werden wir Sie rufen. Am Bootshaus unten am See sind ein paar Gästezimmer. Wollen Sie sich nach der Reise nicht ein wenig frischmachen? Der Fahrer zeigt es Ihnen. Wenn wir Sie brauchen, rufen wir Sie an.«

Und jetzt ging Peter Stone den breiten Weg zum Bootshaus am See hinunter, wohl wissend, daß Augen ihm folgten. Überraschung Nummer sieben: Er hatte keine Ahnung, wo er war, und auch Simon würde ihm das nicht sagen. Sofern nicht »alles in Ordnung« war, was auch immer das bedeutete.

Die Gästezimmer, die der Anwalt erwähnt hatte, lagen in einer kleinen Hütte am See, mit Zugang zu dem danebenliegenden Bootshaus, in dem ein schlankes Motorboot und ein Katamaran vertäut waren. Stone schlenderte herum und versuchte, irgendeinen Hinweis auf die Identität des Besitzers zu finden. Aber ohne Erfolg.

Der ehemalige Abwehrbeamte setzte sich und blickte über die friedlichen Wasser und die dahinterliegenden dunkelgrünen Hügel von New Hampshire. Alles war friedlich.

Aber in ihm war es nicht friedlich. Sein Magen revoltierte, und er erinnerte sich daran, was Johnny Reb zu sagen pflegte: »Dem Magen kannst du vertrauen, Bruder Hase, und der Galle. Die lügen nie.« Er fragte sich, was der *Rebel* wohl gerade tat.

Das Telefon klingelte, eine schrille, entnervende Außenglocke. Stone sprang auf, riß die Tür auf und eilte quer durch das Zimmer zu dem Apparat.

»Kommen Sie bitte zum Haus«, sagte Nathan Simon; und dann fügte er hinzu: »Wenn Sie draußen gewesen sein sollten, bitte ich um Entschuldigung, daß ich Sie nicht vor dieser verdammten Glocke gewarnt habe.«

»Die Entschuldigung nehme ich an. Ich war draußen.«

»Sie ist für Gäste, die Anrufe erwarten und vielleicht mit einem der Boote auf den See hinausgefahren sind.«

»Ich komme sofort.«

Stone ging den Kiesweg hinauf und sah den Anwalt an einer mit Gittergeflecht bespannten Türe stehen, die vom See aus Zugang zum Haus bot; davor lag eine Terrasse, die man über eine Ziegeltreppe erreichte. Er stieg die Stufen hinauf und war auf Überraschung Nummer acht vorbereitet.

Andrew Wellfleet, Richter am Obersten Bundesgericht, die breite Stirne vom dünner gewordenen, ungekämmten weißen Haar bedeckt, saß hinter einem großen Schreibtisch in der Bibliothek. Die dicke Sammlung eidesstattlicher Erklärungen von Joel Converse lag vor ihm, eine Stehlampe zu seiner Linken ließ ihr Licht auf die Blätter fallen. Es dauerte ein paar Sekunden, bis er aufblickte und die stahlgeränderte Brille abnahm. Seine Augen blickten nicht freundlich. Sie blickten streng und mißbilligend, ganz zu dem Spitznamen passend, den man ihm vor zwei Jahrzehnten verliehen hatte, als er an das Gericht berufen worden war. »Der zornige Andy« hatten die Zeitungsschreiber ihn genannt, aber unbeschadet seines Temperaments stellte niemand seine geradezu furchteinflößende Intelligenz, seine Fairneß oder seine Hingabe an das Gesetz in Zweifel.

»Haben Sie das gelesen?« fragte Wellfleet, ihm weder die Hand noch einen Stuhl anbietend.

»Ja, Sir«, erwiderte Stone. »Im Flugzeug. Im wesentlichen ist es das, was er mir auch am Telefon erzählt hat, natürlich mit sehr viel mehr Einzelheiten. Die Erklärung des Franzosen Prudhomme war eine willkommene Zugabe. Die sagt uns, wie die arbeiten – wozu die *imstande* sind.«

»Und was, zum Teufel, glauben Sie, mit alldem tun zu können?« Der alte Richter machte eine weit ausholende Handbewegung, die den ganzen Schreibtisch und sämtliche Erklärungen einschloß. »Anträge an die Gerichte hier und in Europa stellen, daß sie freundlicherweise einstweilige Verfügungen erlassen und die Aktivitäten jeglichen Militärpersonals oberhalb eines bestimmten Ranges einschränken? Und das lediglich auf die Möglichkeit hin, daß diese Personen in diese Sache verwickelt sein könnten?«

»Ich bin kein Anwalt, Sir, die Gerichte sind mir daher nie in den Sinn gekommen. Aber ich dachte, daß der Bericht von Converse mit alldem, was wir wußten, ausreichen könnte, um an die richtigen Leute heranzukommen, Leute in höchsten Stellen, die etwas tun *können*. Converse hat ganz offensichtlich dasselbe gedacht und deshalb Mr. Simon angerufen und, wenn Sie mir verzeihen, Mr. Justice, Sie lesen das ja jetzt alles.«

»Das reicht nicht«, sagte der Richter. »Und zum Teufel mit den Gerichten, das sollte ich Ihnen eigentlich nicht sagen müssen, Mr. Ex-CIA-Mann. Sie brauchen Namen, viel mehr Namen, nicht nur fünf Generale, von denen drei pensioniert sind, und einer, der sogenannte Anstifter, ein Mann ist, der vor einigen Monaten operiert wurde und jetzt keine Beine mehr hat.«

»Delavane?« fragte Simon und trat zwei Schritte vom Fenster zurück.

»Richtig«, sagte Wellfleet. »Jämmerlich, nicht wahr? Nicht gerade das Bild einer beeindruckenden Bedrohung, oder?«

»Das könnte ihn sogar zu einer außergewöhnlichen Bedrohung machen.«

»Das leugne ich nicht, Nate. Ich sehe mir nur die Sammlung an, die Sie hier haben. Abrahms? Wie Ihnen jeder, der sein koscheres Salz in Israel wert ist, sagen wird, ist er ein aufgeblasener, überspannter Hitzkopf – ein brillanter Soldat, aber in seinem Kopf sind mindestens zehn Schrauben locker. Davon abgesehen gilt seine einzige Sorge Israel. Van Headmer? Der ist ein Überbleibsel aus dem neunzehnten Jahrhundert, ziemlich schnell mit der Henkersschlinge, aber außerhalb von Südafrika gibt man nicht viel auf das, was er sagt.«

»Mr. Justice«, sagte Stone, »wollen Sie damit andeuten, daß wir uns irren? Wenn Sie das nämlich tun, dann sind da noch andere Namen – und damit meine ich nicht nur ein paar Attachés an der Botschaft in Bonn –, Namen von Männern, die ermordet worden sind, weil sie versuchten, Antworten zu finden.«

»Sie haben mir nicht zugehört!« herrschte Wellfleet ihn an. »Ich habe Nate gerade gesagt, daß ich überhaupt nichts dergleichen andeute. Wie, zum Teufel, könnte ich das? Fünfundvierzig *Millionen* in *illegalen* Exporten, die einfach verschwunden sind! Ein Apparat, der imstande ist, die Medien hier und in Europa nach seinem Belieben zu beeinflussen, der Regierungsagenturen korrumpieren und, wie Nate es hier ausgedrückt hat, ›einen psychopathischen Mörder schaffen‹ kann. O nein, ich behaupte nicht, daß Sie unrecht haben. Ich sage nur, daß Sie das tun sollen, wovon man mir sagt, daß Sie sich recht gut darauf verstehen, und zwar schnell. Schleppen Sie diesen Washburn her und all die anderen, die Sie in Bonn finden können; picken Sie sich einen Querschnitt aus diesen Leuten im Department of State und dem Pentagon heraus und pumpen Sie sie voll Drogen oder was auch sonst immer und besorgen Sie uns *Namen*! Und wenn Sie je behaupten, ich hätte solch willkürliche Maßnahmen vorgeschlagen, die unsere geheiligten Menschenrechte verletzen, dann sage ich, daß das erstunken und erlogen ist. Sprechen Sie mit Nate. Für Nettigkeiten haben Sie keine Zeit mehr, Mister.«

»Wir haben auch nicht die Mittel«, sagte Stone. »Wie ich schon Mr. Simon erklärt habe, gibt es ein paar Freunde, die ich um Informationen angehen kann, aber nichts von der Art, was Sie vorgeschlagen haben – was Sie nicht vorgeschlagen haben. Ich verfüge einfach nicht über die entsprechenden Hebel und Männer. Ich stehe nicht einmal mehr in Diensten der Regierung.«

»Da kann ich Ihnen helfen.« Wellfleet machte sich Notizen. »Was auch immer Sie brauchen, werden Sie bekommen.«

»Da ist noch ein anderes Problem«, fuhr Stone fort. »Gleichgültig, wie vorsichtig wir sind, wir würden Alarm auslösen. Diese Leute *glauben* an das, was sie tun. Das sind nicht nur geistlose Extremisten. Sie sind aufeinander eingestimmt und verfügen über ausgeklügelte Strategien und

Rückzugslinien. Die wissen genau, was sie tun. Das Ganze ist ein geplanter Ablauf von Ereignissen, in dem aus den einzelnen Stufen Kapital geschlagen wird, bis wir alle gezwungen sind, sie als neue Herren zu akzeptieren – oder hinzunehmen, daß die Gewalt andauert, der Aufruhr, das Morden.«

»Sehr schön, Mister. Und was werden *Sie* tun? *Nichts*?«

»Natürlich nicht. Ob nun zu Recht oder nicht, ich habe Converse geglaubt, als er mir sagte, daß Mr. Simon mit unseren Aussagen – mit all dem Beweismaterial, das wir ihm geliefert haben – an Leute herankommen könnte, zu denen wir keinen Zugang haben. Warum hätte ich ihm nicht glauben sollen? Das paßte ganz genau in meine eigenen Überlegungen, nur daß ich nicht an einen Nathan Simon, sondern an Converse selbst gedacht hatte. Nur daß es auf meine Art länger dauern würde. Die Vorkehrungen würden viel komplizierter sein, aber *möglich* wäre es. Wir würden an die richtigen Leute herankommen und den Gegenangriff beginnen können.«

»An wen haben Sie denn gedacht?« fragte Wellfleet scharf.

»Zuerst natürlich an den Präsidenten. Und dann, weil es um ein halbes Dutzend anderer Länder geht, an den Außenminister. Man müßte einen streng geheimen Auswahlprozeß in Gang setzen – ganz ohne Zweifel unter Einsatz jener Chemikalien, die Sie nicht erwähnt haben –, bis wir untadeliges Personal zur Verfügung haben, Männer und Frauen, die mit absoluter Sicherheit keine Verbindung zu diesem Aquitania haben. Wir würden dann Zellen aufbauen, Befehlsposten hier und im Ausland. Übrigens, es gibt da einen Mann, der uns dabei höchst wertvolle Hilfe leisten kann, einen Mann namens Belamy im britischen M. I. 6. Ich habe mit ihm zusammengearbeitet, er ist der Beste, den es in diesem Geschäft gibt – und kennt die Besten –, und er hat solche Dinge schon früher getan. Sobald unsere Zellen stehen und getarnt sind, holen wir uns Washburn aus Bonn und mindestens noch zwei andere, die wir der Beschreibung nach kennen. Prudhomme kann uns die Namen der Leute in der Sûreté geben, die die angeblichen Beweise gegen Converse geliefert haben.

Und wie Sie aus meiner Aussage wissen, haben wir die Insel Scharhörn jetzt unter Beobachtung – wir glauben, daß die Insel ein Nervenzentrum oder ein Kommunikationsposten ist. Mit den richtigen technischen Einrichtungen könnten wir die Anlagen dort anzapfen. Worauf ich hinaus möchte, ist, daß wir die Information ausweiten würden. Und sobald man einmal die gegnerische Strategie kennt, kann man auch eine Gegenstrategie aufbauen, ohne Alarm auszulösen.« Stone machte eine Pause und sah die beiden Männer an. »Mr. Justice, Mr. Simon. Ich war Stationschef auf fünf wichtigen Posten in Großbritannien und dem Kontinent. Ich *weiß*, daß man es schaffen kann.«

»Daran zweifle ich nicht«, sagte Nathan Simon. »Aber wie lange würde das dauern?«

»Wenn Justice Wellfleet mir die Unterstützung und die technischen Anlagen beschaffen kann, die ich brauche, und mit den richtigen Leuten, die ich auswähle – hier und im Ausland –, könnten Derek Belamy und ich ein Blitzprogramm aufbauen. Wir würden in acht bis zehn Tagen einsatzfähig sein.«

Simon sah den Richter an, und dann wanderte sein Blick wieder zu Stone zurück. »Wir haben keine acht bis zehn Tage mehr«, sagte er. »Wir haben drei – jetzt nicht einmal mehr drei Tage.«

Peter Stone starrte den großen, behäbigen Anwalt mit den ernsten Augen an. Er spürte, wie ihm das Blut aus dem Gesicht wich.

General George Marcus Delavane legte langsam den Telefonhörer zurück auf die Gabel. Sein Körper war am Rollstuhl festgeschnallt, seine Arme schwer, sein Atem kurz, und die Venen traten blau an seinem Hals hervor. Er verkrampfte die Hände ineinander, bis die Fingerknöchel weiß hervortraten. Seine kalten, zornigen Augen verengten sich, als er den uniformierten Adjutanten ansah, der vor seinem Schreibtisch stand. »Sie sind verschwunden«, sagte er, und seine hohe Stimme klang eisig. »Leifhelm hat man aus einem Restaurant in Bonn herausgeholt. Es heißt, dort hätte ein

Krankenwagen vor dem Eingang gewartet, der sofort weggerast sei, und niemand weiß, wohin. Abrahms Wachen sind betäubt worden. Andere haben ihre Plätze eingenommen. Man hat ihn mit seinem eigenen Dienstwagen weggefahren, ihn vor einer Synagoge abgeholt. Bertholdier ist nicht mehr aus seinem Appartement am Boulevard Montaigne heruntergekommen, also ging der Fahrer hinauf, um ihn diskret an die Zeit zu erinnern. Seine Hure war nackt auf das Bett gefesselt. Sie sagte, zwei Männer hätten ihn mit gezogenen Pistolen weggeholt und es sei die Rede von einem Flugzeug gewesen.«

»Was ist mit Van Headmer?« fragte der Adjutant.

»Nichts. Unser charmanter Südafrikaner diniert im Johannesburg-Military-Club und sagt, er will sich zusätzliche Wachen beschaffen. Er ist da nicht involviert, er ist zu weit weg, um Bedeutung zu haben.«

»Was meinen Sie, General? Was ist denn plötzlich los?«

»Was los ist? Dieser *Converse* ist los! Wir haben uns unseren eigenen Feind geschaffen, Colonel – einen Feind, den man ernst nehmen muß. Und ich kann nicht behaupten, daß man uns nicht gewarnt hätte. Chaim hat es vorausgesagt. Unser Mann in der Mossad hat keine Zweifel daran gelassen. Die Nordvietnamesen haben da einen Höllenhund geschaffen – das sind die Worte der Mossad – und wir ein Monstrum. Man hätte ihn schon in Paris töten sollen, spätestens aber in Bonn. Die Männer, die er in seine Gewalt gebracht hat, sind nur Symbole, Magneten, die andere anziehen sollten. Das ist das Schöne an einer sauberen Strategie, Colonel. Sobald sie einmal in Bewegung gesetzt ist, läuft sie wie von selbst ab, wie eine Welle im Meer. Die Kraft, die sie antreibt, ist unsichtbar, aber sie treibt sie immer weiter. Die Ereignisse werden die einzig mögliche Lösung diktieren. Das ist mein Vermächtnis, Colonel.«

Nathan Simon war fast am Ende seiner Erklärung angelangt. Er hatte dazu weniger als drei Minuten gebraucht, und Peter Stone war während der ganzen Zeit völlig unbewegt geblieben, die Augen auf den älteren Mann geheftet, das Gesicht aschfahl.

»Sie sehen doch jetzt das Schema, oder?« schloß der Anwalt. »Die Proteste beginnen im Nahen Osten und folgen der Sonne und den Zeitzonen über das Mittelmeer und durch Europa, über den Atlantik, und sie erreichen ihren Höhepunkt in Kanada und den Vereinigten Staaten. Sie beginnen mit der *Peace Now*-Bewegung in Jerusalem, und dann folgt Beirut, Rom, Paris, Bonn, London, Toronto, Washington, New York, Chicago und, und, und. Gigantische Kundgebungen in den größten Städten der westlichen Welt, in jeder Nation, die Delavane und seine Leute infiltriert haben. Dann entstehen Konfrontationen – die ersten Unruhen – und wachsen sich zu größeren Störungen aus, wenn Terroristeneinheiten eingeschleust werden. Bomben, die in Wagen versteckt sind oder unter den Straßen in den Abflußkanälen oder die man einfach in die Menge hineinrollt. All das führt zu der Verwirrung und Unruhe in den Massen, die sie brauchen, um ihre führenden Figuren an Ort und Stelle zu bringen, oder präziser, sobald sie an Ort und Stelle sind, um ihre Aufträge durchzuführen.«

»Die abschließenden Attentate«, unterbrach ihn Stone leise. »Ausgewählte Morde.«

»Chaos«, nickte Simon. »Männer mit ungeheurer Verantwortung werden getötet, es ist unklar, wo dann die Autorität liegt, zu viele Männer, die protestieren und gegeneinander kämpfen, als daß *sie* Entscheidungen treffen könnten. Das totale Chaos.«

»Scharhörn!« sagte der ehemalige Abwehroffizier. »Jetzt haben wir keine andere Wahl mehr. Wir müssen zuschlagen! Darf ich Ihr Telefon benutzen, Mr. Justice?« Ohne auf Antwort zu warten, ging Stone zu Wellfleets Schreibtisch, zog dabei seine Brieftasche heraus und entnahm ihr das kleine Stück Papier mit einer Nummer in Cuxhaven. Er drehte das Telefon unter dem forschenden Blick des Richters zu sich herum und wählte. Die Nummer schien von endloser Länge. Dann klingelte es.

»Rebel?« Der obszöne Fluch von der anderen Seite des Atlantik war in der ganzen Bibliothek zu hören. Stone brachte den anderen zum Schweigen. »*Hör auf*, Johnny! Ich bin seit

Stunden nicht mehr in der Nähe des Hotels gewesen, hatte keine Zeit! *Was* hast du?« Der CIA-Mann lauschte, und seine Augen weiteten sich, der Atem stockte ihm. Er hielt die Hand über die Sprechmuschel und drehte sich zu Nathan Simon um. »Mein Gott, es ist etwas Entscheidendes passiert!« flüsterte er. »Fotos. Infrarot. Letzte Nacht aufgenommen und heute morgen entwickelt – alle in Ordnung. Siebenundneunzig Männer von Scharhörn, die ein Schiff verlassen. Er meint, das seien die Killerteams.«

»Schaffen Sie diese Fotos nach Brüssel und sorgen Sie dafür, daß sie mit der schnellsten Militärmaschine, die Sie finden können, nach Washington geflogen werden!« befahl der Richter des Obersten Bundesgerichts.

39

»*Lächerlich!*« schrie General Jacques Louis Bertholdier, der in einem brokatüberzogenen Sessel des geräumigen Studierzimmers des Alpenschlößchens saß. »Ich glaube das keinen Augenblick lang!«

»Das ist wohl ein Lieblingswort von Ihnen, wie?« erwiderte Converse, der auf der anderen Seite des Zimmers am offenen Fenster stand, hinter dem die weiten Bergmatten zu sehen waren. Er trug einen dunklen Anzug, ein weißes Hemd und eine schräg gestreifte Krawatte. »Das Wort ›lächerlich‹, meine ich«, fuhr er fort. »Als wir in Paris miteinander sprachen, haben Sie es wenigstens zweimal gebraucht, glaube ich. Es ist gerade, als würden Sie jeden, der Ihnen eine Information bringt, die Ihnen nicht paßt, für lächerlich halten – absurd, unsinnig –, die Person ebenso wie die Information. Sehen Sie so die Leute, die Ihnen nicht passen?«

»Ganz sicher nicht! Lügner behandle ich so.« Die Legende Frankreichs schickte sich an aufzustehen. »Und ich sehe keinen Anlaß...«

»*Bleiben Sie sitzen!*« Joels Stimme schlug zu wie eine Peitsche. »Oder nur Ihre Leiche wird nach Paris zurückkehren«, fügte er dann ruhig hinzu, ohne Feindseligkeit, wie eine Erklärung. »Ich sagte Ihnen, daß ich nur dieses Gespräch mit Ihnen wollte. Es wird nicht lange dauern, und anschließend können Sie gehen. Das ist großzügiger, als Sie mir gegenüber waren.«

»Sie waren für uns wertlos geworden. Entschuldigen Sie, wenn das vielleicht brutal klingt, aber das ist die Wahrheit.«

»Wenn ich so wertlos war, weshalb haben Sie mich dann nicht einfach getötet? Weshalb die Mühe, mich zum Killer, zum Mörder abzustempeln, zu einem Mann, den man in ganz Europa jagt?«

»Der Jude hat uns das vorgeschlagen.«

»Der Jude? Chaim Abrahms?«

»Das ist jetzt nicht mehr wichtig«, sagte Bertholdier. »Unser Mann in der Mossad – übrigens ein brillanter Analytiker – hat uns dargelegt, daß wir Sie, wenn wir nicht herausfinden könnten, woher Sie kommen, falls Sie es etwa selbst nicht wüßten – daß wir Sie dann für jeden unberührbar machen müßten. Und das war nicht lächerlich. Niemand bekennt sich zu Ihnen. Sie waren – Sie *sind* – in der Tat unberührbar.«

»Warum macht das jetzt keinen Unterschied mehr – die Tatsache, daß Sie mir gesagt haben, was ich Ihrer Ansicht nach ohnehin schon weiß?«

»Sie haben verloren, Monsieur Converse.«

»Habe ich das?«

»Ja, und wenn Sie etwa mit dem Gedanken spielen, mich unter Drogen zu setzen – so wie wir Sie unter Drogen gesetzt haben –, dann lassen Sie mich Ihnen und mir diese Mühe ersparen. Ich besitze die Informationen, die Sie suchen, nicht. Die besitzt niemand. Nur eine Maschine, die programmiert wurde und Befehle ausgibt.«

»An andere Maschinen?«

»Selbstverständlich nicht. An Männer. Männer, die das tun werden, wozu sie ausgebildet wurden. Die an das glauben, was sie tun. Ich habe keine Ahnung, wer sie sind.«

»Das heißt, sie morden, nicht wahr? Es sind Killer.«

»Jeder Krieg läßt sich auf das Töten reduzieren, junger

Mann. Und damit Sie mich nicht falsch verstehen, dies *ist* ein Krieg. Die Welt hat endgültig genug. Wir werden sie wieder in Ordnung bringen. Sie werden sehen; man wird uns keinen Widerstand leisten. Man braucht uns nicht nur, man sehnt uns herbei.«

»Der Jude sagt von Ihnen, Sie seien der aufgeblasenste Idiot der Welt. Er und Van Headmer würden Sie später in einen Glaskasten mit kleinen Jungen und Mädchen stecken und zusehen, wie Sie sich selbst in den Herzinfarkt vögeln.«

»Seine Worte waren immer geschmacklos... Aber nein, ich glaube Ihnen *nicht*.«

»Womit wir wieder bei meiner ursprünglichen Feststellung wären.« Joel verließ das Fenster und nahm schräg gegenüber von Bertholdier in einem Lehnsessel Platz. »Warum fällt es Ihnen eigentlich so schwer, mir zu glauben? Weil Sie nicht daran gedacht haben?«

»Nein, Monsieur. Weil es undenkbar ist.«

Converse wies auf ein Telefon, das auf dem Schreibtisch stand. »Sie kennen doch ihre Privatnummern«, sagte er. »Rufen Sie sie an. Rufen Sie Leifhelm in Bonn und Abrahms in Tel Aviv. Und Van Headmer auch, wenn Sie wollen, obwohl ich höre, daß er in den Staaten sein soll, wahrscheinlich in Kalifornien.«

»Kalifornien?«

»Fragen Sie doch jeden einzelnen, ob er mich in dem kleinen Steinhäuschen auf Leifhelms Grundstück aufgesucht hat. Fragen Sie sie, worüber wir gesprochen haben. Nur zu, das Telefon steht dort drüben.«

Bertholdier blickte mit zusammengekniffenen Augen auf den Apparat. Joel hielt den Atem an. Dann wandte sich der Soldat ihm wieder zu. »Was versuchen Sie hier? Was ist das für ein Trick?«

»Wieso Trick? Dort steht das Telefon. Ich kann daran nichts manipulieren. Ich kann es nicht dazu bringen, Nummern zu wählen oder Leute in Tausenden von Meilen Entfernung dazu zu veranlassen, die Rolle jener Männer zu spielen.«

Wieder sah der Franzose das Telefon an. »Was könnte ich

sagen?« fragte er leise, eine Frage, die er mehr sich selbst stellte als Joel.

»Versuchen Sie es mit der Wahrheit. Sie halten doch angeblich so viel von der Wahrheit. Und hier geht es doch nur um eine Kleinigkeit, um ein paar winzige Versäumnisse. *Die* haben versäumt, *Ihnen* zu sagen, daß jeder einzelne von ihnen *mich* aufgesucht hat. Vielleicht waren das auch gar keine so kleinen Versäumnisse.«

»Woher soll ich wissen, daß sie zu Ihnen gegangen sind?«

»Sie haben mir nicht zugehört. Ich habe Ihnen geraten, es mit der Wahrheit zu versuchen. Ich habe Sie entführen lassen, sonst niemanden. Ich habe es getan, weil ich nicht verstanden habe, was vor sich geht. Und wenn es zum Letzten kommt, will ich mein Leben retten. Die Welt dort draußen ist riesengroß, General. Große Teile davon werden Sie unberührt lassen, und ich könnte sehr bequem leben, solange ich mir nicht Sorgen zu machen brauche, daß plötzlich jemand durch eine Tür tritt und mir eine Kugel in den Schädel jagt.«

»Sie sind nicht der Mann, für den ich Sie hielt – für den wir Sie hielten.«

»Wir sind alle nur das, was die Umstände aus uns machen. Ich habe genug Blut und Schweiß vergossen. Ich steige aus dem Kreuzzugsgeschäft aus, oder wie Sie es sonst nennen wollen. Möchten Sie gerne wissen, warum?«

»Allerdings«, sagte Bertholdier und starrte Joel an. Seinen Augen war anzusehen, daß Verwirrung und Neugierde in ihm miteinander kämpften.

»Weil ich Ihnen in Bonn zugehört habe. Vielleicht haben Sie recht, vielleicht ist mir auch nur alles egal, weil man mich einfach in der Kälte stehengelassen hat. Vielleicht braucht die Welt euch arrogante Bastarde jetzt wirklich.«

»Ja, das tut sie! Es gibt keinen anderen Weg!«

»Dann ist das also das Jahr der Generale, nicht wahr?«

»Nein, nicht nur der *Generale*! Wir sind das Symbol der Stärke, der Disziplin und der gesetzlichen Ordnung. Ganz sicher wird das, was daraus entstehen wird – auf den internationalen Märkten in abgestimmter Außenpolitik und auch was die Einhaltung der Gesetze angeht –, unsere Führung widerspiegeln, unser Beispiel. Und aus dem wird das erwachsen, was der heutigen Welt fehlt. *Stabilität*, Monsieur Converse! Keine Wahnsinnigen mehr wie der senile Khomeini oder der hohlköpfige Prahler Ghaddafi oder die verrückten Palästinenser. Solche Männer, solche Länder und Nationen, die gerne eine wären, werden von wahrhaft internationalen Streitkräften in die Zange genommen und von der überwältigenden Macht abgestimmt handelnder Regierungen zerquetscht werden. Die Vergeltung wird schnell und total sein. Ich habe einen gewissen Ruf als Militärstratege, und Sie sollten mir daher glauben, wenn ich Ihnen sage, daß die Russen stillhalten werden, daß sie es nicht wagen werden, sich einzuschalten – denn sie wissen, daß sie uns nicht mehr auseinanderdividieren können. Sie können nicht mehr mit den Säbeln rasseln und der einen Nation Angst machen, während sie der anderen mit Friedensgesten schmeicheln. Wir werden eine Nation sein!«

»Aquitania«, sagte Joel leise.

»Eine passende Codebezeichnung, ja«, nickte Bertholdier.

»Sie sind ebenso überzeugend, wie Sie es in Bonn waren«, erklärte Converse. »Und vielleicht könnte das sogar funktionieren. Aber nicht so, nicht mit Ihnen und Ihresgleichen.«

»Wie bitte?«

»Keiner braucht *Sie* auseinanderzudividieren – zwischen Ihnen liegen bereits Welten.«

»Ich verstehe nicht.«

»Führen Sie die Gespräche, General. Machen Sie es sich leicht. Rufen Sie zuerst Leifhelm an. Sagen Sie ihm, Sie hätten gerade von Abrahms in Tel Aviv gehört, und Sie seien erschüttert. Sagen Sie ihm, Abrahms wolle sich mit Ihnen treffen, weil er Informationen über mich besäße. Sagen Sie, er hätte zugegeben, er und Van Headmer hätten mich in Bonn aufgesucht. Sie könnten hinzufügen, daß *ich* Abrahms gesagt hätte, er und sein Freund aus Südafrika seien mein zweiter und dritter Besucher gewesen. Leifhelm war der erste.«

»Warum sollte ich ihm das sagen?«

»Weil Sie verdammt wütend sind. Niemand hat Ihnen etwas von diesen Zusammenkünften mit mir gesagt, und Sie betrachten sie als höchst unpassend – was Sie übrigens auch sollten. Vor einer Weile haben Sie gesagt, ich sei wertlos gewesen. Nun, Ihnen steht ein Schock bevor, General. Leifhelm sagte nämlich, Sie würden in ein paar Monaten draußen sein, wenn nicht schon früher. Sie geben zu viele Befehle; die anderen sind das leid – und Sie wollen angeblich zuviel für Frankreich.«

»*Leifhelm?* Dieser heuchlerische Kerl, der seine Seele verkauft hat und heute alles das leugnet, wofür er einmal eingetreten ist! Der in Nürnberg seine Führer verraten und dem Gericht alle möglichen Beweise geliefert hat, bloß um den Alliierten in den *Hintern* zu kriechen! Er hat dem ehrenwertesten Beruf der Welt Unehre gebracht. Lassen Sie mich das sagen, Monsieur. Nicht *ich* bin es, der draußen sein wird, sondern *er!*«

»Abrahms hat gesagt, Sie seien eine sexuelle Peinlichkeit«, fuhr Converse fort, als hätte Bertholdiers Antwort keine Bedeutung. »So hat er es formuliert: ›Eine sexuelle Peinlichkeit.‹ Er erwähnte, es gäbe da eine Akte – eine, die er sich besorgt hätte – über eine Reihe Vergewaltigungen von Frauen und Männern, die die französische Armee gedeckt hätte, weil Sie so verdammt gut waren. Aber dann hat er die Frage gestellt, ob man denn wirklich einen bisexuellen Opportunisten, einen, der Frauen wie Männern Gewalt angetan hat, der das Offizierskorps korrumpiert und das Wort ›Verhör‹ zur Farce entwürdigt hat, ob man einen solchen Mann wirklich als den französischen Führer des Aquitania-Projekts ansehen könne. Und *außerdem* hat er gesagt, daß Sie zu viele Machtkontrollen für Ihre eigene Regierung verlangt hätten. Aber bis es solche Kontrollen geben würde, wären Sie schon draußen.«

»*Draußen?*« schrie der Franzose, und wieder loderten seine Augen wie vor Wochen in Paris, und er zitterte vor Wut. »Verurteilt von einem *Barbaren*, einem stinkenden, ungebildeten *Juden?*«

»Van Headmer ist nicht so weit gegangen. Er sagte, Sie wären einfach zu angreifbar...«

»Vergessen Sie Van Headmer!« brüllte Bertholdier. »Er ist ein Fossil! Ihn haben wir nur an uns gebunden, weil er Rohmaterial liefern könnte. Er ist belanglos.«

»Er selbst hat das nicht so gesehen«, nickte Joel.

»Aber dieser aufgeblasene, dreckige Israeli glaubte, er könne gegen *mich* vorgehen? Lassen Sie mich das sagen, Monsieur, ich bin schon einmal bedroht worden – von einem großen Mann –, und aus diesen Drohungen ist nie etwas geworden, weil ich, wie Sie es formuliert haben, ›verdammt gut‹ in meiner Arbeit bin. Und das bin ich *immer noch*! Und dann gibt es da noch eine Akte, eine, in der meine Leistungen verzeichnet sind, und die stellt alles das in den Schatten, was man an dreckigen Gerüchten und Kasernenhofklatsch zusammentragen kann. Keine Akte im Projekt Aquitania kann es mit meiner aufnehmen, und das schließt auch diesen beinlosen Großsprecher in San Francisco ein. Er glaubt, das alles sei *seine* Idee gewesen! *Lächerlich*! Ich habe das alles verfeinert! Er hat dem Ganzen nur einen Namen gegeben, weil er einmal ein paar Geschichtsbücher gelesen hat.«

»Aber er hat auch den Ball ins Rollen gebracht, indem er eine Menge Kriegsgerät exportiert hat«, unterbrach ihn Converse.

»Weil es vorhanden war, Monsieur. Und außerdem konnte man Profit daraus schlagen!« Der General hielt inne, war noch nicht fertig und beugte sich im Sessel nach vorn. »Ich will ganz offen sein. Wie in jedem Elitekorps der Führung steigt ein Mann durch die schiere Kraft seines Charakters und seines Verstandes über die anderen auf. Neben mir verblassen die anderen – alle anderen – zur Mittelmäßigkeit. Delavane ist eine deformierte hysterische Karikatur. Leifhelm ist ein Nazi, und Abrahms ist ein aufgeblasener Extremist. Er könnte Wellen des Antisemitismus auslösen, er ist deshalb das schlimmste Symbol der Führung. Wenn aus der Verwirrung und der Panik die Tribunale aufsteigen, wird man auf mich blicken. Ich werde der wahre Führer des Projekts Aquitania sein.«

Joel erhob sich aus seinem Sessel und ging zurück zu dem offenen Fenster. Er sah auf die Bergmatten hinaus und spürte den sanften Wind im Gesicht. »Das Verhör ist beendet, General«, sagte er.

Wie auf ein Stichwort öffnete sich die Tür, und ein ehemaliger Sergeant-Major der französischen Algerien-Armee trat ein und wartete darauf, die verwirrte Legende Frankreichs aus dem Zimmer eskortieren zu können.

Chaim Abrahms sprang aus dem Brokatsessel auf. »Das hat er über *mich* gesagt?«

»Ich habe Ihnen ja gesagt, ehe wir damit angefangen haben, daß Sie das Telefon benutzen sollen«, unterbrach ihn Converse. Er saß dem Israeli gegenüber, eine Pistole neben sich auf dem Tischchen. »Sie brauchen mir das nicht zu glauben. Ich habe schon einige Male gehört, daß Sie einen guten Instinkt haben. Rufen Sie doch Bertholdier an. Sie brauchen ihm nicht zu sagen, wo Sie sind – offen gestanden, wenn Sie es täten, würde ich Ihnen sogar eine Kugel in den Kopf jagen. Sagen Sie einfach, einer von Leifhelms Wächtern, ein Mann, den Sie gekauft haben, damit er die Augen offenhält, weil Sie den Deutschen einfach nicht trauen, hätte Ihnen gesagt, er, Bertholdier, hätte mich zweimal allein aufgesucht. Da man mich nicht gefunden habe, wollen Sie wissen, warum. Das wird funktionieren. Sie werden genug von ihm hören, um zu wissen, ob ich Ihnen jetzt die Wahrheit sage oder nicht.«

Abrahms starrte Joel an. »Aber warum sagen Sie mir die Wahrheit – wenn es die Wahrheit ist? Warum lassen Sie mich entführen, um mir diese Dinge zu sagen? *Warum?*«

»Ich dachte, ich hätte das klargestellt. Mein Geld geht zur Neige, und obwohl ich nicht gerade wild auf *lox* oder *kreplech* bin, wäre ich immer noch besser daran, in Israel zu leben und dort beschützt zu werden, als in ganz Europa gejagt und am Ende getötet. Sie können mir das bieten, aber ich weiß, daß ich Ihnen vorher meinerseits etwas liefern muß. Und das tue ich gerade. Bertholdier hat die Absicht, das, was er Projekt Aquitania nennt, zu übernehmen. Er sagt, Sie seien ein schmutziger Jude, ein Symbol der Zerstörung, Sie müßten gehen. Über Leifhelm hat er dasselbe gesagt; man könne einem Nazi nicht trauen, und Van Headmer sei ein Fossil, ja, das hat er gesagt, Fossil.«

»Ich kann es förmlich hören«, sagte Abrahms leise, der mit verschränkten Händen auf das Fenster zuging. »Sind Sie sicher, daß unser Militär-*Boulevardier* mit dem stählernen Schwanz nicht gesagt hat ›stinkender Jude‹? Ich habe oft gehört, wie unser französischer Held solche Worte benutzt hat, wobei er sich natürlich jedesmal bei mir entschuldigte und sagte, ich sei da eine Ausnahme.«

»Er hat sie benutzt.«

»Aber *warum*? Warum sollte er zu *Ihnen* solche Dinge sagen? Einen Teil seiner Logik kann ich ja nicht leugnen, weiß Gott nicht. Leifhelm wird erschossen werden, sobald wir einmal die Macht haben. Ein *Nazi*, der die verdammte deutsche Regierung führt? Absurd! Selbst Delavane begreift das. Er wird eliminiert werden. Und der arme alte Headmer ist wirklich ein Relikt aus der Vergangenheit, das wissen wir alle. Aber immerhin gibt es in Südafrika Gold. Er könnte es uns liefern. Aber warum *Sie*? Warum sollte Bertholdier ausgerechnet zu *Ihnen* kommen?«

»Fragen Sie ihn selbst. Dort ist das Telefon. Sie können es benutzen.«

Der Israeli stand reglos da, und seine schmalen Augen starrten Converse an. »Das *werde* ich«, sagte er leise. »Sie sind viel zu clever, Mr. Rechtsanwalt. Das Feuer in Ihnen bleibt in Ihrem Kopf – bis in Ihren Magen ist es noch nicht vorgedrungen. Sie denken zu viel. Sie sagen, man hätte Sie manipuliert? Ich sage, *Sie* manipulieren.« Abrahms drehte sich um und stapfte auf das Telefon zu. Einen Augenblick stand er da, kniff die Augen zusammen, überlegte, dann nahm er den Hörer ab und wählte eine Folge von Ziffern, die er sich vor langer Zeit eingeprägt hatte.

Joel blieb auf dem Sessel sitzen, jeder Muskel in seinem Körper war angespannt, seine Kehle war plötzlich trocken, und das Pochen in seiner Brust war bis in seine Schläfen zu spüren. Langsam schob sich seine Hand über die Stuhllehne auf die Pistole zu. In wenigen Sekunden würde er sie vielleicht benutzen müssen, weil seine Strategie – die einzige

Strategie, die er hatte – durch ein Telefongespräch vereitelt worden war. *Was stimmte nicht mit ihm? Wohin hatte seine vielgerühmte Verhörtaktik geführt? Hatte er vergessen, mit wem er es hier zu tun hatte?*

»Code Isaiah«, sprach Abrahms ins Telefon, und wieder starrten seine zornigen Augen Converse an. »Verbinden Sie mich mit Verdun-sur-Meuse. *Schnell!*« Der mächtige Brustkasten des Israeli hob und senkte sich mit jedem Atemzug. Jetzt sprach er wieder, diesmal zornig. »Ja, Code *Isaiah!* Ich kann hier keine Zeit vergeuden! Verdun-sur-Meuse. *Sofort!*« Abrahms Augen weiteten sich plötzlich, während er lauschte. Sein Blick wandte sich kurz von Converse ab, dann fuhr sein Kopf wieder zurück, und in seinen Augen war Wissen und Abscheu zu lesen, die beide Joel galten. »Wiederholen Sie das!« schrie er. Und dann knallte er den Hörer mit solcher Gewalt auf die Gabel, daß der Schreibtisch erzitterte. »*Lügner!*« schrie er.

»Meinen Sie mich?« fragte Joel, dessen Hand nur noch wenige Zentimeter von der Waffe entfernt war.

»Die sagen, er sei *verschwunden!* Sie können ihn nicht *finden!*«

»Und?« Converse wußte, daß er verloren hatte.

»Er *lügt!* Ein jammernder Feigling ist er! Er versteckt sich – er *weicht mir aus!* Er will sich mir nicht stellen!«

Joel schluckte ein paarmal und zog die Hand von der Waffe zurück. »Zwingen Sie ihn«, sagte er und schaffte es dabei irgendwie, das Zittern aus seiner Stimme herauszuhalten. »Machen Sie ausfindig, wo er ist. Rufen Sie Leifhelm an, Van Headmer. Sagen Sie, es sei unerläßlich, daß Sie Bertholdier erreichen.«

»Hören Sie auf! Damit er weiß, daß *ich* Bescheid weiß! Er muß Ihnen doch einen Grund genannt haben! Warum ist er überhaupt zu Ihnen gekommen?«

»Ich wollte warten, bis Sie mit ihm gesprochen hatten«, sagte Converse, schlug die Beine übereinander und griff nach einem Päckchen Zigaretten, das neben seiner Pistole lag. »Vielleicht hätte er es Ihnen selbst gesagt – vielleicht auch nicht. Er bildet sich ein, Delavane hätte mich ausgeschickt, um Sie alle zu überprüfen. Um zu sehen, wer ihn vielleicht betrügen würde.«

»Ihn *betrügen*? Den Beinlosen betrügen? Warum? Und wenn unser französischer Pfau das wirklich geglaubt hat, dann frage ich Sie noch einmal, warum sollte er das ausgerechnet Ihnen sagen?«

»Ich bin Rechtsanwalt. Ich habe ihn provoziert. Als er einmal begriffen hatte, was ich von Delavane hielt, was mir dieser Bastard einmal angetan hat, wußte er, daß ich unmöglich mit ihm unter einer Decke stecken konnte. Das hat ihn entwaffnet; der Rest war leicht. Und während er redete, entdeckte ich eine Möglichkeit, mein Leben zu retten.« Joel riß ein Streichholz an und zündete sich die Zigarette an. »Indem ich an Sie herantrat«, fügte er dann hinzu.

»Dann verlassen Sie sich also am Ende auf die Moral eines Juden? Daß er ein Versprechen halten würde?«

»Nicht ganz, General. Ich weiß etwas über Leifhelm, darüber, wie er in all den Jahren manövriert hat. Er würde mich erschießen lassen und dann seine Männer auf seine angeblichen Freunde und Partner hetzen, damit er die Nummer eins würde.«

»Genau das würde er tun«, pflichtete der Israeli ihm bei.

»Ich will deutlicher werden«, hakte Joel nach. »Ich bin von Leuten ausgeschickt worden, die ich nicht kenne und die mich fallenließen, ohne auch nur das leiseste schlechte Gewissen. Wer weiß, vielleicht haben sie sich sogar selbst der Jagd auf mich angeschlossen, um das eigene Leben zu retten. Und in Anbetracht dieser Umstände ist es in der Tat meine Absicht zu überleben.«

»Was ist mit der Frau? Ihrer Frau?«

»Sie geht mit mir.« Converse legte die Zigarette weg und griff nach der Pistole. »Wie lautet Ihre Antwort? Ich kann Sie jetzt töten oder das Bertholdier überlassen oder Leifhelm, falls der den Franzosen zuerst tötet. Oder ich kann auf Ihre Moral setzen und darauf, daß Sie Ihre Schulden begleichen. Wie soll es sein?«

»Legen Sie die Pistole weg«, sagte Chaim Abrahms. »Sie haben mein Wort.«

»Was werden Sie tun?« fragte Joel und legte die Waffe auf den Tisch zurück.

»*Tun?*« platzte es plötzlich zornig aus dem Israeli heraus. »Was ich immer *vorgehabt* habe! Glauben Sie, daß ich auch nur einen Pferdefurz auf diesen allgemeinen Unsinn gebe, diese Infrastruktur von Aquitania? Glauben Sie, daß mir Titel und solches Zeug auch nur das geringste bedeuten? Sollen die doch alles haben! Mir ist nur wichtig, daß es funktioniert. Und damit es funktioniert, muß *neben* der Stärke auch so etwas wie *Respekt* aus dem Chaos herauskommen. Bertholdier hat recht gehabt. Ich bin jemand, der die Menschen polarisiert und darf daher auf der europäisch-amerikanischen Szene nicht zu sichtbar werden. Also werde ich *unsichtbar* sein – nur in Eretz Israel nicht, wo mein Wort das Gesetz dieser neuen Ordnung sein wird. Ich selbst werde dem französischen Bullen helfen, daß er alle Orden und Medaillen bekommt, die er haben will. Ich werde nicht gegen ihn kämpfen, ich werde ihn lenken, ihn *kontrollieren*.«

»Wie?«

»Weil ich seinen Ruf zerstören kann.«

Converse beugte sich vor, unterdrückte seine Überraschung. »Mit diesen Skandalen?«

»Mein Gott, nein, Sie Schwachkopf! Wenn Sie einem Mann in der Öffentlichkeit unter die Gürtellinie treten, dann verlangen Sie ja selbst nach Ärger. Die Hälfte der Leute schreit ›Gemeinheit‹, weil sie denken, das gleiche könnte ihnen passieren, und die andere Hälfte beklatscht seine Courage, daß er es gewagt hat, seinem Vergnügen nachzugehen, was sie nämlich alle selbst gerne tun würden.«

»Wie dann, General? Wie können Sie seinen Ruf zerstören?«

Abrahms nahm wieder auf dem brokatbezogenen Sessel Platz, zwängte seinen dicken Leib gefährlich zwischen die fein geschnitzten Armlehnen. »Indem ich bekanntmache, welche Rolle er im Projekt Aquitania gespielt hat. Die Rolle, die wir dann alle in diesem ungewöhnlichen Abenteuer gespielt haben, das die zivilisierte Welt zwang, uns herbeizurufen und mit uns die Kraft unserer Führungskunst. Es ist durchaus möglich, daß das ganze freie Europa sich Bertholdier zuwenden wird. Aber man muß einen Mann wie Bertholdier verstehen. Er sucht nicht nur Macht, er sucht die *Glorie* der Macht, das Mystische, die Vergötterung, die Anbetung. Lieber würde er einen Teil seiner Autorität aufgeben, als einen Teil dieser Glorie zu verlieren. *Ich*? Ich scheiße auf alle Glorie. Alles, was ich will, ist die Macht, um das zu bekommen, was ich brauche, was ich haben will. Für das Königreich Israel und dafür, daß es dem ganzen Nahen Osten seinen Stempel aufdrückt.«

»Wenn Sie seine Rolle aufdecken, dann decken Sie auch Ihre eigene auf? Wie können Sie so gewinnen?«

»Weil er es nicht soweit kommen lassen wird. Er wird an seinen Glorienschein denken und nachgeben. Er wird das tun, was ich sage, mir geben, was ich will.«

»Ich glaube, er wird Sie erschießen lassen.«

»Nicht wenn er weiß, daß nach meinem Tode ein paar hundert Dokumente an die Öffentlichkeit gelangen, in denen jede einzelne Konferenz geschildert wird, an der wir teilgenommen haben, jede Entscheidung, die wir getroffen haben. Alles steht dort in allen Einzelheiten, das kann ich Ihnen versichern.«

»Und das war von Anfang an Ihr Plan?«

»Von Anfang an.«

»Sie spielen ein hartes Spiel.«

»Ich bin ein Jude. Ich spiele für den Vorteil – wenn wir anders gehandelt hätten, dann hätte man uns schon vor Jahrzehnten massakriert.«

»Ist bei diesen Dokumenten auch eine Liste von allen, die zu Aquitania gehören?«

»Nein. Ich hatte nie die Absicht, die Bewegung in Gefahr zu bringen. Sie können das nennen, wie Sie wollen, ich glaube ehrlich an das Konzept. Es *muß* einen geeinten, internationalen militärisch-industriellen Komplex geben. Ohne ihn ist die Welt dem Wahnsinn geweiht.«

»Aber es gibt eine solche Liste.«

»In einer Maschine, einem Computer, aber den muß man richtig programmieren, man muß die richtigen Codes gebrauchen.«

»Könnten Sie das tun?«
»Nicht ohne Hilfe.«
»Was ist mit Delavane?«
»Sie haben sich das selbst ja auch überlegt«, sagte der Israeli und nickte. »Was ist mit ihm?«
Wieder mußte Joel sein Staunen verbergen. Die Computercodes, die die Namensliste von Aquitania freigeben würden, befanden sich bei Delavane, zumindest die wichtigsten Teile. Den Rest lieferten seine Jünger, die vier Generale auf der anderen Seite des Atlantik. Converse zuckte die Achseln. »Sie haben ihn ja im Grunde nicht erwähnt. Sie sprachen von Bertholdier, von der Ausschaltung Leifhelms und der Machtlosigkeit Van Headmers, der lediglich Rohmaterial liefern könnte...«
»Gold, habe ich gesagt«, verbesserte Abrahms.
»Bertholdier sagte Rohmaterial... Aber was ist mit George Marcus Delavane?«
»Marcus ist erledigt«, sagte der Israeli ausdruckslos. »Man hat ihn verhätschelt – wir alle haben ihn verhätschelt –, weil er uns das Konzept geliefert und seinen Teil in den Vereinigten Staaten erledigt hat. Wir haben Geräte und Material in ganz Europa. Delavane ist ein Verrückter, ein Wahnsinniger. Haben Sie je seine Stimme gehört? Er redet wie ein Mann, dessen Hoden man in einen Schraubstock gezwängt hat. Sie haben ihm die Beine abgeschnitten, wissen Sie, erst vor ein paar Monaten hat man sie wegen Diabetes amputiert. Der große General, wegen *Zucker* zum Krüppel gemacht! Er hat versucht, es geheimzuhalten. Er empfängt niemanden. Er arbeitet von seinem Privathaus aus, das die Dienstboten nur dann betreten, wenn er in einem verdunkelten Schlafzimmer versteckt ist. Wie er sich gewünscht hat, daß es ein Bajonett oder eine Kugel sein möge! Aber nein. Zucker. Er ist dabei halb zugrunde gegangen, zu einem eifernden Narren geworden, aber selbst Narren können gelegentlich brillante Ideen haben. Und eine solche hat er einmal gehabt.«
»Was ist mit ihm?«
»Wir haben einen Mann bei ihm, einen Adjutanten im Rang eines Colonel. Wenn alles anfängt, wenn unsere Ein-

heiten ihre Positionen bezogen haben, wird der Colonel nach seinen Instruktionen handeln. Marcus wird erschossen werden zum Nutzen seines eigenen Planes.«

Jetzt war Joel an der Reihe, aus dem Sessel aufzustehen. Wieder ging er zu dem Fenster auf der anderen Seite des Raumes. »Die Untersuchung ist beendet, General«, sagte er.

»*Was?*« brüllte Abrahms. »Sie wollen Ihr Leben. *Ich* will Garantien.«

»Beendet«, wiederholte Converse, während sich die Türe öffnete und ein Captain der israelischen Armee ins Zimmer trat und seine Waffe auf Chaim Abrahms richtete.

»Es wird keine Diskussion zwischen uns geben, Herr Converse«, sagte Erich Leifhelm, der an der Tür des Arbeitszimmers stand, nachdem der Arzt aus Bonn gegangen und die Türe hinter sich geschlossen hatte. »Sie haben Ihren Gefangenen. Exekutieren Sie ihn. Ich habe viele Jahre lang und in mannigfacher Weise auf diesen Augenblick gewartet. Um die Wahrheit zu sagen, ich bin müde.«

»Soll das heißen, daß Sie sterben wollen?« fragte Joel, der neben dem Tisch mit der Pistole saß.

»Niemand *will* sterben, am wenigsten ein Soldat in der Stille eines fremden Zimmers. Trommeln und die Befehle eines Erschießungskommandos sind vorzuziehen – das hat eine gewisse Würde. Aber ich habe den Tod zu oft gesehen, um jetzt hysterisch zu werden. Nehmen Sie Ihre Pistole und bringen Sie es hinter sich. Wenn ich Sie wäre, würde ich es tun.«

Converse studierte das Gesicht des Deutschen, seine seltsam nichtssagenden Augen, die nur Verachtung für das übrig hatten, was ihm bevorstand. »Ihnen ist es damit wirklich ernst, nicht wahr?«

»Soll ich selbst den Befehl geben? Ich erinnere mich an eine Reportage vor ein paar Jahren. Ein Neger hat das an einer blutbesudelten Mauer im Kuba Fidel Castros getan. Ich habe den Soldaten immer bewundert.« Und dann schrie Leifhelm plötzlich: »*Achtung! Soldaten! Präsentiert das Gewehr! Durchladen...* Mein Nachfolger ist sorgfältig ausgewählt worden. Er wird die Einzelheiten ausführen. Jede Nuance meines Planes.«

Da war die Lücke, plötzlich sah er die Strategie. Joel drückte den Knopf.

»Ihr Nachfolger?«

»*Ja.*«

»Sie haben keinen Nachfolger, Feldmarschall.«

»Was?«

»Den haben Sie ebensowenig, wie Sie einen Plan haben. Ohne mich haben Sie überhaupt nichts. Deshalb habe ich Sie hierher gebracht. Nur Sie.«

»Was wollen Sie damit sagen?«

»Setzen Sie sich, General. Ich habe Ihnen einiges zu sagen und kann Ihnen nur im eigenen Interesse raten, sich zu setzen. Ihre Exekution könnte in Ihren Augen dem vorzuziehen sein, was ich sagen muß.«

»*Lügner!*« schrie Erich Leifhelm vier Minuten später, und seine Hände hielten die Armlehnen des Brokatsessels umklammert. »Lügner, Lügner, *Lügner!*« brüllte er, seine Augen schienen in Flammen zu stehen.

»Ich habe nicht erwartet, daß Sie mir glauben«, sagte Joel ruhig. Er stand in der Mitte der von Bücherregalen umsäumten Bibliothek. »Rufen Sie Bertholdier in Paris an und sagen Sie ihm, Sie hätten gerade eine beunruhigende Nachricht gehört und würden gerne eine Erklärung haben. Sprechen Sie es ruhig aus; Sie haben erfahren, daß Bertholdier und Abrahms, während Sie in Essen waren, mich auf Ihrem Anwesen in Bonn aufgesucht haben.«

»Aber woher würde ich das wissen?«

»Die Wahrheit. Die haben einen Ihrer Wächter dafür bezahlt, daß er ihnen die Türe öffnet – ich weiß nicht welchen, ich habe ihn nicht gesehen –, aber jedenfalls hat ein Wächter die Tür aufgesperrt und sie eingelassen.«

»Weil sie glaubten, Sie seien ein *Informant*, den Delavane selbst geschickt hatte?«

»Das haben Sie mir zumindest gesagt.«

»Man hat Sie unter Drogen gesetzt! Es gab nichts, was darauf hinwies!«

»Sie waren argwöhnisch. Sie kannten den Arzt nicht und haben dem Engländer nicht vertraut. Ich brauche Ihnen nicht zu sagen, daß sie Ihnen nicht vertrauen. Sie dachten, das Ganze könnte ein großer Schwindel sein. Sie wollten sich absichern.«

»*Unglaublich!*«

»Nicht, wenn Sie einmal darüber nachdenken«, sagte Converse und setzte sich dem Deutschen gegenüber. »Wie bin ich denn an die Information gelangt, die ich hatte? Woher wußte ich denn, welche Leute ich ansprechen mußte – wenn es mir nicht Delavane gesagt hatte? So haben sie zumindest gedacht.«

»Daß Delavane das tun würde – es tun könnte?« begann der völlig verwirrte Leifhelm.

»Ich weiß jetzt, was das bedeutet«, unterbrach Joel ihn schnell und packte den anderen damit an der Schwachstelle, die sich ihm gerade gezeigt hatte. »Delavane ist erledigt, das haben beide zugegeben, als sie begriffen hatten, daß er der letzte Mensch auf der Welt wäre, für den ich arbeiten würde. Vielleicht haben sie mir ein paar Brotkrumen hingeworfen, ehe sie mich für meine eigene Exekution zurechtrückten.«

»Das mußte getan werden!« rief der ehemalige Feldmarschall des Dritten Reiches aus. »Das verstehen Sie doch sicherlich! Wer waren Sie, woher kamen Sie? Sie selbst wußten es nicht. Sie sprachen von belanglosen Namen und Listen und einer Menge Geld, aber da war nichts, was einen Sinn ergab. Da wir nichts herausfinden konnten, mußten Sie zum *Paria* gestempelt werden.«

»Was Sie sehr gut gemacht haben.«

»Das war mein Werk«, sagte Leifhelm und nickte. »Es war im wesentlichen meine Organisation. Alles kam von mir.«

»Ich habe Sie nicht hierher geholt, um Ihre Leistungen zu diskutieren. Ich habe Sie hergebracht, um mein Leben zu retten. Sie können das für mich tun – die Leute, die mich ausgeschickt haben, können oder wollen das nicht, aber Sie können es. Wenn ich Ihnen bloß einen Grund dafür liefere.«

»Indem Sie andeuten, daß Abrahms und Bertholdier sich gegen mich verschworen haben?«

»Ich werde überhaupt nichts andeuten. Ich werde es Ihnen in deren eigenen Worten vortragen. Vergessen Sie nicht, keiner von beiden hat damit gerechnet, daß ich Ihr Anwesen lebend verlassen würde.« Plötzlich stand Converse auf und schüttelte den Kopf. »*Nein!*« sagte er eindringlich. »Rufen Sie Ihre französischen und israelischen Verbündeten an, Ihre *Aquitanier*. Sagen Sie, was Sie wollen, und achten Sie nur auf ihre Stimmen – dann werden Sie es selbst merken. Es gehört ein erfahrener Lügner dazu, um andere Lügner zu entdecken, und Sie sind der Beste.«

»Sie beleidigen mich.«

»Seltsamerweise hatte ich es als Kompliment gedacht, deshalb habe ich Sie angesprochen. Ich denke, daß Sie hier drüben der Sieger sein werden, und nach dem, was ich durchgemacht habe, möchte ich auf der Seite des Siegers stehen.«

»Warum sagen Sie das?«

»Kommen Sie, seien wir doch ehrlich. Abrahms ist verhaßt; er hat jedermann in Europa beleidigt, der nicht mit seinen expansionistischen Ideen für Israel einverstanden ist. Selbst seine eigenen Landsleute können ihn nicht zum Schweigen bringen. Sie können ihn nur immer wieder tadeln, und er schreit doch weiter. Man würde ihn niemals in irgendeiner internationalen Föderation dulden.«

Der Nazi schüttelte heftig den Kopf. »Niemals!« schrie er. »Er ist der ekelhafteste, widerlichste Mensch, den der Nahe Osten je hervorgebracht hat. Und dann ist er natürlich Jude. Aber wie kann man Bertholdier auf denselben Nenner bringen?«

Joel machte eine Pause, ehe er antwortete. »Sein Verhalten«, erwiderte er dann nachdenklich. »Ich meine das ernst. Er ist arrogant, anmaßend. Er sieht sich nicht nur als großen Militärführer und als eine Persönlichkeit, die die Geschichte gestalten wird, sondern auch noch als ein Gott, der über den anderen Menschen steht. Auf seinem Olymp ist kein Platz für andere Sterbliche. Und außerdem ist er Franzose. Die Engländer und die Amerikaner würden sich nie mit ihm abfinden; *ein* de Gaulle in diesem Jahrhundert reicht ihnen.«

»In Ihren Gedanken ist Klarheit. Er ist die Art von Egoist, wie sie nur die Franzosen ertragen können. Aber damit ist er natürlich zugleich ein Spiegelbild des ganzen Landes.«

»Van Headmer zählt nicht, abgesehen davon, daß er die Rohstoffe Südafrikas garantieren kann.«

»Richtig«, nickte der Deutsche.

»Sie andererseits«, fuhr Converse schnell fort und setzte sich wieder, »haben mit den Amerikanern und den Engländern in Berlin und Wien zusammengearbeitet. Sie haben mitgeholfen, die Politik der Besatzungsmacht durchzusetzen und haben guten Gewissens den Anklageteams der Amerikaner und Engländer in Nürnberg Beweismaterial geliefert. Am Ende wurden Sie der Sprecher Bonns in der NATO. Was auch immer Sie in der Vergangenheit waren, die mögen Sie.« Wieder machte Joel eine Pause, und als er fortfuhr, schwang in seiner Stimme eine gewisse Unterwürfigkeit mit. »Deshalb sind Sie der Sieger, General, und Sie können mein Leben retten. Sie brauchen nur einen Grund.«

»Dann liefern Sie ihn mir.«

»Telefonieren Sie zuerst.«

»Seien Sie kein Narr, und halten Sie *mich* nicht für einen! Sie würden nicht so darauf bestehen, wenn Sie Ihrer selbst nicht sicher wären, und das bedeutet, daß Sie die Wahrheit sagen. Und wenn sich diese *Schweinehunde* gegen mich verschworen haben, dann werde ich sie nicht wissen lassen, daß ich es *weiß*! Was haben sie gesagt?«

»Sie sollen getötet werden. Die anderen können nicht den Vorwurf riskieren, daß ein ehemaliges wichtiges Mitglied der Nazipartei in Westdeutschland die Führung übernommen hat. Selbst unter der Herrschaft von Aquitania würde das zu viele Proteste geben, würde den unvermeidlichen Gegnern zu viel Schwung geben. Ein jüngerer Mann, oder jemand, der so denkt wie sie, aber ohne Nazivergangenheit, wird Ihren Platz einnehmen. Aber niemand, den Sie empfehlen.«

Leifhelm saß starr in dem Brokatsessel. Sein alter, aber immer noch straffer Körper war unbewegt, sein bleiches Gesicht mit den durchdringenden hellblauen Augen wirkte wie eine Alabastermaske. »*Die* haben diese *heilige* Entscheidung getroffen?« sagte er eisig, ohne die Lippen zu bewegen. »Der vulgäre Jude und der verkommene französische Fürst der Maden *wagen* es, einen solchen Schritt gegen mich zu planen?«

»Nicht, daß es etwas zu bedeuten hätte, aber Delavane ist einverstanden.«

»Delavane! Ein infantiler, verrückter Phantast! Der Mann, den wir vor zwei Jahren kannten, ist er nicht mehr. Er hat sich aufgelöst, ist senil geworden! Er weiß es nicht, aber wir geben *ihm* Befehle, die natürlich als Vorschläge und Möglichkeiten verbrämt sind. Sein Verstand ist nicht mehr wert als der Hitlers in seinen letzten Jahren des Wahnsinns.«

»Davon weiß ich nichts«, sagte Converse. »Abrahms und Bertholdier sind nicht weiter darauf eingegangen, sie sagten nur, er sei erledigt. Sie sprachen über Sie.«

»Wirklich? Nun, lassen Sie *mich* über *mich* sprechen! Wer hat denn Ihrer Meinung nach Aquitania in ganz Europa und im Mittelmeerraum erst möglich gemacht? Wer hat den Terroristen Waffen geliefert? Wer hat sie denn auf ihre letzten, lassen Sie uns sagen, ihre *schönsten* Stunden vorbereitet? *Wer?* Das war *ich*, mein Herr! Warum finden unsere Konferenzen immer in Bonn statt? Warum werden alle Weisungen über *mich* gelenkt und am Ende von mir *ausgegeben*? Lassen Sie mich das erklären. *Ich* habe die Organisation! *Ich* verfüge über das Personal – ergebene Männer, die bereit sind, auf jeden Befehl hin, den ich erteile, zu handeln. *Ich* habe das *Geld*! Ich habe aus Ruinen eine fortschrittliche, leistungsfähige Befehlszentrale aufgebaut; niemand anderer in Europa hätte das geschafft. Ich wußte das die ganze Zeit. Bertholdier hat, abgesehen vom Einfluß und der Aura, die ihn umgibt, praktisch nichts – und in der Schlacht ist das bedeutungslos. Der Jude und der Südafrikaner sind einen Kontinent entfernt. Wenn das Chaos kommt, dann werde *ich* die Stimme von Aquitania in Europa sein. Ich habe nie anders gedacht! Meine Männer werden Bertholdier und Abrahms auf ihren Toiletten niedermachen!«

»Scharhörn ist die Befehlszentrale, nicht wahr?« fragte Joel tonlos.

»Die haben Ihnen das gesagt?«

»Der Name fiel. Die Namensliste von Aquitania ist dort in einem Computer gespeichert, nicht wahr?«

»Das *auch*?«

»Es ist nicht wichtig. Mir ist das jetzt gleichgültig. Der Computer muß auch Ihre Idee gewesen sein – dazu wäre sonst keiner imstande.«

»Eine beachtliche Leistung«, gab Leifhelm zu, und sein wächsernes Gesicht strahlte. »Ich habe sogar mit der Katastrophe des Todes gerechnet. Es sind sechzehn Buchstaben; jeder von uns hat unterschiedliche Sätze von vier, die übrigen zwölf sind bei dem Krüppel in Kalifornien. Er meint, niemand könnte die Codes ohne seinen Primärsatz aktivieren, aber in Wahrheit ist es mit einer *vor*codierten Kombination von zwei Doppelsequenzen möglich.«

»Genial«, sagte Converse. »Wissen das die anderen?«

»Nur mein vertrauter französischer Kamerad«, antwortete der Deutsche kühl. »Der Fürst der Verräter, Bertholdier. Aber ich habe ihm natürlich nie die genaue Kombination gegeben, und eine unkorrekte Eingabe würde alles löschen.«

»So denkt ein Sieger.« Joel nickte zustimmend und runzelte dann besorgt die Stirn. »Aber was würde passieren, wenn man Ihre Zentrale angreifen würde?«

»Genau wie Hitlers Pläne für den Bunker, sie würde in Flammen aufgehen. Überall liegen Sprengladungen.«

»Ich verstehe.«

»Aber da Sie von Siegern sprechen und nach meiner Ansicht solche Männer Propheten sind«, fuhr Leifhelm fort und lehnte sich in dem Brokatsessel vor, und seine Augen weiteten sich vor Erregung, »will ich Ihnen mehr über die Insel Scharhörn sagen. Vor Jahren, 1945, sollte diese Insel aus der Asche der Niederlage zum Ort der unglaublichsten Schöpfung werden, die die Welt je gekannt hat. Wahre Gläubige hatten alles vorbereitet, aber Feiglinge und Verräter haben es vereitelt. Ich spreche von der Operation *Sonnenkinder* – den Kindern der Sonne –, biologisch ausgewählten Säuglingen, die man in die ganze Welt hinausgeschickt hatte, zu Leuten, die auf sie warteten, vorbereitet darauf, sie auf

Positionen der Macht und des Wohlstands zu bringen. Als Erwachsene hätten die *Sonnenkinder* auf der ganzen Welt nur eine Mission gehabt. Den Aufstieg des Vierten Reiches. Sehen Sie jetzt, welche Symbolik in der Wahl von Scharhörn steckt? Aus diesem Komplex von Aquitania wird die *neue Ordnung* entstehen! Wir werden sie *erschaffen*!«

»Schluß damit«, sagte Converse, stand auf und entfernte sich einige Schritte von Erich Leifhelm. »Die Untersuchung ist beendet.«

»*Was?*«

»Sie haben es gehört, verschwinden Sie hier. Sie machen mich krank.« Die Türe öffnete sich, und der junge Arzt aus Bonn trat ein, die Augen auf den einst gefeierten Feldmarschall gerichtet. »Ziehen Sie ihn aus«, befahl Converse. »Durchsuchen Sie ihn.«

Joel betrat den schwach beleuchteten Raum, in dem Valerie und Prudhomme von der Sûreté zu beiden Seiten eines Mannes hinter einer Videokamera auf einem Stativ standen. Drei Meter entfernt stand ein Fernsehmonitor, auf dem jetzt nur die verlassene Bibliothek und der Brokatsessel in der Mitte des Bildschirms zu sehen waren.

»Alles richtig gelaufen?« fragte er.

»Wunderschön«, sagte Valerie. »Der Kameramann hat kein Wort verstanden, aber er sagte, die Beleuchtung sei hervorragend gewesen. *Au bel naturel*, hat er es genannt. Er kann so viele Kopien machen, wie du willst. Er braucht für jede etwa fünfunddreißig Minuten.«

»Zehn und das Original werden reichen«, sagte Converse, blickte auf die Uhr und sah dann Prudhomme an, während Val leise in Französisch mit dem Kameramann sprach. »Sie können die erste Kopie nehmen und noch die Fünf-Uhr-Maschine nach Washington erreichen.«

»Mit der größten Begeisterung, mein Freund. Ich nehme an, eine der Kopien wird für Paris sein.«

»Und jeden anderen Regierungschef, zuzüglich zu unseren eidesstattlichen Erklärungen. Sie werden Kopien der

Aussagen mitbringen, die Simon in New York aufgenommen hat.«

»Ich werde gleich das Notwendige vorbereiten«, sagte der Franzose. »Es ist wohl am besten, wenn mein Name nicht auf der Passagierliste erscheint.« Er drehte sich um und verließ den Raum, gefolgt von dem Kameramann.

Valerie ging zu Joel, nahm sein Gesicht in beide Hände und küßte ihn sanft auf die Lippen. »Ein paar Augenblicke lang hatte ich Angst, du würdest es nicht schaffen.«

»Ich auch.«

»Aber du hast es geschafft. Das war großartig. Ich bin stolz auf dich, my darling.«

»Eine ganze Menge Anwälte werden zusammenzucken Das war die schlimmste Täuschung, die man sich vorstellen kann. Ein alter, aber sehr intelligenter Professor der Jurisprudenz, bei dem ich einmal gehört habe, würde das so formulieren: das waren Geständnisse, die auf Grundlage falscher Aussagen entlockt wurden, wobei diese Geständnisse ihrerseits die Grundlage für weitere Täuschungsmanöver bilden.«

»Hör auf damit, Converse. Machen wir einen Spaziergang. Wir sind früher oft spazierengegangen, und ich möchte mir das wieder angewöhnen. Allein macht es nicht viel Spaß.«

Joel nahm sie in die Arme. Sie küßten sich, zuerst sanft, und dann spürten sie die Wärme, die zu ihnen zurückgekehrt war. Er zog den Kopf zurück, seine Hände glitten über ihre Schultern, und dann blickte er in ihre weiten, strahlenden Augen. »Willst du mich heiraten, Mrs. Converse?« fragte er.

»Du lieber Gott, noch einmal? Nun, warum nicht? Wie du früher einmal gesagt hast, ich brauchte nicht einmal die Initialen auf meiner Wäsche zu wechseln.«

»Du hattest nie Initialen in der Wäsche.«

»Das wußtest du schon lange, bevor du die Bemerkung gemacht hast.«

»Ich wollte nicht, daß du mich für einen Voyeur hältst.«

»Ja, my darling, ich werde dich heiraten. Aber zuerst gibt es einiges zu erledigen. Noch vor unserem Spaziergang.«

»Ich weiß. Wir müssen Peter Stone über die Tatiana-

Familie in Charlotte, North Carolina, erreichen. Er hat mir Schlimmes angetan, aber so seltsam es auch scheinen mag, ich mag ihn.«

»Ich nicht«, sagte Valerie fest. »Ich möchte ihn umbringen.«

40

Es war das Ende des zweiten Tages in dem Countdown, der drei Tage dauern sollte. Die weltweiten Demonstrationen gegen den Atomkrieg sollten in zehn Stunden beginnen, bei Sonnenaufgang auf der anderen Seite der Welt. Dann sollten die Morde folgen, die das Chaos in Gang setzen würden.

Die Gruppe aus achtzehn Männern und fünf Frauen saß verstreut in einem dunklen Vorführsaal im unterirdischen Strategiekomplex des Weißen Hauses. Jeder hatte ein kleines Schreibtablett, das an seinem Sitz befestigt war, und darauf einen gelben Block, der von einer Arbeitslampe beleuchtet wurde. Auf der Leinwand erschien in dreißig Sekunden Intervallen ein Gesicht nach dem anderen, jedes mit einer Nummer in der rechten oberen Ecke. Die Instruktionen waren knapp gewesen, in der Sprache, die diese Leute am besten verstanden, und Peter Stone, der sie ausgewählt hatte, hatte die Instruktionen geliefert. *Studieren Sie die Gesichter, geben Sie keinen hörbaren Kommentar ab und schreiben Sie sich die Nummern eines jeden Gesichts auf, das Sie kennen, und denken dabei auch an Mordanschläge. Am Ende der Bildfolge werden die Lichter eingeschaltet werden, und dann werden wir sprechen. Und wenn nötig die Folge wieder ablaufen lassen, bis uns etwas einfällt. Erinnern Sie sich bitte, wir glauben, daß diese Männer Killer sind. Konzentrieren Sie sich.*

Sonst sagte man ihnen nichts. Ausgenommen Derek Belamy von M. I. 6, der eine halbe Stunde vor der außergewöhnlichen Sitzung eingetroffen war und dem man die Strapazen seiner offensichtlich erschöpfenden Reise noch ansah. Als Derek durch die Tür kam, hatte Peter ihn beiseite genommen, und die beiden Männer hatten sich umarmt. Stone war in seinem ganzen Leben noch nie so erleichtert gewesen, einen Menschen zu sehen. Was auch immer *ihm* vielleicht entgangen war oder ihm entgehen könnte, Belamy würde es finden. Der britische Agent hatte einen siebten Sinn, dort wo andere vielleicht einen sechsten hatten, Peter eingeschlossen, was Derek natürlich in seiner Bescheidenheit weit von sich wies.

»Ich brauche dich, alter Freund«, sagte Peter, immer noch die Hand auf der Schulter des anderen. »Dringend sogar.«

»Deshalb bin ich ja hier, alter Freund«, erwiderte Belamy. »Kannst du mir irgend etwas sagen?«

»Dafür ist jetzt keine Zeit, aber einen Namen kann ich dir nennen. Delavane.«

»Mad Marcus?«

»Genau der. Das alles ist sein Werk.«

»Der *Bastard*!« flüsterte der Engländer. »Es gibt niemanden, den ich lieber am Ende einer Schlinge aus Stacheldraht sähe. Wir unterhalten uns später, Peter. Du mußt dich um deine Gäste kümmern. Übrigens, nach allem, was ich erkennen kann, hast du hier die Besten beisammen.«

»Die Besten, Derek. Weniger können wir uns nicht leisten.«

Neben den amerikanischen Militärs, die ursprünglich an Stone herangetreten waren, und Colonel Alan Metcalf, Nathan Simon, Justice Andrew Wellfleet und dem Secretary of State bestand der Rest der Zuhörer aus den erfahrensten und besten Abwehroffizieren, die Peter Stone im Lauf seines Berufslebens kennengelernt hatte. Sie waren mit Militärmaschinen aus Frankreich, Großbritannien, Westdeutschland, Israel, Spanien und den Niederlanden eingeflogen worden. Zu ihnen gehörten neben Derek Belamy, François Villard, der Chef der höchst geheimen *Organisation Etrangère* Frankreichs, Yosef Behrens, der führende Mann der Mossad in Sachen Terrorismus, Pablo Amandariaz, Madrids Spezialist für die KGB-Operationen im Mittelmeer, und Hans Vonmeer von der Geheimen Staatspolizei der Niederlande. Die anderen, auch die Frauen, hatten einen ähnlich guten Ruf, obwohl sie niedere Dienstränge bekleideten. Sie kannten die Legionen der bezahlten Killer und jener, die aus ideologischen Gründen töteten. Sie kannten die Namen und die Gesichter. Und alle hatten sie irgendwann einmal mit Stone zusammengearbeitet.

Ein Gesicht! Er kannte das Gesicht! Es blieb auf der Leinwand, und er notierte auf seinem Block. *Dobbins. Nummer 57. Cecil oder Cyril Dobbins. Britische Armee. Zur britischen Abwehr versetzt. Persönlicher Adjutant von... Derek Belamy!*

Stone blickte zu seinem Freund auf der anderen Seite des Ganges hinüber und erwartete, daß der etwas auf seinem Block notieren würde. Aber der Engländer runzelte nur die Stirn, saß reglos da, aber bewegte nicht seinen Stift. Das nächste Gesicht tauchte auf der Leinwand auf. Und das nächste und wieder eines, bis die Serie durch war. Die Lichter flammten auf, und als erster meldete sich Yosef Behrens von der Mossad. »Nummer siebzehn ist ein Artillerieoffizier in der IDF, der erst kürzlich in die Sicherheitsabteilung Jerusalem versetzt wurde. Sein Name ist Arnold.«

»Nummer achtunddreißig«, sagte François Villard, »ist ein Colonel in der französischen Armee und der Wache des *Invalides* zugeteilt. Ich erkenne nur das Gesicht; an den Namen erinnere ich mich nicht.«

»Nummer sechsundzwanzig«, sagte der Mann aus Bonn, »ist Oberleutnant Ernst Müller von der Luftwaffe der Bundesrepublik. Er ist ein sehr erfahrener Pilot, der häufig für die Flugbereitschaft tätig ist und Minister und andere hohe Amtsträger zu Konferenzen innerhalb und außerhalb Deutschlands fliegt.«

»Nummer vierundvierzig«, sagte eine dunkelhäutige Frau mit spanischem Akzent, »bewegt sich in ganz anderen Kreisen als Ihre Kandidaten. Er ist Rauschgifthändler und vieler Morde verdächtig. Er arbeitet von Ibiza aus. Er war früher einmal bei der Fallschirmtruppe. Name Orejo.«

»*Son of a gun*, das kann ich einfach nicht glauben!« sagte der junge Lieutenant William Landis, Computerexperte aus dem Pentagon. »Ich kenne Nummer einundfünfzig, da bin ich fast sicher! Er ist einer der Adjutanten im Beschaffungsbereich Naher Osten. Ich habe ihn schon oft gesehen, aber ich kenne seinen Namen nicht.«

Sechs andere Männer und zwei Frauen identifizierten zwölf weitere Personen und ihre Positionen, während alle im Raum Anwesenden darauf warteten, daß sich irgendein Schema herauskristallisieren würde. Militärpersonen überwogen zwar, doch die anderen waren allen ein Rätsel. Im wesentlichen handelte es sich um ehemalige Frontsoldaten aus Einheiten mit hohen Verlustraten, die in die Welt des Verbrechens abgeglitten waren.

Schließlich meldete sich Derek Belamy mit seiner harten Stimme zu Wort. »Ich habe vier oder fünf Gesichter erkannt, die ich schon in irgendwelchen Dossiers gesehen habe, aber ich kann keine Verbindung herstellen.« Er sah zu Stone hinüber. »Du läßt sie noch einmal durchlaufen, nicht wahr, Junge?«

»Natürlich, Derek«, erwiderte der ehemalige Stationschef von London, erhob sich aus seinem Stuhl und sprach zu den Versammelten. »Alles, was Sie uns gemeldet haben, wird sofort in unsere Computer eingegeben, und dann werden wir sehen, ob sich irgendwelche Korrelationen ergeben. Wir machen jetzt fünfzehn Minuten Pause und fangen dann wieder an. Nebenan stehen Kaffee und Sandwiches bereit.« Stone nickte dankend und ging auf die Tür zu. Derek Belamy hielt ihn auf.

»Peter, es tut mir schrecklich leid, daß ich so lange gebraucht habe, bis ich mich bei dir melden konnte. Das Büro hatte verdammte Schwierigkeiten, mich ausfindig zu machen. Ich war zu Besuch bei Freunden in Schottland.«

»Ich dachte, du seist vielleicht in Nordirland. Eine scheußliche Sache da, nicht wahr?«

»Du warst immer besser, als du selbst es geglaubt hast. Natürlich war ich in Belfast. Ich bin völlig erledigt; es war eine schreckliche Reise. Ich habe überhaupt keinen Schlaf bekommen. All diese Gesichter fingen an, einander ähnlich zu sehen – entweder kannte ich sie alle oder überhaupt keins!«

»Es hilft bestimmt, wenn wir sie noch einmal durchlaufen lassen«, sagte Stone.

»Ganz sicher«, nickte Belamy. »Und, Peter, worum es auch immer in dieser Auseinandersetzung mit diesen Irren, mit diesem Delavane geht, ich hätte mir wirklich nichts Besseres wünschen können, als dich am Steuer zu sehen. Dabei hat man uns gesagt, du seist ausgestiegen, ziemlich endgültig sogar.«

»Ich bin wieder eingestiegen. Sehr endgültig.«

»Das sehe ich, Kumpel. Das ist doch euer Außenminister, dort in der letzten Reihe, oder?«

»Ja, das ist er.«

»*Gratuliere*, alter Junge. Und jetzt hole ich mir einen Kaffee, schwarz und heiß. Wir sehen uns ja in ein paar Minuten wieder.«

»Bis dann, alter Freund.«

Stone ging zur Tür hinaus und bog im Korridor nach rechts ab. Er spürte, wie sein Herzschlag sich beschleunigte, ein Symptom, das mit Johnny Rebs Brennen im Magen und dem bitteren Geschmack im Mund verwandt war. Er mußte sofort an ein Telefon. Der Kurier von Converse, Prudhomme von der Sûreté, würde in der nächsten Stunde eintreffen. Eine Eskorte des Secret Service erwartete ihn am Dulles-Airport und hatte Anweisung, ihn umgehend ins Weiße Haus zu bringen. Aber nicht der Franzose war es, der Stone jetzt Sorge bereitete, es war Converse selbst. Er mußte ihn erreichen, bevor die Sitzung wieder begann. Er *mußte!*

Als der Anwalt ihn über die Tatiana-Schiene kontaktiert hatte, war Peter über die Tollkühnheit erstaunt gewesen, mit der Converse vorgegangen war. Er hatte die drei Generale *gekidnappt* – und die Verhöre oder »mündlichen Untersuchungen«, oder wie immer der juristische Fachausdruck dafür lautete, auf Videoband aufgenommen. Verrückt war das! Noch verrückter war nur die Tatsache, daß er damit durchgekommen war – was offenbar auch den Verbindungen eines sehr entschlossenen, sehr zornigen Mannes von der Sûreté zuzuschreiben war. Der Computer *befand* sich auf Scharhörn, und die Namensliste von Aquitania war irgendwo in seinen elektronischen Eingeweiden vergraben und würde durch ungenaue Codes gelöscht werden.

Und jetzt der letzte Wahnsinn. Der Mann, den niemand finden konnte, den so dichte Schleier verbargen, daß man häufig an seiner Existenz zweifelte, und dies trotz der Tatsache, daß jede Logik darauf bestand, daß es ihn gab. Aquitanias Mann in England – denn es konnte kein Aquitania ohne die Briten geben. Außerdem wußte Stone, daß er die Verbindung zwischen Palo Alto und den Generalen in Übersee war, denn genauere Nachprüfungen von Delavanes Telefonrechnungen zeigten wiederholte Gespräche mit einer Nummer auf den Hebriden, und solche Relais waren dem ehemaligen Abwehragenten nur zu vertraut. Die Gespräche verschwanden bei einer Nummer auf den schottischen Inseln, so wie die KGB-Anrufe, die über die Prince-Edward-Insel in Kanada geleitet wurde, verschwanden, und man die Gespräche der Firma, die durch Key West gelenkt wurden, nicht verfolgen konnte.

Belamy! Der Mann, dessen Gesicht nie in irgendeiner Veröffentlichung erschien – jeder Film wurde sofort von seinen Adjutanten vernichtet, wenn er auch nur im Hintergrund einer Fotografie erschien. Der bestbewachte Einsatzbeamte in England, der Zugang zu Geheimnissen hatte, die über Jahrzehnte gesammelt worden waren, und zu Dutzenden von Taktiken, die die besten Köpfe des M.I. 6 geschaffen hatte. War das *möglich*? Derek Belamy, der stille, freundliche Schauspieler, der *Freund*, der immer wieder seinem amerikanischen Kollegen guten Whisky schenkte und zuhören konnte, seinem Freund, der ernsthafte Zweifel an seiner Berufung im Leben gehabt hatte. Der *bessere* Freund, weil er die Weisheit und den Mut besaß, seinen Kollegen zu warnen, daß er zuviel trinke, daß er vielleicht Urlaub nehmen sollte und daß man, wenn Geld vielleicht das Problem sein sollte, sicher irgendeinen stillen Beratervertrag mit seiner eigenen Organisation ausarbeiten könnte. War es möglich, dieser anständige Mann, dieser *Freund*?

Stone erreichte die Tür am Ende des Korridors, die die Aufschrift *14, Besetzt* trug. Er betrat den kleinen Raum und ging an den Schreibtisch mit dem Telefon. Er setzte sich nicht; dazu war er zu aufgeregt. Er nahm den Hörer, wählte die Nummer der Vermittlung des Weißen Hauses, während er den Zettel mit der Nummer von Joel Converse aus der Tasche zog, der irgendwo in Frankreich saß. Er gab der Vermittlung die Nummer durch und fügte hinzu: »Das sollte über Zerhacker laufen. Ich spreche von Strategie 14 aus, bitte prüfen.«

»Prüfung abgeschlossen, Sir. Zerhacker wird eingeschaltet. Soll ich Sie zurückrufen?«

»Nein, danke. Ich bleibe in der Leitung.« Stone blieb stehen, während er das hohle Echo der Schaltrelais und dann das schwache Summen des Zerhackers hörte. Und dann drängte sich ein anderes Geräusch dazwischen, das Geräusch einer sich öffnenden Tür. Er wandte sich um.

»Leg den Hörer weg, Peter«, sagte Derek Belamy leise, während er die Türe schloß. »Es hat keinen Sinn.«

»Du *bist* es also, nicht wahr?« Stone legte den Hörer langsam auf die Gabel zurück.

»Ja. Und ich will alles, was du willst, mein alter Freund. Wir konnten es uns beide nicht versagen, wie? Ich sagte, ich hätte Freunde in Schottland besucht, und du sagtest, du hättest gedacht, ich wäre in Irland... Das haben wir in all den Jahren gelernt, nicht wahr? Die Augen lügen nicht. Schottland – Telefongespräche mit den Hebriden; das gab dir zu denken. Und vorher, als das Gesicht auf der Leinwand erschien, hast du ein wenig zu auffällig zu mir herübergesehen, denke ich.«

»Dobbins. Er hat für dich gearbeitet.«

»Du hast dir hastig Notizen gemacht und doch nichts gesagt.«

»Ich wartete, ob du etwas sagen würdest.«

»Ja, natürlich, aber das konnte ich doch nicht, oder?«

»Aber warum, Derek? Um Himmels willen, *warum*?«

»Weil es richtig ist, und du weißt das.«

»Ich weiß es *nicht*! Du bist doch ein vernünftiger Mann, bei Verstand – und die sind es *nicht*!«

»Man wird sie natürlich ersetzen. Wie oft haben wir beide, du und ich, Drohnen eingesetzt, die wir nicht ausstehen konnten, weil ihre Beiträge für das Endziel wichtig waren?«

»*Welches* Endziel? Eine internationale, totalitäre Allianz? Ein Militärstaat ohne Grenzen? Und wir alle Roboter, die zum Trommelschlag von Fanatikern marschieren?«

»Ach, hör doch damit auf, Peter. Erspare uns doch das liberale Geschwätz. Du bist einmal aus diesem Geschäft ausgestiegen, hast dich fast zu Tode getrunken, wegen der Vergeudung, der Sinnlosigkeit, den ewigen Täuschungsmanövern, zu denen wir alle gezwungen sind – wegen der *Leute*, die wir getötet haben –, um das zu bewahren, was wir spöttisch den Status quo nannten. *Welchen* Status quo, alter Junge? Um beständig auf der ganzen Welt von Leuten bedrängt und belästigt zu werden, die uns unterlegen sind? Um von kreischenden *Mullahs* und hysterischen Narren als Geiseln festgehalten zu werden, Menschen, die immer noch in der Vergangenheit leben und uns für den Preis von einem Faß Öl die Kehle durchschneiden würden? Um immer wieder von sowjetischen Täuschungen manipuliert zu werden? Nein, Peter, es gibt *wirklich* einen besseren Weg. Die Mittel mögen widerwärtig sein, aber das Ergebnis am Ende ist nicht nur wünschenswert, sondern auch ehrenvoll.«

»Nach wessen Definition? Der von George Marcus Delavane? Oder von Erich Leifhelm. Chaim...«

»Man wird sie ersetzen!« unterbrach Belamy ihn zornig.

»Das *geht nicht*!« schrie Stone. »Sobald es einmal angefangen hat, kannst du es nicht mehr anhalten. Das Bild wird zur Wirklichkeit. Das wird erwartet, *gefordert*! Davon abzuweichen, heißt, angeklagt zu werden, sich dagegenzustellen, bedeutet ein Scherbengericht! Und das weißt du verdammt genau!«

Das Telefon klingelte.

»Laß es klingeln«, befahl der Mann von M.I. 6.

»Das ist jetzt nicht mehr wichtig. *Du* warst der Engländer in Leifhelms Haus in Bonn. Eine kurze Beschreibung hätte mir das bestätigt.«

»Ist das *Converse*?« Wieder klingelte das Telefon.

»Würdest du gerne mit ihm sprechen? Wie ich höre, ist er ein beachtlicher Anwalt, obwohl er eine Grundregel gebrochen hat – er hat sich selbst als Mandanten übernommen.

Jetzt kommt er heraus, Derek, und er wird auf euch Jagd machen, auf euch alle. Wir alle tun das.«

»Das werdet ihr nicht!« schrie Belamy. »Das *dürft* ihr nicht! Du hast es selbst gesagt, wenn es einmal angefangen hat, kann man es nicht mehr *aufhalten*!«

Ohne die geringste Andeutung warf sich der Engländer plötzlich auf Stone, und die drei mittleren Finger seiner rechten Hand schossen wie stählerne Projektile auf die Kehle des CIA-Mannes zu. Der lähmende Schlag traf Stone, und er rang nach Luft, während der Raum sich um ihn drehte und vor seinen Augen tausend Sterne blitzten. Er konnte hören, wie die Tür sich öffnete und wieder schloß, während das Telefon weiter eindringlich klingelte. Aber Peter konnte es nicht sehen. Aus den weißen Sternen war Dunkelheit geworden. Das Klingeln hörte auf, während Stone blindlings durch den Raum taumelte, versuchte, dem Klang nachzugehen, das Telefon zu finden. Die Minuten dehnten sich, er taumelte gegen die Wände, und schließlich stürzte er über den Schreibtisch. Dann flog die Tür auf und Colonel Alan Metcalf schrie:

»Stone! Was ist *los*?« Der Air-Force-Offizier lief zu Stone und erkannte sofort die Spuren des Judoschlages. Er begann, Stones Hals zu massieren, und preßte dem CIA-Mann das Knie in den Magen, um Luft in seine Kehle zu drücken. »Die Zentrale hat uns angerufen und gesagt, Zimmer vierzehn hätte ein Zerhackergespräch bestellt, aber nicht abgenommen. *Herrgott*, wer *war* es?«

Verschwommene Bilder drängten sich in Stones Bewußtsein, aber er konnte immer noch nicht sprechen. Der einzige Laut, den er hervorbrachte, war ein würgendes Husten. Er wand sich unter Metcalfs kräftigen Händen, deutete auf einen Notizblock, der vom Tisch gefallen war. Der Colonel begriff; er schnappte sich den Block und riß einen Kugelschreiber aus der Tasche. Dann wälzte er Stone zur Seite, drückte ihm den Stift in die Hand und schob die Hand auf den Block.

Und Peter schrieb mühsam.

BELAMY. AUFHALTEN. AQUITANIA

»O mein *Gott*!« flüsterte Metcalf, griff nach dem Telefon und wählte die Nummer Null. »Vermittlung, äußerst dringend.

Geben Sie mir die Sicherheitsabteilung... Sicherheit? Colonel Alan Metcalf aus Strategie Vierzehn. *Dringend*! Da ist ein Engländer, Belamy heißt er. Er ist vielleicht noch auf dem Gelände und versucht, das Haus zu verlassen. Halten Sie ihn auf! Festhalten! Betrachten Sie ihn als gefährlich. Und informieren Sie die Krankenstation. Schicken Sie einen Arzt nach Strategie Vierzehn. *Schnell*!«

Der Arzt des Weißen Hauses nahm die Sauerstoffmaske von Stones Gesicht und legte sie neben dem Gaszylinder auf den Tisch. Dann schob er vorsichtig Peters Kopf zurück, drückte ihm die Zunge herunter und leuchtete mit einer kleinen Taschenlampe in den Hals des CIA-Mannes.

»Das war eine häßliche Spritze«, sagte er. »Aber in ein paar Stunden werden Sie sich wohler fühlen. Ich gebe Ihnen ein paar Tabletten gegen den Schmerz.«

»Was ist in den Tabletten?« fragte Stone heiser.

»Ein leichtes Schmerzmittel mit etwas Codein.«

»Nein, danke, Doktor«, sagte Peter und sah zu Metcalf hinüber. »Ich glaube nicht, daß mir das gefällt, was ich in Ihrem Gesicht sehe.«

»Mir auch nicht. Belamy ist entkommen. Er hatte einen Passierschein und hat dem Posten am Osttor gesagt, er würde dringend in der britischen Botschaft erwartet.«

»*Verdammt!*«

»Sie müssen Ihre Stimme schonen«, sagte der Arzt.

»Ja, natürlich«, erwiderte Stone. »Vielen Dank, und jetzt entschuldigen Sie mich bitte.« Er stand auf, während der Arzt nickte, sich seine Arzttasche nahm und zur Tür ging. »Wirklich, ich meine das ernst, Doktor. Vielen Dank.«

»Sicher. Ich schicke dann jemand, der die Sauerstoffflasche abholt.«

Das Telefon klingelte, während sich die Tür schloß. Metcalf nahm den Hörer ab. »Ja? Ja, er ist hier.« Der Colonel hörte einen Augenblick zu und wandte sich an Stone. »Wir haben es«, sagte er. »Alle Militärangehörigen, die identifiziert worden sind, haben zwei Dinge gemeinsam. Jeder hat einen mindestens dreißigtägigen Urlaub angetreten, und alle Urlaubsgesuche wurden vor fünf Monaten eingereicht, ziemlich auf den Tag genau.«

»Was die Bewilligung garantierte, weil sie die ersten waren«, fügte der CIA-Mann mit gequälter Stimme hinzu. »Und die Pläne für die Antikernkraftdemonstrationen sind vor *sechs* Monaten in Schweden bekanntgegeben worden.«

»Wie ein Uhrwerk«, sagte Metcalf. »Um die anderen zu identifizieren und neutralisieren, werden wir das durchgeben. Jeder Offizier in einem halben Dutzend Armee- und Marine-Einheiten, der im Augenblick aus dem Urlaub zurückkehrt, soll unter Hausarrest gestellt werden. Dabei wird es Irrtümer geben, aber das schadet nichts. Wir können die Fotografien hinausschicken und die Fehler korrigieren.«

»Es ist Zeit für Scharhörn.« Stone stand auf und massierte sich den Hals. »Und ich sage Ihnen ehrlich, daß ich eine Höllenangst habe. Ein einziger falscher Code, und wir löschen die Namensliste von Aquitania. Schlimmer noch, eine falsche Bewegung und der ganze Komplex fliegt in die Luft.« Der CIA-Mann ging ans Telefon.

»Werden Sie jetzt den Rebel anrufen?« fragte der Colonel.

»Zuerst Converse. Er arbeitet an den Codes.«

Die drei Generale von Aquitania saßen benommen auf ihren Stühlen, starrten vor sich hin und vermieden es, einander anzusehen. Die Lichter waren wieder eingeschaltet worden, der große Fernsehschirm dunkel. Hinter jedem der drei stand ein Mann mit einer Pistole und der klaren Anweisung: *Wenn er aufsteht, töten Sie ihn.*

»Sie wissen, was ich will«, sagte Converse und trat vor die Generale. »Und wie Sie gerade gesehen haben, gibt es wirklich keinen Grund, der Sie daran hindern sollte, es mir zu geben. Vier kleine Nummern oder Buchstaben, die jeder von Ihnen in der richtigen Folge auswendig gelernt hat. Wenn Sie sich natürlich weigern, dann gibt es hier einen Arzt, von dem ich gehört habe, daß er einen Zauber in seiner Tasche hat – denselben Zauber, den Sie mir in Bonn verpaßt haben. Also, wie steht es, Gentlemen?«

Schweigen.

»Vier, drei, L, eins«, sagte Chaim Abrahms und blickte zu Boden. »*Abschaum* ist das«, fügte er dann leise hinzu.

»Danke, General.« Joel notierte das Gehörte auf einen kleinen Notizblock. »Aufstehen, Sie können jetzt gehen.«

»Gehen?« sagte der Israeli. »Und *wohin*?«

»Wohin Sie wünschen«, antwortete Converse. »Ich bin sicher, daß Sie auf dem Flughafen in Annecy keine Schwierigkeiten haben werden. Man wird Sie erkennen.«

General Chaim Abrahms verließ den Raum, begleitet von dem Captain der israelischen Armee.

»Zwei, M, Null, Sechs«, sagte Erich Leifhelm. »Und wenn Sie es wünschen, können Sie mir die Droge verabreichen lassen, um es zu bestätigen. Ich will mit solchen verräterischen Schweinen nichts zu tun haben.«

»Ich will die Kombination«, drängte Joel und schrieb. »Und ich würde nicht zögern, Sie in den Weltraum schießen zu lassen, um sie zu bekommen.«

»Umdrehen«, sagte der Deutsche. »Sie müssen die Reihenfolge der Symbole in der zweiten Sequenz umdrehen.«

»Übernehmen Sie ihn, Doktor.« Converse nickte dem Mann hinter Leifhelms Stuhl zu. »Wir dürfen nichts riskieren, daß bei dem etwas nicht stimmt.«

General Erich Leifhelm stand auf und ging langsam aus dem Raum, gefolgt von dem Arzt aus Bonn.

»Sie sind alle unwürdig, blind«, sagte General Jacques Louis Bertholdier mit ernster Ruhe. »Ich ziehe es vor, erschossen zu werden.«

»Sicher würden Sie das, aber das Glück haben Sie nicht«, antwortete Joel. »Ich brauche Sie jetzt nicht mehr, und ich lege Wert darauf, Sie in Paris zu wissen, wo jeder Sie sehen kann. Bringen Sie ihn auf sein Zimmer zurück.«

»Das Zimmer? Ich dachte, ich könnte gehen, oder war das wieder eine Lüge?«

»Keineswegs. Nur eine Frage der Logistik – Sie wissen, was Logistik ist, General. Wir sind hier etwas knapp an Transportmitteln und Fahrern. Deshalb werde ich Ihnen allen dreien, sobald der Arzt fertig ist, einen Wagen leihen. Sie können ja Streichhölzer ziehen, wer fährt.«

»Was?«

»Schaffen Sie ihn raus«, sagte Converse zu dem ehemaligen Sergeant-Major der französischen Armee.

»Allez!«

Die Tür wurde von außen geöffnet. Es war Valerie, und sie sah Joel an. »Stone ist am Telefon. Er sagt, es sei eilig.«

Es war 2.05 Uhr morgens, als die Mystère aus dem Nachthimmel herunterstieß und auf einem Flugfeld in der Nähe von Cuxhaven landete. Die Maschine rollte an das nördliche Ende der Runway, wo Johnny Reb neben einer schwarzen Mercedes-Limousine wartete.

Die Türen der Maschine öffneten sich, die kurze Treppe wurde ausgeklappt, und Converse kletterte ins Freie und half Valerie heraus. Dann folgten der ehemalige Sergeant-Major aus Algerien und ein vierter Passagier, ein schlanker blonder Mann, Mitte Vierzig, der eine Schildpattbrille trug. Sie entfernten sich von der Maschine, während der Pilot die Treppe wieder einzog und die automatischen Türen schloß. Die zwei Düsentriebwerke heulten auf, die Maschine schlug einen Bogen und rollte auf die Hangars zu. Der *Rebel* kam auf sie zu und streckte Joel die Hand entgegen.

»Ich hab' verschiedentlich Ihr Bild gesehen. Es ist mir ehrlich ein Vergnügen, Sir. Offen gestanden habe ich nie geglaubt, daß ich Sie jemals kennenlernen würde, zumindest nicht in dieser Welt.«

»Einige Male hatte ich auch Zweifel daran, wie lange ich ihr noch erhalten bleiben würde. Das ist meine Frau, Valerie.«

»Hocherfreut, Ma'am«, sagte der Südstaatler und führte mit einer galanten Verbeugung Vals Hand an seine Lippen. »Ihre Leistungen haben einige der besten Köpfe in meinem ehemaligen Beruf in Erstaunen versetzt.«

»Hoffentlich nicht *zu* ehemalig«, wandte Converse ein.

»Im Augenblick nicht.«

»Das sind Monsieur Lefèvre und Dr. Geoffrey Larson. Stone sagte, Sie seien informiert.«

»Sehr erfreut, Sir«, rief der *Rebel* aus und schüttelte dem

Franzosen die Hand. »Ich ziehe den Hut vor Ihnen, vor allem für das, was Sie mit diesen Generalen gemacht haben. Absolut *bemerkenswert*!«

»Solche Männer haben Feinde«, sagte Lefèvre einfach. »Es ist nicht schwer, sie zu finden, und das wußte Inspektor Prudhomme.«

Der *Rebel* wandte sich an den vierten Passagier. »Dr. Larson, wirklich nett, Sie kennenzulernen. Man sagte mir, Sie wüßten so ziemlich alles, was es Wissenswertes über irgendeinen Computer auf der Welt gibt.«

»Das ist sicher eine Übertreibung«, sagte der Engländer etwas verlegen. »Aber ich glaube, wenn er tickt, kann ich ihn auch zum Summen bringen.«

Es war die schwierigste Entscheidung gewesen, die Peter Stone je zu treffen gehabt hatte. Jetzt den falschen Schritt zu tun – telegrafisch den Angriff auf den Komplex von Scharhörn auszulösen –, mußte zur Vernichtung der Befehlszentrale führen, weil dann die verborgenen Sprengladungen hochgehen würden. Stone hatte sich auf seinen Instinkt verlassen, den ein ganzes Leben in der Schattenwelt der Geheimdienste geschärft hatte. Dies war nicht die Zeit für Eliteeinheiten, für ein offizielles Eingreifkommando, das zum Einsatz befohlen wurde. Denn niemand wußte, wer in den verschiedenen Institutionen vielleicht ein Mitglied, ein Offizier von Aquitania war. Ein solcher Mann konnte ein Telefongespräch führen und damit Scharhörn vernichten. Deshalb mußte der Angriff von Männern durchgeführt werden, die von Außenstehenden angeheuert worden waren, und die nur dem Geld und ihren augenblicklichen Auftraggebern verpflichtet waren und sonst niemandem. Der Präsident der Vereinigten Staaten hatte ihm zwölf Stunden Zeit gegeben und erklärt, daß er nach Ablauf dieser Frist eine Katastrophensitzung des Sicherheitsrates der Vereinten Nationen einberufen würde. Peter Stone konnte selbst kaum glauben, daß er dem mächtigsten Mann der freien Welt darauf geantwortet hatte: »Das ist sinnlos, Sir. Dann ist alles zu spät.«

Der *Rebel* beendete seine Erklärungen, aber der Lichtkegel seiner Taschenlampe zeigte immer noch auf die Landkarte, die er auf der Motorhaube des Mercedes ausgebreitet hatte. »Wie ich Ihnen schon sagte, ist das der ursprüngliche Grundriß, wie wir ihn von der Baubehörde in Cuxhaven bekommen haben. Diese Nazis waren wirklich Pedanten, wenn es um Einzelheiten ging – wahrscheinlich mußte jeder sein Gehalt oder seinen Rang rechtfertigen. Wir überfliegen das Meeresradar und nehmen Kurs auf den alten Landestreifen, der für Versorgungsflüge benutzt wurde, und dann ziehen wir unsere Nummer ab. Und jetzt passen Sie gut auf, dort draußen sind immer noch eine Menge Lichter, eine Menge Leute, wenn auch viel weniger als noch vor zwei Tagen. Es gibt auch ein paar Mauern, aber wir haben Kletterhaken und ein paar Boys, die wissen, wie man damit umgeht.«

»Was sind das für Leute?« fragte Converse.

»Niemand, den Sie zum Geburtstag Ihrer Mutter einladen würden. Üble Burschen, aber perfekt.«

»Und unsere Maschine?«

»Die beste, die Peter beschaffen konnte, und es ist wirklich die beste. Eine Fairchild Scout. Sie faßt neun Leute.«

»Mit einem Gleitflugverhältnis von neun zu eins bei viertausend Fuß Flughöhe«, sagte Joel. »Ich fliege.«

41

Converse schob den Steuerknüppel langsam nach vorne, während er die Motoren drosselte und nach links auf den kleinen Landestreifen zuhielt, der zweitausendvierhundert Fuß unter ihnen lag. Er war durch die dünnen, tiefliegenden Nordseewolken nur sporadisch zu sehen, aber Joel rechnete damit, ihn aus fünfhundert Fuß sicher ausmachen zu können. Dann würde er zu der letzten Umkreisung für den kurzen Anflug ansetzen, würde etwas abseits von dem alten U-Boot-Stützpunkt aufsetzen und damit die Geräusche noch weiter reduzieren, die die überdimensionierten Ballonreifen bei der Landung verursachen würden. Das Manöver selbst kam einer Flugzeugträgerlandung sehr nahe, und er registrierte befriedigt, daß seine Hände vollkommen ruhig waren. Die Angst, vor der er sich gefürchtet hatte, kam nicht.

Valerie und Lefèvre waren – trotz der heftigen Proteste des Franzosen – auf einer verlassenen Pier in Cuxhaven zurückgeblieben, wo Johnny Reb eine primitive, aber funktionsfähige Relaisstation eingerichtet hatte. Valeries Aufgabe war es, mit dem Team in Funkverbindung zu bleiben – entweder der Rebel oder Converse würden auf Scharhörn die tragbaren Geräte bedienen. Der Sergeant sollte Wache halten und verhindern, daß jemand die Pier betrat.

Die fünf Männer, die Johnny Reb anscheinend für beträchtliche Summen angeheuert hatte, waren schwer einzuschätzen, denn sie sagten nur wenig. Sie trugen dunkle Strickmützen, die sie sich bis über die Augen gezogen hatten, und schwarze Rollkragenpullover, die bis zum Hals reichten. Joel und der britische Computerexperte Larson hatten sich mit der gleichen Kleidung versehen; der Rebel hatte seine im Mercedes gehabt. Jeder Mann, mit Ausnahme Larsons, trug in einem Hüfthalter eine Pistole mit aufgeschraubtem Schalldämpfer. An der linken Seite des schwarzen Ledergürtels steckte ein Jagdmesser mit langer Klinge, daneben eine dünne Drahtspule. Über den Nieren trugen sie zwei Kanister mit einem Gas, das die Opfer hilflos und stumm machte.

Joel kreiste vorsichtig und glitt lautlos über den verdunkelten U-Boot-Stützpunkt, die Augen abwechselnd auf die Landebahn und das Höhenmeßgerät gerichtet. Jetzt fuhr er die Landeklappen aus und sank; die schweren Reifen dämpften den Ruck des Aufpralls. *Gelandet*.

»Wir sind unten«, sagte Johnny Reb in sein Funkgerät. »Und mit ein wenig Glück werden wir auch stoppen, nicht wahr, Pilot?«

»Wir werden stoppen«, sagte Converse. Sie taten es knapp zwölf Meter vom Ende des Landestreifens entfernt. Joel zog sich die Wollmütze herunter und atmete tief ein; sein Haaransatz und seine Stirne waren schweißnaß.

»Wir steigen aus.« Der Rebel schaltete sein Funkgerät aus und drückte es sich gegen die Brust; es blieb dort haften. »Oh«, fügte er hinzu, als er bemerkte, daß Converse ihn beobachtete. »Das habe ich wohl zu erwähnen vergessen. An dem Gerät und an Ihrem Pullover ist Klettengewebe.«

›Sie stecken voller Überraschungen.«

»Sie haben uns in den letzten paar Wochen auch eine ganze Menge geboten. Gehen wir.« Johnny Reb öffnete seine Tür, Joel die zweite. Dann stiegen beide aus, gefolgt von Larson und den fünf Männern. Drei von ihnen trugen mit Gummi überzogene Wurfhaken, die an langen Seilen befestigt waren.

»*Weiter!*« befahl der *Rebel* und setzte sich in Richtung der von Gestrüpp überwucherten Ränder der Landebahn in Bewegung.

Ins hohe Gras geduckt, näherten sie sich den Mauern des alten U-Boot-Stützpunktes und studierten das, was sich ihren Augen darbot. Converse staunte über die endlos scheinenden Betonwälle. Die einzige Lücke in dem festungsartigen Bauwerk war links gegenüber der Landebahn. Ein Paar Doppeltore aus Stahl, die noch mit verschraubten Eisenplatten verstärkt waren, ragten unheilverheißend im schwachen Mondlicht auf.

»Dieser Ort hier hat einiges erlebt«, flüsterte Johnny Reb, der neben Joel stand. »Die Hälfte des deutschen Oberkommandos hatte keine Ahnung, daß es ihn gab, und die Alliierten haben sich das auch nie angesehen. Es war der Privatstützpunkt von Dönitz. Einige Leute behaupten, er hätte vorgehabt, ihn als Drohmittel einzusetzen, falls Hitler ihm nicht freiwillig die Macht übergeben hätte.«

»Er sollte auch noch für etwas anderes eingesetzt werden«, sagte Converse und erinnerte sich an Leifhelms unglaubliche Geschichte von einem Vierten Reich, einer Generation nach dem Kriege. *Die Operation Sonnenkinder*.

Einer der Männer mit den Kletterhaken kroch zu ihnen herüber und sprach mit dem Rebel. Der Südstaatler antwortete zornig und wirkte verärgert, nickte aber schließlich, als der Mann wieder wegkroch. Er drehte sich zu Joel um.

»Dieser verdammte Hurensohn!« stieß er halblaut hervor. »Der hat mich arm gemacht! Er sagte, er würde den ersten Angriff an der Ostflanke machen – und die hat dieser Kerl natürlich studiert –, wenn ich ihm zusätzliche fünftausend Dollar garantiere.«

»Und Sie werden natürlich zahlen.«

»Natürlich. Wir sind anständige Männer. Wenn er ums Leben kommt, dann bekommen seine Frau und die Kinder jeden Penny. Ich kenne den Burschen; wir haben einmal gemeinsam ein Haus eingenommen, in dem sich Terroristen versteckt hielten. Er ist acht Stockwerke nach oben geklettert, hat sich durch einen Liftschacht wieder heruntergelassen, eine Türe aufgebrochen und die Bastarde mit seiner Uzi niedergemäht.«

»Ich kann das alles einfach nicht *glauben*«, flüsterte Converse.

»Tun Sie's«, sagte der Rebel leise und sah Joel an. »Wir tun das, weil sonst keiner dazu bereit ist. Und irgend jemand muß es ja tun. Mag sein, daß wir Außenseiter sind, aber es gibt auch Zeiten, wo wir auf der Seite der Engel stehen – wenn das Geld stimmt.«

Das gedämpfte Geräusch des gummiüberzogenen Kletterhakens war zu hören, und dann ein Knirschen, als er sich an der oberen Mauerkante festkrallte und das Seil sich spannte. Binnen Sekunden konnte man den schwarz gekleideten Mann Hand über Hand nach oben klettern sehen, die Füße eingestemmt. Er lief förmlich an der Betonmauer hinauf. Jetzt hatte er bereits die Mauerkrone erreicht, seine linke Hand verschwand, dann zog er sein rechtes Bein nach, und jetzt lag er flach auf der Krone. Plötzlich schoß sein linker Arm vor, bewegte sich zweimal vor und zurück, ein Signal. Dann griff er mit der rechten Hand nach der Waffe im Halfter und zog sie langsam heraus.

Ein Geräusch war zu hören, wie wenn jemand einen Kirschkern ausspuckt, und dann herrschte wieder Stille, und der linke Arm des Mannes zuckte zum zweitenmal vor. Ein zweites Signal.

Die zwei anderen Männer mit den Kletterhaken liefen heran, ließen ihre Haken kreisen und schleuderten sie in die Höhe, bis auch ihre Haken an der Mauerkrone festsaßen. Auch sie kletterten die Wand empor. Joel wußte, daß jetzt er an der Reihe war. Er packte das mittlere Seil und begann die mühsame Kletterpartie nach oben.

Johnny Reb und der schlanke Geoffrey Larson sollten die Seile nur im äußersten Notfall benutzen. Der Südstaatler hatte zugegeben, daß er sich dazu zu alt fühlte, und das Risiko, daß der Computerexperte verletzt wurde, war zu groß.

Mit schmerzenden Armen und Beinen wurde Converse von seinem Helfer die letzten Zentimeter hinaufgezogen. »Seil nachziehen!« befahl der Mann flüsternd. »Lassen Sie es langsam auf der anderen Seite herunter und setzen Sie den Haken neu.«

Joel folgte der Anweisung. Dann sah er das Innere der seltsamen Festung zum erstenmal – und einen uniformierten Mann unten auf dem Boden, dem aus einem Loch in der Stirn Blut tropfte. Der Mann war tot. Im schwachen Mondlicht konnte er in der Ferne ein paar Hellinge sehen und dazwischen Betonpiers, auf denen riesige Winden befestigt waren. Im Halbkreis, den U-Boot-Docks und dem Meer zugewandt, waren fünf flache, einstöckige Betongebäude mit kleinen Fenstern angeordnet. In zwei davon waren schwache Lichter zu erkennen. Die Gebäude waren mit Betonstegen untereinander verbunden.

Unmittelbar unter der Mauer, wo jetzt die drei Seile hingen, waren breite Stufen, die zu beiden Seiten auf eine Art Podium oder Plattform aus Beton führten, hinter der eine Art von Hof lag, von vielleicht zweihundert Meter Durchmesser. Ein Paradeplatz, dachte Converse und stellte sich Reihen von U-Boot-Besatzungen vor, die dort antraten, ihre Befehle entgegennahmen und sich die Aufmunterungen ihrer Offiziere anhörten, während sie sich darauf vorbereiteten, wieder auf Feindfahrt zu gehen.

»Mir nach!« sagte einer der Männer und tippte Joel an die Schulter. Dann packte er sein Seil und ließ sich daran auf die Plattform hinunter. Die anderen folgten ihm, wobei Converse sich etwas weniger geschickt als die Profis über die Mauerkrone rollen ließ. Aber auch er kam sicher nach unten.

Die zwei Männer links von Joel hetzten lautlos über die Plattform und die Treppen hinunter, auf die riesigen Stahltüren zu. Die zwei Männer zu seiner Rechten liefen instinktiv die gegenüberliegenden Stufen hinunter und kauerten sich mit gezogenen Waffen vor der Plattform hin. Converse schloß sich dem Paar am Tor an. Die beiden Männer studierten mit winzigen Taschenlampen die Riegel und die Eisenplatten sowie das komplizierte Schloß.

»Wir sollten es wegsprengen«, sagte der Amerikaner. »Da ist keine Alarmeinrichtung.«

»Sind Sie sicher?« fragte Joel. »Nach allem, was ich gehört habe, sind hier überall Drähte.«

»Die Schranken sind dort hinten«, erklärte der Mann und deutete auf die niedrigen Betonmauern, die den Paradeplatz umgaben, eine knapp einen Meter hohe Wand zu beiden Seiten.

»Schranken?«

»Lichtschranken. Strahlen, die sich schneiden.«

»Und das bedeutet, daß keine Tiere da sind«, sagte der zweite Mann, ein Deutscher, und nickte. »Keine Hunde. Sehr gut.«

Der andere hatte unterdessen ein paar Klumpen einer weichen, wie Glaserkitt aussehenden Masse in den Schloßmechanismus gestopft und mit seinem Messer glattgestrichen. Jetzt holte er einen kleinen, runden Gegenstand, nicht viel größer als eine 50-Cent-Münze, aus der Tasche, strich etwas von der Masse über das Schloß und drückte die Münze hinein.

»Zurücktreten«, befahl er.

Converse sah gebannt zu. Es gab keine Explosion, keinerlei Detonation, aber plötzlich erfaßte ihn eine kräftige Hitzewelle, und dann war eine glühende, blauweiße Flamme zu sehen, die den Stahl buchstäblich schmolz. Dann war eine Folge klickender Geräusche zu hören, die den Amerikaner dazu veranlaßten, die drei Riegel hastig zurückzuziehen. Er schob die rechte Tür auf und ließ seine Taschenlampe nach draußen blitzen. Augenblicke später betraten Johnny Reb und Geoffrey Larson das Innere der Festungsanlage.

»Schranken«, wiederholte der Amerikaner, zum Rebel gewandt. »Die sind überall an den Mauern entlang«, sagte er und deutete darauf. »Sehen Sie sie?«

»Ja«, erwiderte der Südstaatler. »Und das bedeutet, daß ein paar auch nach oben gerichtet sind. All right, Boys, dann wollen wir jetzt ein wenig kriechen. Bäuche herunter und die Knie und die Ärsche in Bewegung.« Die sechs am Tor schlossen sich den zwei anderen Männern an, die vor der Plattform kauerten. Johnny flüsterte etwas in deutscher Sprache und wandte sich dann Larson zu. »Mein lieber Freund aus England, ich möchte, daß Sie hierbleiben, bis wir Ihnen winken, daß Sie nachkommen können.«

Einer nach dem anderen, mit dem Deutschen, der jetzt fünftausend Dollar reicher war, an der Spitze, krochen die sieben Männer über den alten Exerzierplatz. Kaum atmend, die Hosen zerfetzt, die Knie und Hände von dem rauhen, zersprungenen Beton aufgeschürft. Der Deutsche strebte auf die Lücke zwischen dem zweiten und dritten Bau von der rechten Seite zu. Als er angekommen war, richtete er sich auf. Plötzlich schnippte er einmal mit den Fingern – nicht sehr laut, aber es war zu hören. Alle erstarrten unter den sich schneidenden Lichtstrahlen der Alarmanlagen. Converse drehte den Kopf auf dem Boden etwas zur Seite, um besser sehen zu können. Der Deutsche kauerte im Schatten. Dann tauchte ein Mann auf, ein Posten, der einen Karabiner über der Schulter trug. Jetzt schien der Mann zu bemerken, daß jemand in der Nähe war. Sein Kopf zuckte herum. Aber im selben Augenblick warf sich der Deutsche auf ihn, und sein langes Messer schoß auf den Kopf des Mannes zu. Joel schloß die Augen. Das Geräusch, das er hörte, ein heftiges Keuchen, sagte ihm mehr, als er wissen wollte.

Dann krochen sie weiter, bis sie, einer nach dem anderen, den Betonweg zwischen den beiden flachen Bauten erreicht hatten. Converse war am ganzen Körper schweißnaß. Er sah zu den U-Boot-Hellingen hinaus und auf die See und wünschte sich, er könnte sich einfach ins Wasser fallen lassen. Der Rebel berührte ihn am Ellbogen und bedeutete ihm, er solle seine Waffe herausholen. Jetzt übernahm Johnny Reb die Führung; er kroch auf die Vorderseite des zweiten Gebäudes zu und bog nach rechts. Dicht am Boden kauernd arbeitete er sich auf die Fenster zu. Seine Finger schnippten, und jede Bewegung erstarb. Alle preßten sie sich gegen den Boden. Schräg links, am Rand einer riesigen Helling, waren das Glühen von Zigaretten und die Stimmen leise sprechender Menschen wahrzunehmen – drei Männer, Posten mit Karabinern.

Wie auf einen lautlosen Befehl hin lösten sich drei der fünf Männer, die der Rebel angeheuert hatte – Converse konnte nicht erkennen, welche es waren –, aus ihrem Verband und krochen in einem weiten Bogen auf die gegenüberliegende Seite der alten U-Boot-Helling zu. Etwa eineinhalb Minuten später – die längsten neunzig Sekunden, an die Joel sich erinnern konnte – war eine Folge gedämpfter Schüsse zu hören, die fast von der nächtlichen Brise verschluckt wurden. Die darauffolgenden Geräusche waren kaum wahrzunehmen, Körper, die zu Boden fielen und im Todeskampf noch einmal zuckten. Dann herrschte wieder Stille. Die bezahlten Killer kehrten zurück, und Johnny Reb bedeutete ihnen mit einer Handbewegung, weiterzugehen. Converse fand sich plötzlich als letzter in der Reihe wieder. Sie erreichten das einzig beleuchtete Fenster des zweiten Gebäudes. Der Rebel richtete sich auf, schob sich langsam an das Glas heran. Dann drehte er sich um und schüttelte den Kopf; die anderen gingen weiter.

Sie erreichten den freien Raum zwischen Gebäude eins und zwei. Vorsichtig lief der erste hinüber, duckte sich in dem Augenblick, in dem er die gegenüberliegende Gebäudewand erreicht hatte, und hetzte dann weiter. Jetzt war Joel an der Reihe; er richtete sich auf.

»*Horst? Bist du das?*« sagte ein Mann scharf und trat aus der Tür.

Converse blieb reglos stehen. Der Rest der Gruppe hatte die Ecke des zweiten Gebäudes bereits hinter sich. Joel zwang sich, nicht in Panik zu geraten. Er war allein, und er allein konnte jetzt auch die ganze Operation auffliegen lassen, den Komplex Scharhörn zerstören und jeden töten, Connal Fitzpatrick eingeschlossen, falls der junge Offizier tatsächlich noch hier sein sollte.

»*Ja*«, hörte er sich sagen, während er sich gleichzeitig in den Schatten zurückzog und seine rechte Hand nach dem Messer griff. Der Pistole wollte er in der Dunkelheit nicht vertrauen.

»*Halt, einen Augenblick! Sie sind nicht Horst!*«

Joel wartete. Die Schritte kamen näher; eine Hand griff nach seiner Schulter. Er fuhr herum, packte das Heft seines Messers mit solcher Kraft, daß ihm das Schreckliche, das sein Verstand ihm jetzt befahl, fast nicht ins Bewußtsein drang. Er packte den Mann am Haar und zog die rasiermesserscharfe Schneide des Messers quer über seine Kehle.

Würgend, mit dem Brechreiz kämpfend, zog er den Mann in die Schatten. Der Kopf war fast vom Körper abgetrennt. Dann hetzte Joel über die freie Fläche und holte die anderen wieder ein. Keiner hatte ihn vermißt. Alle spähten sie nacheinander durch die vier beleuchteten Fenster. Johnny Reb hatte das erste bereits hinter sich gelassen und gestikulierte, während die Männer sich nacheinander wegduckten. Er deutete in verschiedene Richtungen und registrierte, wie die Männer nacheinander nickten, um zu bestätigen, daß sie die Anweisung verstanden hatten. Converse zog sich am letzten Fenster hoch und sah hinein. Er begriff sofort, weshalb der Rebel schnell handeln mußte. Da waren zehn Männer in militärischen Uniformen, die jedoch zu keiner ihm bekannten Armee gehörten. Die zehn säuberten gerade ihre Waffen, einige sahen kurz auf ihre Uhr, und andere drückten ihre Zigarette aus. Dann überprüften alle die Ladestreifen ihrer Karabiner. Einige der Männer lachten, hoben die Stimmen, als forderten sie etwas von den anderen. Joel konnte nicht verstehen, was gesprochen wurde. Er duckte sich vom Fenster weg und sah sich Johnny Reb gegenüber.

»Das ist eine Streife, die jetzt hinausgeht, nicht wahr?« flüsterte Converse.

»Nein, mein Lieber«, erwiderte der Südstaatler. »Das ist ein Erschießungskommando. Die haben gerade ihre Befehle bekommen.«

»Mein *Gott*!«

»Wir folgen ihnen unauffällig. Vielleicht finden Sie Ihren alten Kumpel Fitzpatrick doch noch.«

Die nächsten Minuten schienen Joel von einem wahnsinnigen Kafka in Szene gesetzt worden zu sein. Die zehn Männer formierten sich und traten durch die Tür ins Freie. Plötzlich flammten überall auf dem Exerzierplatz Scheinwerfer auf, offensichtlich hatte die Gruppe eine Lichtschranke betätigt. Zwei Männer mit Pistolen in den Händen liefen hinüber zu Gebäude vier. Sie sperrten die schwere Tür auf, zogen den Riegel zurück, stürmten hinein und brüllten dabei Befehle, während die Lichter eingeschaltet wurden.

»*Aufwachen, bißchen fix! Aufstehen! Schnell! Hinaus!*«

Sekunden später taumelten hagere, mit Handschellen gefesselte Gestalten ins Freie und kniffen die Augen zusammen, um sie vor dem grellen Licht zu schützen. Alle trugen zerfetzte Kleider. Einige konnten kaum noch gehen und mußten von anderen, die noch kräftiger waren, gestützt werden. Zehn, zwanzig, fünfundzwanzig, zweiunddreißig, vierzig... dreiundvierzig. Dreiundvierzig Gefangene von Aquitania, die exekutiert werden sollten! Sie wurden zu der Betonmauer geführt, die gegenüber der Plattform am anderen Ende des Exerzierplatzes aufragte.

Und dann war plötzlich die Hölle los! Es war, als hätte die Wut von Berserkern die Verurteilten erfaßt! Plötzlich stürzten sie nach allen Richtungen davon, und die, die neben den Wachen standen, schlugen ihnen die Ketten, die ihre Handschellen verbanden, in die verblüfften Gesichter. Schüsse peitschten, drei Gefangene stürzten, wanden sich auf dem Boden. Das Erschießungskommando hob die Karabiner.

»Jetzt, Freunde, zeigt's den Schweinen!« schrie Johnny Reb. Er und seine Männer stürzten sich in das Durcheinander. Ihre Pistolen feuerten, und die schallgedämpften Schüsse mischten sich in die ohrenbetäubenden Explosionen der ungedämpften Waffen.

In weniger als zwanzig Sekunden war alles vorüber. Die zehn Männer von Aquitania lagen auf dem Boden. Sechs waren tot, drei verwundet, einer lag zitternd vor Furcht auf den Knien. Zwei von Johnny Rebs Leuten hatten sich geringfügige Verletzungen zugezogen.

»*Connal!*« brüllte Joel und lief suchend zwischen den Ge-

fangenen herum, erleichtert, daß die meisten sich bewegten.
»*Fitzpatrick!* Wo, zum Teufel, sind Sie?«

»Hier drüben, Lieutenant«, rief eine schwache Stimme rechts von Converse. Joel bahnte sich einen Weg durch die befreiten Gefangenen und kniete neben dem abgezehrten, bärtigen Marineanwalt nieder. »Sie haben sich ja ganz schön Zeit gelassen, bis Sie erschienen sind«, fuhr der Commander fort. »Aber rangniedrige Offiziere haben ja gewöhnlich ihre Schwächen.«

»Was ist denn hier *geschehen*?« fragte Converse. »Sie hätten alle getötet werden können!«

»Darauf lief es hinaus, nicht wahr? Man hat uns das letzte Nacht klargemacht. Also dachten wir, was zum Teufel, soll's?«

»Aber warum *Sie*? Warum die anderen?«

»Wir haben die ganze Zeit darüber geredet, haben es aber nicht herausbekommen, nur eines – wir waren alle höhere Offiziere und hatten dreißig bis vierzig Tage Urlaub. Aber was hatte das zu bedeuten?«

»Das sollte die Leute von der Spur abbringen, falls jemand anfing, ein Schema zu erkennen. Insgesamt sind siebenundneunzig Männer in Killerteams draußen – alles Militärangehörige auf Urlaub. Zahlenmäßig machten Sie fast fünfzig Prozent davon aus, Männer, die über jeden Verdacht erhaben waren. Das war für die eine erfreuliche Zugabe, und das hat Ihnen das Leben gerettet.«

Plötzlich fuhr Connals Kopf nach links. Ein Mann kam aus Gebäude fünf gestürzt und hetzte den mit Betonplatten belegten Weg hinunter. »Das ist der Chef der Wache!« schrie Fitzpatrick, so laut er konnte. »*Haltet ihn auf!* Wenn er den zweiten Bau erreicht, läßt er die ganze Anlage hochgehen!«

Joel sprang auf und jagte hinter dem Mann her, die Waffe in der Hand. Der Mann hatte jetzt die Mitte von Gebäude drei erreicht. Bis zur Tür von zwei waren es höchstens dreißig Meter. Converse schoß; die Kugel verfehlte ihr Ziel weit, prallte von einem stählernen Fensterrahmen ab. Der Mann erreichte die Tür, riß sie auf und schlug sie hinter sich zu. Joel prallte dagegen, warf sich mit seinem ganzen Gewicht gegen das dicke Holz. Die Türe gab nach, schlug gegen die Mauer. Der Mann hetzte auf eine Metallverkleidung in der Wand zu; Converse feuerte wie wild, hitzig, immer wieder. Der Mann wirbelte herum, an den Beinen getroffen. Die Wandplatte stand offen. Er griff nach einer Reihe von Schaltern. Joel stürzte sich auf ihn, packte die Hand des Mannes und schmetterte seinen Schädel auf den Steinboden.

Mit keuchendem Atem kroch Converse von dem Mann weg. Seine Hände waren mit warmem Blut besudelt, die leergeschossene Pistole lag auf dem Boden. Einer von Rebs Leuten kam durch die Türe gestürzt.

»Alles in Ordnung?« fragte er.

»Alles ausgezeichnet«, antwortete Converse, der sich elend fühlte und sich am liebsten übergeben hätte.

Der Mann ging an Joel vorbei und blickte auf seinem Weg zu dem offenen Schaltkasten auf die reglose Gestalt am Boden. Er studierte den Schaltkasten und holte dann ein kleines, kompliziert aussehendes Werkzeug aus der Tasche. Binnen weniger Sekunden war er damit beschäftigt, Schrauben herauszudrehen und die innere Metallvertäfelung abzunehmen. Augenblicke später schnitt er mit einem anderen Teil seines Instruments Drähte ab, so daß nur noch Kupferstummel zu sehen waren.

»Sie brauchen sich keine Sorgen zu machen«, sagte der Mann, als er fertig war. »Ich bin Spezialist für Bombenentschärfung, der beste, den es in Norwegen gibt. Jetzt brauchen wir keine Sorge mehr zu haben, daß irgendeiner dieser Kerle Schaden anrichten kann. Kommen Sie, es gibt noch viel Arbeit.« Er blieb neben Converse stehen, blickte zu ihm hinunter. »Wir verdanken Ihnen unser Leben.«

Draußen auf dem Exerzierplatz saßen die Gefangenen von Aquitania, an die Mauer gelehnt. Alle, mit Ausnahme von fünf, deren Leichen man offenbar aus einem der Gebäude geholt hatte. Converse ging zu Fitzpatrick hinüber.

»Die haben wir verloren«, sagte der Marineoffizier mit einer Stimme, in der keine Kraft mehr war.

»Halten Sie sich an Dinge, die Sie glauben, Connal«, sagte Joel. »Es klingt banal, aber mir fällt jetzt nichts anderes ein.«

»Das reicht schon.« Fitzpatrick blickte auf, und um seine Lippen spielte ein schwaches Lächeln. »Danke, daß Sie mich daran erinnert haben. Machen Sie weiter. Die brauchen Sie dort drüben.«

»*Larson*!« schrie Johnny Reb, der einen zitternden, aber unverletzten Wärter in Schach hielt. »Kommen Sie her.«

Der Engländer kam zögernd durch die Stahltür ins Innere der Anlage, wo ihn das Scheinwerferlicht erfaßte. Während er auf den Rebel zuging, wanderten seine Augen über den Exerzierplatz und ließen zugleich Staunen und Erschrecken erkennen. »Du lieber Gott!« stieß er hervor.

»Ja, das sagt es wohl ganz gut«, meinte der Südstaatler, während zwei seiner Leute aus Gebäude fünf gerannt kamen. »Was habt ihr *gefunden*?« schrie Johnny Reb.

»Noch sieben!« rief einer der Männer. »Sie sind in einer Toilette, und das entspricht ihrem Zustand ganz gut!«

»Oh!« machte Geoffrey Larson und hob dann die Stimme. »Ist einer davon zufällig ihr Computermann?«

»Das haben wir sie nicht gefragt!«

»Dann *fragt*!« befahl der Rebel. »Die Zeit wird knapp!« Er wandte sich zu Converse. »Ich habe mit Ihrer Lady gesprochen. Was man aus Israel und Rom hört, klingt schrecklich – ein paar von den Killerteams sind Stones Männern entwischt. Die Demonstrationen haben vor einer Stunde begonnen, und zwölf Regierungsleute sind bereits tot. In Jerusalem und Tel Aviv fordern alle, daß Abrahms die Macht übernehmen soll. In Rom wird die Polizei mit den Krawallen und dem Chaos nicht mehr fertig; die Armee ist eingeschaltet worden.«

Joel fühlte wieder den stechenden, hohlen Schmerz in der Brust und bemerkte jetzt zum erstenmal das frühe Licht der Morgendämmerung am Himmel. Der Tag hatte begonnen, und damit auch die Morde. Überall. Er fühlte sich hilflos.

»Der Computer!« brüllte Johnny Reb und stieß dem Wachmann, den er unter sich am Boden festhielt, die Pistole gegen die Schläfe. »Raus jetzt mit der Sprache, sonst knallt's!«

»Gebäude vier!«

»*Danke*! Komm schon, Tommy, gehen wir! Bißchen fix!«

Die riesige Maschine stand in einem klimatisierten Raum und nahm die ganze viereinhalb Meter lange Wand ein. Larson verbrachte neun endlos lang erscheinende Minuten damit, sie zu studieren, an Skalen zu drehen, Tasten zu drücken und Schalter auf der Konsole umzulegen, während er Joels Notizblock vor sich liegen hatte. Schließlich verkündete er: »Die inneren Speicher sind gesperrt. Ohne einen Zugangscode bekomme ich die nicht frei.«

»Wovon, zum Teufel, reden Sie?« schrie der Rebel.

»Es gibt da eine Zahlengruppe, die man eingeben muß, um die gesperrten Speicher zu aktivieren. Deshalb habe ich gefragt, ob ein Computermann hier sei.«

Johnny Rebs Funkgerät summte. Converse schnappte es sich, riß es von dem Klettstreifen, den der Südstaatler an der Brust hatte.

»*Val?*«

»*Darling!* Bist du in Ordnung?«

»Ja. Was ist los?«

»Radio France. Bomben im Elysée-Palast explodiert. Zwei Polizisten sind erschossen worden, die zu den Kundgebungen ritten. Die Regierung hat das Militär eingesetzt.«

»*Herrgott! Ende!*«

Zwei von Johnny Rebs Leuten brachten einen Mann in den Raum, sie hielten ihn an den Armen. »Er wollte uns nicht sagen, worauf er spezialisiert ist«, sagte der Söldner zur Linken. »Aber als dann alle an der Mauer standen, waren die anderen nicht mehr so zugeknöpft.«

Der Rebel ging auf den Mann zu und packte ihn am Hals, aber Joel sprang vor, schob den Südstaatler beiseite und riß das Jagdmesser heraus.

»Ich habe wegen euch Schweinen eine Menge durchgemacht«, sagte er und hob die blutbesudelte Klinge vor das Gesicht des Mannes. »Und jetzt ist damit *Schluß*!« Er stieß dem Mann die Spitze in die Nase; der Computerexperte schrie, als das Blut herausschoß und ihm über den Mund strömte. Jetzt hob Converse die Klinge wieder, die Spitze im rechten Augenwinkel des Mannes. »Den Code, oder ich stoße zu!« brüllte er.

»Zwei, eins, null, elf!« schrie der Techniker.

»Eingeben!« schrie Joel.

»Sie sind *frei!*« sagte der Engländer.

»Und jetzt die Kombination!« rief Converse und stieß den Mann zurück, worauf ihn Johnny Rebs Leute wieder packten.

Alle blickten erstaunt auf die grünen Buchstaben auf dem schwarzen Bildschirm. Name folgte Name, Rang folgte Rang. Larson hatte den Print-out-Knopf gedrückt, und ein nicht endenwollender breiter Streifen Papier mit Hunderten von Personenbeschreibungen schob sich heraus.

»Das nützt uns nichts!« schrie Joel. »Wir können die nicht *rausholen!*«

»Seien Sie doch nicht so vorsintflutlich«, sagte der Engländer und deutete auf ein seltsam aussehendes Telefon, das in die Konsole eingelassen war. »Die Anlage hier ist sehr modern. Da gibt es diese reizenden Satelliten am Himmel, und ich kann das hier jedem zuspielen, der die entsprechenden Empfangsgeräte hat. Wir leben schließlich im Zeitalter der Elektronik.«

»Dann schicken Sie es *hinaus*«, sagte Converse und glitt, den Rücken an die Wand gelehnt, erschöpft zu Boden.

Die ganze Welt sah erschrocken zu, benommen von den Morden und den plötzlichen Gewaltausbrüchen in allen Erdteilen. Überall schrien die Menschen nach Schutz und nach Führung und verlangten, daß der Wahnsinn beendet werde, der ganze Städte zu Schlachtfeldern gemacht hatte. In Panik geratene, aufgeputschte Bürgergruppen gingen mit Steinen aufeinander los, dann mit Benzinkanistern, und schließlich schossen sie, weil man auch auf sie schoß. Nur wenige erkannten, wer überhaupt der Feind war, und deshalb war jeder, der angriff, ein Feind, und die Angreifer waren überall, erhielten ihre Befehle von unsichtbaren Kommandostellen. Die Polizei war hilflos. Dann schaltete sich Miliz ein, aber bald war zu erkennen, daß auch sie und ihre Führer dem Chaos nicht gewachsen waren. Alles war außer Kontrolle geraten, härtere Maßnahmen waren notwendig.

Das Kriegsrecht wurde ausgerufen. Überall. Und die Militärkommandeure waren dabei, Macht zu übernehmen. *Überall.*

In Palo Alto, Kalifornien, sah der ehemalige General George Marcus Delavane, auf seinen Rollstuhl geschnallt, auf drei Fernsehschirmen die sich ausbreitende Hysterie. Der Bildschirm des linken Geräts wurde dunkel, nachdem kurz zuvor noch die Schreie des Fernsehteams zu hören gewesen waren. Der Aufnahmewagen war angegriffen und dann von Granaten in die Luft gesprengt worden. Auf dem mittleren Schirm weinte eine Reporterin vor Zorn. Tränen der Empörung strömten über ihr Gesicht, als sie die Berichte über Mord und Zerstörung verlas. Der rechte Bildschirm zeigte einen Colonel der Marines, der in einer verbarrikadierten Straße im Wall-Street-Bezirk von New York interviewt wurde. Er hatte seinen .45-Marine-Colt in der Hand, während er versuchte, Fragen zu beantworten und gleichzeitig seinen Untergebenen Befehle zubrüllte. Jetzt flackerte der linke Schirm wieder auf, und ein bekannter Kommentator erschien im Bild. Seine Stimme klang halb betäubt, seine Augen waren glasig. Er setzte zu sprechen an, brachte aber kein Wort hervor. Dann drehte er sich in seinem Sessel herum und übergab sich, während die Kamera auf einen nichtsahnenden Nachrichtenredakteur schwenkte, der gerade ins Telefon brüllte: »Verdammt noch mal! Was, zum Teufel, ist denn passiert?« Auch er weinte, wie die Frau auf dem mittleren Bildschirm. Jetzt schlug er mit der Faust auf den Tisch und brach schließlich zusammen, den Kopf auf den Armen, den ganzen Körper von Krämpfen geschüttelt, während der Bildschirm wieder dunkel wurde.

Langsam breitete sich ein Lächeln über Delavanes Gesicht aus. Er griff abrupt nach zwei Fernschaltern und schaltete die Bildschirme rechts und links aus, um sich auf den mittleren zu konzentrieren. Die Kamera fuhr jetzt auf einen Lieutenant-General der Army zu, der mit Helm auf dem Kopf irgendwo in Washington einen Presseraum betrat. Der Soldat nahm den Helm ab, ging an ein Rednerpult und sprach mit scharfer Stimme ins Mikrofon.

»Wir haben alle Straßen abgeriegelt, die nach Washington führen, und was ich jetzt sage, soll eine Warnung für unbefugtes Personal und Zivilisten sein! Jeder Versuch, die Absperrung zu durchbrechen, wird sofort massive Gegenmaßnahmen auslösen. Meine Anweisungen sind kurz und klar. Schießen Sie, um zu töten. Meine Befugnisse beruhen auf den Notstandsvollmachten, die mir der Sprecher des Repräsentantenhauses verliehen hat. Er handelt in Abwesenheit des Präsidenten und Vizepräsidenten, die aus Sicherheitsgründen aus der Hauptstadt geflogen wurden. Das Militär hat jetzt die Kontrolle übernommen. Bis auf weiteres gilt das Kriegsrecht.«

Delavane schaltete den Fernseher mit einer triumphierenden Geste ab. »Wir haben es *geschafft*, Paul!« sagte er zu dem uniformierten Adjutanten gewandt, der neben der Karte an der Wand stand. »Nicht einmal die jämmerlichen Pazifisten wollen jetzt noch ihr Zivilrecht! Und *wenn*...« Der General von Aquitania hob die rechte Hand mit ausgestrecktem Zeigefinger, den Daumen nach oben, und schoß eine imaginäre Pistole ab.

»Ja, es ist geschafft«, pflichtete ihm der Adjutant bei, beugte sich über Delavanes Schreibtisch und zog eine Schublade auf.

»Was machen Sie da?«

»Es tut mir leid, General. Das muß ebenfalls sein.« Der Adjutant zog einen .357-Magnum-Revolver heraus.

Noch bevor er die Waffe heben konnte, schoß Delavanes linke Hand aus den Kissen seines Rollstuhls hoch. Sie hielt eine kurzläufige Automatik. Während er viermal schnell hintereinander abdrückte, schrie er:

»Sie glauben wohl, daß ich nicht darauf *gewartet* habe? Abschaum! Feigling! *Verräter*! Ihr glaubt wohl, daß ich irgendeinem von euch vertraue? So wie ihr mich *anseht*! Wie ihr in den Gängen flüstert! Keiner von euch kann es ertragen, daß ich noch *ohne* Beine besser bin als ihr *alle*! Jetzt wißt ihr es, Pack! Bald werden es die anderen auch wissen, wenn man sie erschießen wird! Sie werden exekutiert werden wegen Hochverrats gegen den Gründer von Aquitania! Ihr glaubt, irgendeiner von euch sei es wert, daß man ihm vertraut? Alle habt ihr versucht, das zu sein, was ich bin, und ihr *schafft es nicht!*«

Der uniformierte Adjutant war gegen die Wand geschleudert worden, gegen die Landkarte mit den sonderbaren Farben. Keuchend, den Hals blutüberströmt, starrten seine geweiteten Augen den tobenden General an. Und dann ließ ihn ein letzter Rest von Kraft die Magnum heben, und er feuerte einmal, während er zusammenbrach.

George Marcus Delavane wurde zurückgeschleudert, eine klaffende Wunde öffnete sich auf seiner Brust. Der Rollstuhl wurde herumgerissen und stürzte um. Der festgeschnallte Krüppel war tot.

Keiner wußte, wie es anfing, aber wie durch ein Wunder ließ das Gewehrfeuer langsam nach. Und dann sah man Gruppen uniformierter Männer, von denen viele sich von ihren Befehlshabern getrennt hatten, durch die Straßen patrouillieren und andere Männer stellen. Jetzt stand Soldat gegen Soldat, und Gesichter, die von Zorn und Ekel gezeichnet waren, starrten andere an, aus denen noch Arroganz und Trotz leuchteten. Die Befehlshaber von Aquitania waren hartnäckig. Sie hatten doch recht! Konnten das die anderen nicht verstehen? Viele wählten den Tod. Sie weigerten sich, die Waffen zu strecken, und nahmen lieber eine Zyankalikapsel.

In Palo Alto, Kalifornien, fand man eine beinamputierte Legende namens George Marcus Delavane erschossen auf, aber offenbar war der Tod erst eingetreten, nachdem er seinen Mörder, einen Army-Colonel, ebenfalls erschossen hatte. Niemand wußte, was geschehen war. In Südfrankreich fand man zwei weitere legendäre Helden tot in einer Bergschlucht. Man hatte beiden nach Verlassen eines Schlosses in den Alpen mit ihrer Kleidung auch eine Waffe gegeben. Die Generale Bertholdier und Leifhelm hatten verloren. General Chaim Abrahms verschwand spurlos. Auf Militärstützpunkten überall im Nahen Osten, in Europa, Großbritannien, Kanada und den Vereinigten Staaten wurden Offiziere hoher Ränge und entsprechender Verantwortung von

Untergebenen mit gezogener Waffe aufgefordert, sich zu erklären: *Gehören Sie einer Organisation an, die sich Aquitania nennt? Ihre Namen stehen auf einer Liste! Antworten Sie!* In Norfolk, Virginia, stürzte sich ein Admiral namens Scanlon aus einem Fenster im sechsten Stock. In San Diego, Kalifornien, erhielt ein anderer Admiral namens Hickman Befehl, einen hohen Offizier, der in La Jolla lebte, zu verhaften. Die Anklage lautete: Mord an einem Offizier in den Hügeln oberhalb jenes eleganten Vororts. Colonel Alan Metcalf suchte persönlich den leitenden Einsatzoffizier der Nellis-Air-Force-Basis auf. Der Befehl war von brutaler Klarheit – der Major, der für die Wartung aller Maschinen zuständig war, war sofort in eine Sicherheitszelle zu bringen. In Washington wurde ein hochgeschätzter Senator von italienischer Abkunft von einem Captain Guardino von Army G-2 aus der Garderobe gerufen und fortgeschafft, während im Außenministerium und im Pentagon elf Männer, die für Waffenkontrolle und Beschaffung zuständig waren, unter Bewachung gestellt wurden.

In Tel Aviv verhaftete der militärische Abwehrdienst dreiundzwanzig Adjutanten und Kollegen von General Chaim Abrahms sowie einen der brillantesten Analytiker der Mossad. In Paris wurden einunddreißig Kollegen – militärische und nichtmilitärische – von General Jacques Louis Bertholdier in Einzelhaft genommen, darunter stellvertretende Direktoren sowohl der Sûreté als auch von Interpol, und in Bonn wurden nicht weniger als siebenundfünfzig Kollegen von General Erich Leifhelm, darunter Kommandeure der Bundeswehr, hohe Offiziere der Armee und Luftwaffe der Bundesrepublik, unter Arrest gestellt. Ebenfalls in Bonn verhaftete die Wache des Marine-Corps in der amerikanischen Botschaft auf Anweisung des State Department vier Attachés, darunter auch den Militärattaché Major Norman Anthony Washburn.

Und so ging es überall. Das Fieber des Wahnsinns, der Aquitania hieß, wurde von Legionen eben desselben Militärs gebrochen, von dem die Generale angenommen hatten, daß es sie zur Weltherrschaft führen würde. Als die Nacht hereinbrach, schwiegen die Waffen, und die Menschen begannen hinter ihren Barrikaden hervorzukommen. Aus Kellern, Schächten der Untergrundbahnen, aus vernagelten Gebäuden, Bahnhöfen, von überall her, wo sie Zuflucht gefunden hatten. Sie traten auf die Straßen, benommen, verwirrt, und fragten sich, was geschehen war, während überall Wagen mit Lautsprechern durch die Städte fuhren und den Bürgern verkündeten, daß die Krise vorüber sei. In Tel Aviv, Rom, Paris, Bonn, London und jenseits des Atlantiks, in Toronto, New York, Washington, und weiter westlich wurden die Lichter wieder eingeschaltet. Aber die Welt hatte noch nicht zu ihrem alten Rhythmus zurückgefunden. Eine schreckliche Kraft hatte inmitten der allgemeinen Rufe nach Frieden zugeschlagen. Was war das für eine Kraft gewesen? Was war *geschehen*?

Das würde am folgenden Tag erklärt werden, plärrten die Lautsprecherwagen in einem Dutzend verschiedener Sprachen und baten die Bürger überall um Geduld. Die dafür gewählte Stunde war 3.00 Uhr nachmittags nach Greenwich-Zeit, 10.00 Uhr vormittags in Washington, 7.00 Uhr früh in Los Angeles. Die ganze Nacht und auch noch in den Morgenstunden konferierten in sämtlichen Zeitzonen Staatschefs über Telefon, bis die Texte aller Bulletins im wesentlichen gleich lauteten. Um 10.03 Uhr vormittags trat der Präsident der Vereinigten Staaten vor die Mikrofone. »Gestern hat eine bislang nie dagewesene Welle der Gewalt die freie Welt erfaßt, Todesopfer gefordert, Regierungen paralysiert und ein Klima des Terrors erzeugt, das den demokratischen Nationen der Welt fast ihre Freiheit gekostet hätte und sie veranlassen hätte können, Lösungen dort zu suchen, wo in einer demokratischen Gesellschaft keine Lösung gesucht werden sollte – weil sie dann zu Polizeistaaten werden, in denen die Macht Männern übergeben wird, die die freien Menschen ihrem Willen unterwerfen wollen. Es handelte sich bei dem tragischen Geschehen um eine organisierte Verschwörung unter der Führung verblendeter Männer, die die Macht um ihrer selbst willen suchten und sogar bereit waren, ihre eigenen Mitverschwörer zu opfern, um diese

Macht zu erlangen, und andere zu täuschen, die man dazu verführt hatte, dies für den Weg der Zukunft zu halten, die Antwort auf die ernsten Leiden dieser Welt. Doch das ist nicht die Antwort und kann es auch nie sein.

Im Laufe der nächsten Tage und Wochen, während wir diese Schrecken hinter uns bringen, wird man Ihnen die Wahrheit vorlegen. Denn dies ist eine Warnung an uns gewesen, ein Blutzoll, der uns abverlangt wurde. Aber ich erinnere Sie daran, daß unsere Institutionen die Oberhand behalten haben. Und das werden sie auch weiterhin.

In einer Stunde wird eine Konferenzserie beginnen, die das Weiße Haus, die Departments of State und Defense, die Führer der Mehrheits- und der Minderheitsfraktionen im Repräsentantenhaus und im Senat und den Nationalen Sicherheitsrat einschließen. Ab morgen werden in Abstimmung mit den anderen Regierungen täglich Berichte ausgegeben werden, bis Ihnen alle Fakten vorliegen.

Der Alptraum ist vorüber. Möge die Sonne der Wahrheit uns lenken und die Dunkelheit vertreiben.«

Epilog

Genf. Stadt des Lichts und der Unbeständigkeit.

Joel und Valerie Converse saßen an dem Tisch, wo alles angefangen hatte, nahe dem blitzenden Messinggeländer des Chat Botté. Der Verkehr auf dem Quai du Mont Blanc entlang des Sees floß geordnet und ohne Eile – Zielstrebigkeit, in die sich Höflichkeit mischte. Beide waren sich der Blicke der vorübergehenden Fußgänger bewußt, die auf Joel gerichtet waren. *Da ist er*, sagten die Augen. *Dort ist... der Mann*. Das Gerücht ging, daß er in Genf leben wollte, wenigstens eine Zeitlang.

Der Übereinkunft entsprechend gab es in dem zweiten Bericht, der der ganzen freien Welt zugänglich gemacht wurde, einen direkten, aber – auf Joels Wunsch – nur kurzen Hinweis auf die Rolle, die er in der Tragödie gespielt hatte, die den Namen Aquitania trug. Er wurde von allen Anklagen freigesprochen. Und dann folgte ein kurzer Hinweis darauf, daß die Welt in seiner Schuld stand, aber es wurden keine Einzelheiten genannt. Dafür berief man sich auf die Sicherheitsvorschriften der NATO. Joel lehnte sämtliche Interviews ab, obwohl die Medien seine Erlebnisse in Südostasien ausgruben und Spekulationen auf Verbindungen mit dem Drama der Generale anstellten. Es tröstete ihn, daß sich das Interesse an seiner Person, so wie es sich vor Jahren gelegt hatte, auch diesmal wieder legen würde – schneller in Genf, der Stadt der Zielstrebigkeit.

Sie hatten ein Haus am See gemietet, ein Künstlerhaus mit einem Atelier, das am Hang lag und dessen Oberlicht die Sonne vom frühen Morgen bis zur Abenddämmerung einfing. Valerie arbeitete jeden Morgen ein paar Stunden, glücklicher als sie in ihrem ganzen Leben je gewesen war, und sie gestattete ihrem Mann, täglich ihre Fortschritte zu überprüfen.

Auch Joel war keineswegs arbeitslos. Er ganz allein war die

Europafiliale von Talbot, Brooks and Simon. Nicht, daß er das Einkommen gebraucht hätte. Schließlich hatte Converse sich nie in die Rolle jener Anwälte in Film und Fernsehen begeben, die selten, wenn überhaupt Honorare beanspruchten. Da man seine juristischen Talente zur Beschaffung wichtigen Beweismaterials gebraucht hatte, stellte er den Regierungen, entsprechend ihrer Bedeutung, seine Dienste in Rechnung. Keine erhob Einwände. Die Gesamtsumme machte etwas mehr als zweieinhalb Millionen Dollar aus, die sicher auf einem Schweizer Konto angelegt wurden.

»Woran denkst du?« fragte Valerie und griff nach seiner Hand.

»An Chaim Abrahms und Derek Belamy. Man hat sie nicht gefunden – sie sind noch immer in Freiheit. Ich frage mich, ob man sie je finden wird. Und das hoffe ich, denn so lange ist es nicht wirklich vorbei.«

»Es ist vorbei, Joel. Das mußt du glauben. Aber das ist es nicht, was ich gemeint habe. Ich habe dich gemeint. Wie fühlst du dich?«

»Das kann ich nicht genau sagen. Ich wußte nur, daß ich hierher kommen mußte, um es herauszufinden.« Er sah in ihre Augen, auf das dunkle lange Haar, das ihr in Wellen bis auf die Schultern fiel und das Gesicht einrahmte, das er so sehr liebte. »Leer, glaube ich. Mit Ausnahme von dir.«

»Kein Zorn? Keine Verärgerung?«

»Nicht gegen Avery oder Stone oder irgendeinen der anderen. Das ist vorbei. Sie haben getan, was sie tun mußten; es gab keinen anderen Weg.«

»Du bist viel großzügiger als ich.«

»Ich bin realistischer, das ist alles. Das Beweismaterial mußte beschafft werden, indem man von außen in das Aquitania-Projekt eindrang – indem sich ein Außenseiter nach innen vorarbeitete. Der Kern war zu klein, zu tödlich.«

»Ich glaube, daß sie Feiglinge waren.«

»Ich nicht. Ich glaube, man sollte sie alle heiligsprechen, unsterblich machen, in Bronze gießen und Gedichte auf sie schreiben für die Nachwelt.«

»Das ist absoluter Unsinn! Wie kannst du nur so etwas sagen?«

Wieder sah Joel seiner Frau in die Augen. »Weil du hier bist. Weil ich hier bin. Und weil du Seelandschaften malst und keine Meerlandschaften. Und weil ich nicht in New York bin, und du nicht in Cap Ann bist. Und ich brauche mir keine Sorgen um dich zu machen und hoffen, daß du dir Sorgen um mich machst.«

»Wenn da nur eine andere Frau gewesen wäre oder ein anderer Mann. Dann wäre es so viel einfacher gewesen.«

»Da warst immer du. Nur du.«

»Versuche nur noch einmal von mir wegzugehen, Converse.«

»Niemals, Converse.«

Langsam schlossen sich ihre Hände ineinander. Der Alptraum war vorbei.

CRAIG THOMAS

»Einer unserer vollendeten Spannungs-
autoren auf der Höhe seines Könnens.
Craig Thomas ist wahnsinnig gut.«
The Literary Review

Darüber hinaus sind als Heyne-Taschenbücher
erschienen:
»Jade-Tiger« (01/6210), »Wolfsjagd« (01/6312),
»Firefox« (01/6132), »See-Leopard« (01/6496),
»Firefox down« (01/6570).

Wilhelm Heyne Verlag München

ROBERT LUDLUM

Die Superthriller von Amerikas Erfolgsautor Nummer 1

01/6265   01/6417

01/6577   01/6744   01/6941

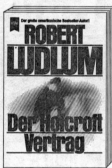

01/7705   01/7876   01/8082

John le Carré

Eine Art Held
Roman
01/6565

Der wachsame Träumer
Roman
01/6679

Dame, König, As, Spion
Roman
01/6785

Agent in eigener Sache
Roman
01/7720

Ein blendender Spion
Roman
01/7762

Krieg im Spiegel
Roman
01/7836

Wilhelm Heyne Verlag München

»Der Meister des Agentenromans«

DIE ZEIT

Perfekt konstruierte Thriller, spannend und mit äußerster Präzision erzählt.

01/7921

01/8052

01/8155

01/8121

01/8240

Wilhelm Heyne Verlag München

LEN DEIGHTON

*Der Thriller-Autor
von Weltformat.
Die Welt der
Geheimdienste,
des Krieges,
des Verbrechens*

01/7964

01/7893

01/6242

01/7783

01/8127

02/2304

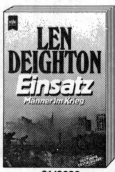

01/6633

RIDLEY PEARSON

Ein amerikanischer Spannungsautor der neuen Generation. Seinen fesselnden Thrillern kann man sich einfach nicht entziehen.

01/7740

01/7898

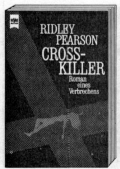

01/7931

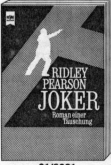

01/8031

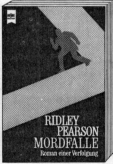

01/8249

—— **Wilhelm Heyne Verlag München** ——

DER SPANNUNGSAUTOR NR. 1 IN AMERIKA

Joseph Wambaugh

In seinen fesselnden Thrillern beschreibt Joseph Wambaugh die gefährlichen und atemberaubenden Abenteuer von Polizisten und Detektiven im Kampf mit der Unterwelt.

Die Chorknaben
01/6321

Die San-Diego-Mission
01/7656

Nachtstreife
01/6470

Der Rolls-Royce-Tote
01/7850

Der Hollywood-Mord
01/6566

Der müde Bulle
02/2298

Der Delta-Stern
01/6968

Tod im Zwiebelfeld
02/2317

Wilhelm Heyne Verlag München